KB240640

정은경 비평집

지도의 암실

지은이 정은경(鄭恩鏡, Jung, Eunkyoung)은 문학평론가로, 2003년 『세계일보』 신춘문예 등단, 『작가와비평』 편집동인, 『내일을 여는 작가』 편집위원, 『아시아』 기획위원이다. 고려대 독문과와 동대학원 국문과를 졸업하고 현재 원광대 문예창작과 교수로 재직중이다. 저서로 『디아스포라 문학』, 『한국 근대소설에 나타난 악의 표상』이 있다.

지도의 암실 정은경 비평집

초판 인쇄 2010년 12월 25일 **초판 발행** 2010년 12월 30일
지은이 정은경 **펴낸이** 박성모 **펴낸곳** 소명출판 **출판등록** 제13-522호
주소 서울시 서초구 서초동 1621-18 란빌딩 1층
전화 02-585-7840 **팩스** 02-585-7848 **전자우편** somyong@korea.com **홈페이지** www.somyong.co.kr

값 35,000원
ISBN 978-89-5626-534-6 03810

지
도
의
암
실

정은경 비평집

The Darkroom of Map

소명출판

첫 평론집을 낸다. 등단한 지 8년만이다. 남다르게 비평을 열망하거나 신념을 갖지 못하였으나 어쩌다가 비평가가 되었고, 그 '어쩌다가'의 깊이 없음으로 좌충우돌 헤매고 다녔던 시간들이었다. 첫 청탁을 받았을 때는, 공적인 지면에 대한 두려움과 비평정신의 빈약함으로 인해 '절필'까지를 생각하곤 했었던 밤이 있었다고 고백할 수밖에 없다. 그러나 문학에 매혹되어 시작한 글쓰기가 삶을 충만하게 했고, 그 속에서 나눴던 은밀한 대화가 '나'와 내 삶의 주변을 더 큰 지평 속에 성찰할 수 있게 했다는 것 또한 부정할 수 없다.

보르헤스의 「기억의 천재 푸네스」에서 푸네스는 플라톤적 사고를 못하는 인물로 그려진다. '개'라는 종목별 기호가 다양한 크기와 형상을 가진 상이한 수많은 하나하나의 개들을 포괄한다는 사실을 이해할 수 없었던 그는, 7,012 대신 막시모 뻬레스, 7,014 대신 '철도'라든가 하는 식의 다른 숫자 체계를 고안했고, 각 사물, 각 돌, 나무, 나뭇가지가 고유한 이름을 가질 수 있는 하나의 불가능한 언어를 가정했던 로크의 생각을 확장시키기도 했다. 더러 이러한 푸네스적 사고를 일반화와 추상화에 무능한 전형으로 비판하기도 하지만, 내가 보기에 작가의 어조에는 '푸네스'에 대한 숨길 수 없는 애정이 담겨있다. 종과 목으로 일반화할 수 없는 개별화된 형상에 대한 기억. 그것이 곧 예술이고 문학이 아니겠는가.

'지도의 암실'은 이상의 단편소설의 제목에서 빌려왔다. 그간 지방으로 주거지가 바뀐 탓에 나는 서울을 벗어난 삶에 적응해왔는데, 퇴락한 시골길을 걷다보면 서울의 화려함과 소란에 대비되는 적막함과 스산함, 그리고 열악함에 놀라 '지도에 없는 나라'라는 느낌에 사로잡히곤 했다. 그러나 '그곳'이 서울로 표상되는 이 나라 지도에 존재하지 않을지라도, 그곳에도 또한 매일 해가 뜨고, 거친 노동과 웃음, 밥과 눈물과 또 밤이 존재한다. 문학은 이렇듯 우리에게 주어진 '현실 지도' 위에 미처 그려지지 않은 이들의 시간을 그려넣는 작업이다. 비평은, 그 현실 지도와 작가가 읽어내고자 하는 개별 형상과 '다른 삶'의 지형들을 함께 놓고 비추면서 새로운 지도를 만들어내는 작업이라고 생각한다.

내 첫 비평문은 '망각'에서 출발했다. 모자란 성정의 젊은 날, 고뇌이기만 실존을 '문학'에 가둬 소멸시키고자 한 것이 그만, '어쩌다가의 비평'은 망막한 삶의 지도 위에 '나와 너'의 실존들의 형상을 되새기게 했고, '문학' 바깥의 온갖 실제 삶의 척도와 소란들을 불러 그 위를 가로지르게 했다. 내 비평은 망각에서 출발했지만, 기억으로 되살아나는 개별들이 만들어내는 지도 위에서 펼쳐져왔다. 지도 위의 길에 이정표가 없다 한들, 길이 갈라진다 한들 어떠랴. 기억과 소란, 타인들을 동반하게 되었지만 지도를 비춰보는 암실에서의 작업이 고되지만은 않았고 앞으로도 그러하리라. 와글거리는 타자들의 크고 작은 목소리와 '함께', 전진하는 길은 여전히 사랑의 길이므로.

이 첫 평론집을 묶기까지 많은 이들이 함께 했다. 『작가와비평』의 편집 동인들, 〈민족문학연구소〉의 연구원들, 그리고 안암동의 객기어린 밤들과 동지들. 이들의 욕망에 기대어 또 반발하면서 만들어진 글

들이다. '비평'을 통해 삶과 문학의 이치를 보여주신 김인환 선생님이
아니었으면, 내 문장들은 불가능했으리라. 항상 믿어주고 격려해준
가족에게도 감사한다. 마지막으로 부족한 글을 책 꼴로 만들어준 소
명출판에도 깊은 감사를 드린다.

2010년 12월 정은경

차례__

7

I

상처에서 욕망으로

'상처 없는 문학은 불가능한가'라는 물음에 대한 몇 가지 단상

1

난감한 질문이다. 이 난감함은, '상처'라는 개념의 모호성과 '상처 없는 문학은 불가능한가'라는 질문 속에 이미 하나의 문학론이 내포되어 있으며, 또 이를 바탕으로 한 작금의 문학에 대한 우려 섞인 평가와 고뇌가 담겨 있기 때문이다. 그렇다면 이 글은 우선 질문이 제출하고 있는 '문학의 알리바이는 상처이다'라는 명제에 대해 과연 그러한지를 답하는 일종의 '문학론', 즉 '문학이란 무엇인가' 혹은 '문학의 존재 방식'에 대한 글이 되어야 할 터이다. 이와 더불어 질문이 함의하고 있는 '이 시대의 문학에는 상처가 없다'라는 암묵적 평가에 대해서도 정말 그러한지를 짚어보는 작업도 병행되어야 할 것이다. 첫 번째이거나 두 번째이거나 어렵기는 매한가지이다. 기존의 많은 문학론이

그러하듯 문학 본질에 대한 접근은 자칫 추상적인 논의로 흘러 별 소득 없이 끝나기 십상이며, 무수히 많은 개별적인 문학작품을 '상처'라는 지극히 애매모호한 잣대로 판단한다는 것 또한 논의 자체만을 목적으로 한 폭력적 재단이 되기 쉽기 때문이다. 하여 이러한 곤혹스러운 질문을 정면 돌파하기에는 턱없이 부족한 필력으로 인해, 가리사니 없는 단상을 가볍게 적어나가는 것으로 답을 대신하고자 한다.

우선 '상처'가 무엇인지에 대해 최소한의 합의를 하고 넘어가도록 하는 것이 편할 듯하다. 편의상 이 글에서 쓰는 '상처'란, 질문에 내포된 그만큼의 의미, 즉 외부적 요인으로 인해 겪게 된 좌절과 패배, 혹은 아픔의 흔적 정도로 생각하는 것이 좋겠다. 그러니까 프로이트 식의 인간에게 내재된 근본적인 외상(trauma)이라기보다는, 보다 직접적이고 의식적인 차원에서의 심리적 외상 정도면 족할 듯하다.

자, 그렇다면 이즈음의 문학에는 정말 이러한 '상처'가 없다는 말인가, 또한 이전의 세대의 문학에는 '상처투성이'란 말인가? 저자의 가난한 서재를 훑어보니, 과연 오래된 책에는 흠집과 더불어 무수한 상처들이 새겨져 있다. 그 상처의 종류와 깊이도 무척 다양하여, 외상, 내상, 자상, 화상, 열상, 창상, 찰과상 …… 온갖 풍상과 궁상(?)에 이르기까지 천차만별이다. 그렇다면 내가 이제껏 자랑스럽게 짊어지며 살아왔던 것이 사실은 고작 병동에 다름 아니었단 말인가. 최근 작품들이 꽂혀 있는 책장으로 시선을 옮기자 이렇다 할 흠집도, 더불어 딱히 '상처'라고 할 만한 것을 보이지 않음이 분명하다. 그러나 과연 그러한가.

2

　두 명의 환자가 있다. 한 명은 '6·25 전상자'라 불리는 외과의사로, 지난 과거의 상처로 인해 괴로워하는 이다. 끔찍한 사건을 체험함으로써 갖게 된 그의 심각한 정신적 외상은 시간과 더불어 의식의 한켠으로 밀쳐졌으나, 수술 도중 죽은 소녀를 계기로 되살아나 끊임없이 그를 괴롭힌다. 그리하여 그는 급기야 소설쓰기를 통해 기억을 반추함으로써 애써 외면했던 자신의 깊은 상처와 마주한다. 또 한 명의 환자는 그림을 그리는 동생이다. 그는 이렇다 할 환부는 없지만, 그렇다고 아프지 않은 것은 아니다. 형처럼 병원 일을 접고 방황할 만큼 끔찍한 외상이 있는 것은 아니지만, 그는 분명 형과 혜인이 지적하고 있는 것처럼, 뭔지 모르는 그 무엇을 앓고 있는 '머저리'임에 틀림없다. 그가 또 다른 형태의 병자라는 사실은, 애인 혜인을 다른 남자에게 빼앗겼다는 데 있는 것이 아니라 애인을 빼앗기고도 아니, 빼앗기도록 그가 일관되게 보여준 담담함과 무심함에 있다고 작가는 암시하고 있다. 그는 혜인이 결혼을 앞두고 최후통첩처럼 찾아와 절실한 그 무엇을 요구했을 때에도, '평정'을 가장하여 그녀를 돌려보내지만 얼굴 윤곽만 있고 뚜렷한 인상을 담아내지 못하는 그의 화폭처럼, 무엇인지 '결여'되어 있는 것이다. 익히 알다시피 이청준의 「병신과 머저리」에 나오는 두 인물에 대한 얘기이다.

　두 명의 친구가 꿈 얘기를 한다. 한 친구가 간밤 꿈에 동료 여자들이 무더기로 나와 차마 발설하기 곤란한 분위기로 어울렸다는 얘기를 곤혹스럽게 토로한다. 도대체 동료 여성들이 왜 자신의 에로틱한 꿈 속에 등장함으로써 의도하지도 않은, 불경스러운 죄를 짓게 되었는지 모르겠노라는 재담. 그러자 옆에 있던 친구가 조심스럽게 자신은 늘,

같은 꿈을 꾸게 된다고 털어놓는다. 그리고 그것은 마찬가지로 구체적으로 말하기는 곤란하지만 아주 오래전에 겪었던 사건의 한 장면이라고 한다. 그렇게 말하는 친구의 얼굴에는 곤혹스러움이 아니라 두려움과 불안의 그림자가 스쳐지나간다.

위의 두 가지 예를 통해 저자가 얘기하고자 하는 바가 무엇인지 쉽게 눈치 챘을 것이다. 「병신과 머저리」의 형과 두 번째 친구의 꿈은 프로이트가 말하는 외상성 신경증(traumatic neurosis)에 해당하는 것이고, 동생과 첫 번째 친구의 꿈은 일종의 무의식 차원에서 억압되어 있는 욕망에 대한 것이다. 외상성 신경증에 의한 반복강박은 충격적으로 경험한 불쾌한 상황을 되풀이함으로써 이를 통해 수용 가능한 것으로 바꾸려는 무의식적 기제이다.[1] 따라서 「병신과 머저리」의 형과 두 번째 친구의 꿈의 원인은 의식적 차원에서 생긴 상처, 정신적 외상(trauma)이며 따라서 문제는 실제로 겪었던, '과도한 실재'라고 할 수 있다. 반면 첫 번째 친구의 꿈의 원인은 아직 발화되지 않은 무의식적 욕망이며, 충족시킬 만한 대상이 호명되지 않은 상태로 인해 발생하는 잉여의 리비도이다. 즉 '타자의 결여'에 의한 욕망의 환유의 결과물인, 환상인 것이다. 「병신과 머저리」의 동생의 경우도 이와 같은 맥락으로 볼 수 있다. 욕망의 대상에 대한 자발적인 거부 혹은 규명할 수 없는 원인으로 인한 욕망의 비발화 상태, 즉 '타자의 결여'가 문제인 것이다. 이를 통해 두 가지 상반되는 문학을 생각해 볼 수 있다. 상처의 문학과 욕망의 문학.[2] 상처의 문학이라고 했을 때는 위의 예에서 보듯이 주체가 감당할 수 없

---

1 지그문트 프로이트, 「쾌락 원칙을 넘어서」, 윤희기 역, 『정신분석학의 근본 개념』, 열린책들, 2003.
2 이는 물론 이미 많은 이론가들이 정립해 놓은 범주들 — 쉴러의 소박 / 감상 문학, 니체의 아폴로 / 디오니소스적 예술, 마르트 로베르의 업둥이 / 사생아의 문학에 이르기까지 — 과는 다르게, 다양한 문학작품 전체를 아우를 수 있는 총체적인 범주의 개념은 아니다. 다만 편의적으로 상정해본 두 종류의 극단이라고 보는 게 좋겠다.

는 실재의 과잉에서 비롯된 치유 작업이고, 욕망의 문학은 주체의 무의식적 욕망이 현실에서 적절한 대상을 찾지 못했을 경우에 나타나는 일종의 꿈에 비유할 수 있다(다분히 라깡에 기댄 분류이긴 하지만, 온전히 라깡의 개념과 정의에 충실한 것은 아니다. 기댄 김에 더 가져와보자). 라깡에 의하면, '실재는 한편으로는 과잉으로 트라우마를 일으키고 또 한편으로는 결여로 존재에 박탈감을 불러일으킨다.'[3] 라깡이 말하는 '실재'는 상징계 바깥에 있는 것, 즉 언어로 포착되는 현실 이면에 있는, '파악 불가능한 것'이다. 따라서 주체를 압도하는 실재의 과잉은 트라우마를 일으켜 돌이킬 수 없는 상처를 남긴다. 반면, 실재의 결여는 주체로 하여금, 완결된 타자가 부재한다는 사실을 은폐하기 위해 '환상'이라는 '스크린'을 통해, 욕망의 현실을 구성해내도록 한다.[4] 간단히 말해, 하나는 과도한 타자 앞에서 생긴 '자기 보존'이 문제된 경우이고, 하나는 부재하는 타자로 인해 존재 증명이 불가능함으로써 생긴 문제인 것이다. 첫 번째 경우, 즉 상처의 문학은 앞에서 잠정적으로 정의한 바, 외부적인 요인으로 인해 생긴 심리적 외상 — 상처 — 으로 쉽게 알아 볼 수 있다. 즉 상처의 문학은 트라우마의 현장으로 돌아감으로써 폭압적인 상황을 주체적인 '인식' 속에 용해시켜 수용 가능한 것으로 변화시키려는 시도이기 때문에, 원인이 되는 그 '실재'를 통해 증명되는 것이다. 그렇다면 두 번째 욕망의 문학은 어떻게 알아볼 수 있을까. 상처를 신체에 가해진 훼손, 즉 '손상'으로 이해한다면, 욕망으로 인한 이상 증후는 '증상(symptom)' 혹은 거칠게 말하자면 '종양(tumor)' 쯤으로 이해해볼 수 있을 것이다. 즉, 체세포가 자율성을 가지고 과잉으로 발육하여 개체의 전체성과 상관없이 이상 발육한 것을 '종양'이라고 하면, 이러한 구분이 가능하다. 상처 / 욕망, 실재의 과잉 / 결여, 외상성 / 내상성, 주체의 결여

---

3   맹정현, 「탈오이디푸스로서의 정신분석」, 『문학동네』, 2004년 여름호, 427쪽.
4   위의 글, 426쪽.

/ 타자의 결여, 현실 / 환상, 은유 / 환유, 흔적 / 증상, 흉터(scar) / 종양 (tumor) 등.

3

   주지하다시피, 우리문학은 사회현실의 부침으로 인해 오랫동안 '상처의 문학' 범주 안에서 논의될 수 있는 것이었다. 국권 상실, 식민지와 분단, 좌우익의 혼란, 군사독재, 80년 5월 광주항쟁에 이르기까지 폭압적인 역사현실 속에서는 개인의 '욕망'이 아니라 주체의 자기 보존이 문제되었고, 문학은 이러한 '과도한 현실'의 공세와 포화 속에서 '상처'에 대한 성찰이기 전에 이데올로기로 제출될 수밖에 없는 상황들을 맞닥뜨려야 했다. 여전히 진행 중인 고통의 현장 속에서 문학은 상처를 보듬을 사이도 없이 현실을 타개해야 하는 대안을 마련해야 했기에 구호이자 과학이 되기도 했던 것이다. 그 포성이 사라진 뒤에도, 우리 문학은 끔찍한 정신적 외상에 대해 '사후 애도'를 치러야 했고, 저 「병신과 머저리」의 형처럼 지난 과거의 기억에 맞서지 않으면 안 되었다. 해방 이후를 거쳐 1980년대, 그리고 지금까지 이어져오는 이러한 명명백백한 '상처'의 문학은 그 원인으로서 '타자'를 지목했고, 그 타자 — 일제, 제국주의, 군부독재 등 — 를 통해 개인들은 연대할 수 있었다. 그리고 이 거듭되는 '집단적 상처'는 고통과 함께 우리 문학을 세대론의 담론 속에서 문학적 열정을 갱신할 수 있도록 하였으며, 2000년대 들어서도 황석영(「오래된 정원」, 「손님」)과 임철우(「백년여관」) 등 몇몇 작가를 통해서 문학 속에서 여전한 화두로 이어져왔다.

이 상처의 문학에서 문제가 된 것은 앞에서도 언급했듯, 과잉된 실재였기 때문에, 주체를 압살한 '실재'를 '언어'를 통해 이해하고, 상징계 속에 편입시키는 것이 중요했다. 그리하여 상처의 문학은 주체를 위협했던 '실재'를 호명하고, 그리고 그 호명된 파시즘, 이데올로기, 폭력들이 작동하는 방식에 대한 탐구가 된다. 그리고 무엇보다 악몽을 넘어 일상을 위협하는 상처의 기억과 원혼을 떠나보내는 일이 중요했던 것이다. 그러나 이러한 분명한 역사적 트라우마는 현장의 기억과 더불어 지워지고, 문학은 '욕망'이라는 이름의 '낯선' 전차를 들여옴으로써 한국문학의 지형을 새롭게 바꿔놓았다. '욕망'이라는 이름이 1990년대 이후 지금까지 한국문학에서 차지하는 위치와 그 위력은 비평 담론만 대충 훑어봐도 쉽게 알 수 있다. 1990년대 중반 이후 '개인 주체의 귀환'(황종연)과 더불어 우리 문학에 서서히 불어 닥친 '욕망' 열풍은 가히 폭발적이라 할 수 있다. 단적으로 루카치와 마르크스 이론에서 아도르노 등의 프랑크푸르트 학파를 거쳐 프로이트의 정신분석과 라깡의 욕망이론, 들뢰즈의 노마드 이론으로 급전회한 그간의 서구 이론 수용의 변화에서 볼 수 있는 것처럼 '욕망'이 이제 개별 작품을 읽어내는 거의 유일한(?) 잣대처럼 작동하고 있음을 부정하기는 어려울 것이다. 저자를 포함한 현장 비평가들이 쏟아내고 있는 저 다양한 욕망의 독법. 눈에 띄는 대로 열거를 해보자면, '욕망의 기계들' '욕망과 금기' '육체적 욕망'(남진우의 천운영론) '욕망의 관계학'(우찬제의 이인성론), '욕망경제학'(신형철) '욕망의 체현과 사회의 육화로서의 몸'(손정수) 등등 욕망은 이제 자본주의의 부동의 승리와 함께, 삶을 논하는 유일한 '창구'가 되어가고 있는 셈이다. 이와 더불어 문학을 생각하는 시각 또한 어느 정도 변화를 겪은 것은 어쩔 수 없다고 할 수 있다. "문학과 예술의 장은, 억압된 것들의 귀환이 이루어질 수 있는 장이면서 또한 서로 다른 욕망들이 난마처럼 얽혀있는 장"(서영채, 『문학의 윤리』,

40쪽), 혹은 "다른 문학도 마찬가지이겠지만, 시는 인간 욕망의 산물이다"(김근호, 「문학의 존재론적 해명에 대한 비평의 욕망」, 『문학판』 2005년 가을호, 337쪽)에서 보는 바와 같이, 문학은 억압된 모든 욕망이 활개 치는 무의식의 무대가 되었거나 혹은 "문학은 선험적으로 주어진 것이 아니다. 그것은 특정한 시대와 공간에서 나름의 욕망을 품고 생성되고 변화되어온 사회적 활동"(정과리, 『문학이라는 것의 욕망』, 문학과지성사, 2005, 31쪽)에서처럼 "문자의 욕망"이 스스로를 자가복제하여 활동해가는 독립적인 장으로 변했다. 이것은 문학의 본질이 변했다는 것이 아니라, 문학을 설명하는 시각이 바뀌었다는 것을 의미한다. 하여 이제 문학은 부당한 사회현실을 변혁하기 위한 '비판적 인식의 장'으로서가 아니라, 욕망의 무한 발화를 허용하는 무의식의 장으로서 더 많은 역할을 부여받은 듯하다. 그러나 그렇다고 이러한 문학에 대한 인식변화를 문제 삼고자 하는 것은 아니다. 비평적 담론은 결국은 실제 작품에 대한 독해에서 출발하기 때문에 그 일차적인 요인은 분명, 개별 작품을 생산해내는 작가와 작가 현실에 놓여 있다. 어쨌든 많은 논자들의 말대로 한국문학은 1990년대 이후 확연히 '상처'에서 '욕망'으로 차원 이동한 것이 분명한 듯하다. 그러나 1990년대 이후의 문학이 '욕망'을 말한다고 했을 때, 그 안에 상처가 전혀 존재하지 않는다는 것을 의미하는 것은 아니다.

1990년대 문학이 '욕망하는 기계들 — 新人'을 탄생[5]시켰다고 하지만, 많은 작품의 경우, 욕망의 발화점은 '상처'라는 명백한 외상적 흔적 위에 있다고 할 수 있다.[6] 예를 들어, 장정일이 『아담이 눈뜰 때』(1990)와

5　신수정, 『푸줏간에 걸린 고기』, 문학동네, 2003, 52쪽.
6　우찬제는 1990년대 소설을 '상처'의 문학으로 분석한 바 있지만, 1990년대 '상처'가 꿈을 잃어버린 혼돈에서 비롯되었다고 보고 있다. 「상처받은 꿈의 흔적과 모색의 소설시학」, 『고독한 공생』, 문학과지성사, 2003.

『너에게 나를 보낸다』(1992) 등의 작품에서 인류 역사와 기억을 전혀 보유하지 않은 원초적인 인간 '아담'을 불러 온갖 인간 욕망의 카니발리즘을 보여주었다고 할지라도, 그것은 또 다른 음화(陰畵)를 보여주기 위한 것이었다. 많은 평자들이 지적하고 있듯이, 그 음화는 위선적인 사회 제도와 '신버지'로 지칭되는 이데올로기와 권력, 이성과 계몽이 작동하는 근대 사회이며, 급진적인 위반의 전략은 이러한 '대타자'를 겨냥한 통렬한 조롱이자 상처받은 자의 위악적 포즈인 것이다. 마찬가지로 윤대녕의 '존재의 시원'으로 향한 회귀 욕망은 극도로 조직화된 산업 사회 속에서 상처 입은 개인의 꿈으로서 제출된 것이며, 신경숙의 무수한 타자들을 끌어안는 섬세한 문체 또한 상처와 무관하지 않다. 은희경의 '냉소'도 상처에서 크게 벗어난 것은 아니다. 탈낭만화를 줄기차게 자기 암시하는 인물들의 냉소와 환멸은 진정한 나르시스트의 것이 아니라, 끊임없이 '타인에게 말걸기'에서 실패한 상처 입은 자들의 편에 있는 것이다. 『새의 선물』의 매력은 무수한 상처를 통해 터득할 법한 현실 원리를 영악한 12세 악동 진희에게 발화하게 하는 저 뒤집어진 발화 전략과 그러면서도 주변 인물을 생생하게 그려낼 수 있었던, 작가의 타자에 대한 연민에서 비롯된 것이다. 전경린을 비롯한 1990년대 여성 작가들이 보여준 '집 나가는 여자들'의 욕망 또한, 강고한 가부장제와 억압적 성담론이라는 '타자'를 겨냥한 것이기에 더욱 도발적이고 열정적일 수 있었다. 그리고 이러한 모든 1990년대 작품들과 비평담론들도 저 1980년대적 문학적 기율이라는 '상처의 기억'을 내장함으로써 더욱 빠르게 달아날 수 있었던 것이다. 최근의 문학 작품에서도 우리는 무수한 상처들을 발견할 수 있다. 프로의 세계에서 패배한 자들의 상처(박민규의 『삼미 슈퍼스타즈의 마지막 팬클럽』), 소통 부재로 인해 단자화된 개인들이 겪는 상처(윤성희의 「고독의 의무」), 차갑고 지루한 현실에 갇힌 자들이 환영을 통해 내비치는 고독의 상처(강영숙의 「트럭」), 돈과 상품으로 이루어진 생활공간에서 배신을 거듭하면서도 연민으로 연대해나가는 저 상처투성이의 시장판 사람들(이명랑의『삼오식당』)에 이르기까지 여전히 2000년대 문학은 '상처'에 기댐으로써 요원한 꿈과 욕망을 말하고 있는 것이다. 그러므로 1990년대 이후의 문학은 많은 경우, 이전의 역사적 트라우마와는 다르지만 일상적이고 다양화된 억압적인 현실에서 비롯된 상처 위에 있다고 보는 것이 온당하다. 주체의 자기 보존을 위협하는 '집단의 상처'는 그 원인으로서, 국소화된 유일한 '타자', 즉 한국 전쟁과 광주 학살 등을 지목했지만, 1990년대 이후의 상처는 그 '타자'로서 개인의 욕망을 억압하는 다양한 현실적 계기들과 기제들을 호명하고 있는 것이다. 하여 위에서 언급한 상처의 문학과 욕망의 문학, 그 두 극단은 이제 하나의 연속적인 스펙트럼 속에 놓인다. 국소화된 실재의 과잉으로 인한 상처의 문학, 그리고 억압이 편재하는 일상 현실에 맞닿아 있는 상처와 욕망의 문학. 이와 더불어 상처는 더 다양화되고 확산된 듯하지만, 그 고통의 선명성은 이전 문학에 비해 확실히 누그러진 것임에 틀림이 없다. 그렇다 하더라도 그들 문학의 고통은 외부적 요인에 의한 '상처(scar)' 위에 있는 것이다.

외부 현실이라고 했지만, 그러나 이것은 그들 문학이 반드시 '객관적 현실'을 다루고 있다는 말은 아니다. 예를 들어, 최근 젊은 작가들의 주요한 소재가 되고 있는 엽기와 그로테스크를 놓고 볼 때, 백민석의『목화밭 엽기전』을 순수 판타지, 즉 '상처' 없는 문학이라고는 볼 수 없는 것이다. '광기, 폭력, 패악'의 환상과 초과 excess에 대한 열광[7]을 보여주는『목화밭 엽기전』의 엽기와 호러는, '과천종합청사'로 상징되는 권력과 '동물원'으로 상징되는 야수적 세상에 대한 알레고리이자 야유이다. 따라서 '상처투성이'[8] 한창림처럼 이 작품은 '끔찍한 외

---

7   황종연,『목화밭 엽기전』해설, 문학동네, 2000, 286쪽.
8   백민석 소설에 나타나는 '상처'는 김형중에 의해 집중적으로 혹은 과도하게 분석된

상'을 안고 있는 엽기물이라고 볼 수 있다. 반면, 최근 출간된 편혜영의 『아오이가든』(문학과지성사, 2005)의 경우는, 이러한 외부적 폭력의 흔적을 찾아볼 수 없다. 토막난 시체들(「시체들」), '붉고 끈적거리는 피, 입을 틀어막는 양수 찌꺼기'(「저수지」), '박제된 인간과 표본병에 담긴 아기'(「맨홀」), 괴물, 하늘에서 떨어지는 개구리, 레밍 등등 온갖 불쾌하고 그로테스크한 사물과 이미지로 구성된 작품들은 오로지 독자들을 불편하게 하기 위한 의도로서 만들어진 듯하다. 마치, 데이빗 린치를 위시한 몇몇 실험적인 영화감독들의 영상과 흡사한 '하드고어 랜드'(이광호, 해설)의 엽기물인 이 작품들이 겨냥하고 있는 '불편함'에 대해 굳이 말하자면 아마도, 타성화된 관습적 감각들을 흔들어놓기 위한 것으로 이해할 수 있을 것이다. 혹은 무의식적 차원에서 수면 위로 올라오기 시작한 무수한 성적 욕망과 달리 아직도 포박되어 있는 또 다른 희귀 욕망들을 놓아주기 위한 전략일 수도 있다(그렇다면 이쯤에서 우리는 문학이 인식론의 자장에서, 그야말로 미학Aesthetik과 감각론Aisthetik으로 변전되어 가는 것을 목격하고 있다고 할 수 있다). 판타지의 경우에 있어서도 마찬가지이다. 강영숙의 소설, 혹은 더 나아가 최인석 소설에 등장하는 '환상'과 이평재 소설에 등장하는 '환상'은 같은 범주에 놓인 것은 아니다. 그것이 아무리 허구적이라 할지라도 강영숙, 최인석의 '환상'은 분명 부정적 현실과 겹치는 '은유'적 차원에 호출된 환상들이다. 그러나 이평재의 소설, 예를 들어 극단적 성적 판타지를 상징하는 '서큐버스'(「마녀 물고기」), '푸른고리문어'(「푸른고리문어와의 섹스」) 등은 '억압하는 타자' 혹은 실제와 무관하게 고삐 풀려버린 성적 욕망의 환유인 것이다. 영화와 대중문화에 기댄 작품들도 마찬가지이다. 박상우 소

바 있다. 「녀석들에게는 무슨 일이 일어났던가?」, 『켄타우로스의 비평』, 문학동네, 2004.

설과 김경욱, 김연수 소설에 등장하는 영화적 상상력, 혹은 대중문화 코드는 명백히 다른 차원에 놓여 있음은 주지의 사실이다. 그렇다면 역사현실은 어떨까. 이즈음 변화하고 있는 최근 역사소설의 시발이었다고 할 수 있는 김영하의 『검은꽃』은 분명, 조정래의 『태백산맥』으로 대변되는 이전의 역사소설과는 다른 궤에 놓여 있음은 명약관화하다. 황석영이라는 동일한 작가에 있어서도 『손님』과 『심청』의 집필 시기는 가까우나 각각의 미학적 충동은 멀리 떨어져 있음을 알 수 있다. 이러한 구분에서 '웃음' 또한 예외가 될 수는 없다. 성석제, 박민규의 유머와 김영하의 냉소(「너의 의미」) 혹은 농담(「오빠가 돌아왔다」)은 그 표정이 다르다. 앞서 열거해놓은 작품들을 통해 저자가 말하고자 하는 바는, 결국 '상처냐 욕망이냐'의 문제는 소재나 혹은 미학적 코드들에 의해 구분할 수 있는 것은 아니라는 것이다. 기존의 논자들의 구체적인 작품 분석이 보여주듯이, 이들의 상이함은 코드의 문제가 아니다. 더불어 가치평가를 함의하고 있는 범주도 아니다. 상처의 문학에서 있어서도 지난 연대에 대해 '김빠진' 고통을 말하는 몇몇 후일담이 있듯, '결핍'을 말하는 욕망의 문학에 있어서도 '진정성'이 없을 수는 없다. 아마도 이제껏 분류를 통해 염두에 두어 왔던 것은 '창작을 추동시키는 계기'[9]가 아닐까 하는 생각이 든다.

---

[9] 오정희와 강영숙의 '왜 글을 쓰는가'에 대한 다음과 같은 언술의 차이는 이에 대한 적절한 예가 될 수도 있을 것이다. 강영숙은 글쓰기에 대해 '욕망과 배설'로서, 오정희는 '열등감과 복수심'으로서 설명한 바 있다.(「욕망의 배설 혹은 열등감과 복수심」, 『현대문학』, 2004년 8월호)

4

상처의 문학에서 글쓰기의 충동이 심리적 외상의 현장을 재구성하여 고통을 순화하려는 데 있다면, 욕망의 문학에서 글쓰기의 충동은 결핍에서 비롯된다고 할 수 있을 것이다. 타자의 과잉이 문제되었을 때에는 주체의 자기보존이 중요시되므로, 글쓰기라는 능동적인 행위는 이를 위협 하는 '실재'를 무장해제하고 그 타자 속에 희생된 주체를 다시 '복원'하는 작업이 된다. 그들의 주체는 어떻게 복원되는가. 그것은 과잉의 '실재'를 상징계 속에 편입시켜 자신의 언어로 재구성함으로써 가능하다. 그러나 타자(주체를 위협하는)가 불분명하거나 혹은 분산적일 때, 글쓰기는 주체 형성을 위한 동일성 '탐구'가 될 것이다. '자아'가 문제되었을 때, 중요시되는 것은 자신의 기원과 욕망이므로 욕망의 문학은 나르시시즘적 경향을 피할 수 없다. 그러나 그러한 나르시시즘을 탈피하여 주변적인 것으로 관심을 확대하는 문학이 부재하는 것은 아니다. 김경욱 · 김연수의 열정적이며 엄숙하기까지 한 외부 현실 — 대중문화와 역사 사료를 포함하여 — 탐구와 김영하의 태평양을 넘나드는 글쓰기의 고행을 보라. 천운영의 섬세하고 치밀한 문체 미학은 분명 '牛시장'과 '문신'에 관한 성실하고 실증적인 조사 없이는 불가능한 결과물임에 틀림이 없다. '자아'를 증명하기 위해서 내부의 무의식적 욕망만을 끊임없이 들여다볼 필요는 없다. 무한 증식해가는 욕망의 타자놀이에 자칫 휘말리게 되면 자칫 '자아'를 잃어버릴 수도 있다는 위험을 젊은 작가들이 모르는 바 아니다. '주체'는 '자아'와 관계 맺고 있는 타자들 — 타인과 경험 세계를 이루고 있는 다양한 문화적 코드들 — 을 통해 훨씬 더 쉽게 설명될 수 있는 것이다. 그리하여 그들은 존재 증명을 위해 길을 나섰고 이러저러한 '타자'들에 대해 얘기하지만, 그러나 그것은 진정한 의미에서의 '타자'는 아니다. 그들이 얘기하는 '타자'들은 그들에게 상처 입힌 '실재'도 아니고, 그렇다고 그들의 욕망의 대상도 아니기 때문이다. 조선인을 먼 타국으로 내몰았던 몰락해가는 대한제국의 운명과 이정의 아나키즘(김영하의 『검은꽃』)도, '뿌넝숴'로 밖에 말해지지 않는 우연적인 생(김연수의 「뿌넝숴」)도, '사랑이라니, 선영아'라고 선언되는 탈낭만적 사랑의 풍속(김연수의 「사랑이라니 선영아」)도, '금복'을 기막힌 인생유전으로 내몰았던 이야기의 욕망(천명관의 『고래』)도, 레이스 달린 팬티를 입지 않는 21세기 모던걸 '유리'와 유리의 행복을 위협하는 부유층(정이현의 「낭만적 사랑과 사회」)도, 혹은 드라마와 현실을 혼동하여 살인을 저지르게 만든 저 대중문화의 위력(김경욱의 「누가 커트 코베인을 죽였는가」)도 그들에게는 주체를 위해하는 '타자'가 될 수 없기 때문이다. 그렇다는 것은 그 타자들이 환유적 욕망의 문법에 따라 끊임없이 바뀌어서, 혹은 단지 허구적인 상상물이어서가 아니라, 그들 타자를 향한 시선에 증오도, 동경도 들어 있지 않기 때문이다. 부정할 '타자'가 없으므로 주체를 증명하기 위해 필요한, 욕망의 대상으로서의 '타자'(소타자)도 존재하지 않는다. 욕망의 대상인 '타자'가 없다는 것은 그들에게 환상이 없다는 말이다. 물론 여기서 말하는 환상은, 앞서 언급한 장르로서의 판타지와는 다른 것이다. 라깡에 의하면 환상은 '주체가 실재의 과잉으로부터 안전거리를 두고 욕망할 수 있도록 해주는 무의식적 구조'인바 주체 탄생의 필수 조건이다.[10] 즉, 완결된 타자를 대체하여 환상(대상 a)에 의해서만 '나'는 '말하는 주체'가 되는 것이다. '나'를 말하기 위해서는 '당신'이 필요하다. 김애란의 「영원한 화자」(『실천문학』, 2004년 가을호)에서 재치 있게 묘사된 바 있듯 '나'의 부유하는 동일성은 '당신'에 의해서만 결정될 수 있다는 것이다. '별이 빛나는 창공'이 아

10　맹정현, 앞의 글, 428쪽.

름다운 것은 "이런 시대 있어서 모든 것은 새로우면서도 친숙하며, 또 모험으로 가득 차" 있기 때문이면서, 동시에 세계가 "자신의 소유로 되는 것"이기 때문이다.

그들에게 환상이 사라진 연유에 대해서는 이미 다 얘기되어졌다. 이념의 시대가 가고 유토피아에 대한 열정도 사라지면서 새로운 세대는 환멸을 경험하거나 혹은 환멸 속에서 출발했다. 치열한 열정에 바쳐질 수 있는 모든 것은 이제, 레닌 동상처럼 누추한 지상으로 끌어내려진 것이다. 시대를 초월하여 열정의 대상으로 빛나던 '사랑'도 이미 1990년대 문학의 가공할 만한 융단 폭격에 의해 흔적도 없이 사라져버렸다. 1990년대의 문학에 의해 사랑은 상처 입은 여성 작가들에 의해 얼마나 비루하고 어리석은 환상으로 드러났는가. 사랑의 탈낭만화는 지금도 여전히, 젊은 작가들의 확인 사살 되고 있는 중이다. '유리'의 저 흐트러짐 없는 성경제학(정이현의 「낭만적 사랑과 사회」)과 기존의 선악을 뒤집어버린 현대판 '신'윤리(이만교의 「나쁜 여자, 착한 남자」), 그리고 저 자본주의라는 막강한 빅브라더의 냉소(김영하의 「너의 의미」) 속에서 이제 '사랑'은 '탈낭만'을 넘어 안온한 일상에 균열을 내는 '낯선 타자'의 얼굴로 각인되는 것이다. '사랑의 밀어가 비즈니스 용어로 통용'되는 자본주의의 집결지인 충무로판에서 사랑(「너의 의미」) 혹은 이상은, '수영모자만 쓴 채 나타난 아주머니의 나체'(김영하의 「너를 사랑하고도」), 그것인 것이다. 모든 환상이 스러졌으므로 열정 또한 당연, 차갑게 식기 마련이다. 그리하여 냉소.

냉소는 허무주의의 산물이다. 허무주의를 이끌어낸 생의 덧없음이라는 저 무한 반복 속에는 어떤 이상도, 사랑도 살아남을 수 없다. 그저 모든 것이 소극(素劇)이 되어버리는 저 무수한 변전을 보면서, 영리한 자는 차갑게 웃을 수밖에 없는 것이다. 무한반복의 소극과 냉소가 끝나는 지점은 그리하여 죽음. 죽음을 겪은 자는 아무도 없기에 그곳은 환멸이 들어서지 못하는 유일한 성소(聖所)이다. 하여 '낭만'으로 난 길의 종착지는 결국 '죽음'인 것이다. 처음부터 이 '죽음'을 권유하며 나타난(「나는 나를 파괴할 권리가 있다」) 김영하는 따라서, "저 별빛은 어디에서 오는가"(「그림자를 판 사나이」) 따위의 어리석은 질문을 하지 않는다. 그렇다고 자아를 탐구하기 위해 자신의 컴컴한 욕망을 들여다보는 나르시스트도 아니다. 그의 작품의 바탕은 냉소와 허무이지만, 회의하지 않으며 고통스러워하지 않는다는 점에서 '건강'한 편에 속한다고 할 수 있다. 그는 환상의 끝에 환멸이 놓여있다는 것을 알고 있으며 동시에, 모호한 욕망에 대한 가장 '현실적'이고 궁극적인 해답이 결국, '자본'이라는 것을 알고 있다. 그의 건강함은 모든 것을 알고 있다는 믿음에서 생기며, 혹은 답이 없는 질문을 하지 않기 때문이다. 그리하여 그가 내세운 작가란, 두 극단 — 죽음과 물신 — 사이에서 부유하는 자들의 소극을 지켜보며 여전히 '죽음을 주재하는' 차가운 지성으로 존재하는 것이다.

냉소하는 자에게 절망과 패배가 있을 수 없다. 절망이야말로 치열한 열정의 증좌라고 했던 이문열 인물의 말처럼, 절망은 열망하는 자의 특권인 것이다. 문제는 저들의 냉소 뒤에서 더 차갑게 웃고 있는 '물신'이라는 대타자 앞에서 어떻게 그들이 자신을 증명하는가이다. 낭만적 환상을 가리키는 그들의 손이, 저 물신화된 자본의 논리를 향할 수 없는 것은 자명하다. '유리'가 강남의 상류층으로 입성하지 못하고 구질구질하게 살지라도, '충무로의 낭인'이 조작가와 살림을 차려 구질구질하게 살지라도, 그들은 여전히 자본을 비웃기보다는 사랑을 냉소할 것이다. 취업을 못한 백수들의 절망과 고통은 있어도, 저 완고한 자본주의 질서에 항거하여 패배한 자의 쓰라린 절망은 있을 수 없다. 왜냐하면, 이 시대에 그것은, 죽음을 의미하기 때문이다. 그리하여 그들은 이도저도 아닌 — 물신에 대한 완강한 부정도 동경도 아닌,

그렇다고 환멸에 의해 금지당한 낭만적 이상에의 투신도 아닌 — 교착상태에서 진정 '나'를 묻는 자들은 욕망의 '모호한 대상'을 따라 끊임없이 이동할 뿐이다. 그리고 성을 비롯한 모든 욕망이 해방되었음을 선언하는 저 자본주의라는 '상징계' 속에서, 억압된 '낭만'의 유령들이 귀환하는 것을 섬뜩하게 지켜볼 뿐이다. 우리의 현실은 이제 별이 빛날 수 있는 컴컴한 밤 대신, 소음으로 가득찬 일상으로 미만하다. 끔찍한 상처는 없지만, 그와 더불어 위대한 영웅도 찾아보기 어렵다. 이 시대의 위대함은 고난과 상처를 딛고 일어선 자수성가한 실업가에게나 내줘야 하는 그런 명예가 되어버린 것이다. 그렇다면 이제 꿈 혹은 문학은 '정오의 사이렌'(이상의 「날개」)을 들으며 천천히 낙하하거나, 혹은 '개인'의 의식 속에서 모든 집단적 흔적을 지워버리기 위해 금욕적으로 고립을 실천하는(배수아의 『에세이스트의 책상』, 『독학자』) 것 이외에는 다른 길이 없다는 것일까?

5

> 나도 모를 아픔을 오래 참다 처음으로 이곳에 찾아왔다. 그러나 나의 늙은 의사는 젊은이의 병(病)을 모른다. 나한테는 병(病)이 없다고 한다. 이 지나친 시련(試鍊), 이 지나친 피로(疲勞), 나는 성내서는 안 된다.
>
> ─윤동주, 「병원」 부분

그러나 그렇다고, 그들에게 아픔이 없을 수는 없다. 명백한 원인을 드러내는 '상처'가 눈에 띄지 않는다는 것뿐이지 그들에게 고통이 없다고 할 수는 없는 것이다. 다만 그것은 「병신과 머저리」의 동생처럼 아픔으로 인식되지 못하고 있을 따름이다. 그들의 아픔은, 징후적으로 드러나기 때문이다. 그것이 사소한 뾰루지이든 심각한 종양이든 증상으로서만 드러나는 그들의 고통은 따라서, 더욱 심각할 수 있다. 이에 대한 처방은 젊은 작가의 다음과 같은 말에서 찾을 수 있지 않을까.

> 4·19세대, 386세대와 달리 우리 세대를 두고 상처 없는 세대가 무슨 문학을 하느냐고 묻는다. 그러나 앞 세대가 아프기 때문에 글을 썼다면, 우리 세대는 아프기 위해 글을 쓴다. 상처를 해부학적으로 냉철하게 현미경으로 분석할 수 있는 거리가 생긴다. '나는 아프다'고 하기 보다는 '왜 아프냐'고 해야 문학의 꼴을 갖춘다. 글쓰기가 더 힘들어진 것이다.
> —김경욱, 「상처 없는 세대는 아프기 위해 글을 쓴다」, 『조선일보』, 2005.9.27

징후는 더한 고통을 통해 불거져 나와야 한다. 또한 '왜 아픈지'를 알기 위해서는, 징후가 욕망의 환유나 배설이 아니라 아픔으로 자각되어야 한다. 상처 없는 세대의 글쓰기는, 따라서 징후를 고통의 언어로 바꾸는 그러한 작업이 되어야 하지 않을까. 욕망의 문학에도 진정성이 있다면 그것은 아마도 여전히 '고통'을 통해서일 것이다. 그렇다면, 왜 고통의 언어인가. 질문은 다시 시작된다. 이제까지 나는 문학의 알리바이를 '상처'를 아니라 '고통의 언어'로 겨우, 바꿔놓았을 뿐이다.

문학이 왜 '고통의 언어'이어야 하는가에 대해서는 이미 많은 선배들[11]이 얘기한 바 있다. 그들의 말을 빌자면 '행복은 불가능하며, 고통

---

11 김현, 「문학은 무엇에 대하여 고통하는가」, 『한국문학의 위상 / 문학사회학』(김현 문학전집 1), 문학과지성사, 1995; 우찬제, 「한국 소설의 고통과 향유」, 『고독한 공생』, 문학과지성사, 2003; T.W. 아도르노, 홍승용 역, 『미학 이론』, 문학과지성사, 2002, 39쪽.

이 삶의 진실'[12]이기 때문이다. 그렇다면 어떻게 저 '욕망의 문학'에서 가능할 수 있다는 말일까. 욕망이 아픔이 되기 위해서는, 앞에서 언급 했듯 타자 혹은 실재와 만나야 한다. 실재, 혹은 타자를 통해서만이 우리는 '피로'가 아니라 '고통'을, 그리고 절망을 말할 수 있고, 내가 누구인지 말할 수 있다. 실재를 은폐하는 저 무수한 가짜 욕망의 허위의 식과 육화된 무수한 클리셰cliche의 언어를 버림으로써만이, 우리는 진정한 '욕망'을 말할 수 있을지 모른다. 하여 그것은 어쩌면 '사랑하라, 한번도 상처받지 않은 것처럼'이라는 저 대중시의 전언처럼, '다시 한번'이 아니라, '처음처럼', 삶을 그리고 문학을 시작해야 하는 것일지도 모른다. 그것은 온갖 대중문화에 침윤된 감각들과 닳고 닳은 동전처럼 이제는 더 이상 탈주가 될 수 없는 저 탈문법과 고답적인 이론들, 그리고 기존의 선배들이 물려준 냉소와 환멸을 버리고, 철부지 어린 아이처럼 자기 앞에 주어진 생에, 겁 없이 나서는 일이다. 나는 최근 젊은 몇몇 작가들 — 극소수이긴 하지만 — 에게서 이렇듯 신선한 생의 감각으로 빛나는 '그들만의 언어'를 본다. 그들은 지난한 1980,90년대도 모르고, 더욱이나 기존의 문학에 대해서 알지 못하지만, 그렇기 때문에 그들의 언어는, 팽팽한 긴장과 '반짝이는' 호기심, 통렬한 아픔으로 가득 차 있다. 그들은 그들만의 삶과 욕망, 고통에 대해, '입냄새 밴 희망'(김애란, 「종이물고기」, 『창작과비평』, 2004년 봄)에 대해 '감히' 말하고 있으며, 지도도 없이 겁도 없이, '절망'하기 위해 길을 나서고 있는 것이다. 그들을 통해 내 타성화된 비평 언어가 누추해진다는 것은, 좋은 일이다.

---

12   김현, 위의 글, 58쪽.

지금, 우리 문학에서의 '현실'의 열도

아쿠타가와 류노스케의 「덤불속」은 한 사나이의 죽음에 대한 여러 인물들의 진술로 이루어진 단편이다. 총 일곱 명의 진술에서 중요한 것은 사건 현장에 있었던 세 명의 진술이다. 다조마루라는 도둑, 그리고 그에게 겁탈을 당한 마사고와 그녀의 남편의 진술은 동일한 이야기를 반복하다가 어느 순간 결정적으로 갈리게 된다. 이들의 진술을 간략하게 언급하자면 다음과 같다. 포청(捕廳)의 심문에 다조마루는 자신의 죄를 부인하지 않는다. 이들 부처와 우연히 마주친 다조마루는 마사고를 보고 홀딱 반했고, 고총의 보검을 미끼로 남편을 덤불속으로 유인한다. 그곳에서 다조마루는 마사고를 겁탈하고 떠나려했으나 여인은 그를 붙잡고 애원한다. 두 사내에게 치욕을 보였으니 두 사내 중 하나는 죽어야 한다는 것이다. 그 여인의 애원에 다조마루는 무사 남편과 당당하게 결투를 하여 그를 죽인다. 이것은 다조마루의 이야기다. 아내 마사고의 이야기는 이와 다르다. 겁탈당한 이후 정신이

들어 깨어보니 남편은 자신을 경멸어린 눈빛으로 바라보았고, 어차피 죽음을 각오했던 그녀는 남편에게 함께 죽기를 종용한다. 동의하는 남편을 그녀는 단도로 죽이고 자신도 죽으려 하였으나 그러지 못했다는 것. 무당의 입을 빌린 남편 혼령의 말은 또 이와 다르다. 겁탈 이후 도둑은 아내에게 같이 가자고 꾀었고, 아내는 이를 홀린 듯 받아들인다. 떠나기를 결심한 아내는 치욕을 목격한 남편을 죽여 달라고 도둑에게 요구한다. 이에 경악한 도둑은 아내를 걷어차고 무사의 밧줄을 풀어주고 떠난다. 그리고 홀로 남은 무사 남편은 자결을 한다. 이것은 남편인 사무라이 다케히로의 진술이다.

이 원작을 바탕으로 제작된 영화 〈라쇼몽〉은 베니스 영화제에서 황금 종려상을 받은바 있다. 니체식으로 말하자면 객관적인 사실이란 없고 다만 해석만이 있을 뿐이라는, 혹은 이기적인 욕망에 의해 사실이 어떻게 왜곡될 수 있는가를 명증하게 그려 보이는 작품이라는 데에 비평적 합의가 이루어진 셈이다. 그러나 여기까지라면 이 이야기는 진실 혹은 역사에 대한 상대주의, 다원주의를 표방하는 하나의 이야기에 그치게 된다. 더 중요한 것은 이들의 진술이 왜 엇갈리게 되었는가, 세 명 모두 거짓말이 아니라면 최소한 두 명은 같아야 하는 것 아닌가, 혹은 과연 저마다 살인자임을 자처하는 저 진술이 과연 '이기적 욕망'에 의해서라고 할 수 있는가라는 문제이다.

지금 우리 문학에서의 '현실'에 대해 물었을 때, 저자가 의도한 것도 또한 위와 같은 맥락이다. 기획 의도에서 밝혔듯, 질문이 겨냥하는 '현실'이란 '재현 방식으로서의 사실주의', '개연성으로서의 소설적 리얼리티'가 아니라 '재현 대상으로서의 현실'이다. 그리고 이는 리얼리즘에서 중요하게 다뤄지는 사회적 현실의 의미를 넘어선 것이다. '현실' 개념의 이러한 의미 확장은 이미 우리 문학의 긴요한 과제로 제출되고 있다. '소설은 현실을 반영하는 것이 아니라 현실을 먹는다'(신형철)라거나, '상상력의 사회학'(진정석), '부재 원인으로서의 현실'(김영찬) '사실주의에 의해 고착화된 현실과 환상의 배타적인 이분법을 넘어서려는 노력'(박혜경) 등, '복수적 현실'에 대한 문제 제기에는 이미 기존의 완강한 사실주의 기율에서 벗어난 '현실'에 대한 공통감각이 내장되어 있다. 따라서 '탈현실, 무중력, 새로운 미학'으로 호명되는 젊은 작가들의 작품들을 둘러싼 '무중력' 논쟁은 이제 소박한 대로의 현실 반영이냐 아니냐를 벗어나 왜 그들이 그러한 방식으로 '현실을 재구성하는가'를 물어야 한다.

뻔한 명제를 반복하자면, 어떤 문학도 작가가 딛고 있는 현실의 영토에서 자유로울 수 없다. 아무리 비현실적인 환상일지라도 거기에는 나름대로의 현실 인식이 들어있으며, 이 나름의 인식을 통해 각자의 그림을 그려나갈 뿐이다. 즉, IMF와 빈곤, 양극화, 이주노동자라는 사회경제적 현실이든, 아니면 탈낭만적 연애편력과 대중문화적 상상력으로 점철된 부르조아적인 현실이든, 또는 '시체, 동물, 귀신' 등의 환상으로 가득 찬 심리적 현실이든 그것이 다양한 문학적 텍스트로 양산되고 있다면, 이는 '현실'의 범주에서가 아니더라도 중요한 의제로 논의되어야 한다.[1]

다시 「덤불속」 이야기를 빌어오면, 같은 사건 현장 — 동일한 한국적 현실 — 에 있는 작가들이 제출한 진술들은 저마다 다르다. 왜 그런가?

---

[1] 이러한 맥락에서 한 평자의 다음과 같은 언급은 경청할 만하다. "2000년대 젊은 작가들은 대체로 좁은 의미의 현실에 얽매이기보다 오히려 그로부터 점점 더 멀어지려고 하는 경향이 있다. 그들의 작품에 현실이 있다면, 그것은 환상, 망상, 거짓말을 통해서 간접적이고 우회적인 방식으로 겨우 드러나는 어떤 것이다. 그것이 현실이 아니라고 말할 수는 없다. 그것이야말로 그들이 경험함 절실한 현실이며, 각자의 방식으로 가공하고 재현한 현실이기 때문이다. 이처럼 상상은 현실을 경험하고 재현하는 방식에 의해 늘 재구성된다."(진정석, 「사회적 상상력과 상상력의 사회학」, 『창작과비평』, 2006년 겨울호, 222쪽)

어떤 이는 '시체'와 '달'을 얘기하고 어떤 이는 '대왕오징어'를 이야기 하고 있으며, 어떤 이는 '국경'을, 어떤 이는 '일부일처제의 부당함'을, 어떤 이는 '가상현실'을, 어떤 이는 '밥벌이'의 고단함을 얘기하고 있다. '실재'가 아닌, 텍스트에 의해 재구성되는 '현실'은 이미 복수적일 수밖에 없다. 동일한 사건에 대한 사실보도일지라도 각 매체의 특성과 이데올로기에 따라 다르게 표현되는 것과 마찬가지로 각자의 원근법에 따라 텍스트를 통해 '현실'을 재구성되는 것은 필연적이다. 어떤 진술이 환상과 기담에 관한 것이라고 하여 '비현실' '탈현실'이라고 치부할 수는 없다. 왜냐하면, 그것이 그들 텍스트에 중요하게 다뤄진다는 것은 그것이 이미 그들에게 중요한 '현실'적 의미를 띠기 때문이다. 예를 들어 누군가 밤마다 유령을 본다고 호소해온다면, 이를 단순히 무시해버려도 되는 것일까? 누군가 실재하지 않는 유령으로 인해 밤마다 식은땀을 흘리고 더 나아가 병에 걸려 죽기라도 한다면, 그것은 이미 명명백백한 '현실'이자 '실체'이다. 여기서 보다 중요한 것은 왜 그가 유령을 보는가라는 문제이다. 그렇다는 의미에서 지금 우리 문학에서의 '현실' 탐색은 차라리 이러한 '다양한 현실'을 양산하는 심리적 메커니즘을 추동시키는 '힘(force 혹은 Macht)'에 대한 질문으로 돌려져야 할 것이다.

그렇다면 왜 우리는 그토록 '한국적 현실' 혹은 공통된 '사회현실'을 작가들에게 요구하는 것일까? 이는 일차적으로 그간 한국문학이 오랫동안 길들여져 왔던 리얼리즘이라는 관습 때문이라고 할 수 있다. 그리고 이것이 가능했던 것은 당대 현실을 해석하는 방식이 대체로 비슷했기 때문이다. 또한 현실에 대한 진술이 비슷했던 것은, (물론 문학 담론장의 헤게모니 문제가 아예 없다고 할 수는 없겠지만) 앞서 언급한 '힘'에 대한 모종의 합의가 있었기 때문이다. 즉 '지금-이곳'의 고통과 비참에 대한 원인으로서의 명백한 '적'의 규정은 역설적으로 동일한 현실 해석의 중요한 '힘'이 되었던 것이다. '전쟁'과 '분단', '독재'와 '빈곤'은 이즈음 작품들에서 그려지는 그러한 추상적인 것이 아니라, 지난 과거의 작가들이 당면한 가장 핍진한 현실이었다. 비록 반동의 형태이긴 하지만, 부정적 현실의 원인으로서의 공통의 '적' 규정은 과거 작가들의 현실 응전력과 현실의식의 열도를 보증하는 중요한 '힘'이었다.

공통의 '적'이 부재한 지금, 우리 문학에서의 '현실'은 그렇다면 긍정적인가. 그렇지 않다. 그 다양한 진술에도 불구하고 지금의 문학에서의 '현실' 또한 여전히 고통과 비참과 부자유가 넘쳐난다. 다만, 그 원인으로서 하나의 '적'을 지목하지 못할 뿐이다. 어찌되었든, 지금 우리 작가들은 고통과 비참의 원인을 모르는 채, 혹은 알면서도 모르는 척, 또는 각기 다른 곳을 가리킨 채, 지금의 현실에 대해 나름의 진술을 제출하고 있다. 이 글에서 살펴보려는 것은, 우선 몇몇 작가들이 작품을 통해 제출하는 그대로의 진술이며, 또 하나는 그 진술의 밑바탕에 있는, 실제적 '힘'과 '실체'로서 이들의 밑그림을 추동하고 있는 현실 인식과 태도이다. 앞서 언급한 대로 이는 결국 그 차이들의 양태와 그 진의에 대한 탐색이 될 것이다.

모든 뜨거운 것은 이데올로기이다

모든 물음에는 해답이 어느 정도 암시되어 있다. 따라서 작가가 텍스트에서 문제 삼고 있는 것 자체에 이미 작가가 말하고자 하는 바가 노출되어 있는 셈이다. 김훈이 『남한산성』에서 문제 삼고 있는 것은 물론 병자호란의 당시의 '남한산성'의 비참한 현실이다. 그렇다면 왜 남한산성인가? 이 뛰어난 미문가이자 베스트셀러 작가인 김훈이 '남한산성'을 제출하기 전에, 이미 그에게는 '치욕'이라는 하나의 뚜렷한 주제가 있었다. 『칼의 노래』는 물론 단편들과 수다한 에세이에서 김훈이 가장 힘주어 강조하고 있는 것은 바로 이 치욕이라는 '파토스'이다.

『남한산성』은 병자호란을 다루고 있지만, 피로 바다를 물들이는 (染) 『칼의 노래』와 달리 이렇다 할 전투 장면이 한번도 나오지 않는다. 소설은 임금이 대신들을 이끌고 남한산성으로 향하는 어가행렬에서부터 시작하여 청나라 칸에게 세 번의 절과 아홉 번 머리를 조아리는 굴욕으로 끝맺고 있다. 그리고 이 47일간의 항전 혹은 대치의 시간을 지배하는 것은 성 밖의 '청'과의 전투가 아니라 성 내부의 싸움이다. 그 싸움이란 우선적으로 '기아와 추위'로 요약되는 절대적인 물리적 싸움이고, 온갖 대의명분과 관념을 둘러싼 추상적인 논의와 '말 먼지'로 비유되는 소문들, 즉 말들의 싸움이다.

① 백성의 초가지붕을 벗기고 군병들의 깔개를 빼앗아 주린 말을 먹이고, 배불리 먹은 말들이 다시 주려서 굶어죽고, 굶어죽은 말을 삶아서 군병을 먹이고, 깔개를 빼앗긴 군병들이 성첩에서 얼어죽는 순환의 고리가 김류의 마음에 떠올랐다. 버티는 힘이 다하는 날에는 버티어야 할 아무것도 남아 있지 않을 것이었는데, 버티어야 할 것이 모두 소멸할 때까지 버티어야 하는 것인지 김류는 생각했다.

— 김훈, 『남한산성』, 학고재, 2007, 93쪽

② 최명길의 목소리는 더욱 가라앉았다. 최명길은 천천히 말했다.

—상헌의 말은 지극히 의로우나 그것은 말일 뿐입니다. 상헌은 말을 중히 여기고 생을 가벼이 여기는 자이옵니다. 갇힌 성 안에서 어찌 말의 길을 따라가오리까.

김상헌의 목소리에 울음기가 섞여 들었다.

—전하, 죽음이 가볍지 어찌 삶이 가볍겠습니까. 명길이 말하는 생이란 곧 죽음입니다. 명길은 삶과 죽음을 구분하지 못하고, 삶을 죽음과 뒤섞어 삶을 욕되게 하는 자이옵니다. 신은 가벼운 죽음으로 무거운 삶을 지탱하려 하옵니다.

최명길의 목소리에도 울음기가 섞여 들었다.

—전하, 죽음은 가볍지 않사옵니다. 만백성과 더불어 죽음을 각오하지 마소서. 죽음으로써 삶을 지탱하지 못할 것이옵니다.

—『남한산성』, 142~143쪽

인용문 ①에서 보여주는 것은 남한산성의 그대로의 비참한 현실이다. 말을 먹일 풀이 없어서 가마니를 삶고, 또 그 가마니를 놓고 군병의 추위와 말먹이의 순위를 놓고 싸우고, 그렇게 연명한 말들이 굶어 죽고, 그 말을 삶은 누린내가 성안에 가득 퍼지고, 추위에 손과 발이 오그란 든 군병들이 허기조차 달래지 못하는, 육체적 '투쟁'과 견딤의 장소가 바로 남한산성인 것이다. 김훈이 『남한산성』에서 가장 공을 들여 그리고 있는 첫 번째는, 바로 이러한 육체적 한계와 물리적 현실이다. 두 번째는 인용문 ②의 주화파와 주전파로 대별되는 '말'들의 싸움이다. 『남한산성』의 표면적인 갈등 구조는 이렇듯 주화파와 주전파를 각각 대변하는 최명길과 김상헌에 의해 성립된다. 그러나 이들 대립을 끊임없이 무화시키는 김류의 잦은 언급처럼 이미 '남한산성'이라는 현실은 "출성과 수성이 다르지" 않은 상황을 의미한다. 작품 곳곳에 인장처럼 찍힌 "임금은 남한산성에 있었다"라는 저 비극적인 문장에는 이미 확연한 패배와 그 패배를 사약처럼 받아 마시며 신음하는 임금의 고통이 함축되어 있다. 따라서 주전파와 주화파의 대립구도는 피상적일 뿐, 『남한산성』 전체를 지배하고 있는 것은 '어떻게, 이 치욕을 받아들인 것인가'의 문제이다. 그렇다는 점에서 이 작품은 죽음 혹은 무의미를 향해 기꺼이 목숨을 던지는 비극적 영웅을 그린『칼의 노래』와 달리 치열한 대결구도와 비극적 드라마를 펼쳐 보이지 못하고 있다.

　김훈이 육체와 말의 투쟁에 주목하는 이유는, 나라의 존망과 대의와 상관없이 인간은 매일 매일의 끼니를 해결해야하는 육체적 존재이며, 그러할진대 이를 빗겨간 저러한 말들은 '먼지'에 불과하다는 사실을 강조하기 위해서일 것이다. 육체의 반대편에 있는 추상적인 관념 혹은 대의명분이라고 할 수 있는 이데올로기에 대한 비판은 김훈의 작품 전편에서 발견된다. 소멸하는 육체의 물리적 과정을 비정하게 그리고 있는『강산무진』의 단편들이나 '개'를 화자로 한「개」에서도 이러한 작가 의식은 끊임없이 표출되고 있다. 요컨대 김훈이 파악하는 인간이란 무한한 이상과 아름다움을 추구하는 정신적 존재가 아니라, 밥과 똥으로 얼룩진 '몸뚱아리'이자 이 생의 욕구를 해결하기 위해 기꺼이 비루한 현실과 타협하고 몸을 섞는, 비루한 존재인 것이다. 그리하여 그가 '아름다운 인간'이라고 지칭하는 존재란, 다음과 같이 오욕과 더러움을 뒤집어쓴 존재라는 역설이 성립되는 것이다.

　　살아남기 위해서 불가피하게 더럽혀지는 인간들이 아름답지. 인간은 반드시 더럽혀지게 돼 있으니까. 더럽혀지지 않아 보이는 아름다움을 보면 신뢰가 가지 않죠. 살아 있다는 건 더러운 세계와 타협하고 흥정했다는 거니까.
　　　　　　　 ―「몽당연필을 든 무사」,『씨네 21』, 2005.8.19, 김훈과의 인터뷰 중에서

　추함과 더러움이 곧 아름다움이라는 역설은 1990년대 이후 개인의 무의식과 욕망에 대한 한국문학의 열정과 현실 지형의 변화와도 긴밀하게 연결된다. 그가『칼의 노래』나 단편들에서 강조하는 '개별성과 오류'란 바로 보편성과 총체성에서 벗어난 일련의 흐름들의 가장 핵

심적인 물줄기에 해당하는 것이다.

정의와 이념이라는 '헛것'이 아닌 단단한 지반에서 더러움과 기꺼이 몸 섞는 인간, 김훈이 그의 소설에서 형상화하는 인간 존재는 물론, 그가 오랫동안 기자라는 직업에 몸담으면서 탐구한 가장 '리얼한' '살아 있는' 인간이라는 점에서 우선 하나의 실감으로 다가온다. 그의 소설에서 가장 생생하게 살아나는 인물은 아내의 죽음을 곁에 두고도 부하 직원의 눈부신 육체에 눈을 빼앗긴 중년의 남자(「화장」)이거나, 간암 판정을 받고 퇴직금 정산부터 하는 그러한 세속적인 인물들(「강산무진」)이다. 이들을 그리는 작가의 시선에는 어떠한 비난도, 뜨거운 연민도 없다. 다만 그렇게 살 수밖에 없는 인간 존재에 대한 쓸쓸한 비애가 간간이 표출될 뿐이며, 이것이 그의 건조한 문장들을 신뢰할 수 있게 만드는 중요한 요소라고 할 수 있다.

김훈이 바라보는 인간의 가장 근원적인 형상이 그러할진대, 그가 역사 소설을 통해 부조하는 현실의 실상이란 이와 크게 다르지 않을 것이다. 『남한산성』을 통해 작가가 그리는 병자호란 현실 — 가신들은 '헛된' 이념의 논쟁에 몰두하고, 인조는 슬픔으로 그의 무력을 대신하고, 백성은 조정의 안위와 상관없이 한 끼의 밥을 위해 적에게 봉사하는 실상은, 지금의 냉혹한 현실에 대한 하나의 비유로서 제출된다. 청의 '칸'으로 상징되는 거대한 힘의 압력에 눌려 마침내 껍데기 같은 모든 '이념'과 '가치'들을 벗어버리고 오욕의 길에 나선 인조의 현실이란 2007년의 한국의 현실이자, 그가 기본적으로 바라보는 인간 역사의 실상이다. 그리고 그가 이 짧은 기록에서 읽어낸, '육(肉)'으로서의 역사 현실은 상당히 설득력을 지닌다고 할 수 있다. 그러나 문제는 이 비정한 현실의 모습을 그리는 그의 문체가 자못 '뜨겁다'는 데 있다. 『남한산성』의 인조를 비롯한 조정의 굴욕적 행보와 냉혹한 현실을 그리는 그의 문체는 건조하고 냉정하지 않다. 김훈의 문체는 기본적으로 화려한 수사로 치장되어 있지는 않지만 미문에 해당하며, 그것이 미문인 까닭은 단순한 문장에서조차 냉담한 그대로의 거대한 수사적 힘을 내장하고 있다. 일례로 "임금은 남한산성에 있었다"와 같은 문장은 담담한 사실 기술이 아니라, 그 상황에 갇힌 이들의 모든 고뇌와 절망을 환기시키는 큰 울림을 지니고 있다. 혹은 다음과 같이 역설과 반복을 통해 '사실'을 유장한 리듬과 파토스의 소용돌이 속에 몰아넣는 저 유려한 문장들.

> 정랑은 안시성과 남한산성 사이에서, 천년의 이쪽과 저쪽 사이에서 미친 척하고 있는 것일까. 일어설 수 없고 내디딜 수 없고, 본다고 보이는 것이 아니라 보여야 보는 것인데 볼 수도 없고 보이지도 않아서 정랑은 미친 척을 하고 있는 것인가. 미친 척을 하고 있다면 정랑은 미치지 않았겠구나. 정랑은 제정신으로 제 앞을 내다보고 있겠구나. 임금은 또 지는구나. 정랑이 이기는구나. 정랑이 임금을 이기고 묘당을 이기고 남한산성을 이기고 칸을 이기는구나. 매맞는 정육품 수찬이 이기고, 죽은 정오품 교리가 이기고, 미치지 않은 정오품 정랑이 이기는구나.
>
> —『남한산성』, 308쪽

김훈은 『남한산성』에서 칸의 입을 통해 "말을 접지 말라. 말을 구기지 말라. 말을 펴서 내질러라"라며 곧은 말, 큰 말, 수사가 아닌 말들을 요구했지만, 김훈이야말로 이 '큰 말'들의 수사적인 위력을 누구보다 잘 알고 있으며 이를 잘 구사하는 작가라고 할 수 있다. 이 '큰 말'들의 위력은 그것이 어떠한 구지레한 상황과 일상적 기미조차도 영웅이 당면한 '위기와 결단'의 순간으로 바꾸어놓는다는 데 있다. 이 말들은 치욕적 삶을, 일상을, 『칼의 노래』와 같은 절체절명의 위기나 혹은 적과의 대치 상황으로 바꾸어 놓고 있으며, 그것은 그대로 독자에게 거대한 파토스로서 전달된다. 김훈 문장의 매력은 바로 여기에서 온다. 그의 문장은 근본적으로 팽팽한 긴장과 생기로 가득 차 있으며, 이 활력을 통해 그의 서사들은 '실감'의 차원으로 전달되는 것이다. 비유컨대 그의 문장은 '칼'의 차가움과 뜨거움의 속성을 갖춘 빼어난 것이다.

그렇다면 이 '진검'을 통해 「남한상선」에서 냉혹한 현실을 그려내는 저 뜨거움의 정체란 무엇인가? 칼로 벼리듯 벼려내는 저 군더더기 없는 냉혹한 실상 뒤에 넘쳐흐르는 강렬한 파토스가 겨냥하는 바는 두말할 것도 없이 치욕의 정당화이자 현실 논리이다. 『남한산성』의 표면적인 대립구도로 내세운 주화파와 주전파를 작가가 중립적으로 다루고 있다는 것은 피상적인 파악에 불과하다. 김훈은 처음부터 치욕의 편에서 있었으며 다음과 같은 문장에서 가장 뜨겁게 문장을 벼린다.

왕조가 쓰러지고 세상이 무너져도 삶은 영원하고, 삶의 영원성만이 치욕을 덮어서 위로할 수 있는 것이라고, 최명길은 차가운 땅에 이마를 대고 생각했다. 그러므로 치욕이 기다리는 넓은 세상을 향해 성문을 열고 나가야 할 것이다. (236쪽)

죽음은 견딜 수 없고 치욕은 견딜 수 있는 것이옵니다. 그러므로 치욕은 죽음보다 가벼운 것이옵니다. (249쪽)

김훈의 '뜨거운 문장'이 진정으로 고투하고 있는 것은 인조의 굴욕을 어떻게 '숭고함'으로 승화시킬 수 있는가이다. 치욕을 치욕에서 건져내기. 『남한산성』의 진정한 '전투'는 바로 이것이며, 그리고 아마도 김훈은 이를 성취한 듯하다. 그 기나긴 투쟁 끝에서 김훈은 어떤 누구도 인조의 삶의 향한 발걸음에 멸시와 비난의 눈길을 던질 수 없게 만들었기 때문이다.

그렇다면 '숭고한 치욕', 이 모순 어법은 어떻게 가능해졌는가. 이는 '치욕'을 가장 능동적이며 실천적인 테제로 치환했기 때문이다. 한신이 시정잡배의 가랑이 사이를 기어들어간 일화가 사람들에게 감탄을 불러일으키는 것은 그 행위의 능동성 때문이다. 어떤 행동도 — 그것이 자멸이든 위악이든 — 자발적인 '의지'에 의해 행해질 때, 그것은 더 이상 부끄러움과 모멸의 대상이 되지 않는다. 김훈은 이 역설을 오랜 삶의 터전이었던 저 현실의 저잣거리에서 건져 올린 보기 드문 진진한, 작가임에는 틀림없다.

그러나 왜 하필 숭고한 치욕인가. 그가 비난하고 냉소하는 이데올로기나 대의명분의 깃발을 어디에도 찾아볼 수 없는 이 거대 자본주의 현실에서 왜 그는 숭고한 치욕을 말하고 있는가. 이 치욕의 논리는 김훈의 현실주의 맥락과 잇닿아 있다. 그리고 그의 현실주의는 현실추수나 현실 순응이 아니라는 점에서 강인한 현실주의라고 할 수 있다. 어떤 의미에서 이는 그의 '보수주의'를 천박한 것으로 타락시키지 않는 장력으로 작동하기도 한다. 그의 말대로 "진보＝선, 보수＝악"이라는 이분법적 가치 설정은 온당하지 않다. 보수와 진보는 삶과 현실을 바라보는 하나의 세계관일 뿐이며, 나름대로의 최선의 생을 위한 일종의 방편이라고 할 수 있다. 인간의 삶은 별로 달라지지 않으며, 그것대로를 유지하는 것이 더 긴요하다는 것이 보수이고, 역사발전의 합법칙성을 믿고 더 나은 현실을 위해 나아가야 한다는 것이 진보라고 할 때, 거기에는 세계관의 근본적인 차이가 있을 뿐, 인류 전체의 행복에 대한 기원의 유무와 이기심을 논하는 것은 어리석은 일이다. 보수, 진보가 가치 개념이 아니라 단지 인간의 삶을 바라보는 하나의 원근법이라면, '나쁜' 진보와 '좋은' 보수가 성립되는 것은 당연한 이치이며 거기에 어떤 이의를 달 수는 없을 것이다. 그렇다면 김훈의 보수는 무엇인가? 그가 『남한산성』을 통해 그린 '지금-현실', 아니 인간의 변하지 않는 현실은 그런대로 '유지하고 지킬 만한' 것인가, 아니면 바꿀 수 없는 것인가. 전자라고 하면 그는 진정한(?) 보수주의자이고 후자라고 한다면 그는 허무주의자이다. 그러나 '치욕의 생'이라고 말했을 때, 그는 또 반드시 보수주의자라고 할 수도 없을 것이다. 그렇다면 허무주의인가? 다들 그렇다고 한다. 더러 평자들이 김훈의 허무가 '무를 향하고 있다'는 점에서 니체적인 능동적 허무주의와 맞닿아 있다고 하지만, 최소한 『남한산성』에서 저자가 읽은 것은 그런 것이 아니다. 김훈은 저 빼어난 장편인 『칼의 노래』의 서문에서 이렇게 노래했다.

> 사랑은 불가능에 대한 사랑일 뿐이라고, 그 칼은 나에게 말해 주었다. 영웅이 아닌 쓸쓸해서 속으로 울었다. 이 가난한 글은 그 칼의 전언에 대한 나의 응답이다.
> 사랑이여 아득한 적이여, 너의 모든 생명의 함대는 바람 불고 물결 높은 날 내 마지막 바다 노량으로 오라. 오라, 내 거기서 한 줄기 일자진(一字陣)으로 적을 맞으리
>
> ─『칼의 노래』 1, 생각의나무, 2004

『칼의 노래』의 이순신은 대의명분과 이데올로기에 몸바친 영웅이 아니다. 그는 보편과 총체, 이념이 헛것에 불과하며 전쟁과 정치가 단지 개별적인 욕망들의 각축장임을 충분히 알고 인물이다. 그럼에도 불구하고 그는 바다에서 수많은 적군들을 '개별성'이 아니라 '전체성'으로 맞서 싸운 인물이고, 그 모든 허망함에도 불구하고 생이 아니라 기꺼이 무의미와 무(無)를 향해 자진해간 인물이다. 『칼의 노래』의 감동은 바로 여기에서 비롯된다. 위 인용문에서처럼 불가능에 대한 사랑, 그 열정이 『칼의 노래』 이순신의 영웅적인 면모이며, 이것이 바로 능동적인 허무라고 할 수 있는 것이다.

그러나 『남한산성』에서는 일자진으로 맞이하는 것은 헛것인 것만 같은 사랑도, 아득한 적도 아니다. 『남한산성』의 문장이 일자진으로 품어 안는 '치욕'은 냉혹한 현실도 아니고, 이에 대한 쓰라린 비애도 아니다. 다만 숭고한 치욕으로 포장된 생존 논리에 대한 이데올로기이다. 한 평자가 『남한산성』을 두고 "삶도 이데올로기가 될 수 있다"(김미현, 「수상한 소설들」)라고 날카롭게 지적한 바 있듯, 모든 이데올로기를 대한 부정하는 논리로 내세운 '삶'에 대한 강조는 또 하나의 이데올로기가 될 수 있는 것이다. 지젝은 이를 두고 다음과 같이 지적한 바 있다.

> 오늘날 '시대에 뒤떨어진' 이데올로기적 열정의 형식들로 간주되는 것에 반대하면서 탈정치화된 객관적 경제 논리를 강조하는 것이야말로 다름 아닌 지배적인 이데올기적 형식인데, 왜냐하면 이데올로기란 언제나 자기-지칭적이기 때문이며, 다시 말해서 그것은 언제나 '이데올로기적'이라고 기각되고 탄핵되는 어떤 타자에 대한 거리를 통해 스스로를 규정하기 때문이다.
>
> ― 슬라보예 지젝, 이성민 역, 『까다로운 주체』, 도서출판b, 2005, 575쪽

이념과 가치, 희망까지를 일체의 이데올로기로 비판하고 삶의 진창에서의 필연성만을 강조하는 김훈의 치욕의 논리는 역설적으로 또 하나의 이데올로기일 뿐이다. '말의 휘장을 입은 것 중 근본적으로 이데올로기가 아닌 것이 어디있겠냐만은, 말의 무의미성을 그토록 강조하면서도 저 찬란한 말의 향연을 거두지 않는 김훈의 작품이야말로 가장 치열한 이데올로기의 소산이라고 할 수 있다. 그러나 현실이, 여전히 이러한 이데올로기의 쟁투에 의해 더 나아질 수 있다는 믿음이 여전히 유효하다면, 삶을 둘러싼 이데올로기의 싸움은 더 뜨거워야 한

다. 김훈이 그토록 강조하는 '살아있는 인간'의 육체가 그러하며, 현실은 또 그 체온들에 의해 이루어지는 것이 아닌가. 그렇다면 이러한 이데올로기에 의해 구축된 김훈의 현실은 허위의식인가? 여기에 대해서 지젝의 또 다른 말을 참고할 필요가 있다.

> 이데올로기는 단순한 '허위의식', 현실에 대한 착란적인 표상이 아니다. 그것은 오히려 이미 이데올로기적이라고 인식될 수 있는 현실 자체이다. 이데올로기적인 것은 그 본질에 대한 참여자들의 무지를 통해서만 존재할 수 있는 사회적인 현실이다. 즉 이데올로기의 사회적인 효과와 재생산 자체는 개인들이 '자기들이 무엇을 하고 있는지 알지 못하는 것'을 함축하고 있다.
>
> ─슬라보예 지젝, 이수련 역, 『이데올로기라는 숭고한 대상』, 인간사랑, 2002, 48쪽

모든 차가운 것은 실재이다

'낯선 감각, 새로운 소설'로 주목받고 있는 젊은 신예 작가 한유주의 소설에서도 생이 치욕이기는 매한가지이다. "나는 구원 혹은 치유와 같은 말들을 믿지 않는다. 얼마나 많이 속아왔던가"[2] 혹은 "부끄러움이 오히려 삶을 지속시켰다"라고 선언하는 이 젊은 작가의 생의 감각은 오랫동안 '현장'에서 삶의 연륜을 쌓은 김훈의 그것과 닮아있다.

---

2   한유주의 작품 인용문은 『달로』(문학과지성사, 2006)에서 가져온 것이다.

살아남음으로써 깨닫게 되는 감정은 다름 아닌 수치스러움이다. 그 수
치스러운 감정이 계속해서 깨어있게 한다. 치욕과 망각으로 점철된 삶

— 「그리고 음악」, 『달로』, 문학과지성사, 114쪽

그러나 '치욕'의 감각을 공유하더라도 이들이 '치욕'을 길어올리고,
그리고 이를 통해 되비추는 현실의 밑그림에는 현격한 차이가 있다.
그렇다면 한유주의 이러한 감각은 어디에서 비롯되는가. 우선 한유주
의 소설은 '낯선, 새로운'이라는 수사에 걸맞게, 친절하게 선명한 밑그
림을 제출하지 않는다. 몇몇 평자가 지적하고 있듯, 그녀의 소설 언어
는 시적 언어에 가깝고, 어느 작품을 보아도 뚜렷한 서사를 발견할 수
없다. 설혹 그런 것이 있다고 하더라도 그러한 '이야기성'이 이 희귀한
작가를 이해하는 데 별반 도움이 되지 않는다고 하는 것이 온당하다.
이미지의 나열, 파편적인 언어, 모호한 화자, 비선형적인 플롯, 연속적
인 시간성을 부정하는 현재형 시제, 이국적인 시공간 등으로 이루어
진 한유주의 작품은 한국어로 씌어있다는 사실을 제외하고는 분명한
'한국적 현실'의 증거를 찾을 수 없다. 그렇다면 그녀의 비관적인 생의
인식은 그녀의 어떠한 현실인식에서 비롯되는가. 한유주의 소설에서
파편적인 언어를 통해 드러나는 '현실'의 그림은 일상적 현실이 아니
라, '전체적인 세계상'이다. 이 전체성이란 역사현실의 총체성과 무관
한 것으로 개별성과 구체성이 빠진, 또 하나의 '조각난 상'으로서의 전
체상을 의미한다. 한유주의 소설이 보여주는 것은 시간의 연속성과
구체적인 물질성을 갖춘 세계가 아니라, 비연속적인 시간과 비물질적
인 공간이며, 현실성 있는 개체가 아니라 일련의 무리 혹은 일반적 '사
람들'이 할 수 있는 류적(類的) 인간이다. 그렇다는 의미에서 한유주의
세계상은 환상이라고 해도 좋을 것이다. 라캉에 의하면 '환상'은 '상상'
이 아니라 일종의 의미의 논리를 갖춘 구성된 세계이다.[3] 따라서 한유

주의 환상으로서의 세계상은 기본적으로 작가에 의해 '상징화'된 세계라고 할 수 있다. 한유주의 환상에서 그것은 전쟁, 폭력, 야만, 수치, 죽음, 사막, 홍수 등으로 제시된다는 점에서 일종의 디스토피아적 세계상의 가깝다고 할 수 있다. 한유주의 상징화된 현실은 사람들이 "메마른 살갗과 눈 메마른 말과 사람들"이 매일 뒤늦게 벌레로 변해버린 자신을 발견하고, 죽은 사람들의 '유령'과 유령 같은, 산 사람들이 배회하고(「지옥은 어디일까」), 어느 날 갑자기 집안에 물이 들이닥쳐 어머니가 익사하고, 아무 일도 일어나지 않는 지극히 권태롭고 외로운 곳이며, '죽음이 전방위적'으로 널려 있는(「죽음의 푸가」) 야만의 세계이다. 그렇다면 한유주는 왜 이러한 도저한 비극적 세계상을 현실에 대한 진술로 제출하는 것인가? 한유주의 소설에서 현실은 구체적인 인물이 경험을 통해 얻은 실감의 세계가 아닌 이차적으로 매개된 세계이다. 단적으로 다음과 같은 구절들.

우리의 세대는 수사학이 선인 세대야. 우리는 아무것도 가진 것이 없는 세대지. 우리의 과거는 전파로 얼룩져 있고 그러므로 우리는 어떠한 반성도 회의도 추억도 갖지 못한다. 텔레비전의 화면은 한 가지 전파만을 송신하고, 그마저도 뒷면을 갖고 있지 않으므로, 우리에게는 영혼이 없다. 오직 전파만이 영혼의 속도로 직진하고 있을 뿐이다. 그것이 우리의 야만이다.
2001년 9월 11일……, 우리는 새로운 광경을 목도한다. 미디어란 얼마나 재빠른가? 세상에서 가장 거대한 첫 번째 빌딩이 무너지고, 몇 분 지나지 않아 세상에서 가장 거대한 두 번째 빌딩이 무너지기도 전에, 무슨 일이 벌어지고 또 곪고 있는지 알아차리기 전에, 카메라는 이미 그곳에 당도해

---

3 한유주를 비롯한 최근 젊은 작가들의 작품들에는 비현실적 환상이 자주 등장하는데, 라깡이 환상은 기본적으로 대타자가 나에게 무엇을 원하는지에 대한 질문(Che vuoi?)에 대한 일종의 방어 역할을 한다고 지적한 것은 중요한 참고점이 될 것이다.

있다. 장면은 0과 1로 전환되어 잠시 대기권 밖을 떠돌다가, 곧바로 세계 곳곳의 안테나로 흡수된다. 전광판, 텔레비전, 갑작스런 호외. 우리의 세대는 너무나 공시적이다. 고통을 느끼기 위한 순간의 여유도 만들어내지 못한다. (…중략…) 장면은 감각 너머에 있다. 그것이 우리의 야만이다.

— 「그리고 음악」, 118~119쪽

위 인용문에서 한유주는 자신의 세대를 어떠한 것도 '감각'적으로 실감하지 못하고 미디어의 송신에 의해 일방적으로 '기억과 사유'가 주입되는 세대로 그리고 있다. 9·11 테러라는 저 엄청난 사건조차 '감각' 너머 전파에 의해 동시다발적으로 전송되는 그러한 세계에서 한유주의 화자들은 끊임없이 의혹을 던진다. 고통도 환희도 아닌 저 0과 1의 다발이 과연 세계의 실상인가? 어떠한 반성도 회의로 전환되지 않는 저 9·11 테러를 비롯한 세계의 모든 비극적 사건들이란 텔레비전의 다른 픽션과도 다를바 없으며, 결국 그들에게 세계는 사실상 '아무 일도 일어나지 않는 곳'이 된다. 실질적인 체험이 부재하기 때문에 어떠한 것도 소유할 수 없는 이들 세대는, 어떠한 실존감도 갖지 못한 채, 지독한 권태감에 괴로워한다. 현대인의 운명인 '소외'만을 유일한 실감으로 갖는 이들에게 더욱 고통스러운 것은 과학적 합리성으로 표상되는 현대 문명이 가져온 일체의 낭만성에 대한 부정이다.

누군가 문명이라는 획기적인 발명품을 고안해낸 이후로, 사람들은 더 이상 고향을 찾지 않았다. 어떤 사람들은 기억이 한 다발의 뇌파로 환원될 수 있다고도 말했다. 사랑은 몇 방울의 호르몬으로 시작되었고, 그 호르몬이 모조리 분비되고 나면 더 이상 사랑은 없었다. (…중략…) 사람들은 유령처럼 투명해진 제 몸을 내려다본다.

— 「암송」, 217쪽

위 인용문에서 알 수 있듯, 영혼이나 사랑, 추억이 뇌파나 호르몬 등으로 치환되는 첨단 기계문명 속에서 탈낭만적 냉소는 이제 하나의 포즈가 아니라 절대적인 진리가 되어버린다. 미디어에 의해 매개된 사건을 기계적으로 받아들이고, 일상적 감정조차 거세당한 한유주의 인물들이 갖는 정체성은 '유령'이다. "평화, 평화, 나는 어떤 사건도 겪지 못했다. 한 줄의 문장, 한 줄의 전파, 나에게는 과거가 없다. 거짓말이다. 한 줄의 폭력, 한 줄의 평화,"(「그리고 음악」)라는 구절에는 '전파, 뇌파'의 다발로 이루어진 인간이 과연 피와 땀으로 이루어진 실체일수 있겠냐는 질문이 담겨 있다. 그것은 다만 '유령' 혹은, 「세이렌 99」의 기계 인간, 즉 분류 기호 99나 2월, 8월 등으로 호명되어 테러리스트로 훈련받는 사이보그들에 불과하다는 것이다.[4]

매일 새로운 전쟁이 발발하고, 죽음이 전방위적으로 널려있으며, 고래들이 끊임없이 자살하고, 사막과 떠도는 호수와 익사자, 유령, 거대한 익명의 바다로 이루어진 이 한유주의 세계는 분명, 그녀 자신이 '거짓말'이라고 끊임없이 의심하고 비판하는 미디어에 의해 매개된 세계이다. 일방적인 전언에 의해 표상된 이러한 세계가 기본적으로 한유주의 소설에서 환상의 기법으로 현실의 밑그림으로 제출되고 있다는 것이 우선 전제되어야 할 것이다. 그러나, 한유주의 소설의 낯설음은 기본적으로 여기에서 발생하지 않는다. 낯설음은 이러한 '가짜'같기만 세계에 대한 그녀만의 독특한 대응전략에서 빚어진다.

실재가 아닌 수사학으로, 실상인 아닌 '숫자'와 그래프로 끊임없이 치환되는 이 사물의 세계에서 "실재가 아니었던 실재와, 실재가 아닌 실재와, 그런……"이라고 읊조리는 작가는 이 '주문'과 더불어 모든 스크린을

---

4   이런 의미에서 한유주의 소설이 사물화된 세계에서 소외된 인간의 모습을 그림으로써 현대문명비판을 담고 있다는 비평적 언급은 온당하다고 할 수 있으며, 어쩌면 이것이 한유주 소설의 유일한, 비판적 '현실인식'이라고 할 수도 있다.

거둬낸 실재로 감행한다. 그 실재란 상징계적 시공간을 배신한 그러한 세계, 즉 비연속적이며 중층적인 시간과 무중력 공간으로 표상되는 '혼돈'의 세계를 의미한다. 그것은 '달'이 아닌 '달로'(객관적 상관물인 달이 아니라, '달'이라는 상징으로 가는 여정이 함축된)라고 상징되는 비현실적인 시공간이지만, 그것이 그녀는 순수한, 진짜의 세계라고 생각한다. 그곳은 지구의 모든 기억이 하나도 망각되지 않은 채 고스란히 보존되어 있으며, '무수한 경계가 지워지고' '과거도 미래도' 없으며, 이 시간과 저 시간이 서로를 가로지르는, '천개의 태양을 간직한' 곳이다. '장대 높이뛰기'로 초월해 가는 이 모험은 '세월에도 빛바래지 않는 누군가의 최초의 기억들', 혹은 '먼 옛날 이야기'로의 여행으로 그려진다. '달의 뒷면, 일상의 뒷면, 강의 저편'이라는 비유되는 이러한 세계는 일종의 상징계 저편을 의미한다. 인간적인 일체, 즉 문화와 기호로 표상되는 상징계가 존재하지 않는 이 혼돈의 장소가 한유주가 그리는 일종의 동경의 '실재'라면, 또 한편에는 공포의 '실재'가 존재한다. 한유주의 소설에는 달의 뒷면, 즉 스크린을 거둬낸 실재에 대한 동경이 가득하지만, 또 한편 그것과의 대면에 대한 불안감과 공포로 가득 차 있다. 이 양가적 감정과 실재와의 만남의 실패를 명백히 증명하는 것이 한유주 소설의 분열된 주체이다. 그러나 여기에서 주목해야하는 것은 한유주의 어떤 화자들은 실재에 대한 공포를 극복하기 위해 공포 한 가운데로 진입한다는 것이다. 「죽음의 푸가」, 「세이렌 99」, 「지옥은 어디일까」와 같은 작품이 보여주는 환상의 세계에서 드러나는 죽음과 공포가 바로 이에 해당한다.

「죽음의 푸가」는 나치에 의해 고통 받다가 자살로 생을 마감한 유태인 시인인 파울 첼란의 비극적 생의 그림자를 다룬 작품이다. '그림자'라 했거니와, 이는 이 작품에서 '그'로 명명되는 인물은 파울첼란으로 암시되지만, 이 글은 대체로 2차 세계대전 당시 고통 받는 유태인의 상황과 그 비극적 아우라를 묘사하고 있기 때문이다. 즉 이 작품은 1942

년, 1978년 등의 시간대를 오가며 나치의 만행과 그 이후의 역사적 사건을 소재로 하고 있으나, 이를 구체적인 현실성으로 재현하고 있지 않다. 이 작품에서 보다 중요한 것은, 화자가 2차 대전 당시의 도시를 추체험하며 '실감'처럼 제출하고 있는 '죽음'과 '공포'이다. 「죽음의 푸가」에서 화자는 노란별을 단 유태인과 함께 도시의 골목길을 배회하고, 구원없는 세계의 그대로를 추체험한다. 「세이렌 99」이나 「지옥은 어디일까」 「베를린·북극·곰」에서의 화자들도 광기에 사로잡힌 군인, 대학생, 도망중인 테러리스트가 되어 눅눅한 지하실에서 불안에 떨거나 폭력에 희생당하고, 지옥 같은 현실을 배회한다. 그리고 이들이 불안과 공포의 체험을 통해 진술하는 바는 "세계의 실체는 사막임을 내 눈으로 확인 합니다"이다. 그러나 세계의 실체가 사막임을 확인했다는 것이 중요한 것은 아니다. "우리의 일은 오로지 죽음을 극복하는 일에 다름 아니었으니까요"라고 언표 되는 것처럼, 그들의 이 실재로의 감행은 본래 실재의 공포를 극복하기 위한 것이기 때문이다.

한유주의 작품 세계에 드리워진 일체의 죽음의 이미지는 결국 매개된 현실을 거부하고 실재를 가로지르기 위해 장착한 일종의 안전장치라고 할 수 있다. 결국 이 또한 실감이 아니라 하나의 제작된 죽음들이라는 점에서 여전히 '환상'의 산물이긴 하지만, "환상은 실재계의 견고한 중핵에 접근하는 유일한 지점이다"라는 지젝의 말을 상기해 볼 때, 필연적일 수밖에 없다. 문제는 그것이 실패로서밖에 증명될 수 없다는 것. 또 한 가지 짚고 넘어가야 할 것은, 한유주의 실재 여행이 내용적인 측면에서 죽음과 공포의 이미지를 동반함으로써 중핵을 가로지르고 있다면, 형식적인 측면에서도 또 이러한 탈구가 도출된다는 것이다. 한유주의 소설에는 '일상적 문장'에 대한 혐오가 곳곳에 표출되어 있다. 현재형 시제로 이루어진 「그리고 음악」이나 주체의 얼굴을 지운 모호한 문장들, 비선형적 플롯 등등. 이러한 형식적 실험은 소박한 대로 일종의 낯선, 새로운 소설에 대한 매혹에서 비롯되었다고 할 수 있으며, 보다 근본적으로 '일상'으로 표상되는 일체의 기존의 상징계를 벗어나고자 하는 열망의 소산이라고 할 수 있다. 그리하여 한유주의 문장들은 거의 가독성을 지니지 못할 뿐 아니라, 때론 요령부득의 비문들의 조합이다. 이는 아마도 낡고 닳은 일상의 문법을 파괴하여 '달로'라는 무중력적, 실재계에 도달하기 위한 시도로 보이나, 실재에 대한 주체의 응답이 항상 외상적으로 드러날 수밖에 없듯, 이러한 시도는 '실패'로서만 증명되고 만다. "실재는 오직 형식화의 궁지를 통해서만 쓰여질 수 있다"라고 말한 라캉의 전언처럼 실재를 재현할 수 있는 형식이란 전무하며, 따라서 한유주의 일탈의 문장들은 항상 '그것'에 미치지 못하거나 '그것'을 넘어서지 못한다. 한유주의 소설들은 필사적으로 '상징계' 저 너머를 좇는다. 그러나 그녀의 소설은 항상 뒤쳐지거나 지나침으로써 '그것'을 보여줄 수 있을 뿐이다. 그 지나침과 뒤쳐짐이 그녀의 소설에서 크다는 것이 한유주 소설의 낯설음이자 실패의 증좌라고 할 수 있다. 그녀의 상징계를 가로지르는 언어는 미디어에 정박된 현실처럼 실감을 상실하고 있으며 따라서 그것들은 죽은 말들의 세계이며, 현실의 맥락을 잃고 부유하는 기호들의 놀이, 개념들의 충돌에 불과하다고 할 수 있다.

모든 미지근한 것은 허풍이다

김훈의 소설이 현실의 논리에 '사로잡히고', 한유주의 작품이 실재에 '들려있다면', 어떤 작가들의 작품은 '현실' 위를 가볍게 부유한다.

예를 들어 박민규의 『핑퐁』, 혹은 박형서·천명관·이기호 등이 그러하다. 박민규의 작품은 지금-이곳의 문제적인 일상의 현실을 소재로 삼고 있지만, 알레고리나 만화적 상상력으로 통해 '지금 이곳'을 훌쩍 벗어난다. 지구를 언인스톨 한다거나 대왕오징어, 외계인 등을 등장시킴으로써 '농담'과 '유희'의 상상력을 통해 그는 현실의 맥락을 비틀어 낯설고 우스꽝스러운 것으로 바꾸어놓는다. 박형서·천명관의 작품 또한 명백히 '이해될 수 있는' 현실의 맥락에서 움직이지만, 그것은 '지금 이곳'과 상관없는 인간의 '보편적인' 현실을 겨냥하고 있다는 점에서 무의식을 다룬 심리소설과 유사하게 '지금 이곳'의 현실을 지운다. 이들의 작품은 소위 '미드족'이 열광하는 그러한 '드라마'와 유사하게 '이야기성' 자체에 초점이 맞춰져 있다. 이 '풍요로운' 이야기들이 지향하는 바는, 스릴과 쾌감을 통한 카타르시스라는 점에서 저 먼 태고적 '이야기'의 어떤 지점과 맞닿아 있다는 것이 사실이다. 거기에는 '지금 이곳'의 인간의 현실이 아니라, 광대한 인류 역사의 지층에서 길어올린 다양한 인간적 '상황'이 있다. 예를 들면, 어머니에 대한 어린 아이의 병적인 집착을 다룬 박형서의 「물속의 아이」(박형서)나, '흙'을 주식으로 하는 '별종'의 인간들의 이야기를 그린 「누구나 손쉽게 만들어 먹을 수 있는 가정식 야채볶음흙」(이기호)이나 프랑스 역사의 실존 인물들을 통해 프랑스 혁명 사상사를 비튼 「프랑스혁명사」 등이 이러한 예에 속할 것이다. '그럴듯한 상황'을 창조하고 그 안에서 움직이는 인간의 '그럴듯하지 않은' 행동에 주목하는 이러한 작품은 분명, '지금 이곳'의 일상은 아닐지라도 분명 '현실'에서 출발하고 있다. 그러나 이들 소설이 '그럴듯함에서 그럴듯하지 않음', '그럴듯하지 않음에서 그럴 듯함'의 어떤 방향으로 움직이느냐는 중요하지 않다. 중요한 것은 차라리 그 낙차와 간극에서 오는 '신기'와 '재미'인 바, 이런 의미에서 이들 작품의 현실은 인간의 보편적인 '심리적 현실'이거나 이야기 구조의 개연성이라고 보는 것이 온당하다. 인간 심리의 메커니즘이나 이야기의 관습을 탐사하는 이들 작품은 따라서 또 다른 차원에서 '현실'을 맥락화하여 '현실'을 벗어나고 있다.

다시 「덤불속」 이야기로 돌아가면, 영화 〈라쇼몽〉의 주된 스토리는 아쿠타가와 류노스케의 「덤불속」에서 빌어 왔지만, 이 영화에는 류노스케의 또 다른 이야기인 「라쇼몽」이 들어있다. 영화의 도입부를 장식하고 있는 이 이야기의 요지는 다음과 같다. '라쇼몽'이라는 불리는 건축물 누각에 즐비한 시체들이 널려있다. 화재와 기근이 이어지는 흉흉한 시절, 비를 피해 한 사나이가 이 누각에 들어간다. 거기에서 그는 한 노파를 만나는데, 그 노파는 시체의 머리카락을 뽑고 있었다. 이유인 즉은 가발을 만들어 끼니를 해결하려는 것. 사나이는 노파의 파렴치한 행동에 화를 내는데, 이에 노파는 이렇게 답한다. "이렇게 안 하면 당장 굶어 죽을 테니 할 수 없이 한 짓이여."[5] 요컨대 어떤 윤리도 자기 보존의 논리를 넘어설 수 없다는 것. 그렇다면 감독 구로자와 아끼라는 왜 이 생존본능을 절대화하고 있는 〈라쇼몽〉을 「덤불속」의 이야기 앞에 두었는가. 두 이야기의 주제는 사실, 정확하게 반대된다. 〈라쇼몽〉의 이야기가 자기 보존의 논리를 모든 윤리 앞에 내세웠다면, 「덤불속」은 목숨을 던져서라도 지켜야 할 무엇이 있다는 것. 도둑 다조마루, 마사고라는 여인, 그리고 죽은 남편은 왜 스스로 '진범'임을 주장하는가? 그 핵심은 그 폭압적 상황에서도 자신은 그 상황을 능동적으로 이끈 '주체'였다는 것이다. 이를 명예욕이라고 하거나 혹은 '자존'이라고 해도 상관없다. 어쨌든 죽은 남편까지도 이들은 모두 그 '덤불속' 일에 관한한 자신이 수동적인 희생자가 아니라 능동적 주체임을 주장하고 있는 것이다. 이것이야말로 이들이 의식적이든 무의식적이

---

5   아쿠타가와 류노스케, 양윤옥 역, 『라쇼몽』, 좋은생각, 2004, 39쪽.

든 덤불속의 이야기를 다르게 재구성하게 만드는 원인이었던 것이다.

앞서 살펴본 김훈, 한유주를 비롯한 이즈음의 작가들이 제출하는 현실에 대한 '진술'은 각각 다르다. 그러나 이 각각의 이야기들에도 공통점은 있다. '현실'에 지나치게 밀착해 있거나 혹은 현실을 비껴가거나 간에 이들의 진술이 「덤불속」 이야기에서와 마찬가지로 '지금의 현실'을 능동적으로 변형하고 있다는 것. 이는 '자기 보존의 윤리'를 적극적으로 주장하는 경우에 있어서도 마찬가지이다. 김훈의 '치욕'의 논리가 보여주듯 이들의 적극적인 현실 '투항' 내지 현실 '도피'는 지금의 실체 없는 전 지구적 자본주의 현실을 나름대로 돌파하는 능동적인 행위이다. 이들 작품에서 실제 현실과의 괴리가 크면 클수록 그들이 '지금 현실'을 '주체' 안에 포섭하려는 의지와 욕망이 크게 작용하고 있다고 할 수 있으며, 이는 역설적으로 '지금 현실'의 폭압성과 불가해함을 보여주는 반증이라고 할 수 있다.

저항 혹은 투항의 책략으로서의 웃음

조각난 '웃음'에 관한 '조각난' 이야기

1

아버지는 생전 안 하는 게 있었다. 뛰는 것과 웃는 것. 뛰지 않는 건, 모든 아버지들이 그랬다. 웃지 않는 건, 아버지만 그랬다. 평생 근엄했다. 돈 한 푼 못 버는 주제에, 아버지처럼 사느니 죽는 게 낫다고 생각했다. 콩나물국에 밥을 말아 먹는데 뉴스가 나왔다. 조직폭력배를 검거했다고 했다. 폭력배의 조직 이름이 콩나물파라고 했다. 아버지가 지포라이터 켜는 것 같은 소리를 냈다. 칙. 난생처음 보는 아버지의 웃음이었다. 아버지가 제일 놀랐다. 입술이 치켜 올라가고 틀니 한 귀퉁이가 드러났다. 수습하려고 했지만 다시 칙. 아버지는 필사적으로 웃음을 참았다. 그러나 몇 개의 밥알이 방바닥으로 튄 뒤였다. 따라 웃었다간 집이 통째로 날아갈 것 같았다. 무서웠다. 죽을 힘을 다해 참는 식구들 얼굴이 시체처럼 변했다. 그 뒤로 아버지는 텔레비전을 등지고 밥 먹었다.

— 구효서 「TV, 겹쳐」, 『현대문학』, 2008년 2월호, 82쪽

구효서의 「TV, 겹쳐」는 TV가 재산 1호였던 시절, 여러 이웃들이 텔레비전 한 대를 놓고 시청하던 시절의 이야기이다. 위 인용문에서 '웃지 않는 아버지'란 사실, 2000년대 이전 우리 사회의 엄숙주의와 권위주의의 표상이다. 아버지, 통치자, 국가 이념과 유교적 이데올로기가 절대 권력으로 군림하던 때, 웃음은 불경한 것이자 신성모독이었다. 영화관에서 애국가가 울려 퍼지고 국기에 대한 맹세와 국민교육헌장을 외우던 시절, 그때를 지나 광장에서 '독재 타도'의 구호와 최루탄이 터지던 때, 누가 감히 '공공연하게' 웃을 수 있었겠는가. 군대, 회사, 학교, 가정 등의 온갖 제도와 관습의 위계질서 안에서 웃지 않는 '통치자'와 더불어 우리 문학도 감히 웃지 못했다. (물론 김지하와 이문구의 풍자와 해학이 있지만 이들의 웃음은 지금의 우리들의 '웃음'과는 품과 격이 다르다) 그런데 언제부터인가 우리 문학에 저 아버지의 '칙' 소리 같은 수상한 웃음소리가 새어나오기 시작했다. 1990년대 후반 이후부터 시작되었던 이러한 웃음소리는 어느새 2000년대 문학을 관통하는 지배적인 미학 코드가 되었다고 할 수 있는데, 이는 최근 문학상 수상작들에 바쳐진 다음과 같은 비평적 문구들을 일별해보아도 알 수 있다.

『수상한 식모들』은 발상이 신선하고 접지하는 방법은 아주 웃긴다. (…중략…) 시종일관 웃으며 읽다가 다 읽고 나서 돌연 주변이 수상하게 여겨지는 느낌을 (…중략…) 이 얼마나 발칙한 상상인가, 또 얼마나 유쾌한 농담인가. (…중략…) 우리 소설사도 이제 농담의 역사, 혹은 역사적 농담이라는 희귀한 변종을 갖게 되었다고나 할까

— 제11회 문학동네 소설상 심사평 중에서

『무중력증후군』을 읽다가 몇 번인가 큰 소리로 웃음을 터뜨렸다. (···중략···) 작가는 현대 사회를 살아가는 군중의 소외감을 은유와 농담과 알레고리로 표현하며 소외의 무거움은 가볍게, 상처의 잔혹함은 경쾌하게 그려나간다.

— 제13회 한겨레 문학상 심사평 중에서

경쾌하고 유머러스한 인물들의 대화를 거쳐 이 소설이 도달하는 것은, 소비현실의 바깥에서 주변화되는 소시민들의 삶에 대한 진지한 성찰이다.

— 제1회 창비장편소설상 심사평 중에서

'농담, 유머, 유쾌, 경쾌, 재치, 감각' 등으로 요약되는 저러한 미학적 찬사들은 불과 십수년 전 '진지한 성찰, 문학과 현실에 대한 치열한 사유, 진정성' 등의 문구와는 확연히 대별되는 미학적 가치들이다. 그렇다면 이러한 지각 변동은 어떻게 이루어졌으며, 이 경쾌한 웃음소리의 정체는 무엇일까.

2

아리스토텔레스의 『시학』에 의하면 비극은 평균 이상의 고귀한 인물들의 이야기이고, 희극은 평균 이하의 인물들에 관한 이야기이다. 2000년대 우리 문학에서 꽃피운 '웃긴 이야기'들의 주인공 또한 평균이하의 인물들 — 백수, 룸펜, 깡패, 알바생, 왕따 등 — 로 가득 차 있는데, 이러한 인물들의 '신분 하강'은 2000년대 이전부터 지속되어 온 것이다. 『비루한 것의 카니발』이라는 한 평론집의 제목에서 단적으로 드러나듯, 1990년대 한국문학은 운명과 현실에 맞서 싸우는 '비극적 영웅'이나 '계몽적 지식인' 대신 패배하고 조롱받는 비루한 인물들을 내세웠다. 그러나 장정일과 백민석의 작품이 대변하듯 이들 인물들을 내세운 작품들이 곧장 지금과 같은 '웃음'의 미학으로 넘어온 것은 아니다. 이들 작품은 냉소와 풍자를 무기로 기성 질서, 허위의식을 전복시키려 했다는 점에서 인물들은 '온전히' 비루하지 않았고, 조롱과 풍자가 지닌 '계몽적인 웃음'에 기반하고 있었다.

온전히 비루한 인물들을 끌어 모으기 시작한 것은 성석제라는 익살꾼이다. '깡패, 노름꾼, 알콜 중독자, 제비족, 춤꾼, 사기꾼, 도굴꾼, 순진한 농꾼' 등에 이르기까지 그의 소설에는 비루한 인물들의 총집합이라 할 만큼 실로 다양하고도 방대한 비루형들이 등장한다. 이러한 인물군에서 알 수 있듯, 성석제는 지금처럼 '웃음 바이러스'가 한국 문단 전체에 퍼지기 전, 웃음을 본격적으로 탐구한 선구자이다. 그는 『그곳에는 어처구니가 산다』『재미나는 인생』과 같은 엽편 소설집에서부터 『아빠, 아빠, 오 불쌍한 우리 아빠』『왕을 찾아서』『순정』『참말로 좋은 날』『지금 행복해』에 이르기까지 농담은 물론, 풍자, 냉소, 아이러니, 유머, 재담, 해학, 골계, 기담 등의 온갖 종류의 웃음을 꽁트, 전(傳), 무협소설, 설화 등의 다양한 형식들로 실험한 '웃음'의 권위자이다. 그의 작품에서 '웃음'은 다양한 맥락과 의미에서 '실없이' 터지는데, 그럼에도 불구하고 그의 작품은 이즈음 한국문학에 유포되고 있는 '웃음'하고는 다른 맥락에 놓여 있다. 그 방대한 '웃음'의 스펙트럼이 겨냥하는 것은 앞서 살펴본 구효서의 「TV, 겹쳐」와 마찬가지로 권위주의와 엄숙주의이고, 더 추상화하자면 근대 계몽주의로 상징되는 '진리의 의미의 실체'이다.

보들레르에 의하면 "모든 지식과 모든 권력의 근본에는 희극의 세계는 없다. 오직 타락한 인간만이 웃을 수 있고, 희극은 절대자가 아닌 상대자의 예술"이다. 따라서 농담은 이성과 사유, 진리의 담론이 아니라, 육체와 감각, 놀이, 오류의 담론인 셈인데, 성석제의 희극성은 바로 이러한 농담을 통해 계몽의 기율이 지배하는 근대성을 해체한다. 진실이 아니라 '순수한 거짓말, 지독한 거짓말, 가짜 거짓말, 진정한 거짓말'이 있을 뿐이라는 작가의 신념은 비루한 인물들을 통해 모든 가치를 상대화하고 타락시킴으로써 참과 거짓, 사실과 허구의 경계를 와해시켜버린다. 또한 놀이와 노름 등의 무의미에 헌신하는 인물들을 통해 비판적 사유는 물론, 모든 가치의 대립적 국면을 와해시키고 초월과 망각의 차원을 끌어내린다.[1] 그리하여 성석제 작품은 엄청난 해방의 카타르시스를 선사하는데, 이러한 카타르시스가 가능했고 유의미했던 것은 그의 작품이 전환기적 현실 지형 속에 놓여 있었기 때문이다.

1990년대 초반 현실 사회주의 붕괴 이후의 이념의 진공 상태에서 성석제의 '웃음'은 한편, 진리의 부재, 역사의 종언, 동일성 해체 등의 막다른 길에서 보여준 환멸의 표현이자, 또 다른 한편 절망에서의 자기 구원의 형식이다. 성석제의 작품은 모든 가치를 등가화하고 희화하면서도 '허무'라는 덫을 아슬아슬하게 벗어난다. 그것은 그가 웃음을 통해 부정성의 정신을 유지하면서도 모순과 부조리의 현재를 끌어안는 긍정의 '유머' 정신을 잊지 않았기 때문이다. 무거움을 가벼움으로 뒤바꾸는 그의 이러한 연금술에 의해 우리는 과거를 '청산'하지 않고, 시대와 자신의 변절을 용서하면서 혼돈과 진공 상태를 건널 수 있었다. 성석제의 작품은 근대에서 탈근대적 사유로의 전환기라는 경계

---

1 성석제 작품의 '웃음'에 대한 자세한 분석은 졸고 「웃음과 망각의 수사학」(2003년 세계일보 신춘문예 당선작)을 참고.

지점에서 하나의 '태도'를 의미한다. 성석제의 소설에 포복절도 할 수 있었던 것은 바로 그와 같은 절망적 상황에서 갈팡질팡하는 우리들 사이에서 그가 먼저 '웃었기' 때문이다. 성석제의 이 선방은 선생님의 실수를 보고도 감히 웃을 수 없는 주눅 든 교실에서 천진무구한 누군가에 의해 터진 웃음, 바로 그것이다.

3

밀란 쿤데라는 예루살렘의 한 연설에서 다음과 같은 애기를 했다.

한 세기의 정신이란 예술, 특히 소설에 대한 고려를 빠뜨린 채 오로지 사상과 이론적 개념들에 의해서만 판단될 수 있는 것이 아닙니다. 19세기는 기차를 발명해냈고 헤겔은 보편적 역사의 정신 그 자체를 포착했다고 확신했습니다. 플로베르는 멍청함을 발견해냈습니다. 저는 감히 이것이야말로 과학적 이성에 그토록 자부심을 지니고 있었던 세기의 가장 위대한 발견이라고 말하고 싶습니다. 물론 플로베르 이전에도 사람들은 멍청함이라는 것이 있다는 것을 의심하지 않았습니다. (…중략…) 플로베르적 시각에서 볼 때 멍청함의 가장 충격적이고 가장 추잡한 면모는 멍청함이라는 것이 과학과 기술과 진보에 의해 사라지는 것이 아니라 진보와 더불어 그것 또한 진보한다는 것입니다.

—권오룡 역, 『소설의 기술』, 책세상, 1994, 175쪽

밀란 쿤데라의 말을 약간 변형하자면, '웃음', 예를 들어 성석제식

유머는 20세기의 한국문학의 위대한 발견이라고 할 수 있다. 물론, 쿤데라의 말처럼 '웃음'은 20세기 이전의 문학에도 존재했다. 그러나 세기적 전환점에서 터진 저러한 웃음은 자못 의미심장한데, 그 이유는 전환기 한국 지성의 에피스테메의 한 육체성을 드러내기 때문이다. 앞서 「TV, 겹쳐」에서 웃지 못하는 아버지는 가부장제 질서 속에서 그가 절대자로 군림하고 있기 때문이다. 웃음은 절대적인 가치와 권력이 존재하는 위계 속에서 존재할 수 없다. "타락한 자의 것, 인간이 갖고 있는 악마성의 가장 명백한 징표"[2]로서의 웃음은 신과 대결하는 인간의 무기이다. '신적인 것', 가령 진리, 이념, 가치, 권력, 이성, 운명 등의 절대 권력에 맞서 싸우는 방식 중 하나는 정직하게 그 힘에 응전하는 영웅의 태도, 즉 비극의 형식이다. 이것이 비극인 이유는 궁극적으로 그것의 가치를 폄하하지 않고 대결하기 때문이다. 희극은 비극과 달리, '신적인 것'의 신성성과 가치를 인정하지 않음으로써, 나아가 위계질서를 허물어뜨림으로써 '거짓 승리'를 거둔다. 성석제의 「아빠, 아빠, 오 불쌍한 우리 아빠」에서 '아버지에 대항하는 아들'인 주인공이 승리하는 것은 아버지와의 정직한 맞대결에 의해서가 아니라 '보안사령관'처럼 군림하고 '감시'하고 '처벌'하는 아버지가 사실 알고 보니 소심하고 쩨쩨하고 유약하고 우스꽝스런 퇴락한 늙은 군인에 지나지 않았다는 '강등'을 통해서이다. 이것은 싸우지 않고도 승리하는 꾀바른 술책이자 편법이며 부전승이다. 희화화를 통해 거둔 승리는 비유컨대 '밀치기' 싸움에서 살짝 비킴으로써 상대를 넘어뜨리는 야비한 승리인 것이다. 이 야비한 승리의 기술인 웃음이 보여주는 것은 이념과 가치, 의미와 이성 사이로 빠져나가는 인간 삶의 '무의미와 멍청함'

---

2   윤혜준, 「웃음, 주체, 시니시즘―보들레르의 '웃음의 본질'을 중심으로」, 『문학동네』, 1998년 여름호.

이다. 매일 뉴스를 통해 들려오는 정치 경제와 지배 이데올로기와 무관하게 거리를 질주하고 방구들을 뒹구는 구체적인 인간의 저 무가치한 실존 양태. 성석제 희극의 재현되는 것은 바로 이러한 근대 사유 바깥으로 추방된 우스꽝스러운 인간의 무의식과 육체성, 우연성과 혼돈이다.

육체 덩어리와 멍청함이라는 무가치한 물질성을 보여주는 문학이 21세기 초입에서 유의미했던 것은 이전까지 한국문학의 지평이 대체로 역사의식과 이념 지향 등의 사상과 이론적 골조물을 좇아가고 있었기 때문이다. 유머는 희극의 장르에만 국한되는 것이 아니라 소설의 근본정신에도 해당된다. "소설은 이론적 정신에서 생겨나는 것이 아니라 유머의 정신에서 탄생한다"라고 했던 쿤데라의 말은 현존하는 '모든 것과 불화하는 힘, 결정된 것 사이에서 공백을 내는 힘'으로서의 문학의 존재 의의를 뜻한다. 그 불화하는 힘에 대한 태도로서의 희극과 비극이 있을 수 있겠으나 근본적으로 문학의 정신은 인간 삶의 온갖 낙차들을 가늠하고 또 낙차를 만듦으로써 '거짓 행복'이라는 현재적 기만을 분쇄하는 부정의 정신이다.

'인간은 생각하고 신은 웃는다'라는 유대 속담에서 쿤데라가 읽은 것은 고뇌하는 인간 곁으로 끊임없이 달아나는 진리와 자기 인식으로부터 끊임없이 멀어지는 자기 실체이다. 근대소설의 출발을 알리는 돈키호테의 우스꽝스러운 편력담은, '개인'으로 존재하는 현대인의 근원적 상황에 대한 블랙유머이다. 근대의 성과물인 '개인'이 된다는 것은 독단(doxa)이 아니라 오류가 된다는 것을 의미한다. 그것은 낙원에서 쫓겨난 아담처럼 자신의 벌거벗은 몸을, 신의 영역에서 추방된 자신의 악마성을, 상대성을 인지하는 일이다. '신의 웃음'에서 현대 소설의 정신을 발견한 쿤데라는 "예술은 그 본질상 이데올로기적 명확함에 종속되는 것이 아니라 그것에 대항하는 것"이며, "페넬

로프를 본떠, 소설은 신학자와 철학자와 학자들이 전날 짜놓은 양탄자를 밤을 새워 풀어헤치는 것"이라고 했다. 소설의 정신으로서의 유머는 과학과 이념에 의해 짜여진 양탄자를 열심히 풀어헤치고 인간을 대타자의 억압에서 벗어난 무수한 편린들, 개인이자 분열된 주체, 오류이게 만든다. 진리의 명증성을 상실하고 타인들의 일치된 동의를 잃게 됨으로써 인간은 '개인'이 된다. 소설이란 바로 이러한 개인들의 '상상적인 낙원'이다.

4

신의 웃음에서 비롯된 소설의 유머 정신이란 이론과 과학, 이성의 개념적 사고들을 회의하고 현실과의 간극을 직시하는 눈이고, 그 간극 사이의 일들을 기록하는 정신이다. 또한 그것은 그 낙차에서 발생하는 모순과 절망에도 불구하고, 생을 긍정하는 정신이다. 생을 긍정하는 자의 태도로서의 '웃음'은 '생이여, 다시 한번!'이라고 외쳤던 웃음의 철학자 니체에 의해서 다음과 같이 강조된다.

사람들이 웃어야 하는 방식으로 그대 자신을 넘어서 웃는 법을 배워라. 그대를, 보다 숭고한 인가난들이여, 오 얼마나 많은 것들이 아직도 가능한가. (…중략…) 저 멀리로 그러므로 그대들 자신을 넘어서 웃은 법을 배우라. 그대들의 가슴을 들어올려라, 그대들 훌륭한 무용수들이여, 높이! 더 높이! 그리고 잘 웃는 것도 잊지 말라! (…중략…) 이 웃는 자의 관, 이 장미 화환의 관, 이 관을, 나의 형제여! 그대들에게 나는 던져준다. 나는 웃

음을 성인품위에 올렸다. 그대를, 보다 높은 인간들이여, 〈배워라〉 — 웃는
것을

— 최승자 역, 『짜라투스트라는 이렇게 말했다』, 청하, 2002, 335~338쪽

'신은 죽었다'라고 선고한 니체에게서 웃음은 신의 것이 아니라 '초
인'의 것이다. 비관적 낙관주의를 딛고 서 있는 이 웃음은 화해와 굴종
이 아니라 '넘어서는' 힘이다. 분열된 주체를 넘어서고, 이념과 현실의
간극을 넘어서고, 사실과 허구의 경계를 넘어서는 힘으로서의 웃음은
초월을 의미하는데, 그것은 한편 허무주의와 잇닿아 있다는 것을 부
정할 수 없다. (속류) 니힐리즘은 기존의 가치를 부정함으로써 인간의
일체의 행위와 기도를 무로 돌리는 파괴적인 힘이다. 허무주의는 절
대적인 가치와 의미를 부정하고, 지금 현재의 고통조차도 상대화시켜
버린다. 지금 눈앞의 현장에서 벌어지는 끔찍한 장면 앞에서, 혹은 자
신의 절망적 상황에서 웃을 수 있다면 그것은 그가 '지금'이라는 시간
을 유구한 인류의 시간 속에 밀어넣고, 실제의 폭압적인 힘을 거대한
역사의 흐름 속의 모래알로 무화시킬 수 있었기 때문이다. '가벼움, 발
랄함, 감각' 등과 함께 흘러나오는 이즈음 한국문학의 '웃음'의 코드는
이러한 상대주의·허무주의와 밀접한 관련이 있다. 이들 문학 작품
대부분이 사실성보다 가상과 허구에 헌신하는 것 또한 '완강한 사실
성'을 허구로 돌리는 저러한 상대주의적 태도에서 기인한다. 이들 문
학은 웃음을 통해 '현재'의 권위를 인정하지 않으며, 사로잡히지 않는
다. 이들은 끊임없이 현재를 '넘어서려고' 하지만, 어느 한편 '현재'에
서 끊임없이 달아나고 있는 것이다.

초월로서의 웃음이 현재를 상대화한다는 점에서 그것은 욕망과 집
착에서 벗어난 해탈과 만나게 된다. 그러나 이 해탈의 '포즈'는 모순
적 현실을 그대로 인정하고 체념하는 '투항'으로 전화하기도 한다. 김

우창이 불교의 허무와 숙명론적 태도가 인도의 카스트 제도를 존속하게 하는 힘이라고 갈파했던 것 또한 이러한 맥락에서 놓여 있다. 물론 '웃는 법'을 배우라고 했던 니체의 웃음의 철학과는 다른 것이다. "허무의 선행 형식은 염세주의"이라고 했던 니체는, '강함과 약함'의 이항 대립 속에서 염세주의를 다음과 같이 나눈다. "① 약자는 이것으로 파멸한다 ② 비교적 강한 자는 파멸하는 않은 것을 파괴한다. ③ 가장 강한 자는 심판할 가치를 넘어선다."[3] 허무주의자에 대해서도 이러한 등급이 적용될 수 있을 것이다. 즉, ① 약자는 허무에 의해 파멸한다. ② 비교적 강한 자는 파괴한다. ③ 가장 강한 자는 허무에 의해, 넘어선다.' '강인한 허무주의'에 바탕하고 있는 니체의 웃음은 '넘어서는 웃음'인 동시에 부단히 움직이는 '현재'에 능동적으로 개입하는 웃음이다.

다소 어수선하게 펼쳐진 웃음 시학을 조금 정리해본다면, 웃음이란 많은 것이 그러하듯 수많은 맥락과 다양한 지형 속에 놓인다. 웃음은 부정인 동시에 절망이며, 체념인 동시에 화해이며, 굴종인 동시에 초월이며, 저항인 동시에 투항이다. 따라서 지금 우리 문학에 만연하고 있는 '웃음'의 의미와 실체를 묻는 것은 각각의 작품이 놓인 맥락과 복합한 현실의 지형을 따져 묻는 일일 터인데, 그러나 이러한 원점에서 우리는 한두 가지 교리와 사례를 참고삼아 나아가지 않으면 안 된다.

---

3 김재인, 「문제는 니힐리즘이다」, 『세계의문학』, 1999년 가을호, 200~201쪽에서 재인용.

5

　'풍자냐 해탈이냐(「누이야 장하고나」)라고 물었던 김수영의 시를 김지하는 '풍자냐 자살이냐'라고 고쳐놓았다. 김지하의 저러한 선언은 폭압적 현실에 맞서는 비극적 영웅의 결사항전의 태도라 할 수 있는데, 지금 우리 문학에서의 '웃음'은 어떤 의미에서는 김지하에 의해서 지워진 이 '해탈'의 부활을 뜻하기도 한다. '풍자냐 자살이냐'는 '풍자 아니면 죽음'을 뜻하기도 하지만, 한편 해탈을 죽음과 동일시하는 것이기도 하다. 사실, 모든 욕망을 거세하고 금욕적 자세를 취하는 것은 일종의 타나토스적 충동의 완전한 실현이다. 죽음 충동과 잇닿아 있는 이 해탈의 포즈와 징후는 2000년대 문학의 '웃음'을 통해 역설적으로 만개하고 있는데, 이러한 조짐은 1990년대 문학에서부터 나타나기 시작한 것이다. 서영채는 1990년대 문학을 분석하면서 신경숙, 윤대녕 등으로 대변되는 내면성의 문학, 즉 진정성 추구는 자본주의 위력과 시장주의를 부인하는 태도나 그것이 사회적인 것을 일체 탈각시킨 절대 고독으로 침잠함으로써 '죽음'으로 연결됨을 지적한 바 있다.[4] '시장'에서 등 돌린 이들의 금욕주의가 1990년대 문학의 진정성의 추구이고 죽음의 실현이라면, 2000년대 문학에서 웃음은 죽음으로부터의 부활, 혹은 죽음의 충동을 딛고 선 해탈의 실현인가? 어리석은 질문 하나. 김수영과 김지하는 왜 '해탈'을 지워버렸는가? 해탈은 왜 문학의 것이 되면 안 되는가? 2000년대 문학은 웃음을 통해 초월과 해학의 미학을 실현하고 문학사를 다시 쓰고 있는 것이 아닌가?

4　서영채, 「냉소주의, 죽음, 마조히즘; 1990년대 소설에 대한 한 성찰」, 『문학의 윤리』, 문학동네, 2005.

6

    소설의 정신으로서의 유머를 강조하면서 쿤데라는 다음과 같은 세 가지 위험에 대해 경계한 바 있다. "아젤라스트들과 꾸어온 생각의 공허함, 키취, 이 셋은 신의 웃음의 메아리로 탄생되었고 어느 누구도 진리의 소유자가 아니면서도 모두가 이해할 수 있는 매력적인 상상의 공간을 만들 줄 알았던 예술에 대한, 한 몸에 머리가 셋 달린 단 하나의 적입니다."[5]

    그리스어에서 유래한 아젤라스트(agélaste)란 불어는 웃지 않는 삶, 유머 감각이 없는 사람이란 뜻한다. 「TV, 겹쳐」에서 등장하는 웃지 않는 아버지, 즉 법과 대타자, 이데올로기로 변용되는 엄숙주의자는 현실의 모순과 분열상을 못 본체 하는 위선자이며, 자신의 타자성을 보지 못하고 경직된 도그마에 사로잡힌 꼭두각시이다. '꾸어온 생각의 공허함'이란 외래 사상을 뜻하는 것으로 자유주의 이념, 사회주의 이념, 정신분석 등으로 변주되는 추상적 이론은 항상 그보다 훨씬 큰 현실에서 미끄러진다. 셋째, "고급 예술을 위장하는 통속 예술", "자못 진지한 예술임을 가장하는 거짓되고 감상적인 예술"[6]을 뜻하는 키치(Kitsch)란 쿤데라에 따르면, "어떻게든 보다 많은 사람들이 환심을 살 수 있게 되기를 바라는 사람의 태도"를 가리킨다.

    풍자, 아이러니, 냉소, 농담, 해학, 골계 등으로 실현되는 웃음의 미학은 그 무엇이어도 되지만, 쿤데라가 지적한 이 세 가지를 빗겨선 것이어야 한다. 특히 허구와 가상의 영역을 질주하는 2000년대 한국문

---

5   권오룡 역, 『소설의 기술』, 책세상, 1994, 176쪽.
6   조중걸, 『키치, 우리들의 행복한 세계』, 프로네시스, 2007.

학의 웃음은 세 번째 항목인 키치, '환심을 사기 위한 거짓 치장'이라는 항목에서 진지하게 고찰될 필요가 있다.

7

　문학에서 웃음과 진정성은 사실 이율배반적인 것일 수 있다. 타인의 행복에 동참하는 '웃음'의 진정성을 의심할 수 없지만, 행복의 실현이 아닌 고통과 부조리의 형상화인 문학예술에서 웃음의 진정성은 도대체 어떻게 확보될 수 있다는 것일까. 「차나 한잔」이라는 소설에서 김승옥이 비판한 바 있듯, 우리는 '차나 한잔'을 비롯한 수많은 기만적인 도회어법을 일상적으로 사용하고 있다. 웃음도 마찬가지이다. 일상적으로 타인에게 보이는 미소는 알맹이 없는 웃음이기 십상이다. 언젠가 TV에서 어느 한 정치가가 선거를 위해 시민들과 일일이 악수하며 미소를 짓는 자신의 모습을 보며, '이게 당선되고 싶어서 미쳤나'라고 속으로 자조했다는 에피소드를 들려준 적이 있는데, 이러한 예에 비춰보더라고 날마다 의미 없이 날려 보내는 미소는 타락이자 협잡이기 쉬운 것이다. 슬픔이 권위를 갖는 이유는 이와 반대로 대체로 정직하기 때문이다. 타인의 동정을 사기 위해 우는 경우도 더러 있지만 그러한 경우는 거짓 웃음에 비해 훨씬 드물다.
　도회어법으로서의 일상적 웃음 이외에 절망적인 상황과 고통에 직면했을 때 취하는 웃음의 태도는 더 기만이기 쉽다. 김수영이 해탈이 아니라 풍자여야 한다고 했던 것은, 살아있는 한 인간에게 해탈은 불가능하기 때문이다. 구도자를 논외로 하고 인간적인 것에서 초월할 수 있는 사람은 아무도 없다. 다만 그러기 위해서 노력할 수 있을 뿐이다. 따라서 고통과 절망에 직면하여 취하는 해탈의 포즈는 기만이기 쉽다. 현실의 고통에 대한 인간의 가장 정직하고 겸허한 반응은 슬픔이다. 그런데 우리의 젊은 작가들은 잘 웃는다. 풍자인가, 혹은 기만과 협잡인가? 아니면 순수한 유희인가?

8

　김애란과 황정은의 작품은 '명랑성, 위트, 유머' 등으로 읽히는 대표적인 작품이다. 그러나 그들의 작품을 들여다보면 전혀 우습지 않다. 김애란의 『달려야 아비』『침이 고인다』가 독자들에게 어필하는 것은 '웃기기' 때문이 아니라 슬프기 때문이다. 동정심에 의해 맞아들인 후배와 동거하는 일의 불편함, 성탄절 날 방이 없어 떠도는 젊은 연인의 피로한 하루, 하꼬방 같은 고시원과 편의점을 떠도는 신빈곤 시대의 청년들의 비애를 다루고 있는 김애란의 소설의 '재미'는 현실의 고통을 휘발시키는 환상이나 개그에서 오는 것이 아니다. 그것은 아버지의 부재와 실업, 불편한 타인의 침입, 반지하 자취방의 퀴퀴함 등의 온갖 설움과 비애에도 불구하고 그녀의 인물들이 여전히 건강하기 때문이며, 우리의 일상을 되비쳐주는 리얼리티를 갖고 있기 때문이다. 김애란 작품은 일상의 디테일에 충실한 만큼 인간 삶의 거창한 기획이나 손쉬운 낙관에 몸을 맡기지 않는다. 뿐만 아니라 일상의 고통을 유머로서 상대화하는 인물들의 어른스러운 태도는 해탈의 포즈나 체념과도 멀다. 그녀의 작품이 '재미'있는 것은 오늘의 절망을 어제로, 일상의 비루함을 별자리에 비춰보는 그녀의 유머가 희망 위에 있으면서도 비참한 현실의 실감을 잊지 않고 있기 때문이다.

황정은의 작품에서 모자로 변하는 아버지(「모자」), 점점 오뚝이로 변하는 은행원(「오뚝이와 지빠귀」), 하반신 마비로 침대에 누워 모기의 환각과 대화를 나누는 소년(「모기씨」)의 이야기는 김애란의 잔잔한 유머에 비하면 훨씬 잔인하다. 카프카적 우화에 가까운 이들 환상담은 허구적으로 조작된 가상이나, 이러한 알레고리적 환상이 환기시키는 것은 현실의 비참함과 비애감이다. 「일곱시 삼십이분 코끼리 열차」에서 등장인물은 셋이다. '나'와 '파씨'와 '동생', 이 셋은 동물원에서 가서 지루한 하루를 보낸다. 그러나 이야기가 전개될수록 독자는 '나'와 '파씨'가 동일인임을 깨닫게 된다. '파씨'는 '나'의 분열된 주체이다. 그러나 이 분열된 주체는 엽기취미와 정체모를 무의식적 타자의 소동을 그리기 위해 호명된 것이 아니다. 이들 '파씨 형제'는 어린 시절 부모를 여의고 6년간 외삼촌의 학대를 받으며 자라난다. 이 시절을 보내면서 '파씨-나'는 외삼촌에 대한 잔혹한 복수를 꿈꾼다. 그러나 어느 날 갑자기 교통사고로 외삼촌이 죽어버리자, 파씨는 자신의 '다트'가 땅에 떨어지는 허망함을 겪는다. 이러한 '나'의 분열은 결국 원한과 고통을 누군가에게 전이시키지 않기 위해 의도된 자발적 '격리'이다. 분열을 통해 '나'는 상처입고 적개심에 휩싸인 '나'를 감금시키고, 때로 위무하기도 한다. 황정은의 환상과 비애 섞인 유머는 비참한 현실의 직접성을 차단하고 '주체'를 보호하며, 동시에 폭력적인 현실을 '비틀기'함으로써 그 원한의 에너지의 침투를 막아낸다. 오뚝이 되기(「오뚝이와 지빠귀」)도 이와 흡사하다. 은행원인 기조는 어느 날 세상이 커져버렸다고 생각한다. 그러나 사실은 그녀가 줄어든 것. 합리와 효율과 수치로 이루어진 '은행 직원' 기조는 거대한 세계질서에 편입되어 부속품처럼 낡아가는 현대인의 초상이다. 개별자가 지닌 무한한 가능성과 존재 의미를 폐기하고 오직 경쟁사회에서 업무 수행능력에 의해서만 '활용'되는 기조, 이를 통해 작가는 '전인성'을 상실하고 기계화되는 현대인들의 비극을 간접적으로 제출하고 있는 것이다. 그러므로 이렇게 말할 수 있겠다. 황정은의 비애어린 유머는 세계의 폭력성에 희생된 자의 체념과 비관, 현실에 대한 승인을 의미하지만, 역설적으로 무한경쟁 사회의 정글법칙을 거부하고, 자신을 가해한 자들까지 용서하고 품으려는 고귀함이라고.

9

유머는 사실, 김애란과 황정은 등 몇몇 작가들의 특성이 아니다. 그 것은 1990년대 이후 우리 시대의 문화를 관통하는 가장 핵심적인 코드이자 모랄이다. 매스컴과 대중문화를 차치하고서라고 '유머러스하냐 그렇지 않냐'는 이 시대 인간을 규정짓는 가장 중요한 덕목이 되어버렸다. 이러한 현상은 물론, 근대 계몽주의와 엄숙함에서 탈피한 민주화의 한 결과이며, 포스트모던 사회의 한 징후기도 할 것이다. 그러나 보다 오래 전부터 시작된 서구 근대 개인주의의 내면화라고 볼 수 있다. 자기 보존의 법칙을 제일의 윤리로 하는 개인주의가 2000년대 새롭게 우리 사회에 도래한 것은 아니나, 공동체적 이념에서 벗어난 1990년대 이후 급속도로 우리 사회에 퍼져나갔다고 할 수 있다. 젊은 세대를 규율하는 '쿨'이라는 새로운 감수성은 바로 이러한 개인주의 모랄의 한 형태인 것이다. 유머는 이러한 개인주의와 '쿨'과 관련이 깊다. '쿨'은 이를테면 타인에게 무엇이든 강요하지 않고, 자신 또한 타인에게 간섭당하지 않겠다는 세련된 '체념'과 '거절'의 기율이며, 사랑을 비롯한 어떠한 이념에 대해서도 환상을 갖지 않겠다는 냉소주의의 표출이다. 이러한 냉소적 개인주의는 현대인의 소통 방식을 산뜻한 '유머'로 바꿔놓았다.

타인의 정직한 고통은 일차적으로 불편하다. 암묵적으로 저마다 홀로 서 있을 것을 약속한 근대에서 '자기 정립적'이지 못한 이들은 모두 어리석고 쓸모없는 자들로 취급당한다. 동감과 동정, 연민과 연대에 기초한 타인에 대한 윤리와 공동체적 이념에 대한 열정은 이 치열한 경쟁의 자본주의 사회에서 이미 낡은 유산이 되어버렸다. 따라서 고통에 대한 가감 없는 토로는 타인에 대한 일종의 폭력이 되기 쉽다. 그것이 폭력인 이유는 이 시대의 냉소적 개인주의가 '타인의 고통에 응답하는 윤리'를 허용하지 않기 때문이며, 그러한 무의미한 고백은 상대방의 무력함을 폭로하는 일에 불과하기 때문이다. 유머는 그러한 단절된 인간관계에서 성립되는, 최소한의 윤리적 태도이다. 유머는 '사랑한다'라고 직접적으로 고백하는 대신, '신경 쓰이네'라고 에둘러 경쾌하게 말하고, 아버지가 야간 경비로 일한다고 창피해하는 친구에게 '정말 속상하겠다'라는 대신 '괜찮아, 너의 아버지가 널 더 부끄러워할 거야(한 젊은 작가가 대담에서 든 사례이다)라고 말한다. '호의와 연민'에 대한 예의바른 이 태도는 아이러니하지만, 개인주의 시대의 최소한의 윤리적 소통방식인 것이다.

10

    이기호와 박형서, 이 두 작가는 2000년대 젊은 작가 중에 가장 '웃기는' 이야기를 쓰는 작가로 알려져 있다. 이 두 작가의 웃음의 미학은 앞서 다룬 두 명의 젊은 작가는 물론 다른 작가들의 웃음과는 뚜렷이 변별되는 특징을 보여준다. 그것은 이들의 웃음이 '현실'과 거의 무관하다는 것, 즉 '순정한 허구' 위에서 파생되는 웃음이라는 점이다. 예를 들어, 2175년 방사능과 바퀴벌레와 프리메이슨의 소설이 되어버린 지구를 배경으로 하고 있는 「날개」나 머릿기름을 두고 미국과 지구적 전쟁을 벌이는 「두유전쟁」, 바위틈에 머리를 박고 죽어가는 사람들의 이야기를 다룬 「너와 마을과 지루하지 않은 꿈」(박형서), 레시피를 패러디해서 흙 요리법을 써내려간 「누구나 손쉽게 만들어 먹을 수 있는 가정식 야채볶음 흙」, 뒤에 눈이 달린 사나이의 로맨스와 활극을 그린 「백미러 사나이」, 환각 상태에서 햄릿과 대화를 나누는 연극배우 이야기 「햄릿 포에버」(이기호)와 같은 작품들. 이들 작품의 대부분은 근대소설의 강력한 기율인 '리얼리티'에서 벗어나 있을 뿐만 아니라 '현실'을 환기시키는 상징, 알레고리, 아이러니 등등의 장치와도 무관하다는 점에서 일체의 재현과 표현 이론에서 벗어나 있다. 또한 현실적 개연성 뿐 아니라 작품의 내적 개연성에서도 비교적 자유롭다. 이들 소설에서 플롯과 소설적 장치는 기괴한 인물들과 함께 과장되게 부풀려지고 일그러진다. 이러한 맥락에서 본다면, 이 두 작가들의 파격적인 형식은 대체로 미학적 충동에 의한 것이라고 할 수 있다. 실제로 이들의 순수한 유희적 충동은 '익살, 개그, 유머' 뿐 아니라 '판타지, 패러디, 엽기, 호러' 등의 다양한 미학적 코드를 들여와 실험하고 있다. 이들의 이러한 종횡무진의 소설형식에 대해 두 번째 창작집의 해설자들은 "소설 이전, 혹은 이후의 소설"(『자정의 픽션』), "개념 없는 작가"(『갈팡질팡하다가 내 이럴 줄 알았지』)라고 하면서 '근대소설'의 개념과 경쟁하는 작가로 평가한다. 평자들의 언급대로 두 작가의 '도발적 상상력과 개념 없음'은 이제까지 우리 문학에서 보지 못한 기이한 영역으로 독자를 이끌고 있는 것이 사실이다. 그러나 이들의 이러한 급진적 실험이 새로운 형식을 창조하고자 하는 순수 미학적 기획에 의한 것은 아니다. 이들 작품이 구현하고 있는 '엽기, 판타지, 패러디, 희극' 등은 새로운 양식 실험이 아니라 기존 미학의 세속적 버전이며 하위문화의 변종이다. 장르영화, 혹은 장르 문학과 본격 문학의 이종교배라 할 수 있는 이들 작품이 대중적 하위문화의 조야함을 벗어나 비교적 잘 만들어진(well-made) 언어구조물을 보여주는 것은 사실이다. 어쩌면 여러 평자의 지적대로 이들은 황당무계하고 허무맹랑한 이야기를 통해 문학의 새로운 영토를 확장하고 있는지도 모른다. 이들의 새로운 영토의 확장은 소설이 현실의 재현이기 전, 즐거움의 선사했던 때를 호출하는 것이며 따라서 '근대문학의 종언'을 알리는 조종(弔鐘)일 수 있을 것이다. 그러나 여기에서 중요한 것은 소설 개념의 변전이 아니라, 이들 문학에 내장된 활기와 웃음의 정체이다.

이들의 우스꽝스러움은 우선, 현실의 교정이나 비판을 목적으로 하는 풍자도 아니고, 고통을 위무하는 따뜻한 유머도 아니고, 인간 실존의 낭패를 표현하는 아이러니도 아니다. 그것은 차라리 악의 없는 재담과 말장난, 익살과 골계에 가깝다. 그러나 이들 작품은 대체로 풍자에 가까운 공격성을 지닌 냉소 위에서 움직인다. 가령, 서술자가 전면에 등장하여 이야기를 들려주는 「나쁜 소설」은 현장 구연을 통해 기존의 권위 있는 소설 개념을 파괴한다. 「최순덕 성령 충만기」 같은 작품은 성경문체를 패러디하여 '바바리맨'이라는 망측한 남자의 개종 이야기를 그림으로써 신성모독에 가까운 발칙한 상상력을 보여주고 있다. 이런 맥락에서 보자면 이기호는 성석제와 마찬가지로 기성 질서의 엄숙주의와 권위, 근대 이성에 맞서 싸우고 있다. 그러나 이기호가 부정하는 것은 다만 허위의식과 엄숙주의만은 아니다. 「나쁜 소설」에서 화자는 한때 윤대녕의 소설에 사로잡혀 춘천행 기차를 타고, 연애를 했던 경험을 얘기한다. 윤대녕 소설을 현실로 믿었던 순진한 화자는 춘천행 기차에서 '샤넬 라인 스커트'가 아닌 '청바지 입은 여자'를 만나고, 평범한 가족사를 지닌 애인과 헤어지면서 낭만적 환상에서 벗어난다. 화자가 현실에서 맞닥뜨린 것은 '새우깡을 먹다가 이별을 맞이한 옛 애인', 혹은 9급 공무원 시험 준비에 매어있는 자신의 불우한 처지, 소설을 들려주기 위해 부른 콜걸과의 기만적인 섹스 같은 것이다. 따라서 '나쁜 소설'은 이렇듯 타락한 일상을 타락한 문체로 들려주는 이 작품을 뜻하기도 하지만, 한편 낭만과 신비로 현실을 은폐시키는 윤대녕 소설을 겨냥한 것이기도 하다.

이러한 탈낭만적 특징은 이기호의 황당무계한 판타지와 기담(가령 「머리칼 傳言」, 「누구나 손쉽게 먹을 수 있는 가정식 야채볶음흙」 등)과 박형서의 「너와 마을과 지루하지 않은 꿈」 「열한 시 방향으로 곧게 뻗은 구 미터 가량의 파란 점선」의 같은 작품들에 동일하게 나타난다. 요컨대 이들의 판타지는 어디까지나 낭만적 환상과는 다른, 계몽된 의식의 소산이며, 환멸 위에서 진행된다. 이들이 얼마나 계몽의식에 투철한지는 박형서의 「열한 시 방향으로 곧게 뻗은 구 미터 가량의 파란 점선」라는 황당한 이야기를 보면 알 수 있다. 이 작품에서 대학원생인 화자는 문헌고증학의 권위자인 T교수 일행을 좇아 '금부은부' 전설을 고증하기 위해 나선다. 전설의 고증을 위해 이들은 연못 주위에 코맨드 머신을 설치하고 연못의 깊이, 이온 농도, 도끼로 나무를 찍는 세기, 빈도, 파장의 전달, 도끼를 연못에 던질 때 걸리는 시간, 도끼의 궤적, 그리고 대사까지 모두 계산해서 실험을 진행한다. 조건이 맞아 떨어지자, 금도끼를 든 산신령이 나타나 '이 도끼가 네 도끼냐'라고 묻는, 이 허무맹랑한 이야기는 일종의 설화 모티브의 현대적 변용이다. 여기에서 주목해야하는 것은, 변용 양상이 아니라 '금부은부'라는 전설을 둘러싼 소박한 신비주의와 낭만을 깡그리 부정하고 있다는 것이며, '달 속의 방아 찧는 옥토끼'를 더 이상 믿지 않는 근대 과학과 이성의 철저한 계몽성으로 무장되어 있다는 것이다.

그런데 문제는 이러한 비판적 계몽의식이 단지 이러한 비합리와 미신, 소박한 낭만주의를 공격하는 것이 아니라는 점이다. 가령, 「간첩이 다녀가셨다」에서 반공 이데올로기와 운동권 출신의 역사학 전공 대학원생의 탐욕을 함께 비웃을 때, 「백미러 사나이」에서 독재 정권의 상징인 박 대통령과 운동권 학생들을 함께 희화화할 때, 이기호의 계몽의식은 어떠한 성역도 허락하지 않고 침투하는 '전짓불'이 된다. 박형서 또한 학자들의 현학취미(「「「사랑방 손님과 어머니」의 음란성 연구」)와 '죽음 의식'(「노란 육교」), '머릿기름과 전쟁'(「두유전쟁」) '인간의 무의식적 충동'(「물 속의 아이」) 등을 섞어서 서사적 소재로 활용할 때, 그의 계몽의식은 놀라운 스펙트럼을 펼쳐 보인다. 그렇다면 거침없는 휘둘러지는 이들의 계몽의식이란 무엇인가. 이념과 제도, 종교와 문화, 그 모든 것에 드리워진 낭만 혹은 허위의식을 모조리 제거하려는, 일종의 계몽주의 결사단의 행보인가, 아니면 순수한 유희 충동에 불과한 것인가? 이들의 탈낭만적 서사가 어떠한 개선을 위해서 복무하지 않는다는 점에서 순수한 유희 충동으로 보는 것이 온당할 것이다. 그러나 이들의 계몽 서사는 스스로 환상에서 깨어났다고 생각하지만, 사실은 '사물의 힘'에 끌려 내려와 있는 어떤 것이다. 모든 것에 적용되는 이들의 환멸과 냉소는 사실 '사물의 힘'만을 인정하는 유일한 성소인 '시장'에서 비롯된 것이다. 슬로터다이크의 말을 빌리자면, 이들의 냉소주의는 일종의 진화된 허위의식으로서의 "계몽된 허위의식"이라는 것을 지적하지 않을 수 없다.

11

2000년대 한국문학의 일군에서는 대중문화의 트렌드와 발맞춰 지구적 상상력이 유행이다. 박민규의 『지구영웅전설』에서부터 『핑퐁』, 그리고 윤고은의 『무중력 증후군』에 이르기까지. 이들의 작품에 대해 간단히 언급하고 넘어가자. 우선 이들 지구적 상상력 또한 허무맹랑하고 황당하지만, 그것이 전혀 현실과 무관한 것은 아니다. 그것이 지금 부조리하고 불합리한 현실 정세, 전 지구를 점령한 자본주의 세계 질서를 환기한다는 점에서 이들 작품의 '웃음'은 풍자에 속한다. '무규칙 이종 소설가' 박민규의 탄생을 알린 「지구영웅전설」은 슈퍼맨 배트맨 원더우먼 아쿠아맨 등 미국이 창조한 영웅 등을 통해 미국의 패권주의를 폭로하고 있고, 『핑퐁』은 왕따 당하는 고등학생의 시선을 통해 부조리로 가득 찬 지구를 포맷함으로써 현실을 고발하고 있으며, 『무중력 증후군』은 늘어나는 달과 달로 이주하려는 무중력자들의 소동을 통해 폭력적인 '현실 중력'을 비판하고 있다. 이들의 풍자는 분명 통쾌하고 날렵하지만 단단하지 않다. 그 이유는 이들의 지구를 향해 날리는 스매싱의 근거가 그 실상에서 디테일을 통해 충분히 뒷받침 되지 않았기 때문이고, 문제적 지점을 '지구'와 '인류'라는 거대한 범주 속에 무화시키고 있기 때문이다. 지구의 현실은 지구 영웅들과 달을 통해 부정되고 있으나 그 현실의 비참함은 실감으로 다가오지 않는다. 따라서 이들 작품은 풍자라기보다는 알레고리에 가깝다. 부정적 대상을 향해 던지는 웃음이 날카로운 풍자가 되기 위해서는 비판의 표적이 정확해야하며, 그러기 위해서는 좀더 단단한 현실 의식과 성실한 현실 탐사가 필요하다. '인류' 개념의 사유화를 통한 휴머니즘 발언이 얼마나 허위적일 수 있는가를 칼 슈미트는 다음과 같이 지적한 바 있다.

　인류 그 자체는 전쟁을 수행할 수 없다. 왜냐하면 인류는 적어도 지구라는 혹성 위에 적을 가지지 않기 때문이다. 인류라는 개념은 적이란 개념을 배척한다. 왜냐하면 적도 인간이기를 단념하지는 않으며, 이 점에서 결코 특수한 구별은 존재하지 않기 때문이다. (…중략…) 이 점에 관하여는 프루동에 의한 다음과 같은 인상적인 말이 당연한 수정을 가하여 타당하다. 즉 인류를 말하는 자는 기만하려는 것이다. '인류'라는 이름을 내세우고, 인간성을 찾고, 이 말을 독점하는 것, 이 모든 것들은 그러한 이름을 사용하면 일단 반드시 어떤 결과를 야기할 것이므로, 적으로부터 인간의 속성을 박탈하고 적은 법률의 보호 밖에 있으며, 인간성에서 벗어난다고 선언하고, 그럼으로써 전쟁은 극단적으로 비인도적인 것으로까지 몰고 가려는 무서운 요구를 표명하는 것에 불과하다. (…중략…) 자연법적 및 자유주의적·개인주의적 교의에 있어서의 인류란 보편적인 즉 지상의 전 인류를 포괄하는 사회적 이상구조이며, 투쟁의 현실적 가능성이 배제되고, 어떠한 적과 동지의 결속도 불가능하게 된 때에 비로소 현실적인 존재가 되는 개개인 상호관계의 체계이다. 그때에 이 보편적 사회의 내부에는 정치적 통일체로서의 어떠한 국민도, 나아가서는 투쟁하는 어떠한 계급, 적대하는 어떠한 집단도 이미 존재하지 않을 것이다.[7]

7　칼 슈미트(Carl Schmitt), 김효전 역, 『정치적인 것의 개념』, 법문사, 1992, 66~67쪽.

12

    이상에서 살펴본 작품들은 2000년대 한국문학의 '웃음'을 대표한다고 하지만, 사실 고백하자면 별로 '웃기지' 않다. 웃기지 않다는 말은 "재미있는 이야기를 주의 깊게 찬찬히 들여다보면 점점 더 슬퍼진다"라고 한 고골리나 "우스운 것과 무서운 것을 갈라놓는 것은 거의 없다"라고 한 이오네스크가 의도한 인간 삶의 희비극성을 의미하는 것이 아니다. 2000년대 한국문학의 많은 작품은 사실 저러한 '진정한 희극성'을 보여주는 것이 아니라, 대중문화의 통속적 희극성과 경쟁하고 있다. 온갖 소문과 비방, 스캔들과 가십이 버무려진 개그, 그리고 코믹 장르들, 이러한 후기자본주의 사회의 '오락거리'가 주는 웃음에 견준다면, 한국문학의 웃음은 턱없이 지루하다. 그럼에도 불구하고 여기에 견주는 것은, 이즈음 한국문학의 웃음의 코드가 이들을 닮아가고 있기 때문이다. 장르 영화나 개그와 쇼프로, 만화와 무협지 등 대중문화 상품이 유포하는 웃음은, 도취와 망각을 통해 '해방의 카타르시스'를 선사하고 일상으로부터 벗어나게 한다. 그러나 그것은 마취를 통해 고통을 잠깐 휘발시키고 거세할 뿐 진정한 즐거움을 주지 못한다. 아도르노와 호르크하이머에 의하면 '대중문화의 상품성 속에 담긴 즐거움이란 기계화된 노동과정과 다름없는, 지루하고 딱딱한 유흥'(『계몽의 변증법』)이다. 그것은 술집과 노래방, 단란주점이라는 동선과 거푸집으로 상징되는 상투화된 우리 시대의 놀이처럼 지루하고 곤혹스러운 것이다. 그 속의 즐거움은 "즐거움으로 계속 남기 위해 어떤 괴로운 노력도 더 이상 지불하지 않고" 더 많은 선정적인 자극만을 요구한다. 한국문학의 '웃음'이 거대한 문화산업의 오락과 경쟁한다면 그 결과는 분명 패배일 뿐만 아니라, 자본 시장에 문학예술의 몸을 내어주는 매춘이다.

젊은 작가들의 작품은 대개 별로 웃기지도 않을 뿐만 아니라, 사실 많은 경우 '우스꽝스러움'을 위해 글을 쓰는 것도 아니다. 앞서 살펴보았던 작품들 중에서도 웃음의 코드보다는 복잡한 문제의식을 지니고 있는 경우가 많다. 그런데, 왜 웃기다고 하는 것일까? 사실 이들 개별 작가나 작품보다 더 문제적인 것은 이들 웃음 뒤의 비애와 진지한 문제의식을 덮어둔 채 요란한 '웃음'으로 치장하여 내놓는 출판 시장의 상업주의이다. 출판 광고와 각종 문학상 심사평은 상업주의가 요구하는 상투화된 웃음의 코드, 그것을 그대로 쫓아가고 있는 것이다.

"희극은 진실에서가 아니라 절망에서의 도피, 구사일생으로 신앙에 이르는 도피이다."라고 했던 크리스토퍼 프라이의 말을 따르자면, 2000년 한국문학의 지배적인 웃음의 미학은 1990년대 이후 이념의 부재와 전 지구적 자본주의에 대한 절망의 한 표현이라 할 수 있다. 절망의 역설적 표현으로서의 희극은 사실, '웃음' 그것 자체를 목적으로 하지 않는다. 유머와 아이러니, 풍자, 냉소를 통해 소설은 개인의 상상된 낙원에서 꿈과 현실의 격차를 비틀고 현실 원칙에 억압된 충동을 풀어놓는다. 그러나 그렇게 구성된 상상적인 낙원은 순수한 유희 충동과 키치를 뒤섞어 놓은 '조각난' 그림이 되어서는 안 된다. 소설이 여전히 '다른 미래'에 현재를 비춤으로써 실존의 지도를 그려나가는 탐구의 한 양식인 한, 그 상상된 낙원은 스탕달의 말대로 '행복'이 아니라 '행복에의 약속'이어야 한다. 상품형식에 바탕하고 있는 대중문화와 진정한 예술이 갈라지는 지점은 이러한 '행복의 이데올로기' — 이미 행복은 성취되었으며 소비될 수 있다는 믿음 — 의 유무에 의해서이다.

2000년대 우리 문학에서 진정 문제가 되는 것은, '웃음' 자체가 아니라 이들의 '웃음'에 "힘과 부끄러움"이 부재한다는 것이다. 현실을 헤쳐 나가는 힘도 아니고 '초라한' 실존에 대한 부끄러움도 지니지 못한 조각난 웃음. 이 조각난 웃음이 한바탕의 폭소와 방향 없는 조롱과 냉소에 머무는 것은 상투적인 대중문화를 흉내 낼 뿐, 거대한 '현실'을 참고하지 않기 때문이다. 마술적 리얼리즘의 위대한 작가 마르께스는 그가 살고 있는 대륙의 놀라운 현실을 나열하면서 그의 희극적 환상이 어디에서 연유했는지를 다음과 같이 밝힌 바 있다.

중남미와 카리브해의 작가들은 가슴에 손을 얹고 현실이 우리보다 더 나은 작가라는 사실을 인정해야만 한다. 우리의 영광이 될지는 모르는 우리의 운명은 겸손하게 그런 현실을 모방하려고 노력해야 하며 그런 것이 가능할 때 비로소 최고의 작가가 된다는 것을 알아야 한다.

— 가브리엘 가르시아 마르케스, 「문학과 현실에 관하여」

마르께스의 말대로 현실은 더 위대한 작가이며, 문화를 포함한 모든 예술이 실감을 길어내는 곳이다. 이와 같은 사실을 잊지 않을 때, 우리 문학은 웃음은 '강인하고 겸허한' 웃음이 될 것이다.

(신자유주의 시대) 청년작가그룹의 급진성의 함의

1. 들어가며

현실 사회주의의 붕괴와 더불어 시작된, 그리고 여전히 진행되고 있는 각종 종언 — 냉전 체제 종식, 마르크스주의의 종언, 역사의 종언, 거대 담론의 종말 등등 — 의 장사(葬事)행렬에서 우리는 최근 근대문학의 종언을 목도한 바 있다. 근대문학의 종언과 관련해서는 아직 여러 가지 논란이 있으나, 이 선고가 문학의 사회적, 정치적 역할에 대한 회의에 근간하고 있으며 실상에서 있어서 이를 전적으로 부인할 수만은 없다는 것이 사실이다. 가라타니 고진이 지적하고 있듯, '문학과 정치'를 둘러싼 해묵은 논쟁은 "문학은 무력하고 무위이고 반정치적으로 보이지만, (제도화된) 혁명정치보다 더 혁명적인 것",[1] 그리하여 문학은 단지 오락의 차원에서 벗어나 정치운동, 노동운동, 시민운동

등과 동등한 지위를 갖게 된다는 것을 역설적으로 증명하는 것이었다. 그러나 고진이 단도직입적으로 밝히고 있듯, '정치=공산당'의 맥락에서 작동했던 문학과 정치의 문제는 '공산당'의 권위가 없어지면서 사라져버렸고, 문학은 완전한 자율성을 획득하는 대신에 아이러니하게도 죽음을 선고받고 말았다.

과거 짧은 기간 동안 한국문학의 지형이 '정치'에서 '탈정치'로 이동했음은 주지의 사실이다. 1990년대 이후 한국문학은, 분단 현실과 파행적 정치권력, 현실 모순에 대항한 연대와 투쟁 대신, 탈주하는 욕망과 다양한 '내면들', 각종 병리적인 증상과 징후를 문학적 자산으로 얻게 되었으며, 비평담론에 있어서도 계급투쟁과 사회구성체 이념 대신 외디푸스 콤플렉스를 양산하는 가족 삼각형의 이데올로기를 구축하게 되었다. 1990년대 이후 문학은 충분히 새롭고, 어떤 측면에서는 '급진적'이었다고 할 수 있으나 — 일련의 탈근대 담론이나 미래파 논쟁 등에서 볼 수 있듯 — 이들의 급진성은 그러나 유효한 정치적, 사회적 파급력을 지니지 못했다는 측면에서 전혀 '불온'하지 않았다고 할 수 있다. 이 '급진성'들이 어찌하여 불온하지 않았던가의 문제는 또 다른 논의를 필요로 한다. 그러나 짤막하게 언급하자면, 그것은 사회적 변화, '공적' 담론의 탈정치화와 밀접하게 관련이 있으며, 궁극적으로는 '국가와 정치' 문제를 회피하거나 무시하고 경제, 예술, 종교 등의 모든 영역의 자율성 옹호를 통해 '개인의 무제한적 자유와 사유재산'을 지키려는 '자유주의적 이데올로기의 정열(liberale Pathos)'[2]이기 때문이라고 할 수 있다.

최근 미미하지만 '사회·정치적 상상력'의 귀환에 대한 전언들이 들려오고 있다. 이러한 이동이 문학 종언에 대한 반대급부에 의해서이

1   가라타니 고진, 조영일 역, 『근대문학의 종언』, 도서출판b, 2006, 52쪽.
2   칼 슈미트, 김효전 역, 『정치적인 것의 개념』, 법문사, 1992, 84~85쪽.

든, 아니면 이데올로기적 요청에 의한 담론적 선회이든, 귀환하고 있는 정치성은 과거 좌우 이념이나 계급 대립의 전선과 동일하지 않음은 명확하다. 그것은 상탈 무페나 라클라우가 주장하고 있는, 자유민주주의 체제 내의 경합적 다원주의, 즉 다양한 차이들의 긍정과 집단 정체성들의 적대적인 힘들과 구성된 새로운 '전선들'[3], 혹은 총체성이 불가능한 "차이들의 무한한 놀이(infinite play of differences)로서의 사회적인 것", "복수의 적대들"[4]에 가깝다고 해야 할 것이다. 그렇다는 의미에서 새롭게 도래하는 문학의 '정치성'은 포스트 모더니즘에서 파생된 탈주체의 정치학이라고 이름할 수 있을 것이다.

뻔하지만, 중요한 명제를 반복하자면, 문학에서의 정치적 기획이란 궁극적으로 '자유'일 수밖에 없다. 물론 이때의 '자유'는 위에서 말한 실정적인 정치세력으로서의 '자유주의'가 옹호하는 것과는 다른 것이다. 문학이 '억압에 대해 생각한다'(김현)고 할 때, 혹은 "영구혁명 안에 있는 사회의 주체성(주관성)"(사르트르)이라고 할 때, 문학의 모든 해방적 기획은 '자유'로 수렴된다. 그러나 '자유'라는 용어만큼 다양한 의미를 가진 것이 있을까? 그것은 개인의 자유인가, 정치적 자유인가, 경제적 자유인가, 법률적 자유인가, 성적 자유인가? 결국 '자유'의 구체적 의미는 어떠한 필연성과 맞대결하고 있는 구체적인 상황에서 물어져야 하고, 문학의 경우 텍스트가 제출하고 있는 '문제틀'에서만 도출할 수 있다.

과거와 비교했을 때, 현재 우리에게는 너무도 많은 자유가 주어진 듯하다. 물론 제도 권력의 억압적 장치들은 미시적으로 분산되어 음험하게 우리를 옭죄고 있으나, 전체주의적 국가 권력은 물론 전통적

---

3   상탈 무페, 이보경 역, 『정치적인 것의 귀환』, 후마니타스, 2007.
4   에르네스토 라클라우, 「사회의 불가능성」, 이경숙 · 전효관 편, 『포스트맑스주의?』, 민맥, 1992, 233쪽.

인 인습과 규범으로부터 상대적으로 자유로워졌다는 점에서 신자유주의 시대 '개인'은 과거 어느 때보다 풍요로운 자유를 구가하고 있는 듯 보인다. 그렇다면, 우리 젊은 작가들은 더 이상 자유를 갈망하지 않게 되었는가? 물론 그렇지 않다. 청년작가그룹들은 여전히 '더 많은' 자유를 외치고 있으며, 이것이야말로 '근대문학의 종언'에 대한 반증이 될 수 있다. 김수영이 "내용은 언제나 밖에다 대고 〈너무나 많은 자유가 없다〉는 말을 해야 한다. 그래야지만 〈너무나 많은 자유가 있다〉라는 〈형식〉을 정복할 수 있다"[5]라고 했을 때, 그것은 하나의 문학 작품이 성립할 수 있는 요건에 대한 것이었다. 청년작가그룹의 새로움에 대한 모험은 여전히 '너무나 많은 자유가 없다'라고 외치고 있다. 그리고 그 자유를 향한 외침은, '너무나 자유가 많다'고 말하는 혼동과 무질서의 형식을 정복하고, 라깡적 의미에서의 결절점(point de caption)을 통해 그들 나름대로의 '38선'을 뚫고 있다고 할 수 있다.

　그렇다면 젊은 작가들의 자유의 투쟁은 어떠한 필연성에 맞서고 있는가? 그 필연성이야말로 그들의 '38선'과 자유의 의미를 규정짓는 중요한 토대가 될 것이다. 네 명의 작가들 — 윤이형, 김태용, 박금산, 노희준 — 의 작품이[6] 드러내는 정치적 기획을 살펴보기 위해, 본고는 자유 / 필연의 경계, (칼 슈미트가 언명한 정치적인 것의 규준으로서) '동지와 적'이라는 적대적 전선을 예각화하여 고찰할 것이다.

5　김수영, 「詩여, 침을 뱉어라」, 『김수영 전집 2 산문』, 민음사, 1998, 251쪽.
6　주요 분석 대상 텍스트는 다음과 같다. 윤이형, 『셋을 위한 왈츠』, 문학과지성사, 2007; 김태용, 『풀밭 위의 돼지』, 문학과지성사, 2007; 박금산, 『바디페인팅』, 실천문학사, 2007; 노희준, 『킬러리스트』, 랜덤하우스, 2006. 이하 서지사항은 생략.

2. 미래완료형 로망스에 각인된 (비)인간의 표정

윤이형 소설의 급진성은 '첨단 과학 기술의 테크노피아'에 대한 상상력에서 비롯된다. 윤이형의 SF적 상상력은 (물론 대중문화와 영화적 상상력에 의해 영향 받은바 크다고 할 수 있다) 이전의 듀나, 백민석 등의 몇몇 SF 소설과는 변별되는 지점을 보여준다. 그것은 이전의 소설에서처럼 테크놀로지의 상상력이 추상적·관념적·공상적 차원이 아니라, 직접적인 감각과 현실의 차원에서 진행된다는 점이다. 이를테면 윤이형의 첨단 과학 기술에 기댄 상상력은 하나의 봉쇄된 SF라는 '장르'에 머물지 않고 본격 소설로 급진적으로 침투함으로써 경계를 허물어뜨리는 데에까지 나아가고 있다는 것.

예를 들어 디제이 지망생 강빛나와 학원 선생 '나'의 이야기를 담고 있는 「DJ 론리니스」에는 '비트매칭' '큐잉' 등의 디지털 전문 기술 용어가 숱하게 나온다. 그러나 이것은 단지 생소한 전문 분야의 그것으로 머물지 않고 인물들의 내면과 감정, 그리고 그들의 관계를 비유하는 '유일한' 코드로 기능한다. 예를 들어, "그녀라는 소프트웨어" "리믹스와 샘플링과 재편집을 거치고 스크래치를 섞으면, 제 인생도 조금은 다른 음악이 될지 모른다고"라는 문장들에서 '소프트웨어, 리믹스, 샘플링. 재편집, 스크래치'를 괄호로 묶어버린다면, 그 의미는 해석될 수 없는 것으로 남겨진다는 것이다. 다른 예를 보자.

무언가 살아 있는 것이 앞을 가로질러 뛰어갔다. 삐리릿 삣삣. 하는 미세한 소리를 내며 겁에 질려 달아나는 그것은 더럽고 통통한 갈색 쥐였다. 다음 순간, 그것은 죽어 있었다. 나는 땅바닥에 퍼질러 앉아 막 생명이 꺼진 그 작은 덩어리를 양손의 손톱으로 파헤친 다음, 김이 모락모락 나는 고깃덩이를 번갈아 입으로 가져갔다. 왼손, 오른손, 왼손, 오른손. (…중략…) 그리고 머리가 으깨진 쥐가 땅바닥에서 하얀 거품을 내며 경련하는 것이 보였다. 그것은 30초 전의 일이었다. 지팡이가 있었다. 장식이 없는 1미터 정도 길이의 지팡이가 등 뒤에서 날아갈 듯 가볍게 빠져나오는 것이 보였다. 그것은 1분 전의 일이었다. 고깃덩어리를 이빨로 씹은 후 혀를 이용해 침이 골고루 뒤섞었다. 그것은 2초 전의 일이었다. (…중략…) 이끼, 혈관, 물기, **나는 문득 고기를 먹는 일을 중단하고 싶었으나**, 어둠, 빛, 죽은 피, 손톱, 포인트 18, 빛나는 것, 그럴 수 없었다. 그것은 30초 후에나 가능했다. 유리? 나는 꿈속에서 반짝이는, 유리와 비슷해 보이는 무언가를 발견했다. 중단은 20초 후에나 가능했다.

— 「피의일요일」, 『셋을 위한 왈츠』, 85~86쪽, 강조는 인용자

　저자는 위 인용문에서 "**나는 문득 고기를 먹는 일을 중단하고 싶었으나**"를 강조했다. 저 프로그래밍된 게임의 세계에서 이 욕망만이 유일하게 인간에 속한다고 판단했기 때문이다. 그러나 과연 1초 단위로 행동을 규율하고 '포인트 18'로 빛나는 퀘스트를 맹목적으로 좇아가는 것이 단지 캐릭터 편의 것인가? 그렇지 않다는 것. 저 인용문이 보여주는 것은 결코 인간적인 것과 비인간적인 것을 구분해낼 수 없다는 충격적인 사실이다. 이것이 윤이형 소설에서 인간의 감각과 기술 감각을 뒤섞인 사태의 본질이라고 할 수 있다. 기술 감각이란 초 단위로 미분되고 고립되어 움직이는 거대한 기계적 메커니즘의 그것을 의미한다. 기술의 급진적 진보와 과학적 합리화는 인간을 효율성이라는 이름 아래 훨씬 작고 다루기 쉬운 개체들로 쪼개어 고립시켰을 뿐 아니라 인간적인 것들과도 분리시켜버린다. 이것을 일컬어 마르크스는 '소외'라고 했고, 막스베버는 '합리화'라고 했으며, 루카치는 '물화'라고 했다. 윤이형 소설은 인간이 기계를 다루면서 행동 양식 뿐 아니라 얼굴표정, 감정까지

어떻게 기계장치의 획일적인 운동과 닮게 되는지를, 또한 이것이 어떻게 인간의 삶을 경험(Erfahrung)으로부터 체험(Erlebnis)의 영역[7]으로 이동시켰는지를 보여주고 있다.

언데드인 캐릭터 '피의일요일'은 죽을 때마나 의식이 흩어져 기억을 상실하고 부활할 때마다 새로운 개체로 탄생한다. 이는 기계화된 메커니즘 속에서 기계의 속성을 닮아버린 삶의 진상, 즉 바로 과거, 미래의 '지속'의 시간 속에서 구성되는 '자아 동일성'을 상실한 채, 매일 매일 달려드는 '현재'적 충격에 대한 방어에 몰두하는 현대인의 일상에 대한 메타포라 할 수 있다. 「셋을 위한 왈츠」에서 거듭되는 '셋'이란 수는 얼핏 보면, 외디푸스 삼각형의 구도를 의미한다. 근친상간이라는 금기를 '죽음'으로 넘어선 형과 누나, 그리고 '나'에 의해 완성되는 삼각형에 관한 이야기. 그러나 왈츠의 리듬이 반복될수록 주인공의 숫자 '삼'에 대한 혐오증이, '고독'에 대한 두려움과 더 밀접하게 관련되어 있음을 알 수 있다. "셋이라는 건, 결국 모두가 혼자라는 걸 깨닫게 하기 위해 존재하는 수 같아. (…중략…) 셋이 되어 나머지 둘이 이미 잠들어 있는 걸 보면서 정말로, 정말로 혼자라는 걸 깨달아야 사람은 완전해져. (…중략…) 그래서 완벽한 거야, 셋은. 삼각형도, 삼각관계도, 삼위일체도, 삼부작도"라는 언급은 현대인들의 고독이 어떻게 발생하는가에 대한 통찰을 보여준다. 즉, 고독이란 하나가 아니라, 둘 사이에서 소외되었을 때 비로소 발생한다는 것, 현대인들의 고독의

---

7   벤야민에 따르면 기계 문명에 익숙한 현대인들은 전통과 타인, 집합적 과거에 기초하고 있는 경험(Erfahrung)으로부터 분리되어, 방어적인 의식에 작용하는 '체험'(Erlebnis)만을 갖게 된다. 체험은 지속, 무의지적 기억과 무관한 '쇼크'의 사건이라는 점에서, 시적인 것과는 거리가 멀다. 벤야민은 '쇼크의 체험이 규범이 되어버린 경험 속에서 어떻게 서정시가 자리잡을 수 있는가'라는 물음을 통해 보들레르 시를 통해 분석하고 있다.(발터 벤야민, 「보들레르의 몇 가지 모티브에 관해서」, 반경완 역, 『발터 벤야민의 문예이론』, 민음사, 1995)

속성에 대한 암시이다.

　'영혼과 세계의 파편화' '기계 리듬과 생체 리듬'을 맞세운다는 점에서 윤이형의 소설의 해방적 기획은 인간 대 비인간이라는 적대적 전선에서 이뤄진다. 데뷔작인 「검은 불가사리」는 본격적인 SF 소설은 아니지만, 여기에서 보여주는 환상은 '이성 / 감성'의 분열이다. 평범한 젊은 직장 여성인 주인공은 어느 날 갑자기 한쪽 눈의 동공이 별 모양으로 바뀌어버리는 이상한 일을 겪게 된다. 그 후 그녀는 때때로 슬픔과 고통, 또는 과거 회상에 잠기게 된다. 그녀가 눈물을 흘릴 때마다 밀랍 병사들이 튀어나와 '눈물'을 받아먹고, 그러면 눈동자에서 검은 불가사리가 튀어나오고 병사로부터 공격을 당한다. 그런 일이 반복된 뒤, 그녀는 자신도 모르게 낯선 사람들을 목졸라 죽여버려 살인범이 되었다는 것. 이 정신착란에 의해 제시되는 이성 / 감성의 대립항목들은 이렇게 나뉜다. 즉 '별, 슬픔, 분노, 추억, 두려움, 고통, 혼란, 영혼' 등으로 묶이는 '검은 불가사리'는 감성의 편에, '일상, 전투, 질서, 물질, 메마름' 등으로 묶이는 '밀랍 병사'는 이성의 편에 서 있다. 애초 밀랍 병사를 담은 소포에 적혀 있었던 'Protect Me from What I want'란 비합리적인 욕망을 경계하라는 것을 의미한다. 그리하여 밀랍 병사는 욕망을 지키는 파수병들이었으나, 결국 주인공 '나'는 비합리적인 분노와 욕망에 휩싸여 살인범이 되고 만다는 것이 이 이야기의 전모인 것이다.

　IRA와 영국 정부의 무혈사태를 다룬 영화 〈블러디 선데이〉, 그리고 멀리는 러시아 혁명의 발단이 되었던 1905년 노동자 학살사건을 환기시키는 「피의 일요일」은 게임 캐릭터들이 일으킨 혁명과 반란에 관한 이야기이다. 이들이 '속도와 경쟁, 자아동일성 상실, 프로그래밍'으로 대변되는 게임의 세계를 벗어나는 방법을, 작가는 다음과 같이 말하고 있다. "우리는 뒤를 돌아야 해. 그들에게 우리의 앞모습을 보여주어야 해. 그것만이 이 세계에서 나아가는 길이야." 거대한 메커니즘에 맞서기 위해서 인간은 '주체'가 되어야만 한다는 것, 그리고 그것은 "자신이 누구인지" 기억해야 가능하다는 것을 말하고 있는 것이다.

인공지능로봇(AI)이 인간과 함께 살아가는 미래 도시를 배경으로 하고 있는 「판도라의 여름」에서 인간 / 비인의 대결은 '호기심, 혹은 인식에의 욕구'를 중심으로 구성된다. 기계장치로 인간의 내면에 있는 상을 찍어 진실을 파헤치려는 닥터 판이 인간의 편에, 그리고 인공감성(AE)을 갖춘 사이보그 '제우스'가 비인간의 편에 선다. 그러나 여느 작품에서처럼 이러한 상식을 뒤집힌다.

40세의 성공한 과학자인 판은 판도라 박스를 통해 남편으로부터 한 '소녀'의 상을 얻게 된다. 마취를 잘못해서 식물인간으로 전락해버린 남편, 인터넷 아카이브를 통해 얻은 소녀와 동일인으로 추정되는 할머니의 상. 닥터 판은 그 정체를 밝히기 위해서 연합국이 점령하고 있는 한국의 외진 마을을 찾게 된다. 거기에서 그녀는 사진작가인 남편이 오래 전 철거 당시 그곳을 방문하여 마을 사람들과 우정을 나누고 그들의 절박한 상황을 렌즈에 담았다는 것, 그리고 그것을 마을 사람들의 기대와 달리 새로운 카메라 모델 광고를 위해 사용되었다는 것을 알게 된다.

닥터 판은 사랑과 신뢰를 냉소하고, "인간의 표리부동함에 대한 혐오를 누를 수 없어 사람들의 마음을 파헤치려고 애쓰는 강박증 환자"이다. 절대 인식과 과학 기술의 진보에 대한 집착은 그녀를 비인화한다. '운동과 보톡스, 성형'으로 적절하게 관리된 몸매, 그리고 인간의 비합리적인 감성조차 수치 속에 기입하여 통제하고자했던 그녀는 어느새 기계를 닮아버린 것이다. 그러나 그녀는 남편을 통해 인간은 결코 모든 것을 알 수 없으며, '진실'이란 표면적인 '사실'과 다를 수 있다는 것을 깨닫게 된다. 그녀의 이러한 비인적 속성과 달리 유한성을 통해 겸허한 세계 이해의 편에 서 있는 것은 오히려 사이보그인 '제우스'이다. "이해한다는 것은 무엇일까? 임무 완료 후에 이곳에 남기로 결정한 것은 나의 의지였다." "내가 모르는 냄새였다"라고 고백하는 사이보그는, '정확한 인식'이란 불가능하며, 행동 또한 그것에 의해 좌우되지도 않는다는 사실, 그리고 '미지'라는 것이 인간의 가능성이자 축복의 영역임을 비인의 한계를 통해 역설적으로 드러내고 있는 것이다.

「판도라의 여름」을 비롯한 윤이형 작품이 겨냥하는 디스토피아는 미래사회가 아니라, 지금의 현실이다. 즉 "결코 알아낼 수 없는 것, 통제하고 소유할 수 없는 것, 우리를 무력하게 하는 것"을 남겨두지 않겠다는 강박증적 현대문명이 어떻게 우리를 장악하고 통제하고 있는지, 또한 우리의 삶이 어떻게 그것을 닮아가고 있는지를 보여주는 것이다. 우리 일상에서 진행되고 있는 '일체형 자동 시스템'(주민등록번호로 모든 행정업무와 경제적 행위가 이루어지고 있는 현재)이 어떻게 우리의 삶을 점령하고 있는지, 그리고 현대 기계문명이 우리를 어떻게 강박증 환자 — "자신에게는 부족한 것이 전혀 없으며, 다른 어떤 사람도 필요로 하지 않는" — 이자 단자화된 개인들로 만들고 있는지를 상기해보라.

「판도라의 여름」은 또한 21세기형 '진보'의 의미와 그것의 실상을 — 기술적 진보가 어떻게 경제적, 산업적 발전과 결합하는지[8] — 을 폭로하고 있다. '판도라 박스' 판매를 위해 과학 기술(닥터 판)과 소설가 도로시와 야합하는 것, 닥터 판의 남편이 우정을 카메라 광고로 이용하는 것이 그 예증이다. "진실은 화소 수에 있는 게 아니었습니다. …… 아름다움을 잡아내는 카메라는 많지만, 고통을 고통 그 자체로 표현해내는 카메라는 많지 않습니다. 203DS는 제게, 결코 멈추지 않는 욕망을 멈추

---

8   칼 슈미트에 의하면 주로 인도적, 도덕적, 지적이었던, 즉 '정신적'이었던 진보의 신념이 경제적, 산업적, 기술적 발전과 결합한 것은 19세기 이후이다. 위의 책, 88~89쪽.

게 해준 의외의 보디였습니다"라는 광고 카피는 미래 사회가 아니라 현재에도 넘쳐나고 있는 냉혹한 경제논리이다. 자본은 과학을, 예술을 '기술'로 만들고 있을 뿐 아니라, 이를 통해 일체의 생산과정과 경제행위를 과학적으로, 미학적으로 가장 급진적인 것으로 만들고 있는 것이다. ('거칠은 들판으로 달려가자'를 읊조리는, 모 배우의 감동적인 연기가 담긴 ○○ 생명 광고를 보고 눈물을 흘렸던 사람이라면, 그 눈물의 착잡함을 알고 있을 것이다)

윤이형의 소설은 대개 미래사회에 대한 어두운 비전을 보여주지만, 사실 그 밑그림에는 유토피아의 충동이 있음을 눈치 채지 않을 수 없다. 인간 / 비인에 대한 상식적인 이데올로기를 전복하고 '새로운' 인간을 모색하고자 하는 이 모험담은, '첨단 테크놀로지'의 전선 위에서 비인간적인 현재와 투쟁함으로써 유토피아에 다가가고자 하는 21세기형 로망스[9]라고 할 수 있다.

3. 기각할 것인가, 기각될 것인가

윤이형 작품이 인간을 비인화하는 거대한 기계적 메커니즘과 맞서 싸우고 있다면, 김태용의 소설은 인간을 '인간'으로 규율하는 전체주의적 기획, 혹은 '사회적인 것'[10]과 맞서 싸우고 있다. 윤이형의 사이보

---

9 프레드릭 제임슨에 의하면 SF는 20세기 형 로망스로, '소망 충족적 혹은 유토피아적 환상'을 뜻한다. Fredric Jameson, *The Political Unconscious*, New York: Cornell University Press, 1986, p.110.

10 여기서 '사회적인 것'이란 라클라우가 말하는 불가능성으로서의 '사회적인 것'이 아니라, 반대로 모든 의미가 고정되고 단일한 정체성에 의해서 구성된, '봉합된' 공간으로서의 '사회'를 의미한다.

그들이 거대한 메커니즘의 작동 방식을 파헤치고 있다면, 김태용의 인물은 이미 '봉합된 것'으로서의 사회 자체를 문제 삼고 있는 것이다. 따라서 김태용의 해방적 기획에서 문제되는 것은 개체를 '인간'으로 호명하는 모든 것, 즉 기성 질서와 관습, 윤리, 언어 등이다. 그것이 역사와 장소를 불문하고 유사 이래 진행되었던 인간의 기획이라는 점에서, 그가 상대하는 적은 '인류' 그 자체라고 할 수 있다.

일체의 '인간적인 것'과 맞짱뜨기로 작정한 김태용의 소설은 우선, 기존의 관습과 규범에 반항하는 이단아들을 풀어놓는다. 가령, 친구의 결혼식의 사회를 맡은 인물이 다음과 같이 말할 때, "저 녀석처럼 멍청하고, 인색하고, 탐욕스러운 사람은 세상에 별로 없을 것입니다. 제가 오늘 이 결혼식의 사회를 맡은 것은 저 녀석이 조금은 인간답게 살아주길 바라는 심정에서였습니다. 여러분 부디 저 덜 떨어진 녀석의 결혼을 지나치게 축하해주지 마십시오. (…중략…) 신부는 오늘로 일생일대의 가장 후회할 만한 일을 저지르고 만 것입니다.", 혹은 군대에서 후임병을 때리고 이렇게 말할 때, "처음 봤을 때부터 네가 말이 많은 녀석인 줄 알았지만 실제로 겪어보니 예상대로 말이 너무도 많고 군인의 미덕은 복종과 침묵에 있다고 아무리 강조해도 너는 앞으로도 계속 말이 많을 것 같아 미리 때려두는 거다.", 혹은 좌측 통행 규칙에 의문을 품은 초등학생이 상급생의 명령을 거부하고 우측으로 걸어갈 때, 혹은 아버지가 아이를 튕기던 이불자락을 일부러 놓쳤을 때, 그들은 '인간 사회'가 호명하는 일체의 '인간다움'으로부터 삐딱해지기로 작정한 것이다. 물론, 이러한 삐딱한 행동에는 저마다의 히스토리가 있을 수 있으나(「검은 태양 아래」의 경우, 이복형제의 관계), 이 삐딱함은 이유를 불문하고 김태용 인물들이 보여주는 기본 태도이다.

물론 이들 이단아들의 반항은 '반사회적', 체제 전복적 성격을 띠지 않는다는 점에서 전혀 위험하지 않다고 할 수 있다. 이들이 일으키는 이단적 행위들은 오히려, 대부분 사소한 것이기 쉽다. 예를 들어, 우산을 씌어주는 여자에게 아예 우산을 달라고 한다거나, '담배를 피워도 될까요?'라고 묻는 택시 기사에게 안 된다고 단호하게 말하고는 혼자만 피우는 어처구니없는 행동들. 그러나 이들의 행동은 전혀 '이해'되지 않는다는 점에서 정녕 불온한 것일 수 있다. 즉, 반사회적 행위들 ― 범죄, 타락, 퇴폐, 테러 등 ― 은 이미 그 '이름'을 통해 사회화된 것이다. 아무리 극단적인 반사회적 행위더라도, 그것은 인간의 범주 안에서 이해 가능한 것으로 고정된 어떤 것들이다. 김태용 인물의 일탈은 이해 가능한 반사회적 행위로 봉합되지 않는, 일종의 '착란'과 '병리적' 성격을 띤다는 점에서 세계 '바깥'을 향하고 있는 것이다.

김태용 인물의 일탈이 세계 '내부'가 아니라 세계 '바깥'을 향하는 지점을 잘 보여주는 것이 김태용 소설에 나타나는 망상 구조이다.

> 내가 먼저 죽고 난 어느 날 밤 돼지가 우리를 뛰쳐나와 집 안으로 들어온다. 슬그머니 침대로 올라와 그녀의 사타구니에 코를 박고 퀠퀠, 거리며 냄새를 맡는다. 그녀는 돼지의 시커먼 불알을 손으로 만지작거리며 퀠퀠퀠 퀠퀠(아이구 좋아), 이라고 말한다. 그녀와 뜨거운 하룻밤을 보낸 돼지는 이제 떳떳하게 그녀의 남자 노릇을 한다. (…중략…) 실제로 불가능한 현실을 떠올릴수록 불가능성이 가능성으로 바뀌고 현재에도 그녀가 돼지와 나 몰래 그렇고 그런 행각을 벌이고 있을 거라는 생각에 다다른다.
>
> ―「풀밭 위의 돼지」, 43쪽

위 예문은 김태용 작품에서 비교적 독해가 가능한, 망상이다. 늙은 남자가 아내와 풀밭 위에서 뒹굴다가, 아내와 돼지가 정사를 벌인다는 환각에 빠지는 장면인데, 이 밖에도 이 작품에는 노인이 돼지의 언어(퀠퀠퀠)로 아내와 대화를 나누고, 상자 속에 돼지를 넣어 코를 베어

먹는다는 환상이 펼쳐진다. 그러나 작품 말미에서 하나의 반전이 일어난다. 즉, 아내는 이미 죽었다는 것, 그리하여 이 전부가 그 자체로 노인의 망상이었음이 아들에 의해 폭로되는 것이다. 이 텍스트는 인물들의 환각을 '망상'이라는 액자틀에 넣어 비교적 이해 가능한 형태로 독자들에게 전달하고 있다. 그러나 다른 텍스트의 경우, 자의적인 언어 변용과 함께 환각과 현실의 경계는 지워져버린다. 그리하여 김태용의 텍스트는 해석에 저항하는 환각의 편린과 부유하는 기표들로 가득 찬다. 가령, '어느 날 아이의 귀에서 큰 병이 나오고, 그 속에 들은 죽은 아버지의 영혼이 말을 하고, 엄마의 정부는 그 병으로 자위를 하고'로 이어지는 망상들(「오른쪽에서 세 번째 집」). 전체적인 망상체계가 아닌, 부분적 망상 구조 속에서 독자는 길을 잃고 헤맨다.

물론, 이러한 망상 구조는 편집증적 징후의 표출이다. 김태용 인물들의 편집증은 구체적으로 하나의 사물을 중심으로 세계를 이해하려는 태도 —'농구공' '의자' '송충이', 혹은 디테일에 과도하게 집착하는 태도 —'침낭' '철창' '유리' '등산 양말', 또는 사람들이 자신을 소외시키고 죽이려한다는 과대 망상 —"급우는 다른 아이들과 뭔가 거대하고 음흉한 음모를 꾸미는 듯 머리를 맞대고 속닥거리고 있어 나를 쳐다보지 않았다", "누가 내 등에 칼을 꽂았는가" — 등으로 나타난다.

편집증적인 과대망상과 피해의식은 의심에서 비롯된다. 김태용의 인물들은 주어진 대로의 세계의 이해 방식을 믿지 않으며, 은폐된 세상의 실체를 스스로 구성하기를 원한다. 그것은 당연하게도 아버지에 대한 증오로 표출되며, 상징계 질서에 대한 거부로 나타난다. 적개심과 부정, 그리고 스스로 '세계'를 구축하려는 태도를 가장 극명하게 보여주는 것이 '언어'에 대한 과도한 자의식과 집착이다.

내가 침묵으로 농락하고 저항하고 싶은 세계의 이면 안에 웅크리고 있

는 존재들이 떠버리처럼 끊임없이 나에게 말을 걸고 있었다. 너무나 많은
말이 순식간에 들려오는 바람에 그 어떤 말도 제대로 알아들을 수 없었다.
애초에 그것은 말이 아닌, 말 이전의 상태에 놓인, 말이 되려고 애쓰지만,
결코 말이 될 수 없는, 짐승 같은 언어들에 불과할지도 모른다. (…중략…)
말하고 싶다. 말해야 한다. 말해야만 한다. 말할 수 없는 것이 생길 때가지
말해야만 한다. 말할 수 없는 것은 말할 수 없다고 말해야만 한다. 문득 실
어증 환자가 말을 되찾으려는 노력을 포기하고 벙어리로 살아가기로 마음
먹었을 때 비로소 말이 되찾아질지도 모른다, 라는 생각이 머릿속을 관통
하고 지나갔다.

— 「벙어리」, 225쪽

　위에서 실어증에 걸린, 그리고 벙어리가 되고자 하는 화자가 끊임
없이 늘어놓는 중얼거림에서 볼 수 있듯, 김태용의 텍스트의 대부분
은 언어의 기표 체계를 파괴하고 해체하는 데 바쳐진다. '고양이'를
'돼지'라고 부른다거나, 혹은 "켈켈 켈켈 켈켈켈 켈켈켈켈(내가
먼저 죽거든 돼지랑 이야기해)" 등의 새로운 언어체계의 구상과 언어 비틀
기는 김태용의 텍스트 곳곳에서 발견될 뿐 아니라, 그의 중요한 창작
방법론이 된다. 이러한 태도는 작가가 자신의 글쓰기를 '오독의 과정'
(「작가의 말」, 301쪽)이라고 설명하는 데에서 드러난다.
　'주어진 세상'에 균열을 일으키고 해체하고자 하는 시도가 가장 집
약적으로 표출된 작품은 「차라리, 사랑」이다. 한 상황주의 집단적 반
란을 그리고 있는 이 작품에서 '우리, 혹은 우리 중 하나'로 지칭되는
한 무리는 난교를 벌이며 동거를 하다가 하나의 '상황'을 연출한다. 그
것은 각자 경멸하는 물건을 카트에 담아 쇼핑센터 9층에서 추락하는
것. 9·11 사건을 연상케 하는 이 자폭 테러는 물론, 상품 이미지와 소
비로 가득 찬 스펙터클한 자본주의 현실에 대한 상징적인 반란을 의

미한다. 이 작품이 상황주의자 기 드보르와의 밀접한 연관을 갖고 있다는 측면에서도 그렇게 읽어야 하는 것이 마땅할 것이다. 그러나, 김태용의 텍스트 전체의 맥락에서 볼 때, 그것은 스펙터클한 '대중 소비사회'에 대한 겨냥이라기보다는 '스펙터클' 그 자체라고 보는 것이 온당하다. 왜냐하면, 김태용의 인물들에게 세상은 상품, 자본, 이미지, 전쟁 등에 의한 스펙터클이기보다는 처음부터 '스펙터클'로 주어졌기 때문이다.

다양한 개인들과 권력 장치, 제도, 규범 등에 의해 정교하게 구조화된 전체가 아니라, 불분명한 스펙터클로서의 세계에 대한 이해는 인물들의 호명 방식에서 드러난다. 「차라리, 사랑」에서의 '우리' '우리 중 하나'에서처럼, 김태용의 인물들은 대개 '이름'이 없다. 그저 '사람' '친구' '아이' '아이의 엄마' '엄마의 정부' 등으로 지칭되는 인물들은 각각의 고유한 특성 없이 등장했다가 사라진다. 물론 이는 거대한 메커니즘 속에서 개성을 상실하고 살아가는 익명성에 메타포이기도 하다. 그러나 이들이 살아가는 환경 또한 모호하거나 또는 누군가의 망상 속이라는 것은, 작가의 선이해에 의해 이미 세상이 '전체화' 되었다는 것을 의미한다. 인물들의 이름이 지워진 것은, 그들을 전체화하는 사회에 의해서가 아니라 작가에 의해서이다. 왜 그런가?

> 인생은 이렇게 지루한 것 / 밤새 연필을 깎고 또 깎는 것처럼 (64쪽)
> 오른쪽에서 두 번째 집고 마찬가지로 오른쪽에서 세 번째 집도 지극히 평범한 가정일 뿐이다. (86쪽)
> 그는 언제까지, 이대로, 있어야, 하는 자신의 처지를 위로하듯 중얼거렸다. (135쪽)
> 서른 살, 나는 나 자신을 죽였다. 죽어 있는 나를 바라보면서 왜 도무지 당신은 변하지 않는 거지요, 라고 묻고 싶었다. (251쪽)

위 인용문들은 『풀밭 위의 돼지』 전편에 흩어져 있는, 허무주의의 편린이다. '아버지와 어머니와 어머니의 정부와 정부의 여동생과 아이'가 함께 살아가는 곳에서 벌어지는, 불륜과 비극(「오른쪽에서 세 번째 집」)은 그 집만의 특수한 상황이 아니라, 평범한 삶의 형태라는 것. '서른 살이 되어도', '내가 나를 죽여도 나란 존재가 변하지 않는 것'처럼 세상은 요지부동이고, 그 속에서의 삶 또한 모두 그저 그렇고 그렇다는 인식. 도저한 허무주의와 김빠진 허무주의의 차이가 무엇인지 알 수 없으나 김태용의 텍스트는 이 두 허무주의 사이를 오간다. 「중력은 고마워」에서 거듭되는 '세계는 정말 농구공 같다'라는 아포리즘은 두 가지를 의미한다. 하나는 전혀 예상치 못한 방향으로 튀어 나간다는 것, 또 하나는 그럼에도 불구하고 중력의 법칙에 의해 바닥에 떨어진다는 것. '세계가 농구공 같다'라고 할 때, 그것은 우연과 필연이 지배하는 이 세계를 의미하지만, 그것은 '나'라는 주체와 전혀 상관없는, '예측불가와 땅 위로'라는 단 하나의 성격을 가진 우연과 필연일 뿐이다.

김태용이 (대중소비사회이든, 비행과 불륜으로 가득 찬 세상이든) 그 세부를 파헤치기보다 이미 세상을 하나의 덩어리로 규정해버렸다는 것은, 그가 벌이는 전투에서 중요한 의미를 띤다. 왜냐하면 "나는 이토록 건조한 세계에 최후로 저항하기 위해 있는 힘껏 담벼락에 등을 부딪치고 부딪치고부딪쳤다"라고 했을 때, 그것은 적의 실체를 모른 채 적개심만 불태우는 형국이기 때문이다. 우리의 삶을 전체화는 기획들의 음모를 파헤치지 않고는 그 파괴와 해체의 방향을 가늠할 수 없다. 김태용의 인물들은 일체의 인간적인 것을 떨쳐버린 무균의, 오롯한 '코나투스'가 되기 위해 세상을 빗나간다. 그러나 공허한 전체로서의 세상에서 벗어난 코나투스란, 사실 텅 빈 개체일 수밖에 없다. 뚜렷한 '방향 없이 빗나가기만을 열망했을 때, 어떻게 되는지에 대해 김태용의 한 인물은 이렇게 고백한 바 있다.

더 이상 좌측 통행을 하지 않아도 되는 거리를 걷고 있을 때 알 수 없는 두려움에 사로잡혔다. 어디로든 갈 수 있는 상황이 되자 어디로든 갈 수 없는 혼란에 빠진 것이다.

—「잠」, 151쪽

하여, "농구공을 가지고 농구 말고 전혀 다른 일을, 가능하다면 세상의 모든 짓을 해보고 싶은 마음이 들었다. 그가 세계를 증오하는 방식이었다"라고 화자가 고백하고 있듯, 방향없는 인물들의 적개심은 언어로 가능한 한 모든 것을 해보는 미학적 실험으로 나아갔는지도 모른다. 그의 파괴적이고 위반적인 차이들의 횡단은 인간 사회가 아니라, 언어의 세공 위에서 이루어진다. 그러나 중얼거림, 망상, 장르 비틀기 등으로 이루어진 그의 아방가르드 미학이 과연 이 세계 체제에 균열을 일으킬 수 있을까? 그의 텍스트에 죽음과 세기말적 아우라가 드리워져 있는 것은, 봉합된 하나의 전체주의적 세계에서 역사가 종언되어버렸기 때문일 것이다. 그의 미학적 급진성이 구체적인 역사와 만나지 못한다면, 그것의 계속은 감상적인 한탄이 될 수밖에 없다.

4. 제도와 함께 춤을

김태용이 전체주의 '바깥'에서 돌팔매를 하고 있다면, 박금산의 『바디페인팅』은 전체의 '내부'를 돌파하는 유형에 해당된다. 김태용에 비해 박금산의 텍스트에는 디테일한 역사가 많다. 많아도 '너무' 많다. 그가 그 내부에서 맞닥뜨린 '제도와 반제도'라는 적대 전선의 난감함 때문이다. 연작 소설 『바디 페인팅』의 출발은 이것이다. '문화예술위원회에서 주는 해외연수비를 받을 것인가, 말 것인가?' 이 물음은 「바디 페인팅 1호」에서 '받고 싶은데, 정말 받을 수 있을까?'라는 조바심에서 횟수를 거듭할수록 '반환해버릴까?' 혹은 '인도에 꼭 가야하나?' 등으로 서서히 바뀐다. 그리고 그의 유격전 또한 대학로에서 종로로, 쌍문동으로, 인도로 종횡 무진한다.

'해외연수비를 받고 안 받고'가 왜 그렇게 중요한가? 받고 말거나, 안 받고 말거나 하면 될 일을. 그러나 그럴 수 없다는 것이 이 연작 네 편의 존재 이유이다. 해외연수비는 그냥 '돈'이 아니라 '국가 권력'에서 베푸는 혜택이기 때문이다. 그리하여 우뚝 세워진 제도와 반제도의 전선. 이 경계가 38선보다 무시무시한 것은 양쪽의 하중이 거의 비슷하기 때문이다. 제도를 거부하자니, 당장의 생계와 아이들의 분유값과 아내의 등록금과 누나의 카드빚 들이 와글와글 떠들어댄다. 제도 편에서 서자, 작가 정신이 — 특히나 386의 끄트머리에 선 이 작가에게는 투철한 — , 아우성친다. 위대한 문학이란 언제나 은폐된 사회의 이데올로기를 발가벗기는 것이고, 체제에 저항하여 자유를 구가하는 것 아닌가. 그러니, 이 작가, 무엇을 할 것인가? 아마도 작가는 (모기만한 소리로) 이렇게 말한 것인지도 모르겠다. '꼭 하나를 선택해야 해?' 자신의 그 모기만한 소리에 흠칫 놀란 작가, '제도이거나 반제도이거나 하나란 속임수이거나 자기기만이 아닐까?'라고 반문한다. 그리고 은폐된 사회 이데올로기를 벗기는 대신, 자신을 발가벗긴다. 동시에 작가는 전장이라는 일상, 그 제도와 반제도의 세부를 '우선' 탐사하기로 한다.

그가 탐색한 일상의 세부를 살피기 전에 이 작가(물론 소설 속 작가 박금산씨라는 인물이다)의 병리적 징후부터 진단하고 보자. 작가는 1호부터 줄곧 자신을 '우울증'이라고 자가 진단한다. 대체로 그러하다. 리비도가 대상을 잃고 부유하고 있다는 것, 그리고 그것이 '자아'로 향한다는 점에서 그렇다. "도대체가 지금은 내 분노의 방향을 알지 못하겠습니다"라는 말이 그 표징이다. 그러나 그가 모르는, 혹은 알고도 모르는 척 하는 증상이 있다. 히스테리. 영어학원비를 환불받는 과정에서, 그리고 문화예술위원회 신청 과정에서 작가가 보여주는 태도는 전형적인 히스테리이다. '작가' 박금산 씨는 도처에서 끊임없이 신경질을 부리고 있다. 히스테리는 타인의 욕망을 충족시키기 위해 자신을 끊임없이 자리를 바꾸는 데에서 발생한다. 박금산 씨의 히스테리는 대상(a)이 제도였다가 반제도였다가 하는 데에서 비롯된 것이다. 그리고 그 둘이 요구하는 것이 '판이하게' 다르기 때문.

 ① 이런 말이 들려왔다. 애, 누가 너더러 한국문학을 인도에 가서 알리라니? 누가 그래? 이런 비아냥이 내 안에서 천둥이 되었다. 아, 소설 기획안을 제출해야 한다는 것이란 말이다! 필요한 건 소설이란 말이다. 사이티야에 가야 할 이유? 나는 문득 소설이라는 것 앞에서 걸음을 멈춰버렸다. 쌍! 기브 업! 포기, 선언해버렸다.

 ─「제1호 생활의 자세」, 65쪽[11]

 ② 적어도 한 명쯤은 버럭 소리를 지르면서 뛰쳐나가야 한다. 난 못 벗어! 뛰쳐나가보란 말이다. 하지만 어떻게 내가 그런 말을 감히? 내가 할 수 없는 일을 남에게 요구하지 말 것. 그리고 뛰쳐나가는 동료가 있으면 따라가 붙잡을 것. 왜 너만 잘난 척하냐, 같이 벗어야 돼.

 ─「제1호 생활의 자세」, 21쪽

 위 인용문 ①에서 알 수 있듯, 그의 히스테리는 '문학'의 요구 앞에

---

[11] 지면상 인용문의 각주는 생략한다.

서 극심해진다. 왜냐하면, 이미 그는 제도쪽으로 넘어가고 있기 때문이다. 인용문 ②에서 보는 것처럼, 제도 앞에서 작가는 히스테리를 부리기보다는 리비도를 철회하는 우울증으로 바뀐다. "제도가 요구해오면"과 같은 무게의 요구들, 아내의 요구, 아이들의 요구, 누나의 요구, 예술위원회의 요구, 학술진흥재단의 요구, 대학원의 요구, 그리고 문학의 요구 앞에서 쩔쩔매는 박금산씨는 우울증과 히스테리를 오가다가 결국, 이렇게 외치고 만다. "쌍! 기브 업!". 문학을 포기했다는 말이 아니다. 선택을, 혹은 전투를, 포기했다는 것이다. 완전한 합일을 지연시키는 것이 히스테리의 전략이다. 그리고 그 지연의 전술은 세부 탐사와 자기 폭로를 통한 '부스러뜨리기'

이제 박금산 씨의 행로를 조금만, 살펴보기로 하자. 「제1호 생활의 자세」의 중심은 문화예술위원회의 해외연수비 신청과 자동차 추돌 사건이다. 박금산 씨는 해외연수 신청서 작성과 관련하여 과정을 상세하게 늘어놓는다. 그러나 아직 제도 쪽으로 넘어간 것은 아니다. 두 아이가 입원한다. 그는 제도 쪽에 정직하게 순응하기보다는 사기를 치기로 한다. "외국에 안 가더라도 우선 돈은 당겨서 받아놓고 보자." 그리하여 물가가 가장 싼 나라 인도가, 국립문자아카데미 사히티야가 그리고 다양한 언어의 소통이, 그리고 '대충' 20일 이상이 만들어진다. "자긴, 작가야, 작가"라고 말하는 아내, 문학을 대신하여 그를 압박한다. 제도도, 문학 편에서도 그의 순정은 증명될 수 없다. 결정적으로 그를 무너뜨린 것은, 근대적 제도의 세련을 한껏 자랑하는 김복연 씨이다. 졸음운전하다가 들이받은 에쿠우스의 운전자인, 김복연 씨가 감가상각비까지 들고 나올 때, 그는 선언하고 만다. "인도 가는 거 말이야……. 생각해보니까, 내가 잘못하는 건 없나봐."

그래서 받는다, 해외연수지원금을. 끝인가? 아니다. '2호'는 그 돈을 받았기 때문에 만들어진다. 이제 등 돌린 문학을 어떻게든 해야 한다.

"반납해버릴까" "그래, 반환한다. 그러면 되는 거 아니냐. 그러면 나의 양심이 증명되는 것 아니냐" 등의 '빈말'들이 줄줄이 문학을 향해 남발된다. 그것으로 택도 없다면? 박금산 씨는 청계천에서부터 광화문까지 걷는 '고행'을 통해 순정과 진정성을 증명해보이고자 한다. 그러나 그가 '돈을 탔다는 사실에는 변함이 없다'라는 사실이, 그 고행을 '널리리 만보'로 만들고야 만다. 그래서 그는 정말 반환해버리기로 한다. 그런데 박금산 씨는 엉뚱하게도 영어 학원을 물고 늘어진다. 허투루 돈을 쓰기 시작한 것이 거기에서부터라는 이유로. 수강료를 환불받을 수 있다면, 그는 8백만원을 반납하기로 결심한다. 왜냐하면 그것은 지원금을 받는 것보다 더 어려운 일이기 때문이다. 거기에는 '취소불가'라는 엄격한 '규정'이 히말라야처럼 우뚝 서 있다. 하여 그 규정은 역설적으로 그가 제도 안에 있을 수 있는, 있을 수밖에 없는 마지막 보루가 된다. 취소를 위해서는 외유를 증명하는 서류가 필요하다는 말에, 착잡한 박금산 씨는 알량한 '심의통보서'를 들고 전장으로 출정한다. 그러나 웬걸, 너무도 선선히 항복하는 학원. "나는 스르르 무너져 내리는 것 같았다. 세상이 끝나버렸으면 좋겠어. 이건 추방이야."라고 절망하는 것은, 이제 그가 어쩔 수 없이 지원금을 반환해야 하는 상황이 되어버렸기 때문이다. 당연하게도 박금산 씨는 반환하지 못한다. 그리고 이제 반대로 제도에 정직하기로 한다. 기획안의 픽션을 현실로 만들기. 어느 편에 서든 '양심'은 '양심'인 것이다.

인도 작가 바비할더에게 보내는 편지 형식으로 되어 있는 「제3호 소설은 아름다워」에는 카드빚에 시달리는 누나와 전태일의 세부가 담겨 있다. 누나가 생활이라면, 즉 제도 편의 알리바이라면 전태일은 문학 편의 알리바이이다. '3호'의 미션은 등돌린 이 둘을 화해시키는 것이다. '뭉치기를 희망하지 않고 그 뭉친 덩어리를 분해해버리겠네'라는 전태일의 말을 인용하며 스스로 부스러기가 되고자 할 때, '내가

사랑하는 건 비극에 대한 세밀한 기록이지 거대한 긍정문이 아니에요'
라고 했을 때, 더 나아가 "문학은 불행의 조건들을 종합하면서 그걸
통해 행복을 말하는 거 (…중략…) 금욕하면서 긍정문을 말하는 게 작
가는 아니니까요."라고 했을 때, 제도와 문학은 이미 화해의 악수를
나누고 있는 것이다.

어찌할 수 없이 밀려난 '인도' 기행을 담은 「4호 거긴 인도였어요」까
지 합하여, 결국 박금산 씨가 온몸으로 밀고 나간 그 끝에는 제도 / 문
학의 적대 전선은 해체되어 있다. 그것은 양자택일해야하는 반명제가
아니라는 것, 보다 중요한 것은 이러한 이데올로기 밑에 있는 삶의 세
부이자 조건이라고 그는 보고하고 있다. '하나'라는 뭉치보다 더 중요
한 세부는 간디라는 위대한 영혼에도 들어있는 폭력이기도 하고, 매형
의 폭행의 내부이기도 하고, 작가의 타협의 내막이기도 하다. 또한 그
럼에도 불구하고 그것에 붙어있는 각주라는 '양심'이기도 하다. 그리
하여 적대 전선은 뫼비우스 띠처럼 꼬이고 전선은 없어지고 말았다.

그러나 이 연작들이 부서뜨린 것이 제도 / 문학의 경계만은 아니다.
작품 속 박금산 씨가 제도 / 문학의 울타리를 부수고 있었다면 실제
작가 박금산은 '근대문학'이라는 이데올로기를 야금야금 부수고 있었
던 것이다. 연작들에 그려진 작가를 보자. 소설가 박금산 씨가 하는
일이란 게 무엇인가? 그는 지원서라 불리는 사업 기획안에 작가의 위
대한 창조력을 쏟아 붓고 있고, 자수 단위로 원고료를 계산하고 있으
며, 각종 제도에서 주는 지원금 타기에 바쁘다. 그러면서도 '작가 정
신' 운운하며 타먹은 지원금을 놓고 '반환해버릴까'라며 '앙탈'을 부리
고 있으며, 구겨진 자존 때문에 종로 만보와 전태일 열사의 생가를 찾
아 헤맨다. 적당히 비굴해졌으면서도 간당간당 문학을 부여잡고 있는
그는 문학에 퇴출당하지 않기 위해, 인도에서 멜가트라는 불가촉천민
집단이 사는 오지마을을 찾아 나선다. 'MEL'을 마르크스, 엥겔스, 레닌

이라 부르며 말이다. 그러나 힘든 산행도 없이 냉큼 버스로 도착한 그곳에서 목격한 것은, 원시 공산주의와 굶어죽는 아이들이 아니라 국가제도와 룰과 부르조아적인 가이드들, 그리고 척박한 삶의 조건이다. 더불어 너무나도 무능한 '박금산'이라는 문명인이자 그의 알량한 시혜의식과 허위의식.

이것이 세부의 진상이고 복수의 결과이다. 즉, 지원금을 타면 끝장이라고 근대문학 이데올로가 위협하자, 박금산 씨는 '작가야, 소설아, 너는 얼마나 적으냐'라는 복수를 감행한 것. 하여 '거긴 인도였어요'라는 고백은, 이것이 '자본주의형 작가의 노동이고 소설이었어요'라는 말이 된다. '가랑이 네이어라'의 처용이 바로 여기서 제도와 춤을 추는 박금산의 희비극과 겹친다. 작가가 고백의 급진성을 통해 우리에게 제출하고 있는 것은 아마도, 글쓰기조차 '소외된 노동', 사기, 수치로 만드는 자본주의의 음험함이자 그 안에 포섭된 문학이라는 '제도' 자체일 것이다. 그리하여 우리는 이제 위대한 문학 정신의 파산 선고 같은 한움큼의 부스러기를 손에 쥐게 되었다. 이것을 소설이라 해야 할 것인가?

5. 패치의 선정성

노희준의 『킬러리스트』는 불편하다. 왜 그런가? 같이 있으면 안 될 것 같은 것(이것은 나의 이데올로기이다)이 같이 있기 때문이다. 역사와 광기, 테러리스트와 킬러, 항일빨치산과 연쇄살인범 같은 것 말이다. 같이 있으면 안 될 것 같은 것의 공존은 불편하면서도 섹시한 데가 있다. 불경스런 비유를 하자면, 몇 년 전 스캔들이 되었던 일본군과 위

안부로 연출된 누드 같은 것.

그 불편한 두 개의 이야기는 이러하다. 첫째 연쇄살인범의 이야기. 이 추리소설을 이끌어가는 화자는 청소년 범죄 심리를 전공한 서린이다. 서린은 연쇄살인의 용의자인 김종희의 동생 김주희를 심리분석을 맡게 된다. 그녀는 김주희가 다중인격자라는 것(그것도 네 명의 인격을 오가는)과 오빠인 김종희의 범행을 마치 현장에 있던 것처럼 속속들이 꿰고 있을 뿐 아니라 다음 희생자까지도 예견하고 있다는 것을 알아낸다. 김종희가 죽인 이들은 총 12명. 민족주의자이자 친미, 반공주의자인 역사학 교수, 사진작가와 그와 함께 있던 여인, 복지사업가, 386 재벌 넷, IMF 재벌 넷. 그가 죽인 것으로 알려졌던 아버지까지 포함하면 총 13명이다.

둘째 항일빨치산 이야기. 일본여자인 유키히메(설희)는 밀정으로 국경지대 빨치산 부대에 투입된다. 지주였던 부모를 마적에게 잃고 게이샤 집에서 부엌데기로 자라난 설희는 부모의 원수를 갚기 위해 스파이 임무를 맡는다. 동료 빨치산에게 정체가 탄로 날 뻔하지만 부대장 안혁에 의해 위기를 모면한다. 안혁은 그녀의 정체를 눈치 채고 있지만, 신뢰로써 포섭하려고 한다. 그리하여 설희는 점차 진짜 빨치산이 되어가는데, 그 정점이 바로 1937년의 간삼봉 전투이다. 간삼봉 전투를 계기로 완전히 빨치산으로 전향한 설희는 그들 동료와 운명을 함께 한다. 그러나 중국인 지주의 처벌 사건을 계기로 부대로부터 낙오하게 된 이들은 산속에 고립된 채 극심한 추위와 기아에 시달린다. 그리고 경상도 사내 리가 변절하자 서로를 의심하는 상황에까지 이른다. 결국 어느 날 그토록 철두철미했던, 그리고 설희를 전향시켰던 안혁이 최달성과 함께 도망가는 것을 목격한 설희는 최달성을 죽이지만 안혁은 차마 죽이지 못하고 만다.

얼핏 보면 전혀 다른 이 두 이야기는, 작가의 놀라운 솜씨에 의해 다음과 같이 기워진다. 앞서 첫 번째 이야기는 추리소설 형식이다. 추리소설은 퀴즈를 푸는 일종의 게임이다. 가장 일반적인 퀴즈는 물론 범인 찾기. 그러나 이 소설에서 범인은 거의 확실시되기 때문에 문제가 아니다. 이 추리소설에서 문제가 되는 것은 다음 희생자를 찾아 범행을 막는 것이다. 즉 살인명부(killer-list)를 완성하기. 그러나 간단하지 않다. 왜냐하면 김종희가 죽인 이들은 무작위적으로 선택된 것이 아니면서, 김종희 당사자와 직접적인 연관이 없기 때문이다. 이 살인명부 작성을 위해 불려온 것이 바로 다중 인격자 김주희의 전생이고 항일 빨치산에 관한 역사 이야기이다. 서린에 의해 완성된 도표를 보자.

1	2	3
현생의 인물	전생의 인물	죄목
아버지	일본군 소좌	피해자로서 가해자가 된 죄
노교수	김석원	조선인으로 일본인의 편을 든 죄
사진작가	최달성	민중의 권력을 사적으로 이용한 죄
복지사업가	가와무라	은혜를 베푸는 척 이용하고 착취한 죄
386 재벌	경상도 사내 리	변절하고 사리사욕을 채운 죄
IMF 재벌	중국인 지주	나라를 팔아먹은 죄

아버지, 노교수로 이어지는 현생의 인물이 추리소설에 해당하는 표층의 구조를 이루고 있다면, 일본군 소좌, 김석원으로 이어지는 전생의 인물은 역사소설에 해당하는 심층 구조를 구성한다. 표층이 현실이고, 심층이 김주희의 전생이다. 전생이 중요한 것은 김종희가 전생의 사건을 통해 '희생자'를 만들고 있기 때문이다. 따라서 서린과 독자는 1의 리스트를 완성하기 하기 위해 2와 3의 빈칸을 채워야한다. 덧붙여 희생자들이 1-2로 직접 향하지 않고 표층의 인물들(박검사, 서린)의 심리에 의해 매개된다는 점을 감안하면 이 퍼즐은 보통 어려운 것

이 아니다.

　구조적으로 보면 심층이 표층을 결정한다. 바꾸어 말하면 현실을 결정짓는 것은 '역사'라는 심급이다. 도표의 '3-죄목'에서 알 수 있듯, 희생자들은 모두 역사적인 죄인들이다. 그것은 김종희의 프로필을 통해서도 드러난다. S대 사학과를 중퇴한 김종희는 과거 학생운동 및 위장전입 등의 전력을 가진 인물이다. 따라서 그는 단순한 연쇄살인범이 아니라 민중의 '적'을 처단하는 의적이 되는 셈이다. 그 대상이 친미 반공주의자, 386 변절자, 재벌들이다.

　그러나 심리소설이기도 한 이 작품이 제출하는 또 다른 심층, 즉 현실 속에 감춰진 욕망의 구조는 김종희의 '의분'을 다시한번 비튼다. 그 고리가 바로 김주희이다. 김주희는 어렸을 적 부모를 잃고 고아원에서 자라다가 열두 살에 양부모에 의해 거두어진다. 그러나 그녀는 베트남 참전 후유증으로 몹쓸 병을 앓고 있는 양부의 '몸붙이'로 양육되고, 그리고 나중에는 오빠인 김종희와 사실혼 관계를 가졌다는 것이 뒤늦게 밝혀진다. 서린에 의하면 김종희의 연쇄살인은 결코 역사적, 사회적 분노에 의한 것이 아닌 것이다.

　그것은 김종희의 머릿 속에서 만들어져 주희의 무의식 속에 주입되었다. 그 다음은 쉽다. 내 것이 아닌, 너의 것이라고 믿어버리면 된다. 상대방을 믿게 만든 다음, 상대방의 믿음을 믿어버린 것이다. 덕분에 김종희는 자신을 위해서가 아니라 주희를 위해서, 더 나아가서는 주희로 대변되는 모든 민중들을 위해서 미션을 수행하고 있다고 생각할 수 있었다. 한 명의 역사학도로서 그는 자신의 상처를 역사에 투사함으로써 진짜 외상과의 대면을 피한 것이다.

—『킬러리스트』, 335쪽

위 인용문에 의하면 김종희의 심리적 외상이 역사를 호출했고, 그것은 연쇄살인으로 이어진다. 즉, 외상에 의해 '항일 빨치산'의 역사가 상상되었고, 김종희는 이것을 여동생 김주희에게 세뇌시키고, 이 둘은 자신들을 빨치산 안혁, 설희와 동일시함으로써 살인을 저지르게 되었다는 것. 그러니까 이 작품은 내용적으로 라캉의 실재계, 상상계, 상징계의 구조가, 형식적으로는 심리소설과 역사소설, 추리소설이 상호 교차하는 일종의 보로매우스의 매듭인 셈이다.

이제 노희준이라는 작가의 정치적 무의식에 대해 말해보자. 도대체 왜 이 작가는 이런 패치워크(patchwork)를 제출한 것일까. 역사소설 쪽에서 보자면, 실제 역사기록을 섭렵하여 만들어진, 항일 빨치산의 투쟁의 탁월한 형상화, 특히나 김일성 장군이 이끄는 간삼봉 전투에 대한 생생한 묘사, 비극적 역사의 상흔 같은 것을 읽어낼지 모른다. 심리 소설 편에서 보면, 외디푸스 삼각형과 분열증, 편집증, 투사, 사도-매저키즘 등을, 추리 소설 편에서는 서린이 범인과 벌이는 두뇌 싸움에 역점을 둘 수 있다. 이것은 또한 그 반대를 가능하게 한다. 즉, 역사 편에서 보자면, 이 작품은 역사의 값싼 소비에 불과하고, 심리 편에서 보자면 스캔들(인물들의 심리적 현실은 도식적이다)이고, 추리 편에서 보자면 지루하다. 어떤 쪽에서 텍스트를 읽느냐는 물론, '독자 혹은 비평가의 취향이다'라고 말하는 것이 어쩌면 이 텍스트의 무의식일지 모른다. 그러니까 길항하는 세 개의 이야기로 기워진 이 작품이 저항하는 것은, 바로 동일성에 포섭하려는 이데올로기적 기획 혹은 사회적 코드이다. 그렇다는 점에서 이 텍스트의 욕망은 들뢰즈가 말한 분열증적 욕망의 탈주선을 따라가고 있다. 설희의 다중 인격과 심리, 추리, 역사로 분열된 이 텍스트는 하나의 중심과 유기적 조직을 향해 가는 편집증적인 형식을 거부하고 분열된 주체를 실연한다. 이 텍스트의 적은 모든 것을 코드화하려는 우리들의 이데올기적 충동 그 자체일 수도 있으나, 문제는 그것이 후기 후기자본주의 사회의 또 하나의 가공할 만한 논리를 닮아 있다는 것이다. 즉, 역사, 심리, 추리의 형식을 등가화시키는 것은 '자본'이라는 추상적 논리이며, 탈코드화한 욕망을 문학 제도 안에 재영토화는 것은 '상품화'의 형식이라는 것의 한 예증으로서 말이다.

따라서 『킬러리스트』는 후기 자본주의의 산물인 포스트 모더니즘 예술에 속한다. 프레드릭 제임슨이 언급한 포스트 모더니즘의 특징, '분열증'과 '혼성모방', '강렬함', '정서의 퇴조' '피상성'이[12] 바로 『킬러리스트』의 다중인격의 분열증, 추리형식과 역사소설의 혼성모방, 고급예술과 키취의 혼합, 패취의 선정성이자 '깊이 없음'이다. 이 다양한 조각들을 깁고 꿰매는 작가의 솜씨는 치밀하고 세련되었으며, 탄력적이다. 그러나 그것은 엽서에서부터 티셔츠에 이르기까지 다양한 '아트'의 형태로 복제되어 팔리는 체 게바라와 흡사한, '빨치산 스타일의 추리소설', 그 이상도 그 이하도 아니다.

6. 나오며

앞서 살펴본 대로, 근대문학 종언의 스캔들과 상관없이 우리의 젊은 작가들은 인간 / 비인간, 전체 / 개인, 제도 / 문학(속물성 / 염결성), 고급 / 통속이라는 다양한 전선을 통해 각개 전투를 벌이고 있다. 이들은 그 방향과 전선이 다르더라도, 그리고 역설적으로 그 다름으로 인해, 전지

---

12 Fredric Jameson, *Postmodernism, or The Cultural Logic Late Capitalism*, London: Verso, 1991.

구적 자본주의에 포섭되고 있는 다양한 차이들을 구출해내고 새로운 연대를 위해 분투하고 있음은 틀림없다. 이들의 투쟁은 소란스럽고 산만하고 불안하지만, 분명 '다른 미래를 위해' 필수불가결한 '혼란'이라는 점에서 소중한 자유의 기획이라고 할 수 있다. 그럼에도 불구하고 이들의 적대적 전선들은 더 강화되어야 한다. 왜냐하면 해방의 기획으로서의 문학의 정치성이란, 사회·정치적 기표들로 이루어진 내용이 아니라, 적대적인 것들을 도출함으로써 '사회적인 것들'을 인식할 수 있도록 만드는 것이기 때문이다.[13] 적대적 전선의 강화에 대한 요청은 좀더 치열해지라는 말 이외에 다른 것이 아니다. 신자유주의 시대 청년작가그룹은 더 치열하게, '온몸으로 온몸을 밀고' 나가야 한다. 그러나 무엇을? 시작(詩作)이란 온몸으로 동시에 밀고나가는 것이라고 했을 때, 김수영은 그 끝에서 '사랑'을 말했다.[14] 다시 또 사랑인 이유는, 문학이란 언제나 봉쇄된 이데올로기를 열어젖혀 '공백'을 만드는 자유의 형식이기 때문이고, 그것이 바로 영구혁명의 의미이고, 그것이 사랑의 본질이기 때문이다. 신자유주의 시대 청년작가그룹의 문학은 더 치열한, "사랑하는 싸움"[15]이 되어야 한다.

---

13 김인환, 「정치와 시」, 『상상력과 원근법』, 문학과지성사, 1993, 157쪽.
14 "그러면 온몸으로 동시에 무엇을 밀고 나가는가. 그러나 ─ 나의 모호성을 용서해준다면 ─〈무엇을〉의 대답은〈동시에〉의 안에 이미 포함되어 있다고 생각된다. (…중략…) 이러한 온몸에 의한 온몸의 이행이 사랑이라는 것을 알게 되고, 그것이 바로 시의 형식이라는 것을 알게 된다."(김수영, 「詩여, 침을 뱉어라」, 앞의 책, 250쪽)
15 김인환, 「김수영론」, 『문학과 문학사상』, 열화당, 1978, 198쪽.

악, 부정방정식의 X

1. 들어가며

악의 존재 형식은 부정방정식(예를 들면, 2X+3Y=Z)에서의 X와 같다. 즉, 두 개 이상의 해를 필요로 하는 부정방정식에서 X는 Y라는 다른 미지수에 의해 결정된다는 의미에서 '악'은 반드시 다른 무엇을 필요로 한다는 말이다. 이는 '악'이 일체의 '부정성'을 상징한다는 것과 다른 말이 아니다. 뤼디거 자프란스키가 악은 개념이 아니라 "자유로운 의식과 만나 그 의식에 의해 행해질 수 있는 위협적인 것의 이름", 혹은 "자유에 대한 대가"[1]라고 했을 때, 악은 어떠한 한계를 넘어서려는 의지와 행동, 한계지점을 돌파하는 경이로운 체험임을 강조하고자 했

---

1   뤼디거 자프란스키, 곽정연 역, 『악 또는 자유의 드라마』, 문예출판사, 2002, 11~12쪽.

던 것이다. 부정하는 힘(reaction)으로서 악, 일체의 굳어진 지반에서 벗어나려는 악의 존재 형식에 대해서 도스토예프스키는 일찍이 다음과 같이 설파한 바 있다.

> 나는 도저히 나 자신도 알 수 없는 일종의 숙명에 의해서 〈부정(否定)〉하도록 명령을 받고 있다네. (…중략…) 나는 솔직히 말해서 나의 멸망을 요구하고 있는데 세상 사람들은 〈아니 살아 있어 다오. 자네가 없어지면 모든 것이 없어진다. 만일 이 세상의 모든 것이 원만하고 완전하다면 무엇 하나 일어나지 않는다. 자네가 없으면 사건이 없어지고 사건이 없으면 곤란하다〉 (…중략…) 나는 부정방정식의 X야. 나는 일체의 시작도 없고 종말도 상실한 인생의 환영의 하나라네.
> — 도스토예프스키, 『까라마조프형제들』, 동서문화사, 1987, 625~626쪽

이반의 또 다른 분신이라 할 수 있는 '악마'는 위 인용문에서 자신을 부정방정식의 X라고 지칭하고 있다. 그리고 그 부정의 힘인 악마를 살도록 만드는 것은 다름 아닌 인간, 결코 만족을 모르고 어떤 것에도 안주하지 않으며, 오로지 꿈틀대는 생의 충동에 의해서만 나아가는 인간이라고 지목하고 있다. 메피스토펠레스라는 고전적 악마를 불러온 것도 모든 학문을 두루 섭렵하고 진리와 세상의 이치에 통달한 대학자 파우스트인바, 그가 악마에게 영혼을 팔게 된 것 또한, "오직 쉴 새 없이 활동하는 것이 인간의 본성"이라는 인식, 그리고 "자신의 자아를 인류의 자아로까지 승화시켜 마침내 인류와 더불어 나 자신도 함께 멸망하기를", 그리하여 "끝까지 해보련다"[2]라고 한 그의 무모한 도전 정신 때문이 아니던가. 결국 악마, 즉 인격화된 악의 존재의 일

---

2   괴테, 박찬기 역, 『파우스트』, 삼성출판사, 1981, 68~69쪽.

차적인 원인은 인간인바, 이는 '신'의 존재의 일차적인 기반이 인간인 것과 동일하다고 할 수 있다. 동서양을 막론하고 고전에서 형상화되고 있는 악마의 모습은 바로, 이러한 인간적인 것과 동일한 크기로 나타난다. 즉 악마, 데블, 사탄, 루시퍼, 악령 등이 지금보다 훨씬 강고한 힘을 발휘했을 당시에 인간적인 것의 영토는 그만큼 협소했고, 인간 이성의 한계 또한 명백했다. 인간의 한계를 넘어서고자 하는 부정성으로서의 악은 오늘날 인간의 이성이 달나라로 확대된 만큼 더욱 확장되고 강대해졌다고 할 수 있다. 악마는 이제 데블, 타락 천사 등의 가시적인 형체를 버리고 '악'이라는 형상 없는 '힘'으로 온갖 비가시적 영역에 침투해 들어와 있다. 형체를 버린 만큼 그것은 더 자유롭게 인간 세계를 유영하게 된 것이다. 부정의 힘이라고 할 때, '악'은 인간적인 것을 확장시키고 고양시키는 힘이기도 하지만, 한편 인간을 '인간 이하'로 추락시키는 파괴적인 힘으로 작용하기도 한다.

그렇다면 부정하는 힘으로서의 악은 지금 우리 문학에 어떻게 반영되고 있는가? 우선, 앞서 언급했듯 악이 부정방정식의 X라는 사실을 상기하자. 악은 일반적이고 보편적인 개념이나 형태가 아니다. 하나의 부정방정식에 의해 구해지는 미지수라는 점에서 악은 각각의 개별 작품에서 작가가 제출해놓은 바로 그 부정방정식에 의해 구현되는 구체적이고 개별적인 어떤 것이다. 칸트는 인간 본성 내부에 있는 근본 악(das radikale Böse)을 상정했지만, 바디우의 말처럼 그러한 성향에 의해 분출된 하나의 척도로서의 절대악을 규정하는 것은 어리석은 일이다. 바디우가 '인종말살'을 절대적인 악의 형태로, 하나의 준거로 만드는 데 반대하는 것은 '악'은 완전히 실현되지 않고 늘 새로운 형태로 나타나기 때문이다. 절대악으로 상징되는 X가 별도로 존재하지 않는다는 점에서, X는 여전히 Y로부터 사고되어야 한다. 바디우식으로 말하자면, 악은 "진리들의 가능한 차원이어야만 하고" 그러한 점에서

"참(le vrai)의 뒤틀어진 결과인 바", "선으로부터 사고되어야 한다."[3] 악이 여전히 결정되지 않은 부정의 힘이라는 점에서 그것은 때로 혁명의 이름으로, 혹은 일탈과 탈주의 이름으로, 혹은 퇴폐와 파괴, 폭력의 이름으로 불릴 수 있는 것이다. '지금 우리 문학'에서의 '악'을 고찰하고자 하는 이 글이 개별 작품에서 제시하고 있는 부정방정식의 Y에서 출발하고자 하는 이유도 바로 여기에 있다.

2. 개인이라는 것 – 김영하의 『나는 나를 파괴할 권리가 있다』

김영하로부터 시작해보자. 1996년에 발표된 『나는 나를 파괴할 권리가 있다』는 1990년대 문학 자장 안에 놓여있지만, 자살보조업자라는 인물을 통해 죽음을 유포시켰다는 점에서 21세기 한국문학의 악마주의의 본격적인 신호탄이라고 볼 수 있다. 그렇다면 이 작품에서 김영하가 자살 보조업자를 통해 '부정'하고자 했던 것은 무엇인가? 그리고 그것은 어떤 방식으로 제출되었는가?

이 작품의 악마주의는 대체로 세 가지 측면에서 논의될 수 있다. 첫 번째, 1990년대 문학의 특성과 관련해서이다. 1990년대 이전까지의 한국문학은 대체로 진보와 이성에 대한 믿음, 역사의 필연성에 대한 신뢰와 혁명에 대한 열기로 추동되었다고 할 수 있다. 이러한 믿음에 기초하여 역사와 민족, 사회현실, 이념 등을 중요하게 다뤄왔던 이전의

---

3 알랭 바디우, 이종영 역, 『윤리학 – 악에 대한 의식에 관한 에세이』, 동문선, 2001, 90~91쪽.

문학은 크게는 계몽의 기획 아래 놓여 있었다. 계몽의 기획을 소박하게 '더 나은 삶을 대한 희망과 개선을 위한 노력'으로 본다면, 『나는 나를 파괴할 권리가 있다』는 여기에 전면적으로 반기를 들고 있다. '더 나은 삶이라니?'라고 반문함으로써 자살 안내원은 더 나은 삶에 대한 희망이란 한낱 치기어리고 순진하기 짝이 없는 것이라고 비웃고 있는 것이다. 그것은 환상에 불과하다는 것, 역사의 발전과 필연성 혹은 진보란 허상이라는 것이며, 따라서 개인의 삶 또한 우연적이고 가변적이며 따라서 무의미하다고 최종 결론을 내리고 있다. 1990년대 초 동구권의 현실 사회주의 붕괴되고 문민정부가 들어서고 사회변혁에 대한 믿음도 사라졌지만, 이후 1990년대를 살아가는 젊은이들은 새롭게 추구할 가치를 발견하지 못했다. 이전까지의 사회 변혁에 대한 열망이 강했던 만큼 이들의 허탈함과 환멸감은 컸다고 볼 수 있다. 새로운 가치를 찾지 못하고 방황하는 작가들도 있었지만, 김영하는 그들과 함께 방황하지 않고 도발적으로 '죽음'을 들고 나온다. 이 악마주의적 태도, 즉 반사회적 반계몽적인 극단의 지점이 바로 김영하 소설의 출발점이었던 셈이다. 실제 그는 한 작품집에서 다음과 같이 말한 바 있다.

> 담배같은 소설을 쓰고 싶었다. 유독하고 매캐한, 조금은 중독성이 있는, 읽는 자들의 기관지로 빨려들어가 그들의 기도와 폐와 뇌에 들러붙어 기억력을 감퇴시키고 호흡을 곤란하게 하며, 다소는 몽롱하게, 탈색된 채로 뱉어져 주위에 피해를 끼치는, 그런 소설을 쓸 수 있기를, 나는 바랐다.
> ─ 김영하, 「작가 후기」, 『엘리베이터에 낀 그 남자는 어떻게 되었나』, 문학과지성사, 1999, 285쪽

비유하자면 '지나친 흡연은 몸에 해롭습니다'라는 계몽의 기획에 전면적으로 반기를 들고 있는 이러한 발언은, 한편 계몽에 의해 억눌려 있던 인간의 온갖 욕망들을 해방하는 계기가 되었다. 흡연과 온갖 나

쁜 것을 권장함으로써 인간의 비합리적인 충동들을 해방시킬 수 있었던 것은 죽음이라는 가장 큰 금기, 그 강력한 빗장을 풀었기 때문에 가능했다. 김영하의 이 선언이 의미 있다면 그 극단의 지점에서 이러한 개인의 욕망을 해방시키고 있기 때문이다. 이 위악적인 발언은 선이 아니라 '악'이 인간을 해방시킨다는 것, 하여 그간의 계몽적 기획이 개인에게 얼마나 억압적이었는지를 보여주고 있다.

이렇듯 계몽과 이데올로기에 대한 부정과 관련하여 김영하의 악마주의가 보여주고 있는 또 하나의 한계지점은 '개인', 죽음과 맞닿아 있는 '개인의 자유'이다. '나는 나를 파괴할 권리가 있다'라는 제목은 프랑스의 작가 프랑수와 사강이 마약 복용으로 법정에 섰을 때 진술했던 말이다. 개인의 무한한 권리를 주장한 셈인데, 그것이 자기 보존이 아니라 자기 파괴의 권리까지를 의미한다는 점에서 이 개인 옹호는 보다 극단적이라고 할 수 있다. 개인이 국가로 대표되는 어떤 집단적 규범과 사회적 제도에 의해서 관리되고 통제될 수 없다는 것, 즉 개인의 절대자유를 주장하는 이러한 도발적인 선언은 이전까지의 공동체적 지향과 계몽의 기획을 부정하고 개인주의를 전면적으로 내세운다. 이 개인주의는 인물들을 통해서도 잘 드러나 있다. K가 어머니의 장례식 날, 유디트와 섹스를 한다는 설정은 까뮈가 『이방인』을 통해서 보여주었던 것과 흡사한 것으로, 이들이 일상적인 관계 안에서 의무감으로 주어지고 기대되어지는 감정들 — 이를 테면 가족에 대한 유대감 — 을 거부하고 있음을 보여준다. 이들은 일체의 관습적이고 상식적인 관계망들을 부정할 뿐 아니라 그 관계에서 누락된 인물들이다. K는 5년 전 이미 가출하여 어머니의 부고를 받고 집에 돌아온 인물이고, 세연 또한 열여섯에 가출하여 업소를 전전하며 살았던 인물이다. C도 어머니의 죽음으로 인해 고아가 된 셈인데, 따라서 이들 세 인물은 어떠한 연대감과 소속감에서도 제외되어 있는 인물들, 나아가 어떠한 집단적 가치와 규범으로부터도 자유로운 개인들이라고 할 수 있다. 작가가 클림트의 유디트 그림을 내세운 것도 이와 무관하지 않다. 유디트는 아시리아의 장군 홀로페르네스를 유혹하여 잠든 틈에 목을 잘라 죽였다는 고대 이스라엘의 여걸이다. 클림트는 유태인에게 일종의 영웅으로 숭배되던 이러한 인물을 관능적인 요부로 그렸는데, 김영하가 이 그림에 주목하고 있는 것도 바로 이러한 맥락이라고 할 수 있다. 그는 민족주의와 영웅주의를 거세하고 세기말적 관능과 개인의 욕망에 주목하고 있는 것이다.

두 번째는 『나는 나를』의 악마주의가 제출하고 있는 죽음과 관련한 문제이다. 이 작품의 화자는 자살 안내원, 즉 타인을 죽음으로 안내하고 그의 죽음을 기획, 주재, 관장하는 인물이다. 이러한 화자는 한국 소설사에서는 일찍이 없었던 인물이라 할 수 있는데, 주지하다시피 김영하 이전까지의 한국문학은 궁극적으로 어떻게 살 것인가라는 질문에 답하기 위해 사회현실의 문제, 그리고 그러한 현실과 개인의 관계를 탐색해왔다고 할 수 있다. 1990년대 초 들어서 개인의 내면에 시선을 돌린 이른바 신세대 문학이 없었던 것은 아니나 윤대녕, 신경숙의 문학으로 대변되는 이들 문학도 비교적 어떻게 살아야 하나라는 존재론적 질문의 자장 안에 놓여있었다. 그런데, 김영하의 『나는 나를 파괴할 권리가 있다』는 단적으로 말하자면 '어떻게 살 것인가'가 아니라, '어떻게 죽을 것인가' 라고 묻고 있다. 그러나, 이 작품의 악마주의가 반드시 죽음을 정당화하고 권유하고 있다고는 볼 수 없다.

이 글을 보는 사람들 모두 일생에 한번쯤은 유디트와 미미처럼 마로니에 공원이나 한적한 길 모퉁이에서 나를 만나게 될 것이다. 나는 아무 예고 없이 다가가 물어볼 것이다. 멀리 왔는데도 아무것도 변한 게 없지 않느냐고. 또는, 휴식을 원하지 않느냐고. 그때 내 손을 잡고 따라오라. 그럴 자신이 없는 자들은 절대 뒤돌아보지 말 일이다. 고통스럽고 무료하더라도 그대들 갈 길을 가라. 나는 너무 많은 의뢰인을 원하지 않는다.

— 김영하, 『나는 나를 파괴할 권리가 있다』, 문학동네, 1996, 140쪽

자살 보조업자는 죽음을 의미한다. 그는 살아있는 인물이 아니라, 모든 인간의 내면에 있는 죽음의 충동이다. 위 인용문에서의 화자의 마지막 말은, 그 죽음의 충동이 인간에게 건네는 말이다. '멀리 떠나도 아무것도 변하게 없지 않느냐'라고 넌지시 묻는 것은 권태와 환멸감이야말로 "사탄의 가장 강력한 무기"[4]라는 것을 입증하고 있는 것이다. 악마는 정녕 죽음에 몸을 맡길 용기가 없다면 뒤도 돌아보지 말라고 말한다. 이는 죽음의 그 강력한 유혹에도 불구하고, 너는 어떻게 살 수 있느냐를 묻는 것이다. '죽음이 아니라면, 무엇이냐'라는 질문. 이 질문이야말로 죽음과 맞대면한 것이기에 근원적일 수밖에 없고 그렇기 때문에 여기에 답하는 독자들 각자의 답은 그만큼 절절할 수밖에 없다.

최대의 무게 — 어느 날 혹은 어느 밤, 한 악마가 가장 적적한 고독 속에 잠겨 있는 네 뒤로 살그머니 다가와 다음과 같이 네게 말한다면, 어떻게 할 것인가! 네가 현재 살고 있고 지금까지 살아온 생을 다시 한번, 나아가 수없이 몇 번이고 되살아야만 한다. 거기에는 무엇 하나 새로운 것은 없을 것이다. 이체의 고통과 기쁨, 일체의 사념과 탄식, 너의 생애의 일일이 열거키 어려운 크고 작은 일들이 다시금 되풀이 되어야 한다. 모조리 그대로의 순서로 되돌아 올 것이다.

— 니체, 권영숙 역, 『즐거운 지식』, 청하, 1998, 284쪽

"멀리 왔는데도 달라진 게 없죠?"라는 질문은 위 인용문에서의 니체

---

4 제프리 버튼 러셀, 김영범 역, 『메피스토펠레스』, 르네상스, 2001, 329쪽.

의 악마의 말과 크게 다르지 않다. "지금 생이 한순간도 달라지는 것 없이 모조리 그대로의 순서대로 되돌아온다면?"이라고 누군가 물었을 때, 죽음을 생각하지 않을 수 있는 사람이 있을까? 그럼에도 불구하고 '예'라고 답할 수 있는 자, 즉 "생이여 다시 한번!(amor fati)"이라고 외치는 자는 허무주의를 넘는 진정 강인한 자이며, 자신의 생을 진정으로 사랑하는 사람이다. 이것은 자신의 운명을 사랑하기 위해서, 즉 수백 번, 수만 번 다시 반복이 되어도 될 만큼 생을 긍정하기 위해 매 순간 최선을 다하여 최종적인 삶인 것처럼 살지 않으면 안 된다는 것을 의미한다. 그러므로 이 작품의 악마주의는 결코 니힐리즘, 허무주의에 머물고 있다고 할 수 없다.

세 번째, 『나는 나를』의 악마주의는 1990년대 출현한 신세대의 쿨한 감수성과 깊은 연관이 있다. 쿨한 감수성이란 대체로 어떤 일에도 집착하지 않는 태도를 의미한다. 발표 당시, "첨단의 도시적 감수성으로 세기말의 악마주의적 심성을 세련되게 제시했다"라는 평가는 바로 이 작품이 현대적인 감수성, 세련된 쿨한 정서에 기초해있음을 언급하고 있는 것이다. 쿨한 감수성의 소유자는 감상적인 인간들을 경멸한다. 감정을 주체하지 못하는 인간들을 촌스럽다고 생각하는 이 감수성의 기원은 상처에 대한 두려움이다. 감정과 열망을 품되, 그것으로 인해 파멸당하지 않기 위해 타인과 절대적인 거리를 두는 것, 이 절대적인 기율에 기초한 신인류에 대해서 세연은 다음과 같이 말한다. "세상에는 두 종류가 있다. 다른 사람을 죽일 수 있는 사람과 없는 사람. 죽일 수 없는 사람들이 더 나빠. 누군가를 죽일 수 없는 사람들은 아무도 진심으로 사랑하지 못해." 아무도 진심으로 사랑하지 않는 이들이 추구하는 것은 무감동, 무관심, 무감각의 상태라고 할 수 있는 부동심(apatheia)이다. 능동적이지 않지만, 그렇다고 자신을 외부에 수동적으로 내맡기지 않는 것, 이것이 바로 차가운 감수성의 핵심인 것

이다. '거리두기'라고 할 수 있는 이러한 태도는 들라크루아의 〈사르
다나팔의 죽음〉에 등장하는 왕의 시선, 그리고 냉혹한 자살 안내원의
관조적 태도로 형상화되기도 한다. 그들의 비정성은 어떠한 것에도
연루되기를 거부하는 개인주의, 죽음을 스스로 선택함으로써 자신의
주인이 되고자 하는 극단적인 개인주의와 맞물려 있는 것이다.

3. 사회라는 것 – 백민석의 『목화밭 엽기전』

　김영하의 『나는 나를 파괴할 권리가 있다』의 우아하고 세련된 악마
에 비한다면 백민석의 『목화밭 엽기전』에 등장하는 악마들은 차라리
괴물이라고 해야 할 것이다. 과천 서울랜드 근처의 한 저택에서 한창
림이라는 왕수컷과 박태자라는 암컷이 벌이는 온갖 악행은 사드의
『소돔 120일』의 수준에 육박할 만큼 잔혹하고 외설적이다. 그들은 어
린 아이들을 유괴하여 쇠줄과 개목걸이 등으로 묶고 온갖 폭행을 가
하고, 미리 준비된 콘티에 따라 포르노그라피를 찍고 나서 소위 '거름'
이라는 이름으로 그들을 묻어버린다. 전기쇼크로 기도가 오그라들고,
자신의 배설물 위에서 쇠줄로 결박된 벌거벗은 사내 아이는 이제 더
이상 '생명체'가 아니라 촬영에 쓰일 '오브제'이자 "물리적 사실"에 불
과하다. 납치, 강간, 살인, 강간, 시체 절단 등 이들이 벌이는 엽기 행
각은 덩어리와 물질로 환원되는 오브제와 함께 그들을 '인간'이라는
범주에서 떼어내어 야수성의 세계로 소환한다. 이 부부의 기괴한 야
수성은 두 개의 모델을 지니고 있다. 하나는 동물원의 만드릴 육식 원
숭이이고, 또 하나는 펫숍의 보스 삼촌이다.

① 수컷은 떨어진 암컷을 향해 증기갑차처럼 돌진했고, 무기력하게 웅크린 채 울부짖고 있는 암컷을, 잡아먹기 시작했다. 처음엔 무턱대고 할퀴어대기만 하더니, 암컷의 몸이 뒤집어지자, 목을 물어뜯었다. 육식 포식자가 먹이의 숨통을 끊어놓고 싶을 때 항상 하는 행동이었다. (…중략…) 거칠던 암컷의 경련이 차차 잦아들고 완전히 숨이 끊어질 때까진, 꽤 오랜 시간이 걸렸다. 떨림이 멈추자 수컷은 주저앉아, 암컷의 배를 찢어 내장을 꺼내 먹기 시작했다.

— 백민석, 『목화밭 엽기전』, 문학동네, 2000, 172쪽

② 그녀의 찢겨진 성기로부터, 허벅지를 타고 무릎을 적시고 발목을 거쳐 발바닥까지 흘러내린 것들이었다. 핏덩이였다. 그녀 허벅지 양쪽으로 피가 흥건했다. 걸쭉했고, 방울져 흘러내리고 있었다. 그녀 등뒤 형광등이 켜진 환한 방에서부터, 그림자 두 덩어리가 그녀를 쫓아나왔다. (…중략…) 두 개의 슬래쥐 해머가 그녀를 내리쳤다. 하나는 그녀의 왼편 빗장뼈를 꺾어 주저앉혔고, 하나는 그녀의 목뼈를 찍어 부러뜨렸다. (251쪽)

③ 남편의 팔이 공중 높이 솟는 게 보였다. 뭔가, 핏물 같은 게 형광등께까지 흩날렸다. 다음 순간 거구가 한쪽 뺨을 감싸쥔 채, 의자 뒤로 사라졌다. (…중략…) "그게 뭐야?" 남편의 손에 뭔가가 꼭 쥐어져 있었다. 그녀가 묻자, 남편이 손을 들어 펴 보였다. "귀." 그건 귀였다. 거구의 귀였다. 귓불 옆에 터럭 한줌이 붙어 있었다. (205~206쪽)

위 인용문들에서 암컷을 잡아먹는 만드릴 육식 원숭이(①), 박태자를 집단 강간하고 살해해서 육절기와 뼈 분쇄기에 쓸어넣는 펫숍 삼촌(②) '뷰피플 피플'의 언니 남편의 귀를 잡아뜯어낸 한창림(③)의 잔혹한 행위는 그 행위의 신속함과 난폭함에 있어 구별이 안될 만큼 상

동성을 지니고 있다. 원숭이, 펫숍 삼촌, 한창림이라는 주체와 상관없이 이들의 행동은 어떠한 죄책감과 동정심 따위를 수반하고 있지 않다는 측면에서 일종의 '기계적인 야수성'을 보여주고 있는 것이다. '기계적인 야수성'이라는 이들의 악마적 행위에는 두 가지가 함의되어 있다. 하나는 '수컷 냄새', '이빨' '발작' '피' '숨통' '독취' '배설물' 등이 지속적으로 환기시키는 '비인간성', 즉 인간의 바깥이라고 치부되었던 인간의 야수성이다. 동물 차원으로 추락한 자연 인간 모습은 한국문학에서 일찍이 김동인을 위시하여 손창섭, 장용학 등에 의해 탐사된 바 있으나, 이토록이나 작위적으로 과장되어 표현된 적은 없었다. 그렇다면, 이 과잉되게 조작된 비인간성이란 무엇인가? 흔히들 얘기하듯 이러한 반인간학적 기획은 우선 금기와 제도를 넘어서려는 위반의 열정에 의해 추동되는 것이라고 할 수 있다. 라깡식으로 말하자면 '인간의 바깥으로 추방된 "잉여들의 반란" 혹은 "실재(the real)들의 습격"라 할 수 있는 이 거름들의 행보가 의도하는 것은 물론, 상징계를 흠집내는 것이다. 한창림을 통해 작가가 언표하고 있듯, 이들 부부들이 보여주는 야만성과 정신병리학 — 편집증, 강박증, 분열증, 조울증 — 은 "사회 체제 바깥"에 있는 것이다. 〈13일의 금요일〉의 제이슨이나 〈나이트 메어〉의 프레디로 비유되는 이들 부부는 애초부터 괴물의 운명을 타고 태어난 것이며, "제 아무리 용을 써도" "괴물스런 위력이 얼마나 막강하든, 바깥에 존재하는 한 아무런 영향도 미칠 수가 없다." "아무리 지랄을 쳐도 자기가 태어난 이 사회에 한 뼘 손톱 자국조차, 한 뼘 이빨 자국조차 낼 수 없는 무력한, 비극적인 존재"(261)인 이들 괴물의 악행은 따라서 바깥이 아니라 차라리 상징계 질서의 강고함을 입증하기 위해 바쳐진 듯하다. 그들의 엽기는 상징계의 '틈'이 아니라, 아예 상징계 '바깥'을 지향하고 있다는 점에서 극단적이라 할 수 있다. 따라서 백민석의 인물들의 야수성은, 자연주의에서 말하는 그러한

'그럴듯한' 인간의 동물성이 아니라, '허구적인 야수성'이다. 『목화밭 엽기전』은 이 가상 세계를 통해 인간 '바깥'의 항목들, 일종의 '아브젝시옹(abjection)'이라는 이질적인 것들을 향유하고 있다. 이러한 측면에서 이 소설은 고딕 픽션을 연상시키기도 하는데, 그러나 문제는 이 작품이 단지 과잉과 도착에 대한 매혹에만 사로잡혀 있지 않다는 것이다. 한창림과 박태자, 그리고 '슈퍼수컷'인 삼촌은 물론, 쾌락을 위해 폭력과 살인을 일삼는다. 광란의 현장에서 한창림은 "땀샘과 기름샘들이 극한까지 활성화되어" "후끈 달아오르는" 쾌감을 맛본다. 이들의 악행이 어떠한 인간적 의미와 연유를 포함하고 있지 않다는 점에서 악을 위한 악, 즉 '절대악'이라고 부를 수 있는 성질의 것이다. 청담동 사내애가 그들의 스너프 필름을 위해 희생되는 것, 혹은 양담배를 물고 있던 회계사가 창림에게 얻어맞아야하는 데에는 어떤 절대적인 이유가 없다. 청담동 사내애가 수컷의 기질을 지녔고 회계사가 양담배를 피웠다는 것은 거짓 핑계에 불과하다. 별 뚜렷한 이유없이 창림 부부의 놀이개로 전락한다는 측면에서 『목화밭 엽기전』의 야만성은 기계성을 의미한다. '기계성'은 창림이 사내애의 죽음의 향연을 위해 트리플 섹스와 사도-매저키즘적 성행위로 이루어진 콘티를 주도면밀하게 짜는 데에서 극명하게 드러난다. 그리고 이것은 삼촌이 지배하는 펫숍의 폭력 시스템을 정확히 모방하고 있다. 해머와 육절기, 뼈 분쇄기, 그리고 이와 다르지 않은 점원들에 이르기까지 살인 기계 장치로 가득 찬 펫숍에는 인간은 한낱 "웃는 플라스틱", 혹은 "우는 기계"에 불과하며, 이들을 처리하는 펫숍의 시스템은 컨베어벨트의 그것처럼 한 치의 오차도 없이 정확하게 이루어지고 있다. 삼촌이라는 오직 단하나의 관객을 위해 연출되는 창림 부부의 기괴한 폭력성과 그것의 기계성은 『목화밭 엽기전』이 결국 무엇을 의미하는지를 보여주고 있다. 한 평론가에 의해 "초강력 권력에 의해 작동되는 시스템"(황종연)이라고 지적된 바 있듯, 이들 동물원의 밑그림은 인간을 한낱 기계로 내모는 이 자본주의 사회의 메커니즘이다. 삼촌에게 극도의 공포의 감정을 지닌 창림, 그리고 끝내 삼촌을 쓰러뜨리지 못하는 이 소설의 결말은 관료화된 이 사회의 위계 질서의 위력을 그대로 드러낸다. 계몽이성에 기초하여 만들어진 현대 사회라는 것이 인간을 '사육하고 관리하며' 폭력으로 내모는 하나의 거대한 자동기계에 불과하다는 이러한 실상은 『목화밭 엽기전』의 야수성이 사실 '사회체제 바깥'이 아니라 '체제 내부'임을 의미한다.

> 자본주의는 욕망의 흐름을 규제하고 사회를 규격화된 벽돌들로 짜 맞추려고 한다. 자본주의에는 규제되지 않는 흐름이라면 어떤 것도 흐르게 하지 않으려는 군주적 통일의 원리가 내재한다. 자본주의는 무의식의 리비도가 부착하는 대상들의 모서리를 깎아 반듯하게 다듬고 싶어한다. 생산양식에 맞추어 욕망들을 규격화함으로써 억압적 질서에 순종하는 온순한 신하들을 재생산하는 것이 자본주의의 작동 원리이다. 돈이 없는 환자의 치료를 거부하는 의사, 가난한 아이들을 가르치지 않으려는 교사, 집없이 떠도는 사람들을 거부하는 목사 ― 이들은 모두 자본주의의 경비병들이다. 자본주의는 사실을 논리로 바꾸고 논리를 도덕으로 바꾼다.
> ― 김인환, 『다른 미래를 위하여』, 문학과지성사, 2003, 8~9쪽

위 인용문의 예리한 통찰처럼 자본주의 시스템으로 표상되는 현대 사회는 욕망의 흐름에 기초해 있는 것이 아니라, 욕망에 반하는 어떠한 절대적인 준칙들에 의해 움직이는 세계이다. '사색'하지 않는 창림 부부의 기계적 행위는 그들의 행위 준칙이 자기 내부에 있지 않고 바깥에 있음으로 인해 발생하는 것이다. 그것은 욕망의 자연스러운 분출이 아니라, 사실은 사회제도의 규율을 아무런 반성 없이 체화하였

을 때 발생하는 도구적 이성의 폭력이다. 그곳에서 인간은 홈리스로, 치료의 권리를 박탈당한 물리적 육체로, 불량 아동으로 내쫓긴다. 추방자로 불리는 이들은 이 사회 시스템에서 더이상 '온전한 인간'이 될 수 없다. 『목화밭 엽기전』에 가득 찬 사체들과 단백질 덩어리들은 비인간으로 전락한 인간들에 대한 극단적 비유라는 측면에서 이 작품의 악마적 야수성은 현실에 대한 하나의 알레고리가 된다. 결국 『목화밭 엽기전』은 "얼굴 없이 작용하는 법"으로서 작동하는 자본주의 원리를 "어디에나 없으면서 어디에나 있는" 삼촌으로 표상되는 지상 명령에 비유하고 있으며, 이를 통해 "자기 바깥의 도덕법칙"을 따르는 것이야말로 "악의 질서 가운데 최고의 본질"[5]이라는 사실을 우회적으로 드러내고 있는 것이다. 지젝이 지적했듯, "추상적 도덕 기준들에 대한 그와 같은 완강한 집착은, 일체의 능동적 주체성에 대한 우리의 심판을 합법화할 수 있는바, 악의 궁극적 형식이다."[6]

4. 감각의 논리와 오류에의 충동

위에서 살펴본 두 작가의 경우, 악의 부정방정식에서 Y는 대체로 개인의 욕망을 억압하는 전체주의와 이데올로기, 혹은 관료화된 사회 시스템이라고 할 수 있을 것이다. 이들 작품을 통해 구현되고 있는 '악'이 극단적인 개인주의이든 혹은 현대 문명사회를 닮은 기계적 야

---

5   Lacan, J., Schriften II, 김윤상, 「'법'은 악처럼 아무 말도 하지 않는다. 계몽의 기획에 대한 재평가 I」, 『뷔히너와 현대문학』 24호, 35쪽에서 재인용.
6   지젝, 이성민 역, 『까다로운 주체』, 도서출판b, 2005, 175쪽.

수성이든, 중요한 것은 그것이 현실 사회의 어떠한 부조리와 모순을 겨냥하고 있다는 점이다. 각각 판타지 양식과 괴담이라는 반사실주의적 장르에 기초해 있지만, 『나는 나를 파괴할 권리가 있다』와 『목화밭 엽기전』은 비유 혹은 알레고리로써 현실 사회의 모순과 부조리를 비판하고 환기시키고 있다는 측면에서 크게는 현실 재현이라는 근대소설의 기율의 어름에 놓여 있다. 이 두 작품은 분명 '지금 현실'의 어떠한 한계지점을 보여주고 있으며, 그들의 악마주의는 그 지점을 돌파하고자 하는 일종의 자유의 몸짓에 해당한다고 할 수 있다. 그러나 최근 2000년대 이후의 '악'을 환기시키는 젊은 작가들의 작품의 경우, 앞선 두 작가와는 다른 경향을 보이고 있다는 점에서 주목을 요한다. 예를 들면, 도무지 현실세계를 닮지 않은 듯한 편혜영의 그로테스크한 소설이나, 박형서의 괴담들, 그리고 백가흠, 김도언의 잔혹극들 말이다. 중요한 것은 편혜영의 시체들, 박형서의 영악한 악마들, 백가흠의 기형아들이나 김도언의 잔혹한 취향을 지닌 인물들의 악마성이 김영하와 백민석의 잔혹한 폭력성과 기괴성에 못 미치느냐, 넘치느냐가 아니다. 이들의 근본적인 차이점은 악마주의가 현실의 그 무엇을 겨냥하고 있는가, 그렇지 않은가에 있는 것이다.

편혜영의 작품을 들여다보자. 예를 들어 「저수지」에는 음습한 저수지와 이 근처에 사는 아이들의 이야기가 나온다. 이 작품의 배경이 되고 있는 괴물이 살고 있다는 저수지, 그리고 개의 사체와 야생 고양이, 다량의 쓰레기가 가득한 숲에 대한 묘사에서부터 작가는 섬뜩하고 괴기스러운 것들을 끊임없이 환기시키고 있다. 그리고 그 안에는 동물의 사체를 태우는 냄새, 시궁창 냄새, 안개, 실종자, 실종자의 신발, 경찰의 수색과 수색견과 같이 불쾌하고 불안한 것들로 가득 차 있다. 주요 인물이라고 할 수 있는 세 명의 아이들의 형상 또한 괴물이라고 할 만큼 기괴하기 그지없다. 엄마에게 버려져 집에 남겨진 아이들, 몸이 썩어 들어가고 구취를 풍기는 아이들은 쥐똥과 과자 부스러기, 쓰레기들과 함께 나뒹군다.

　셋째는 쥐의 배를 가르는 일을 계속 했다. 셋째가 던져준 과자 부스러기를 받아먹고 자란 쥐는 살이 통통하게 올랐다. 셋째는 녹이 슨 칼로 쥐의 배를 갈랐다. 가른 배에서는 붉은 피와 내장에 휩쓸려 새끼 쥐 몇 마리가 튀어나왔다. 피를 묻힌 맨살의 죽은 쥐들이 방안을 솜처럼 떠다녔다. 사방의 벽에서 떨어진 벌레들이 쥐를 피해 갈라진 틈으로 숨었다. 숨을 곳을 찾지 못한 벌레들은 아이들의 벌린 입 속으로 드나들었다. 둘째의 귀로 꼬물거리는 구더기가 몇 마리 숨었다. 구더기들은 둘째 몸에 기생하며 목숨을 부지했다.

— 「저수지」, 『아오이 가든』, 문학과지성사, 2005, 31~32쪽

　위 인용문에서 그려지고 있는 아이들은 더 이상 인간이라고도 할 수 없는, 시체와 같은 존재들이다. 편혜영 소설에는 비단 구더기, 쥐, 화농, 악취, 피를 범벅이 되어 있는 이 아이들 뿐 아니라 이와 크게 다르지 않은 온갖 역겨운 것들로 가득 차 있다. D시, U시, 혹은 도시 외곽, 서쪽 숲, 왕피천 계곡 등으로 호명된 모호한 공간에는 역병이 돌고, 시커먼 개구리들이 하늘에서 떨어지고, 토막 난 여자 시체가 둥둥 떠다니고, 어린 아이가 투견과 싸우고, 고양이의 자궁을 사람의 뱃속으로 들어가고, 인간이 수십 마리의 붉은 개구리를 낳고, 갓난아이와 여자가 포르말린에 담겨 박제되고, 죽은 여자의 혼이 동굴을 배회하고, 개들이 사람을 좇는다. 요컨대 '시체, 똥오줌, 악령'의 세계라고 할 수 있는 편혜영 소설은 그로테스크 미학의 최종판이라 할 수 있을 만큼 가장 역겨운 것들의 세계를 보여주고 있다. 점액질의 오물과 벌레들이 우글거리는 데이빗 린치의 〈이레이저 헤드〉, 혹은 그와 흡사한 하드고

어 필름을 연상시키는 이 비극적 유머의 세계는 그렇다면 도대체 무엇인가? 단지 낯설고 새로운 것에 대한 마니아적 취향이라고만 할 수 있을까? 혹은 '합리성'으로 표상되는 현대 문명에 대한 습격인가?

최근 편혜영의 소설의 배경이 일상 현실로 조금씩 옮겨오고 있다는 측면에서 몇몇 비평가들은 편혜영 작품의 변화를 읽어내기도 한다. 그러나 이러한 변화는 일종의 글쓰기의 성숙에 해당될 뿐 근본적인 변화로 보기는 어렵다. 즉, 이제 '오물과 시체'와 같은 직접적인 것 없이 일상 공간에서 그가 의도한 것들을 좀더 세련되고 정교하게 표현할 수 있게 된 정도의 변화이다. 편혜영 소설의 악마성이 시종일관 겨냥해왔던 것은 어떠한 감각, 감수성이라고 할 수 있다. 그것은 이를테면 '오물과 시체'로 표상되는 것들, 즉 불쾌함, 역겨움, 섬뜩함, 공포와 불안 같은 감수성이라고 할 수 있는데, 최근 발표된 「사육장 쪽으로」(『창작과비평』, 2006년 여름호)에서는 이러한 감수성이 농밀하게 잘 형상화되어 있다. 이 작품은 앞선 작품들에 비해 리얼리티가 강화된 도심 외곽의 변두리를 배경으로 하고 있다. 전원주택을 꿈꾸면서 도심에서 멀리 떨어진 이곳으로 이사 온 주인공 가족은 남들과 다르지 않은 일상을 살아가는 평범한 인물들이다. 치매에 걸린 노모가 있긴 하지만, 특별하다고 할 수 없는 그저 그런 불행의 하나일 뿐, 매일 아침 출근을 위해 고속도로를 가로지르고, 직장에서 과중한 업무에 시달리고, 화단에 물을 주고, 아이와 공놀이를 하는, 그러한 평범한 가족인 것이다. 이들에게 불길한 운명이 다가오고 있음을 알리는 첫 번째 신호는 파산 경고장이다. 과도한 융자로 인해 파산 선고를 받은 이들 가족은 이제 서서히 파멸에의 공포에 휩싸이고 이들의 히스테리컬한 불안 심리는 개 짖는 소리와 고속도로에서의 위험한 질주 등을 통해 선명하고 속도감 있게 묘사된다. 그들의 전원주택은 야산 너머에 있다는 개 사육장에 면해 있는데, 이들 가족의 몰락에의 징후는 끊임없이 들려오는 개 짖는 소리라는 탁월한 효과음에 의해 더욱 증폭되고, 개사육장에서 뛰쳐나온 개들에 의해 아이가 처참하게 짓이겨지면서 이들의 파국은 절정에 이른다. 주인공인 '그'는 미친 듯 방망이를 휘둘러 개를 쫓으려 하지만 자신이 내려치는 게 "개인지 아이인지 분간할 수 없을" 만큼 공포와 광기에 휩싸인다. 이 이야기가 의도하는 것이 그저 한 평범한 가족 몰락의 서사가 아니라는 것은 그 뒤에 이어지는 광란의 질주에 의해서 잘 드러난다. 주인공 '그'는 흉측하게 부풀어 오른 아이를 데리고 병원에 가기 위해 차를 몰지만, '사육장 쪽'이라고 말해진 병원은 도무지 오리무중이고, 개들에 의해 희생된 이들 가족은 어느새 개 짖는 소리를 나침반 삼아 그 '도착적인 구원의 장소'를 향해 미친 듯 헤매게 되는 것이다. 이러한 도정에는 비명 같은 아내의 울음소리와 개 짖는 소리가 배음처럼 깔리고, 사나운 트럭 운전자들의 광폭한 추월과 짐칸 가득 '개들'을 실은 트럭이 있고, 그들을 쫓는 "시커먼 어둠"이 있다. 결국 이 작품에 의해 그려지는 감수성이란 '개 짖는 소리와 위태로운 질주'로 상징되는 극도의 불안과 공포라고 할 수 있다. 이상의 「오감도」를 연상시키는 이 작품의 탁월함은 바로 이러한 감각을 독자들이 체험할 수 있도록 여러 가지 소설적 장치들을 효과적으로 병치시키고 있다는 점이다. 『아이오가든』의 작품들이 특정 감각들을 전달하기 위해 사물들을 나열하고 있다면, 이 작품의 경우는 직접적인 언술의 방식을 피하고 세련된 기법과 간접화된 방식을 통해 '감각'을 교묘하게 환기시키고 있는 것이다. 편혜영의 최근의 또 다른 작품 「소풍」(『문예중앙』, 2006년 겨울호)에서도 이와 같은 불안과 히스테리의 정서는 여지없이 파헤쳐지고 있다. 결국 시체와 오물들이 우글거리는 편혜영의 작품이 궁극적으로 의도하는 것은 바로 안온함과는 거리가 먼, '나쁜 감각들'인바, 따라서 편혜영 작품을 읽고 독자들이 불쾌감이나 역겨움, 혹은 어떤 불안과 공포의 감정에 휩싸인다면 그것은 작품의 실패가 아니라, 작품의 성공을 의미하는 것이다. 작품을 읽고 고개를 돌리는 독자들을 보면서 회심의 미소를 짓는 작가, 그가 바로 편혜영인 것이다.

편혜영이 건강한 시민의 것이라고 할 수 있는 인간의 긍정적인 감수성, 혹은 '쾌'의 반대편에 놓인 일련의 '나쁜 감각'을 형상화하는데 주력하고 있다면, 박형서, 백가흠, 김도언 또한 이러한 범주에서 그다지 멀지 않은 작업을 보여주고 있는 작가들이라고 할 수 있다. 작가들마다 다소 편차를 보이지만, 그 내용과 상관없이 주로 '감각'에 집중하고 있는 편혜영과 달리, 이들은 '감각' 그 자체가 아니라 이러한 감각과 잇닿아 있는 사건과 드라마에 치중하고 있다. 예를 들어 김도언의 경우, 권태와 고통, 위악, 불안 등에서 풀려나오는 인간의 폭력성과 비루함을 「악취미」 연작을 통해 탐사하고 있는데, 애완동물 뿐 아니라 애인마저 망치와 톱 등의 잔인한 도구로 살해하고 절단하면서 잔혹에 대한 병적인 취향에 집착하는 인물을 그린 「잔혹-악취미들 3」에서 그 전형을 볼 수 있다. 인간의 어두운 욕망의 지형학을 보여주고 있는 백가흠의 경우, 살인, 강간, 폭력 등의 반사회적 범죄행위를 정신병리학적 현상들과 결합시킴으로써, 앞선 선배작가들에 의해 개척된 '무의식'의 영토 위에서 있으면서 조금씩 새롭게 그 영토를 확장시키고 있는 작가라고 볼 수 있다. 박형서의 경우, 조금 특이한 것은 그의 소설이 보여주는 '악마성'이 어느 정도 낭만주의와 맞닿아 있는 '악에의 매혹'의 범주에 머물러 있지 않다는 것이다. 무료하기 짝이 없는 한 마을에서 일어난 의문의 죽음을 다룬 「너와 마을과 지루하지 않은 꿈」(『창작과비평』, 2006년 겨울호), 혹은 엄마를 독차지하기 위해 어린 동생은 물론 엄마마저 죽음으로 몰아넣는 악마 같은 아이의 이야기를 다룬 「물 속의 아이」(『자정의 픽션』, 문학과지성사, 2006)와 같은 작품은 분명, 어두운 충동에 의해 파멸되는 인간의 모습을 담고 있다. 그러나 『자정의 픽션』에 실린 작품들이 보여주는 다양한 스펙트럼과 스케일은 이 작가의 서사적 충동의 근간이 '악'에의 충동과 일치하지 않음을 보여준다. 진지한 학문적 논쟁에 대한 패러디(「논쟁의 기술」)와 유쾌한 농담조의 환타지(「두유 전쟁」, 삶과 죽음의 가교에 대한 성찰(「노란 육교」) 등을 넘나들며 펼쳐지는 그의 작업은 스스로 '자정의 픽션'이라 명명했던 '근대 이후'를 염두에 둔 작가의식의 소산이라고 할 수 있다. '근대소설의 형식' 자체를 문제 삼고 있는 이 작가에게 '나쁜 감수성' 혹은 '악에의 충동'은 '낯설고 새로운 서사'를 위한 하나의 매개일 뿐이다. 물론, 이 작가가 보여주는 모험의 새로움은 그가 단지 형식적 실험에 머물지 않고 소설 개념 자체를 뒤흔들고 있다는 데 있다. 리얼리즘이 아니더라도 알레고리, 아이러니, 풍자 등등의 수사적 개념들이 보여주는 것처럼 기존의 전위적 작품들은 현실과 느슨할지언정 맞닿아 있었다고 할 수 있다. 그러나 박형서를 비롯한 최근 젊은 작가들(한유주까지 포함하여)이 보여주는 새로운 서사들은 '현실의, 현실에 의한, 현실을 위한 문학'이라는 문학 개념에 대한 도전을 보여주고 있다. 악을 형상화하는 이들의 방식 또한 이러한 인식의 전환과 긴밀히 연관되어 있다. 주로 순정한 허구에 의해 펼쳐지는 이들 작품에서의 '악'은 현실 사회의 한계 지점을 넘어서려는 자유의지가 아니라, '새로운 예술'에 대한 열정에 의해 추동된 결과물이다. 이는 미적 근대성이라는 모더니티 기획과 밀접히 관련이 있는 것으로 문학의 자율성에 대한 또 한번의 강조가 지금 우리 문학에 주요한 흐름이 되고 있음을 보여주는 증거라고 할 수 있다. 주지하다시피, "낭만주의에서부터 본격적으로 출발하고 있는 미적 근대성은, 도덕은 물론 진리의 영역으로부터 미와 예술 영역의 독립을 의미한다."[7] 과학과 기술의 주요 원리인 '진리', 법과 도덕의 주요 원리인 '도덕'과 결별한 예술은, 그 자율적 영역에 '오류와 악', 그리고

---

7   김진수, 『우리는 왜 지금 낭만주의를 이야기 하는가』, 책세상문고, 2002, 111쪽.

심지어 '추'라는 항목까지 적극적으로 끌어들여 향유하게 되었다. 한국 현대문학에서 이러한 미적 근대성은 시기를 달리하여 다양한 방식으로 출현해왔지만, 현재 우리는 우리 문학에서 이러한 미적 근대성의 만개를 목도하고 있다. '진'과 '사실'이 아닌 가상에의 유희, '도덕'과 '선'이 아닌 '비도덕'과 '악'에의 충동, 그리고 추의 미학에 이르기까지, '악'의 미학으로 포괄할 수 있는 이러한 젊은 작가들의 도발은 일종의 비인간화의 경향과 '개별성'에 대한 탐구를 의미한다. 호세 오르테가 이 가세트가 지적한 바 있듯, 현대 예술은 "① 예술을 비인간화하고자 하는 경향 ② 생동적인 형식을 피하려는 경향 ③ 예술작품은 예술 작품 이외의 다른 것이 아니라고 보는 경향 ④ 예술을 유희에 지나지 않는 것으로 보는 경향"[8] 등을 그 특징으로 하고 있다. 앞서 살펴본 편혜영, 김도언, 박형서, 백가흠의 몇몇 작품들은 바로 이러한 현대 예술의 한 경향을 대변하고 있으며, 이들 작품의 '악마성'도 그 맥락 위에 놓인다. 이들이 작품을 통해 제출하는 '악'의 부정방정식은 보다 소박한 의미에서의 현실 사회라는 Y를 포괄하지 않으며, 좀더 나은 삶을 겨냥하지 않는다. 차라리 이들의 부정방정식은 이 방정식에 함의된 합리성 자체를 부정하고 폐기하고 있는 듯이 보인다. 도스토예프스키가 『지하생활자의 수기』에서 제기한 "어째서 2×2＝4냐?"라고 했던 질문, 이 근본적인 부정이야말로 '악'의 존재형식임을 젊은 작가들은 새롭게 제기하고 있는 것이다. 그들의 상상력은 이제 '2X+3Y＝Z' 따위의 도식에 의해 구해지는 삶의 총체성이 아니라, 모든 연계와 맥락들을 무관한 감각의 논리와 오류에의 충동에 바쳐지고 있는 듯하다. 이 상상력은 지젝이 "궁극적으로 상상력은 직접적 지각이 한데 모아놓는 것을 절단하는, 어떤 공통의 개념(을 추상하는 것)이 아니라 어떤 특징을 다른 특징들로부터 '추상'하는 우리 마음

---

8 호세 오르테가 이 가세트, 박상규 역, 『예술의 비인간화』, 미진사, 1995, 63쪽.

의 능력을 나타낸다. (⋯중략⋯) 상상력의 폭력이, 즉 모든 객관적 연계를, 사물 자체에 기반하는 모든 연관을 분해하는 상상력의 '공허한 자유' 가 무제약적으로 군림한다"[9]라고 했던 그러한 상상력을 의미한다. 그렇다면 이들의 작업이 갖는 의미란? 아마도 근본적 차원에서 물어져야 할 이러한 질문에 대한 답은, 이들의 후속 작업과 함께 계속 궁구되어야 할 것이다. 그러나 조금 성급하게 이들을 긍정적인 차원에서 이해하자면, "예술은 삶에 대한 비평이 아니라 삶의 연장이며, 쾌활함의 새로운 양식",[10] 혹은 '예술을 감수성의 확장과 대변혁'(릴케와 엘리엇)으로 보았던 몇몇 현자들의 충고에 기댈 수 있다. 감각과 오류에의 충동이 좀더 시적인 것과 맞닿아 있다는 점에서 산문적 진실을 추구하는 소설에서의 이러한 작업이 어느 정도의 의미를 지닐 수 있을지는 아직 미지수이지만, 새로운 감수성을 통한 우리의 지각과 인식의 변화는 분명 '새로운 삶'을 위한 하나의 초석이 될 것이다.

---

9   지젝, 앞의 책, 56쪽.
10   수잔 손탁, 「하나의 문화와 새로운 감수성」, 이민아 역, 『해석에 반대한다』, 이후, 2002, 447쪽.

미지는 어떻게 기지화되는가

1

 지방대 강의를 다녀오다가 들른 고속도로 휴게소에서 마주친, 익숙하면서도 생소한 표지판 하나, '흡연구역'. 나래비로 죽 늘어선 휴지통 위에 세워진 이 표지판이 새삼스러웠던 것은 그곳이 야외였기 때문이다. 그러니까 이 말은, 그 지역을 제외하고는 몽땅 '금연구역'이라는 뜻.
 과거 한국문학은 물론 기존의 역사 현실에서 '외국'은 참으로 '낯설고 괴이한' 미지(未知)의 영토였다. 하여 외국(外國), 이국(異國)이란 말은 한자 뜻 그대로 '우리'의 바깥으로, '다른' 삶이 존재하는 곳으로 호기심과 동경 혹은 두려움의 대상이 되었던 것이 사실이다. 그러나 교통과 통신 기술의 발달에 힘입어 일일공동체가 되어가는 전 지구적 현상 속에서 '바깥'의, '다른' 영토는 미지가 영역이 아니라 일상적 공간으로 확장되고 있으며, 따라서 그 어느 때보다도 적극적으로 사유되고 있는 것이 지금의 현실이다. 일상화된 해외여행과 이민 물결로 인해 외국 체험은 더 이상 특권층의 독점물이 아니며, 달나라까지 뻗친 인간 기술 문명은 인류에게 더 이상의 미답의 영토를 남겨놓지 않은 듯하다. 야만과 미지에 대한 이러한 '완전정복', 그리고 월경(越境)의 일상화는 인간 이성과 과학 문명의 가공할 만한 위력에 대한 증거이자 어떤 측면에서는 자유평등의 구현을 의미하기도 하지만, 한편 인류에게 '신비'와 '낭만'의 기원을 앗아버린 것이기도 하다. 티벳 고원의 저 오래된 라다크조차 대중화되어 있는 현재, 우리에게 '미지(未知)로서의 외국'이란 마치 '흡연구역'처럼 희귀한 영역으로 밀려나고 있는 셈이다.

모든 실재가 도트와 픽셀로 변환되어 비트로 전송되는 시대, 하여 박지원이 북경을 방문하면서 기록한 "코끼리의 생김새는 소 몸뚱이에다 나귀의 꼬리이고, 낙타 무릎에다 범의 발굽이다"(『열하일기』「象記」)라는 식의 글이 경원과 호기심으로 회자되면서 '괴이쩍은 상상력'을 불러일으키지 못하는 이 시대의 '외국'이란, 더 이상 엑조티시즘(exoti-cism)과 상상력의 진앙지가 아니라 점차 다양한 삶의 방식과 제도, 관습과 문화 등을 공유하고 전파하는 일종의 '기지국'이 되어가고 있다.

이 글은 이렇듯 일찌감치 일국적 상상력에서 벗어나기 시작한 한국 문학에서 '외국'이 어떻게 신비와 낭만의 영역에서 탈영토화되고 있으며 재영토화되고 있는지, 그리고 문학적으로 사유되고 있는지를 살펴보고자 한다.

2. 경제자유구역

베를린에 오기 전, 우리는 파리에 있다. 대도시는 안락한 동시에 위험하다. 우리는 위장하고, 또 위장해야 한다. 잿빛 하늘, 우리의 얼굴에는 그늘이 진다. 우리는 영화에나 나오는 가짜 스파이들처럼 담배를 아무렇게나 비벼 끄는 습관을 곧, 갖는다. 우리는 수많은 여행객들과 검고 맑은 눈을 가진 아랍인들로 인해 눈에 띄지 않으며, 한 블록마다 있는 키오스크에서 신문들을 하나씩 하나씩 사들이는 것을 이상하게 보는 사람들도 없다.

— 한유주, 「베를린 · 북극 · 꿈」, 『달로』, 문학과지성사, 2006, 127쪽

두 달 전, 시세로 씨는 그의 구역 안에 있는 카지노에서 지미를 처음 발견했다. 당시 지미는 주차장에서 일을 하고 있었는데 맞은편에 앉아 블랙잭을 하던 시세로 씨는 단번에 그의 실력을 알아보았다. 그는 지미가 주차장에서 받는 주급의 다섯 배를 주고 그를 고용하는 한편, 지미를 이용해 한몫 잡으려는 계획을 세웠다. 즉, 캐나다의 핫바지들을 디트로이트로 불러들여 엿을 먹이려는 거였다.

— 천명관, 「더 멋진 인생을 위해」, 『유쾌한 하녀 마리사』, 문학동네, 2007, 211쪽

위 인용문들은 분명 한국 작가가 쓴 한국소설의 일부분이다. 그러나 한유주, 천명관이라는 작가 이름을 명기하지 않는다면 외국 작품의 번역이라고 해도 무방할 만큼 이들 작품에서 '대한민국 국적'의 흔적을 발견하기란 쉽지 않다. 이른바, '무국적 이야기들의 향연'은 이즈음 특히 젊은 작가들의 작품에서 흔히 발견되는데, 이들에게 '외국'은 구체적인 일상공간으로서가 아니라 하나의 허구적 장치를 의미한다. 그러나 허구적 장치로서 기능하는 '이국 공간'은 이즈음 새롭게 출현

한 문학적 현상은 아니다. 차라리 가장 오래된 문학적 관습이자 전통적인 방식이라고 할 수 있는데, 중국을 배경으로 하고 있는『구운몽』『유충렬전』『사씨남정기』등의 고전소설을 일별해 보더라도 이러한 사실을 확인할 수 있다. 이들 고전 소설의 '낙양'이나 '연북' 등이 실재하는 중국 지명이긴 하나 당대의 중국 현실과의 연관성이 희박하듯, 젊은 작가들의 형상화하는 '이국 공간'은 대개 구체적인 일상 현실과 동떨어진 것이다.

미합중국 샌디에이고의 태평양 함대와 청와대를 오가는 박형서의 작품(「두유전쟁」), 역병이 돌고 인간이 개구리를 낳는 '아오이가든'을 배경으로 하고 있는 편혜영의 소설(「아오이가든」), 런던과 토론토, LA, 브레멘, 생트로페가 등장하는 천명관의 소설들(「프랑스 혁명사ー제인 웰시의 간절한 부탁」, 「프랭크와 나」, 「유쾌한 하녀 마리사」), 지구를 배경으로 하고 있는 박민규의 작품에 이르기까지(「크로만, 운」, 『핑퐁』『지구영웅전설』) 이들 소설에 등장하는 수많은 '타국'들은 작품 속 인물들이 움직이는 가상의 '매트릭스'일 뿐, 실제 현실과는 대체로 무관하다. 그것은 대체로 U시(市)든 P시(市)든 상관없이 주인공의 동선을 위해 우선적으로 기능한다. 물론 '베를린'이 '디트로이트'와 같을 수 없듯, 개별 작품에서 구체적으로 등장하는 고유명사가 의미가 없는 것은 아니다. 그러나 다시 한번 강조하자면, 이들 작품에 등장하는 실제 지명의 '고유성'과 '특수성'은 현실 영토의 그곳과의 직접적인 연관성에서 발생하는 것이 아니라, 이차적인 텍스트들에 의해 형성된 것들이다. 즉, 문학 작품은 물론 다양한 책들과 영화, 인터넷, TV 등의 대중매체에 의해 전파되고 형성된 '이미지'로서의 고유명사들인 것이다. 이를 한동안 유행했던 포스트 모더니즘 소설의 특성, 즉 상호텍스트성, 혼성모방, 패티쉬, 키치, 패러디 등의 일부라고 보아도 좋으나 분명한 것은 이러한 경향이 낯선 '새로운 현상'이라기보다는 고래로부터 있어왔던 픽션의 한 특성이라는 것이다. 가령, 고전 문학 연구자들이 끊임없는 논쟁을 통해 밝혀내는 '전고(典故)'들에 대한 논의는 '상호텍스트성'이 이미 소설 창작에 있어 중요한 창작방법으로 사용되었음을 의미한다. 중국의 지명과 연호가 한국 고전 소설에 자주 등장하는 것은 창작자가 기존의 작품을 통해 얻은 정보를 적극적으로 활용하여 상호텍스트성을 실현하고 있는 것이라고 볼 수 있다.

고전 고설과 공통되는 이러한 성격 이외에 최근 문학이 드러내는 차이라면, 그 상상적 공간이 중국이라는 한정된 공간을 벗어나 동아시아는 물론, 유럽, 신대륙, 우주로까지 확장된다는 것이다. 이는 물론 직접적인 체험이라기보다는 다양한 매체에 의한 간접 체험의 확장에서 기인한다. 그러나 이들 공간의 확장과 상관없이 개별 작품에서의 '이국 공간'의 형상들은 고전 소설에서와 마찬가지로 대중매체에 의해 자주 등장하는 '이미지들', 즉 상식적이고 일반적인 클리쉐(cliche)의 답습이기 쉽다. 예를 들어, 「베를린·북극·꿈」의 독일 '베를린'과 프랑스의 '페르라세즈'는 분명, 디트로이트와 LA 등이 대체할 수 없는 이국 공간이다. 이들 지명의 차용은 도피 중인 테러리스트의 절망적인 내면세계를 통해 전쟁과 죽음의 '현실'을 겨냥하고 있는 이 작품의 의도와 부합되는 이미지, 즉 베를린 장벽의 붕괴와 혁명과 전사들의 죽음 등의 역사를 환기시키기 때문이다. 이는 실제 영토의 구체적인 실상이 아니라 이미 우리가 대중매체에 의해 공유하는 '이미지'와 '공통감각'에 근거하는 것이다.

천명관의 「프랭크와 나」에 나오는 '토론토'나 'LA'도 흔히 '이민자의 도시, 흑인 갱단의 도시'라고 알고 있는 그 이미지의 차용이라고 볼 수 있으며, 「더 멋진 인생을 위해―마티에게」의 '뉴욕' '디트로이트' '덴버' 또한 이와 크게 다르지 않다. 그렇다면, 이들 영화, 만화, TV, 인터넷 등에 의해 매개된 이미지로의 '외국'이라는 배경은 이들 작품을 모두 클리쉐로 만드는 것일까. 물론 그렇지 않다. 앞서 언급했듯 대개 대중 문화적 상상력에 의해 호명된 지역의 '이미지', 그 자체의 형상화가 목적이 아닌 이들 작품에서 낯선 지명은 그 '클리쉐'로서 충분한 역할을 담당한다. 그리고 때론 반드시 그 진부함 때문에 '특별히' 호명된 것이기도 하다. 예를 들어, 천명관의 단편 「프랭크와 나」에서 랍스터를 구매하러 토론토로 떠난 남편이 겪는 우여곡절은 갱단이 난무하는 LA와 근접한 지역이어야 가능하며, 「프랑스 혁명사」의 토마스 칼라일과 존 스튜어트 밀의 일상과 허구적 대화는 '런던'이어야 가능한 것이다. 물론 이러한 지명의 차용은 개별 작품에서 각기 상이한 목적을 위해 활용되며 그것은 때론 그 식상함과 상관없이 훌륭한 장치로서 기능하기도 한다.

천명관의 「더 멋진 인생을 위하여—마티를 위하여」를 살펴보자. '마티를 위하여'라는 부제를 통해 알 수 있듯 이 작품에서 '뉴욕과 디트로이트'는 카지노와 총격이 난무하는, '마틴 스콜시지'의 영화적 공간을 의미한다. 따라서 이 소설은 마틴 스콜시지의 영화의 일종의 패러디라 할 수 있는데, 그 많은 차용에도 불구하고 혹은 그 덕분에 독특한 아우라를 창출해낸다. 이야기는 늙은 갱 폴 디미치는 보스 시세로의 명령을 받아 젊은 도박사 지미를 뉴욕에서 디트로이트까지 데려주는 임무를 맡게 되면서 시작된다. 그리고 긴 여정 동안 폴은 철부지 지미에게 자신의 파란만장한 이력을 들려주게 된다. 고향을 떠나오면서 두고 온 사랑하는 여자 샌디, 그리고 비즈니스가 아니라 불안과 공포로 인해 자발적으로 살인을 저지른 일을 떠올리며 폴은 화려한 갱의 일생 저편으로 사라진 빛나는 젊음과 영혼을 되돌아보며 회한에 잠기게 된다. 그리고 그의 회한은 모텔 뒤편 트램펄린을 뛰어오르는 젊은 지미의 모습에 오버랩되면서 시적인 에피파니를 창출해낸다. 이 시적 에피파니에 의해 '뉴욕'과 '디트로이트', 그리고 진부한 미국 변두리 모텔은 그 식상함을 발판삼아 새로운 공간으로 재창조되는 것이다.

앞서 언급한 젊은 작가들의 작품에서 등장하는 외국 지명이 각기

다른 목적을 위해 호명되고 때론 문학적 성취를 거두는 데 일조하기도 하나, 이들 소설에서 등장하는 '이국 공간'은 대개 기능적인 측면에서 크게 벗어나지 못한다고 볼 수 있다. 즉, 그것이 굳이 '뉴욕'이나 '런던'일 필요는 없는 그러한 장치로서의 '이국 공간'이라는 것. 그렇다는 의미에서 이들 작품에서 이국 공간은 어떠한 필요에 의해 누구나 사용할 수 있는 일종의 '공공재'를 뜻한다. 이들 공간은 작가 개인이 체험하여 빚어낸 '핍진한' 공간이 아니라 마치 영웅담이나 모험담 등에서 분석되는 저 오래된 '화소'들처럼 이미 검증된 공산품들이다. 뉴욕이나 베를린, 파리 등등 대중 매체에 의해 이미 '상품화'된 이 공공재는 부품처럼 널려있으며 작가들은 각기 그 목적에 맞게 이 소도구들을 사용하기만 하면 된다. 최근 젊은 작가들의 소설에서 공공재는 개별 작품마다 차이는 있겠지만 대체로 '이야기성'을 위해 활용된다고 할 수 있다. '이야기성'이 대체로 흥미진진한, 드라마틱한 사건 전개를 핵심으로 하며 최종적으로 대중적인 흥미를 겨냥한다고 했을 때, 이들 작품에서의 무국적 공간들은 누구나 출입가능하며 자유로운 무역이 가능한, '경제자유구역'을 의미한다고 할 수 있다.

3. 야생보호구역

장로는 어떻게 말을 해야 좋을는지 모르는 모양으로 오른 손으로 테이블을 툭툭 치더니 부인에게 먼저 말하는 것이 옳으리라 하여 양반스럽게 느릿느릿한 목소리로,
"여보, 내가 형식씨에게 약혼을 청하였더니 형식씨가 승낙을 하셨소. 부

인의 생각에는 어떠시오."

하고는 자기가 경위있게 신식답게 말한 것을 스스로 만족하여 부인을 본다.

　부인은 아까 둘이 서로 의논한 것을 새삼스럽게 또 묻는 것이 우습다 하면서도 무엇이나 신식은 다 이러하거니 하여 부끄러운 듯이 잠깐 몸을 움직이고는 고개를 숙이며,

　"감사합니다" 하였다.

— 이광수, 『무정』, 『이광수전집』 1, 삼중당, 1975, 82쪽

　위 인용문은 '개화'한 김장로가 형식과 선형의 약혼에 대해 부인에게 의사를 묻고 답하는 장면이다. 전통적인 관습 대신 '신식'을 받아들여 몸소 이행하는 이들 가족의 풍경은 근대 이행기의 한 풍속을 사실적으로 보여주고 있으나, 이 장면의 희극성은 이들의 '신식'에 대한 추구가 얼마나 형식적이고 피상적인지를 드러낸다. "경위있게 신식답게", "서로 의논한 것을 새삼스럽게 또 묻는 것이 우습다 하면서도 무엇이나 신식은 다 이러하거니 하여"라는 구절은 김장로 부부의 점잖은 문답이 개인을 중시하는 '근대적 사유'와 무관하게 '포오즈'에 불과하다는 것을 완곡하게 풍자하고 있다. 한국 최초의 근대 장편 소설이자 계몽주의 작품으로 일컬어지는 『무정』에서 연출되는 저와 같은 장면이 상징하듯, 근대 한국문학에서 '외국' 특히 '서구 근대'는 오랫동안 추구하고 본받아야할 '새로운 가치체계'이자 '선진문명'으로 표상되었다. 서양 고전 음악과 문학, 커피향에 심취한 이효석의 엑조티시즘은 말할 것도 없고 "향기로운 MJB의 味覺을 잊어버린 지도 二十餘日"로 시작하는 수필(「산촌여정, 성천기행중의 몇 절」, 『이상문학전집 3 – 수필』, 문학사상사, 1993, 103쪽)이나 '東京이란 참 치사스런 都십니다'로 대변되는 이상의 동경에 대한 집착과 환멸은 한국 근대문학에서 '외국'이 표상되는 주요한 방식을 드러낸다. 이광수의 『무정』에서 출발한 서구 근

대에 대한 지향은 이후 현재까지 '아메리카 드림' 등으로 변주되면서 동경과 찬탄, 혹은 풍자의 대상으로 이어져 왔다. '새것 콤플렉스'라고 할 수 있는 이들의 서구에 대한 인식은 오리엔탈리즘과 마찬가지로 '실질적인' 현실과 무관한 옥시덴탈리즘의 하나이다. 그것은 서양인이 동양에 갖고 있는 '신비와 은둔', 그리고 후진성과 마찬가지로 '대변된' '타인의 이미지'이기 쉽기 때문이다. 과학기술과 선진문화, 진보와 자유 등의 편에서 인식되었던 옥시덴탈리즘이야말로 한국문학에서 '외국'이 표상되는 가장 대표적인 방식이었던 바, 이러한 유산은 과거에 비해 많이 사라졌지만 지금도 여전히 유효하게 작용하고 있는 한 요소라고 할 수 있다.

이와 더불어 눈여겨볼 것은 이 옥시덴탈리즘과 짝패인 오리엔탈리즘의 틈입이다. 가령, 윤후명의 「돈황의 사랑」에서의 폐허 도시 '누란'이나 윤대녕의 「피아노와 백합의 사막」에서의 '타클라마칸 사막', 그리고 김영하의 「당신의 나무」의 '앙코르와트' 등은 작가의 여행기를 통해 낭만화되고 신비화 된다. 탈일상의 영역인 여행지가 '현실'과의 대척점에서 낭만적 이미지를 덧입는 것은 여행 소설이 갖는 경향이라고 할 수 있는데, 그 각각의 차별성에도 불구하고 동양의 이미지는 '서구가 동양에 대해 갖는 이미지'에서 많이 벗어나지 못한다. 물론 이들 낭만화 전략이 곧장 오리엔탈리즘이나 옥시덴탈리즘이라는 이데올로기가 불과하다는 비판으로 향할 수는 없을 것이다. 그것은 '낭만적 허구'에 많은 부분을 기대고 있는 문학 전체를 부정하는 것이기도 하기 때문이다.[1] 문학에서의 낭만적 허구가 지니는 궁극적 의미와 별개로 엑조티시즘과 맞닿아 있는 이국풍정, 즉 외국이라는 '타자'에 대한 가장 일반적인 표상으로서의 낭만화 방식이 최근 소설에서 어떻게 드러

---

1   낭만주의와 관련된 엑조티시즘에 관한 논의는 다음 기회로 미루기로 한다.

나는지를 신경숙의 『리진』을 통해 살펴보자.

　조선 궁중 무희였던 리진의 일생을 다룬 『리진』은 우선 역사소설로 분류된다. 고종시대를 배경으로 하고 있는 이 작품의 서사는 두 개의 축으로 이루어져 있다. 하나는 조선의 초대 프랑스 콜랭과 리진의 로맨스이고 또 하나는 '을미사변'이라는 비극적 정점을 향해 나아가는 명성왕후와 리진의 이야기이다. 줄거리를 간략하게 소개하면 다음과 같다. 어릴 적 천애고아가 된 주인공 리진은 후견인 서씨에 의해 자라나 수방나인으로 궁에 들어간다. 총명하고 아름다운 용모의 리진은 왕비의 총애를 받는 한편, 서씨와 왕래하는 블랑 선교에게 프랑스어를 배운다. '왕의 여자'인 궁녀 리진을 보고 첫눈에 반한 프랑스인 콜랭은 명성왕후의 질투심과 배려 덕분에 리진을 얻게 되고, 그녀와 함께 프랑스 파리로 떠난다. 유럽식 드레스와 루브르 박물관, 왈츠, 낭독회, 모파상 등으로 대변되는 파리의 일상은 리진에게 활기를 주었으나 시간이 흐르자 리진은 향수병에 걸려 끝내 조선으로 돌아오고 만다. 리진이 자신의 외교관 역할에 장애가 될 수밖에 없음을 깨달은 콜랭은 파리에서 결혼식을 올리겠다는 리진과의 약속도 저버린 채, 그녀를 조선에 두고 혼자 귀국한다. 홀로 남은 리진은 강연과의 사랑과 고아원 일 등으로 나날을 보내다가 명성왕후 척살이라는 비극적 사건을 목격하게 된다. 결국 콜랭과 강연, 서씨 부인, 왕비를 잃은 리진은 그토록 아끼던 불한사전에 독을 묻혀 삼킴으로써 자결하고 만다.

　『리진』은 조선 궁중과 프랑스 파리를 배경으로 하고 있지만, 이 작품에서 드러나는 '외국'은 프랑스 파리로 한정되지 않는다. 이 작품에는 프랑스 파리 이외에 또 다른 '이국(異國)'이 존재하는데, 그것은 바로 개화기 조선이다. 과거는 현재의 '타자'라는 근본적인 의미 이외에 개화기 조선이 '타자화'될 수 있었던 것은 바로 프랑스 공사 콜랭의 시선이라는 이방인에 의해서이다. 그렇다면 콜랭에게 비친 개화기 조선이란, 그리고 한국 최초의 근대 여성이라 할 수 있는 궁녀 '리진'이 경험한 '파리'는 어떤 것일까.

① 콜랭은 중앙에 놓인 목단을 향해 몸을 돌리고 마주하는 무희들의 움직임을 주시했다. 꽃을 희롱하는 장면에서조차 숙련된 질서가 먼저였다. 춤을 추는 이들의 개인적인 감정은 모두 절제되어 있는 듯 보였다. 반에서 목단을 꺾어드는 무희들은 여덟 명인데 콜랭에게는 한 사람처럼 보일 정도로 정연했다. 소매를 뿌리치고 빙글 돌면서 춤을 추던 무희들이 마지막 박 소리에 손을 여미고 발을 모았다. (…중략…) 무희가 한 손은 앞쪽으로 높이 들고 한 손은 뒤로 내리고 발뒤꿈치를 앞뒤로 사뿐히 들었다가 놓았다. 세 걸음 앞으로 나아간 뒤에 아래에서부터 두 팔을 점점 위로 올려들었다. 탑탑고(塔塔高). 탑을 높이 쌓고 있는 형상이다. 날리는 꽃잎을 잡으려는가. 무희의 손이 허공을 자유롭게 떠돌았다. 꽃을 바라보는 듯 고요해진 무희가 살짝 미소를 지었다. 화전태(花煎態)의 춤사위였을 뿐이나 무희의 미소에 콜랭은 숨이 멎는 듯했다. 흐르는 물에 떨어진 꽃잎처럼 오른손을 들었다가 내리고 왼손을 들어서 허공에 뿌리다가 다시 여미는 무희의 얼굴에 슬픔이 어려 있는 듯했다.

—『리진』 1권, 문학동네, 2007, 146~150쪽

② 뱅상이 불러준 마차를 타고 봉마르셰 백화점으로 향하며 리진은 바깥을 내다보았다. 대도시의 높은 건물들과 상가의 상점들이 가스등 속에서 번쩍거렸다. 예전엔 해가 지면 일찍 문을 닫았는데 가스등 덕분에 마가쟁 드 누보테의 영업시간이 길어졌다고 잔느가 일러주었다. 마가쟁 드 누보테라니? 되물으니 잔느는 여자들의 드레스나 각양각색의 천, 양산이나 구두 향수 같은 그때그때 유행하는 물건들을 파는 상점들이 늘어서 있는 곳이라고 했다. (…중략…) 멀리서도 봉마르셰 백화점은 눈에 띄었다. 흰

석회벽의 밋밋한 구관에 비하면 에펠이 설계했다는 신관은 겉모습만으로도 웅장했다. 쇼핑과 상관없이 그 앞을 지나다보면 한번 들어가보고 싶을 만큼 유혹적이었다.

—『리진』 2권, 25~26쪽

　인용문 ①은 콜랭이 경회루 연회에서 궁중무희들의 춤을 바라보는 장면이다. 프랑스 외교관의 시선에 의해 조선의 춤은 '고요와 은둔, 은근과 절제' 등으로 대표되는 동양적 아름다움으로 그려진다. '검은 눈, 옥색 저고리와 네 폭의 남색 치마'라는 리진에 대한 첫인상처럼 콜랭에게 비춰진 개화기 조선은 '구체적 삶의 현장' 아니라 타자화된 이국적인 풍물을 의미한다. 물론 블랑 주교에 의해 '경험'되고 포착되는 궁중 바깥의 조선의 풍경도 있다. 즉, '큰 사발을 단숨에 비워내는 조선인', '초가지붕 아래에서 밤새워 필사한 이야기책을 돌려보는 조선인' 등은 다른 차원의 조선의 풍경이지만, 블랑주교가 핵심적인 인물이라는 아니라는 점에서 이국인에 비친 '조선'은 콜랭으로 대변된다고 할 수 있다. 앞서 인용문에서 알 수 있듯 콜랭에게 '조선'이란 '궁녀 리진'과 마찬가지로, '전통 복장, 자태 고운 춤과 신비로운 음악, 도자기, 붓글씨' 등의 '동양적 신기'이다. 콜랭이 청국을 거치면서 수집했던 많은 서책과 병풍처럼 '조선' 또한 한낱 구경거리에 불과했던 것이다. '리진'이란 존재도 여기에서 크게 벗어나지 않는다. 명성왕후에게 '왕의 여자'인 궁녀 리진을 요구했을 때 왕비가 '무희는 도자기가 아닙니다'라고 항변한 데서 암시된 것처럼, 그토록 간절히 원하여 쟁취했던 '리진' 또한 수집품에 불과했다는 사실은 콜랭이 리진을 조선에 남겨두고 떠난다는 결말을 통해 드러난다.

　리진의 '파리' 또한 콜랭의 '조선'과 같은 맥락에 놓인다. 인용문 ②에서 최신식 유행의 상품이 진열되어 있는 '마가쟁 드 누보테'과 '봉마르셰 백화점'이 상징하듯, 리진에게 파리란 구체적인 '생활 세계'보다는 서양 근대문물이 넘쳐나는 공간을 의미한다. 즉, 콜랭과 마찬가지로 리진에게 파리는 '루브르 박물관, 시체가 진열되어 있는 모르그가, 노트르담 성당, 낭독회' 등 진기한 건물과 풍물로 넘쳐나는 '이국 공간'이라는 것. 그리고 여기에는 콜랭의 시선 속에 들어있는 '오리엔탈리즘'처럼 '선진 문물'을 의미하는 서양에 대한 이미지인 옥시덴탈리즘이 내포되어있다는 것을 부정할 수는 없다. 물론 콜랭의 수집벽을 비판하는 리진에 의해 작가가 '서구'의 근대 문물에 어느 정도 거리를 두고 있다는 것을 알 수 있으나, 파리의 일상적 삶의 모습보다는 건축물과 풍물들에 가닿아 있는 작가의 시선은 19세기 말 파리 풍속의 재현에 어쩔 수 없이 따르는 필연적 한계를 노정하고 있다. 하여, 낯선 이국에서 겉돌던 리진이 향수병에 걸려 조선으로 돌아오고 만다는 것은 당연한 귀결이라고 할 수 있다. "사람들은 나 또한 당신이 조선에서 가져온 수집품들같이 구경을 하죠"라고 리진이 토로한 것처럼, 역으로 '파리'에서 리진 또한 한 명의 '관람객'이었던 셈.

콜랭에게 비친 조선이나 리진에게 비친 파리가 일정 정도 '이국 취향'의 산물이라는 사실은, 두 주인공의 '매혹'된 시선에서도 알 수 있지만, '타국'을 경험한 이들이 각기 삼 년 간의 시간에도 불구하고 뚜렷한 인식의 변화를 보여주지 않는다는 데에서도 드러난다. 콜랭은 19세기 프랑스인으로서는 드물게 동양을 체험한 지식인이다. 그러나 파리 귀국 후 그는 이전과 달라진 모습을 보여주지 않는다. 그에게 조선 경험이란 단지 외국 여행에 불과했던 것. 이는 리진에게도 마찬가지이다. 한국 최초로 파리를 방문하여 근대적 삶의 감각을 한껏 누렸던 근대 여성, 리진은 이를 통해 주체적인 여성으로 혹은 근대적 삶을 각성한 인물로 변모하지 않는다. 리진이 조선으로 돌아온 뒤, 그녀의 파리 체류를 입증해주는 것은 여전히 벗어버리지 못한 '연푸른색 드레

스'와 '양식머리'일 뿐이다. 강연과의 극적인 해후와 이별, 그리고 을
미사변을 목격한 후 자결한다는 결말에 이르기까지 그녀가 보여준
'프랑스적'인 것, 혹은 '근대적인 것'이란 그녀가 끝내 품에 안고 죽어
간 '불한사전'처럼 피상적인 '문물'에 불과하다. 콜랭의 청혼을 받아들
이고 그를 떠나보낸 것, 그리고 강연과의 은근한 사랑과 왕비와의 관
계에 어디에도 '살아있는' 인간 리진, 즉 욕망하고 각성하고 절망하는,
더불어 봉건과 근대 사이에서, 조선과 파리 사이에서, 콜랭과 강연 사
이에서, 혹은 사랑과 충정심(혹은 어머니로 상징되는 명성왕후에 대한 혈연
애)사이에서 '갈등'하는 리진이란 없다. 그녀가 주체 의식을 갖춘 근대
여성이냐 아니냐보다 훨씬 더 문제적인 것은, 작가에 의해 발굴되고
재현된 리진의 여정에 생생한 삶의 결이 부족하다는 것이다. 그것은
파리와 개화기 조선이 진정 문제적인 인간 리진, 개별자로서의 한 여
성의 감각이 아니라 이국 풍정에 매혹된 '서양인', 그리고 '동양인'의
시선에 타자화 되는 것과 같은 맥락에서 발생한다.[2] 그렇다는 의미에
서『리진』에서의 '외국'이란 여전히 타자화된 공간, 즉 동경 혹은 환멸
의 대상으로서 이국취향의 하나인 낭만적 산물이다. 결국『리진』에서
'이국'이란 리진이 '불로뉴 숲'에서 마주쳤던 동물원 옆 '아프리카 원주
민들의 공간', 즉 파리 시민들의 볼거리를 위해 '사타구니만 가린 사내
들과 젖가슴을 드러내놓은 검은 피부의 흑인들이 거주하는 지역'처럼
울타리로 구획되어 '전시물'로 규정된 일종의 '야생 동물보호 지역'과
흡사한 공간을 의미한다.

---

2   물론 이러한 한계가『리진』작품 전체의 한계를 의미하는 것은 아니다. 본고가 초
     점을 맞추고 있는 것은 소설 속에서 형상화되고 있는 '외국'이거니와, 이 작품에서
     중요한 부분을 차지하고 있는 명성왕후를 중심으로 한 서사와 통합적 관점에서의
     작품의 성과에 대한 논의는 논외로 한다.

4. 공동경비구역

해이수의 「고산병 입문」(『문장 웹진』, 2007년 7월호)은 세계 최고봉이라고 하는 에베레스트를 등정하는 이야기를 다루고 있다. 세계의 수많은 관광객과 트렉커가 모여드는 곳이지만, 험악한 산세와 악천후, 특히 고산병을 유발시키는 히말라야 설산은 '인간'을 유혹하면서도 끊임없이 '밀쳐내는' 가장 먼 타국(他國)이라고 할 수 있다. 그곳은 누구나 평등하게 절대적 자연 조건 속에 놓인다는 점에서 인종이나 국적 등 일체의 문명적 표식들이 무상해지는 곳이며 일체의 감상성과 낭만을 허용하지 않는다는 점에서 이국 취향을 초월해 있는 '숭고한' 영토라고 할 수 있다. 그럼에도 불구하고 이 오지에서 절대적으로 유효하게 작동하고 있는 '인간적인 것'이 있으니 그것은 다름 아닌 '크레디트 카드'이다. 주인공 '나'는 설산을 오르는 동안 수많은 충고 끝에 덧붙여진, "자네, 크레디트 카드 있나?"라는 질문이 응급상황에서 헬리콥터를 부를 수 있는 '삼천 달러'를 의미한다는 사실을 알게 된다. 이 절대적인 오지를 점령한 것은 다름 아닌 '자본'이라는 것.

끝없는 초원과 별이 가득한 몽골 초원도 여기에서 예외는 아니다. 전성태의 「늑대」(『문학사상』, 2006년 5월호)는 새로 도입된 시장경제가 어떻게 초원과 그들의 생활을 바꿔놓는지를 그리고 있다. "초원을 가르며 도로가 닦이고 말과 양이 달려야 하는 대지 위에 울타리가 쳐졌습니다. 캠프촌이 수십 개로 늘었고 십여 리 밖에는 서양식 호텔이 들어섰습니다. 나는 간혹 언덕에 올라 초원을 가로지르는 아스팔트 길을 내려다봅니다. 그 검은 혓바닥이 자본의 그것처럼 여겨집니다. 자본이란 게 그런 거였습니다"(116쪽)라고 토로하는 부족 촌장은 이제 가축을 모는 대신 도회의 돈 많은 사냥꾼을 좇아 늑대 몰이로 나선다.

이 작품은 그믐에 살생이 금기되어 있는 전통조차 깨버리는 '자본'이 어떻게 초원과 유목민의 삶을 파괴하는가를, 그리고 속수무책, 이 새로운 시스템에 빨려 들어가는 몽골인들의 초상을 '늑대 사냥'을 통해 그리고 있다.

국민국가의 경계들을 무너뜨리는 가장 강력한 드라이브로서의 '자본'과 '노동'에 대한 성찰은 이즈음 한국문학에서 두드러지는 '외국'에 대한 표상 방식이라고 할 수 있다. 이른바 '탈국가적 상상력'이라고 명명되는 이러한 방식은 앞서 살펴본 전통적인 두 가지 방식과 다르게 전 지구적인 자본화에 따른 최근의 변화를 다루고 있다는 점에서 새로운, 그리고 문제적인 현상이라고 할 수 있다. 지구화 시대 디아스포라들의 삶을 다루고 있는 이들 작품은, 호주, 필리핀 등지에서의 이민자들(해이수의 「돌베개 위의 나날」, 김서령의 「무화과 잼 한 숟갈」, 「연가」 등)이나 중국 조선족(천운영의 『잘 가라 서커스』), 한국 안팎의 이주 노동자(김재영의 『코끼리』, 손홍규의 「이무기 사냥꾼」, 방현석의 「랍스터를 먹는 시간」) 등 구체적인 세목에서 다양한 갈래들로 구분된다. 그러나 이러한 다양성에도 불구하고 이들은 하나의 시각을 공유하고 있다. 그것은 다름 아니라, 국가 경계선의 안쪽이든 바깥이든 상관없이 그곳의 영토에서 벌어지는 '현실의 힘들'의 쟁투 과정에 주목하고 있다는 것이다. 그들 영토는 여행자가 스쳐지나가는 낭만적인 이국공간이나 이야기 전개를 위해 호명된 가상의 영토가 아니라 자본과 정치권력이 얽혀서 만들어놓은 핍진한 삶의 공간이 된다. 물론 개별 작품에 있어 '이국 공간'이 허구적 장치, 혹은 낭만적 이국풍정에서 완전히 벗어나 있는 것은 아니나 이들이 보여주는 이국 풍경은 대체적으로 현실 지형 위에 놓인다고 할 수 있다.

황석영의 『바리데기』는 이러한 전 지구적 이동과 이주의 현상을 자본주의 시장 체제는 물론 새로운 이데올로기와 종교, 민족의 갈등 양상을 통해 세계사적 지평에서 전면적으로 다루고 있는 작품이다. 구전되는 '바리공주' 설화를 차용하여 전쟁과 폭력으로 점철된 전 세계의 '현재'를 그리고 있는 이 작품의 서사 공간은 북한에서 중국, 그리고 런던과 아프카니스탄, 미국 등지를 넘나든다. 이러한 월경은 주인공 탈북 소녀 '바리'의 동선을 따르고 있으나, 이들 탈국적 공간은 무국적인, 무중력적 현실이 아니라 국경은 물론 인종, 종교, 이데올로기, 계급이 첨예하게 대립하는 현실적 영토를 의미한다. 바리네 가족이 두만강변에서 맞닥뜨린 기아는 북한의 정치경제 현실에서 비롯된 것이며, 이들 가족의 이산 또한 남한으로 간 바리의 외삼촌의 행보, 즉 이데올로기의 대립에 의한 것이다. 바리가 중국 낙원의 안마소에서 영국 런던 차이나타운으로 흘러들어가 파키스타인 알리를 만나는 일련의 과정은 탈북과 난민, 이주 노동자의 현실에 대한 밑그림으로 제출된다. 바리가 정착하는 영국 램버스 구역의 연립주택은 방글라데시아인, 나이지리아 흑인 부부, 중국인 요리사, 필리핀 청소부, 파키스탄인이 공동 거주하는 다민족 공동체이다. 이들은 이민국의 감시를 피해 숨어다니는 불법 체류자이며, 안마와 손발톱 미용일을 하고 바리처럼 3D 업종에 근무하는 소외된 노동자들이다. 그들에게 월경과 이주는 자유로운 유목적 노마드가 아니라 목숨을 건 도전이며, 신산한 삶의 현장이다. 또한 9·11테러와 아프카니스탄 침공은 바리를 남편 알리와 헤어지고 하고 그의 동생을 죽음에 이르게 할 뿐 아니라, 런던의 외국인들에게 테러의 공포와 불안에 시달리게 하는 직접적인 '원인'이 된다. 이렇듯 국경 안팎의 삶을 전 지구적 자본화와 분쟁에 의한 고통과 비극의 현장으로 다루고 있는 『바리데기』는 '바깥' 혹은 '다른 곳'이라고 여겼던 '외국'(外國)이 '우리' 안에 적극적으로 편입되는 과정을 생생하게 보여준다. 그것은 '탈국가적' 상상력에 들씌워진 자유로운 이동과 디아스포라적 삶에 대한 허상을 벗겨내고 있으며, 하여 이들 영토는 가장 강력한 현실적 힘들, 자본과 이데올로기, 종교 등등이 갈등하는 각축장으로 드러나는 것이다. 그렇다는 의미에서 『바리데기』에서의 '외국'은 분명한 국적과 기원의 꼬리표를 단 현실적 힘들이 헤게모니를 다투는 '공동경비구역'이라고 할 수 있다.

이상에서 우리는 한국문학에서 '외국'이 표상되는 양상을 '경제자유구역' '야생 보호 구역', 그리고 '공동경비구역'으로 나누어 살펴보았다. 비유적인 개념을 들어 몇 가지 범주로 분류하였으나 이는 단지 편의상의 구분일 뿐, 실제에 있어서는 서로 중첩되거나 단일한 범주를 벗어나 있는 것이 훨씬 더 많다. 또한 앞서 분석한 세 가지 방식 중 어떠한 것도 작품의 문학적 성취를 보증하는 유일한 방식이 아닐뿐더러 위계적으로 구분된 것도 아니라는 것을 밝혀두고자 한다. 그것이 허구적 장치이든 낭만적인 이국 풍정이든 혹은 현실적인 영토이든, '공간'보다 훨씬 중요한 것은 이들을 호명하는 작가의 직접적인 시선이며, 이것이야말로 '국경선'을 넘어서는 가장 유의미하고 유효한 '패스포트'라고 할 수 있다.

봉인된 폭력의 이데올로기

　글을 시작하기 전에 해결되어야 하는, 매우 골치 아픈 몇 가지. 우선 문학 혹은 예술이 다루는 가상의 '폭력'은 실제적인 폭력과 다르다는 것이다. 그렇다는 것은 가상 폭력에 대한 담론이 폭력에 대한 일반적인 담론과는 달라야 한다는 것이다. 그렇다면, 실제적 폭력과 달리 가상의 폭력은 '자율적'인 영역에서 정당화될 수 있는 것인가? 물론 실제적 폭력에 대해서도 숱한 이론(異論)들이 있지만 — 대표적으로 정치적 총파업을 통해 폭력의 정당성을 주장한 조르주 소렐의 경우 — 일반적으로 폭력은 결코 정당화될 수 없는 '악'의 상징으로 부정되고 범죄로 규정되어 왔다. 그러나 미학의 경우, 과거 신화는 물론 최근 영화에서 넘쳐나는 폭력은 사회비판적 메시지라는 계몽적 목적에서 벗어나 그것 자체로 향유되어 왔던 것이 사실이다. 예술에서의 폭력을 정당화하는, 가장 널리 알려진 이론은 아리스토텔레스로 거슬러 올라가는 '카타르시스'의 효용성이다. 대리충족을 통해 인간 내부의 파괴 본능과 공격성을 정화시킨다는 정화이론(혹은 순화이론)은 가상 폭력을 정당화하는 굳건한 입지가 되어 왔다. 그러나 한편에서는, 플레임 안에 갇힌 것이라 할지라도 맹목적인 폭력성과 잔혹성이 관객들을 실제의 폭력성에 둔감하게 함으로써 사회를 더욱 폭력적으로 몰아가게 할 뿐 아니라, 숱한 모방 범죄를 양산하게 한다는 비판이 끊임없이 제기되고 있는 것 또한 사실이다. 이러한 논쟁이 심화되면, 결국 실제적 폭력과 가상의 폭력이 무관하다는 '최초의 전제'가 전복되고 만다.

둘째, 폭력의 범주에 관해서이다. 폭력은 대체로 '타인에게 물리적으로 행하는 강제력'이라고 정의되어 있다. 그러나 최근 테러와 공권력에 관한 숱한 담론에서 볼 수 있듯, 폭력(violence)은 무력(force)과 권력(power) 등의 다양한 힘의 형태들과 어떻게 다른지에 대한 문제는 간과할 수 없는 중대한 사안이다. 가령, 같은 물리력에 바탕하고 있는 살인, 강간 등의 범죄와 국가 간의 전쟁, 혹은 자폭 테러, 침공 등을 모두 폭력이라 부르지 않는다는 것. 쾌락을 위해 상호 합의에 이루어지는 사도매저키즘적인 행위는 또 어떤가? 동물 학대나 도살 등의 행위는? 물리적 힘의 행사를 벗어난 다양한 폭력의 형태들 —언어, 시선, 표정, 숱한 제도 뒤에 도사리고 있는 비가시적인 형태의 '힘'들— 의 가공할 만한 폭력성은? "폭력의 주체와 대상의 자격, 폭력성의 객관성과 주관성의 착종, 폭력과 쾌감의 연계, 폭력성의 개인성과 사회성, 폭력성과 합법성의 관계, 폭력성과 상황성의 필연적인 연관, 폭력성과 가치관의 결합, 폭력성과 타자의 필연적인 결합, 물리적인 폭력과 정신적인 폭력의 애매함, 폭력과 권력의 애매한 관계, 폭력성과 사회구조"(조광제, 「폭력 속의 폭력」) 등등, 한 철학자가 곤혹스럽게 나열한대로, 폭력에 관한 논의는 어떤 한 지점도 간명하게 언급할 수 없는 복잡한 문제임에는 틀림없다. 거기에다 가상의 폭력이라는 또 하나의 공간 이동이라니.

본고는 논의의 편의성을 위해 이렇듯 무한히 확산되는 폭력의 문제를 다음과 같이 정리하여 초점화하고자 한다. 첫째 폭력의 범주에 대해. 이 글에서 다루는 폭력은 타인의 의지에 반해 수행되는 타인의 몸에 가해지는 물리적인 강제력으로 제한한다. 그 강제력은 권력의 형태를 띠기도 하지만, 다수의 동의를 얻지 못한 강제력, 즉 '개인' 혹은 소수의 파괴적 힘의 행사로 제한한다. 이는 "개인의 힘이 폭력으로 매도되는 반면, 공동체의 힘은 이 폭력과 맞서는 정의로 여겨진다"[1]라고 했던 프로이트와 폭력의 대립물로서 비폭력이 아닌 권력을 내세운 한나 아렌트의 견해를 따른 것이다. 한나 아렌트는 "권력의 궁극적인 본성은 폭력이다"(라이트 밀즈)의 견해에 맞서 다음과 같이 권력과 폭력을 명백히 구분하고 있다.

① 권력이 항상 다수를 필요로 하는 상태에 있는 반면에, 폭력은 도구에 의존하기 때문에 다수가 없어도 어느 정도 처리할 수 있다는 점이다. (…중략…) 권력의 극단적인 형태는 한 사람에 반하는 모든 사람이며, 폭력의 극단적인 형태는 모든 사람에 반하는 한 사람이다. 동시에 폭력은 도구 없이 단연 불가능하다.[2]

② 권력은 결코 정당화justification를 필요로 하지 않으며 정치 공동체의 현존 자체에 내재한다. 권력이 필요로 하는 것은 정당성legitimacy이다. (…중략…) 권력은 언제든지 사람들이 모이고 제휴하여 행동할 때 생겨나지만, 그 정당성은 나중에 뒤따라올 어떤 행동에서가 아니라 오히려 최초의 모임에서 유래한다. 정당성은, 도전받을 경우, 과거에 대한 호소에 기초하지만, 반면에 정당화는 미래에 위치하는 목적과 관련이 있다. 폭력은 정당화될 수 있지만, 결코 정당성을 가질 수 없다.[3]

---

1   프로이트, 김석희 역, 『문명 속의 불만』, 열린책들, 2005, 271쪽.
2   한나 아렌트, 김정한 역, 『폭력의 세기』, 이후, 1999, 71쪽.

위 인용문에 따르면 비합법적이고 반사회적인 행위가 모두 폭력이 되는 것은 아니다. 그것이 반사회적인 반란이라 할지라도 대중적 기반을 가졌을 경우 '혁명'이 될 수 있으며, 공권력이라 할지라도 그것이 대중의 의사에 반한 경우, 폭력이 될 수 있음을 의미하기 때문이다. 따라서 폭력은 본질적으로 도구적이며(타인의 동의가 없기 때문에), 정당화되어야 할 무엇이다. 아렌트가 인용문 ②에서 정당성과 정당화를 통해 권력과 폭력을 구별하고 있듯, 문학에서의 폭력 또한 그 자체로 '정당성'을 가질 수는 없다. 표현의 자유와 문학의 자율성을 통해 폭력을 다루는 작품의 원천적인 '정당성'을 주장할 수는 있지만, 그것은 앞서의 논란처럼 더욱 폭력적인 사회로 타락하게 만드는 선정성과 상업성의 결과물이기 쉽다. 따라서 둘째, 가상의 폭력 또한 실제적인 폭력과 마찬가지로 그 자체로 '정당성'을 갖지 못하며, 정당화되어야 할 그 무엇이다. 가상의 폭력을 다루는 데 있어 두 번째는 더욱 곤란하고 중요한 문제인데, 그것은 앞서 제기한 첫 번째 카타르시스 이론과 모방 이론의 대립의 또 다른 반복이기 쉽기 때문이고, 최근 영상물의 폭발적인 폭력미학에 발맞춰 새로운 '정당화'의 필요성이 절실히 요구되기 때문이다.

정글의 미메시스와 알레고리

문학 속의 폭력은 일차적으로 실제적 폭력을 재현하는 방식으로 그려진다. 이 경우, 가상 폭력은 그것의 원인으로서의 사회 현실, 바로

---

3 위의 책, 85쪽.

그것을 지목하고 있다는 점에서 정당화된다. 과거 한국문학에서의 폭력은 최서해, 손창섭, 이청준, 임철우 등의 작품에서 볼 수 있듯 대개 궁핍한 현실과 전쟁, 분단과 이데올로기, 파행적인 군사권력 등을 고발하기 위해 장치로써 사실적 차원에서 다뤄져 왔다. 이 리얼리즘적인 폭력의 형상화는 1990년대 이후 서서히 그 현실의 밑그림을 바꾸고 있다고 볼 수 있는데, 그것이 겨냥하는 것은 이데올로기가 되어버린 물신 숭배와 약육강식의 경쟁사회이다. 물론 이러한 대립과 반목의 폭력적 현실을 전 지구적 자본주의, 주권 권력과 국가 장치, 인권 등과 관련지어 성찰하고 있는 작품들도 있으나(대표적으로 황석영의 『바리데기』), 여기에서는 앞서 언급한대로 '직접적인 파괴적 행위'를 다루고 있는 두 명의 젊은 작가의 작품에 주목해보자.

여전히 미나는 흔들린다. 쉴새없이 알갱이들이 흐르고 쌓이고 다시 모이고 흩어진다. 수정은 자신이 바라보는 것을 믿을 수가 없다. 수정은 눈을 감았다가 뜬다. 여전히 거기에 있다. 그러나 믿을 수가 없다. 믿기 위해, 수정이 미나를 찌르기 시작한다. 힘껏 밀어넣은 칼끝에서 전해지는 미나의 살과 뼈, 혈관과 근육을, 수정은 눈을 감고, 그것의 소리와 진동을 느낀다. 입이 벌어지고 가느다란 미소가 흘러나온다. 잘린 혈관에서 피가 솟구친다. 수정의 셔츠를 향해, 쐐기모양으로 창에 달라붙는다. 느낌표 모양으로 공작새의 날개를 찌른다. 굵은 선을 그리고 바닥을 향해 기어내린다. 미나가 지르는 비명과 날카로운 금속조각에 찢기는 살의 소음은 너무나도 멀리서 들려와서 수정은 그것을 믿을 수가 없다. 수정은 미나의 벌어진 입을 바라보며 반복하여 찌른다.[4]

---

4 김사과, 『미나』, 창작과비평사, 2008, 306쪽.

위 인용문은 1984년생인 젊은 작가 김사과의 『미나』의 한 대목이다. 수정이라는 한 여고생이 절친한 친구인 미나를 잔혹하게 살해하는 장면이다. 실제 사건에서 영감을 얻어 쓰기 시작했다는 이 글에서의 폭력은 '비유'나 '상징'적 차원이 아니라 사실적 차원에서 제시되고 있다. 이 경우, 폭력이 엽기적 취미와 선정성의 혐의에서 벗어나기 위해서는 그것이 미메시스하는 현실, 즉 재현된 현실이 충분한 '리얼리티'를 지니고 있어야 한다. 그렇다면 과연 김사과가 상상력에 의해 구성한 이 폭력은 어떠한 '현실적'인 매트릭스에서 이루어진 것인가? 과연 수정의 폭력은 충분히 '그럴듯한' 것인가?

『미나』는 P시라는 서울 근교 신도시에서 살아가는 십대들에 관한 이야기이다. 김사과의 첫 장편 『미나』가 문제적인 것은 기성 체제에 반항하는 '신인류'의 전복적 상상력을 보여주고 있기 때문이 아니다. 역설적이게도 『미나』의 참신함과 도발성은 이들 십대들이 보여주는 체제 순응적이며 반혁명적인태도와 '핍진한' 언어에서 기인한다. 『미나』에서 그려지는 십대들은 흔히 기성세대가 우려하는 것처럼 '되바라져 있으며' '폭력적이며' '불온하며' '냉소적이며' '비인간적이며' '소비지향적'이다. 『미나』는 기성세대의 노파심이 단지 고리타분한 낡은 가치관에서 비롯된 것이며 이러한 우려와 달리 이들은 그들 나름대로의 건강성을 지니고 그들만의 미래를 개척하고 있을 것이라는, 한편의 '불안한 기대'를 일시에 짓뭉개버리는 '욕설'이자 '반란'이다. 수정, 미나, 민호로 대변되는 『미나』의 십대들은 술 담배는 기본이고 멀쩡한 엠피쓰리 플레이어를 밥 먹듯 갈아치우며, 선생을 우습게 알고, "씨발, 존나" 등의 쌍욕을 함부로 내뱉고, 심지어 고양이와 친구를 살해하는 '무서운 아이들'이다. 그러나 그들이 그렇게 될 수밖에 없었던 것은 폭력과 섹스로 가득 찬 영화나 인터넷 문화나 게임 때문이 아니다. 김사과가 『미나』를 통해 보여주는 것은 이 십대들의 끔찍한 형상이 그들을 우려하는, 바로 기성세대에서 비롯되었다는 사실이다. 우선 이들의 형상을 빚어놓은 거푸집은 이렇다.

> 수정과 미나가 사는 도시 외곽에 있는 뉴타운은 평평한 땅에 격자형으로 선을 그어 만든 계획도시로서 선 안에 네모반듯한 시멘트 건물들이 가득하고 건물 사이사이로 시원하게 뻗은 도로에서는 힘이 느껴진다. 선과 면으로 이루어진 합리적인 풍경이다. (…중략…) 몇 분을 주기로 똑같은 간판과 인테리어를 걸친 상점들이 이어진다. 피자 체인점과 베이커리 체인점과 스테이크 체인점의 자리를 또다른 베이커리 체인점과 치즈케이크 체인점과 커피 체인점으로 채우고 다시 그 자리를 또다른 커피 체인점과 샐러드뷔페 체인점과 베트남음식 체인점으로 대체한다. 이리저리 흔들리며 도착한 곳은 상품들로 가득한 또다른 상점이다. 평생 겪어야 할 데자뷰를 수십분 동안 집약하여 경험하는 수정과 미나의 얼굴은 평온하다.[5]

위에서 그려지는 P시는 다분히 허구적이지만 허구가 아니다. 위 인용문의 도상은 바로 우리가 살아가고 있는 '가공할 만한' 현실적 공간이다. 온갖 체인점의 동어 반복이 즐비하게 늘어서 있는 이 반듯한 도상에서 우리가 "발걸음을 멈출 순간은 돈을 지불해야 하는 순간뿐이다. 그게 아니라면 그저 앞으로 나아가는 수밖에 없다."

P시라는 곳에서 이뤄지는 이들 십대들의 일상 또한 저 도상과 크게 다르지 않다. "학원. 집. 학교. 시험. 학교. 학원. 숙제. 과외. 학원. 집. 과외. 학원. 집. 학교. 다시 학원. 다시 과외. 다시 시험"으로 채워져 있는 이들 삶은 선과 면으로 이뤄진 도면을 닮아 있다. 간간히 이들 사이로 틈입해오는 노래방과 올드 타운으로의 소풍은 단지 피로한 일

---

5   위의 책, 144쪽.

탈에 불과하다. 그리하여 그들의 삶은 천편일률적이며 합리적으로 구획된 시공간과 닮은꼴이 된다. 『미나』의 문제적 인물, 수정은 바로 그러한 시공간이 낳은 완벽한 '신인류'에 해당한다. 작가가 제시한 P시의 십대들은 세 분류로 나뉜다. 학창시절을 자신의 계급을 유지시키고 확장시키는 과정으로 받아들여 영리하게 대처하는 최상층, 가망 없는 미래 앞에 서성이며 '수용소'의 삶을 인내하는 학생들, 이 둘 사이에서 방황하며 우울증과 망상으로 결국 자살에 이르고 마는 학생. 수정은 그 첫 번째에서도 가장 우수한 학생에 속한다. "가장 성공할 것 같은 친구에 삼년 연속 일등"인 수정은 그녀는 학교와 학원에서 요구하는 숱한 질문에 '완벽한 정답'을 적어내고, 수동적인 학습을 마다하지 않으며 "어른들이 제시하는 모든 것을 있는 그대로 복사하여 순발력 있게 흉내 내는" '체제순응적인' 아이다. 수정에게 세상은 숫자와 직선이며, 행복은 성적순이며, 삶이란 그렇게 뻗은 직선을 따라 곧장 최정점까지 올라가는 것을 의미한다. 그녀에게 루소를 안다는 것은 루소의 『고백록』에 대해 완벽한 영어(정확한 시제와 대명사)로 설명하는 것을 뜻하며, '혁명'이란 아침에 일찍 일어나는 것이다. 남자친구는 있지만 사랑 따위는 덜떨어진 소모적인 감정으로 여기는 쿨한 태도를 갖추고 있음은 물론이다. 수정은 그런 자신을 '완벽'하고 '순결'하다고 생각한다. 그런 그녀에게 어느 날 혼란과 균열이 발생한다.

미나와 수정은 둘도 없는 친구이지만 서로를 이해하지 못한다. 그럼에도 불구하고 이 둘이 어울리는 것은 '똑똑하고 당돌한 수정이 재미있어서', '미나 집의 샹들리에와 교양 있는 집안이 부러워서', 라고 할 수 있다. 그런데 어느 날 미나의 단짝 친구였던 '박지예'가 투신자살했다는 소식이 전해오고 미나는 충격을 받는다. 수정은 그 소식을 접하고 혼란스러움을 느끼지만 곧 깔끔하게 정리한다. 자신과 무관하기 때문에 생각할 가치도 없다는 것. 그러나 문제는 미나의 반응에 있다. 미나는 "친구의 자살 소식을 전해들은 여학생의 완벽한 상징"을 보여준다. 그녀는 시험지 답안지를 백지로 내고 급기야는 불면증에 시달리다가 결국 학교를 그만두고 대안학교로 전학한다. 수정은 그런 미나를 전혀 이해하지 못하면서도 격심한 질투심을 느낀다. 자신이 결코 미나의 '슬픔'을 갖지 못한다는 것을 알기 때문이다. 박지예의 자살 사건을 계기로 이 둘은 결국 갈라지게 된다. 수정은 여전히 완벽하고 무감한 '수용소'의 세계로, 미나는 혼란스럽고 소란스러운 '수용소' 밖으로. '명확한' 곳에 혼자 남은 수정은 미나와의 결별을 직감하고 알 수 없는 혼란과 불안에 휩싸이는데, 왜 그렇게 되어버렸는지 어떻게 그것을 풀어야하는지를 배운 바 없고 경험한 바 없기 때문에 그녀가 알고 있는 유일한 방법, 직선과 숫자와 문법으로 이루어진 그 세계의 방식으로 대처한다. 즉, P시라는 자신의 삶 안에 담을 수 없는 더럽고 낡고 복잡한 것들은 모두 파괴해버리는 것.

나는 사람이 싫다. 멍청하니까. 그래서 화가 난다. 비생산적이고 비실용적이다. 왜 그러고 사는지 모르겠다. 너 같은 인간은 세상에 존재할 이유가 없다고 말해주고 싶다. (…중략…) 나는 좋은 사람이 되지 않는다. 위대한 사람이 될 거다. 위대한 사람들은 사람들을 많이 죽였다. 위대하다는 것은 사람을 죽일 권리를 부여받는 것이다. (…중략…) 도대체 누구부터 죽여야 할지 모르겠다.[6]

"불필요한 것은 단호하게 외면할 줄" 아는 수정은 이제껏 한 번도 맞부딪쳐본 적이 없는 '미나'라는 복잡한 문제에 맞닥뜨린 것이다. 수정은 미나에 대한 경멸, 그리고 사랑, 그리고 거부당한 것에 대한 수치심과

6   위의 책, 101쪽.

박탈감 사이에서 발생한 엄청난 리비도를 위 예문에서처럼 모든 타인에 대한 적개심으로 분출시킨다. 그리하여 수정의 분노는 고양이 살해로, 학원 강사에 대한 무례로 표출되다가 급기야 미나를 살해하는 데까지 이르고 만다. 물론, 이러한 폭발 직전에 도움을 청하기도 한다. 수정은 미나를 찾아가 '진심으로 대화'를 요청하고 '민호'에게 자신의 심경을 우회적으로 털어놓는다. 그러나 이미 마음을 닫아버린 미나는 수정을 밀쳐내고, 과묵한 민호는 미나가 고양이를 죽이는 장면을 담은 동영상을 보고도, 또 동생 '미나'를 죽여버린다고 말하는데도 그저 침묵하거나 동의할 뿐이다. 민호는 수정과 근본적으로 같은 인간, 즉 '사람들의 행동을 이해하지 못하며, 아무 말도 하지 않고 아무것도 묻지 않으며 자신 외에 아무도 느끼지 않는' 인간이기 때문이다. "오직 필요한 것만 취한 채 책임도 권리도 회피하는" 이들은 요컨대 타인과 세상에 대해 절대로 질문하지 않고 받아들이기만 하는 "완벽하게 개인적이면서도 완벽하게 집단에 순응하는" 인물들인 것이다. 민호는 수정이 갈팡질팡하며 베란다를 걷어차고 화를 내는 것을 전혀 이해 못하면서 '귀엽다'고만 생각한다. 결국 미나를 살해하고 얼이 빠진 채, 이렇게 중얼거린다.

너 때문에 너무 머리가 아파왔어. 그동안, 너 때문에 아무 것도 할 수가 없었어. 니가 나를 방해했어. 너, 때문에 뒤돌아봤고 너 때문에 생각했고 너 때문에 궁금했어. (…중략…) 나는 정말로 울고 싶어. 하지만 안 울거야. 울면 지는 거야. 비웃음을 당하는 거야. 복잡해지는 거야. 쓰레기가 되는 거고. 장애물이 되는 거야. 장애물을 제거하고 나는 달려간다. 이수정. 끝까지 달려가서 승리한다. 나는 달려간다. 이수정! 달려간다. 이수정. 성공한다.[7]

<hr />

[7] 위의 책, 307쪽.

작가는 이 끔찍한 장면을 통해 '과연 이 십대들의 자살과 폭력의 누구의 책임인가?'라고 묻는다. 무조건 타인을 '인정하기', '묻지 않기', 개입하지 않기, 그것이 "다양성을 존중하는 것"이라고 가르침으로써 철저히 개인적이면서 순응적인 십대들을 길러낸 것은 누구인가? 학창 시절에는 학생운동과 여성 운동에 열중했으나 지금은 유럽 상품에 몰두하는 트렌디한 미시족, 복권과 부동산 투기에 몰입하는 번역가 겸 소설가인 지식인, 절망스런 십대의 반항 앞에서 '나는 너에게 아무런 도움도 주지 않고 계속해서 우월한 채로 니가 얼마나 더러워지는지 지켜보겠어.'라며 방관하는 학원 강사, 어학연수와 스키캠프만이 유일한 자녀 교육이라고 생각하는 부모들로 이루어진 어른들이 아닌가라는 반박. 물론 이렇게 반박하는 작가, 혹은 수정과 미나의 시선 또한 폭력적이다. 이들이 그려놓는 '기성 세대'가 다분히 파편적이고 편향되어 있다는 점에서, 모든 디테일과 이면들이 삭제되어있다는 점에서 이들의 시선은 어른들에 대한 폭력이다. 그러나 어쨌든, "세상은 가해자와 피해자, 단지 두 종류의 사람들로 이루어져 있다"고 반복하는 정글의 법칙은 십대들에게 하나의 비유가 아니라 실제적 차원이 되어버린다.

예를 들어서, 모두가 말하는 것. 예를 들어서, 친구를 짓밟고 올라서라. 숨이 막혀온다. 이런 건 다 비유잖아? 아무런 힘도 없이. 나는 진짜가 필요했어. 예를 들어서. 나는 니 손을 밟아 으스러뜨렸어. 비유가 아니라 진짜로. 그렇게 하면 어떻게 될까? 어떤 일이 일어날까? 진짜 밟는 거랑 비유적으로 밟는 거랑은 어떤 차이가 있을까? 그리고 이제 나는 알았어. 차이가 없어. 이것 봐. 아무 느낌도 없어. 이렇게 니가 죽었는데도 나는 아무 느낌도 안 나.[8]

---

8 위의 책, 308쪽.

작가가 이 십대들의 폭력을 통해 궁극적으로 겨냥하고 있는 것은 '친구를 짓밟아라'고 가르치고 그러한 십대를 양산시키고 있는 사회 시스템이다. 완벽한 시스템에서 발생한 오류인 미나, 그리고 수정은 이 거대한 정글의 희생양일 뿐이다. 미나의 희생에는 어떠한 필연적인 이유도 없다. "이기적이고 무지하며 책임감이 결여된 미성숙한 삶이 이런 식으로 유지되어나가는 동안 그 삶이 어떻게 생겨났으며 어떻게 반복되고 있으며 그것의 죄악이 무엇인지에 대해 모두가 입을 다무는" 무책임한 어른들의 사회는 익명의 권력을 통해 그들을 냉혹한 정글로 몰아내고, 시스템 안에서의 주체적인 '행동능력'을 금지시킨다. 그리하여 유일하게 남는 행동능력이란 '범죄'와 '폭력'. 수정의 광란은 "책임 소재를 밝혀내거나 적을 확인할 수 없도록 만드는 관료주의(rule by nobody)"[9]와 자본주의 시스템이 만들어낸 일종의 부메랑인 것이다.

윤이형의 몇몇 판타지 소설에서 그려지는 폭력은 약육강식의 정글 사회와 비인간성에 대한 알레고리로서 제출된다. 가령 다음과 같은 대목들.

① 고기는 맛이 있었다. 에너지가 한꺼번에 충족되는 느낌이었다. 나는 상쾌한 기쁨에 젖어 일어섰다. 그리고 내리막길을 따라 달리기 시작했다. 머릿속이 희고 정갈했다. 랄랄라, 노래라도 부르고 싶은 심정이었다. 그리고 어서 죽이고 싶었다. 저 아래에서 기다리고 있을 무언가를. 다른 누군가 그것의 뼈를 우두둑 부러뜨리고 탐욕스럽게 씹어 먹기 전에. 7초 후 그 욕망은 충족될 것이었다. (…중략…) 손에서 동그란 불덩어리가 튀어나갔다. 목울대 아래쪽에서 보라색 섬광이 치받혀 올라 정수리 한가운데를 뚫고 나갔다. 불덩어리 맞은 해골이 바로 반격해왔다.[10]

9 한나 아렌트, 위의 책, 67쪽.
10 윤이형, 「피의 일요일」, 『셋을 위한 왈츠』, 문학과지성사, 2007, 88쪽.

② 눈이 빨간 소년이 노파의 머리채를 휘어잡고 땅바닥에 내다꽂았다. 둘이 한 덩어리가 되어 구르는 불과 몇 십 초 동안 소년의 머리는 노파의 얼굴과 옆구리, 어깨와 정강이로 분주하게 움직였다. 노파가 벽을 향해 돌멩이처럼 굴러왔다. 노파의 목에 고개를 박고 힘차게 턱뼈를 움직이던 소년이 공중으로 고개를 확 쳐들었다. 우박만한 핏덩어리가 메마른 벽에 맞고 으깨져 흘러내렸다. 눈이 빨간 소년의 턱 밑으로는 굵고 검붉은 핏줄 하나가 늘어져 있었다. 노인의 명은 길었다. 소년이 충분히 배를 채울 때까지 노파가 온몸을 쥐어짜듯 소리를 지르며 팔다리를 휘저었기 때문에 땅바닥에는 복잡한 모양의 피 웅덩이가 생겼다.[11]

인용문 ①은 온라인 게임 속 캐릭터를 주인공의 프로그래밍 된 삶을 다룬 이야기의 일부분이고, 인용문 ②는 좀비가 출몰한 서울이라는 가상의 공간에서 벌어지는 일을 다룬 이야기의 한 대목이다. 두 인용문에서 제시되는 폭력의 양상은 실제적 차원이 아니다. 둘 사이에 어떤 유사성(analolgy)이 존재한다 할지라도 위 인용문의 폭력은 지나치게 과장되어 있으며 비현실적이다. 요컨대 윤이형의 폭력은 바로크적 양식처럼 과장·왜곡되어 있다. 전체 텍스트에서 이렇듯 과잉되게 부조되는 잔혹한 장면은 그러나, 그것 자체를 향유하기 위한 것은 아니다. 그것은 파편화된 세계, 교묘하게 은폐된 정글의 폭력성을 '가시적이고 가촉적'인 것으로 만들기 위한 일종의 알레고리적 장치이다. 즉 위의 '피투성이'의 살육현장은 지금 우리가 살고 있는 자본주의적 삶에 대한 객관적인 우의형상인 것이다.

「피의일요일」에서 프로그램에 따라 초단위로 퀘스트를 수행해가면서 더 높은 레벨로 나아가는 언데드, 그의 '자의식 없음' '기억 상실'

---

11 윤이형, 「큰 늑대 파랑」, 『2008 '작가'가 선정한 오늘의 소설』, 작가, 2008, 10~11쪽.

'파편화된 경험'은 바로 초단위로 목표를 향해 날마다 죽었다 살아나는 현대인들이며, 「큰 늑대 파랑」에서의 좀비 또한 정글로 변모한 우리의 일상에 대한 우의라고 할 수 있다. 윤이형의 가상 폭력은 합리적이고 효율적이며 풍요로운 우리의 도시 일상을 일순간 피투성이의 잔혹 현장으로 변모시킴으로써 내적 삶의 황폐성을 고발한다.

악몽의 계몽성—주체의 밤과 감각의 교란

사회현실에 대한 명백한 미메시스와 알레고리로서 제출되지 않는 또 다른 폭력들이 있다. 구체적인 사회현실을 환기하지 않는 가상 폭력을 통해 미적 쾌감과 새로운 감각 지형도를 그리고자 하는 작품들의 폭력을 우리는 '미학적 폭력'이라 부를 수 있다. 물론 궁극적으로 인간 사회에 대한 메시지로 환원될 수밖에 없지만, 이들 작품의 상상력은 대개 현실과의 직접적인 매개고리를 끊고 문명의 외곽이라는 '게토'에서 마음껏 폭력을 부려놓는다. 예를 들면, 사드의 '소돔'에서 벌어지는 잔혹극, 또는 연쇄살인의 엽기 행각과 폭력 현장을 의도적으로 적나라하게 드러내는 공포 영화, 스프랩터 무비(splaptter film)같은 영상물들이 이에 해당될 것이다.

'미학적 폭력' 편에 있는 작품에서 그려지는 폭력은 각 텍스트마다 그 의미와 맥락이 다르겠지만, 예술성을 담지한다고 했을 때, 대개 그것은 '초월성'과 긴밀히 연관된다. 즉, 미학적 폭력의 추동력은 관습과 제도에 얽매인 구체적인 현실 인간의 한계는 물론 류적(類的) 존재로서의 인간의 한계까지를 넘어서서 원형에 다다르고 하는 초월 혹은 숭고에의 열정이다. 인간의 맨얼굴, 숭고의 영역을 넘본다는 데에서 이 미학적 폭력은 '낭만주의'의 해방적 분출과도 관련이 있지만, 절대 이념이나 인간의 순수한 영혼 등을 상정하지 않는다는 점에서 낭만주의와 갈라선다. 폭력을 통한 위반은 추락을 통해 비상을 꿈꾸는 것이 아니라, 무한성을 겨냥하고 있다는 점에서 진정 '불온한' 위반이라 할 수 있다.

물론 이러한 '위반'은 초자아(문명)에 맞서 죽음충동(공격본능과 파괴본능)을 풀어놓음으로써 디오니소스적 해방감을 만끽하게 한다. 그러나 대개의 경우, 문학 속의 '폭력'은 언어라는 매질이 갖고 있는 특성상, 직접적인 쾌감과는 거리가 있다. 카타르시스는 '폭력적인 장면' 그 자체에서 오는 것이 아니라 서사적인 전개를 통해 '시간'과 함께 유도되는 긴장감과 감정이입의 산물이다. 드라마 없이 선정적인 '행위' 자체에만 초점을 맞춘 포르노 혹은 폭력 장면이 대개의 경우 '외설적'이라는 비난에서 벗어날 수 없는 것도 바로 이러한 이유에서이다. 독자의 경험적 한계를 넘어선 '감수성'을 요구하는 것, 정합성과 리얼리티를 잃은 '과잉'의 폭력은 '외설'이다.(사드의 『소돔 120일』이나 장정일의 『내게 거짓말을 해봐』 등을 연상해 보라)

초월성과 관련된 과잉의 폭력이 지향하는 것은 대개 직접적인 쾌, 혹은 불쾌라는 감각적 향유가 아니다. 그것은 창작자의 의식 활동을 통해 창조한 언어적 산물이라는 점에서 근본적으로 형이상학적 의도를 보다 많이 내포하고 있다. 따라서 문학의 폭력은 작가의 '필요성'에 의해 치밀하게 배치된 일종의 소도구들이라고 할 수 있다. 이러한 잔혹성의 성격에 대해 아르토는 다음과 같이 말한 바 있다.

잔혹성은 무엇보다도 명석성이며, 그것은 일종의 엄격한 지침이고 필요성에 복종하는 것이다. 의식, 이를테면 몰입하는 의식이 없다면 잔혹성도 없다.[12]

과잉의 '미학적 폭력'을 연출하는 작가의 형이상학적 의도는 많은 경우, 앞서 언급한 대로 '인간의 한계'를 넘어서는 것이다. '어떻게 인간적 상황을 벗어날 것인가.' 한계를 넘어선다는 것, 그것은 계속 높아지는 장대 높이뛰기처럼 도전 정신과 치밀한 장치가 필요하다. '폭력'은 여기에서 일종의 장대라는 하나의 수단이 될 수 있다. 폭력을 '분출되는 파괴력'이라고 했을 때, 그것은 또한 이를 추동하는 힘을 필요로 한다. 대개의 경우 그것은 '세계를 움직이는 것은 식욕과 사랑'이라는 쉴러의 말대로 권력과 성적 충동이 되기 싶다. 우리는 폭력과 식욕, 성욕이라는 직접적인 상관관계를 천운영의 작품에서, 사도매저키즘적인 성적 일탈을 통해 인간을 '넘어서는' 폭력을 사드와 장정일의 예에서 이미 목도한 바 있다.

미학적 폭력이 바라보는 것이 '인간'과 '문명'이라는 거대한 지평선이라고 했을 때, 그것은 사회정치적 현실과는 다소 거리가 있을 수밖에 없다. 구체적인 시공간을 차용하더라도 그것은 산문적 진실과는 무관하다는 점에서 '존재의 시적 초월'(아르토) 편에 있다고 할 수 있다. 폭력을 통한 무한에로의 도전, 그것은 개체의 욕망을 타고, 개체를 주체이게끔 하는 일체의 시대적 관습과 규범을 위반하고 보편적인 인간까지를 의심하면서 '인간' 자체를 질문에 부친다. 때문에 그것은 항상 지금 여기에서 살아가는 모든 '주체'들을 지워버리고 새로운 '인간'을 건져내기 위해 '주체의 밤'을 향해 질주하는 '비행'이라고 할 수 있다.

우리가 이른바 자유 혹은 주체성이라는 이 변화무쌍하고 변덕스러운 존재를 정의하려는 순간, 그것은 금세 의미작용의 그물을 빠져나가버려 우리 손에는 아무 것도 남지 않는다. 우리가 알 수 있는 인간 주체는 결정적

---

12   프랑코 토넬리, 박형섭 역, 『잔혹성의 미학』, 동문선, 2001, 48쪽.

객체인데, 결정된 것은 이미 주체가 아니다. 눈이 시각의 장에서 스스로를 볼 수 없듯이, 부르조아적 기획은 자신이 만드는 장에서 그것의 기초 원리인 자유로운 주체를 재현할 수 없다. 주체는 그 장이 출현하게 만드는 계산 불가능한 요소 혹은 외부적 요인이다. 인간의 지식은 우리가 그 주체에 접근할 수 없음을 말해준다.[13]

위에서 '고통'을 다루는 비극에 대해 규정하고 있는 테리 이글턴의 말은 미학적 폭력에도 적용될 수 있을 것이다. 즉, '어떤' 작품에서 미학적 폭력은 '필연성'과 '타자성'을 파괴함으로써 도래하지 않는 새로운 '주체'를 기획하려는 도구로써 '정당화' 된다.

백가흠 소설의 살인과 폭력, 광기들은 이러한 맥락에서 이해될 수 있다. 특히 초기 몇몇 작품에서 보여주는 도저한 '위반'에의 열정은 사드적인 광기를 연상시키는데, 가령 다음과 같은 장면을 보자.

사내가 달려와 아버지 등에 업혀 있는 아이를 번쩍 듭니다. 병출씨는 움찔하며 살짝 옆으로 비켜서고, 여자는 멍하니 쳐다봅니다. 과수원댁은 꼼짝도 하지 않고 땅바닥에 뻗어 있습니다. 누군가는 막아야 했지만, 아무도 사내를 막을 사람이 없습니다. 과수원집에서 정상인 사람은 오직 사내뿐이기 때문이다.

허공에 번쩍 들린 아이가 발악을 하며 몸부림칩니다. 사내가 아이를 마루 위로 집어던집니다. 아이가 벽에 부딪히더니 마루로 떨어집니다. 순식간에 아이 울음소리가 멈춥니다. 병출 씨가 눈을 끔벅이며 마루 위의 아이를 쳐다봅니다. 여자도 멍하니 아이를 쳐다봅니다.

얼매나, 조용햐, 개숭아, 우리 들어가자, 아저씨 약 좀 주라.[14]

---

13   테리 이글턴, 이현석 역, 『우리 시대의 비극론』, 경성대 출판부, 2006,
14   백가흠, 「배꽃이 지고」, 『귀뚜라미가 온다』, 문학동네, 2005, 223~224쪽.

네 명의 과수원 식구 중에 유일하게 정상인 과수원 주인 사내는 권력을 통해 병출과 개순, 아내에게 뭇매와 강간을 일삼는 폭군이다. 그는 아내와 병출에게 폭력을 가하고, 그들의 노동력을 착취하며, 병출의 아내인 개순을 번연히 성폭행하고 젖먹이 아이 대신 그녀의 젖을 갈취한다. 게다가 세 명의 장애인을 빌미로 국가 지원금을 타서 잇속을 챙기기도 한다. 한 평자의 말대로 이 잔혹극은 남성 판타지에서 기원한 것일 테지만, 백가흠의 시선은 에로스와 타나토스의 파행적 분출 양상에 대한 탐문, 그것에 머물지 않는다. 여기에서 눈여겨봐야할 것은 폭력 속에 들어있는 콤플렉스와 질투, 양가감정 등의 심리적 양상이라기보다는, '폭력'이 파괴하고 해체하여 드러내 놓는 '도착적' 인간관계이다. 「배꽃이 지고」에서 두 쌍의 부부는 과수원 사내와 절름발이 아내, 정신지체자 병출과 개순이로 묶인다. 그리고 병출과 개순 사이에 젖먹이 아이가 있다. 정상적인 사회에서 사내의 성애 대상은 당연히 아내여야 하고, 개순의 젖을 빠는 것은 아이여야 한다. 욕망의 대상과 지향을 규제하고 이를 통해, "인간을 이웃으로, 도움의 수단으로, 성애 대상으로, 가족과 국가의 일원으로 취급하는 사회관계를 만드는 것이 문명의 특징"[15]이다. 그러나, 과수원 사내의 폭력은 병출의 아내인 개순을 성애 대상으로, 아내를 가족권역 바깥의 '벌거벗은 생명'으로, 피고용인인 병출을 '짐승'으로 뒤바꾸어 놓는다. 뿐만 아니라, 관절염 치료를 핑계로 개순의 젖꼭지를 물고 사는 주인 사내의 형상은 그들을 어머니와 아들의 관계로 변형시켜 놓는다. 개순은 주인 사내 뿐 아니라 병출에게도 젖을 나눠준다. 그리하여 완성되는 기이한 그림. 개순의 양편에서 젖과 음부를 탐하는 두 남자, 또 한 편에는 절름발이자 광신도인 과수원댁과 피폐한 몰골로 죽은 아이가 있다. 이 기괴한 그림에서 인간은, 주체를

15　프로이트, 김석희 역, 『문명 속의 불만』, 열린책들, 2005, 270쪽.

구성하는 어머니, 아버지, 자식, 아내, 남편, 가족, 이웃, 노동자, 사용자 등등의 관계적 정체성을 상실하게 된다.

백가흠 소설에는 이러한 도착적 관계가 흔히 등장한다. 「귀뚜라미가 온다」에서 달구네 분식의 매맞는 노모와 아들의 관계, 바람횟집의 "전어 기념으로 함 하까, 엄마야"라며 부르며 섹스를 하는 연상연하 커플, 「웰컴, 베이비!」에서 동성애 관계에 있는 미스터 홍과 재영, 어린 부부의 갓난 아이를 거두어 젖꼭지를 물리는 미스터 홍의 모성, 「루시의 연인」에서 자위용 섹스 인형을 연인으로 삼고 있는 준호 등등, 이들의 관계는 성적 본능과 파괴본능에 의해 관습적인 인간관계를 해체해버리고 '병리적 주체'들을 부려놓는다. 여기에서 폭력은 정상관계를 파괴하는 일종의 수단이며 그렇게 하여 '근대적 주체'는 알 수 없는 '기호'가 되어버린다. 그렇다면 이 기괴한 그림들에서 인간들은 무엇인가. 백가흠 소설은 합리적이고 도덕적인 근대 주체를 심문하기 위해 인류 문명의 초석인 가장 기본적인 관계들을 연쇄적으로 '살해'하고 있다.

백가흠의 폭력이 인식론적 사유 위에 놓여진다면, 편혜영의 경우 감각적 층위에 있다고 할 수 있다. 즉, 백가흠의 폭력이 근대적 주체와 인간문명을 심문하기 위한 형이상학적 장치에 해당한다면, 편혜영의 폭력은 우리의 익숙한 감관을 뒤흔들기 위해 활용된다고 할 수 있다. 따라서 편혜영의 폭력은 파괴적 행위, 그 자체보다는 폭력을 둘러싼 공포와 불쾌, 고통, 적개심, 불안, 섬뜩함 등의 감성들을 체험하게 할 목적으로 현시(presentation)된다. 가령, 다음과 같은 장면을 보자.

총알이 발사되고 난 후 몸에 전해오던 떨림, 귓바퀴를 찢을 듯한 울림, 몸을 흔들던 진동, 사내는 조심스레 총구를 겨누고 방아쇠를 당기기 위해 숨을 골랐다.

거대한 빌딩이 촘촘히 박힌 도시에 기다란 총성이 울렸다. 크게 숨을 내뱉는다고 생각한 순간 총알이 발사되어버렸다. 사내의 이성과 달리 몸은 어떤 것도 고민하지 않았다. 늑대를 발견하고 총을 쏘기까지의 시간은 순간에 불과했다. (…중략…) 왕년의 사격선수가 쓰러진 그림자에게 다가가 한 발 더 쏘았다. 바닥에 쓰러진 그림자가 다시 한번 몸을 쿨럭거리며 비틀었다. 시꺼먼 피가 아스팔트 위로 흘러내렸다. 사내의 맨발에 피가 묻었다. 발이 따뜻하게 젖어왔다. (…중략…) 쓰러져 있는 것은 털가죽옷을 뒤집어쓴 남자였다.[16]

위 인용문은 늑대를 추격하는 주인공의 심리적 긴장감과 공포를 치밀하게 묘파하고 있다. 독자들은 어느새 점착력있는 이러한 문장들을 통해 서서히 인물들이 처해있는 불안한 정황 속으로 빨려 들어가게 된다. 독자가 결국 이 작품 끝에서 손에 쥐게 되는 것은, '동물원'과 다를 바 없는 현대 자본주의 사회에 대한 비판적 인식이나 주인공 사내에 대한 연민이 아니라, 늑대를 추격하는 동안의 불안과 서스펜스, 그리고 늑대가 '사람'으로 사람이 '늑대'로 변하는 순간의 '섬뜩함'이다. 편혜영은 이렇듯 현대 문명의 폭력성을 '재현'하는 게 아니라, 폭력 그 자체의 '비가시적 힘'들을 '현시'함으로써 감각을 존재론적으로 차원으로 돌려놓는다.

폭력을 둘러싼 힘과 감각들 그 자체를 전달하기 위한 편혜영의 전략은, 대상과 주체의 구별을 모호하게 함으로써 수행된다.[17] 「동물원

---

16 편혜영, 「동물원의 탄생」, 『사육장쪽으로』, 문학동네, 2007, 85쪽.
17 지각의 대상이 감각을 통해 받아들여진 후 추상적 인식을 위해 곧 사상되어야 할 어떤 현상적 질이라면, 감각은 주객의 이분법에 기초한 인식적 활동에 선행하는 어떤 존재론적 사건을 가리킨다. 감각은 인식(정신)을 위해서가 아니라 그 이전에 욕망(몸)을 위해 존재하는 것이다. 지각에서는 지각되는 대상과 지각하는 주체가 서로 분리된다. 하지만 감각에는 아직 대상과 주체의 구별이 없다. 감각은 이렇게

의 탄생」은 어느 소도시의 동물원에서 늑대가 탈출하면서 시작된다. 누군가 늑대에 물어뜯어 죽었다는 괴소문이 나돌고 총소리가 울리고 새떼들이 인간을 공략하고, 사람들은 점점 늑대를 잡기 위해 혈안이 되면서 도시는 점점 공포에 휩싸인다. 보험회사 직원이었던 주인공 사내는 늑대에 집착하게 되면서 점점 더 황폐해지는데, 결국 그는 어느새 야생의 늑대의 몰골을 하게 되고, 도시 전체가 야생의 정글로 바뀌어버린다. 사람이 늑대가 되고, 사람을 늑대로 오인하여 죽이는 늑대 추격전을 통해 주체와 대상 사이의 경계를 지움으로써 공포와 섬뜩함(uncanny)을 감각적으로 전달하고 있다.

폭력에 따른 공포와 불안의 감성을 농밀하게 잘 형상화하고 있는 또 하나의 작품으로 「사육장 쪽으로」를 들 수 있다. 이 작품은 도심 외곽에 사는 한 가족의 파멸과 심리적 파탄을 그리고 있다. 도심 외곽 전원주택에 살고 있는 이들 가족은 파산 선고장을 받으면서 파국을 예감케 되는데, 인물들의 불안과 공포는 끊임없이 들려오는 개 짖는 소리에 의해 더욱 증폭되고, 사육장에서 뛰쳐나온 개들에 의해 아이가 처참하게 짓이겨지면서 절정에 이른다. 주인공은 미친 듯 방망이를 휘둘러 개를 쫓으려 하지만 자신이 내려치는 게 "개인지 아이인지 분간할 수 없을"만큼 공포와 광기에 휩싸인다. 이 이야기가 의도하는 것이 그저 한 평범한 가족 몰락의 서사가 아니라는 것은 그 뒤에 이어지는 광란의 질주에 의해서 잘 드러난다. 주인공 '그'는 흉측하게 부풀어 오른 아이를 데리고 병원에 가기 위해 차를 몰지만, '사육장 쪽에' 있다는 병원은 도무지 오리무중이고, 개 짖는 소리를 나침반 삼아 그 '도착적인 구원의 장소'를 향해 미친 듯 헤매인다. 이러한 도정에는 비

주객의 근대적 이분법에 선행하여 그 바탕에서 그것을 가능케 해주는 어떤 원초적인 사건이다.(질 들뢰즈, 하태환 역, 『감각의 논리』, 민음사, 1995)

명 같은 아내의 울음소리와 개 짖는 소리가 배음처럼 깔리고, 사나운 트럭 운전자들의 광폭한 추월과 짐칸 가득 '개들'을 실은 트럭이 있고, 그들을 쫓는 "시커먼 어둠"이 있다. 이 작품이 공포와 불안을 감각적으로 환기시키고 세련되게 전달하고 있다면, 『아오이가든』의 작품에서의 폭력은 기존의 관습적 감각을 뒤흔들기 위한 충격적 장치로, 그리고 새로움을 위한 '미학적 파괴 행위'로 제시된다.

들뢰즈는 베이컨의 그림을 두고 정형도 아닌 비정형도 아닌 기괴한 형상의 창조를 통해 구상성을 파괴하고 있으며 '감각' 그 자체를 현시하고 있다고 분석한 바 있다. 들뢰즈에 따르면, 감각을 '현시'하려는 베이컨에게 있어서 '격리'는 재현과 단절하고 서술을 깨뜨리기 위해 필요한 가장 단순한 방법이다. "재현은 '대상과 이미지 사이의 관계' (닮음)을 내포할 뿐 아니라 또한 '한 이미지가 다른 이미지들과 맺는 관계'(서사적 연관)을 함축한다. 그래서 닮음을 포기하는 것만으로는 재현을 피하기에 충분하지 않다. 재현은 필연적으로 서사(이야기)를 포함하기에 재현을 피하려면 이미지와 이미지 사이의 서사적 연관 역시 파괴해야 한다."[18]

편혜영의 『아오이가든』에 수록된 작품들은 베이컨의 회화와 흡사하다. 『아오이가든』에는 사체 태우는 냄새, 버려진 아이들, 쓰레기, 쥐똥, 구더기, 화농, 악취, 피 범벅, 역병, 개구리, 토막 난 시체들이 난무하고, 하늘에서 느닷없이 개구리가 쏟아지고, 고양이의 자궁을 사람의 뱃속으로 들어가고, 인간이 수십 마리의 붉은 개구리를 낳고, 갓난아이와 여자가 포르말린 담겨 박제되고, 죽은 여자의 혼이 동굴을 배회하고, 개들이 사람을 쫓는다. 요컨대 '시체, 똥오줌, 악령'의 세계라고 할 수 있는 편혜영 소설은 그로테스크 미학의 최종판이라 할 수

---

18   진중권, 『현대미학 강의』, 아트북스, 2003, 194~210쪽.

있을 만큼 가장 역겨운 것들의 세계를 보여주고 있다. 폭력과 죽음의 연쇄고리에 끼인 사물화된 인간과 동물, 그리고 온갖 불쾌한 감성의 박물관이라 할 수 있는 이 기괴한 형상은 베이컨의 회화처럼 '폭력적'으로 우리의 감각을 교란시켜놓는다. 그것은 롤러코스터나 물구나무서기 할 때처럼 퇴화된 '감각'의 역류를 경험케 하고, 안온한 감수성을 뒤흔들어놓는다. 이 미학적 교란은 인간과 개구리 수태, 들쥐를 애완견처럼 기르는 어린 아이, 사람 귓속에서 꼬물거리는 구더기처럼 이미지들의 서사적 연관을 잔혹하게 '단절'시키는 데에서, 이들이 거주하는 일상적 공간과 비일상적 서사들을 결합함으로써 수행된다. 그리하여 편혜영의 작품에서 재현된 폭력은 일상적 감각을 교란시키려는 작가의 미학적 '폭력'이라는 궁극적인 목적을 완수하는 것이다.

이상에서 우리는 문학작품에서의 형상화되는 폭력의 몇 가지 양상에 대해 살펴보았다. 애초에 전제했던 것처럼, 현실에서 그렇듯 가상의 폭력 또한 궁극적으로 정당화되어야할 '수단'이다. 위에서 우리는 이를 '현실 비판', '초월성' '감각적 재배치'라는 세 가지 항목으로 나누어 살펴보았다. 그러나 최근 문학작품은 물론 영상매체에서 넘쳐나는 '폭력'이 모두 이 세 가지 범주에 포함되는 것도 아니며 포함된다고 하더라도 반드시 정당화되는 것도 아니다. '폭력의 미학'이라는 말에서도 짐작할 수 있듯, 이즈음의 넘쳐나는 '가상 폭력'은 미학적 향유를 위한 경우가 많지만, 그러나 많은 경우 정당화될 수 있는 문맥(context)을 잃고 부유하는 '외설성'이기 쉽다. 이러한 외설적인 폭력은 앞서 언급했듯, 더욱 교묘하게 얼굴을 감추고 있는 폭력적인 전제주의적 지배가 낳은 결과물, 즉 그 억압적인 체제와 닮은꼴이라고 볼 수 있다. "분노와 폭력이 아니라 그것들의 뚜렷한 부재가 비인간화의 가장 분명한 징후"라고 했던 한나 아렌트의 말처럼 다수에 동의할 수 없는 '혼자된 개인들'은 감정적 문맥과 정황을 파괴하며 현대 사회의 제도적 장치들의 비인간화와 관료주의에 반란을 일으키고 있다. 다시 한번 반복하자면, 이러한 파괴력에 대한 열정은 아무리 그것이 비실제적인 가상(Schein)이라 하더라도, 궁극적으로 인간 구원을 향한 도정에 있을 때에만 정당화될 수 있을 것이다.

사랑인가

젠더를 넘는 둘 혹은 하나의 방법 : 천운영과 배수아 소설을 중심으로

1. 들어가며

남녀의 성차가 더 이상 생물학적 성(sex)으로 구분되지 않는다는 것, 사회문화적 차원에서 구성되는 젠더(gender)의 개념이 보다 중요하게 인식되기 시작한 것은 이미 오래 전 일이다. 그리고 현실적으로도 가족과 사회 내에서의 성별 분업이 조금씩 허물어지고 있으며 이로 인해 가족 형태와 성 풍속에 변화가 일고 있음도 주지의 사실이다. 최근 한국문학에도 이러한 새로운 현실이 반영되고 있다. 예를 들면 성적 소수자들의 고통스런 언어를 보여주는 황병승의 시나 '여성성과 모성의 신화를 폐기'하는 천운영과 공선옥의 소설들, 또는 '결손가정'이 아닌 대안가족의 모습을 그리고 있는 윤성희 작품 등에서 보듯, 관습적인 젠더 이분법은 다양한 각도에서 해체되고 있는 것이다.[1] 이러한 새

로운 시도들 중에서 이 글이 주목하고자 하는 것은 '에로스'를 통해 젠더를 해체하고 있는 작품들이다.

'에로스' 혹은 '섹슈얼리티'는 남성성 / 여성성이라는 완강한 젠더 이분법 체계의 최종 심급에 놓인 것이다. 푸코의 『성의 역사』에 의하면, 지금의 남성성 / 여성성이라는 완강한 성차(sex)의 범주는 섹슈얼리티의 규제에 의해 발생된다. 즉, 남성 / 여성이라는 이분법은 성적 대상이 남성인가, 여성인가라는 것에 의해 결정되고 이렇게 규정된 섹스(sex)가 거꾸로 개인이 지닌 다양한 성적 취향은 물론 사적 공적 영역에서의 성차를 규율하게 되었다는 설명이다. 실제로 남성, 혹은 여성이라고 불리지 않는 그러한 이상 사회가 가능한지 다소 의문스럽지만, 분명 남성 / 여성이라는 젠더 구분에는 성적 취향까지를 지시하고 규율하는 강력한 힘이 내장되어있다는 것에는 의심의 여지가 없다. 그리하여 사회적 제도와 장치를 통해 남성 / 여성으로 훈육되고 자라난 대다수의 사람들이 이러한 이분법이 지시하는 대로, 이성애 이외에 성적 취향을 '비정상적인 것', 혹은 '기괴한 것'으로 간주하게 되는 것은 당연하다. 최근 한국 문학에는 에로스, 혹은 섹슈얼리티가 젠더 이전의 것이라는 푸코의 말을 증명하고 있는 많은 텍스트들이 양산되고 있다. 이들 작품은 에로스가 이성애적 규범에 안정되게 복속될 수 없는 '눈먼 힘'이라는 사실을 보여준다. 최근 시들이 보여주는 섹슈얼리티를 통한 젠더 교란은 말할 것도 없고, 최근 발표된 방현희의 『바빌론 특급 우편』의 단편들이나 심윤경의 『이현의 연애』, 백가흠의 「밤의 조건」, 「웰컴 베이비」, 이화경의 『나비를 태우는 강』, 천운영의 「소년 J의 말끔한 허벅지」와 같은 작품

---

1   최근 한국문학에 나타난 '복수적 젠더'들에 관한 논의에는 다음과 같은 글들이 있다. 허윤진, 「나의 분홍 쥐가 연인들, 언어로 가득 찬 자궁이 있는 남성들」, 『문예중앙』, 2005년 여름호; 심진경, 「새로운 여성성의 미학을 찾아서」, 『문예중앙』, 2005년 겨울호; 김형중, 「성(性)을 사유하는 윤리적 방식」, 『창작과비평』, 2006년 여름호.

에서도 에로스는 관습적인 성차를 넘어서는 중요한 매개로 등장하고 있다. 또한 1990년대 이후의 작품들에서도 동성애 모티브를 심심찮게 발견할 수 있는데, 윤대녕의 「수사슴 기념물과 놀다」, 김영하의 「거울에 대한 명상」, 권지예의 「내 가슴에 찍힌 새의 발자국」, 성석제의 「첫사랑」, 이남희의 「여자가 여자일 때」, 하성란의 「푸른 수염의 첫 번째 아내」, 정이현의 「무궁화」, 장정일의 『그것은 아무도 모른다』, 백민석의 작품들을 그 예로 들 수 있다. 이들 작품이 동성애를 다루는 방식은 각 작품마다 상이할 것이나 최근 작품에서 두드러지는 특징은 기존의 작품에서 지배적 성 담론을 재생산하는 시선들, 즉 성적 소수자들을 타자화하고 게토화시켰던 시선에 균열을 일으키고 있다는 것이다. 물론 동성애를 다루는 모든 작품들이 그렇다는 것은 아니다. 이 말은 동성애 코드를 들여오고 있는 작품들이 모두 본격적으로 동성애를 탐사하기 위함이 아니라는 것과도 밀접하게 관련이 있다.

2. 게토에 갇힌 이들

두 개의 텍스트가 있다.

① "뭘 흘렸나봐요."

그 말에 좌석 바닥을 훑어보았지만 내가 흘린 것으로 보이는 물건은 없었다. 그제야 목소리 쪽으로 고개를 들었다. 양쪽 귀에서 턱에 이르기까지 온통 무 밑동처럼 푸르스름한 면도 자국이 남아 있는 남자였다. 남자가 다시 웃었다.

"그 바닥이 아니구요, 저 땅 말입니다. 아까부터 계속 창밖만 보시길래……" (…중략…)

문을 열었을 때 나는 책상에 엎드린 챙을 보았고 그 위에 바싹 붙어 서 있는 제이슨을 보았다. 제이슨의 바지가 허벅지에 걸쳐 있었다. 제이슨이 나를 보더니 욕설을 내뱉었다. (…중략…) 제이슨이 장롱에 나이프를 던졌다. 파르르 소리를 내며 나이프가 장롱에 꽂혔다. 제이슨이 장롱 앞을 어슬렁댔다. …… 일어설 기운도 없었지만 나는 죽은 듯 누워 있었다. 제이슨이 내 뺨을 손가락으로 찔러댔다. 내 코에 제이슨이 귀를 가까이 들이댔다. "아직 살아 있어. 우선 차로 옮겨야겠어. 넌 가서 트렁크 좀 열어."

— 하성란, 「푸른 수염의 첫 번째 아내」, 『푸른 수염의 첫 번째 아내』, 창작과비평사, 2002, 42-57쪽

② 넌 원래 남자 아냐?

제이는 챙겨놓은 돈을 건넨다. 보름은 돈을 세더니 활짝 웃는다. 고르고 하얀 치아가 제이의 긴장된 마음을 조금 누그러뜨린다.

오ㅎ빠, 저를 여자로 보지 말고, 나함자로도 보지 말고, 다른 또 하나의 성으로 보면 편해져요.

보름이 겉옷을 벗으며 말했다.

또 하나의 성? 트랜스?

트랜스는 여자구요. 쉬히멜, 흔히 트랜스 전단계로 알고 있지만, 그건 아니에요.

(…중략…)

제이는 침대에 벌렁 드러눕는다. 보름이 제이의 다리 사이에 무릎을 꿇고 그의 성기를 잡는다. 보름의 행동은 어딘지 모르게 정성스럽다. 막 퍼포먼스를 시작하려는 작가, 신성한 제의를 준비하는 사제와 같다. 제이의 페니스가 아주 천천히 보름의 입 속으로 밀려들어간다. 제이는 가만히 눈을 감는다.

긴 혀는 저 혼자 살아 움직이는 것 같다. 그것은 마치 뱀 같다. 서늘한 기운을 품은 파충류. 그 긴 혀가 제이의 페니스를 휘감는다. 붉은 뱀. 그것은 세포 하나하나를 모두 깨우고, 천천히 일으켜 세운다. 보름이 페니스를 목 깊숙이 삼킨다. 제이는 자신의 성기에 목젖에 닿는 것을 느낀다. 목젖은 페니스를 꽉 잡았다가 서서히 토해 놓는다. 페니스가 입 속에서 서서히 나오자 다시 붉은 뱀은 똬리를 튼다. 제이는 이전에 남자였기 때문에 이러한 테크닉이 가능하다고 생각한다. 보름이 원했던 것이 자신이 원했던 것임을 깨닫는다. 제이는 매일 밤 여자를 바꾸어 섹스에 탐닉했지만, 이런 몽롱함을 처음 경험해본다.

— 백가흠, 「밤의 조건」, 『귀뚜라미가 온다』, 문학동네, 2005년, 69~70쪽

첫 번째 인용문은 하성란의 「푸른수염의 첫 번째 아내」의 부분 부분을 발췌한 것이고, 두 번째 인용문은 백가흠의 「밤의 조건」의 일부분이다. 첫 번째 텍스트의 첫 부분은 주인공 화자가 뉴질랜드 교포인 제이슨을 처음 만나는 장면이고, 뒷 부분은 그의 동성애를 목격하는 장면, 그리고 제이슨이 그녀를 오동나무 장롱에 가두고 살해하려는 장면이다. 작가의 시선을 좇아가면 제이슨은 처음에 주인공인 '나'에게 재치있게 호감을 표시하는 젠틀한 남성에서 미심쩍은 타자로, 항문 섹스를 즐기는 동성애자로, 그리고 궁극에는 살인자로 변모하게 된다. 요컨대, '제이슨'은 나의 평범하고 우아한 '이웃'이었다가 동성애자라는 표식을 달면서 비열한 살인마로 둔갑하게 되는 것이다. 이 작품에서 제이슨이라는 동성애자는 "몰라도 너무 모르는" 이방인으로, 공포스런 존재로 드러나는 것이다.

두 번째 글은 제이라는 한 남성이 트랜스젠더와 성관계를 갖는 장면이다. 이 텍스트를 읽고 에로틱한 기분에 젖어들 수 없다면, 심지어 혐오감을 느낀다면 그것은 아마도 동성애의 성애이기 때문만은 아닐 것

이다. 편견일 수 있겠지만 섹슈얼리티를 담아내는 장면들은 근본적으로 욕망의 환기와 함께 어떤 혐오감을 불러일으킨다고 할 수 있는데, 그것은 섹슈얼리티의 비전도성, 즉 어떠한 감각적인 메타 언어로도 전달될 수 없는 체험의 영역이자 감각의 영역에 속하기 때문이다. 즉, 위 텍스트에서 두 남자의 성애가 아름답지 못하다면, 그것은 작가의 테크닉의 문제도 아니고, 그리고 무엇보다 동성애자들의 그것이어서도 아니라고 할 수 있다. 위 텍스트에서 느껴지는 외설스러움은 보다 근본적인 차원, 즉, 그들이 단지, '성적'으로만 교합하는, 관계이기 때문이다. 그럼에도 불구하고 위 텍스트가 불러일으키는 혐오감은 동성애 성애에 부착됨으로써 동성애 혐오감으로 재생산된다. 요는 동성애를 다루는 가장 일반화되고 상투화된 방식의 하나, 그리고 '우리'가 '그들'을 보는 관점인, 오로지 그들의 '성적 측면'에서 주목하고 있다는 것이다.

범박하게 말하자면, 이제까지 한국문학에서 동성애를 다루는 방식은 대체로 위의 두 가지 부류에 해당된다고 할 수 있다. 대체로 동성애 자체를 문제 삼고 있지 않은 경우라고 볼 수 있는 이러한 두 가지 방식은 다음과 같이 정리될 수 있다. 하나는 반전이나 계기 등의 서사적 장치로서 동성애 코드를 사용하는 경우이고, 또 하나는 기존의 지배담론을 넘어서고자 하는 전복적 기획과 관련된다. 첫 번째 동성애를 소재적 차원에서 사용하고 있는 경우는, 하성란의 위의 작품, 김영하의 「거울에 대한 명상」 그리고 심윤경의 『이현의 연애』, 등과 같은 작품들에서 볼 수 있다. 동성애 코드를 소설적 장치로 사용하고 있는 경우에는 대체로, 개별 작품의 소설적 성취와 상관없이 기존의 동성애에 대한 일반적인 사회적 편견에서 그리 크게 벗어나지 못한 시각을 보여주고 있다. 가령 하성란의 「푸른 수염의 첫 번째 아내」의 경우, 제이슨과 챙의 동성애 관계는 주인공 '나'의 결혼에 대한 환상을 깨뜨리기 위한 장치로 등장하는데, 여기에서 '오동나무 장롱'으로 상징되는 전통적인 결혼에 대한 환상은 부자이며 매너 좋은 남편 제이슨이 동성애자라는 사실의 발견과 함께 여지없이 무너지고 만다. 이 작품에서 남편의 동성애는 주인공의 환상과 현실의 간극의 정도와 비례하여 더욱 충격적인 사실로 전달되는데, 이를 통해 드러나는 동성애자의 면모는 여전히 '성도착자'이자 자신의 사랑을 지키기 위해 폭력과 살인도 불사하는 인격장애자의 모습을 띠고 있다. 앞서 언급한 대로 이러한 동성애에 대한 시각은 성적 소수자 문제가 작품의 핵심적 주제가 아니라는 점에서 작품 자체의 성과를 논의하는 잣대가 될 수는 없을 것이다. 그러나 개별 작품들의 소소한 차이들을 무시하고 말하자면, 동성애 문제를 소설적 장치로 사용하고 있는 작품의 경우에는 기존의 대다수의 작품 — 예를 들면 이청준의 「병신과 머저리」 — 에서 '비역질' '남색가' '변태' '성도착자' '폭군' '악인' 등으로 타자화시켰던 방식과 크게 다르지 않다는 점에서 여전히 동성애 공포증(homophobia)에 사로잡힌 시각을 보여주고 있다고 할 수 있다. 이들 작품에서 동성애라는 성적 취향은 개인의 여러 가지 다양한 모습과는 상관없이 그들이 '우리'와 완전히 다른 '타자'로 규정되는 유일무이한 한 개체의 특성, 즉 '카인'의 표식으로 등장하고 있는 것이다.

두 번째의 경우, 즉 기존의 규범체제를 넘어서고자 하는 전복적 의도에서 동성애를 문제 삼고 있는 예를 우리는 일찍이 장정일과 백민석의 작품에서 보았던 바, 이들 작품에서 동성애는 단지 '또 하나'의 금기일 뿐이다. 대체로 합의된 논의대로 '체제 전복을 꿈꾸는' 이 두 작가의 경우에 있어, '동성애'는 그들이 위반하는 금기들 — 근친상간, 집단성교, 사도매저키즘적 섹슈얼리티, 심지어 수간(獸姦)에 이르기까지 — 의 하위 목록에 불과하며, 오히려 다른 '변태적 성애'에 비하면 비교적 '순화'된 성애의 한 형태로 드러난다. 앞에서 살펴본 백가흠 소설의 동성애 또한 이들 계보에 놓인다고 할 수 있다. 예를 들어 남성 동성애를 다루고 있는 「밤의 조건」과 「웰컴, 베이비!」(『창작과비평』, 2006년 여름호)의 경우,

동성애는 가학적 폭행, 근친상간적 관계, 성도착, 장애아 출산, 기아(棄兒) 등과 함께 다뤄짐으로써 명백히, 비도덕적이고 반사회적인 욕망의 지형학 속에서 놓이게 된다. 「밤의 조건」에는 '쉬멜(she's male)'이라는 트랜스젠더, 혹은 양성구유자가 등장하는데, 그와 성관계를 맺는 제이는 게이인 아버지가 남겨 둔 애인의 딸, 즉 여동생과 근친상간적 관계(실제로는 어떠한 혈연적 관계로 묶이지 않았을지라도 그들의 심리적 기저에는 근친상간적 죄의식이 존재하므로)로 암시되며, 또 한 명의 주요인물인 '다영' 또한 인터넷을 통한 매춘으로 생계를 이어가고 있는 여자로, 남편과 사도매저키즘적 성행위를 즐기며 한 변태적 남성 고객으로부터 폭행을 당하는 비정상적인 인물로 그려지고 있다. 이렇듯 동성애를 타자화하는 시각은 「웰컴, 베이비!」의 경우, 동성애 관계에 놓인 미스터 홍과 재영의 내면에 초점을 맞춤으로써 다소 누그러지긴 하지만, 그들이 살아가는 '환경'의 총체적인 도착성으로 인해 어쩔 수 없이 이들의 성애는 암울한 세기말적 징후의 하나로 드러난다. 즉, 홈리스와 별로 다를 바 없이 모텔 주인에게 기생하는 고아원 출신의 어린 부부, 이들이 벌이는 반사회적 기행 — 고아원 출신의 이들은 열여섯에 첫 아이를 낳아 고아원에 버리고, 네 번째로 출산한 눈도 귀도 없는 장애아도 변기에 낳아 버리고 모텔을 떠난다 — 과 함께 동성애는 신도시 계획에 밀려 퇴락한 구시가지의 한 가운데 우뚝 솟은 '웰컴' 모텔의 운명처럼 게토화되고 있는 것이다. "개자식님, 꼭 이런 일은 날 시키셔요" "쪽이 팔리셔요, 이 몸은" 등과 같이 존대와 비어(卑語)를 마구 섞어버린 어린 아내의 탈문법화된 말투가 상징하듯, 동성애는 '눈도 귀도 없는' 장애아, 혹은 소멸의 운명에 놓여 있는 웰컴 모텔처럼 체제 '바깥'에 놓인 '괴물'과 다를 바 없다. 이들 작품이 "저를 여자로 보지 말고, 나함자로도 보지 말고, 다른 또 하나의 성으로 보면 편해져요"라고 호소하며 사랑을 갈구하는 트랜스젠더의 고통(「밤의 조건」)이나 애인이 남기고 간 아이를 키우며 애인을 못 잊어하는 한 게이의 슬픔과 모성성(「웰컴 베이비」)을 다루고 있다고 하더라도 동성애자들의 '현실'을 구성하는 비정상적인 연쇄고리들로 인해 동성애는 정상성이라는 동일성의 표상체제에서 배제된 것들과 함께 묶임으로써 혐오의 대상으로 형상화되고 있는 것이다. 요컨대 "남성 판타지와 그 폭력성에 대한 심리학적 탐구"(김형중의 해설)로 바쳐진 백가흠 소설은 규범 외적인 섹슈얼리티를 통해 근대적인 합리성을 위반하고 조롱하고 있지만, 이들 동성애자들을 체제 바깥의 비정상적인 광기와 일탈로 자리매김함으로써 지배적인 이성애 담론을 되비추는 '거울'로서 작용하고 있는 것이다. 그것이 지배적인 이성애 담론의 메아리일 수밖에 없음은 백가흠 소설을 해설하는 글에서도 드러나는데, 그에 따르면 이들의 '특별한 사랑'은 "어머니에 대한 유아적 고착"에 해당하는 남성 판타지로 외디푸스 콤플렉스에서 연원하는 것이다. 프로이트 이론에 기대고 있는 이러한 비평 시각은 동성애를 '올바른 성애의 발전 중간단계에 고착'되어버린 것 혹은 '해명'되어야 하는 어떤 것, 즉 '자연적인 성'에 위배되는 것으로 간주함으로써 여전히 정상 / 비정상의 이분법 안에 있음을 보여준다. 백가흠의 예에서 알 수 있듯 전복적 상상력을 통해 인간의 욕망을 극단적으로 실험하고 있는 작품들은 위반의 '기획', 그 과도한 의도에 의해 동성애를 정상 / 비정상이라는 대립구도에 배치함으로써 불가해하고 낯선 '타자'로 그리고 있는 것이다.

앞서 살펴본 두 가지 경우, 동성애를 다루는 방식은 매우 상이하게 나타나지만, 동성애를 불편하고 '기괴한' 섹슈얼리티로 형상화하고 있다는 점에서 크게 다르지 않다. 그 각각이 지배적인 성담론의 동일성 '안'에 있거나 혹은 '바깥'에 있거나간에 이들의 시각은 이성애 / 동성애라는 동일성의 상징체계를 환기시키고 있으며, 이를 통해 동성애를 여전히 타자의 영역, 즉 게토에 유폐시키고 있는 것이다. 개별 작가의 본의와 상관없이 이들이 지배적인 성 이데올로기를 반복할 수밖에 없음은 우선적으로 '언어'라는 기표체계 속에 아직 그들의 위한 자리가 마련되지 않았기 때문이다. '동성애자' '호모' '남색가' 등의 사회적 편견이 함의되어 있는 용어 대신에 정상적이고 과학적인 지칭들, 즉 '게이' '트랜스젠더', 또는 문화적 정체성을 포함한 '이반' '레즈비언', 아예 이름 붙여지기를 거부하는 의미를 담고 있는 '퀴어(queer)' 등등의 용어들이 새롭게 만들어지고 있지만, 이들의 성정체성을 공표하는 방식인 '커밍 아웃(coming-out)' '아웃팅(outing)'이라는 말의 폭력성에서 알 수 있듯, 동성애자들은 이들 중 어떠한 이름으로도 불리어지길 원하지 않는다. 이러한 부름에 대한 응답은 곧, 자신을 '변태'로 정체화하는 것이기 때문이다.

위의 두 작품이 성적 소수자들을 형상화하는 방식은 이러한 호명체계에서 벗어나지 못하고 있다. 이 호명 방식에는 이미 그들을 대상화하고 타자화하는 '주체'의 시선이 처음부터 각인되어 있기 때문이다. 그렇다면 언어의 문제인가? 물론 그렇다. 그러나 인식 구조의 변동없이 기표만을 바꾸는 것이 무슨 의미가 있겠는가. 각설하고, 동성애자들을 타자화하지 않는 언어의 문제가 아무리 긴요하다고 할지라도 아직 우리들에게는 마땅한 호명 방식이 없다는 것을 인정할 수밖에 없다. 그렇다면, 그들은 어떻게도 말해질 수 없는 것인가? 이 질문은 바로 '성적 타자로서의 하위 주체는 말할 수 있는가'라는 질문이 될 것이다. 위의 두 작품과 달리 '동성애자' '트랜스' 등으로 이들을 호명하지 않는, 혹은 그러한 타자의 시선으로부터 비교적 자유로운 작품들에 주목해보자. 물론 이들이 처음은 아니나, 최근 이러한 두드러진 이러한 현상은 이들 하위 주체가 '말할 수 있는' 방법을 새롭게 모색하고 있다는 점에서 고무적이라 할 수 있다. 이들은 주로 여성 작가[2]인데, 그 중에서 주목할 만한 작업을 하고 있는 천운영과 배수아의 작품을 살펴보자.

---

2   방현희의 『바빌론 특급 우편』과 이화경의 『나비를 태우는 강』 등.

3. 동성애 문학의 두 갈래 길

20세기 후반에 이르러 동성애자들에 대한 사회적 편견과 차별이 과거에 비해 완화되긴 했지만, 여전히 동성애자들의 현실은 억압과 차별에서 자유롭지 못하다. 19세기 프로이센에서 성인 남성간의 성행위가 최고 5년의 구금형의 처벌이 내려지는 형법이 존재했다는 예에서 알 수 있듯, 재생산과 관련없는 이들의 성은 지속적으로 사회적 범죄, 혹은 도착증으로 취급되어 왔으며 현대의 일반적인 인식 또한 여기에서 크게 달라지지 않았다고 할 수 있다. 사회주의 혁명 직후의 소련에서도 동성애 행위 금지 법률이 제정되었으니 동성애는 프롤레타리아보다도 더한 사회적 차별의 대상이 되어왔다고 할 수 있다. 그럼에도 불구하고 동성애의 역사는 인류 보편의 성의 역사와 거의 동일하다는 사실을 부인할 수는 없을 것이다. 19세기 이후 지속적으로 진행되어온 동성애를 정당화하기 노력들은 대체로 다음 두 가지 전통 위에서 이루어졌다고 할 수 있다. 하나는 고대 그리스의 예에서 알 수 있듯, 성 개념과 무관하게 감성적 차원에서 절대적 우정과 영혼의 교감으로 보고 이를 긍정하려는 길이고, 또 하나는 육체적 쾌락과 관련하여 이성애와 다를 바 없는 하나의 자연적인 성적 취향으로서의 인정을 요구하며 현실적 규제와 차별을 철폐하려는 길이다. 정신적 추구와 육체적 추구로 단순화할 수 있는 이러한 시도는 사랑의 특성과 크게 다르지 않은 것으로, 도미니크 페르낭데즈는 이를 동성애 해방 운동의 두 가지 큰 흐름으로 보고 있다.[3] 그리고 그 기원에 동성애 해방 운동

---

3   도미니크 페르낭데즈, 김병욱 역, 『가니메데스 유괴』, 수수꽃다리, 2004, 56~73쪽 참조.

의 선구자인 벤케르트와 울리히를 두고 있다. '동성애(homosexuality)'라는 개념의 창시자(1869)로 알려진 헝가리의 작가 벤케르트가 국가 권력에 맞서 동성애 자유를 주장하면서 '지상'에서의 인간학적 도정을 개척한 선구자라면, 칼 하인리히 울리히는 일련의 논문들을 통해 동성애를 인간의 자연스런 내적 욕구와 특성, 그리고 '정신적 지향성'과 관련하여 탐구함으로써 '천상'의 길을 연 사람이다. 울리히의 정신적 지향성은 그가 만든 '우라니즘'이라는 용어에 함축되어 있는데, 아프로디테의 두 가지 특성 중 천상성을 의미하는 '우라니아 아프로디테'에서 유래된 이 신조어와 함께 '동성애 해방의 희랍적인 정신주의적 도정'은 시작되었다고 할 수 있다.[4] 지상 / 천상, 육체 / 정신으로 대별되는 이러한 동성애 해방 운동은 동성애를 그리고 있는 많은 문학 작품에도 반영되어 나타나는데, 최근 젊은 작가들의 작품에 자주 등장하는 '동성사회' 혹은 '버디' 등이 '우라니즘', 즉 천상 / 영혼에 비견될 수 있다면, 백가흠과 방현희 작품의 섹슈얼리티 코드는 지상 / 육체에 해당한다고 할 수 있다.

천운영과 배수아의 젠더해체에 대해서는 이미 많은 논의들이 이루어져왔다. 이들에 관한 거의 모든 작가론에서 젠더 해체는 이미 상세하게 분석된 바 있지만, 이 글에서 다시 이들의 작품을 주목하는 것은 이들의 해체 방법이 각각 앞서 언급한 동성애 해방운동의 두 가지 흐름을 보여주고 있기 때문이다. 즉, 천운영 소설의 동성애 코드가 '지상'에 해당한다면, 배수아의 경우는 천상, 즉 '우라니즘'의 길을 따르고 있다고 할 수 있다. 천운영이 그녀의 독특한 미학적 특징으로 굳어진 야수성, 폭력성, 육체

---

4   플라톤의 『향연(饗宴)』에 따르면, 아프로디테는 '우라니아(천상의) 아프로디테'와 '판데모스(지상의)의 아프로디테'의 두 가지 특성을 지닌다. 이는 고매한 천상의 사랑과 관능적인 지상의 사랑을 동시에 지닌 아프로디테의 두 가지 특성을 나타내는 것이다.(위의 책, 73쪽)

적 쾌락, 육식과 탐식, 모국어, 사실화, 그로테스크 미학 위에서 제도화된 성 정체성을 해체해왔다면, 배수아의 동성애 작품은 고귀한 정신성, 금욕주의, 채식, 보편 언어, 모더니즘 위에서 젠더 경계를 흐트러뜨리고 있는 것이다. 구체적인 작품을 통해 살펴보자.

4. 천운영 — 섹슈얼리티를 통한 젠더 트러블

천운영의 작품에서 '육체성'이 매우 중요하게 다뤄지고 있다는 것은 상식이다. 「바늘」의 문신술사, 「숨」의 도축업자, 「월경」의 기형적 육체를 지닌 주인공, 「당신의 바다」의 곰장어 자르기, 「등뼈」에서 뼈를 통해 드러내는 사랑의 서사, 「세 번째 유방」에서 세 번째 유방에 집착하는 '너' 등, 일일이 열거하지 않아도 이미 많은 평문에서 천운영 소설의 육체성은 충분히 언급되었다. 조금 덧붙이자면, 천운영이 인물을 그리는 가장 최우선적인 방식은, 아름답거나 기괴하거나간에 그 / 그녀의 '육체성'을 드러내는 것이다. 단적인 예로, "좁은 어깨를 가리고 있는 머리털 속에는 도드라진 등뼈가 숨겨져 있다. 단단하고 둥긋한 등뼈의 외양은 네 발을 땅에 짚고 사냥하는 육식동물의 그것과 닮았다"(「숨」)와 같은 묘사. 특이한 것은 천운영 소설의 이러한 '육의 감각'은 인물 형상화뿐 아니라, 그녀가 사물과 풍경, 나아가 세계를 인식하는 하나의 중요한 방법이 된다는 것이다. 예를 들면 다음과 같은 묘사.

① 오후 두시, 집에서 나와 한강대로를 따라 걷기 시작한다. 길은 두텁고 긴 힘줄처럼 도시 한가운데로 뻗어있다. 공중에서 도시를 내려다본다면

껍질을 벗긴 사람의 몸체 같을 것이다. 몸의 구석구석을 뻗어 있는 힘줄과 핏줄의 왕성한 전력질주. (1:19)⁵

② 한 건물에 거주한다는 것은 그 속에서 온몸으로 느끼며 살아가는 것이라고 그는 생각했다. 수도꼭지를 돌리고 거기서 흘러나온 물로 제 몸을 적시고 창으로 들어온 바람으로 몸을 말리고, 숨을 내쉬고 들이마시는 그 과정을 함께해야 했다. (2:218)

①에서 한강대로는 '몸의 힘줄과 핏줄의 왕성한 질주', 2)에서 '그'의 자살은 건물과 하나가 되는, '구석구석'에 스며드는 일로 비유되면서, 천운영의 시선이 작동하는 방식을 극명하게 보여주고 있다. 즉, 천운영의 시선과 사유의 바탕은 '육체적인 물질성'인 것이다. 천운영 특유의 이러한 사유방식은 작가가 쓴 창작론에도 잘 드러나 있다.

그가 할 일은 몸이 말하는 소리에 귀를 기울이는 것이다. 그의 몸속엔 이미 그가 보고 듣고 맛보았던 감각들이 들어 있다. 그의 몸속엔 이미 그가 만들고 조작하고 부풀렸던 이야기가 꿈틀대고 있다. 그의 몸속에 든 감각을, 기억을 이야기를 끄집어내기만 하면 된다.

— 「그가 입을 열기까지—이야기꾼이 이야기하는 창작론」, 『문학사상』, 2006.1,

217쪽

특이하게도 '그'라는 명명을 통해 남성화자로 자신의 창작론을 펼치고 있는 위 글은,⁶ 그녀의 글쓰기가 '몸'에서 시작되고 있음을 명증하

---

5   여기에서 인용된 천운영 작품은 다음과 같다. 본문에서 인용의 출처는 책번호와 쪽수로 표기한다. 1.『바늘』, 창작과비평사, 2001; 2.『명랑』, 문학과지성사, 2004; 3.「소년 J의 말끔한 허벅지」, 『문예중앙』, 2006년 여름호.

게 드러내고 있다. 그리고 그 '몸'은 사회적 문화적 억압과 권력 장치가 새겨진 구성된 '몸'이기도 하지만, 이 모든 것을 거부하는 원초적인 감각과 본능을 보유하고 있는 몸이기도 하다. 천운영의 젠더 가로지르기는 이렇듯 여성 작가인 자신 안에 있는 '그'라는 '남성'에 목소리를 줌으로써 가능해진다. 창작론에서 암시되는 '가면을 통한 젠더 수행성'은 작품에서 관습적인 여성성에서 빗겨난 인물들로 구현된다. 폭행을 일삼는 아내(「행복고물상」), 난폭한 야수성을 드러내는 할머니(「숨」) 등, 천운영의 남성적 여성들은 유구한 젠더 이분법을 끊임없이 교란시킴으로써 '젠더 트러블(gendertrouble)'을 일으키고 있는 것이다.

이렇게 뒤집혀진 젠더들이 에로스를 표출하는 방식 또한 육체에서부터 시작된다. "사랑이란 당신의 몸이 다른 사람의 몸에 보이는 반응"(2:86)이라고 언급에서 알 수 있듯 「월경」의 여성 화자가 '계집'을 바라보는 시각은 일차적으로 '몸'에 기초하고 있다. "봉곳하게 솟은 계집의 무덤에서 향긋한 풀냄새가 나는 듯하다. 두덩에서 안쪽으로 결을 고른 풀들은 윤기가 흐르고 진한 색을 띠고 있다"(1:74)에서 알 수 있듯, '나'와 '계집'의 동성애적 관계는 몸을 통해 매개되고 있는 것이다. 「월경」의 화자인 내가 그녀의 육체를 탐하는 것에 대해 몇몇 논자들은[7] '나'의 육체적 불구성, 여성성의 결핍 ─ '나'는 150센티미터에 납작한 젖가슴, 그리고 생리도 하지 않는 기형적 여성성의 소유자이다 ─ 과 대비하여 '계집'의 육체에 대한 선망과 질투로 읽고 있지만, 사실 이들의 관계에서 보다 중요한 것은 '경쟁하는 여성성'이 아니라 욕

---

6 '그'는 남성 / 여성을 모두 지칭하는 대명사로 사용되기도 하지만, 이 글에서 그와 대립된 '그녀'들이 등장하는 것으로 보아서는 남성 인칭 대명사로 쓰이고 있다고 할 수 있다.

7 이광호, 「그녀들, 우주를 빨아들이는 틈새」, 「바늘」 해설; 김영희, 「천운영을 읽는 한가지 방식」, 『창작과비평』, 2004년 여름호; 오윤호, 「탐식·폭력·제3의성」, 『문학과경계』, 2002년 여름호.

망에 의해 작동되는 '섹슈얼리티'이다. 즉, "계집에 대한 '나'의 욕구는 '나'의 빈곤한 여성성으로부터의 욕구이다. 계집은 '나'에게 결핍과 부재의 의미이다"(이광호)라는 해석은 '나'의 시선이 작동하고 있는 에로스적 욕망의 코드를 간과하고 있으며, 이는 이미 보편화된 남성성 / 여성성의 완강한 이분법 — 그리하여 결핍과 부재로 읽는 — 이 내재되어 있는 관습적인 '남성'의 비평 시각을 드러낸다. 물론, 이 작품의 주인공의 시선에는, 그리고 이를 드러내는 작가의 언표 방식에는 분명 모호한 지점들이 들어가 있다. 우선 온전한 여성성에 한참 미달인 '나'와 농염한 육체를 지닌 '계집'의 대비는 우선적으로 이들을 경쟁하는 여성들로 보게 하는 매우 교묘한 함정이다. 그리고 끊임없이 '계집'의 몸을 훔쳐보는 '나'의 관음증적 시선 또한 '질투'로 해석하게 하는 중요한 장치인 것이다. 그러나 '나'의 시선이 선망과 질투를 유발하는 동일시의 시선인가, 아니면 계집의 육체를 소유하고 싶어 하는 에로스적 욕망인가는 바로 '제3자'에 의해 결정된다. 즉, '성적 리비도가 투여된 욕망과 성적 리비도가 탈성화(desexualization)된 동일시'[8]인가는 '내'가 누구와 경쟁하는가에 의해 결정되는 것이다. 「월경」의 '내'가 누구와 경쟁하는가의 문제는 이 작품 전체의 의미를 결정하는 핵심적인 사항이다. '나'를 '계집'과 경쟁한다고 보았을 때는 위의 이광호의 예처럼, '결핍된 여성성', 또는 "아버지를 좋아하고 어머니를 증오하는 엘렉트라적 여주인공", "아버지와의 동일 시하는 여성"[9]으로 읽게 되는 것이다. 그리고 이들의 해석이 외디푸스적 삼각형으로 귀결되는 데에서 알 수 있듯, 이 방향은 천운영의 동성애적 코드를 '외디푸스 단계' 넘기의 실패, 즉 프로이트의 동성애 이론 — '아버지를 욕망하는 여아의 좌절과 동일시' 혹은 '자기애' — 를 따름으로써 동성애를 여전히 '중지'

---

8   임옥희, 『젠더의 조롱과 우울의 철학, 주디스버틀러 읽기』, 여이연, 2006, 44쪽.
9   남진우, 「늑대의 후예」, 『문학동네』, 2003년 여름호; 김영희, 앞의 글.

라는 비정상성, 일탈적인 성애쪽으로 몰아간다. 그러나, 작품 곳곳에 암시되어 있듯, '내'가 경쟁하는 대상은 '계집'이 아니라, 다른 남성인 "푸른 모자를 쓴 사내"이며, 어머니와 간통을 저지른 '낯선 남자'이다. 이는 주인공이 뭇 남자들과 새벽까지 술추렴하는 계집 주위를 배회하며, "은하수로 들어가 계집의 머리채를 끌고 나왔으면 좋겠다"라고 토로하는 데에서도 드러난다. 무엇보다 금기된 방에서 정사를 나누는 '계집'과 '푸른 모자'의 사내를 살해한다는 결말(환상이라 할지라도)은 이러한 사실을 명백히 보여주는 것이다. 그렇다면, 이 작품에서 줄곧 등장하는 '철로'를 건넌다는 것, 즉 금기를 위반하는 월경(越境)의 궁극적 의미는 남성성 / 여성성이라는 성차가 아니라, 이성애 / 동성애라는 섹슈얼리티의 규율인 셈이다. 즉 이 작품은 기억의 경계 저 너머에 있는 '아버지'의 행위, 즉 간통한 아내와 낯선 사내를 아버지의 이성애의 섹슈얼리티를 동성애적 코드로 모방하면서, 동성애 금기를 넘어서고 있는 주인공을 교묘하게 그리고 있는 것이다. 요컨대 이 작품은 남성성 / 여성성의 섹스 / 젠더를 해체하고 있는 것이 아니라, 남성과 여성으로 묶인 이성애의 강제를 위반하고 있는 것이다.

욕망과 동일시 사이에서 흔들리는 동성애 인물의 모호한 시선은 「소년 J의 말끔한 허벅지」에서도 잘 드러난다. 이 작품의 주인공은 누드 사진을 찍는 중년 사내다. 50대로 짐작되는, 늙은 영혼의 소유자인 남자 주인공은 요부의 이미지를 갖고 있는 아름다운 아내를 두고 있지만, 더 이상 아내의 몸에 흥미를 느끼지 못할뿐더러 아내의 지칠 줄 모르는 '열정과 욕망에 넌덜머리가 난' 왜소한 '남성'이다. 관광 가이드에서 통역사로 여행사 경영자로 변모하면서 지칠 줄 모르고 달려가는 아내를 "지긋지긋한 욕망 덩어리"라고 생각하는 '그'는 천운영의 예의 결핍된 남성성의 소유자들의 또 다른 변주이지만, '늙음'이라는 속성을 체현하고 있다는 점에서 '그'의 대칭점은 '젊음'으로 설정된다. 그의

'젊음'에 대한 열망은 젊은이들의 나체를 찍는 '그'의 시선에 잘 나타나 있다.

> 그는 그들의 육체를 어떻게 해서든 훼손시키고 타락시키고 싶어진다. 남자의 성기를 세우고 여자의 가슴을 부풀리고 서로의 몸을 탐하고 교성을 지르고. (…중략…) 허니콤 표준 헤드로 배경을 비춰 이 건방진 육체들을 무화시키리라. 그는 힘겹게 셔터를 누른다. 그가 아무리 구석으로 몰고 채찍질을 가해도 그들의 몸은 동요하지 않는다. 그들은 처음부터 끝까지 그 자세를 유지하며 그를 노려보고 있었다.
> 촬영을 하는 내내 그는 감탄하고 시기하고 두려워했다. 그래서 그는 그 몸을 더욱더 적대시하고 부정하고 음해하려 애를 썼다. 결국 그에게 남은 감정은 깊은 죄의식이었다. 파괴시키고 싶은, 그러나 보존되어야 할 순수한 육체, 그 존재 자체만으로도 불길하고 위태로운 이 낯선 육체. (3:93)

위 인용문에서 '그'의 젊음에 대한 선망은 감탄과 시기, 두려움, 절망, 파괴욕, 죄의식 등 복합적으로 드러난다. 도발적이고 육감적인 젊은이들, 그리고 아내의 육체는 그의 초라한 남성성을 비웃고 그의 존재를 무화시키는 공포의 대상이다. 「월경」에서 결핍된 여성성이 미 / 추의 항목으로 묶이면서 섹슈얼리티로 나아갔다면, 이 작품의 결핍된 남성성은 젊음 / 늙음이라는 대립항과 더불어 섹슈얼리티로 나아가게 된다. 늙은 '그'의 대척점에 '18살'의 J, '녀석'이라 지칭되는('계집'과 대칭되는) 젊고 풋풋한 남자의 육체가 세워지게 되는 것이다. 어두운 골목길에서 시비가 붙으면서 알게 된 이 '애송이'를 그는 스튜디오의 보조 스태프로 채용한다. 육체성에서 출발하는 작가의 시선은 이 작품에서도 여실히 드러나는 바, 나체 사진을 찍는 예비 부부의 거침없는 육체에 대한 묘사는, 곧 '그'가 탐닉하게 될 '녀석'의 육체에 대한 메타포로 제시된다. '어른도 아이도 아닌, 이행기'에 있는 '녀석'은 "수염도 없고 적당히 각이 진 턱선, 살짝 붉어진 뺨과, 가볍게 피어오르는 안개 같은 미소' '발육이 덜 된 야윈 몸', "햇살에 말갛게 빛나는 허벅지"의 소유자이며, "도발적이지도 육감적이지도 수줍지도 않은 여자의 몸, 소년과 소녀, 소녀와 소년, 검은 숲처럼 무성한 음모와 성기가 아니라면 그들의 성적인 구분은 전혀 없는"(3:92) 모호한 몸으로 그려진다. '거침없음과 모호함, 경쾌함과 수줍음, 열정과 충직함, 흥분과 미숙함', 그리고 그에게는 이미 찾아볼 수 없는 "육체에 대한 다정함과 동정심"을 지닌 '녀석'의 존재는 '그'를 당혹하게 하고 질투와 시기심에 사로잡히게 할 뿐 아니라, 무언가 '근질근질해지는 느낌' "무언가 거부하면서도 슬그머니 잡아당기는 이상한 힘"을 느끼게 한다. '그'가 '녀석'에게 느끼는 이러한 감정에는 「월경」과 동일한 욕망과 동일시의 모호한 감정들이 들어있다. 「월경」과 마찬가지로 작가는 '그'의 시선을 끊임없이 시기심과 욕망의 스펙트럼 위에 조금씩 각도를 달리하면서 흩뿌려놓고 있기 때문이다.

① 젊음은 필요 없다. 젊음은 불충분하고 미숙하고 실패투성이일 뿐이다. 그는 녀석이 뿜어내는 모든 젊음의 열기를 모함하고 훼손시키리라 마음먹는다. 녀석에 대한 시기와 욕망을 인정하지 않으리라. (3:105)

② 경쾌함. 그는 갑작스런 녀석의 행동에 당황한다. 하지만 그는 녀석이 하는 대로 내버려둔다. 오히려 녀석의 팔에서 머리를 빼내고 녀석의 목을 조르기까지 한다. 마치 녀석의 경쾌함에 어떤 전염성이 있어 녀석의 손을 타고 그에게까지 전달되는 것 같다. 그는 갑자기 터져 나오는 웃음을 참을 수 없다. 그는 녀석과 바닥을 뒹굴고 도망치고 쫓아가면서 시시덕거리며 장난을 친다. 녀석과 처음 만난 그날처럼. 그날의 모든 증오와 오기와 분노는 없애고 오직 쑥스러움과 유쾌함과 장난스러움만 가득 찬 몸싸움. 이

번엔 녀석이 그의 허리를 낚아채며 바닥에 드러눕는다.

입안에 달큰한 맛이 감도는 나른한 낮잠과도 같은 휴식. 말랑말랑하고 포근한 느낌. 미골에서 배를 휘돌아 턱 끝까지 치고 올라오는 찌릿한 전기. (3:104)

인용문 ①은 동일시의 투사에 의해 '녀석'의 젊음을 시기하고 부정하는 '그'의 시선을 드러내고 있다. 그러나 인용문 ②는 '그'의 무의식에는 동일시가 아니라 성적 리비도를 내장한 에로스적 욕망이 숨어있음을 말하고 있다. 스튜디오 안에서 중년 남자와 미숙한 사내가 벌이는 몸장난에 대한 위의 묘사에는 에로틱한 성관계가 '충분히' 암시되어 있기 때문이다. 그리고 이들의 에로틱한 성행위는 작품 초반에서 이들이 벌이는 추격전과 육탄전으로 이미 예견되고 암시되었던 것이다. "녀석은 몸을 뒤틀며 빠져나가려 했지만, 버티는 그의 힘이 만만치 않았다. 그와 녀석은 레슬링을 하는 선수들처럼 한 덩이가 되어 시멘트 바닥에 굴렀다. 결국 먼저 힘이 빠진 것은 녀석이었다. 녀석은 몸을 늘어뜨리고 숨만 쌕쌕 내쉬었다. 그는 안도감과 함께 승리감에 휩싸였다. 이겼다는 생각에 아픈 것도 몰랐다. 그는 한동안 녀석을 끌어안고 바닥에 누워 승리감을 만끽했다"(3:96)에서 보여주는 이들의 몸싸움은 바로, 에로티즘에 대한 메타포이기 때문이다. 이렇게 욕망과 동일시를 오가는 '그'의 모호한 이중성을 결정하는 것은 '아내'라는 존재이다. 아내라는 제3의 인물에 의해 '그'가 누구와 경쟁하는가가 결정되면서 그의 동성애적 욕망은 폭로된다. "녀석은 분명 아내와 몸을 섞게 되리라. 그에 대한 충심을 버리고 능숙한 여인의 손길을 느끼게 되리라. 녀석의 볼은 순수한 열정이 아니라 더러운 욕정에 발갛게 달아오르리라. 어쩌면 지금 그가 안 보는 사이 허겁지겁 일을 치르고 있는지도 모른다. 그는 대기실 문을 박차고 들어가 그가 상상한 것이 모두 사실임을 확인하고 싶어진다. 아내와 뒹굴고 있는 녀석의 타락한 몸을, 욕정에 헐떡이는 풋내기 어린애의 발그레한 두 뺨을 보고 싶어진다"(3:105)라고 했을 때, 그의 경쟁자는 다름 아닌 아내임이 밝혀지는 것이다. 아내와 '녀석'의 정사를 상상하는 장면에서 그의 욕망은 '녀석'에 대한 질투와 아내에 대한 배신감이 아니라 정확히 반대의 구도 위에서 작동되고 있다. '그'의 욕망의 대상은 '아내'가 아니라 '녀석'이다. 결국, 그의 그들에 대한 의심은 아내가 녀석이 아니라 다른 남자와의 관계를 공표하고 이혼을 요구함으로써 단지 상상에 불과한 것으로 드러나고, 그와 '녀석'은 J&J 사진관을 함께 운영하는 미래를 꿈꾸며 행복한 결말로 나아간다. 이 작품은 이렇듯 「월경」의 '여성−계집 / 푸른 모자의 사내'의 삼각구도와 미추의 대립항을 '그−녀석 / 아내'의 삼각관계와 젊음 / 늙음의 대립항으로 변주하면서 동성애적 욕망을 형상화하고 있다. 「월경」의 다소 도식적인 서사 구조와 빈약한 디테일에 비하면, 이 작품은 풍부한 디테일과 생동감 넘치는 묘사가 도식적인 서사구도를 넘어서고 있는 경우라 할 수 있다. 분명, 토마스 만의 「베니스에서의 죽음」을 상기하지 않고서는 이 작품을 읽을 수 없을 정도로, 많은 부분을 만의 작품에서 인유했을 가능성이 크지만,[10] 「소년 J의 말끔한 허벅지」는 '죽음'으로 끝난 만의 비극적인 작품을 경쾌한 방식으로 풀어내어 '다시쓰기'한 성공적인 작품이라고 할 수 있다.

이상 두 작품에서 살펴보았듯, 천운영 소설에서 젠더 교란에서 보다 주목해야할 것은 남성성 / 여성성이라는 성차의 전복이 아니라 섹슈얼리티를 통한 이성애 규범의 전복이다. 그리고 이것은 푸코가 말한 남성성 / 여성성의 섹스 / 젠더 이분법에 의해 강제될 수 없는 섹슈

---

10 늙음 / 젊음이라는 설정, 예술가(작가 / 사진가)라는 주인공 설정, 마지막에 소년 J가 옷을 벗고 물살에 몸을 맡기는 상상(「베니스에서의 죽음」에서는 해변에서 뛰어노는 타지오)은 토마스 만의 작품과 매우 흡사하다.

얼리티의 실체, 그것을 정확히 보여주고 있다. 천운영의 소설은 "섹스와 젠더가 욕망과 동일시에 의해서 섹슈얼리티와 결합할 때 수많은 성적 정체성이 만들어진다"[11]는 주디스 버틀러의 젠더이론을 증명하고 있는 셈이다. 천운영의 소설에서 한 개체의 섹슈얼리티는 섹스/젠더에 의해 다양한 성적 리비도의 분출에 의해 젠더 이분법을 가로지르며 변전하고 있다.

욕망과 동일시의 모호성, 그리고 섹슈얼리티의 결합을 통해 드러나는 '복수적 젠더'들은 천운영의 다른 소설에서 종종 발견된다. 욕망과 동일시의 정도는 각 작품마다 상이하게 드러나지만, 「멍게 뒷맛」, 「세번째 유방」, 「포옹」 등에서도 문제적 인물들은 이러한 미세한 욕망의 균열과 혼종성을 드러내고 있다. 「멍게 뒷맛」에는 폐백용 오징어 꽃을 만들면서 고독한 삶을 살아가는 늙고 추레한 여성화자인 나, 그리고 이 결핍된 여성의 반대편에서 '만개한 꽃'으로 비유되는 매혹적인 여성인 '당신'이 등장한다. 이 작품에서 '당신'을 말하는 '나'의 시선에는 동일시의 욕망이 더 많이 내포된 것 같으나, '당신'의 죽음 이후 "더 이상 살 수 없었다"고 고백하고 있는 대목 등은 '나'의 내부에 도사린 욕망의 실타래를 드러내고 있다.

이들, 동성애 금지를 위반하고 있는 인물들은, 천운영의 다른 많은 인물들처럼 금욕주의자가 아니라 본능에 의해 움직이는 쾌락주의자들이다. 쾌락의 향연이라고 할 만한 이들의 '육의 잔치'는 '탐식과 육식' '폭력성' '야수성' 등의 다양한 방식으로 표출된다. 피가 뚝뚝 듣는 고깃덩어리를 탐하는 「바늘」의 문신술사나, '송치'와 골탕을 즐기는 「숨」의 할머니, '사나운 맹수'로 비유되는 폭력적인 아내(「행복한 고물상」)는 식욕과 폭력 등을 통해 '욕망'의 지형학을 다채롭게 구현하고 있는 것이

---

11   임옥희, 앞의 책, 45쪽.

다. 이들 쾌락주의자들이 벌이는 향연이 '육의 잔치'로 전경화되고 있다는 사실에서 알 수 있듯, 천운영의 젠더 해체는 "원색의 고통과 절규로 점철된 사실화"(「바늘」)로 제시된다. 천운영의 과도한 세목이 '비현실성'에 기초해 있다[12]고 할지라도 욕망에 의해 작동되는 그 환상성의 결과물은 분명 피가 튀고, 맹수의 날카로운 이빨이 번득이며, 벌거벗은 육체들이 엉켜있는 원색적인 그림이며, 고통과 쾌락의 신음소리와 헐떡거림이 끊임없이 퍼져나오는 불협화음인 것이다. 천운영 젠더 해체가 '사실화와 불협화음'인 물질적 육체성 위에서 펼쳐진다는 것은, 젠더를 교란하는 전략과 관련하여 천운영의 작품의 매우 중요한 방법론을 암시하고 있다. 즉, 천운영 소설은 경계 표지가 확실한 영토, 동일성의 문법과 상징체계 위에서 젠더를 교란시키고 있는 것이다. 배수아와 비교해 볼 때, 더욱 극명해지는 이러한 특징은, 천운영 소설의 인물들이 일차적으로 명백한 섹스 / 젠더로 형상화되고 있다는 사실에서도 드러난다. 천운영 인물들은 배수아의 성구분이 모호한 인물들에 비해, 명백한 '남성'이거나 '여성'으로 호명되고 있으며, 성징이 뚜렷한 육체의 옷을 입고 있는 것이다. 그러나, 천운영 인물들이 관습적인 섹스 / 젠더의 속성들에 훨씬 못 미치거나 넘친다는 것에서 알 수 있듯, 천운영은 젠더 해체 전략은 '경계를 가르키면서 넘어서는 것'이라고 할 수 있다. 이는 크리스테바와 호미 바바의 해체 전략과 잇닿아 있는 것으로, 교의적인 것(동일성)과 수행적인 것(이질성)을 동시에 전시함으로써 그 간극성을 더욱 명징하게 드러내는 방식이라 할 수 있다. 섹스 / 젠더의 동일성 문법에서 빗겨난 타자들, 그리고 그들이 섹슈얼리티를 좇아 위치를 바꾸는 바로 그 움직임을 통해 복수적 젠더는 상징질서의 기표를 가리키

---

12 황도경, 「환상 속으로 탈주하라―천운영, 이평재, 강영숙의 소설」, 『문학동네』, 2002년 여름호.

면서 미끄러지고 있는 것이다. 천운영 소설의 밑그림이 섹스/젠더의 동일성의 영토라는 사실은 그녀의 소설이 토착어, 즉 한국어라는 모국어 문법에 충실하다는 사실과도 밀접한 관련이 있다. 육체, 사물, 감정을 묘사하기 위해 동원되는 수많은 감각적 언어들은 물론이고, 사실성을 환기시키는 다양한 비어(卑語)와 우리말의 구사(예를 들면, "다 삭아서 못 쓰게 된 사그랑이나 짜발량이들 뿐이다", "엠병할, 가라가라 할 땐 똥 처바르며 버티드만"-「행복고물상」)는 그녀가 지배 담론의 문법, 즉 남성의 문법과 이성애의 문법, 그 안에 있으면서 경계를 교란시키고 있다는 것을 의미한다. 천운영 소설의 인물들은 상징체계가 부여한 이름표를 달고 있으나, 그들의 실체는 그 기표가 지시하는 '그것'의 의미가 아닌 것이다. 호명되었으나, 잘못 불리어진 인물들인 이들은, 섹스/젠더 규범과 이성애 규범에 어긋장을 놓고 있는 성적 타자들, 소수자들인 것이다. 이러한 천운영의 해체 전략은 「바늘」에서의 마지막 문신 장면으로 상징되는 바, 남성의 육체에 여성 성기와 힘을 암시하는 바늘을 새겨넣음으로써 남성성과 여성성, 이성애와 동성애를 합체시키는 '괴상한 가면 무도회'를 수행하고 있다.

5. 배수아─퀴어들의 사랑의 교향곡

천운영의 이중적 글쓰기가 동일성의 영토 위에서 그 경계를 위반하며 탈영토화를 꾀하는 '게릴라'의 방식을 보여준다면, 배수아의 글쓰기는 아예 동일성의 경계 바깥에서 지배담론의 이데올로기를 조롱하고 흠집내는 '추방자'의 언어를 보여준다. 한 평론[13]에서 이미 배수아의 인물들의 '비체'적 특성들에 대해 자세히 분석된 바 있듯, 배수아의 최근 인물들은 '젠더, 인종, 국가, 언어, 직장, 학연, 지연' 등을 함의하는 언표에 의해 정체화되지 않는 '유령'이자 망명자들이다.

"성정체성을 의도적으로 거세"[14]하겠다는 작가의 도그마 선언과 함께, 배수아의 많은 인물들은 젠더 경계에서 자유로워졌을 뿐 아니라, 그들을 규정하는 많은 목록들에서 탈주를 감행해왔다. 그렇다면 "은행 계좌와 주소, 전화번호와 의료보험 번호" 뿐 아니라, 국적과 성정체성을 지운 이들이 거주하는 곳은 어디인가. 『홀』에 실린 작품들에서 드러나듯, 대체로 이들이 거주하는 곳은 한국의 대도시도, 독일도 아니며, 구체적인 역사적 시공간도 아니다. 그들의 주거공간은 작가의 정신세계라고 할 수 있는 바, 작가 의식의 파편이라고 할 수 있는 이들은 따라서 애초에 '기관없는 신체'의 운명을 타고 태어났다고 할 수 있다. 하여, 성분화 이전의 그들의 사랑은 모두 근본적으로 동성애 관계에 있다. 성차의 흔적이 지워진 이들 중성적인 인물들 — 「이바나」의 '나', 「홀」의 '나'와 친구 홀, 「에세이스트의 책상」의 'M'과 '나' — 은 남성 / 여성이라는 호명 방식을 거부하는 퀴어(queer)들이다. 그렇다면, 이들의 에로스는 어떻게 실현되는가. 비교적 관습적인 젠더 구분을 염두에 두고 동성애를 제시하고 있는 『독학자』와 『에세이스트의 책상』[15]을 살펴보자.

천운영의 동성애 관계가 '육체'에 대한 매혹에서부터 시작된다면, 배수아의 동성애 관계는 대체로 '육체'를 배제하는 데서 출발하고 있

---

13 임옥희, 「유랑하는 비체들의 유머: 배수아 읽기」, 앞의 책.
14 배수아, 『동물원 킨트』, 이가서, 2002, 5쪽.
15 이 글에서 인용된 배수아 작품은 다음과 같다. 본문에서 인용의 출처는 책번호와 쪽수로 표기한다. 1. 『독학자』, 열림원, 2004; 2. 『에세이스트의 책상』, 문학동네, 2003; 3. 『홀』, 문학동네, 2006; 4. 『이바나』, 이마고, 2002.

다. 『독학자』에서 남성 주인공 '그'가 동성인 S, 그리고 P교수에게 끌리는 이유는, "몸이 아니라 영혼"(1:49)에 의해서이다. '그'가 '사랑'[16]하는 'S'는 "둔하고 거대해 보이는 몸집에 거무스름한 피부를 하고 있으며 땀이 많으며 중요한 순간에 코를 훌쩍거리거나 트림을 하기도 하는"(1:15) 추한 육체의 소유자이다. 아무도 식사조차 같이 하지 않으려 하는 외톨이인 S에게 그가 반한 것은 그의 '번역문장' 때문이었고, S가 그의 지적 욕구를 채울 수 있는 탁월한 '토론자'의 자질을 갖추었기 때문이다. 상대편의 관심과 상관없이 곧바로 파울 첼란과 호머의 시를 늘어놓는 S와 함께 '그'는 대학에서 얻지 못하는 정신과 지성의 세계를 탐닉한다. 또한 '그'가 "생애 최초의 긍정적인 인상"(48)을 느낀 P교수는 "오랜 시간 동안 자신을 정신적으로 독립시켜 놓은 고된 훈련의 결과로"(48) '자유와 고독'을 성취한 엘리트이다. 『에세이스트의 책상』에서도 '나'의 사랑의 대상인 M은 '책과 음악'에 심취한 예술가형이며, 도도한 정신주의와 금욕적인 태도로 절대 정신의 세계를 추구하는 인물이다. M은 몹시 마르고 허약했으며, 심한 알레르기 증상까지 지닌 '빈약한' 육체의 소유자이다. '나'가 이러한 M에게 끌린 것은, 관능성과 무관한 그의 단독자적인 정신세계 때문이다. 대체로 정신과 영혼의 교감으로 얽히는 배수아 인물들의 에로스는 이성애의 경우에도 마찬가지이다. 「회색時」에서 대체로 남성 화자로 읽히는 '나'가 수미에게 매혹된 것은 그녀의 '중성적인 표정의 아름다움' 때문이다. '나'는 그녀의 외모가 "무척 아름다웠다"고 말하지만, 그것은 대체로 통용되는 그런 아름다움이 아니라 그만의 주관에 의해서 그렇다는 것은 다른 사람들이 그녀를 두고 '전혀 아름답지 않거나 도리어 못생겼다'

---

16 『독학자』의 '그'와 'S'의 관계는 대체로 '우정'으로 논의되어 왔으나, '성적 관계'의 유무를 떠나 '소유욕과 실연, 그리고 이에 따른 아픔' 등이 따르는 관계는 '우정'의 범주를 넘어선 것이라고 할 수 있다.

고 말하는 것에서도 알 수 있다. 주인공이 평범한 수미에게 끌린 것은 그를 매혹케 하는 어떤 성격 때문이다. 그것은 "불친절하게 보일 정도로 과묵하며, 친밀한 교제를 귀찮게 생각하고", "세속적인 인기나 소문에 초연한 듯이 행동하는 여자들에게 몹시 빨려들어갔다"(1:23)라는 구절에서 알 수 있듯, 어떤 외부의 자극이나 정념으로부터도 자유로운 부동심(apatheia)인 것이다. 요컨대 배수아 소설에서 '그가 그'를, 혹은 '그녀가 그녀'를 사랑할 수 있다면 그것은, 대체로 성차와 섹슈얼리티를 구현하는 '육체'와 무관한 '정신과 영혼'에서 비롯된다. 이들의 동성애는, 육체의 물질성 뿐 아니라, '육체'가 함의하는 모든 것들, 이를테면 세속적인 것, 군중, 욕망이나 정념, 감각, 심지어 '말'까지도 부정한다. 그것들은 그들의 순수하고 절대적인 사랑을 오염시키는 '이질적인 것'이다. 그리하여 절대 정신, 무균의 상태에서 실현되는 그들의 '사랑'은 다음과 같은 것이어야만 한다.

> 우리는 모두 선택받은 사랑은 관념의 일종이며 자신과 주변을 파악하고 해석하는 인식의 한 중요한 단계 — 그러나 그 자체가 목적이라고는 말할 수 없는 — 라는 결론에 도달한다. (…중략…) 사랑 또한 인간이 정신의 훈육을 통해 얻게 되는 아름다운 상태인 교양이나 지식과 크게 다르지 않을 것이라고 나는 생각한다. 대개 갑작스럽고 충동적인 감정은 오직 육욕일 터이니, 그것은 감히 영혼을 가진 어느 한 대상의 면전에 들이밀기에는 모욕적이고 경솔한 행동일 것이다. (1:135)

육욕과 충동적인 감정과 무관한 사랑, 인식의 한 단계로서 정신의 훈육으로서의 사랑이란, 그리스 시대에 용인되었던 동성애적 사랑의 그 형태와 동일하다. 천운영의 쾌락주의와 정반대편에서 금욕주의와 절대정신의 추구로 이끌어지고 있는 이들의 '천상의 길'은, 그러나 그 순수의 열망을 실현시키지 못한다. 역설적이게도 이들 동성애 관계의 파탄은 그들이 배제한 '육체'에 의해서이다. 『독학자』에서 '나'와 S의 파탄은 S가 '여성', 보다 정확히 말하자면 '여성의 육체'를 욕망했기 때문이다. S가 한 여성을 열망하게 되었다는 것을 알게 되었을 때, '나'는 충격에 휩싸인다. 그러나 그 사실 자체는 그들의 관계에 치명적인 것으로 작용하지 못한다. '나'는 S가 그녀를 "진귀한 난초"에 비유하는 말을 듣고 쓰러질 듯한 아픔을 느끼긴 하지만, S가 자신의 육체적 콤플렉스와 자존심으로 인해 그녀에게 고백조차 하지 못했다는 사실을 알고 속으로 다행이라고까지 생각한다. '내'가 S를 떠나고자 결심하게 되는 것은 S가 '나'에게 준 모욕, 그리고 그 모욕이 그들의 사랑을 부정했기 때문이다. 그리고 이 모욕과 부정의 핵심에는 '육체'가 놓여 있다.

'S'의 새로운 연정으로 인해 고독의 불안과 배신감에 휩싸인 '나'는 어느 날 S에게 '혹여 사랑을 성욕과 혼동하고 있는 것 아니냐'고 묻는다. S에게 '나'는 "사랑은 예술가의 심장에서 울리는 노래이자 의지의 빛이고 선물로서 얻어지는 것이 아니라 수행해야 할 어떤 것", "영원한 정신적 쾌락을 지향"과 "욕망에서 벗어나고자 하는 욕망"(1:139)에 속한 것이어야 한다고 강변한다. 이러한 '나'의 심문에 대해, S가 보인 반응은 김영승의 「반성」이라는 시를 낭송하는 것이었다. "형이상학적 사고 체계가 완벽한 / 나는 가끔 여자의 성기를 가리키는 / 우리나라 말 '보지'를 발음했을 때의 / 그 전무후무한 공명을 숙고해본다 // 생각해 보았는가 / 아무도 몰래 묵묵히 / '보지'를 발음해보며 / 고개를 끄덕거리고 있는 / 불타나 예수의 모습을"(1:139~140)이라는 시를 읽는 S의 행동은, '나'에게 참을 수 없는 혐오와 구토를 일으키게 한다. 이 시의 의미와 가치에 대한 해석을 떠나서 이 시를 읽는 그 행위는 그들의 '정신적' 사랑에 대한 조롱이자 '냉담한 변신', '차가운 거절'이기 때문이다. 그 뒤 이들의 논쟁은 "인간의 한 모습"을 둘러싸고 길게 이어지지만, 이것과 상관없이 이들의 사랑은 S가 '보지'라는 외설적인 말을 내뱉었을 때 이미, 파국을 맞는다.

『에세이스트의 책상』에서 'M'과 '나'의 관계의 파탄 또한 바로 '육체'에 의한 것이다. M이라는 인물은 이리저리 기의를 비트는 '자국어'가 아닌 '보편 언어'와 '인간적인 것'을 배제시킨 순수 예술의 형식인 음악을 상징하는 추상적인 존재이다. 이러한 M과 '나'의 사랑 또한 『독학자』의 '그들'의 모습과 크게 다르지 않은 것으로, '더 많은 음악'이라는 캐치프레이즈와 함께 이들의 정신 지향성은 더 강렬하게 드러난다. 더욱 강렬한 열망과 염결성을 통해 이들의 '순수한 사랑'은 어떤 정신의 극점에 다다르게 되었으나, 그럼에도 불구하고 이들의 에로스는 『독학자』의 종말을 반복하고 있다.

『에세이스트의 책상』에서 M과 나의 결별은 '에리히'라는 한 남성의 '육체'로 인해 발생한다. M과 '나'의 사랑이 정신세계에 속했음에도 불구하고 이들에게 '육체성'이 전혀 배제되었다고 볼 수는 없으나,[17] 문제는 그 고귀한 영혼의 '절대성'을 부정하는 그들의 고통스런 파토스에 있다. M이 "단지 순수한 육체적인 호기심 때문에 에리히와 잠자리를 같이 한 적이 있다"고 고백하자 '나'는 그것이 아무런 의미도 없는 일회적 관계라는 것을 알면서도 절망에 빠진다. "육체적인 행위를 통해 더 가까워지거나 더 멀어지는 관계를 알지 못한다"(2:136) "쾌락을 가지고 오는 육체적인 관계란 신성시될 이유가 없다"고 '나'는 거듭

---

17 예를 들면, 다음과 같은 에로틱한 장면. "나는 M의 맨발을 다 닦은 다음 바닥에 앉아 M의 젖가슴 위에 머리를 기울이고 M의 심장의 고동 소리를 들었다. 내 머리칼은 빗물과 습기 때문에 축축했는데 M은 그것을 가슴에 꼭 안고 있었다. (…중략…) 나는 손가락으로 M의 젖가슴과 사슴처럼 고집스러우면서도 우아한 늑골과 매끈거리면서도 열이 있는 배와 소름이 돋아 있는 팔 위를 미끄러져갔다."(『에세이스트의 책상』, 123쪽)

되뇌이지만, 그것은 이미 균열되기 시작한 그들의 관계를 회복시키지 못한다. 그것이 파국인 것은 그것에 대해 끊임없이 고뇌하는 '나'의 고통이, 바로 그들 정신적 사랑의 '절대성'의 허위성을 증명하는 것이기 때문이다. 여기에 또 하나의 '외설', 즉 에리히의 '외설적인 조롱'이 끼어든다. 선명한 스토리의 구성을 방해하는 관념적인 담론을 거두고, '그때 그들'의 정황을 재구성해보자. M이 에리히와의 잠자리를 고백한 것은 에리히의 생일파티가 끝나고 집으로 돌아오는 전차에서였다. '나'는 화가 나 있었고, 그것은 에리히의 두 번에 걸친 모욕 때문이다. 첫 번째는 '이것 봐, 거기 아가씨들! 힘쓸 만한 남자들은 다 여기 모여 있는데 거기서 뭐 하는 거야'라고 그들을 불렀을 때, '힘쓸 만한' 이라는 단어 — 아마도 독일어일 — 에 함의된 '외설스러움' 때문이다. 두 번째는 독일어로 글을 쓰고 싶어하는 '나'에게 에리히가 그러한 욕망을 이해하지 못하겠다면서 다음과 같이 말했기 때문이다. "너의 이상주의를 받아들이더라도 그러나 무엇 때문에 그 보편 정신을 찾아 방황하는지 그것이 설명해주지는 못하지. 단지 슈베르트의 노래 때문에?"(2:124)라는 물음에는 '나'의 동성애에 대한 조롱이 담겨 있다. 그것은 '슈베르트의 노래'가 바로 동성애를 의미했기 때문이다. 다소 불친절하지만 대체로 작가가 명시해 놓은 바에 따르면, '나'는 독일어 교사인 에리히에게 마지막 작문 숙제로 'M'에 대한 감정을 담은 글을 제출했고, 그 글에는 "너는 나를 사랑하지 않는다"라는 슈베르트의 노래가사가 적혀 있다. 이 노래가사가 문제가 되는 것은 이 가사의 원저자가 시인 아우구스트 폰 플라텐이고, 그는 동성애자였기 때문이다. 결국, 에리히의 그 질문은 '나'의 보편 정신에 대한 순수한 열망과 M과의 동성애에 대한 비아냥이었던 것이다. 에리히의 이러한 조롱에 상처받은 '나'에게 M의 고백은 치명적인 것으로 작용하였으며, 결국 그들의 정신으로 이루어진 고귀한 사랑의 성(城)은 이러한 외설적인 '육체'의 틈입으로 인해 여지없이 무너지고 만다.

이상에서 살펴보았듯, 배수아의 동성애는 육체로 함의되는 모든 것, 욕망과 정념, 영토와 '말'을 배제한 비인격적이고 익명적인 '의식'들의 만남이자 소통을 의미한다. 명증한 성차의 흔적이 지워진 퀴어, 일종의 비인격적 특이성(singularity)이라고 할 수 있는 이들에게 '사랑'은 하나의 '사건'이며 자아는 이를 통해 '사후적'으로 구성된다. 그렇게 하여 드러나는 '자아' 또한 섹스 / 젠더의 이성애 / 동성애의 체계로 환원되지 않는다는 점에서 배수아의 젠더 해체 전략은 일관되게 반본질주의의 지평에 놓인다고 할 수 있다. 이들의 에로스에는 남성적 여성적이라는 특성이 침입하지 못하며, 오직 수용과 배제, 독점욕과 배려, 질투와 증오, 거절과 용서, 능동적 금욕주의와 금욕적 쾌락주의 등의 '순수한 사랑'의 기술들의 향연장이 되는 것이다.

배수아의 인물들이 성차는 물론 국경과 민족의 경계를 넘는 것은 '주체'를 벗어나기 위해서가 아니라, 타인에 의해 규정되는 '주체', 즉 "하나의 아비투스, 하나의 습관, 내재성의 장 속에서의 하나의 습관, 나라고 이야기하는 습관"[18]을 벗어나기 위해서이다. '순수한 코기토, 주체의 절대성'[19]에 대한 이러한 열망은 『독학자』에서 "또 다른 자유"라고 명명한, "얽매여 있지 않음(Unabhängigkeit, 다른 것에 의해서 그 성질이 규정되지 않는, 타자에 의존하지 않는, 독립적인, 개의치 않는, 별개의 독자적 세계인, 존재의 전제조건을 가지지 않은, 오직 스스로 결정하기에 조금도 주저함이 없는 것)"(1:209)으로 표현되기도 했다. 그러기 위해서 그녀의 인물들은 주민등록번호는 물론 육체와 온갖 지상에 속한 것들을 떼어버리고 홀연히 지고한 관념의 성(城)으로, 혹은 '마짠 방향으로' 은둔해 들어갔다.

---

18 G. Deleuze & F. Guattari, *Qu'est-ce que la philosophie?* (Paris : Éd: de Minuit, 1991), p.49, 서동욱, 『차이와 반복』, 문학과지성사, 2000, 226쪽에서 재인용.

19 김영찬, 「자기의 테크놀로지와 글쓰기의 자의식」, 『에세이스트의 책상』 해설.

이 자발적인 고립과 고행을 통해 그녀는 한국어와 한국문학의 새로운 가능성을 모색해왔다고 할 수 있는데, '서사문법의 해체, 근대적 선조적 시간의 해체, 번역투의 문장, 익명적인 인물의 중얼거림' 등등의 다각적인 실험들을 통해 배수아의 인물들의 에로스 또한 섹스/젠더의 이분법, 이성애의 강제로부터 자유로워질 수 있었다. 그것은 앞서 살펴본, 천운영의 방식과는 반대되는, 즉, 육체, 육식, 파토스, 쾌락주의, 사실화, 모국어와 대립되는 정신, 채식, 로고스, 금욕주의, 음악, 보편언어 등의 항목 위에서 이루어져왔다. '초월성'이라고도 명명할 수 있는 이러한 방법은 '육체성'(몸의 육체성, 말의 육체성)을 배제하면서 '실천'되어왔고, 이를 통해 그녀의 젠더 해체는 끝내 '본질'로 환원되지 않는 극단을 점유하게 되었으나, 한편 이는 배수아 인물의 동성애를 비극적 결말로 끝날 수밖에 없었던 원인이 되기도 한다. 그것은 에로스의 한 축인 '육체'의 절멸을 시도했기 때문이다. 에로스가 욕망이라면 그것은 육체에서 비롯된 것이다. 배수아의 인물들이 그토록 끊임없이 무정념 상태를 원했으나, 지속적으로 흔들리며, 끊임없이 우울과 허무로 고통 받는 것 또한 바로 이러한 에로스의 정체를 인식하고 있으며 거부할 수 없기 때문이다.

「회색時」에서 주인공인 '나'는 묻는다. "타인은 과연 실재적인 것의 이름인가."(3:34) 이 물음이 윤리적일 수 있는 이유는, 그가 '주체'에 대해 똑같은 질문을 수도 없이 던졌기 때문이다. 타인이란 "아파도 울지 않고 총알이 뚫고 지나가도 피가 흐리지 않으며 공중에서 폭탄을 맞아도 진정으로 죽음을 경험하지 않고 공기처럼 흘러 다니며 밤에도 잠들지 않는"(3:34) 존재라는 인식에는 타자의 윤리학의 허위성에 대한 지적도 암시되어있지만, 더불어 절대적 타자성에 대한 절망도 들어있다. 그리고 이는 '절대적 주체성'에 대한 절망을 의미하기도 한다. '타자'의 고통이 절대로 '나'의 것이 되지 않는 이유는 인간이 끝내 '에고'

라는 자기 안에 갇혀있을 수밖에 없는 존재이기 때문이다. 그러나, 그 폐쇄적 주체성, 스스로 자신으로 변전하는 그 절대적 주체성과 절대적 타자성이 소통할 수 있는, 가장 흔한 방법을 작가는 알고 있는 바, 그것은 '지향성과 능동성'의 힘인 에로스이다. "사랑이 가장 치명적인 것은 바로 자신에게 일어나는 일이기 때문이다"(4:64)라는 말에는 '주체'와 '타자'의 현전이 함께 암시되어 있다. 즉 '나'라는 실체, '타자'의 실체는 '사랑'이라는 사건에 의해 도래될 수 있으며, 그리고 그 안에서 타자의 절대적 외부성은 잠시나마 지워진다. 왜냐하면 사랑은 상호에게 '너'로 인해 '나'에게 벌어지는 일이기 때문이다.

성적 소수자를 타자화하지 않는 한 가지 방법이 있다면, 그것은 그들의 에로스를 보편적이고 일반적인 사랑의 문법과 다르지 않은 것으로 보는 것이다. 성적 소수자들의 현실에 대한 문제제기도 또한 이러한 사유의 바탕 위에서 출발한다. 이런 면에서 이광수가 초기 소설 「사랑인가」에서 제기하고 있는 물음, 즉 동성이라는 류적(類的)인 인간이 아니라 '하나의 육체와 하나의 영혼'을 갈망하며 던진 '사랑인가?'라는 질문은 성적 소수자의 문학적 형상화에 하나의 중요한 참고점이 될 것이다.

'나'는 어디까지 왔는가

'자아의 신화'를 통해 본 세계문학의 풍경

1. 들어가며

이 글의 부제인 "'자아의 신화'를 통해 본 세계문학의 풍경'에 함의된 문제의식은 두 가지이다. 하나는 한국문학의 현 단계에 대한 진단과 맞물려 있는 것이고, 또 하나는 세계문학의 가능성과 관계된다. 1990년대 이후 한국문학에 불어 닥친 '개인의 내면 탐구'라는 새로운 미학적 열풍은 한 평자가[1] 조심스럽게 제기하고 있는 변화의 징후에도 불구하고 여전히 우리 문학의 가장 중요한 화두로 작용하고 있는 듯하다. 실로 1990년대 문학은 '나는 나를 파괴할 권리가 있다'라는 도발적인 선언을 정점으

---

1 김영찬은 「1990년대 문학의 종언, 그리고 그후」, 「2000년대, 한국문학을 위한 비판적 단상」(『비평극장의 유령들』, 창비, 2006)에서 최근 한국문학이 그간의 자아의 폐쇄성에서 벗어나 주체의 성숙을 통해 '타자'를 (재)발견하고 있다고 진단하고 있다.

로, 그리고 '개인 주체의 귀환'으로 대표되는 비평적 작업과 함께 개인 주체의 역동적 드라마를 화려하거나 혹은 '비루'하게 펼쳐왔던 것이 사실이다. 그러나 윤대녕과 신경숙에 의해 확보된 내면의 영역과 김영하, 백민석 등의 신세대 기수들에 의해 탈취된 개인주의의 정치적 정당성에도 불구하고, 이들 1990년대 작가들과 2000년대 새롭게 등장한 젊은 작가들은 그 신개지를 옥토로 가꾸는 데 그다지 성공하고 있지 못하는 듯하다. 선배들이 일궈놓은 '자아'라는 텃밭에서 출발한 2000년대 젊은 작가들은 애초에 '개인의 진정성의 문학'의 기대 지평에 값하는 문학적 성취를 보여주기 보다는, 오히려 '자아'라는 울타리에 스스로를 가둠으로써 '개인'의 긍정적 의미마저 퇴색케 하는 것은 물론 '문학의 자발적 왜소화'[2]를 야기하고 있는 것이다. 최근 비평문들이 지적하고 있듯, 2000년대 '개인'의 탐사에 바쳐진 많은 작품들은 '감각을 매개로 한 자폐적 이기성'에 함몰되거나(고봉준, 「개인이라는 척도, 혹은 '나'라는 자폐적 이기성」, 『실천문학』, 2006년 여름호) '미저러블 개인주의의 고독하고 우울한 내면'(심진경, 「미저러블 개인주의, 단자 윤리의 생태학」, 『문예중앙』, 2005년 봄호)에 안주하거나, '고독과 공허와 완전한 무(無)를 감내하는 유폐된 자아의 상상력'(신수정, 「옥탑방과 지하방의 상상력」, 『푸줏간에 걸린 고기』, 문학동네, 2003)으로 도피하거나, "개성과 인격의 담지자가 아니라 자동인형 또는 동물이라고 불러도 상관없을 정도로 탈주체화"를 실천하거나(복도훈, 「유머와 기적, 환대와 사랑―최근 한국소설에 나타난 (탈)주체성의 몇 가지 징표들」, 『실천문학』, 2006년 여름호), '현실과 맞서기를 거부하는 무력한 자아'로 퇴보하거나, 혹은 무의식의 심층에서 길어올린 온갖 '시체와 동물들'을 부려놓음으로써 오히려 '자아'라는 텃밭을 분탕질해놓고 있는 것이다. 이러한 사실, 즉 1990년대 이

---

2   김명인, 「단자(單子), 상품, 그리고 권력」, 『자명한 것들과의 결별』, 창비, 2004; 김영찬, 「2000년대, 한국문학을 위한 비판적 단상」, 위의 책.

후 줄기차게 지속되어왔던 '내면성의 신화'에도 불구하고 그 진정한 '근대 개인의 문화'와 치열한 자아 탐구를 성취하기는커녕, 오히려 문학과 삶의 파편화·왜소화를 불러왔다는 사실은, 평론가 김영찬이 지적하고 있듯 '아이러니'가 아닐 수 없다.[3] 그의 말대로 1990년대의 내향화 경향의 소설을 '개인의 자기 성찰'이라는 문학 고유의 사명과 연관지어 긍정적으로 평가했던 평자[4]조차 최근 십여 년간의 문학의 성과에 대해 의혹의 눈길을 던지고 있다는 사실은, 이즈음 한국문학이 또 다른 전환점에 놓여있음을 암시한다. 그러나 그 새롭게 도래할 문학이 '미래파'이든 혹은 '다른 서정'이든 혹은 '집합적 정체성들이 교차하는 자리에서의 새로운 윤리와 정치의 가능성을 발견'[5]하는 일이든, '문학의 종언'이 아닐진대, '자아에 대한 물음'이라는 문학의 근원적인 출발점을 폐기할 수는 없을 것이다. 따라서 우리 문학이 지금 당면하고 과제는 그 '자아의 신화'를 폐기하는 것이 아니라, '자아'에 대해 '다르게' 묻는 것이며, '제대로' 질문하는 것이다. 비평 또한 이와 더불어 그간 무조건적인 환대, 혹은 비판으로 일관했던 '개인과 내면성의 미학'에 이분법적 태도를 버리고, 다른 방식으로 이즈음의 문학에 접근해야할 필요가 있다. 그 '다른 방식' 중 하나는 최근 문학의 나타난 '자아'를 재구성하여 이들이 표상하는 세계의 한계를 비판하는 것이 아니라, 반대로 '어떠한 현실과 문화'가 이들 자아를 형성해왔는지를 해명하고 그 '문제적' 현실에 응전할 수 있는 문학의 '존재 형식'을 탐색하는 것일 수 있다.

1990년대 이후 우리 문학이 보여주었던 '자아'는 한 평자가 곤혹스럽게 진단하고 있듯, "세계와 자아의 행복한 합일을 이야기하는 고전

---

3   김영찬, 「2000년대, 한국문학을 위한 비판적 단상」, 『창작과비평』, 2005년 가을호, 301쪽.
4   황종연, 「내향적 인간의 진실」, 『비루한 것의 카니발』, 문학동네, 2001, 116쪽.
5   황종연, 「민주화 이후의 정치와 문학」, 『문학동네』, 2004년 겨울호, 409쪽.

적인 자아상을 회의하는 자리에서 출발하는 것이라는 점은 분명"(신수정, 위의 책, 397)하다. 그러나 무한 자유의 세계로 탈주해온 우리 문학의 '자아들'은 그들을 제약했던 외부 타자에서 해방된 대신, 내부의 무한한 '타자'들 혹은 '텅 빈 공허'와 직면하게 되었다. 이것은 '자아의 확대인가, 축소인가', 혹은 해방인가 방기인가.

이 글은 최근 한국소설의 위축과 달리 출판시장의 베스트셀러 목록 상위권을 차지하고 있는 외국 작가들의 '자아 탐구'의 양상을 살펴봄으로써 작금의 한국문학의 '자아'의 위상을 가늠해보고자 하는 데 그 첫 번째 의도가 있다. 파올로 코엘료, 무라카미 하루키, 폴 오스터, 이들이 작품을[6] 통해 추구하고 있는 '자아'들은 그 개아(個我)라는 단자적 한계에도 불구하고 국경을 넘어 한국은 물론 전 세계 독자로부터 공감과 사랑을 받고 있다. 이러한 현상, 즉 '나'에 대한 물음과 탐색이 어떻게 개별자인 '나'를 넘어서 보편성을 획득할 수 있는지는, 또 한편 세계문학의 가능성을 일고하게 한다. 최근 전지구적 차원의 세계화 물결과 지난 해 열렸던 프랑크푸르트 도서전을 계기로 한국문학은 '세계문학'에 대해 좀더 적극적으로 사고해야할 필요성을 갖게 되었다. 비단 '노벨문학상' 때문만이 아니라, 거스를 수 없는 대세가 되어가고 있는 '한국문학의 세계화'의 최근 경향과 그 실현을 위해 각 문예지들은 다각적으로 조명한 바 있다.[7] '세계문학'은 일찍이 1827년 괴테가 "이제 민족문학(Nationalliteratur)는 별로 의미가 없는 용어이다. 세계문학의 시대가 임박했고, 모든 이가 그것을 앞당기도록 힘써야 한다"

6　텍스트로 선정한 번역본은 다음과 같다. 파올로 코엘료,『연금술사』(최정수 역, 문학동네, 2004); 무라카미 하루키,『해변의 카프카』(김춘미 역, 문학사상사, 2006); 폴 오스터,『뉴욕 삼부작』(한기찬 역, 웅진출판사, 1996).

7　「오늘의 한국문학, 어디까지 와 있는가?」,『문학수첩』2005년 겨울호; 「외국문학, 수입된 내부」,『문학과사회』2006년 봄호.

(『에커만과의 대화』)라는 발언을 통해 예측했고, 마르크스가 『공산당 선언』에서 "일국적 편향성과 편협성은 점점 더 불가능해지며, 수많은 국민문학·지역문학들로부터 하나의 세계문학이 형성된다"라고 하여 그 당위성에 대해 언급한 적이 있으나, 그 가능성은 여전히 요원한 것만 같다. 이들이 말한 '세계문학'이 지금의 시장 자본주의에 의해 전 세계적으로 퍼져가는 '상품'의 물결이 아닌 것은 분명하며, 더불어 지금의 한류 열풍 또한 진정한 한국문화의 세계화와는 거리가 멀다는 것을 생각해볼 때, '세계문학' 기획의 그 현실성과 과연 그것이 바람직한 것인가를 재고해볼 필요가 있는 것이다. '사유와 양식의 획일화'[8]가 아닌, 인류 정신의 진정한 보고가 될 수 있는 '세계문학'은 어떻게 가능한가? 미국을 중심으로 일고 있는 탈식민주의 담론이 서양 제국의 열강에 의해 퍼진 '근대'에 대한 맹목적 환상을 무너뜨리고 더불어 기존의 '정전'체계를 뒤흔들고 있는 이때, 역설적으로 '세계문학' 운운하는 것은 시대착오적인 것은 아닌가? 한국문학이 그 자체의 내적 논리를 떠나 일단 세계적으로 읽히고 향유되는 '세계문학'이 되기 위해서는, 우선 우리 문학이 놓인 환경, 즉 번역 문제를 비롯한 제도적 공적 차원에서의 현실 논리를 간과할 수 없을 것이다. 마찬가지로 그 어떤 일국의 작가도 세계적인 작가가 되기 위해서는 이 시장경쟁의 각축장인 현실 차원의 시험대를 통과하지 않으면 안 된다. 그러나 한국문학이 현실 제도적 개선과 나아가 국력이라는 힘의 증강에 의해, 그리고 '내적 전략'[9]의 성공에 힘입어 '세계문학'의 대열에 어깨를 나란

---

8 백낙청은 파키스탄 출신의 작가 타리크 알리가 진단한 '시장 리얼리즘(market real-ism)'에 의한 '사유와 양식의 획일화 경향'에 기대 포스트 모더니즘의 다양성의 그 허구성에 대해 비판하고 '세계문학'의 진정한 창달을 위해 민족문학의 필요성을 역설한 바 있다.(「지구화시대의 민족과 문학」,『통일시대 한국문학의 보람』, 창비, 2006)
9 박성창은 '한국문학의 세계화'를 위해 작가들의 창작과정에서 실천할 수 있는 '내적 전략'을 다음과 같이 제기한 바 있다. "내 작품이 세계와 어울리고 있다는 생각,

히 한다 하더라도 그것은 월드컵의 본선 진출과 어떻게 다른가? 이렇게 구축된 '세계문학'은 진정한 의미의 '하나'의 체계인가?

'세계문학에 대한 연구가 필연적으로 전 세계에 걸친 상징적 헤게모니 투쟁에 대한 연구가 될 수밖에' 없음을 지적한 프랑코 모레티는 저 오래된 '세계문학'에 대한 구상에 대해 다르게 접근할 필요성을 제기하고 있다. 즉, "세계문학은 하나의 대상이 아니라 하나의 문제, 새로운 비평 방법을 요구하는 문제"[10]라는 언명에서 볼 수 있듯, 그에게 '세계문학'은 '상징적 헤게모니 투쟁'에서 승리한 새로운 정전들로 이루어진 하나의 체계가 '아니다'. 우선 '세계문학'의 조건으로서 '근대소설'이라는 서구 산물의 '외부적 형식'들의 전 세계적 파급을 전제하고 있는 그에게 '세계 문학' 체제는 '하나이지만 동등하지 않은' 불평등한 체제이다. 그에 의하면, '유럽 안팎의 모든 문화들에게 근대소설은 자율적으로 발전한 것이 아니라 서구의 형식적 영향과 지역적 소재간의 타협'으로서 등장했고, 그렇기 때문에 각 지역에서 서구 근대소설의 '형식'을 수입할 때 발생한 '대외 부채'의 정도에 따라 '간섭'이 이루어지고 그것이 '하나'라는 세계문학의 체계에 수많은 변이들을 가져왔다는 것이다. 아마도 이에 대한 고찰은 좀더 본격적인 논의를 필요로 하겠지만, 이러한 프랑코 모레티의 방법론을 빌리자면, '세계문학'의 가능성은 문학 작품이 아니라, '비평 방법'에 있다. 국내 출판시장을 조

또는 우리의 문제를 생각하면서도 다른 나라 사람의 눈으로 봐서도 공감할 수 있는 작품을 쓰겠다는 의지가 바로 '내적' 전략인 셈이다. 외국에 머물면서 한국의 현실과 정서를 객관화하는 작업에 몰두한다거나, 부단한 여행의 체험을 통해 안과 밖의 경계를 넘나드는 노마드적 삶을 언어화한다거나, 아니면 작품 속에 보다 넓은 세계의 공간을 담아내는 일 또한 이러한 전략의 중요한 일부일 것이다."(「'한국문학의 세계화'를 다시 생각한다」, 『문학수첩』, 2005 겨울호)

10 프랑코 모레티, 조형준 역, 「세계문학에 대한 몇 가지 단상」, 『세계의문학』, 1999년 가을호.

금만 벗어나면 무지함을 면할 길 없는 그 다양한 언어의 방대한 작품들 속에서 모레티는 소수의 텍스트를 선별하는 작업이 아니라 그 작품들을 포섭하고 이해할 수 있는 보편적인 '법칙' 정립을 제안한다. 그에 의하면, 근대소설이라는 하나의 '물결'은 전 세계로 퍼져 나가 각 지역에서 그곳의 현실과 타협하여 전형적인 '소설'을 산출해왔다. '외부의 형식'과 지역적 '소재'와의 충돌은 기원으로서의 근대소설의 형식을 담지하면서도 이와 전혀 동일하지 않은 '차이들', 전형적이면서 동시에 예외적인 '소설들'(민족문학이라고 불러도 무방한)을 가능케 했는데, 따라서 세계문학의 실험은 이 '외부적 플롯'과 '지역적 인물들', 그리고 '고유한 서사적 목소리'라는 삼항의 관계에 대한 분석이 되어야 한다는 것이다. 또한 프레드릭 제임슨 Fredric Jameson의 이항, '추상적이고 형식적인 유형들'과 '사회 체험 원료'에 프랑코 모레티가 고안해 넣은 세 번째 항목인 '고유한 서사적 목소리'는, 텍스트 외부에서 그리고 내부에서 그 이항이 서로 길항하는 힘들을 비틀고 변형하고 혹은 반영하는 존재이기 때문에 가장 핵심적인 실험 변수이다. 이쯤에서 모레티는 '고유한 서사적 목소리'에 대한 진정한 형식 분석이 특정 언어 능력에 달려있기 때문에 세계문학 연구는 필연코 민족문학 연구자들의 분업에 기댈 수밖에 없음을 진단하고 있다. 그러므로 '나무와 물결'이라는 두 가지 인식론적 메타포에 비유하고 있는 민족문학과 세계문학이라는 두 가지 메커니즘은 서로 배타적이거나 위계적 질서 속에 존재하지 않는다. 필연적으로 혼합된 것일 수밖에 없는 문화사적 산물은 이 둘 간의 분업을 위한 토대가 되며, 따라서 무엇을 선택하든 간에 순수한 민족주의, 세계시민주의라는 이데올로기에 대한 충성이 될 수 없다. 프랑코 모레티의 세계문학 구상, 정확히 말하면 '세계문학 방법론'에 대한 설명이 길어졌지만, 궁극적으로 저자가 염두에 둔 것은 모레티가 제안한 미시적 서사 단위들에 대한 분석이다. 모레티가 하나의 실험의 형태로 제안하고 있는 세계문학의 방법론에는 위의 삼항 분석 이외에 보다 미시적인 분석 단위들을 설정하고 이것이 다양한 환경 속에서 어떤 식으로 변형되는지를 추적해 보는 것도 포함되어 있다. 그는 '연구하려는 지리학적 공간이 넓으면 넓을수록 분석 단위는 작아야' 하며, 그 예로서 '개념, 도구, 수사 어구, 몇 개의 서사 단위' 등을 언급하고 있는데, 이러한 모레티의 제안은 다양한 국적을 지닌 작가들의 작품들을 대상으로 하고 있는 이 글에 시사하는 바가 크다. 물론 세계문학에 값할 만큼 본격적인 분석을 수행할 수는 없지만, 대상 작품들에서 공통적으로 추출할 수 있는 '자아 탐구', '자기 서사' 양식에 대한 고찰은 그 시론적 의미를 띨 수 있을 것이다.

2. 어른을 위한 동화—파올로 코엘료의 『연금술사』

> 세상에서 가장 중요한 일은 자기 자신이 될 줄 아는 것이다. (…중략…) 모든 사람이 자신을 직시해야 한다. 나는 내 안을 들여다보고, 오직 나 자신과 관계하며, 끊임없이 자신을 생각하고 다스리며 음미한다. 우리의 한 부분은 사회의 몫이지만, 가장 귀중한 부분은 우리 자신의 몫이다. (…중략…) 타인에게는 자신을 빌려주어야 하지만, 자신에게만은 모두 주어야 하는 것이다.
>
> — 몽테뉴, 『수상록』

브라질 출신의 파올로 코엘료(Paulo Coelho), 그는 발표하는 작품마다 엄청난 반향을 일으키며 전 세계적으로 '코엘료 신드롬'이라 할 만한 현상을 일으키고 있는 세계적인 밀리언셀러 작가이다. 국내에서도

『연금술사』는 한동안 각종 인터넷 서점 베스트셀러 1위를 차지할 만큼 폭발적인 인기를 누렸고, 지금도 여전히 그 열풍은 좀처럼 사그라들지 않고 있는 듯하다. 『11분』 『베로니카, 죽기로 결심하다』 『피에트라 강가에서 나는 울었네』 『악마와 미스 프랭』 그리고 최근의 『오 자히르』까지, 그의 작품은 출간 즉시 국내에서도 번역 출판되어 고르게 좋은 호응을 얻고 있다. 56개 언어로 번역되어 150여 개국에서 5500만 독자들에게 사랑받고 있다는 그는 분명, 이 거대한 지구적 출판시장을 석권한 메머드급 작가임에 틀림없다. 남미 출신 작가의 이 이례적인 세계적인 성공에는 1995년 미국 출판 시장 진출이라는 간과할 수 없는 계기가 있었고, 국내에서도 출판 마케팅 전략에 힘입은 바 크지만[11] 지속적인 인기현상에서 알 수 있듯 그의 작품에는 이러한 시장논리를 넘어선 뭔가 '특별한 것'이 있다.

『연금술사』(1988)는 코엘료의 두 번째 소설로 그에게 세계적 작가의 명성을 안겨준 대표작이다. 그의 전 작품 중에 가장 많은 사랑을 받고 있는 이 작품의 테마는 '자아의 신화'이다. 즉 꿈을 찾아 떠나는 한 양치기 청년의 이야기라고 할 수 있는데, 그의 다른 작품과 마찬가지로 환상적이며 동화적인 수법으로 써내려간 이 '자아의 연금술'은 '성서'라 불리만큼 독자들에게 절대적인 사랑을 받고 있다.

『연금술사』는 성경의 한 일화로 시작한다. 예수 일행이 어떤 마을에 들렀을 때, 마르타라는 여자가 자기 집에 예수를 모셨는데, 정작 예수의 시중을 드느라고 경황이 없는 마르타와 달리 동생 '마리아'는 이에 아랑곳 않고 예수님의 말씀에 귀를 기울인다. 마르타가 이를 불쾌히 여겨 예수께 묻자, 예수는 다음과 같이 말한다. "마르타, 마르타, 너

---

11 『연금술사』는 1993년 『꿈을 찾아 떠나는 양치기 소년』(고려원)이라는 제명으로 출간되었지만 별 호응을 얻지 못하다가 2001년 문학동네에서 재출간되어 큰 성공을 거두었다.

는 많은 일에 마음을 쓰며 걱정하지만 실상 필요한 것은 한 가지뿐이다. 마리아는 참 좋은 몫을 택했다. 그 몫을 빼앗아서는 안 된다."

『연금술사』의 서두를 장식하고 있는 이 일화에서 알 수 있듯, 코엘료가 이 작품을 통해 말하고자 하는 것은 '참 좋은 몫'의 소중함이다. 그 '참 좋은 몫'이란 몽테뉴가 말한 바로 '자기 자신이 되는 것', 즉 '자기에 대한 배려'이다. 이 작품은 분주한 일상 속에서 '절대적으로 빼앗겨서는 안 되는 그것'을 잊고 살아가고 있는 현대인들에게 전하는 현자의 메시지이지만, 무엇보다 코엘료 자신을 향해 써내려간 일종의 '계시'의 기록이기도 하다. 코엘료는 이 작품을 마흔에 썼다고 한다. 그리고 이 작품의 성공에 힘입어 본격적인 작가의 길로 들어서게 되는데, 그 이전까지의 그의 삶의 내력을 보면 이 작품의 의미가 무엇보다 그의 삶을 향해 있음을 알 수 있다. 파올로 코엘료는 1947년 브라질의 리우데 자네이루에서 출생했다. 대학에서 법학을 전공했으나 그는 작가를 꿈꾸었고 기술자가 되길 바란 부모님과 갈등을 빚어 세 차례나 정신병원에 입원하기도 했다고 한다. 그는 가수겸 작곡가인 라울 세이삭스(Raul Seixase)에게 노래 가사를 써준 것이 히트하면서 작사자로서도 이름을 날렸고, 한때 연극 연출가 겸 TV 극작가로 활동하기도 했다. 1973년에는 라울과 함께 만화잡지 『Kring-ha』를 창간하였으나 이 잡지의 급진적 성향 때문에 브라질 군사정권에 의해 두 차례나 수감되어 고문을 당한다. 정신병력을 빌미삼아 풀려나게 된 그는 레코드사에 일하다가 1977년 런던으로 이주, 이후 브라질로 돌아와 작가가 되기까지 그의 삶은 『연금술사』의 주인공처럼 부단한 생의 연속이었다. 파란만장한 이력 끝에 그가 작가의 길로 들어서게 된 것은 86년 옛 에스파냐인들의 순례길인 '산티아고 길'의 순례 여행을 마치고 나서이다. 그는 이 여행을 계기로 접어두었던 작가의 꿈을 되살리게 되는데, '지금 쓰지 않으면' 영원히 쓰지 못할 것이라는 생각에 코엘료는 무작정 자신의 순례여행의 경험을 써내려갔고 이 글이 그의 첫 번째 소설인 *Pilgrimage: Diary of a Magus* (1987)가 되었다. 그리고 이듬해인 1988년에 『연금술사』을 출간하여 작가적 명성을 얻게 된 것이다. 결국 잃어버렸던 꿈을 찾아 마흔이라는 나이에 모든 걸 걸었던 이 작가의 자전적인 이야기가 바로 『연금술사』인 것이다.

『연금술사』의 주인공인 '산티아고'는 양치기 청년이다. 그는 신부가 되기 위해 열여섯 살 때까지 신학교를 다녔으나 더 넓은 세상을 알고 싶어서 집을 나와 양치기가 된다. 산티아고는 그가 원하던 대로 양을 몰고 안달루시아 평원을 이리저리 떠돌아 다녔으나, 그것이 진정으로 그가 원한 '여행'이 아님을 꿈을 통해 알게 된다. 이 소설에 나오는 '찻숟가락의 두 방울의 기름을 흘리지 않기 위해 숟가락만 보느라, 주변의 아름다움을 보지 못한' 한 어리석은 청년처럼 그는 '양을 돌보느라 넓은 세상과 진정 조우하지 못했던 것이다. 자신에게만 전적으로 의지하는 양들을 돌보며 조금씩 일상화되어 가던 그는 '무화과 나무가 서 있던 버려진 교회' 밑에서 잠을 자다가 그곳에서 똑같은 꿈을 꾸게 된다. 양과 놀던 한 아이가 자신의 손을 이끌고 이집트의 피라미드로 데려가는 꿈. 그는 손금을 보는 한 노파를 찾아가게 되고, 그 노파는 복채로 그가 찾게 될 보물의 십분의 일을 요구한다. 그 노파의 해몽은 그가 이집트 피라미드에서 보물을 찾게 된다는 것. 해몽이 아니라 꿈 이야기를 그대로 반복하는 이 괴이한 얘기를 듣고 나온 청년은 한 노인을 만나게 된다. 자신을 '살렘의 왕'이라고 말하는 이 노인은 혼란스러워하는 이 청년에게 '자아의 신화'를 이루게 될 거라고 말하고 결정적인 순간에 답을 알려주는 '우림과 툼빔'이라는 보석 두 개를 건네준다. 청년은 이 노인의 얘기를 듣고 배를 타고 이집트로 향하게 된다. '기회가 우리를 도우려 할 때 우리도 기회를 도와 할 수 있는 모든 일을 해야 한다'는 '초심자의 행운'에 따라 산티아고는 수월하게 여행을 시작했지만 아프리카에 도착하면서부터 그는 온갖 역경을 겪게 된다. 낯선 청년에게 양을 판 돈을 전부 뺏기자 산티아고는 탕헤르 시의 크리스탈 가게에서 일하게 된다. 일년을 열심히 일해 넉넉한 여비를 마련한 산티아고는 대상 행렬을 좇아 사막을 건너면서 그의 '자아'의 여정을 계속하게 된다. 그러나 그 여정은 또한 연금술사의 말대로 '가혹한 시험'으로 이어지는데, 그 '가혹한 시험'에는 아름다운 '파티마'와의 사랑도 있고 도둑도 있고 전쟁도 있고 또 '바람으로 변신'하지 못하면 목숨을 빼앗겠다는 무시무시한 위협도 있다. 그러나 산티아고는 그 모든 유혹과 시련을 이기고 결국 자신의 보물을 바로 그 꿈을 꾼 무화과나무 아래에서 찾게 되는 것이다.

『연금술사』의 매력은 꿈을 찾아 떠난 양치기의 성공담과 이를 통해 전언하는 '꿈'의 소중함이라는 단순한 교훈에 있는 것이 아니다. '자아 실현'이라는 이 오래된 신화를 매우 쉽고 재미있게 다시 쓰고 있는 이 환상 동화에는 보석처럼 빛나는 경구들과 신비로운 영적 체험들로 가득한데, 그 중에서도 가장 빛나는 것은 이 모든 것을 연금술처럼 풀어내는 작가의 삶에 대한 열정과 사랑에 대한 신뢰이다. '나 자신의 솔직한 이야기가 언어의 장벽을 넘어 많은 사람들로부터 공감을 얻는다고 믿는다'라고 말했던 이 코엘료의 이 믿음, 즉 작품에서 여러 번 되풀이되어 강조했던 것처럼 "무언가를 간절히 원할 때, 온 우주는 자네의 소망이 실현되도록 도와준다"는 작가의 간절한 믿음이 이 작가의 연금술의 비밀인 것이다.

이 작품에서 작가는 말한다. '자아의 신화'란 우리가 항상 이루기를 소망해오던 바로 그것, 우리들 각자가 젊음의 초입에서 알게 되었던 그것이며, 그것을 이루어내는 사람이 바로 '연금술사'라고. '철학자의 돌'이라 불리는 연금술사들의 비밀은 "절대적인 영적 세계를 물질세계와 맞닿게 하는 것"이며, 모두 자신의 보물을 찾아 전보다 더 나은 삶을 사는 것이야말로 이 작가가 말하고자 하는 '연금술'의 진정한 의미인 것이다.

> 이 세상에는 위대한 진실이 하나 있어. 무언가를 온 마음을 다해 원한다면, 반드시 그렇게 된다는 거야. 무언가를 바라는 마음은 곧 우주의 마음으로부터 비롯된 때문이지. 그리고 그것을 실현하는 게 이 땅에서 자네가 맡은 임무라네. (…중략…) 어쨌든 자아의 신화를 이루어내는 것이야말로 이 세상 모든 사람들에게 부과된 유일한 의무지. 세상 만물은 모두 한 가지라네. 자네가 무언가를 간절히 원할 때 온 우주는 자네의 소망이 실현되도록 도와준다네.
>
> —『연금술사』, 47~48쪽

> 모든 행복한 인간이란 자신의 마음 속에 신을 담고 있는 사람이라고 마음은 속삭인다. 연금술사가 말했던 것처럼, 행복이란 사막의 모래 알갱이 하나에서도 발견될 수 있다고 했다. 모래 알갱이 하나는 천지창조의 한순간이며, 그것을 창조하기 위해 온 우주가 기다려온 억겁의 세월이 담겨 있다고 했다.
>
> —『연금술사』, 213쪽

동화와 환상의 세계를 통해 '자아의 신화'를 강조하고 있는 『연금술사』는 낭만주의 미학과 밀접하게 관련되어 있다. 이성에 대한 감성의 우위를 강조하고, 신비한 통찰력과 상상력의 힘을 통해 자유로운 정신과 예술 세계를 추구한다는 점에서, 그리고 이 모든 것을 발현하는 근원적인 힘으로서 '사랑'을 끊임없이 강조하고 있다는 점에서 코엘료의 작품 세계는 낭만주의 예술론에 바탕하고 있다고 할 수 있다. 그러나 그가 추구하고 있는 '자아'는 낭만주의의 '절대적 주관성'과 일치하는 것은 아니다. 경험적 현실을 초월하여 '환상과 무의식, 꿈'을 통해

'절대 자아'를 추구하는 '낭만적 자아'는 아닌 것이다. 위 인용문에서 보듯, 코엘료의 자아는 모든 만물과 하나가 되는 '자아', 물질과 영혼, 인간과 자연을 통합하는 실체로서의 동일자로서의 '자아'이며, 하여 차라리 스피노자의 '신의 양태로서의 자아'와 닮아 있는 것이다. 이는 '모든 개체가 통일적 실체'라는 점에서 라이프니츠의 모나드적 자아와도 연결되지만, 세계가 전체로서 서로 관계 맺고 있다는 점에서 이 '창문 없는 단자', 즉 '서로 직접 작용하지 않는 이 모나드적 자아'[12]와는 근본적으로 다르다. '간절히 무언가를 원할 때, 온 우주가 그 소망의 실현을 도와준다는 것', 그리고 '모래 한 알갱이에서 우주를 발견'할 수 있다는 작가의 생각은, 『화엄경』의 제석천(帝釋天)의 궁전에 걸린 인다라망(因陀羅網)의 세계와 다르지 않다. '하나하나의 보석 구슬에 다른 구슬 전부가 반영되어 영롱하게 빛나는' 인다라망의 세계는 '사물과 인간이 독립적인 실체로 존재하는 것이 아니라, 상호 침투하여 역동적 무도(舞蹈)를 통해 열린 체계로 나아가는 원환적 세계'이다.[13] 『연금술사』의 '자아의 신화'는 이렇듯 전체와 맞닿아 있는 '부분'들의 조화로운 실현을 의미하는 것이다.

『연금술사』의 '자아의 신화'는 '자기에의 배려'의 중요성에 대해 말하고 있다. '세상에서 가장 중요한 일은 자기 자신이 될 줄 아는 것'이라고 힘주어 말하고 있지만, 그러나 이 작품은 이를 위해 반드시 필요한 '자기 인식'에 대해서는 침묵하고 있다. '자기 인식', 즉 어떠한 '자아'이며 어떻게 실현할 수 있을지를 알기 위해서는 이 '자아'를 둘러싼 구체적인 현실을 알아야 한다. 그러나 이 작품은 구체적인 현실 대신, 안달루시아의 평원과 사막, 신비로운 노인, 연금술사 등 매우 모호한 시공간과 비현실적 인물에 대해 얘기하고 있는 것이다. 이 작품이 동

---

12 한자경, 『자아의 연구』, 서광사, 1997.
13 김인환, 「주제와 변주」, 『한국문학이론의 연구』, 을유문화사, 1988, 60쪽.

화 혹은 우화일 수밖에 없는 이유는 바로 여기에 있으며, 또 그렇기 때문에 이 작품의 '자아의 신화'는 성공할 수 있었던 것이다. 그러나 이 작품이 알레고리를 통해 자아실현의 가치를 일깨우는 우화, 혹은 환상으로 가득 찬 동화라고 하더라도 그 가치가 훼손되는 것은 아니다. 비현실적인 환상과 허구의 힘, 그것은 '스릴 넘치는 재미'에만 있는 것이 아니라, 리얼리즘 방식으로 말하는 너무나 뻔한, 혹은 패배할 수밖에 없는 '진실들' — 예를 들면, '꿈과 희망, 용기'라는 너무나도 진부한 — 을 새롭게 일깨우는 데에도 있는 것이다. 우리가 일상을 벗어나 산과 바다로 여행을 떠나는 것은 그곳에서 문제를 해결할 수 있기 때문이 아니다. 여행에서 돌아와도 일상의 골칫거리는 해결되지 않는다. 그러나 우리는 자연 속에서 문제들을 해결할 수 있는 힘과 용기를 재충전한다. '강원도의 힘'은 바로 그러한 힘을 의미하며, 코엘료의 동화 또한 바로 그러한 마력을 지니고 있는 것이다.

3. 다무라 카프카의 수업시대 — 하루키의 『해변의 카프카』

"아버지, 제가 즐기고 있는 것이 보이지 않으세요?"
— 슬라보예 지젝, 『당신의 징후를 즐겨라』

『해변의 카프카』의 주인공인 다무라(田村) 카프카는 열다섯 생일에 집을 나온다. 그가 가출한 이유는 '세상에서 가장 터프한' 사람이 되기 위해서이다. '터프'한 열다섯의 소년, 그는 하루키의 다른 작품에 등장하는 대개의 주인공들이 그러하듯 외적인 '터프함'을 이미 갖추고 있다. 다무라 카프카는 하루키의 매력적인 인물들처럼 사려 깊고 세련되었지만, 또한 충분히 냉담하고 과묵하며 금욕적이고 자신의 내면에 침잠할 줄 아는 인물이다. 그는 이미 중학교 때부터 '스스로 주위에 높은 벽을 쌓고' 타인과의 교류를 차단함으로써 거칠고 황량한 어른 세계에서도 혼자 힘으로 살아나갈 수 있는 강인함을 키웠으며, 그 철저히 고독한 시간을 독서와 음악, 그리고 체력단련을 통해 스스로 통제해 나가는, 충분히 독립적인 인물인 것이다. 요컨대 이 다무라 카프카는 하루키의 처녀작 『바람의 노래를 들어라』에서부터 줄곧 등장했던 세상과 타인에게 적당히 거리를 두고, '더 이상 아무것도 바라지 않는' 쿨하고 세련된 강인함을 이미 갖추고 '소년'이라는 것이다. 그럼에도 불구하고는 그는 충분히 '터프하지' 못하다. 의식적으로 그가 그렇게 생각하는 것이 아니라 그의 행동을 주관하고 있는 '초자아'라고 할 수 있는 '까마귀 소년'이 그에게 이렇게 속삭이는 것이다.

> 내 말 잘 들어. 엄청나게 지독한 모래 폭풍을 상상해 봐. (…중략…) 어떤 경우에는 운명이라고 하는 것은 끊임없이 진로를 바꿔가는 국지적인 모래 폭풍과 비슷하지. (…중략…) 넌 지금부터 이 세상에서 가장 터프한 열다섯 살 소년이 된다. (…중략…) 물론 너는 실제로 그놈으로부터 빠져나가게 될 거야. 그 맹렬한 모래 폭풍으로부터. 형이상학적이고 상징적인 모래 폭풍을 뚫고 나가야 하는 거다. 그렇지만 동시에 그놈은 천 개의 면도날처럼 날카롭게 네 생살을 찢게 될 거야.…… 그 폭풍을 빠져나온 너는 폭풍 속에 발을 들여놓았을 때의 네가 아니라는 사실이야. 그래 그것이 바로 모래 폭풍의 의미인 거야.
>
> ―『해변의 카프카』, 16~18쪽

하루키 인물들의 최고의 모랄이라고 할 수 있는 이 '터프한' 사람이 되기 위해 다무라 카프카에게는 아직 수행해야할 '미션'이 남아있다.

그것은 까마귀 소년이 말하는, '형이상학적이고 상징적인 폭풍', '생살을 찢을 만큼 고통스럽지만 그것을 통과한 뒤에는 '다른 자아'로 거듭나게 하는 어떤 운명과 맞서 싸우는 것이다. 외적으로 충분히 강인한 이 소년이 맞서 싸워야 할 폭풍, 그것은 자신의 내부 안에 있는 '공포와 분노'로 대변되는 무의식이다. 그 무의식을 정복해야만 그는 '완전한 그 자신'이 될 수 있는 것이다. 그 무의식의 세계는 그가 두려워하는 '상상력의 세계, 꿈의 세계'를 의미하며 그 세계에서의 자신의 행위조차 책임을 질 줄 알아야만 진정 강인한 자가 되는 것이다. 그리하여 다무라 카프카가 '완전한 인간'이 되기 위해 떠난 '방랑과 수업시대'는 무의식을 탐험하는 여행이 되는 것이다. 이 무의식 내부에 있는 최고의 적은, 당연히 인류 문명의 금기 사항인 '근친상간'의 욕망, 외디푸스 신화이다.

『양을 둘러싼 모험』『세계의 끝과 하드보일드 원더랜드』『태엽 감는 새』와 같은 다른 작품에서처럼 『해변의 카프카』도 현실 세계와 허구 세계로 이루어져 있다. 하루키의 많은 인물들이 '무의식'을 상징하는 '우물'을 통해 무의식과 환상의 세계로 나아가듯, 『해변의 카프카』또한 다무라 카프카의 '이드'의 세계가 한 축을 이루고 있는 것이다. 그러나, 이 작품에서 이 '무의식'의 세계는 디스토피아적인 현실 세계, 구체적으로 '후기 산업사회의 정보화 시대, 군국주의, 야쿠자'로 이루어진 현실 세계에 대한 환멸에서 비롯된 현실도피가 아니라, 다무라 카프카가 한 명의 온전한 성인이 되기 위해서 거치지 않으면 안 되는 통과제의로 설정된 것이다. 즉, 『해변의 카프카』는 일종의 '교양소설'이되 외부의 어른 세계를 경험하면서 성숙해나가는 전통적인 교양소설이 아니라, 내부의 무의식의 심연에 도사리고 있는 낯선 욕망들, 즉 타자들을 경험하고 극복함으로써 '온전한 자아'로 거듭나게 되는 외디푸스적인 성장소설인 것이다.

다무라 카프카가 열다섯 살 생일에 가출을 단행한 것은 자신을 '훼손'시키지 않기 위해서이다. 즉, 그의 아버지, 명망있는 조각가이자 잔혹한 아버지의 예언, '아버지를 죽이고 어머니, 누나와 관계를 갖게' 될 것이라는 저주를 피해 달아난 것이다. 다무라의 어머니는 그가 네 살 나던 해에 아버지와 자신을 버리고 누나와 함께 집을 나가버리는데, 아버지는 그 원한 혹은 열망에 의해서 다무라 카프카에게 '어머니와 누나를 범하라'는 프로그램을 유전자에 장치해 두었다는 것이다. 다무라는 이 외디푸스적인 운명을 피해 도쿄의 나카노구를 벗어나 '시코쿠'의 고무라(甲村)기념 도서관에 머물게 된다. 그곳에서는 그는 '신체구조는 여성이지만 의식은 완전히 남성인, 여성이면서 게이'인 오시마 상과 도서관 관장인 중년의 사에키상의 도움으로 생활하게 된다. 그러던 어느날 잠에서 깬 다무라는 자신의 옷에 '누군가'의 피가 묻어 있는 것을 발견하고, 우연히도 그날 자신의 아버지가 누군가에 의해 살해되었다는 사실을 알게 된다. 한편 도서관에서 기거하던 다무라는 한밤중 어린 소녀의 유령을 보게 되고 그 소녀와 사랑에 빠지게 되는데, 이 소녀는 다름 아니라, 현재 도서관 관장으로 있는 사에키 상의 환영임이 밝혀진다. 사에키 상은 〈해변의 카프카〉라는 곡으로 한 때 돈과 명성을 얻었지만, 사랑하는 연인을 잃고 그 슬픔으로 '시간'을 거부하며 살아가는 비극적인 여인이다. 다무라는 그녀의 어린 환영과의 사랑을 현실에까지 끌고 나와 결국 실제의 중년 사에키상과 성관계를 갖게 되는데, 그는 그때 이미 사에키 상이 자신의 '어머니'임을 직감하게 된다. 한편 다무라가 시코쿠로 올 때 만났던 연상의 여인인 '사쿠라' ─ 누나일지도 모른다고 생각하는 ─ 와 꿈속에서 관계를 갖게 됨으로써 그는 그의 외디푸스적 운명을 완성하게 되는 것이다.

이 작품에는 이렇듯 다무라 카프카가 그의 운명을 완성해나가는 한편의 서사와 함께 또 하나의 서사축이 존재한다. '나카타'라는 기이한 노인의 여행 서사인데, 이 캐릭터 또한 하루키 문학의 특성인 상호텍스트성과 연속성의 자장 안에 놓여있는 또 하나의 변형된 인물이라고 할 수 있다. '그림자가 반 밖에 없'고 고양이와 말을 할 줄 알며, 실종된 고양이를 찾아다니는 고양이 탐정은, 하루키의 다른 작품에서 익히 보아왔던 인물들이다. 그런데 특이한 것은 이 예순이 넘은 노인이 일정한 시간의 기억을 완전히 상실, 작품에 의하면 기억이 '누락'되어 버렸다는 것이다. 일본이 전쟁의 와중에 있었던 1944년에 아홉 살 소년이었던 나카타는 단체로 산에 버섯을 따러 갔다가 '집단 혼수 사태'라는 기이한 일을 겪게 된다. 그때 의식을 잃고 삼주 만에 의식을 되찾았으나 그는 그때의 일을 전부 망각하게 되고 그 뿐 아니라 일반인보다 저능하게 되어 문맹으로 살아가게 된다. 그러나 대신 고양이와 말을 할 줄 아는 독특한 재능을 갖게 된 이 노인은 어느 날 잃어버린 고양이를 찾아 헤매다가 '조니 워커'라는 고양이 살해범을 만나게 되고, 강압에 의해 그를 살해하게 된다. 이 '조니 워커'는 다름아닌 다무라 카프카의 아버지. 이렇게 해서 다무라의 운명과 엉키기 시작한 나카타는 어떤 신비한 힘에 이끌려 '입구의 돌'을 찾으러 나서게 된다. '조니 워커'를 살해한 이후부터 고양이와 대화할 수 없게 된 나카타는 대신 하늘에서 전갱이와 정어리를 떨어뜨리게 하는 등의 다른 신비한 능력을 갖게 되는데, 그의 이 신비한 능력의 발현과 행동은 그의 의지에 의한 것이 아니라, 전적으로 외부의 어떤 힘에 발생한다. 고속도로에서 우연히 만난 트럭운전사 '호시노 상'의 도움을 받아 나카타는 우여곡절 끝에 '입구의 돌'을 찾게 되고, 또 다시 직감적으로 알게 된 그의 임무인 '사에키 상'의 죽음의식을 수행한 뒤에 죽고 만다.

『해변의 카프카』는 다무라 카프카의 이야기, 나카타의 여행 이야기, 그리고 '1944년에 일어난 집단 혼수 사건에 대한 조사과정'이라는 세 가지 다른 서사들이 평행선처럼 각각의 스토리 라인을 좇아가는 구조로

서술되는데, 어느 지점에서 서서히 가까워지다가 결국 이들이 만나는 지점에서 이야기를 끝맺고 있다. 두 개의 주요한 서사인 다무라와 나카타의 이야기가 두 개의 화음처럼 서로 병치되어 변주되다가 서로 조우함으로써 대단원을 이루게 되는 것이다. 이 둘이 만나는 지점에 '입구의 돌'이 놓여 있다. 나카타의 임무는 이 돌을 찾아 그 입구를 다시 열었다 닫는 것이고, 다무라 카프카의 경우에는 이 입구를 통해 '무의식'을 상징하는 숲에 들어갔다가 나오는 것이다. 비극의 여인 사에키 상이 경험했다는 이 '돌 너머'의 세계는 '시간'이 흐르지 않고, '이름'도 존재하지 않으며, 무언가 욕망하면 그것이 저절로 이루어지는 그런 세계이다. 사에키상이 사랑하는 연인을 잃고 스스로 현실을 차단함으로써 경험한 바 있는 이 세계를, 다무라 카프카는 꿈속에서 그리고 실제로는 '숲'이라는 비현실적인 공간을 통해 경험하게 된다. 그곳에서 다무라 카프카는 '사에키 상'을 어머니로서, 그리고 사랑하는 여인으로서 아무런 죄의식 없이 안을 수 있게 되고, 그리고 사에키 또한 다무라 카프카를 그의 오래전 애인으로, 그녀가 버린 아들로 관계를 맺을 수 있었던 것이다. 즉, 어떠한 죄의식도, 좌절도, 결핍도, 기억과 시간도, 그리고 '이름'이라는 주체의 표징도 없는 이 세계는 바로 '이드'의 세계, 욕망의 무한 지대인 것이다. 주체가 없기 때문에 타자도 존재하지 않으며, 시간이 부재하므로 상실도 없는, '모든 간극이 사라진' 세계, 이 낯선 곳은 하루키가 이전 작품에서부터 줄곧 '허구'로서 창조해왔고 환멸적인 현실의 대척점에서 영원한 동경의 대상으로 남겨두었던 그런 곳이다.

언젠가, 나는 세상에서 멀리 떨어진 낯선 곳에서 나 자신을 만날 것이다. 그리고 한마디만 덧붙여도 된다면, 그곳이 따뜻한 곳이었으면 좋겠다. 게다가 차가운 맥주도 몇 캔 있다면 더 이상 무엇을 바라랴? 그곳에서 나는 나 자신이고, 나 자신은 나다. 주체가 객체고 객체가 주체다. 모든 간극이 사라

진다. 완전한 합일, 세상 어딘가에 이런 낯선 곳이 분명 존재할 것이다.[14]

낭만주의적 환상의 세계, 절대적 주관성과도 통하는 이러한 세계는 실재적인 사물의 질서에 의해서가 아니라 '세계의 중심'에 선 '절대 자아'에 의해 표상된 세계이며, 따라서 낭만주의 미학에서 강조하는 '상상력'이 중요한 핵심 기제로 작동한다. 실제 『해변의 카프카』에서도 '상상력'의 중요성을 강조하고 있는 다음과 같은 대목을 곳곳에서 발견할 수 있다.

> 모든 것은 상상력의 문제다. 우리의 책임은 상상력 가운데에서 시작된다. 그 말을 예이츠는 이렇게 쓰고 있다. In dreams begin the responsibilities. 그 말대로다. 거꾸로 말하면, 상상력이 없는 곳에 책임은 발생하지 않을지도 모른다. 이 아이히만의 경우에도 볼 수 있다.
>
> —『해변의 카프카』 상권, 256쪽

자신의 임무를 완수하는 데에만 전념했던 나치 전범자인 아돌프 아이히만의 범죄의 원인이 '상상력' 부재에 있다고 비난하고 있는 위 장면은, 하루키가 종종 1960년대 일본 전공투 세대들의 폭력성을 비난하던 것과 일맥상통하고 있다. 사에키 상의 옛 애인이 시위 중에 있는 친구에게 음식을 주러 갔다가 반대파로 오인되어 쇠파이프로 맞아 죽었다는 설정도 바로 이러한 시선에 의해 그려지고 있는 것이다. '상상력'에 대한 강조는 '세계의 만물은 메타포'라는 괴테의 말과 더불어 '다무라 카프카'가 세상을 실재가 아닌 자신의 해석과 상상력의 표상으

---

14 무라카미 하루키, 「세월이 가도 나이를 안 먹는 「1963년, 1982년 이파네마 아가씨」」, 제이 루빈, 이나경 역, 『하루키 문학은 언어의 음악이다』, 문학사상사, 2003, 37쪽.

로 대면하게 하게 기원이 된다. 따라서 이 유아론(唯我論)적 '화자'의 시선에 의해 포착된 현실은 그 자신의 욕망이 반영된 허구의 세계와 겹쳐짐으로써 비현실적인 환상의 세계로 변형되는 것이다.

'상상력'은 환멸적인 현실을 은유를 통해 아름답게 바꿔놓기도 하고, 낭만적 환상을 심어주기도 하지만 그것의 근본적인 뿌리는 어떤 강인한 자도 통제할 수 없는 '이드', 눈먼 충동의 세계이다. '책임은 상상력에서부터 시작 된다'라는 예이츠의 싯구절에 기대 다무라 카프카는 자신의 반윤리적인 무의식적 충동들에 대해 '책임'지기 위해, 아니 '책임'지지 않기 위해 '이드'를 정복하러 떠났다. 그러나 다무라 카프카는 '무의식'과의 싸움에서 패배하게 되는데, 그러나 이것은 필연적으로 예기되어 있는 것으로, 이 패배는 성인'으로 거듭나기 위해서 반드시 거쳐야 할 통과제의이기 때문이다. 즉, 네 살에 어머니가 가출함으로써 온전히 극복할 수 없었던 외디푸스 콤플렉스를 다무라는 '아이의 끝' '어른의 시작'이라는 경계 지점에서 겪게 된 것이다. 결국, 『해변의 카프카』는 외디푸스적 운명을 '허구적'으로 살아냄으로써 외디푸스 콤플렉스를 극복하고 진정한 어른이 되는 한 소년의 이야기라고 할 수 있다. 여기서 그려지는 '자아'는 당연히 주체 / 객체가 분리되지 않는 상상계인 이드의 세계를 벗어나 '초자아'인 아버지의 법을 받아들임으로써 진정한 주체가 되는 프로이트적인 '자아', '리비도'의 바른 사용법을 배우게 된 '욕망하는 자아'인 것이다.

그러나 『해변의 카프카』의 매력은 사실 이렇듯 '자기 존재에 대한 고전적인 모색'이라는 외디푸스 서사 모티브나 교양소설적 요소에 있지 않다. 하루키의 작품이 대개 그러하듯 뚜렷한 서사 밑으로 흐르는 간결하며 서정적인 문체, 그리고 고전 음악과 문학작품들에 대한 풍부한 교양, 그리고 여기에서 비롯된 댄디즘적 요소와 신비한 '오컬티즘'[15]의 세계가 주는 매혹은 이 작품에서도 여일하게, 아니 더 강렬하고 정제되어 전파되고 있다. 또한 대중문화적인 요소들, 예를 들면 나카타가 겪은 불가사의한 집단 혼수상태에서 연상되는 'X파일'류의 영화적 상상력, 길쭉한 모양의 괴상한 모자를 쓰고, 가죽 장화를 신고 있는 '조니 워커'의 이콘과 세계적인 치킨 체인점 KFC의 커널 샌더슨을 캐릭터화하는 대중문화적 상상력, 그리고 여전히 비정하지만 예의바른 쿨한 인물들의 심상함과 초연함 등이 강렬한 흡입력의 원인이라고 할 수 있을 것이다. 또한 세계 수준'의 작품이라는 '홍보' 문구에 걸맞게 이 작품은 기존의 소설과 달리 난삽하지 않고 미학적으로 완결된 서사구조를 갖추고 있다. 게다가 아이러니하게도 '메타포'를 전혀 모르는 나카타라는 노인과 그를 도우면서 조금씩 변해가는 호시노 상의 우정이 주는 매력적인 요소도 크다고 할 수 있다.

　그러나 『해변의 카프카』는 하루키의 다른 작품들과 마찬가지로 출판 자본시장을 정복할 수 있었던 만큼 대중 문화적 요소에 강력하게 기대고 있다. 이 대중문화적인 요소들은 작품에 탄력을 주고 쉽게 읽힐 수 있도록 하는 긍정적 요인으로 작용하기도 하지만, 때로는 하루키가 그토록 강조하는 '상상력'의 진부함, 식상하고 표피적인 이야기 그 이상이 될 수 없게끔 하는 장애물로 작용하기도 한다. 또한 '외디푸스 서사'라는 너무나도 '닳아버린 동전'을 되풀이하고 있다는 것, 그 '코드화'된 문법을 통해 '자아의 신화'를 이야기한다는 것이 과연 진정한 '자아의 탐구'일 수 있을지는 여전히 의문으로 남는다. 미국의 고전들과 하드보일드 탐정 소설의 영향력의 자장 안에 있고 미국과 그리스를 오가며 '세계시민'으로 살고 있는, 이 무국적 작가의 문학적 '성공'을 어떻게 볼 수 있을지는 다음 과제로 남겨두기로 한다.

15　남진우, 「오르페우스의 귀환—무라카미 하루키, 댄디즘과 오컬티즘 사이에서 방황하는 청춘」, 『숲으로 된 성벽』, 문학동네, 1999.

4. 무능한 탐정 이야기─폴 오스터의 『뉴욕 삼부작』

한 사람 이상이, 의심할 바 없이 나처럼, 더 이상 얼굴을 가지지 않기 위해서 쓴다. 내가 누구인지 묻지 말라. 나에게 거기에 그렇게 머물러 있으라고 요구하지도 말라Neme demandez pas qui je suis et ne me dites pas de rester le même : 이것이 나의 도덕이다. 이것이 내 신분증명서의 원칙이다. 쓴다는 것이 필요할 때, 이것이 우리를 자유롭게 하는 것이다.

—미셸 푸코, 『지식의 고고학』

폴 오스터의 『뉴욕 삼부작』는 탐정소설의 형식을 취하고 있다. 탐정소설은 추리소설과도 밀접히 관련되는 바, 추리소설은 수수께끼 같은 어떤 사건이 발생하고 뛰어난 명탐정의 이성적 추론에 의해 합리적으로 해결하는 서사양식을 말한다. 전통적인 탐정 소설, 혹은 추리소설의 주인공은 파편화된 정보를 수집하고 추론하여 하나의 완결된 이야기로 종합함으로써 '의문'으로 제시된 문제의 핵심에 도달해나가는 임무를 수행해 나간다. 탐정 소설에서 플롯을 이끌어나가는 중요한 요소는 '탐정과 적대자'[16]의 게임이라고 할 수 있는데, 그 적대자는 구체적으로는 '범인'이 될 수도 있고 혹은 미궁에 빠진 '사건' 자체가 될 수도 있다. 적대자 혹은 '수수께끼'가 어려우면 어려울수록 흥미적 요소가 배가 되는 탐정소설에서 중요한 것은 사건의 실마리를 찾아 나가는 그 '과정' 자체에 있으며, 반드시 그것을 해결해야지만 이야기가 종결되는 것이다. 그러나 『뉴욕 삼부작』의 세 편의 이야기는 탐정소설의 형

---

16 서영채, 「이성 중심주의와 장미─에코의 '장미의 이름' 읽기」, 『소설의 운명』, 문학동네, 1995, 132쪽.

식을 취하고 있으나 이러한 몇 가지 중요한 기율을 배반하고 있다는 점에서 '반탐정소설(the antidetective story)'¹⁷이라고 할 수 있다.

『뉴욕 삼부작』의 첫 번째 이야기인 「유리의 도시」의 주인공은 '대니얼 퀸'은 추리소설 작가이다. '윌리엄 윌슨'이라는 필명을 갖고 있는 그에게 어느 날 '폴 오스터'라는 사립탐정을 찾는 전화가 걸려온다. 거듭된 전화에 호기심이 발동한 그는 '폴 오스터'을 가장하여 그 사건을 맡게 되는데, 그 임무란 '피터 스틸맨'이라는 인물을 감시하는 것. '피터 스틸맨'이라는 인물은 전직 컬럼비아 대학 교수로 자신의 학문적 실험을 위해 어린 아들을 9년이나 방에 감금했던 '미치광이'이다. 화재 사건으로 이 감금 사실이 밝혀지고 피터 스틸맨은 감옥에 갔으나 동명인 그의 아들 '피터 스틸맨'은 그후 오랫동안 언어 장애와 혼란으로 고통을 당하고 언어치료사였던 '버지니아'와 결혼해서 살게 된다. 사건 의뢰인은 이들 부부로서 아버지 '피터 스틸맨'이 감방에서 풀려나자 그를 감시해주기를 의뢰한 것이다.

두 번째 이야기인 「유령들」의 주인공은 진짜 탐정이다. '블루'라는 탐정이 화이트라는 의뢰인에게서 부탁받은 것은 '블랙'이라는 남자를 감시하는 것. 그러나 그 이유는 이야기가 종결될 때까지도 명확하게 드러나지 않는다.

세 번째 이야기 「잠겨있는 방」의 주인공은 탐정도, 탐정을 가장하지도 않은 인물이지만, '팬쇼'라는 실종된 친구를 찾아야만 하는 상황에 처한 인물이다. 어렸을 때 친구였던 '팬쇼'가 그의 아내에게 자신의 작품의 출판 권한을 맡기고 사라진 것이다. 평론가인 주인공 '나'는 팬쇼의 편지를 통해 그가 죽지 않았다는 것을 알게 되지만, 이를 감추고 그가 남긴 작품을 출판하여 엄청난 성공을 거두고 팬쇼의 아내와도

---

17   유정완, 「폴 오스터 현상의 역설」, 『창작과비평』, 2006년 봄호, 369쪽.

결혼을 하게 된다. 그러나 '팬쇼'에 관한 전기를 쓰면서부터 점점 그의 실체를 찾고자 하는 욕망에 사로잡히고 결국 사라진 '팬쇼'를 찾아 떠돌게 되는 것이다.

결론적으로 이 세 이야기의 주인공은 전부 누군가를 감시하거나 그의 정체를 알아내거나, 혹은 찾아내야만 하는 '과제'를 안고 있는 인물이다. 따라서 이들은 모두 실제적인 직업과 상관없이 일종의 탐정의 입장에 놓이게 되는데, 이 '탐정'이라는 정체성에 대한 다음과 같은 서술은 의미심장하다.

> 탐정(Private eye), 이 말은 퀸에게는 세 겹의 의미를 띠고 있다. 그 말은 단순히, '탐색자'(investigator)를 의미하는 말뿐 아니라 자아가 숨쉬는 육체에 들어 있는 조그만 생명의 싹, 보다 고급한 의미의 '나'를 뜻하는 말이다. 동시에, 그것은 작가의 육체적인 눈(eye)이기도 한다. 작가의 내면으로부터 세상을 내다보는 눈이면서, 세상이 모습을 드러내도록 요구하는 눈인 것이다.
>
> ─『뉴욕 삼부작』, 16쪽

'탐색자(investigator)를 뜻하는 소문자 i, 그리고 자아와 주체를 뜻하는 대문자 I, 그리고 외부를 향한 작가의 눈(eye)'[18]이라는 세 가지 뜻을 지닌 '탐정'을 주인공으로 내세움으로써, 이 작품이 추구하고자 하는 것은 무엇일까. 일단 이들의 공통된 하나의 임무, 낯선 타인 혹은 실종된 친구라는 '타자'를 탐색하고 있다는 점에 주목해보자. 즉 '대문자 I', 나라는 '자아'는, 작가의 눈으로 '너'라는 '타자'를 탐색하고 있다. 요약하면 '나는 너를 탐색한다 I investigate you'.

그들이 탐색하고 있는 '타자'들을 살펴보자. 첫 번째 '너'는 '피터 스

---

18 위의 책, 377쪽.

틸맨'으로 위에서 말한 바와 같이 어린 아들을 9년 동안 감금시킴으로써 '자연 언어'를 발견하고자 했던 종교학자이다. 그는 자신이 상상하여 만든 역사적 인물 '헨리 다크'의 말을 빌어, 에덴에서 쫓겨난 인간의 타락은 필연적으로 언어의 타락을 동반하게 되었는데, 인간의 최초의 순결한 언어를 재창조하여 아메리카에 낙원을 건설할 수 있다고 믿고 있다. 거리에서 '망가진' 물건을 주워다 거기에 새로운 이름을 붙이는 일, 즉 기능을 상실했기 때문에 망가진 '우산'은 더 이상 '우산'이라는 이름이어서는 안 된다고 생각해서 조각난 언어를 복구하는 일에 전념하고 있는 이 스틸맨을 좇아다니며 퀸은 '빨간 공책'에 하루 일과를 기록한다. 그러나 매일 똑같은 일상이 되풀이 되자, 그는 서서히 스틸맨에게 접근하게 된다. 자신의 존재를 은폐하기 위해 '퀸'이 변장한 이름들은, '퀸' '헨리 다크' 그리고 '스틸맨'. 이미 '폴 오스터'로 위장하여 이 일을 맡았기 때문에 현재 가짜 '폴 오스터'인 퀸에게 자신의 실체인 '퀸'은 타자인 셈이다. 퀸은 이 일을 진행하면서 줄곧 자신을 '폴 오스터'로 생각하는데, 특이한 것은 이를 통해 그가 자유로움을 느끼고 있다는 것이다. "오스터가 된다는 것은 내면이 없는 인간, 생각이 없는 인간이 되는 것을 의미했다"와 같은 발언에서 볼 수 있듯, 퀸은 '타자'가 된다는 것에서 다음과 같은 실존적인 해방감을 느끼고 있다는 것이다.

보들레르: Il me semble que je serais toujours bien là où je ne suis pas. 다른 말로 하면, 내가 보기에 나는 내가 아닌 곳에서라면 언제나 행복할 것 같다. 좀더 거칠게 해석해 보자면, 어디든 내가 아닌 곳이라면 바로 내가 나 자신인 곳이다. 또는 아주 대담하게 옮기면, 어디든 세상 밖이기만 하면. (153~154쪽)

퀸은, 탐정 '폴 오스터'가 되고, 스틸맨이 창조한 인물인 '헨리 다크'

가 되고, 그리고 스틸맨의 아들인 주니어 '스틸맨'이 되었다가, 종내는 그가 감시하고 있는 '스틸맨'이 된다. 즉, 일이 점차 진행될수록 퀸은 '탈주체적' 양상을 보이다가, '스틸맨'이라는 타자에 동화되는 것이다. 결국, 스틸맨은 사라지고, 그가 나타나기를 기다리던 퀸은, '텅 빈 자아'와 함께 사라지고 만다. 그리하여 이 이야기에서 '나는 너를 탐색한다'라는 명제는 '나는 너다'로, 그리고 결국 '나는 없다'로 바뀐 것이다.

두 번째 「유령들」의 '너'는 '블랙'이다. '블루'는 '블랙'의 맞은 편 건물에서 그를 관찰하고 보고서를 작성하지만, '블랙'이 하는 일이라고는 오직 방안에 앉아 책을 쓰는 것. '블루'도 퀸처럼 '블랙'에게 과감하게 접근하게 되는데, 그로써 밝혀진 사실은 '블랙' 또한 '블루'를 감시하고 있고 그에 관한 글을 쓰고 있다는 것이다. 결국, 이 소설에서의 '나는 너를 탐색한다'는 '너는 나다'라는 사실의 발견으로 이어진다. 세 번째 「잠겨있는 방」에서의 '너'는 팬쇼라는 인물이지만, 이미 내가 그 팬쇼가 남긴 '자리'를 차지했다는 점에서 또 다른 '나'의 실체이기도 하다. 하여 이 작품에서도 '나는 너다'라는 명제가 남는 셈.

폴 오스터의 이 세 편의 연작은 '탈주체적 자아'를 탐색하고 있는 작품이라고 할 수 있다. 세 편 공히 '나는 너를 탐색한다'라는 구조로 이루어져 있지만, 위에서 살펴보았듯 사실 그들이 찾고 있는 것은 '타자'가 아니라 바로 '자신'이다. 물론 그들이 찾고 있는 '자아'는 '지금-이곳'의 자아가 아니라, '진정한 자아' 혹은 '또 다른 자아'이다. 그들은 모두 어쩌면 "나의 지식이 독한 회의(懷疑)를 구(救)하지 못하여 / 내 또한 삶의 애증(愛憎)을 다 짐지지 못하여" "저 머나먼 아라비아 사막"으로 떠난 인물들이라고 할 수 있다. 그러나 그들이 '운명처럼 대면하게' 된 '나'란 '더 이상 얼굴을 갖고 있지 않은 나', 무수한 익명성으로 사라진 '나'이다. 피터 스틸맨이 찾고 있는 '최초의 인간의 순결한 언어'처럼 본래적이고 타락하지 않은 '자아'를 찾아 떠났지만, 그들이 발견한 것은 조각난 '말과 사물'처럼 파편화된 주체의 편린들일 뿐이다. 따라서 이 세 편의 연작은 '자아'의 정체성 찾기라는 미션에 실패한 무능한 탐정 이야기이며, 그렇기 때문에 '반탐정소설'인 것이다.

그렇다면, 탐정들은 왜 '자아'의 정체성 찾기에 실패했나, 아니 그들의 실패는 진정한 의미의 '실패'인가. 두 번째 물음에 먼저 답해보자. 폴 오스터가 무능한 탐정들의 실패담을 통해 보여주고자 했던 것은, '근대적 주체'의 실종이다. 따라서 탐정은 실패했지만, 작가의 의도는 충분히 성공하고 있는 바, 이들 작품에서 '탈주체'는 명백히 '찾아진' 자아의 정체성이다. 작가는 '블루, 화이트, 블랙'라는 익명성을 통해, 또는 이름 바꾸기로 끊임없이 변전하는 인물의 우연성을 통해 탈주체의 정체성을 그리고 있는 것이다. 이 우발적인 존재로서의 '자아'를 통해 폴 오스터가 전달하고 있는 메시지는, 필연적으로 "우연 외에는 어떤 진실도 없다(nothing [is] real except chance)"[19]라는 탈근대적 진리, 포스트모던한 세계관이다. 따라서 이러한 세계관에 기초하고 있는 이들 세 연작에서 탐정은 필연적으로 실패할 수밖에 없으나, 이를 통해 작가의 의도가 성공하고 있다는 점에서, 그들의 실패는 비극이 될 수 없다. 첫 번째 물음, 이들 탐정이 실패한 이유는 — 일차적으로 작가가 의도해서이겠지만 — 그들 탐정이 '자아'라는 수수께끼를 그들 내부에서 풀려고 했기 때문이다. 스틸맨이든, 블랙이든, 혹은 팬쇼이든 이들 모두가 결국 모든 타자가 아니라 '나'였다는 사실에서 알 수 있듯이, 이들 탐정들은 '나'라는 존재에서 한 발자국도 나가본 적이 없다. 따라서 그들은 "뭔가 다른 것, 내가 상상조차 할 수 없는 것, 불합리하기 짝이 없는"것으로 이루어진 "미지의 세계"에 뛰어들지만, "매번 들어서고 나면 내가 너무도 잘 알고 있고 너무나 친숙한 곳에 와 있다는 사실을 알게"(382)

---

19 위의 책, 372쪽.

되는 것이다. 결국, 그들은 '열렬한 고독'이라는 금욕적인 자기 기율을 통해 자기 내부의 심연에 갇혀버리고 만 것이다. 그 내부에서 발견한 것은 결국, 다음과 같이 방안에 유폐된 '자아의 풍경'.

> 그러나 이 책은 아무것도 주는 것이 없다. 여기에는 줄거리도 구성도 행동도 없었다. 오직 혼자 방에 앉아 책을 쓰고 있는 남자 외엔 없는 것이다. 그게 전부라는 것을 블루는 깨달았다. 자신은 그런 건 조금도 원치 않았다. 하지만 어떻게 조금도 원치 않았다. 하지만 어떻게 빠져나간다지? 그가 방안에 머무는 동안 계속해서 씌어지고 있는 이 책 속에서, 요컨대 바로 이 방에서 어떻게 빠져나갈 수 있을까?
>
> —「유령들」, 231쪽

'텅 빈 자아'의 기록인 그들의 '빨간 공책'에는 따라서 '줄거리도 구성도 행동도' 들어 있지 않다. 인물과 행동이 놓이더라도 그것은 필연적인 '플롯'을 구성할 수 없으며, 따라서 모든 문장들은 조각난 퍼즐처럼 흩어지고 만다. '반탐정소설'은 서사 해체 전략에 의해 의도된 것이 아니라, 근대적 주체의 해체가 필연적으로 가져온 결과이다. 비이성적이고 우연적인 사건으로 제시된 사건을 논리적 추론 과정을 통해 하나의 완결된 '플롯'을 이루고 있다는 점에서 탐정소설은 '근대의 인식론적 토대' 위에 있는 서사 장르라고 할 수 있다.[20] 그러나 폴 오스터의 『뉴욕 삼부작』의 플롯은 이 '인과성'과 '합리성'에 바탕한 근대 인식론을 배반하고 있다. 이들 작품에서 추구하는 '자아'는 이야기가 전개될수록 더 모호해지고, 그 실마리는 더 얼크러지며 미궁에 빠져버리고 만다. 비이성적이고 우연적인 사건은 더 혼란스럽고 불가해한

---

20 위의 책, 377쪽.

것으로 바뀌고, 완강했던 '추리소설'의 플롯은 무너진 바벨탑처럼 와해되고 만다. 『뉴욕 삼부작』은 이렇듯, 동일성에 기반한 근대적 주체를 해체함으로써, 탈주체는 물론 기존의 서사 양식까지 해체하는 포스트 모더니즘을 구현하고 있다.

폴 오스터의 최첨단 '자아'는 후기 산업사회의 획일적인 대중문화 속에서 오히려 고유한 개체성을 잃고, 허구적인 '순수 자아'라는 환상으로 치닫고 있는 현대인들의 운명을 반영하고 있다는 점에서 반성적 성찰을 가능케 한다. 그러나, 한편 이러한 '우연의 시학'은 모든 차이들을 오히려 무화시키고, 현재 진행되고 있는 전 지구적 자본주의 체제를 정당화시킬 수 있다는 점에서 체제 '내적' 논리의 문학적 양식의 결과이기도 하다.

4. 나오며－'자아의 신화'의 윤리

이상에서 살펴본 세 명의 외국 작가들이 그리고 있는 '자아'는 그들이 동시대, 동세대[21] 작가임에도 불구하고 다양한 차이를 드러내고 있다. '통합적 자아, 욕망하는 자아, 탈근대적 자아'라는 이 차이는 아마도 그들 작가적 기질에 그 원인이 있겠지만, 좀더 넓은 차원에서는 그들 작가적 성향까지를 결정짓는 그들의 현실, 즉 구체적인 역사 현실과 문화적 차이에 있다고 보는 것이 온당할 것이다. 이 점에서 구조주의자들이 말하는 것처럼 주체는 항상 상상적인 존재에 지나지 않는다

---

21 파올로 코엘료와 폴 오스터는 1947년생이고, 하루키는 1949년생이다.

고 볼 수 있다. '자아'는 불교에서 말하는 것처럼 절대적인 아상(我想)이 아니라 끊임없이 변화하는 '무아(無我)'이며, 칸트가 『순수 이성 비판』에서 말한 것처럼 주관은 누구의 것도 아닌 것(x)로 나온다. 이들 세 작가의 세 작품은 이렇듯 각각 다른 '자기 인식'을 통해 다른 자아 상을 보여주고 있지만, 공통적으로 '자아탐구와 자기실현'을 추구하고 있다는 점에서 '자아의 신화'라는 공통된 지반 위에 서 있다. 무엇보다 '자기 자신'이 되어야 할 것을 강조하고, 자기에게 전념을 할 것을 최고의 강령으로 삼고 있는 이 '자아의 신화'는 흔히 우리가 생각하듯, 근대적 개인의 발견 뒤에 온 것이 아니다. '자기에의 관심'은 그리스인 들에게 이미 중요한 사회 · 개인적 행위와 생활 기술에 관한 주요한 원리의 하나요, 국가의 주요한 원리의 하나였다.[22] 플라톤의 『알키비아데스』에 '자기에의 배려(epimelesthai sautou)'라는 구절로 좀더 명확하게 가시화되어 있는 이러한 규율은, '자기 인식'보다 항상 우선적으로 고려되어야 했던 행동 원리였다. 그러나 후에 그리스도교에 의해 '자기 인식'이 제 일 원칙이 되었고, 이는 '죄인'으로서의 자기 인식에 근거한 '자기 부인'으로 전개 되었다는 것이다. 결국, '자아주의'의 계보를 새롭게 구성하고 있는 푸코에 의하면, '자아주의'는 근대적 개인주의의 소산이 아니라 인류의 '보편적 윤리'였던 것이다. 이러한 윤리에 따르면, 이 '자기'를 돌보고 가꾸는 것에 게을리 하는 것 또한 온당하지 않으며, 더군다나, '자기를 도외시하거나 자기 속에 머물 수 없는 것으로서의 이타주의는 자기 증오'(막스 셸러)이기 때문에 배척되어야 할 것들이다. 그러나 '영혼'의 돌봄과 밀접하게 관련되었던 이 '자기에의 배려'는 '자기보존'이라는 근대적인 윤리 강령에 의해 변형되어 버

---

22 미셸 푸코 외, 이희원 역, 『자기의 테크놀로지 Technologies of The Self』, 동문선, 1997, 38쪽.

린 감이 없지 않다. 과학적이고 합리적인 사고 위에 기초하고 있는 근대적 '개인' 윤리란, 필연코 홉스식의 생존경쟁의 원리와 합치되기 때문이다. 변질되어버린 현대의 '자아주의'는 보편 도덕으로서의 '자기에의 배려'와는 차원이 다른 '소심한 자아중심주의'일 뿐이다. 막스 셸러는 '소심한 자아중심주의'에 기반한 일그러진 자아주의를 다음과 같이 기술하고 있다.

> 자아 중심주의는 대상의 실재성의 파악과 연관되면 '유아론'이고 의지와 실천적인 행위와 연관되면 '이기주의'이며 사랑의 태도와 연관되면 '자애주의'이다. 유아론과 이기주의 그리고 자애주의의 공통적인 뿌리는 '소심한 timetische 자아중심주의'이다.
>
> — 막스 셸러, 조정옥 역, 『동감의 본질과 형태들』, 아카넷, 2006, 141쪽

진정한 의미의 '자기에의 배려'는 당연하게도 이러한 소심한 자아중심주의와는 무관한 것이다. '자기 자신'이 되기 위해 '내'가 존재하고 있는 구체적인 현실을 도외시한다는 것은, '발을 딛고 서 있는 땅 이외에 나머지 땅을 다 잘라버려야 한다'는 장자의 비유와 마찬가지로 어리석은 것이다. 나라는 '자아'는 '너'라는 타자의 존재 없이는 불가능하며, 그것의 실현 또한 전체에 대한 통찰과 분리될 수 없다. 그리고 그 '전체'를 얼마나 정확하게 인식할 수 있으며 그 전체의 범주에 얼마나 많은 '타인의 자아'를 포함시킬 수 있는가는, '나'의 사랑이 얼마나 밖을 향해 열려 있느냐에 달려 있는 것이다. 결국 '한 인간이 무엇을 사랑하는가가 무엇을 인식하는가를 결정해주기 때문이다.'[23]

---

23 막스 셸러, 앞의 책, 522쪽.

밀교의 사제들

1. 서사 체질의 변화에 대하여

인체의 모든 세포는 7년마다 새로 바뀐다. 더 강하고 탄력 있는 것으로 바뀌든 아니면 낡고 바스라지기 쉬운 것으로든. 요는 변화는 필연적인데, 다행스러운 것은 이 변화가 그 사람을 다른 사람으로 바꿔놓지 않는다는 것이다. 2000년대 한국 소설이 달라졌다고, 새로워졌다고 한다. 과연 그러하다. 달라진 소설들의 부면을 기법적 측면에서 간략하게 짚어보자.

1) 묘사에서 서술과 대사로

2000년대 젊은 소설가들의 작품은 과거 소설에 비해 묘사의 비중이

현저히 줄어들었다. 묘사는 근대소설의 핵심을 이루는 문학관습의 하나로 상황과 인물을 객관화하는, 거의 절대화된 서사 전략의 수단이었다. 등장인물이 처한 세계를 지형과 풍경까지 장황하게 묘사하면서 시작하는 장편소설이 아니더라도 과거의 서사는 인물을 둘러싼 환경과 행동을 시시콜콜 순차적으로, 치밀하게 추적함으로써 성격을 창조하고 삶을 형상화했다. 그런데 2000년대에 출현한 젊은 소설가들의 작품에서는 그런 수공업적 공력의 흔적을 찾아보기 어렵다. 인물들은 장면 없이 대화를 나누고 돌연하게 행동하며, 배경도 없이 (묘사되는 것이 아니라) 서술, 요약되는 예가 비일비재하다. 박민규, 윤이형, 김중혁, 이기호, 박형서, 정이현, 황정은, 염승숙, 한유주, 김유진 등의 소설에서 인물의 생김새나 현실 공간의 면면을 간파하기란 쉽지 않다. 이들은 간략한 스케치와 서술과 대사로 인물을 드러내고 사건을 전개한다. 사실성을 보장하는 치밀한 묘사를 외면함으로써 과거적 형태의 현실 재현을 거부했다는 것은 이들 소설을 둘러싼 '현실성' 논란의 한 측면을 구성하는 원인이기도 하다. 물론 2000년대 젊은 작가들이 모두 이러한 치밀한 묘사를 부정했다는 것이 아니다. 어떤 작가, 작품에는 과거 방식의 치밀한 묘사가 우세하기도 한데, 특이한 것은 그것은 우리가 현재 발을 딛고 살아가는 실재세계는 아니라는 것이다. 편혜영 소설이나 김숨의 『철』, 강영숙의 『리나』 같은 작품이 그 예들인데, 묘사 수법이 가상공간의 사실감을 위해 적극적으로 활용되고 있다. 이러한 현상은 묘사가 단순히 외부 세계를 그리는 일이 아니라, 외부 세계 '그 자체'를 발견하는 것이며, 풍경이란 객관적 세계가 아니라 내적 인간의 자의식의 세계라고 했던 고진의 논의를 입증하는 하나의 사례이기도 하다.

2) 시공간의 변화

2000년대 소설이 탈국경은 물론 의식과 무의식, 현실과 가상, 과거와 현재를 자유자재로 넘나들고 있다는 것은 이미 충분히 논의되어 온 바이다. 천명관의 무국적 공간, 윤이형의 사이버 공간, 박민규의 우주적 공간, 편혜영, 박형서의 환상 공간, 황석영과 강영숙, 김연수의 탈국경 서사들에 이르기까지 2000년대 서사 공간은 의식 저 너머의 공간에서부터 우주적 공간에 이르기까지 드넓게 확장되었다. 서사 시간에 있어서도 이들은 좀 더 자유로워졌다고 할 수 있다. 역사소설, 팩션이 탐사하고 있는 과거는 물론이고 조하형의 가상 시간이나 『국가의 사생활』에서 그려지는 미래까지, 그리고 최제훈의 「마녀의 스테레오타입에 대한 고찰」 등과 같이 전 인류사를 상대하거나 프랑스 중세를 배경으로 하는 소설, 연대기적 순서와 인과율을 무시한 에피소드식 나열과 비선형적 플롯들. 2000년대 소설에서의 시간은 다양한 차원에서 근대 표준시와 균질적인 시간을 벗어나고 있다.

3) 다중시점

시점의 복수화는 2000년대 소설에서 흔히 발견된다. 가령, 전성태의 「늑대」, 신경숙의 『엄마를 부탁해』, 김종광의 「낙서문학 창시자」 등에서 같이 동일한 사건은 복수의 시점에 의해 분산되고 이야기는 입체성을 띠게 된다.

4) 장르 혼종

젊은 작가들이 무협소설, SF 소설, 공포 소설과 같은 장르문학은 물론이고 구술성, 랩 등과 같은 비문자적 언어들을 적극적으로 수용하고 있다는 것도 이미 충분히 거론된 바 있다. 그러나 한편 2000년대 젊은 소설은 영화, 만화, 게임 등의 대중문화의 키치들과 함께 비속함으로 하강하고 있을 뿐 아니라, 사회과학, 역사, 철학, 예술이론 등의 다양한 담론과 지성에 기대어(아날학파에 기댄 많은 팩션들과 미시 풍속사들의 소설들을 보라) 엘리트화되고 고급화된 것도 사실이다. 박민규, 김연수, 김경욱, 천명관, 박형서, 이기호, 윤이형, 염승숙, 조현, 서준환 등의 작품을 그 예로 들 수 있을 것이다.

5) 다차원적 텍스트의 활용

그래픽, 타이포그래피, 콜라쥬, 몽타쥬; 장르 혼종과도 밀접하게 관련되는 것으로 젊은 작가들은 소설에 다양한 기호와 그림(윤이형)과 사진(한유주) 등을 들여옴으로써 문자의 시각성에도 주의를 기울인다. 특히 박민규는 서체 크기와 농도에 변화를 주거나 행갈이와 휴지 등을 이용해 언어의 조형성을 강조하는데, 사룡을 뜻하는 상형문자를 모티브로 하여, 영웅시대가 발랄한 '소녀시대'로 변전하는 이야기를 대중가요와 섞어서 풀어놓는 「절」도 그러한 방식을 보여주는 한 사례이다. 이러한 현상은 비단 박민규 뿐 아니라 다른 젊은 작가들의 작품에서 흔히 목도되는 것으로, 여기에 덧붙여 인터뷰, 채팅을 잇대어놓기, 충돌하는 이미지들의 병존 등의 스타일 혼합도 더 이상 낯선 것이 아니게 되었다.

6) 비인간화와 환상성

지나치리만큼 많이 거론된 것으로, 비인간화와 환상성은 앞서 묘사의 쇠퇴와 다차원적 시공간의 탐사와 밀접하게 관련된다. '초대상(超對象)'을 특징으로 하는 2000년대 소설들은 세계와의 '인간적 교섭'을 거부하고 인간 세계를 탈주하고 있다. 사물들과 무용지물로 가득 찬 김중혁의 소설, 앵무새와 고양이와 소등과 함께 '동물들의 권태와 분노의 노래들'을 이야기하고 있는 정영문의 소설, '시체, 축생, 인형' 들이 범람하는 편혜영의 소설과 모자와 오뚝이, 뱀꼬리 왕쥐와 수로 변신한 인간을 얘기하고 있는 황정은, 염승숙의 소설, 거미로 변하거나 죽은자, 뱀과 얘기를 나누는 손홍규의 비인의 세계, 그리고 백가흠과 최인석, 황석영에 이르기까지 비인과 환상의 모티브는 이 시대 작가들의 공통적인 표현 수단이 되었다.

이상에서 논의한 서사의 새로운 변화는 개별 작가와 작품에 따라 다르지만, 2000년대 소설이 대체로 공유하고 있는 특질들이다. 중요한 것은 이러한 변화가 이 시대에 출현한 새로운 것도 아니고, 과거처럼 소수 모더니즘 작가들의 전유물도 아니라는 사실이다. 위에서 예를 들었던 황석영, 신경숙, 손홍규, 김종광, 최인석 등의 리얼리즘 계열에 속하는 작가들도 이러한 2000년대적 특징들을 현실 재현에 적극적으로 활용하고 있는 것이 현실이다. 즉 이상의 항목들이 소수 작가의 특권이 될 수 없을 만큼 일반화되었다는 것은, 우리 서사에 체질 변화가 일어났다는 것을 의미한다. 물론 그것은 단숨에 발생한 것도 기존의 것을 완전히 대체한 것도 아니다. 변화는, 서서히 1990년대에도 1980년대에도 진행되고 있었으며, 그 과정의 결과가 지금의 우리 서사의 모습이다. 물론 이러한 모습을 갖추기까지의 과정에는 많은 논의와 진통들이 있었다. 그러나 대체로 이 특징들은 '새로움'을 앞세워 선점되거나 사후 인정받았으며, 그 결과 우리의 서사의 육체는 알아볼 수 없을 정도로 비대해졌다. 서사성의 약화, 거대 서사의 부재 등의 논의가 있지만 소박한 의미에서의 서사성을 놓고 보자면, 서사 빅뱅이라고 할 만큼 팽창되고 다양해졌다. 우주적 시공간과 인류사와 가상공간을 종횡무진하며 근대 시간을 해체하는 플롯들은 이전에는 상상하지 못했던 다양한 서사 층위들을 보여주는 것이 아닌가? 그러나 과연 이러한 풍요로움이 좋기만 한 것인가? '새로움'이라는 나침반을 앞세워 온갖 이질적인 것들과 잡동사니들을 탐식한 우리 소설의 모습이 우리가 알던 바로 '그 소설'이란 말인가?

서사 체질이 변하는 동안 이러한 질문과 관련하여 우리 문단은 크게 두 차례의 진통을 겪는다. 하나는 리얼리즘-모더니즘 회통론이고 다른 하나는 근대문학 종언론과 현재 진행되고 있는 문학성 논의이다. 첫 번째는 환상, 비인간화, 장르 혼종이 일반화되면서 리얼리즘 대 모더니즘이라는 낡은 구도가 해체되어 가는 과정에서 겪는 진통이었고, 두 번째 근대문학 종언론이나 문학성 논의는 본격문학 대 대중문학의 구도가 해체되어버린 사태를 놓고 겪는 진통이라고 볼 수 있다. 그렇다면 우리는 지금 1990년대에 담론적 차원에서 다소 생경하게 논의되었던 포스트 모더니즘의 실재를 목격하고 있는 것인가? 이론적 잣대로 손쉽게 재단하지는 말자. 언어나 이론으로 포착하기에는 현실은 언제나 무한하다. 중요한 것은, 2000년대 작가들은 그렇듯 이전의 작가들이 다녔던 몇 가지 분명한 대지 위의 길을 '걷고' 있지 않다는 것, 하늘에도 길이 열리고 0과 1의 디지털적 소통회로가 열리듯, 이즈음 작가들은 아스팔트길을 버리고 전 방위적으로 열린 다양한 길들을 오가고 있다는 사실이다. 낡은 표지판은 이 새로운 길을 가리키지 못하고 있으나, 새들이 어디 하늘에 표지판이 있어 길을 찾겠는가.

그렇다면 이 변화는 어디서 연유하는 것인가? 당연히 현실이, 감각과 감수성이, 현실 인식의 방식이 바뀌면 그에 대한 표현도 바뀌기 마련이다. 현실 변화가 실존의 변화를, 실존의 변화가 표현 형식의 변화를 이끌었음을 예술사는 보여준다. 벌써 오래 전에, "문장의 형식적인 철도노선을 뛰어넘는 것이 작가의 사명이라고 믿었다. 리얼리즘 작가들의 끔찍한 서사방식, 점심 식사 때부터 저녁식사 때까지의 경과를 서술하는 것, 그것은 현실적이지도 않고 옳은 일도 아니다. 그저 관습일 뿐이다."[1]라고 했던 버지니아 울프의 말이 시사하는 바처럼 새로운 문법은 삶의 경험의 방식과 인지 변화에서 비롯된다. 급속도로 확산된 세계화와 정보화, 빨라진 삶의 속도, 삶의 유목화와 이동하는 정체성, 다원주의 등의 탈근대적 현상이 '거리의 소멸' 감각에 따른 시공간의 확대와 관점주의(perspectivism)를 불러왔지만, 또 한편 단자화된 개인들의 실존의 표현인 환상성의 원인이기도 하다는 것이다. 플롯 해체와 내면 의식에 따른 시간 구성은 개인이 느끼는 비균질적이고 자립적인 '지속'으로서의 시간 체험이 보편화되었음을 의미하며, 환상 서사는 외부 시간과는 단절된 개인 내면의 '무시간성'에 바탕하고 있다는 점에서 이러한 개인들의 반영이라고 볼 수 있다.

문학 관습에 대한 도전으로서의 변화 측면에서도 묘사의 쇠퇴는 기존의 원근법적 규칙에서 벗어나 다른 방식으로 세계를 '표상'하고자 하는 미학적 의지의 표출이며 또 한편 이들의 체험 방식과 감각의 변화에 따른 결과이기도 하다. 한 비평가의 논의한 바처럼, '근대 이성과 시각중심주의에서 벗어나'[2] 소설에 다양한 감각을 불어 넣으려는 시도가 다차원적 텍스트의 활용과 언어의 조형성에 대한 주의와 장르

---

1   스티븐 컨, 박성관 역, 『시간과 공간의 문화사』, 휴머니스트, 2004.
2   강유정, 「콜로노스 숲에서의 글쓰기, 눈먼 오이디푸스들의 소설」, 『세계의문학』 2006년 겨울호.

혼종으로 이끌었다고 볼 수 있는데, 이러한 모든 시도가 다 성공했다고는 볼 수 없으나 편혜영의 「사육장 쪽으로」와 같은 작품은 '공포와 불안'을 시각이 아닌 다른 감각으로 실감케 만들었다고 할 수 있다. 물론 많은 경우, 다차원적 텍스트의 활용과 장르 혼종이 영상문화 등의 대중문화의 모방인 측면을 간과할 수는 없을 것이다.

　그렇다면 이렇게 결과한 2000년대 소설의 현재와 미래란 무엇인가? 위험을 무릅쓰고 오르테가 이 가세트의 논의를 빌어 진단해 보자. 오르테가 이 가세트는 「예술에 있어서의 관점에 대하여」[3]라는 글에서 회화의 역사를 서양철학과의 대응관계로 설명하면서 다음과 같이 세 시기의 대변천 과정을 설명하고 있다. 첫째, '개체적 실체들이 궁극적이고 결정적 실재'라고 믿었던 철학에 대응하여 사물들을 그렸던 시기, 둘째, 데카르트로 상징되는 하나의 관점에 의해 우주를 복종시켰던 철학에 대응하여 주관의 순수 감각을 그렸던 시기, 셋째 의식 내부를 탐사하는 현대 철학에 대응하여 관념을 그리는 시기. 각각의 시기는 고전주의 회화, 인상파, 입체파 변성을 의미한다. 정확한 유비적 궤적이 아니더라도 2000년대 우리 문학 혹은 동시대 문학의 현재와 미래가, 혹 이것은 아닐까라는 의구심을 떨칠 수 없는데, 왜냐하면 현재 젊은 작가들에게 두드러지게 나타나는 현상이 감각과 이념에 대한 동시적 추구로 보이기 때문이다. 우리 소설은 언어의 조형성과 오감, 의식 내부의 상상 세계의 추구를 통해 '감각화'와 '사변화'의 길을 가고 있는 것은 아닌가? 그렇다면 그 극단에는 현대미술에서의 팝아트, 미니멀 아트, 개념예술이 우리의 미래가 아니라고 할 수 없을 것이다. 본격 문학(가시적인 미적 자율성의 영역으로서의 문단)의 가능성은 '최소 예술' 혹은 미적 아이디어로서만 존재하는, 그러나 결과적으로는 '아무

3　　호세 오르테가 이 가세트, 박상규 역, 『예술의 비인간화』, 미진신서, 1995.

런 미술 작품도 제작하지 않았던' 반미술에 있다는 것인가?

무거운 몸으로 오늘의 현실에 적응하느라 진땀을 흘리는 진부한 형식으로서의 '소설'을 형식의 새로움이 구원하지는 못할 것이다. 서사 체질의 변화 자체에 지나치게 많은 기대를 걸고 '형식 탐구의 동굴'에 들어가 있는 듯이 보이는 일군의 작가들을 보면 나는 '밀교의 사제들'이 떠오른다. 그 불안한, 그 위험해 보이는, 그러나 불가피하게 우리 문학의 형식적 새로움의 첨병에 선 작가들의 작품을 대할 때마다 나는 아슬아슬한 염려와 함께, "가장 값진 수정이 자랄지도 모를 저 심부를 뚫고 들어가는 위험한 모험"[4]에 대한 호기심을 누를 길이 없다.

2. 낯선 소설에 대하여

김수영은 말했다.

나는 소설을 쓰는 마음으로 시를 쓰고 있다. 그만큼 많은 산문을 도입하고 있고 내용의 면에서 완전한 자유를 누리고 있다. 그러면서도 자유가 없다. 너무나 많은 자유가 있고, 너무나 많은 자유가 없다. 그런데 여기에서 또 똑같은 말을 되풀이하게 되지만, 〈내용의 면에서 완전한 자유를 누리고 있다〉는 말은 사실은 〈내용〉이 하는 말이 아니라, 〈형식〉이 하는 혼잣말이다. 이 말은 밖에 대고 해서는 아니 될 말이다. 〈내용〉은 언제나 밖에다 대고 〈너무나 많은 자유가 없다〉는 말을 해야 한다. 그래야지만 너무나

---

4 위의 책, 124쪽.

많은 자유가 있다는 〈형식〉을 정복할 수 있고, 그때에 비로소 하나의 작품이 간신히 성립한다. 〈내용〉은 언제나 밖에다 대고 〈너무나 많은 자유가 없다〉는 말을 계속해서 지껄여야 한다.[5]

여기서 갈파한 내용과 형식의 관계는 낯선 문법들을 가진 소설을 읽는데 하나의 중요한 지침이 될 수 있을 것이다. 앞서도 새로운 형식은 현실과 현실 인식 변화의 필연적 결과임을 지적했듯, 문학에서의 새로운 형식의 출현은 내용이 자유를 향한 불가피한 결과로서의 해체이자 혁신이어야 한다. 김수영식으로 얘기하자면, '내용이 형식을 파열시킬 만큼 부피와 밀도를 갖고 있는가'라는 문제라는 것이다. 진정한 낯섦은 내용의 부르짖음과 항거에 의해 찢겨져 나온 형식이어야지, 형식이 혼자서 "너무나 자유가 없다"라고 하여 변형된 낯섦이 될 수는 없다는 것, 그렇게 해서 탄생한 소설은 응당 '은폐된 인간 실존'이라는 낯선 형상을 하고 있을 것이다.

1) 김사과의 「영이」

김사과의 「영이」는 낯설다. 왜냐하면, 골치 아플 정도로 수많은 '영이들'의 이야기면서 동시에 동일한 인물에 관한 이야기이기 때문이다. 어떤 얘기냐는 물음에 스토리로 답하자면 간단한다. 초등학교 5학년 김영이의 하루 일과에 관한 것인데, 술 먹는 아빠와 그것 때문에 불화하는, 급기야 폭력으로 가는 가족의 지옥도를 그린 이야기이다. 진부한가? 스토리는 언제나 진부하다. 진부하지 않다면, 그 이야기의 힘은 이를 서사화하는 작가의 능력과 진정성에서 발생한다.

---

5   김수영, 「시여, 침을 뱉어라」, 『김수영 전집 2 산문』, 민음사, 1998, 251쪽.

이 소설의 낯섦의 핵심인 '수많은' 영이에 대해 살펴보자. 이 소설에는 '꽃다발처럼' 수많은 영이가 등장한다. 그 영이는 우선, 학교에서의 영이와 집에서의 영이로 나뉘고, 학교에서의 영이는 정현, 주희, 은영 등등의 친구들의 수많은 '영이'로 나뉜다. 그리고 영이는 또 순이와 '몸'과 글쓰는 영이로 나뉜다. 뿐만 아니라, 이 소설에서는 엄마와 아빠도 무한 증식한다. 잔디가 울기도 하고, 접시와 밥그릇이 떠들기도 하고, '불길함이 카지노에서 돈을 잃기'도 한다. 환상도 등장한다. 세포분열처럼 많아지는 영이도 그렇고, '순이가 영이의 손을 게걸스럽게 먹어치우고' 영이가 '커다란 귀'로 변하고, '엄마들과 아빠들이 영이를 짓밟고 나아가는 것'도 그렇다. 이를 두고 '근대 주체 분열'이라거나 타자성과 무의식의 발견, 피폐한 현대 가정의 모습에 대한 서사라고 간단히 정리한다면, 충분히 얘기했다고 할 수 없다.

실타래처럼 엉킨 수많은 영이들을 조심스럽게 분류해보자. 우선, 정현이의 영이, 주희의 영이 등은 타인에게 비춰진 '영이'를 의미한다. 가령, "주희의 영이는 아주 예쁜 레이스 치마를 입고 있다"는 문장은 주희가 영이가 생각하는 영이는 예쁜 치마를 입은 부러운 영이라는 것이다. '나'라는 주체는 수많은 타인들의 의식에서 그 수만큼이나 다른 '나'로 존재한다는 것, 그것이 첫 번째 분열의 의미이다. 두 번째, 영이는 타인들의 영이가 결코 '자신'이라고 생각하지 않는다. 그 영이가 생각하는 진짜 영이는 '순이'라는 이름이 붙여진다. 순이는 영이를 바라보는 의식, '자의식'이자 '반성 의식'이기도 하지만 '무의식'이기도 하다. 그리고 또 이들과 상관없는 물질 덩어리로서의 '영이의 몸'이 있다. 또 하나의 중요한 영이가 있는데, 그것은 지금 현재 글을 쓰고 있는 '화자'로서의 영이이다. 이들은 결코 프로이트의 이드, 자아, 초자아로 손쉽게 환원되지 않는다. 이렇게 해서 형상화된 영이는 어리숙한 아이도 아니고, 키덜트도 아니고, 평범한 아이도 아니고, 되바라진 아이도 아니며, 조숙한 아이도 아니다. 동시에 영이는 그 모든 것이기도 하다.

두 번째 분열에서 영이가 영이, 순이, 육체, 글쓰는 영이로 나뉘는 것은 이들이 결코 동일한 의지와 행위를 하고 있지 않기 때문이다. "영이의 몸이 열심히 밥을 먹을 동안, 영이는 아빠 생각을 할 수 있었다. 순이가 영이의 어깨를 떠미는 동안 영이는 풀밭의 영이를 볼 수 있었다."[6]에서처럼 몸과 즉자적 영이, 대자적 순이가 따로, 동시에 공존하고 있기 때문이다. 이러한 분열의식은 탈근대적 사유에 대한 피상적 습득에서 온 것이 아니라 작가의 예민한 감각과 실감에서 발생한 것이다. 왜냐하면, 이것은 또한 영이라는 한 어린 실존의 고통에 의해 요청된 것이기 때문이다. 다음 장면을 살펴보자.

> 화가 난 엄마가 아빠의 엄지손가락을 덥석 물었고, 마치 개처럼, 흘러나온 피가 아빠의 베이지색 면바지를 흥건히 적셨다. 그때 영이는 순이가 없었다면 미치거나 죽었을 것이라고 생각한다. (…중략…) 순이는 몹시 떠는 영이의 몸을 꼭 껴안았다. '언제까지나'라는 듯이. 순이는 그렇게 영이 앞에 나타났다. 두 눈에서 흘러내리던 눈물이 말라붙어 영이의 뺨에 허연 가루를 만들 때까지도 순이는 영이를 안고 있었다. 그래서 영이는 정신을 잃지도 못했다.(268쪽)

위 장면에서처럼 날마다 벌어지는 카니발 같은 무수한 날 것의 현장(이는 다만 부모의 싸움이나 나쁜 상황들을 의미하는 것이 아니다)에서 '자기'를 보존하고 동일성을 유지하기 위해서 영이는 순이라는 '초월적 의식'을 불러온다. "혼자서는 견딜 수 없었기 때문이다." 순이는 연약한

---

6 「영이」, 『창작과비평』 2005년 겨울호, 262쪽.

영이를 지탱시키기 위해 최선을 다한다. 영이는 울지만 순이는 절대 울지 않으며, 아무리 고통스러워도 죽음을 생각하지 않는다. 심지어 순이는 부모에게 '죽어버려라! 둘 다 불에 타 죽어라! 우리 모두 다 죽자!'라고 미친 듯 소리치면서 르쌍티망을 마음껏 발산한다. '몸'의 영이도 울고 있는 자신이 부끄러웠던 '의식'이 그 울음을 타자성으로 쫓아버린 결과 발생한 것이다. 그리하여 이렇게 여러 명으로 분리된 영이는 그때그때 필요에 따라 '다른' 영이를 내세운다. 그러나 이들이 언제나 사이좋고 현명하게 모든 위험 사태를 막아내는 것은 아니다. 어떤 사태의 경우, 영이는 다른 영이들의 원군들에도 불구하고, 즉 셋의 영이로도, 백 명의 영이로도 감당해내지 못한다. 마지막 장면의 엄마와 아빠의 카니발적 폭력사태가 바로 그것이다.

> 영이는 처음으로 순이의 눈을 똑바로 쳐다보았다. 내가 미치게 그냥 놔둬. 내가 죽게 내버려둬. (…중략…) 영이는 영이가 정해. 순이는 없어져! 넌 아무것도, 있지도 않은 거잖아! 니가 뭘 알아? 너한테는 눈물도 없고 너한테는 잠도 없고 너한테는 피도, 아픈 것도 없잖아? 그러니까 이제 꺼지란 말이야. 영이가 여기까지 생각했을 때, 순이는 정말로 더 이상 없었다.(274쪽)

위 장면에서 영이는 처음으로 '정신성'을 쫓아버리고 슬픔과 광기에 사로잡힌다. '피투성이가 되어' 누워 있는 영이의 모습은 무기물로 돌아가고자 하는 죽음의 충동의 승리이자 주체의 완전한 자기 방기를 뜻한다. '무서운 아해'와 '무서워하는 아해'로 가득 찬 「오감도」의 소설적 형상화라고도 볼 수 있는 장면이다. 이 작품에서 무수한 영이의 등장은 현실에 무방비하게 노출된 한 어린 영혼의 예민한 감수성과 고통을 그리기 위해서 필요로 했던 것이다. 지나친 '과잉이 아니었을까'

라고 묻는다면 그렇지 않다고 말할 수 있다. 왜냐하면, 이 어린 화자에게 그것은 "지구도 따라서 휘청거리는 것과 같은" 완전한 붕괴를 의미하기 때문이다. "백 문장에는 백 문장의 진실이 있고 한 문장에는 한 문장의 진실이 있기 때문에" "당신의 고통과 나의 고통이 다른 것처럼"이라고 화자가 쓰고 있듯 어린 실존의 느끼는 고통이 바로 수많은 영이와 문장을 불러온 것이다. 곳곳에 등장하는 환상, 특히 마지막 장면에서 "춤추는 엄마들 아빠들"이 영이를 짓밟고 가고, 부모의 폭력 장면이 핏빛 자욱한 그로테스크적인 이미지로 그려지는 것도 같은 맥락에 놓인다. 그것은 현실에는 없는 환상이 아니라, 현실과 몸 섞은 환상, 현실과 전혀 구분되지 않는 그런 환상이다.

한 가지만 덧붙이자. 그것은 글 쓰는 영이, 즉 '나'에 관한 것이다. '나'는 이 소설의 화자이자 관찰자이면서, 또 하나의 영이의 분신이다. 이 글을 쓰는 화자 '나'의 존재는 이 소설을 3인칭 시점과 1인칭 관찰자 시점으로 동시적으로 진행하게 만드는, 그러면서도 또 이 소설의 안과 밖을 뫼비우스 띠처럼 꼬아버리는 낯선 소설 장치이기 때문이다. '나'는 현재 글을 쓰고 있는 내포 작가이자 동시에 화자이다. 1인칭 화자 '나'의 이야기가 되려면 이것은 과거 시제로 진행되어야 한다. 그런데 3인칭 시점에 의해 이 과거는 현재적 장면으로 제시된다. 그런데 이 장면에 '나'가 불쑥불쑥 끼어들어 얘기함으로써 현재와 과거를 뒤섞어버린다. 가령 "영이의 마음이 두근댄다. 내 마음도 두근댄다."에서처럼. 그러니까 이 소설은 영화필름처럼 과거의 장면이 돌아가고 있고, '나'는 그 바깥에서 논평을 하는 그림이 되는데, 놀라운 것은 '나'가 논평만 하는 것이 아니라, 프레임 안으로 들어가기도 한다는 것이다. 가령 영화 「링」에서 귀신이 TV 화면으로 나오는 것처럼. 다음 장면을 보자.

나는 고개를 숙여 영이를 찾았다. 내 발 끝에 닿은 영이의 손가락이 가늘게 떨리고 있었다. 피투성이가 된 영이가 흙먼지 가득한 황갈색 땅에 혼자 누워 있었다. 남김없이 짓밟힌 영이는 빨갛게 웃고 있었다. 다음 순간 짙은 노을이 순식간에 영이를 삼켰다.(277쪽)

1인칭 관찰자 시점으로의 전환이다. 여러 차원의 시점의 병존과 교차를 통한 분열된 자아의 형상화는 과거 이상이 「종생기」에서 실험한 바 있다. 김사과는 이상의 바로 이러한 실험을 또 다른 방식으로 수행하고 있다고 볼 수 있는데, 놀라운 것은 이 중첩과 봉합이 작위적이라는 느낌이 들지 않는다는 것이다. 왜냐하면 '나'가 프레임 안으로, '순이도 없이 피흘리고 있는 영이'에게 다가간다는 것은, 결국 영이의 실존을 구한 것은 순이가 아니라 '글쓰기'라는 것을 뜻하기 때문이다. 글쓰기란 고통스런 과거에 대한 단순한 기록이 아니라 구원 행위라는 것, 그것이 이 중첩과 봉합의 의미라고 할 수 있을 것이다. 김사과의 「영이」를 읽은 독자는 이 소설에서 영혼을 고양시키는 어떠한 고매한 사상도 이념도 발견하지 못할 것이다. 그러나 쉽지 않은 독해를 마치고 나면, '백 문장'을 꼭꼭 눌러쓰고 있는 원한에 찬 화자의 '가느다란 떨림'을 가지고 나올 것이다.

2) 배수아 「회색時」

배수아의 최근 소설들은 쿤데라가 고찰한 바 있는 '생각하는 소설' 즉, '사색과 분석으로 이루어진 에세이가 어떻게 소설 예술에 예외적인 요소나 방해물이 아닌, 필수 요소로 작용할 수 있는가?'라는 물음에 대해 흥미로운 탐색을 보여준다. 『에세이스트의 책상』은 물론이거니와 단편집 『훌』, 그리고 그 시도의 극치인 『당나귀들』에 이르기까지. 그 중 시간의식과 관련된 단편 「회색時」를 살펴보자.

「회색時」는 이렇게 시작한다.

아무런 특별한 이유도 없이, 과거의 어느 사소한 순간이 생각날 때가 있
다. 과거는 주로 미래의 한순간과 강하게 연결되는데, 예를 들자면 죽음이
떠오르면서 동시에 과거의 어느 한 장면이 자연스럽게, 그러나 아주 당연
히 그래야만 한다고 주장하듯이 그 모습을 나타내는 것처럼 말이다.

—「회색時」, 『홀』, 문학동네, 2006, 29쪽

위 문장에서 서술하고 있는 이 '문득 떠오른 과거의 사건'이 이 작품
의 핵심 모티브이다. 여기에 대한 탐색은 그 뒤에 시간과 죄의식, 타
인 등에 대한 성찰로 이어진다. 우선 이 과거의 '느닷없이 떠오름'(후설
의 용어를 빌려 상기[7]라 하자)은 화자가 생각하기에 과거에 대한 회한이
아니라, 미래에 대한 갈망을 뜻한다는 것이다. 그래서 '미래는 과거의
예언[8]'이 되는데, 이 수수께끼 같은 이야기를 '수미'에 관한 이야기로
풀어간다. 쉽게 요약해 보자.

---

[7] 후설은 과거의 경험을 두 종류로 나눴다. 최근의 것을 '기억(retention:되당김, 과거지
향)', 먼 것을 '상기(recollection)'이라 불렀다. 어떤 지각이 현재로부터 사라져갈 때
처음에는 기억이었다가 점점 상기로 되어간다. 시간이 지나면 기억은 완전히 사위어
들어 더 이상 직접적으로 주어지는 현재의 일부이기를 그친다. 그것을 다시 경험하고
싶다면 기억이 아니라 상기로서 재구성해야 한다.(스티븐 컨, 앞의 책, 121쪽)

[8] 같은 맥락은 아니지만 보르헤스의 작품에는 이와 관련한, 다음과 같은 흥미로운 이야
기가 있다. "던은 후안 데 메나의 『미로』 우스펜스키의 『제3기관』에서처럼 미래는
자신의 모든 흥망성쇠, 그리고 세세한 사건들과 함께 이미 존재하고 있다라고 주장한
다. 이 미리 존재하는 미래를 향해(브래들리가 선호하는 것처럼 이 미리 존재하는 미래
로부터) 우주적 시간의 완전한 강, 또는 우리들의 삶의 유한한 강이 흐른다."(황병하
역, 「허버트 퀘인의 작품에 관한 연구」, 『보르헤스 전집 2 픽션들』, 민음사, 1998, 120쪽)

〈과거〉 20년 전 수미라는 여자에게 매혹되었다. 고백하지 못했다. 그 뒤에 비행기 사고로 죽었다는 얘기를 들었다.

〈현재〉 어느 날 문득 수미가 떠올랐다.

〈미래〉 우연히 그녀와 마주칠 것이다. 그녀에게 나는 진심을 숨기지 않을 것이고 그 뒤에 우리는 늘 함께 할 것이다.

위의 강조 문장의 〈미래〉는 앞의 '과거-현재'가 의미하는 연속선상의 그런 의미의 미래가 아니다. 그것은 이 글의 화자가 과거 한 때, 혹은 지금 '소망하는 미래'를 뜻한다. 그 소망의 내용은 "만일 언젠가 그녀와 다시 만난다면 과거처럼 어리석게 생각하거나 행동하지 말고 '멋지게' 해 낼 것이다"이다. 그래서 이 이야기의 시간 흐름과 서술시제는 상식적으로는 잘 이해되지 않은 구성을 만들어 놓게 된다. 즉, 서사적 흐름을 놓고 보자면 이 소설은 정확히 〈현재〉-〈과거〉-〈현재(혹은 과거에서 소망하는 미래)〉가 된다. 그런데 배수아는 이 마지막 〈현재(혹은 과거에서 소망하는 미래)〉를 미래시제가 아니라 과거 시제로 쓰고 있다. 그렇게 해서 수미에 관한 두 번째 이야기는 '미래의 기억'이 되는 것이다. 그러니까 이 소설이 왜 이렇게 쓰일 수밖에 없게 되었는지를 설명하고 있는 것이 이 작품 도입부에 길게 서술된 에세이의 의미이다. 이 도입부에서 화자는 '시간이 지날수록 과거는 모호해지고 오히려 미래가 훨씬 더 구체적으로, 친숙하게 느껴진다' 그렇기 때문에 과거를 '기록'하기보다는, 오히려 '미래'를 '기록'하는 것이 수월하다는 것이다. 이러한 성찰이 삽입되지 않았다면, 「회색時」의 줄거리는 흔히 있을 수 있는 '이야기'에 불과한 것으로 오인되었을 것이다. 같은 맥락에서 '죄의식'과 '타인'에 관한 성찰도 '느닷없이 떠오름'이라는 모티브를 서사화하는데 중요한 단서들을 제공하고 있다. 그 구체적인 내용을 도표를 통해 정리해보자.

	A 과거 → 과거시제	B (소망하는) 미래 → 과거시제(여기서는 미래시제로 바꾸었음)
a	20년 전 학원에서 만난 수미라는 여자에게 매혹되었다	어스름한 저녁, 나는 그녀를 만날 것이다.
b	그녀는 차가운 성질을 지닌 미인이었다.	여전히 아름답고 어쩌면 양아들을 데리고 있을 것이다.
c	단 한마디도 못하고 남몰래 관찰했다.	이번엔 먼저 말을 걸 것이다. 커피 값도 내가 낼 것이다. 그 후 많은 아름다운 여자들을 경험해봤고 그녀를 잊었기 때문에 '자신감'을 가지고 행동할 수 있을 것이다.
d	바보처럼 보일 수 있을 뿐이라는 확신이 강했기 때문에 수미에게 자신을 드러내는 행동을 극도로 삼갔다.	다시 예전의 감정이 생길 것이고, 그녀가 그것을 어떻게 받아들이든 나는 거기에 솔직해질 것이다.
e	나는 그녀가 '나'의 감정을 모른다고 생각했다.	그녀는 학원의 다른 사람들로부터 내가 그녀 얘기를 들었고, 거기에 대해 알고 있었다고 말할 것이다. 나는 수치심 때문에 '그건 네가 아니라, 다른 여자에 관한 얘기였다'라고 말하고 싶어하겠지만, 그러지 않을 것이다.
f	나는 다른 사람들에게 수미의 아름다움에 대해 얘기했다.	그녀가 힐난할지 모른다. 타인과 관련된 것에 관한 말을 함부로 해서는 안 되는 거라고, 그래서 불쾌해져서 학원에 나오지 않았다고 말할 것이다. 나는 거기에 침묵으로 동의할 것이다.
g	2년 뒤, 친구로부터 과거, 그녀가 비행기 사고로 죽었다는 소식을 들었다.	수미는 양아들의 손을 잡고 작별인사도 없이 밖으로 나갈 것이다. 나는 뒤쫓아 갈 것이고, 그 이후로 우리는 어디에서나 함께 할 것이고, 내 생애 동안 유일하게 진정으로 유쾌한 시간을 보낼 것이다.
h	수미에 대해 깡그리 잊었다. 뿐만 아니라 "수미를 독특하게 아름답다고 생각했던 것은 내 경험의 빈곤함과 정신의 미성숙 때문일 거라고 지레짐작하고 있었다"	수미를 예전처럼 아름답다고 생각하지 않고 있음은 아무런 의미가 없다. 나는 기회가 닿으면 기꺼이 수미에게 복종의 자세를 취할 것이다.

위 도표에서 A와 B는 거울을 보듯 서로 마주 선 서사이다. "거울의 벽을 통해 미래는 과거의 예언이 되었다"라는 말은 바로 이렇듯 '과거 서사 A는 B의 모습을 비추고, B(현재적 소망)는 A의 모습을 드러나게 하는 거울이 된다'는 것을 의미한다. 이 거울은 물론 사실을 좌우로 바꿔서 비춘다. 그러나 A－B로의 이동은 소박한 소망충족의 차원에서 이뤄지는 것이 아니다. 이 이동에는 소망충족도 있지만, 주인공 '나'의 성격에서 비롯된 내적 저항과 수치, 반성의식 등이 함께 작용하는데

그렇기 때문에 A보다 더 길게 서술되고 있는 B라는 상상공간이 실감
으로 작용하고 있는 것이다. 어떠한 반성적 성찰인가?

> 시간의 계단을 점점 더 많이 내려오면서 죄의식은 그 자체가 곧 과거의
> 보편적인 거울이라는 것을 알게 되었다. 심지어 개인적으로 가장 축복받
> 은 어느 순간의 빛나는 기억조차도 그것이 과거의 것이 된 이상 수치나 죄
> 의식일 수밖에 없는 어떤 것으로 변해버린다. (13쪽)

> 죄의식이란 이렇듯 철저히 이기적이고 개인적인 자아를 위해서 발생하
> 며, 그 자체는 숭고한 이상이나 도덕적 결벽과 아무런 관련이 없고 (…중
> 략…) 타인과의 접촉을 통해서 단지 사정없이 증폭될 수 있을 뿐이다. (14쪽)

위에서 작가는 어떤 찬란한 과거도 이미 없는 것이므로 '현재의 결
핍'을 메울 수 없는 것이고 따라서 그것은 언제나 죄의식을 동반하게
만든다고 말하고 있다. 한편, 죄의식은 '하지 못한 일들' ― 가령 선행
― 에 대한 자기 합리화이며 개인주의의 소산이기도 한데, 그것은 타
인과의 접촉에서 발생하는 것이라고 언급하고 있다. 즉 화자가 과거
를 모호하게 느끼거나 거부하는 것, 그리고 타인과의 접촉을 꺼리는
것은 바로 이 '죄의식' 때문이라는 의미이다. 그것의 극단적인 예를 작
가는 채식주의 동료를 통해 보여주고 있다. (채식주의자는 화자의 또 하나
의 분신이기도 하다) 이렇듯 꼬리에 꼬리를 무는 사색의 흐름은 결국 화
자가 "그녀라는 '타인'과 왜 만나지 못했나 혹은 고백하지 못했는가?"
라는 '후회'라는 정서에서부터 출발한다고 할 수 있다. 따라서 이 작품
은 단순히 '수미'라는 한 인물에 대한 사랑의 서사가 아니라 '타인' 일
반에 대한 사랑과 만남에 대한 에세이적 소설이라고 할 수 있다.

개인의 역사 중에서 타인이 차지하는 의미는 무엇일까. 타인은 과연 실재적인 것의 이름인가. 만일 그렇다면 그들은 왜 그토록 비밀스럽게 존재하여 모습을 드러내지 않는가. 타인이 존재하며 그들과 함께 이 세상을 살아왔다고 하는 것은 텔레비전의 선전이거나 종교의 광고 문안에 지나지 않을지도 모르는 일이다. 왜냐하면 우리는 모두 그들 타인을 일생 동안 단한 번도 실제로는 만난 일이 없기 때문이다. (…중략…) 그들은 아파도 울지 않고 총알이 뚫고 지나가도 피가 흐르지 않으며 공중에서 폭탄을 맞아도 진정으로 죽음을 경험하지 않고 공기처럼 흘러다니며 밤에도 잠들지 않는다. (…중략…) 단순한 환영이 아니라고 해도, 그들이 이름을 가질 수있을까. 타인이 정녕 애증의 대상이기나 한 것일까. (34쪽)

이 마지막 문장들은 '수미'라는 한 실험적 실존에 대한 성찰이 빚어낸, 시적인 문장들이다. 위 글에서 독자는 '타인'을 '수미'라고 읽어도 좋지만, '과거'라고 읽어도 무방할 것이다. '도대체 과거라는 환영은 존재하기는 했던 것인가, 혹은 타인은 실재하는 것이란 말인가'라는 이 작가의 질문과 함께 다시 도표의 'B 서사'를 읽는다면, 이 비애감을 안고 '수미'를 따라가는 한 실존의 진지한 걸음을 느낄 수 있다.

3) 한유주의 「허구 0」

한유주의 글쓰기는 산문가가 아니라 시인의 태도에 가깝다고 할 수 있다. 언어를 메시지를 전달하기 위한 투명한 렌즈로 사용하는 것이 아니라 메시지가 통과하지 못하도록 '불투명한 매질'로 사용하고 있기 때문이다. 그렇다면, 무엇 때문에? 시를 지향하기 때문에, 혹은 다른 의도로? 폴 발레리는 비평의 목표를 이렇게 정리한 바 있다. "작가가 스스로에게 어떤 질문을 제기하고 있는지(물론 그것을 의식할 수도 있고 그렇지 못할 수도 있다) 그리고 그것을 해결하고 있는지 그렇지 않은지를 발견하는 것"[9]

『달로』와 그 이후에 발표된 소설들에서 문제제기하고 있는 것이 있다면 이런 것이다. 우리는 '진짜 세계'를 감각하고 인지하고 전달할 수 있는가? 즉, TV, 인터넷 등의 매체, 이런 중개자에 의해 변형된 세계가 아니라 태초의, 원초적인 그런 세계를 체험할 수 있을까? 이러한 문명 비판적인 태도와 회의가 모든 스크린을 걷고, 심지어 언어까지 걷어버리고 '실재'를 향해 돌진하려는 모험을 만들었다고 할 수 있다. 그러나 어떤 상징계의 그물에도 걸리지 않는 '실재'와의 마주침은 실패로밖에 증명될 수 없다.[10]

「허구 0」은 이러한 문제의식과 동일한 맥락에 놓이는 것으로 기존의 소설 문법에 대한 완전한 부정을 그 목표로 하고 있다. '허구 0'이나 제목의 후보로 거론했던 "부정의 사물들" "무소부재의 허구"라는 단어에서 짐작할 수 있듯이, 이 작품은 이 세상 어디에도 없는 픽션을 의도하고 있다는 것이다.

그리하여 쓴다. '소설'이 아닌 '소설을 쓰는 과정'을. 그 안에는 글쓰기의 여러 실제적인 과정과 일상, 잉크 얼룩과 커피와 담배와 와인과 다른 책들과 그리고 그것을 기록하는 문장들이 있다. 때로 그 문장들은 글 쓰는 '나'가 아니라 문장들이 '나'를 이끌어가기도 한다. 가령 이렇게.

어떠한 문장도 마지막 문장이 될 수 없을 것이다. 의심과 불신은 어제를, 추측과 짐작은 내일을 동반한다. 그리고 오늘은 그리움이 있다. 그리고와 그리움은 두 개의 음절을 공유한다. 확신할 수 없는 확신 속에서, 나는 나

---

9   존 브렌크만, 「문학의 혁신」, 『세계의문학』, 2001년 가을호, 214쪽에서 재인용.
10   이와 관련하여 저자는 「지금, 우리 문학에서의 '현실'의 열도」라는 글(『작가와비평』 7호)에서 한유주의 글을 논한 바 있다.

를 반복한다. 여전히, 그리고 영원히.

— 「허구 0」, 『자음과 모음』, 2008년 가을호, 202쪽

때문에 이 작품에는 전통 소설 문법에서 요구하는 인물의 형상화나 그럴듯한 이야기, 플롯 같은 것이 없다. 그런 것은 '안' 쓰기로 했으므로, 들어올 수 없다. 물론, 내적 저항도 있다. 가령 "이 모든 글자들을, 이 모든 단어들을, 이 모든 음절들을 모조리, 완전히, 남김없이, 하얗게 혹은 검게 삭제하고 그 자리에 너를 쓰고 싶다." 그리고 불안도 있다. "그런데 내가 지금 쓰고 있는 문장들은 하나의 이야기를 구성하지 않는다. (…중략…) 소설로는 가능할까? 불가능하지는 않다고 생각하지만, 여전히 확신할 수 없다." 그러나 작가는 이러한 욕망과 불안을 견디고 쓴다. 의미 있는 단어들의 축적과 치밀한 구성에 의해 완성되는 한 편의 소설이 아니라, 쓰면서 휘발되는 문장들을. 가정법과 부정법, 미래 시제, 과거 시제, 현재형, 긍정법, 부정법, 쓰기로만 작정한다면 문장은 무궁무진하다. 따라서 이 작품의 글들은 "글 쓰는 놀이, 다시 말해서, 종이에 펜으로 검은 글자"라고 했던 작가의 말처럼 서예라고 보아도 좋다. 그 안에 의미는 있어도 좋고 없어도 그만이다. 그래도 무슨 의미는 있을 것 아니냐고 따져 묻는다면? 맨 뒷 부분만 읽으면 된다.

사육을 거부하는 개 주인의 오후에 대해 생각하는 것이다. 그리고 오후 7시 17분, 서사에 규율은 없었으나 규칙은 있었다. 개 주인은 아침마다 벽돌을 잘랐다. 자른 벽돌 조각들은 개들에게, 부스러기는 새들에게 먹였다. 사육장의 유리는 모두 깨졌다. 개 주인의 검은 티셔츠는 잿빛이 되었지만 핏자국은 눈에 띄지 않았다. (…중략…) 마을 사람들의 원성이 높아졌다. 개들이, 냄새를 풍긴다는 것이었다. 어쩌면 악취를, (206~207쪽)

사육을 거부하는 개 주인이란 소설가이고 개들은 '소설'이나 '언어'이다. 먹이를 주지 않았다는 것은 이야기, 인물, 극적 사건, 의미를 주지 않았다는 것. 그래서 뛰쳐나간 개들은? 물론 들개, 혹은 야생 짐승에 비유할 수 있는 '소설 이전, 혹은 이후의 소설, 반소설'이다. 작가의 의도가 '앙티로망, 누보로망'이라 불리는 그런 것이었다면 이 작품은 그것을 훌륭히 성취하고 있는 셈이다.

그렇다면 도대체 '반'소설로서의 소설이란 무엇인가? 고진의 이야기를 빌자면 '미적 관점'의 전횡은 '교환 가치의 전횡'과 다름없다. 가령 컵, 연필, 책상을 그것의 사용가치 및 여타의 성질(컵을 예로 들면, 마시기 위한 것, 내가 좋아하는 컵, 깨지기 쉬운 것 등등)을 괄호치고 교환가치, 즉 화폐 단위 3,000원, 500원, 10만원의 수치로 환원시키는 것과 다르지 않다는 것이다. 반소설은 '미적 관점'에서만 성립하는 소설이다. 그것은 뒤샹의 변기가 전시장 안에서만 '샘'으로 통하는 것과 마찬가지이다. 여기에는 페터 뷔르거가 한 다음과 같은 구분도 덧붙여져야 할 것이다. 유미주의와 아방가르드의 문제인데, 페터 뷔르거에 따르면 이 둘은 다음과 같이 구분된다. 즉, 유미주의가 아방가르드는 부르주아 세계를 비판하고 있다는 점에서는 서로 공통되지만, 유미주의가 이 적대감에 기반하여 예술을 이탈시켜 미학적 자율성을 완성시켰다면, 아방가르드는 "예술을 생활실천 속으로 끌어들이면서 예술의 자율성을 지양한다"[11]는 것이다.

앞서 언급한 '시적 태도'와 관련하여 간략하게 짚고 넘어가도록 한다. 이 말은 글쓰기의 태도가 시인의 태도와 흡사하다는 것이 '시적 언어'를 구사하고 있다는 의미는 아니다. 예를 들면, 전통 문법으로 쓰여

---

11 최문규, 「아방가르드 미학의 현대적 의미」, 『아방가르드와 현대성』(보리스 그로이스), 문예마당, 1995, 223쪽.

진 소설들에서 보이는 이러한 문장들.

　"감각에 발각되지 않는 시각의 발목."

　"활자들이 번식한다. 불판 위에 활자들을 얹으면 지방질이 녹아 고소한 냄
새를 풍겼다. 육식과 독서는 상식적인 행위였다. 물가에 스산하게 자라난
억새들이 고인 물의 문장들을 꺾어 열심히 흔드는 풍경 따위를 상상했다."

　　　　　　　　　—「육식식물」,『현대문학』, 2007년 12월호

　"수첩만한 창밖으로 비가 오고 있다."

　"두려운 것을 그저 두려워하리라. 끊임없이 시들고 피어나고 다시 시드
는 감정을 견디리라."

　　　　　　　　　—「유령을 힐난하다」,『창작과비평』2006년 가을호

　'시적'이라는 것에 대해 함부로 말할 수는 없지만, 이러한 문장들이
'시적'이라고 한다면, 그것은 시인들에게 좀 안 될 말이라는 생각에 밝혀
두는 것이다. 아마도 한유주의 '시적' 언어란 비문일 때만 감지될 수 있
는 그런 것이라고 해두는 편이 나을 것이다. 물론, 낭송에 관해서는 그렇
게 소설을 읽을 독자란 거의 없기 때문에 할 말이 없다. 또한 한유주 작
품의 시적인 분위기는 서정적 태도 혹은 센티멘털리즘에 가깝다. 센티
멘털리즘이 때론 작품을 만들기도 하지만, 대개의 경우 그것은 사실
(fact)보다 감정(pathos)이 과잉되었다는 측면에서 우리는 그것을 '쉰 감정'
이라고 부른다. 더불어 "소설가는 자신의 서정 세계의 폐허 위에서 태어
난다"[12]라고 했던 쿤데라의 말을 빌지 않더라도, 세계 위에 개인의 좌표
를 그리는 산문가에게 '서정적 태도'는 미성숙의 표지일 수밖에 없다.

─────

[12]　밀란 쿤데라, 박성창 역,『찢어진 커튼』, 민음사, 2008, 122쪽.

4) 김유진 「늑대의 문장」

「늑대의 문장」은 낯설기는 하지만, 독해가 불가능한 것은 아니다. 이 작품은 어떤 서사를 갖고 있는지는 다음과 같은 문장들을 일독하는 것으로 충분하다.

> 폭사(爆死)가 시작된 것은 설이 갓 지났을 무렵이었다.
> 폭사는 전염병처럼 퍼져갔지만 발병의 원인이나 숙주조차도 알 수 없었고 그 어떤 규칙성도 발견할 수 없었다.
> 소녀에게 이모는 유일한 친구였지만, 무시와 조롱의 대상이었다.
> 이모가 잘 하는 것이 하나 있었다. 바느질이었다.
> 잠잠해져가는 폭사 대신 잠재된 또 다른 적과의 대치를 예견하고 있는 듯 했다. 그것은 늑대였다.
> 소녀는 한 마리 늑대를 보았다. 그는 그것을(닫혀 있는 세상―인용자) 맹렬히 물어뜯고 차지한 왕 같았다.
> 이모가 폭발했다. 다행히 이모는 죽지 않았다.
> 늑대들이 민가의 문을 부수고 들어가 사람을 공격하기 시작했다.
> 여론은 늑대가 사라진다면 폭사도 사라질 것이라는 결론으로 치달았다. 가시적인 목표가 생기자 사람들은 적극적이고 전투적으로 현실에 대응했다.
> 한 무리의 늑대들이 몰려와 소녀의 발목을 물고 숲을 향해 치달렸다.
> 무성한 숲에서 늑대가, 온전한 사람의 얼굴을 하고 유일하게 어둠을 지킬 것이라고 소녀는 굳게 믿었다.
>
> ―『늑대의 문장』, 문학동네, 2009

작품의 문장들로 재구성해 본 이 줄거리는 소설의 뼈대이다. 소설은 이 줄거리에 살을 붙여 형상화하는 것을 의미한다. 그러나 저러한 문장들 사이에 있는 것은 풍부한 디테일이 아니라 이것과 흡사한 서술요약의 변형들이다. 작가는 비평가의 문장을, 역할을 훔치고 있는 것이다. 또한 이모의 '바느질' 같은 경우에서 보듯, "총이 나왔다면 그것은 반드시 발사되어야 한다"라는 단편 미학의 원칙과 하등 관계없이 부유하는 모티브와 이미지들이 나열되고 있다. 물론 이 작품은 반문명적 사유에 바탕하여 '인간세계에 대한 환멸, 오염되지 않은 야생과 시원에 대한 욕망'을 그리고 있다고 할 수 있다. 그러나 어떤 메시지를 겨냥하고 있는가가 작품의 가치를 결정하는 것은 아니다. 그것을 논하기 이전에 작품으로서의 존립 여부가 더 중요하다는 것이다.

　이 작가의 작품에는 흔히 '환상성, 몽타쥬, 알레고리, 그로테스크' 등의 수사가 동반된다. 환상성만 놓고 보자면, 알레고리, 몽타쥬 등의 수법이 그러하듯이 그것 자체만으로 가치평가 될 수 없다. 그러나 실재하지 않는 환상이 유의미하다면, 그것은 현실에서 작동하고 있을 때에만 그러하다. 예를 들면, 귀신은 없다. 그러나 어떤 사람이 매일 밤 귀신을 보고 그것 때문에 식음을 전폐하고 앓아누웠다면 그것은 '실체'이다. 관료주의, 자본주의 같은 이데올로기도 바로 그와 같은 실체들이라고 할 수 있다. 카프카의 「변신」에서 그레고르 잠자가 벌레로 변하는 것은 환상이다. 그러나 이 작품에서 이 환상은 다른 환상들을 불러오고 작품을 비개연적으로 일그러뜨려놓지 않는다. 「변신」은 그레고르 잠자가 벌레로 변한 것만 빼고는 극사실주의에 가까울 정도로 사실적이다. 「변신」에서 벌레라는 환상이 필요했던 것은, 그 뒤에 벌어질 일들 때문이다. 가령, 잠자의 변신 후 부모님은 일을 하게 되고, 하숙을 들이게 되고, 여동생이 음악학교를 포기하게 되고, 무엇보다 잠자를 '쓸모없는 인간'이라고 생각하게 된다. 알레고리라는 수사는 '환상의 다발이나 파편들의 패치워크'가 아니라 '작동하는 환상'에 의한 인간 소외의 형상화에 붙여진 이름이다.

3. 나오며

쾌인은 늘 독자란 이미 멸종된 종족이라고 주장하곤 했다. 〈잠재적이든 실제적이든간에 (그는 이렇게 이유를 들었다) 작가가 아닌 유럽 사람은 단 사람도 없기 때문에 말이네〉 그는 또한 문학이 제공하고 있는 많은 행복 중에서 가장 최고의 것은 창조성이라고 단언하곤 했다. (…중략…) 쾌인은 대중이라고 불리는 이러한 〈불완전한 작가들〉을 위해 『선언』이라는 책을 통해 여덟 개의 이야기를 제시했다. 이들 하나하나는 작가가 의도적으로 끝맺음을 해놓지 않아 하나의 훌륭한 이야기가 전개될 수 있도록 예시하거나 약속하고 있다. 어떤 이야기는 — 가장 훌륭하지 않다 — 두 개의 줄거리를 암시한다. 허영심에 얼이 빠진 독자는 자신이 그것들을 창작했다고 믿게 된다.

— 「허버트 쾌인의 작품에 대한 연구」, 127쪽

'독자의 멸종'과 '창조성'에 관한 보르헤스의 이야기는 우리 소설이 당면하고 있는 현재, 그리고 글쓰기에 대한 하나의 의미있는 거울이 될 수 있을 것이다. 사이버공간의 무수한 개인 홈피와 블로그, 까페 등등 정보매체의 발달과 다원화는 과거 문학제도 자장 안에서 확고했던 모든 경계들을 지우면서 진군하고 있다. 대중이 모두 '불완전한 작가'로 존재하는 이 시대에 독자의 기대지평은 도대체 문학제도 안과 바깥, 어디에서 가늠될 수 있을까? 이 필연적 변화로 인해 현 문단이라는 것도 안과 바깥이 꼬인 뫼비우스띠의 형국과 흡사해졌지만, 그렇다고 해서 은둔이라는 수세적 방어나 무조건적 수용이라는 방기, 두 방향만을 볼 수는 없을 것이다. 그러나 김수영 말을 빌자면, '사랑과 자유의 동의어로서 혼란'은 더 많을수록 좋다. 문제는 이 문학적 혼란이 현실의 그림자로서의 혼란인지 아니면 전혀 혼란스럽지 않은 현실을 비춘 가짜 혼란인지를 판단하는 것이 중요할 것이다. 그런 의미에서 문학의 혁신에 있어서 존 브렌크만이 말한 두 가지 — 고양된 영혼의 기억으로서의 '별'과 무질서하고 사라지기 쉬운 모더니티들로서의 '쓰레기'[13] — 는 우리에게도 중요한 나침반이 될 것이다. 무한하게 열린 서사의 길 앞에서 아무도 나서지 못한 고행길에 작가들의 낯선 작품을 힘겹게 따라 읽는 까닭은 이 난맥상의 현실에서 '진정한' 실존의 방식은 무엇인지를 묻고자 하는 것이지, 공중부양을 기대하는 것이 결코 아닐 것이다.

---

13 존 브렌크만, 앞의 책.

중년의 '신세대', '분단'과 '통일'을 사유하다

1. 다시 '광장'으로?

한국 분단 문학사에 길이 남을 『광장』을 『새벽』에 처음 발표하면서, 최인훈은 서문에 다음과 같은 말을 남겼다.

인생을 풍문 듣듯 산다는 건 슬픈 일입니다. 풍문에 만족치 않고 현장을 찾아갈 때 우리는 운명을 만납니다. 운명을 만나는 자리를 광장이라고 합시다. 광장에 대한 풍문도 구구합니다. 제가 여기 전하는 것은 풍문에 만족치 못하고 현장에 있으려고 한 우리 친구의 얘기입니다.[1]

---

1 『새벽』, 1960년 10월호, 『광장 / 구운몽』(최인훈 전집 1), 문학과지성사, 1995년, 19쪽에서 재인용.

작가 최인훈이 '관념 철학자의 달걀' 이명준을 "수인(囚人)의 독방처럼, 복수(複數)가 들어가지 못하는 단 한 사람을 위한 방"에서 끄집어내어 '광장'에 서게 했을 때, 그것은 개인의 삶을 구속하고 이끌어가고 있는 보다 큰 사회의 테두리 속에서 운명을 조감하게 하기 위한 것이었다. 작가의 말대로, "개인의 밀실과 광장이 맞물려있던" 원시 공동체가 사라지고, 밀실과 광장이 갈라지던 날부터 근대 인간의 괴로움은 시작되었을 터이지만, '광장에 나서지 않고서는 살지 못하며', 또한 '밀실로 물러서지 않고서도 살지 못하는 것'이 현대인의 비극적인 삶의 조건인바, 개인과 공동체의 조화는 근대 정치와 문학의 가장 핵심적인 '문제'가 아닐 수 없다.

　1990년대 이후의 한국문학에 대한 비평적 수사가 대개 '개인의 내면성'으로 수렴된다는 점에서, 그것은 일종의 '밀실'의 만개였다고 할 수 있다. 물론, 그것은 '비루한 욕망'의 자기탐닉에만 그친 것이 아니라 온갖 공식적, 집단적 이데올로기에 의해 조작되고 짓눌린 '주체'를 폐기하고 '있는 그대로의 개인'을 복원하려는 행보이기도 했다는 점에서 소중하다. 그럼에도 불구하고 대개는 지극히 작은 단위의 공간에서 '주체'를 분할하고 미분한, '복수적 주체'들의 고투였다는 점에서 현실을 총체적으로 조망할 수 없는 '밀실'의 문학이었다고 할 수 있다. 그런데 2000년대 이후 한국문학은 이러한 개인주의 편향에서 벗어나, 광장을 사유하기 시작했다는 소문이 들린다. 2000년대 이후 '탈국경'의 서사들과 최근의 문학과 정치에 대한 담론들이 그 예가 될 수 있는데, 물론 그 방식은 과거의 것과 동일하지는 않다. 가령, 김영하의『검은꽃』이나 김연수의『밤은 노래한다』등이 민족 국가를 화두로 내세워 애니깽과 민생단을 다루고 있다고 하더라도 개인에 앞서 '집단적 주체성'을 강조하기 위한 것이 아니라는 점에서, 과거의 '광장 문학'과는 그 성질을 달리한다.

어찌되었든, 2000년대 우리 작가들의 '사회적 상상력'은 조금씩 재가동되기 시작했다는 것은 사실인 듯하다. 개인의 삶이 어쩔 수 없이 사회 제도와 정치에 의해 강제된다는 점에서, 이 '광장'의 현장 검증을 통한 '운명'에 대한 탐색은 자유로운 개인들의 자기 추구가 필연적으로 마주할 수밖에 없는 과정이다. 이 광장에 대한 탐색은, 내 삶을 내 의지와 무관한 방향으로 이끄는 '내 안의 타자성'이 아니라, 개체와 개체를 초월하는 어떤 것, 즉 주체 바깥의 타자성과 상호관계에 대한 질문이다. 물론 이 질문은 그간 과거 '자명'했던 것들을 뿌리째 흔들어놓는 '회의주의'적 방식으로 작동되어왔다. 그리고 현재 세계화의 흐름을 타고, 이 해체의 영역은 더욱 확장되고 있는 듯하다. 국가나 민족이라는 단위가 삶의 가장 중요하고 절대적인 테두리라는 것은 이제 한낱 풍문에 불과하다. 그렇다면, 보다 실제적인 삶의 근간을 규명하기 위해 광장에 나선 작가들이 도달한 이 시대의 '38선'이란 무엇인가? 실제적, 비유적 의미에서 우리 삶을 한정짓는 '38선'에 대한 성찰을 보여주고 있는, 2000년대식 분단 문학을 살펴보자.

남과 간첩의 딜레마를 다룬 『빛의 제국』과 통일 이후 가상현실을 그리고 있는 『국가의 사생활』은 1990년대에 스포트라이트를 받으며 등장한 '신세대' 작가들의 작품이다. '나는 나를 파괴할 권리가 있다'라는 도발적인 선언을 통해 개인의 무한 권리를 주장했던 김영하와 「달의 뒤편으로 가는 자전거」와 같은 작품을 통해 고독한 실존을 탐미적 문체로 천착해왔던 이응준이 그들이다. 1990년대를 거쳐 2000년대 말에 이제 중견에 이른, 이른바 '1990년대 신세대' 작가들은 왜 분단과 통일을 사유하기 시작한 것일까? '골방'에서의 탈출인가, 아니면 인간의 삶을 기획하는, 복합적이고 전체적인 맥락에 대한 진지한 성찰인가? 또한 이들 작품의 주인공이 아슬아슬한 모험을 통해 도달한 곳에서 만난 운명이란 무엇인가? 이들에게 운명을 선고하고 있는 광장이란, 진정한 의미에서 우리의 현재와 미래를 구속하고 있는 바로 그 '공동체의 현장'인가? 궁극적으로, 그들이 가리키고 있는 것이 진정 우리의 운명인가?

분단현실을 살고 있으면서, 이 핍진한 실제에 대해 그간(1990년대 이후) 문학이 등한시하였다는 점에서 이들의 '분단'과 '통일'에 대한 사유는 우선, 고무적인 일이라고 할 수 있다. 그런 점에서 이들 작품은 분단 이후, 우리 문학의 한 주류를 이루었던 분단문학의 맥을 잇는다고도 할 수 있으나, 다음과 같은 측면에서 과거와는 커다란 차이점을 보여준다. 해방 이후, 분단현실을 탐색하고 있는 소설들은 대체로 한국전쟁의 상흔, 이데올로기적 대립, 전후 세대의 갈등, 가족 공동체의 파괴, 분단으로 인한 신식민적 현실 등을 주로 다루고 있다. 이호철, 박완서, 박경리, 김원일, 윤흥길, 조정래 등은 이렇듯 '분단 상황'에서 발생하는 문제들에 천착하고 있는 대표적인 작가라고 할 수 있으나, 과거 우리 문학의 중요한 이념이었던 '민족문학'이라는 큰 범주에서 보면, 민족국가와 민중의 주체적 삶을 기획하는 많은 작품들은 '분단' 극복을 위한 '통일 문학'이었다고 할 수 있다. 그런데, 김영하와 이응준의 '분단 문학'은 가족 공동체 파괴 및 전쟁비극 등 과거의 '역사적 기억'과는 무관하다. 1970년대를 전후로 하여 태어난 이들의, 분단 세대의 한계이자 새로움이라고 할 수 있는데, 과거 역사적 기억과 단절된 이들에게 '분단'이란 구체적 일상에서 비롯되는 '문제'적 현실이 아니라, 추상에 가깝다. 즉, 개체적 생존을 구성하고 있는 생활세계에서 분단의 상흔을 직접 목도하지 못하거나 혹은 공감하지 못한다고 했을 때, 이들에게 '분단'은 그 구체적 일상의 모순이 아니라, 사회적 전체의 모순된 제약이라는 다소 추상화된 형태를 띨 수밖에 없다는 것이다. 그것은 사실, 생활세계와는 다소 먼 거리에 있는 '정치'를 사유한다는 것을 의미한다.

2. 타자(북)는 어떻게 동화되는가? — 내면없는 인간의 항로

계간 『문학동네』에 연재되었다가 2006년 출간된 『빛의 세계』는 2000년 6.15 공동 선언과 2005년 남북 작가의 만남 등, 일련의 탈분단과 평화통일 무드에서 탄생된 작품이다. 그러나 이 작품은 발표 당시의 시대적 흐름에 순항하는 '탈분단'의 전망이나 남북 화해 협력 등과는 무관하다. 당겨 말하면, 『빛의 제국』은 긍정적인 의미에서 '남한 자본주의'에 대한 비판이자, '남한 자본주의'의 완전한 승리에 대한 예견이다. 그 내용을 살펴보자.

주인공 김기영은 표면적으로 보자면, 대한민국의 평균적인 중년에 해당한다. 7시에 잠에서 깨어, 이갈이용 마우스피스를 빼고, 딸과 일상적인 대화를 나누고, 출근한 뒤 이메일을 체크하고 사무를 보는 그저 평범한 소시민. 이 사내의 이력 또한 서울 중산층의 전형적인 모습을 담고 있다. 67년생 김기영은 85년 노량진에서 검정고시와 대입고사를 준비하여 86년에 연세대 수학과에 입학한다. '정치경제연구회'라는 동아리에 가입하여 학생운동을 하고, 거기에서 만난 '장마리'와 결혼하여 딸을 낳고, 과거 '학생운동' 따위는 잊고 영화수입업자로 돈을 벌고, 대출을 얻어 삼십 평 대 아파트를 장만하고 사십인치 TV로 월드컵을 시청하고, 부에나비스타 소셜클럽과 초밥과, 샘 페킨파, 미시마 유키오를 즐긴다. 요컨대 그는 "배는 불룩 나오고 가슴은 빈약하며 팔에는 물살이 출렁대는", "모든 꿈과 희망을 잃어버리고" '자본주의적 권태와 허무에 찌든 남한의 평균적인 중년 남성을 대표하고 있는 것이다. 수입자동차 영업사원으로 화려한 쇼룸을 휘저으며, 이십대의 젊은 남자와 바람을 피우는 아내 장마리 또한, 흔히 있을 수 있는 서울 중산층의 풍속을 대변하고 있다. 그러나, 겉으로 보이는 이 매끄러운 남한 자본주의적 일상의 내부에는 이 안온한 동일성의 체계를 위반하는 '타자'가 존재한다. 그것은 김기영이라는 '짝퉁 남한 중년의 숨겨진 정체성'이다.

짝퉁 김기영이 아니라 오리지널 '김성훈'은 63년생으로 평양 외국어대학 수학과에 다니고 남파공작원 훈련소인 130연락소를 거쳐 1984년에 남한에 내려온다. 그때부터 '옮겨 심어진' 삶을 살아온 김기영의 진짜 정체성은 단 한번도, 그의 표면적인 남한 자본주의 삶을 불가능하게 하거나, 방해하지 않았다. 김기영의 또 다른 정체성은, 남한 자본주의에 잘 봉합되어 있었던, '묻혀지고 잊혀진 타자성'이었던 것이다. 그런데 이 사화산처럼 죽은 김기영의 '고유성'이 다시 '활화산'처럼 작동하기 시작하게 되는데, 그것은 김기영이 북으로부터 받은 '귀환명령'에 의해서이다. "문어 단지여 / 허무한 꿈을 꾸네 / 하늘 긴 여름 달"이라는 하이쿠가 암시하는 4번 명령은 김기영에게 "모든 것을 청산하고 즉시 귀환"하기를 명령한다. 이 귀환명령은 남한에 동화되어 권태로운 일상을 영위하는 김기영에게 지난 20년의 자신을, 그리고 남한의 삶을 통째로 떼어내고자 하는 폭력과도 같은 것이다. '귀환명령'에 의해 호명된 그의 정체성은 이제 '타자성'으로 변질되어 다시 살아나 단단하고 매끄러웠던 그의 일상을 헤집어놓기 시작한다. 마치 "바늘 하나가 머릿속을 돌아다니는 것 같은" 두통처럼. 『빛의 제국』은 이 공비로 위장한 타자를 침투시켜 이것이 어떻게 자본의 풍요로움에 감염되고 동화되는지를 보여주는 실험적 보고서이다.

머릿속을 돌아다니는 이 '바늘' 하나를 어찌할 것인가? '귀환할 것인가, 거부할 것인가, 거부한다면 어떻게?' 더 이상 자신의 것일 수 없는 '북의 정체성'은 김기영에게 '남한'의 권태로운 일상을 새삼 향수하게 만든다. 남한에서의 삶이 단 하루밖에 주어지지 않은 김기영에게 현재 남한은 과거 북에서 느꼈던 타락한 욕망과 속물성으로 가득 찬 미제국주의의 점령지가 아니다. '권태와 허무'와 '자본주의 엄혹함'은 이제 그에게 끔찍한 현실이 아니라, 너무나도 익숙하고 안온한 '그 자신'인 것이다.

이 세계에 있을 시간이 하루밖에 없을 수도 있다고 생각하자 그의 눈앞에서 펼쳐지는 모든 장면들, 하나의 상투성에 불과했던 이미지들이 살아서 꿈틀대기 시작했다. 그는 바싹 마른 재생지가 되어 세상이라는 만년필이 자신에게 휘갈기는 모든 것을 탐욕스럽게 빨아들였다. 창작열에 불타는 얼치기 시인처럼, 엉겁결에 첫 키스를 하게 된 소년처럼, 그를 둘러싼 모든 것이 시적인 것으로 몸을 바꿨다. 사물들은 대구를 이루거나(바트 심슨과 체 게바라) 갑자기 비유로 변신하여 시침을 뗐다(청바지 광고모델과 깃발을 든 추레한 노동자들). 그들은 현실이 아니라 마치 자본주의사회에 대한 그의 감수성을 일깨우기 위해 갑자기 등장한 연극배우들 같았다.

— 『빛의 제국』, 문학동네, 2006년, 96~97쪽(이하 쪽수만 표기)

위 인용문에서 김기영이 보여주는 '노스탤지어'의 시선은 남한의 자본주의 풍경에 감각적 활력을 불어넣는다. 그것은 더 이상 환멸이 아니라, 향수어린 대상이 되어버린 것이다. 즉, 김기영은 더 이상 자본주의 체제 바깥의 '타자'가 아니라, 완전히 동화된 자본주의 '원주민'인 것이다. 그리하여 김기영에게 귀환명령에 의해 되살아난 자신의 '본래면목'은 거꾸로, 자신의 것이 아닌 섬뜩한 '타자성'으로 감각된다.

『빛의 제국』는, 이 완전히 죽지 않은 '타자성'에 대한 최종적인 선고이자, 확인사살이다. 이 타자성은 김기영의 고유성이면서, 동시에 자본주의의 타자성이기도 하다. 즉, '빛'이라는 자본주의 체계 안에 '구멍, 얼룩, 어둠'으로 존재하는 이 '타자성'에 대한 무자비한 폭격과 사살, 그리고 최종 봉합이 『빛의 제국』의 최종적인 의미인 것이다. 어떻게 덮이는가? 다음의 인용문을 보자.

① 공산주의와 혁명, 붉은색과 기계에서 풍기는 이미지가 좋았다. 그 넷은 잘 어울리는 조합이었다. 바쿠닌 식 무정부주의보다 마오쩌둥이나 스탈린 식 혁명관이 더 근사해보였다. 거대한 건축물이 굽어보는 널찍한 광장을 〈스타워즈〉의 클론들처럼 행진해가는 끝없는 잿빛 유니폼과 붉은 깃발의 물결, 기름칠한 방직기처럼 한 치의 오차도 없이 착착착 진행되는 퍼레이드를 볼 때마다 가벼운 성적 흥분을 느꼈다. 그것은 히틀러 제3제국의 친위대 SS의 유니폼을 사모으는 페티시즘과 궤를 같이하는 것이었다. (135쪽)

② 사람마다 원하는 게 다르고, 그래서 그걸 교환해서 서로 이득을 얻는 게 자본주의사회란다. 당장은 싫어도 지나고 보면 모두에게 이득이 되지. (…중략…) 남자는 옷을 벗고 화장실에 누웠다. 몸을 오들오들 떨며 눈을 감았다. 그녀는 그 남자의 얼굴 위에 버티고 서서 오줌을 누었다. 그녀의 뜨거운 오줌이 공안수사 전문 총경의 얼굴을 적시고 바닥으로 흘러내려 배수구로 흘러갔다. (…중략…) 그러나 공권력의 상징과도 같은 고위 경찰 관료의 얼굴에 오줌을 내갈긴 행위가 가져다주는 원초적 쾌감마저 부인할 수는 없었다. (61쪽)

③ 화려한 간판들, 한껏 차려입은 여자들이 승용차를 몰고 넓게 뚫린 대로를 운전해가는 곳이었다. 그녀는 단박에 강남에 매료되었다. (…중략…) 만약 다시 스무 살이 된다면 어떻게 할 것인가? (…중략…) 학생운동 같은 건 하지 않았을 거야. 영어를 배우고, 주말이면 테니스를 치고, 여름에는 요트부의 남학생들과 캠프를 떠나는거야. 곧 유학을 떠날 부유한 집안의 아들과 연애를 하다가 옆에서 그를 질투하는 더 부유하나 집안의 아들과

결혼해서 멀리 떠나는 거지.(170~172쪽)

④ 안정된 삶을 살아가는, 너무 늙지도, 그렇다고 젊지도 않은 매력없는 남자처럼 안전한 존재는 없을 것이다. 이들은 대체로 가족을 부양하고 있으나 동시에 그 가족으로부터 경원시 된다. 가끔은 위험한 거래를 제안받고 아슬아슬한 마음으로 가담한다. (…중략…) 어쨌든 그 부정의 폐쇄회로 어딘가에 접속되어 있으며, 거기에서 벗어나려는 헛된 꿈은 이제 품지 않는다. (…중략…) 한때 현행법이 금하는 사상에 매료되었다가 이내 자본주의의 엄혹함을 깨닫고 그 세계로 기꺼이 투항한 그의 대학 동창들의 삶도 그의 삶과 크게 다르지 않을 것이었다.(92쪽)

인용문 ①은 장마리와 불륜 관계에 있는 고성욱의 시선이다. 에드가 스노우의 『중국의 붉은별』을 탐독하며 장마리와 밀애를 즐기는 어린 법대생 고성욱의 시선은, "가장 자본주의적인 국가에서 유포되는 극좌적 이념의 가사들"이 어떻게 자본주의 사회에 '통용'되고 있는지를 적나라하게 드러낸다. 즉 그에게 체 게바라, 마오쩌뚱, 히틀러 제3제국의 친위대 SS는 바트 심슨과 다르지 않은 세련된 취향이자, 성적 흥분을 일으키는 미적 대상이다. 극좌적 이념들은 미국 펜시 상품하고 별 다른 차이를 지니지 않은, 상품들인 것이다. 인용문 ②는 대학 시절 운동권 활동을 하다 체포된 소지현이 고위 경찰간부와 성적 거래를 하는 장면이다. 소지가 남한의 경찰 간부와 주고 받는 것은 좌파, 우익 등의 이데올로기적 대립이 아니라, 그것들의 차이를 지우는 '욕망'과 '섹스'라는 최종 심급이다. ③은 장마리가 자신의 현재를 한탄하며 과거 학생운동 시절을 후회하는 장면이다. '차밍 워크 스쿨'에 다니기 위해 강남에 갔던 장마리가 발을 삐는 바람에 강남에 대한 적의를 느끼고 운동권에 투신한다는 설정도 터무니없지만, 어쨌든 그녀를 통해 386 세대의 과거 운동경력은 젊은이들의 감상적, 낭만적 치기로 변질된다. ④의 김기영의 시선 또한 이와 다르지 않다. '전향한 386세대'의 현재 의식은, 김기영과 장마리로 대변되고, 자본주의적 현실에 대항한 모든 의지와 대안은 '헛된 꿈'으로 폐기처분된다.

요컨대, 위 인용문들은 자본주의 체제 바깥에 있는 것들(타자성)과 고유성(사용가치)이 어떻게 이 '자본과 욕망'(교환가치)이라는 동일성에 봉합되고 있는지를 보여주는 것이다. 그 모든 고유성과 진정성은 '돈'과 '욕망'이라는 최종 심급 X에 의해 치환되고 수렴되어 사라진다. 이 '욕망'의 위력은 '귀환명령'으로 궁지에 몰린 김기영이 고군분투하고 있는 그 시각에 모텔에서 어린 두 남자와 정사를 벌이는 장마리의 난교에서 클라이맥스를 이룬다. 김기영이 귀환명령을 거부하고, 이명준처럼 제3국으로 떠나려고 방콕행 티켓을 끊었으나 여권이 만료되었다는 것은, 자본주의 세계 그 바깥의 어떤 것도 불가능하다는 것을 의미하며, 이 최종 선고는 장마리의 마조히스트적인 '난교'와 대비되어 축포처럼 터지면서 모든 어둠을 몰아내고 제국의 하늘을 빛으로 채운다. 간첩 김기영을 좇던 국정원 직원이 그에게 '소득세' '세무사' 운운하며 다른 두 간첩과 함께 신분 세탁해 줄 것을 건의하는 장면은, 이데올로기는커녕 어떤 사회정의나 공권력도 존재하지 않는 '자본'의 완전정복을 보여주는 빛의 제국의 대단원이다.

그렇다면, 간첩 김기영 혹은 김성훈이란 누구인가? 그의 자아란, 고유성이란, 주체성이란 무엇인가? 이 작품에 따르자면, 그것은 '없다'. 김기영이든, 김성훈이든, '개인'은 없다. 있다면, 체제를 학습하고, 체제에 의해 길들여진, 국화빵 같은 '욕망'의 단위로서의 '개인'만이 있을 뿐이다. 김기영은 스파이라는 직업을 위해 '존재감이 없는 사람'으로 훈련된다. "경지에 이를 때까지 자신을 지워라. 보면 보이지만 인상은 남기지 않는 사람이 돼라. 매력을 없애고 따분해져라. 언제나 공손하고 누구와도 절대로 논쟁하지 마라." '사람들의 기억에 남는다는 것은 곧 거슬린다는 것을 의미한다'와 같은 공식을 통해 '아상(我相)'을 철저히 벗어던지기를 종용받은 김기영의 정체성은 마치 이창래의 『네이티브 스피커』의 주인공 헨리와 유사하다.[2] 침묵당하기를 강요받은 존재, 그것은 존재하지 않는 것과 마찬가지이다. "재생 처리된 사이보그처럼 그의 눈, 심장 그리고 하드디스크가 어느새 이 세계의 것으로 자신도 모르는 새 철저히 바뀌어"버린 존재, "오직 생존과 통제력, 이 두 가지만이 관심사인 남자가 존재한다는 게 경이로울 따름, 내면도 없고 신이나 초자연적 존재에 대한 관심은 물론 내세도 믿지 않는 사람"은 곧 어떤 것과도 교체·교환 가능한 기계이자 부품이며, 자본이다. 이는 단적으로 "내면없는 인간"[3]으로 정의되는데, 그것은 간첩 김기영만이 아니라 현대 사회의 대다수의 인간들의 특징이라는 것, 요컨대 "어떤 윤리적인 중심"[4]도 갖지 못한 채, 변화하는 시대에 적절하게 적응하고 동화되는 우리들 모두가 '김기영'이라고 작가는 말하고 있는 것이다. 김기영처럼, 남한의 대다수는 '카인'의 표식을 팔아먹고, "살기 위해 오직 살아남기 위해" 존재하는 그런 인간이라는 것이다.

  "인간의 창의성, 의식성, 자주성을 가진 존재로서 자기 운명은 자기가 결정한다"는 혁명사상, 주체사상에 대해 김기영의 아버지는 다음과 같이 반문한다. "정말 인간이 그렇게 대단한 것 같으냐?" 그리고 이러한 아버지의 유산을 이어받아 김기영은 마침내, 철저히 시장 전체주의에 봉합된 자신의 정체성을 수긍하고 "자기 운명을 긍정하게" 된

---

2 정체성에 대해 고민하고 이를 추구하기 시작한 헨리와 그것을 끝내 지워버린 김기영은 두 작품을 전혀 다른 결말로 이끌고 있다.
3 김영하·서영채, 대담 「내면 없는 인간의 내면을 위하여」, 『문학동네』 2006년 가을호.
4 위의 글, 105쪽.

다. 130연락소의 서울 거리의 미니어처처럼 정교하게 구성된 이 자본주의 메커니즘에서 인간의 주체성이나, 의지란 존재할 수 없다는 것. 인간은 자신의 뜻대로 운명을 개척해나가는 '주인공'들이 아니라, 이 촬영 세트장과도 폐쇄회로에 내던져진 '모르모트' 같은 존재라는 것. '이곳'을 아무리 벗어나려 해봐도 그것은 영화 〈트루먼쇼〉처럼 불가능하다는 것. 작가는 김기영의 '간첩'이라는 신분을 자본에 물으면서 이렇게 선고하고 있는 것이다.

그러나, 정녕 386 세대란, 나아가 인간이란, 작가가 말하듯, '80년대의 변혁 운동에서 1990년대의 혁명 이론 폐기와 현실 사회주의 붕괴, IMF 시대로' 전이되는 시대상황에 적절하게 몸 바꾸어 대응하는, '내면 없이' '이식'되기만 하는 존재일까? 그렇다면 이 작가의 이러한 세계인식은 과연 황폐한 현실에 대한 비탄인가, 혹은 풍자인가, 아니면 냉소인가?

변화하는 시대에 맞춰 날렵하게 몸을 바꾸는 사이보그가 우리 시대의 정체성이라면, 그것은 '내면이 없어서'가 아니다. 그것에는 단 하나의 내면이 있다. 지배자의 용모, 시대의 흐름을 따라 중심에 있고자 하는 치열한 욕망이라는 단 하나의 내면. 이것이 문제 삼는 것은 '생존'이 아니라 낙오, 패배, 파탄, 성공 같은 것이며, 이 구도는 이념의 진정성, 윤리성, 이상, 가치 같은 것을 허용하지 않는다. 요컨대, "아무 생각없이 제 할 일만 하는" 혹은 "시대가 시키는 대로 고분고분" 살아가는, 내면 없는, 또는 생존의 내면만 있는 인간이란, 김기영이 국정원 직원 위성곤에게 일갈하고, 평론가 서영채가 예리하게 지적했던 "바로 개새끼"의 정체성이라는 것이다.

결론적으로, 『빛의 제국』이라는 분단 문학에 '분단'은 없다. 38선이라는 이쪽과 저쪽을 가름하고 차이지우는 경계란 '빛의 제국'에 존재할 수 없다. 그것은 민족이라는 동일성에서 오는 경계지움이 아니다. 온갖 이질적인 것들, 차이들을 지우고 매끄럽게 봉합하는 것은 욕망과 자본이라는 최종심급이다. "양극화, 학력차별, 부의세습, 팔십 대 이십"의 자본주의라는 전체성, 「전태일과 쇼걸」처럼 모든 가치와 이념들이 미학적으로 펼쳐지는 도시 풍경, 그리고 운동권 세대들이 구령하는 '김정일 수령님'을 "성기의 비속어를 공공연히 발음할 때처럼 어딘가 음란한 구석"이 있는 '금기에 대한 위반'으로 치환시켜 놓고 있는 작가의 시선에는 일말의 사실성이 존재한다. 그러나, 그것은 모든 차이를 지우는 또 하나의 '전체주의'일 것이다. 한 가지 더 언급하자면, 이러한 세계를 바라보는 작가의 태도는, 비탄이나 풍자보다는 쿨한 냉소에 가깝다. 이 '쿨과 냉소'는 작품에서의 한 대목처럼 "속물이 속물인 것을 감추려는" 전략의 일종일 수도 있다.

3. 타자(북)는 어떻게 흡수되는가? ─통일, 그 대재앙을 그린 재난소설

이응준의 『국가의 사생활』은 통일 이후의 대한민국이라는 가상현실을 그린 소설이다. 2011년 5월 9일의 평화통일 이후 5년이 지난 시점인 2016년 4월 10일에서 출발하고 있는 이 소설은 이미 널리 유포되어 있는 생각, 즉 통일에 대한 사유는 '우리의 소원은 통일'로 상징되는 낭만주의적 민족담론과 소박한 염원에서의 당위론적 차원을 넘어선 것이어야 한다는 것에 바탕하고 있다. 무조건적인 통일이 능사가 아니라는 생각은 '낮은 단계의 연방제'인 두 개의 체제 인정에 합의한 2000년 6.15 남북공동선언을 그 정점으로 하여 이미 우리 사회에 보편적으로 확산된 통일 논의의 수준이라고 할 수 있다. 그러나 그 후, 다시 냉각된 남북상황은 6.15의 화해 분위기와 통일에 대한 희망을 얼어

붙게 했으며, 한반도 전역에 불던 통일바람마저 38선 대치선으로 돌려보내버리고 말았다. 이응준의『국가의 사생활』은 바로 이러한 현실에서 길어올린 근미래의 통일국가에 대한 것이다. 그가 그리고 있는 통일 대한민국의 모습은 다음과 같다.

지하 3층, 지상 6층의 광복 빌딩은 두 개의 세계로 이루어져있다. 이남 상류층 남자들이 이북 여성 접대부들을 만끽하는 최고급 룸살롱 은좌라는 지상의 세계(지하 1층까지 포함하여)와 희대 미문의 조선 인민군 출신 폭력조직이 스너프 필름에 뒤지지 않는 리얼 잔혹극을 펼치는 지하의 세계이다. '대한민국의 모델하우스'라고 칭하는 이 광복빌딩이 압축적으로 보여주는 것처럼, 통일 대한민국이란 이북 여성은 이남 남자들에게 유린당하고, 이북의 인민군은 온갖 폭력과 범죄로 사회에 보복하는 정신착란적 현실이다. 북한의 120만 대군의 해체에 따라 대량 무기는 암시장에 거래되고, 이들 대부분은 조직폭력배로 흡수되었으며 많은 북한 인민이 '주민등록'에서 누락된 대포인간이 되어 어두운 골목과 놀이터를 배회한다. 이남의 기업과 부자들은 이북의 땅을 사재기하기 위해 몰려가고, 초상류층인 북한의 아나운서였던 할머니는 잠실야구장의 청소부로 전락하여 자살하고, 김일성 종합대학의 철학부 소장파 교수는 조폭의 집사가 된다. 인육을 먹던 이북 사람들이 내려와 이남 사람들을 잡아먹는다는 소문이 횡행하고, 김일성 훈장과 레닌의 어금니 같은 사회주의 유산들은 조잡한 기념품이 되어 거리에서 팔린다. 그리고 공원에는 극빈자인 이북 출신들에게 무료 급식을 배급하는 풍경들이 일상화된다. 요컨대, 남한 자본주의에 의해 흡수된 통일 대한민국이란 혼란을 넘어선 '대재앙'이라는 것이다.

작가의 이러한 상상은 물론, 완전한 공상은 아니다. '아펜젤러라는 선교사가 인간 생체실험을 하여 장기를 미국에 팔아먹었다'거나, 이북 사람들이 인육을 먹는다거나, 혹은 북한 수용소에서 "이빨을 뽑고 막대기로 손가락을 꺾는 온갖 고문"이 자행되고 있다거나 하는 등의 날조된 사실과 풍문들, 그리고 90년 통일 이후 겪고 있는 독일의 곤궁함들[5]이 이 상상력의 원재료라고 할 수 있다. 동독 기업이 85%가 사라져 버렸고, 동독 인문학자들이 80%가 자리에서 쫓겨났다[6]는 통계 자료, 구동독에 대해 향수를 느끼는 이른바 오스텔지어(Ostalgie)현상, '게으른 동독놈들(Ossi) 역겨운 서독놈들(Wessi)'이라는 욕설의 유행, 2004년 베를린 알렉산더 광장에서 시위하던 동독 주민들의 외침, "우리는 베를린 장벽이 다시 세워지기를 원한다. 그것도 그전보다 더 높은 벽을!"에서 확인되는 동독인들의 박탈감과 사회문화적 분열은 통일 대한민국의 미래상을 "대재앙"으로 상상할 수 있게 하는, 충분히 근거 있는 자료일 수 있다. 그렇다면 이 소설은 반통일 세력의 유려한 미학적 상상물인가? 아니면 흡수통일의 가능성을 더 높이고 있는 작금의 시장 전체주의에 대한 경고인가? 그것도 아니라면?

작품에 좀더 깊숙이 들어가보자. 주인공은 혁명 원로의 손자이자 엘리트 군인인 리강이다. 리강은 통일 이후 조직 폭력배인 대동강에

---

5   가령 다음과 같은 자료들. "구동독에서 공무원의 요직이었던 국가 안전부와 사회주의 통일당의 일자리가 모두 사라졌으며, 연구와 개발 분야에서는 80%이상, 방송국과 사법부에서는 각각 70% 이상의 공무원이 해고되었다. 인문과학과 사회 과학 분야의 교수 중에는 90% 이상이 해직되었으며, 그 빈 자리는 서독에서 온 엘리트로 채워졌다. 특히 주정부 고위 관리의 경우는 3/4 이상이 서독인으로 대체되었다." (김누리, 「정치경제적 통합과 사회문화적 분열」, 『머릿 속의 장벽』(통일독일을 말한다1), 한울아카데미, 2006, 109쪽) 물론 이러한 통일 비용을 대가로 정치경제적 통합은 성공했다는 다음과 같은 자료들도 있다. "구동독 지역은 실질 임금은 1991년 대비 26% 상승하였고, 1인당 국내총생산도 75% 상승하여 비약적인 발전을 이루었다. 동서독의 소득 격차도 빠른 속도로 해소되고 있다. 1999년 구동독 지역의 평균 순가계소득은 구서독 지역의 80%를 넘었고 1인당 가처분 소득도 서독의 82%에 이르렀다. (…중략…) 구동독의 소득 수준은 서독 지역의 90%에 이르는 것으로 추정된다."(위의 글, 20~21쪽)
6   「볼프 비어만 – 독일분단사의 상징」(안성찬의 인터뷰), 『변화를 통한 접근』(통일독일을 말한다 2), 한울아카데미, 2006, 179~181쪽.

흡수되어 제2인자가 된다. 북조선에서는 출신성분이 미약하였으나 통일 후 세상의 덕을 톡톡히 누리고 있는 조명도는 리강과 줄곧 신경전을 벌이는 '넘버쓰리'이다. 그 위에 '대동강' 보스인 오남철이 있다. 오남철은 북한의 통치자금을 총괄 운영하던 '당39호실'의 좌장으로 북한 조선 국방위원장 살해 쿠데타 기도로 체포되어 오랫동안 수용소에 감금되어 있었으나 통일 후 5년 동안 숱한 이권과 사업을 대동강 밑에 포섭한다. 사건은 '리강이 평양에서 돌아온 지 ~째' 등의 장제목에서 알 수 있듯, 리강의 평양 방문을 전후하여 벌어진다.

리강이 평양에 가 있는 동안, 대동강 단원이자 리강의 최측근인 림병모가 살해당한 사건이 벌어진다. 리강은 서울로 돌아온 후, 표면적으로 정리된 림병모의 죽음을 파헤치면서 오남철이 추진하고 있는 음모를 알게 된다. 통일배급소에 배달될 음식물에 '페스트'균을 넣어 이북 사람들의 폭동을 일으키게 하려는 것이 바로 오남철의 '혁명기도'. 이 기도의 핵심 실무자인 림병모가 죄책감으로 망설이자 오남철이 그를 제거한 것이 사건의 실체이다. 결국 리강은 자신에 맞선 또 다른 적대 세력인 조명도를 물리치고, 오남철의 폭동 기도가 막아낸다. 그러나 그 와중에 윤상희라는 사랑하는 여인을 잃는다. 이것이 이 작품의 전체적인 플롯이다.

이 플롯이 의미하는 바는, 이 작품의 핵심이 '통일'이나 '분단'에 있는 것이 아니라 조직 폭력배들의 난투극에 있다는 것이다. 독일은 통일 후 비로소 '분단'되었다는 말이 공공연히 떠돌고 있는 것처럼, 통일 후의 절감될 수 있는 남북 갈등과 반목은 이 작품에서 조직 폭력배의 텅 빈 내면을 비극적 사실감으로 채울 수 있는 중요한 소재가 된다. 아직 다 처분되지 않는 청년의 순수함을 지니고 혼란과 상실감을 '레드아이'라는 신종 환각제로 달래는 냉혹한 킬러 리강, 가족을 잃은 적개심과 울분으로 맹목적 살인 행위를 저지르는 통일 희생자인 17세

소년 김동철, 은좌의 매춘부로 전락한 북조선 최고 인민회의 대의원의 딸 서일화, 대동강 조직에 '신'으로 군림하는 15세 소년 무당 '장군도령' 등, 이들의 실루엣은 조폭 영화의 그것을 그대로 본 딴 것이긴 하지만, 이들 인물들의 내면과 운명에 육중한 비감을 부여하고 있는 것은, 분단과 통일 국가에서 비롯된 현실 메커니즘인 것이다. 이들 캐릭터들은 이 현실성을 통해 더욱 매혹적인 어둠으로 음각된다.

"정교한 복선과 빠른 전개, 긴장감" "선 굵은 느와르"라는 출판사 서평에서 짐작할 수 있듯, 이 작품에서 '통일'이나 '분단'은 영화 〈쉬리〉에서처럼, 적대관계를 만들기에 좋은 소재일 뿐이다. 물론, 곳곳에서 묻어나는 남한 우파와 좌파, 북한 사회주의에 대한 냉정한 성찰과 흡수통일에 대한 침통한 우려 등은 300권의 논문과 책들을 섭렵한 이 작가의 노고에 값할 만한 중요한 지점들을 보여주고 있지만, 이 '느와르적' 작풍은 이 모든 현실적 무게감을 들어내어 영화세트장의 그것으로 바꾸어놓는다. 요컨대, 분단과 통일에 대한 진지한 사유는 이 작품에서 휘발되어버리고 키치로 변질된다는 것이다. '국가의 사생활'이란 실재 국가와 광장에서 난무하고 있는 온갖 풍문들을 〈대부〉 버전으로 재가공하여 스크린에 투사해 놓은 착란적 '밀실'에 다름 아니다.

이 작품의 맨 첫머리에는 "인간은 자신의 역사를 만든다. 하지만 자신이 원하는 그대로는 아니다. 인간은 스스로 선택한 환경이 아니라 과거로부터 직접 발견되고 주어지며 이전된 환경 속에서 역사를 만드는 것이기 때문이다"라는 마르크스의 구절이 인용되어 있다. 미래란 우리의 열망과 무관하게 완강한 현실에서 열린다는 이 말은, 미래의 통일은 새로운 삶의 가능성이 아니라, 현재적 삶의 연장이자 그 극치일 뿐이라는 사실을 가리킨다. 그렇다면 이 신념에 바탕 한 작가 이응준이 실제로 겨냥하고 있는 것은, "여긴 원래 이랬어. 그게 통일 때문에 극심해져서 확연히 드러난 것 뿐이지"에서 함의되고 있는 "괴력의 자본주의"⁷일 것이다. 즉 "종교인들과 예술가들까지 전부 자기 잇속만 챙기는 회사원이 되어버린 현실", "큰 정의에 대해서는 솔깃해하지만 신체 장애인이나 정신 장애인은 수치스럽게 생각하는 허위로 가득찬" 현실에 대한 비판이다. 하여 이 작품은 온갖 이데올로기와 가치, 삶의 온존성과 개인의 진정성 등 자본 바깥에 있는 모든 타자성을 탐욕스럽게 소화하여 룸쌀롱과 스너프 필름으로 토해놓는 괴력난신의 자본주의의 완전정복에 대한 또 하나의 기록이 될 것이다. 통일 된 이후의 대한민국과 그 재난에 대한 보고서이지만, 사실 그 재난이란 작금의 신자유주의 경제질서라는 것이다. 그러나 재난으로서의 자본주의 현실, 이 설득력 있는 절망은 이 작가만의 것은 아니다. 그것은 '진단'이랄 것도 없는, 이제는 너무나도 닳고 닳은 진부한 사실이자 상식적인 탄식이다. "삶은 죽음보다 안전하지가 않아"라는 지독한 염세는 통일 이후의 것도, 작가의 것도, 우리 시대의 것도 아니다. 그것은 유사 이래 줄기차게 지속되었던 인류의 생의 조건이다.

4. 다시 '밀실'에서

김영하의 『빛의 제국』과 이응준의 『국가의 사생활』은 잊고 있던 분단상황과 통일문제를 중요한 작중 현실로 그리고 있다는 점에서 공통된다. 김기영이라는 공비 침투와 통일이라는 전면적 타자와의 마주침

---

7 백지은, 「통일−디스토피아, 누구나 알지만 아무도 모르는」, 『세계의문학』, 2009년 여름호.

이라는 설정에서 출발한 이들 작품이 나아간 곳이 결국 모든 타자성
과 경계를 지운 자본의 완전정복이라는 점에서 또한 동일한 현실인식
위에 있다. 이 현실인식은 두 작품이 출발하고 있는 질문, "너는 네 운
명의 주인이 맞는가"에 대한 최종선고이다. 즉 우리의 운명의 주인은
우리 자신이 될 수 없으며, 민족, 국가도 아닌, 자본주의라는 최종심급
이라는 것이다. 그렇다면, '자본주의'란 개인의 자유로운 생을 억압하
는 인간의 우리의 진정한 적이자 '타자성'인가? 두 작가의 대답은 '그
렇지 않다'이다. 남한의 모든 인간을 성과 상품에 대한 욕망에 몰두하
는 존재로 파악하고 있는 『빛의 제국』이나 북한 사회주의 체제가 이
것을 억누르고 있었다[8]고 보는 『국가의 사생활』에서 자본주의적 욕망
은 인간 바깥이 아닌, 인간 내부의 것이다. 이 내부의 에일리언 혹은
고유성은 바깥의 메커니즘과 접속하여 야합하면서 그 괴력을 키우고,
자본주의 영토를 확장시킨다. 그러므로 이 두 작품의 질문과 답은 잘
못 되었다. 왜냐하면, 주인이 되고자 하는 '운명'에 대한 밑그림이 없
기 때문이다. 김기영, 혹은 리강은 어떤 삶을 살고 싶어하는가? 그들
이 주인이 되고자 하는 자신의 욕망이란, 그들이 추구하는 삶이란 무
엇인가? 자본주의는 이것을 어떻게 방해하는가? 또는 이들은 여기에
어떻게 저항하는가? 이러한 본질적인 내용이 빠져 있기 때문에 이들
은 비극적인 영웅이 될 수 없는 것이다. 김기영이나 리강은 그 어떤
'현실 사회'와 싸우는 영웅들이 아니라, 거기에서의 성공을 염려하는
투정꾼들이며 투항꾼이다. 완전한 '빛의 제국'의 그림자이며, 부패한

---

8   가령 리강의 다음과 같은 생각. "사람은 어느 시대 어디서건 제 천성과 욕망에 따라
     다분화되기 마련이다. 체제가 인간을 가두고 억압할 수는 있어도 창조할 수는 없
     다. 왜냐. 인간은 이미 몇 만 년 전에 이 지경으로 창조됐기 때문이다. 갇히고 억압
     당한 인간의 시간은 일단 변한 척 응축되어 있다가 언젠가는 반드시 폭발한다. 그
     런 걸 부정하고 획일화시키려 했으니 그 체제는 망하고 그 인간들은 기이하게 일그
     러져 버린 것이다."(「국가의 사생활」, 『세계의문학』, 2008년 겨울호, 401쪽)

'국가'에서 나온 사생아인 것이다. 이 두 작품에서 궁극적인 '타자'란 없다. 분단도 없고, 따라서 통일도 없다. 자본과 욕망만이 있을 뿐이다. 그 안에서 우리는 모두 오염되어 있는 질병의 보균자일 뿐이다. 이러한 완전한 밀실에서 광장은 능욕되고, 상영되고, 유포되어 소비된다.

광장을 사유하는 것은, 앞서 언급한대로 우리의 운명을 만나기 위한 것이다. 그리고 그 도정의 끝에서 우리는 '38선'을 만날 수밖에 없다. 그러나 우리 시대의 '분단문학'은 더 이상 '인간해방을 위한 모든 문학 행위의 제1과제일 수밖에 없는, 원초적인 보다 인간의 순수한 갈망에서 비롯'[9]된다고는 말할 수 없을 것이다. 분단의 아픔과 통일 유토피아는 우리 세대의 것이 아니기 때문이다. 나날의 일상에 사로잡혀 있는 우리에게 '분단'은 극복 대상이 아니라, 주어진 삶의 외면적 조건 중에 하나이고 통일 또한 그만큼 원거리에 있는 것이다. 그렇다면, 우리 문학은 어떻게 분단과 통일을 만날 수 있을까? 그것은 아마, 현실에는 '없는 자유'에 대한 상상력을 통해서일 것이다. 그 '없는 자유'란 자본주의적 풍요로움의 향락과 소비의 부자유가 아니라, 획일화된 삶 바깥을 사유할 수 없는 부자유를 말하는 것이고, 부재하는 그 바깥의 가능성을 말하는 것이다. 분단은 단지 국토와 정치에만 있는 것이 아니라, 사실 우리의 미시적인 일상을 완강하게 규율하고 있는 보이지 않는 힘이다. 인터넷 포털 사이트를 조금이라도 살펴본다면, 지금 현실에 대한 비판적 목소리와 논쟁이 어떻게 좌우와 남북을 가르고 있는지 알 수 있다. 우리의 삶을 자본제적 일편향성에서 벗어날 수 없도록 만드는 것은, 미국발 세계 자본주의체제가 아니라, 38선발

---

9   현길언, 「분단문학의 현황과 그 문제 – 소설을 중심으로」, 『한국학논집』, 한양대 한국학연구소, 1994년, 399~400쪽.

위협과 공포이다. 그것으로 인해, 우리는 일차적으로 다른 꿈을 꿀 수 없다. 삶은 자본주의와 사회주의로 나뉘어 있지 않다. 희망이나 절망 또한 자본이나 좌우 이데올로기의 독점물이 아니다. 부재하는 자유를 상상한다는 것은, 현재가 부여하는 "근거 있는 희망과 근거 있는 절망" 사이에서 다른 것을 사유한다는 것을 의미한다. 이를 가리켜 '멜랑콜리'라고 말한, 독일 시인 볼프만의 다음과 같은 언급은 여전히 분단 시대를 살아가는 우리들에게 소중한 아포리즘이 될 것이다.

　통일을 위해 노력하려면 그런 종류의 희망을 가지고 그것을 추구하십시오. 다시 말해 남북한의 통일이 낙원을 가져오리라는 믿음이 아니라, 지옥에 이르지 않게 하리라는 희망을 가지고 통일을 추구하라는 것입니다. 한마디로 이제 나의 희망은 천상적이고 이상적인 것이 아니라 지상적이고 현실적인 것에 근거를 두고 있습니다. 지상을 천국으로 만드는 것이 아니라 지옥에 이르지 않게 하는 것이 이제 나의 희망이라는 말입니다. 내 노래 가사를 인용하면 "희망을 설교하는 자는 거짓말쟁이다. 하지만 희망을 죽이는 자는 개자식이다"라는 것이지요. 이것이 내가 말한 멜랑콜리의 의미입니다.[10]

10　안성찬의 인터뷰, 「볼프 비어만─독일분단사의 상징」, 위의 책, 143쪽.

뫼비우스의 띠는 어디에서 꼬이는가

1

‘어떻게 밖으로 들어갈 것인가?’

이것은 김도언의 단편 소설 「안으로 나가고 밖으로 들어가는 방법에 대한 고찰」에 나오는 질문이다. 상식적으로 보자면 이 문장은 언어도단(言語道斷)이다. 그러나 작가는 이 문장이 성립될 수 있음을 세 가지 사례를 가지고 설명한다. 하나는 김성동의 『만다라』에 나오는 화두, 유리병에 갇힌 새를 유리병을 깨지 않고 꺼내기, 또 하나는 말뚝으로 갖고 싶은 땅만큼을 표기하기, 셋째는 아버지의 무덤. 유리병 속 새의 경우, 유리병 안과 밖을 뒤집어 해결한다. 즉 안팎이 바뀌면 새는 갇힌 게 아니라, 해방된 것이다. 마찬가지 방법으로 소유하고자 하는 땅이 말뚝 안이 아니라 그 바깥이라면? 그리고 마지막으로 “무덤

밖의 세계가 오히려 무덤 같은, 한없는 공포와 비겁과 졸렬함이 판을 치는 좁고 부패한 내부"로 보인다면 죽은 아버지는 '밖으로 들어가' 있는 것이다. 작가는 독자의 이해를 돕기 위해 그림을 제시하고 있다. 추상적인 언어차원에서는 도무지 알 수 없는 요령부득의 문장은 그림의 형상을 마주하면 단박에 이해가 된다. 그 이유는, '나'라는 발화자의 개별적인 관점에 의해 선택될 수 있는 관습적인 언어 규약과 달리, 그림은 아니, 그림을 보는 행위는 그림 속의 주체와 보는 '나'라는 주체가 함께 있기 때문이다. 즉, '어떻게 밖으로 들어갈 것인가?'라는 질문은 여러 개의 눈이 달린 피카소의 그림처럼 여러 주체들이 타인처럼 겹쳐있고, 타인지향성과 내면지향성이 한 사람 안에 겹쳐 있는, '상호주관성' 혹은 '복수적 주체'를 암시하고 있는 것이다.

이 해괴망측한 질문은 왜 등장하는가? 첫 번째 상황, 주인공인 소설가 '나'는 깊은 새벽에 홀로 깨어있다. 그는 '바깥 세상'으로부터 고립되어 있다고 생각한다. 두 번째 상황, 그는 과거 열렬히 사랑했던 연인으로부터 실연을 당한다. 그는 열망하는 그녀로부터 내동댕이쳤다고 생각한다. 세 번째 상황, 그는 생애 내내 그런 저런 일들을 겪으면서 시를 통해 다음과 같이 호소한다. "나는 무엇의 주인이고 / 무엇의 주체인가 (…중략…) 나는 이제 최후에 도착하는 / 멋진 피안 따위는 / 존재하지 않는다는 확인된 편견에 사로잡히고 / 그만큼 생으로부터 멀어지고 / 당신으로부터도 멀어지려고 합니다"[1]

소외, 고립, 유폐된 자의 비관적인 시적 언술이다. 그러나 그는 유폐된 자기 공간을 유리병 속 새처럼 갇혀 있는 것이 아니라, 해방된 공간이라 '생각하기로' 한다. 또 한편 죽음은 생의 바깥이 아니라, 안이라 '생각하기로' 한다. 아버지의 무덤이 한 줌의 공간이 아니라 부패

---

1 「안으로 나가고 밖으로 들어가는 방법에 대한 고찰」, 『랑의 사태』, 문학과 지성사, 2009, 209~210쪽.

한 세속 바깥의 무한한 우주로 연결되어있다고 '생각하기로' 한다.

　김도언의 구분법을 따라 개체의 외부와 내부가 있다고 하자. 외부란 자연과 세속의 질서가 지배하는 타자들의 세계이다. 그곳은 그 나름의 시간과 공간의 법칙, 일상의 규율이 존재하는 곳으로 개인의 무한한 자유란 불가능하다. '타인은 지옥'이라고 했던 사르트르의 말처럼, 타인과 객체는 주체의 무한한 자유를 억압하고 구속하는 '라훌라'(장애)이다. '내'가 외부 세계에서 물러나와 내면세계에 침잠하고 '외로된 사업'에 골몰한다면, 그것은 그곳에 일체의 구속 — 타자 — 가 없기 때문이다. 그러나 과연 그러한가? 개체의 욕망이 무한히 펼쳐지는 그곳은 현실과 전혀 무관한 바깥인가? 환상과 비현실로 점철된 2000년대 문학 작품은 일상적인 현실 '외부'에 있는가?

　김우창에 의하면 포스트 모더니즘의 비판이론들의 바탕은 현실 자체가 개념이고 가상의 결과라고 보는 것이다. 현실은 말에 의해 지시될 수 없고, 무한히 연기되면서, 개념들의 망령들을 통해 해석되고 또 구성된다.

　　비유를 의미 있는 것으로 받아들이냐 받아들이지 않느냐 하는 것은 해석에 달려 있다. 해석은, 현실 근거가 없다고 한다면, 다분히 심리적 공감의 문제이다. 공감의 바탕의 하나는 르상티망(ressentiment)이고 다른 하나는 판타지이다. 많은 개념들이 전투적이라고 한다면, 그것은 적극적인 내용을 가진 것이라기보다는 침해의식에 연결되어 있다. 무엇이 침해되는가? …… 아직도 계급을 포함하여 집단적 현실을 설명함에는, 부분으로나마, 마르크스주의와 기타 큰 이론들이 적용될 수 있다고 한다면, 그것은, 표방하는 것과는 관계없이, 다분히 개인적인 것 — 르상티망으로 구성되는 개인의, 또는 개인적으로 느껴지는 침해의식이다. 또 그것은 개인적으로 중요한 의미를 갖는다. 물론 넓은 의미에서 이러한 침해의식이나 르상티망은 체제 일반에 대한 불만 — 프로이트적인 의미에서의 불만 Das Unbehagen을 나타낸다고 할 수 있다. 이러한 심리적, 현실적 배경 속에서 보다 적극적인 보상으로 판타지가 등장한다.

— 김우창, 「작가는 어디에서 말하는가?—큰 이론 이후의 문학」, 『현대문학』,

2009년 1월호, 45~46쪽

윗 글에서 김우창은 언어로 말해진 현실이란 해석되고 비유된 현실이고, 무엇을 선택하는가는 작가의 공감력(르상티망과 판타지)에 달려있다고 말한다. 작가의 공감력이 중요한 것은, 작가는 이야기하는 자이고, 이야기한다는 것은 필연적으로 한 개인의 관점, 개체적인 관점에서 발언하기 때문이다. 이야기가 르상티망(원한)에서 비롯되기 쉽다는 의미에서 그것은, 철저히 작가 개인적인 영역에서 발생한다는 것이다. 그래서 글쓰기의 출발은 흔히 바깥사람들에 대한 관심보다는 사회에서 겪은 침해, 소외, 상처에서 출발한다. 이때 그는 내면에 서게 된다. 그리고 이야기 한다. 무엇을?

2

두 청년의 성장담 혹은 변신담인 『구월의 이틀』은 2002년 대선에서부터 2004년 대통령 탄핵사건에 이르기까지 실제 있었던 정치적 사건과 사회적 분위기를 배경으로 하고 있다. 노무현, 김대중, 대북송금특검법, 열린 우리당, 한나라당, 차떼기, 6·15 남북 공동선언, 이라크 파병, 대통령 탄핵, 광주, 부산 등등, 이 작품의 시공간은 어떠한 환상이나 가상이 개입되지 않은, 2000년대 한국의 '현실'이다. 이것만 보고, '재현 기법에 충실한 리얼리즘 소설' 혹은 '파행적인 정치 현실과 사회를 비판한 풍자소설' '높은 이상을 지닌 순결한 젊은이가 현실 사회에서 좌초하여 비극적인 결말을 맞는 심리소설'이라고 함부로 짐작할 수 없다. 왜냐하면 이것은 장정일의 작품이기 때문이다.

장정일이 누구인가? 외설 시비의 그 내막은 논외로 하고, 소설 한 편으로 감옥행을 한 '반체제적' '반사회적'인 작가가 아닌가? '신세대' '불온한 상상력' '세기말적 감각' '도발' '문제적 작가'라는 비평적 수사는 미학적 전복을 앞세운 '변태' '난교' '불륜' '근친상간' '동성애' '사도마저키즘' '위악' '추문' '자기모멸' '과대망상과 열등감'으로 범벅된 소설에 붙여진 이름이기도 하다. 그의 작품이 '표현의 자유'라는 권리로 옹호될 수 있었던 것은 '허구'라는 문학의 면죄부도 있겠지만, 저러한 모든 반사회적 행위가 작가의 내면에서 벌어지는 판타지이기 때문이기도 하다. 그런 그가 저렇듯 단단한 실체들을 앞세운 성장소설을 썼다. 성장소설이라니? 장정일은 소설가로서의 출사표에 해당하는 문제적인 '성장소설'을 이미 제출한 바 있지 않은가?

'타자기와 뭉크화집과 카세트 라디오에 연결하여 레코드를 들을 수 있는 턴테이블'만이 이 세상에서 얻고자 하는 전부라고 했던, 그의 열아홉 아담이 눈 떴을 때 발견한 것은 무엇인가?

> 나는 비로소 마음을 놓고 큰 소리로 엉엉 울기 시작했다. 가짜 낙원에서 잘못 눈을 뜬 아담처럼. 내 이브는 창녀였으며, 내 방은 항상 어둡고 습기가 차 있다. 어쩌다 책이 썩는 냄새를 없애려고 창문을 열면, 네온의 십자가 아래서 세상은 내 방보다 더 큰 어둠과 부패로 썩어지고 있다. 나는 내가 눈 뜬 가짜 낙원이 너무 무서워서 소리 내어 울었다.
> — 『아담이 눈 뜰 때』, 미학사, 1990, 109쪽

이브가 창녀가 되어버리고, 삶의 토대가 가짜 낙원으로 판명된 환멸의 세상에서 '잘 못 눈 뜬' 아담, 그것은 성과 죽음의 체험을 통해 성인으로 성장해나가는 입사의식이 아니라, 그러한 세상으로부터의 퇴각, 적대를 의미한다는 점에서 반(反)성장소설을 의미한다. 이렇게 눈 뜬 '아담'은 그리하여 혼신의 힘을 다하여 싸운다. '아버지'로 상징되는 세상의 권위, 권력, 기성질서, 전통적 가치와 관습이 단말마 같은 비명을 지르고 넘어갈 때까지. 용감한 투사의 몸짓으로, 자진도 불사하는 사무라이의 단호함으로, 자해공갈도 마다하지 않는 조폭의 깡다구로, 자칭 '자해성자'의 반열에 오르기까지. 전쟁에서 회의란 있을 수 없다. 일개 사병인 그에겐 전술도 있을 리 없다. 적으로 규정된 '세계', 그 알 수 없는 스펙타클한 추상성과 맞서 펜을 휘두를 뿐이다. 요컨대 이 전투에서 그는 '세계의 타자'인 것이다. 그러므로 이 타자로서의 글쓰기의 내용은 이미 결정된 것이다. '아버지' 흠집 내기는 '아버지'를 욕하고 조롱하고 희화화시키고 경멸하면 된다. 그리하여 전복적 글쓰기는 범죄적 글쓰기로 귀결되는 것이다.

어떤 작가의 소설이 베스트셀러가 될 확률은 복권에 당첨될 확률보다 높다. 이게 나에게 소설을 쓰게 하는 힘이다. 베스트셀러가 되든 복권당첨이 되든 돈벼락을 맞기만 하면, 나는 손을 씻는다. 그래, 손을 씻는다. 이 말은 범죄자들이 새로운 삶을 살려고 결심할 때나 쓰는 말이다. 그런데 나에겐 손을 씻는다는 이 말이, 절필이란 표현보다 더 적절해 보인다. 내 의식과 무의식 속에서 글을 쓴다는 행위는 항상 누군가를 죽인다는 느낌, 범죄와 동일시되어 왔다. 나는 늘 파괴해 왔고, 특히 아버지로 표상되는 모든 것을 죽여 왔다. 글을 쓰는 내 손을 항상 피에 젖어 있다. 그래서 나는 언제나 죄의 무게에 짓눌려 있었고 늘 불안했다. 내게 훼손당하고 살해당한 모든 것들이 언젠가 나에게 복수하러 오기 전에, 빨리 이 어두운 세계로부터 손을 씻고 싶었다. 내게 박해받은 것들이 무서워서가 아니라, 화해를 원하지 않는 나의 내부가 무섭다. 나의 지난 여름은 그들에게 구속되어 있었다. (…중략…) 나는 손을 씻고 발을 빼고 싶다. 비치 파라솔이 뜨거운 햇볕을 가려주는 그물 의자에 누워 얼음 재운 콜라를 마시고 싶다. 그 세계엔 아무런 음모도 없고 괴로운 죄의식도 없다. 그 평화로운 정적 속에서는 섹스도 알코올도 필요 없다. 누군가 내게 묻는다. 범죄자가 다시 범죄의 세계로 돌아오는 것처럼 그물 의자에 누워 있으면 당신은 다시 글을 쓰고 싶어 할거요. 나는 그 사람에게 내 두 손을 들어 보인다. 더 이상은 타자기를 다룰 수 없도록 나는 내 두 손목을 끊어 냈던 것이다.

— 『보트하우스』, 산정, 1999, 174~175쪽

원고 마감일을 청부살해업자의 행동개시일로 비유하곤 하던 장정일의 작가적 자의식은 이렇듯 '범죄 의식'으로 가득 차 있다. 그것은 "내 적의가 평생 나를 끌고 다니며 소설 나부랭이를 쓰게 할 것임을 나는 안다"(『보트 하우스』)라고 표명하듯, 그의 글쓰기가 세상과의 불화에서 출발하고 있다는 것이다. 르쌍티망은 세계를, 그 무한한 현실을 탐구하고 사유하기 이전에, '주체'를 억압하는 '권위적인 아버지'라는 단 하나의 그림으로 규정한다. 『내게 거짓말을 해봐』『너희가 재즈를 믿느냐』에서 펼쳐지는 도착성과 우연성, 가변성은 세상의 합리성, 관습과 윤리를 모욕하기 위해 불려온 것이다. 철저히 '사인화(私人化)된 백일몽의 세계'[2]에서 인간은 감각적 쾌락과 욕망에 매몰된 동물이고, 일체의 사회적 관계성이 제거된 단독자일 뿐이다. 이 가열찬 공격에 의해 세상은 어떤 상처를 입었는가? 천만에, 세상은 여전히 부조리한 채로 안녕하다. 그것은 그의 내면에서 벌어지는 그림자 놀이였을 뿐.

---

2   구모룡, 「오만한 사제의 위장된 백일몽」, 『작가세계』 통권 제32호, 1997.

더군다나 그의 열정이란 세상의 완강함을 증거하는 하나의 간증이었을 뿐이라는 것을 장정일은 이렇게 고백하고 있다.

> 그가 십여 년 동안 만들어 온 작품들은 자신의 삶을 보이지 않는 아버지의 면전에 보고하는 기록체계이면서 바로 아버지의 형상, 아버지의 우상을 만드는 일이었다. 이 말은 그가 만든 개개의 작품이 문자 그대로 아버지의 흉상이었다는 말이 아니다. 그가 만든 작품이 아버지의 형상을 닮았다는 말은 그의 조각이 아버지의 얼굴을 사실에 가깝게 묘사했다는 말이 아니라 아버지가 자신에게 가르쳐 준 삶을 형상화한다는 뜻이다. 아버지는 죽었지만 아버지의 말은 제이의 내면에 아로새겨져 있었고, 그가 손으로 무엇인가 주물러 만들기 시작했을 때 그것은 자유로운 자아의 표현이 아니라 아버지를 우상화시키는 것이었다.
>
> ──『내게 거짓말을 해봐』, 김영사, 1996, 54~55쪽

'아버지 죽이기'가 궁극에는 아버지를 우상화시키는 것이었다는 것, 반동(reaction)은 이차적인 반응일 뿐이라는 것, '적이여, 너는 나의 용기다'라는 임화의 시구절을 통감하며, 장정일은 결국 그가 '아버지'의 노예였을 뿐 단 한번도 '주인'인 적이 없음을 정직하게, 영민하게, 고백하고 있는 것이다.

그렇다면, 『구월의 이틀』은 이러한 고해 뒤의 투항인가? 아직은 비약이다. 『구월의 이틀』은 1999년에 출간한 『보트하우스』와 『중국에서 온 편지』 이후의 10년 만에 쓴 작품이다. 그 사이에 그가 한 것은 『삼국지』와 『공부』로 압축되는 다양한 독서와 '공부'였다. 그 간극을 살피기 위해 『보트하우스』로 돌아가보자.

『보트하우스』는 일종의 메타 픽션이다. 여기에도 장정일 표라고 할 수 있는 SM(사도매저키즘)과 동성애와 인생유전이 등장하지만, 무엇보

다 중요한 것은 소설쓰기에 관한 자의식이 주된 테마라는 것이다. 물론 그 이전에도 장정일은 끊임없이 글쓰기에 대한 자의식을 표출하곤 했지만, 이 작품의 메타픽션적 의의는 그가 '글쓰기의 영도'에 당도했다는 점에서 근본적이다. 이 글쓰기의 영도에 이전의 아버지의 '반대모방'으로서 판타지와 『구월의 이틀』 사이의 간극이 드리워져 있다. 이 작품은 총 57장으로 이루어져 있다. 첫 번째 장이 1장이므로 마지막 장이 57장이어야 되지만, 마지막 장은 0장이다. 그러니까 '56장+0장'이 이 소설의 구성이라는 것이다. 왜 그래야만 하는가? 이 작품의 도입부는 이렇게 시작한다.

양계장의 닭들은 멍할 거야. 좆같다고 느낄거야. 너무 바보 같이 살아서 자기가 알인지 닭인지도 모를 거야. 자기만 그런 줄 알고 옆을 둘러보면, 혼자만 그런 게 아니라 바보 같은 놈들이 수천 수만 마리나 줄지어 서 있는 거야. 하나같이 바겐 세일로 산 싸구려 모피 코트를 입고서. 잠을 재우지 않고 알만 낳게 하려고 형광등을 줄지어 빼곡하게 켜놓은 양계장의 좁다란 닭장 속에. (⋯중략⋯) 새벽 3시. 밤새도록 불을 켜놓은 닭장에서 알을 낳으려고 끙끙거리는 닭처럼 나는 눈을 말똥거리고 있다. 제길, 항문으로 말이야. 어쩌다 잘못하면 피똥을 싸게 되는 줄도 모르면서 밤새 무엇을 쓰겠다고 작심하고 책상 앞에 앉은 꼴이라니, 요즘엔 원고지 따위에 손수 글을 쓰진 않지만 이십대 초반에 잠깐, 바둑판 모양으로 네모난 칸이 쳐진 원고지를 사용한 적이 있는 나는 글쓰기가 답답해질 때마다 닭장을 떠올리곤 한다. (7쪽)

37살의 소설가 '나는'(이름이 '나는'이다) 새벽에 홀로 깨어 글쓰기에 골몰하고 있지만, 잘 되지 않는다. 그런 자신을 '양계장의 닭'으로 비유하면서, 글을 쓰는 게 아니라 '글쓰기'에 대해 사유한다. 이름 짓기의 어려움에서부터 소설쓰는 시간보다 "쓰여진 원고와 앞으로 채워야 할 매수를 계산해 보는 일"에 바쳐진 더 많은 시간들에 대한 토로, 그리고 "그래도 당신은 복 받은 거야. 아직 당신에겐 자신을 들여다볼 힘이 남아 있는 거야. (…중략…) 문제는 자신을 들여다볼 힘이나 의자가 없는 사람. 제도의 안일을 맛본 사람이야'라는 자기 위안에 이르기까지, 그의 '양계장 타령'은 계속된다. 즉 그의 글쓰기의 에로스는 바닥이 난 것이다. 세계의 '바깥'에서 부패한 세상의 내부를 조롱하며 네 활개치던 작가는 어느 순간 세계 밖 좁은 닭장에 갇힌 꼴이 되어버린 것이다. 양계장의 닭은, 밤이든 낮이든, 원하든 원치 않든 알을 낳아야 한다. 이제 일상적인 업무가 되어버린 글쓰기를 놓고 '나는' 글쓰기가 무엇이었는지를 성찰한다.

① 유리잔에 든 얼음을 짤랑대며 콜라를 마시는 것. 그것이 내가 생각하는 최상의 행복이다. 해변의 파라솔 밑에서 한 손에 얼음 재운 콜라를 들고 조금씩 홀짝이며 먼 바다를 몇 시간이고 바라보는 것. 나는 그 상태를 인생의 가장 평온한 모습으로 상상하고 있다.
시인들이 시를 쓰고 소설가들이 소설을 쓰는 것은 물론 피아니스트가 피아노를 치고 화가가 붓질을 하는 것도 마음의 어딘가가 불행하고 불만에 차 있기 때문이다. (40쪽)

② 이제 나는 안다. 해변가에서 반바지와 소매없는 티셔츠를 입은 채 파라솔 아래 펴놓은 긴 비치 의자에 비스듬히 누워 얼음 재운 콜라를 마시는 순수한 날이 내게 없으리라는 것을. 나는 안다. 이 글들을 쓰게 하는 것은 내 적의라는 것을. 내 적의가 평생 나를 끌고 다니며 소설 나부랭이를 쓰게 할 것임을 나는 안다. 그리하여 저 발칙한 여인, 변덕 많고 질투심 많은, 애살스러운 애인이 나를 유혹해서가 아니라 내 속에 잠복해 있는 적의의

도끼가, 무거운 자물쇠로 굳게 잠긴 보트 하우스의 문에 생채기를 내고 그 문을 거칠게 부서뜨렸다는 것을 인정해야 한다. 자기 조국의 내란을 평생 동안 목격한 시인은 이렇게 썼다. 우리의 본질은, 실체는, 우리의 사랑 속에서보다, 적의 속에 있다. 당신의 말이 옳았다. 그 적의 속에서, 좋은 나무를 잘라서 만들고 아름다운 나무의 결을 따라 하얀 페인트를 칠해 놓은 보트하우스가 불타고 있다. 나는 그 보트 하우스 속에 꿈과 청춘을 함께 저당 잡혀 날뛰는 저주와 살의를 가둬 두려 하였으나, 오오, 나의 적의가 보트 하우스를 불태운다.(210쪽)

윗글의 저 시적인 문장은 자신의 '꿈과 청춘, 저주와 살의'를 보트에, '세계'를 '바다'에 비유하고 있다. 그는 그 보트를 타고 세계를 휘저었지만, 정작 그가 원한 것은 '자아' 따위는 잊고 해변가에 누워 얼음 재운 콜라를 마시는 일임을 상기한다. 그러나 그 평화로운 꿈 — 굳게 잠긴 보트하우스를 열고 보트를 끌어낸 것은, 세상에 대한 그 자신의 적의와 살의이다. 그리고 그 원한에 찬 글쓰기는, '쓰여지기 위해 존재하는 것이지, 읽히기 위해 존재하는 것이 아니다'라고 했던 카프카의 그것처럼, 고독한 내면의 그림자 놀이였다는 것을 고백하고 있다. 장정일이 성(性)을 "순수 고독의 형식이다. 그녀의 섹스는 사랑을 위해서나, 출산을 목적으로 사용되지 않는다. 사랑과 출산을 위해 쓰여지는 섹스란, 섹스 그 자체엔 이미 불순스런 것이다. 그녀가 섹스를 통해 얻고자 하는 것은 순간적인 자각이며, 자신의 생의 사용이다."(『아담이 눈뜰 때』, 46쪽)라고 했던 것처럼 그에게 글쓰기는 '독자와의 소통, 미학적 전복, 세계의 변혁' 이전에 고독한 '생의 사용'이었던 것이다.

작가는 과거 작품에 등장시켰던 인물들과 모티브들 — 아담, 타자기, SM의 여신인 와이와 '제이', SM클럽과 재즈처치, 변신과 인생 유전 — 들을 끌어모아 글쓰기의 영도를 향해 나아간다. 그 영도에서 그는

'마음의 평화와 휴식을 몽땅 불태워버린 자신의 글, 보트하우스가 불탄 자리, 닭장같은 자아로부터 해방된 까마귀떼, 자신의 죽음'을 본다. 그리고 생각한다. 어떻게 할 것인가? "숯덩이가 된 나무 판자로 보트를 만들어 노인의 뒤를 따라 갈 것인가. 아니면 검게 탄 숯덩이를 주워 새로 보트하우스를 짓고 하얀 페인트로 단장을 할 것인가?"(212쪽)

조폭의 보스, 뼈갈의 입을 빌려 한 편에서는 이런 호통이 들려온다. "전부가 아니면 무다! 생이란 결코 포기할 수없는 거다! (…중략…) 손을 씻는다, 발을 뺀다 하는 놈들을 절대 용서하지 않는지 알겠지. 진정한 프로는 끝까지 가는 거야. (…중략…) 씨팔, 보트가 있으면 타고 나가야지 왜 창고에 처박아 두고 보기만 하느냐 이거야. 헤밍웨이를 봐. 사냥도 낚시도 타자기를 누를 힘도 없으니까 총을 입에 물고 탕, 해버리잖아."(180쪽) 또 한편에서는 오랜 꿈이었던 수도사의 삶, '정적 속에서 내면의 소리를 듣는 삶'과 '얼음 재운 콜라'의 유혹이 있다. 이 갈림길에서 그는 자신의 분신들, 아담과 와이와 해후하면서 묻고 답한다. 『내게 거짓말을 해봐』의 와이가 묻는다. "그래 너는 나로부터 벗어난 거니? 내가 더 필요없는 거야?" 제이가 답한다. "방금도 너의 발에 입맞춤하면서 옛날로 돌아가고픈 욕망을 느꼈어. 하지만 요즘은 그 방법이 부적당했다는 의문이 들어. 허위일지도 모른다는 거지. 나는 내가 무로 돌아가는 완벽한 길을 알아. 나는 그 끝에 아주 가까이 있어." 쉐도우의 세계에 불과한 SM에의 탐닉은 '아무것도 전복하지 않았고, 아무 것도 승화하지 못하고, 압도적인 유희의 즐거움과 육체에 파고든 점층하는 자극'만을 남겼을 뿐이라고 그는 고백하는 것이다. 글쓰기는 이제 그런 쉐도우와의 결별을 고한다. 그리하여 마지막 0장에서 '나는' 이렇게 말한다.

사람들은 나의 보트가 잘 있는지 묻는다. 물론 나의 보트는 멀쩡하고, 보트 하우스도 그대로 있다. (…중략…) 그러나 보트를 타고 바다로 나설지 말지는 아직 딱 부러지게 결정하지 못했다. 얼음이 있으면 콜라가 없고 콜라가 있으면 얼음이 떨어지곤 하는 것이 인생이지만, 나는 아직까지도 얼음 재운 콜라를 마시며 비치 파라솔 그늘 아래의 긴 의자에 누워 쉬는 꿈을 포기하지 않았다. 나는 거기 누워 아무것도 하지 않을 것이다. 아무것도 하지 않을 것이다. 얼음 재운 콜라를 한 모금 마시고 나서 나는 차가운 멸시의 눈으로 보트하우스를 쳐다본다. 성스럽고 상스러운 마리아여, 유혹해 보라 마리아여! 불어라 바람이여, 손짓해보라 파도여! 나는 아무것도 하지 않을 것이다. 아무것도 하지 않을 것이다. 온통 하얗다. (251쪽)

SM의 쉐도우에서 빠져나온 작가는 아무 것도 하지 않을 것이라고 거듭 스스로에게 다짐한다. 그리고 실제로, 장정일은 그 이후 10년 동안 '보트하우스'의 문을 열지 않았다. 정말 완전한 끝인가? 절필선언에 가까운 『보트하우스』에는 그러나 중요한 한 가지가 남아 있다. 『보트하우스』가 메타픽션이라면, 이 작품의 진짜 주인공은 '타자기'이다. 화자인 '나는' 양계장 타령에 지쳐 처음 글쓰기를 시작했던 클로버727을 찾아헤매기 시작한다. 『아담이 눈 뜰 때』의 아담이 그토록 원했던, 그리고 아담을 만들어냈던 바로 그것이다. 작가는 점포를 헤매다가 '이주민'이라는 여자를 만나고 그녀는 타자기로 변한다. '타자기'는 그의 손을 떠나, 조폭과 고르비 영감을 거쳐 다시 여자로 환생하고 결국 '저울여인'에게 '타자기'와 동성애적 대상으로 주어지지만, '나는' 다시 그녀를 되살리기 위해 글을 쓴다. "소설을 계속해서 쓰는 것만이 타자기의 행방을 좇는 유일한 방법이며, 글을 계속 씀으로 해서만 타자기로 화한 이주민을 사람으로 원상복귀시킬 수 있다."(196) 즉, 타자기와 여자로 변신하는 '클로버 727'이란 결국 작가를 떠난 글쓰기의 에로스이다. 타자기는 작가에게 에로스의 대상인 여인이었고, 글쓰기란 그녀와의 사랑의 행위였던 것이다. 주인공이 클로버 727를 찾아 헤맨 것은 이제 더 이상 '여인'이 아니라 '타자기'라는 물질 덩어리로 변해버린 자신의 글쓰기의 곤경 때문이다. 그러나 결국 저울여인의 소유가 되었듯, 그 최초의 순수한 열정은 더 이상 불가능하다는 것을 깨닫는다. 그리고 다음과 같은 상황에서 글쓰기를 멈춘다. "마음은 무엇도 정하지 못했다. 분명한 것은 아주 먼 길을 돌아와 앉은 탁자 위에, 타자기 하나를 올려 놓았다는 것." 그리고 10년을 돌아, 더 이상 여인이 아닌 '타자기'로 열아홉의 아담의 또 다른 성장 이야기를 쓴다.

3

『구월의 이틀』은 그 타자기에서 풀려나온 첫 번째 이야기이다. 『중국에서 온 편지』와 『삼국지』 등의 역사소설이 있었지만, 가탁은 들끓는 자아를 숨길 수 있다. 2000년대의 한국사회를 셋트장으로 꾸민 이 작품은 이전에 그가 헌신했던 미학적 전복과는 거리가 멀다. 여전히 빛나는 문장들이 있지만, 문체와 구성은 과거에 비해 평이해졌고, 독자의 눈을 찌푸리게 하는 가학과 피학의 극단적 상상력도 없다.

작품에서도 '문학주의'에 대한 혐오가 곳곳에 표출되고 있지만, 이러한 변화에는 다음과 같은 작가 인식이 작용했을 것이다.

① 그는 시, 소설, 희곡 등 다양한 글쓰기를 시도하며 '미학적 전복'에 골몰했다. 그가 말하는 미학적 전복이란, "내용과 형식만으로도 기존 체제에 도전할 수 있는 기법"이다. "여기에는 저절로 사회적이고 정치적 발언이

함축되어 있으므로 자유 혹은 민주주의 등의 직접적인 단어가 필요 없게 된다. 하지만 더 이상 미학적 전복만으로는 안 되겠더라. 이것 역시 사회 도피일 수도 있고 굉장히 약한 것이라는 생각이 들었다."

— 「이제는 제대로 된 우익, 진정한 엘리트가 나와야 할 때―『구월의 이틀』」,

예스24의 책 읽는 강의실, 2009-12-02

②내 무지의 근거를 가만히 들여다보니, 상급 학교 진학을 하지 않았다는 결점도 있지만, 그것보다는 내가 한때 시인이었다는 사실이 더 도드라져 보인다. 시인은 단지 언어를 다룬다는 이유만으로 최상급의 지식인으로 분류되어 턱없는 존경을 받기도 하지만, 시인은 그저 시가 좋아 시를 쓰는 사람일 뿐으로, 열정적인 우표 수집가나 난(蘭)이 좋아 난을 치는 사람과 별반 다를 게 없다. 그들의 열정에는 경의를 표하는 바이지만, 미안하게도 나는 우표 수집가나 난을 치는 사람을 지식인으로 존경할 수 없다. 시인의 참고서지는 오직 시집밖에는 없으니, 시인이란 시 말고는 모르는 사람이다. 나는 청춘을 그렇게 보냈다.

— 『장정일의 공부』 서문, 랜덤하우스 코리아, 2006

기존체제에 도전하는 방식으로서의 미학적 전복, 열정적인 우표 수집가로서의 미학주의의 자폐성, 그것은 쉐도우 세계의 한계에 대한 인식일터, 그렇다면 사회적 도피가 아닌 『구월의 이틀』은 어떠한 사회적 맥락을 제시하고 있는 것일까?

『구월의 이틀』의 주인공은 금과 은이다. 이 열아홉의 '아담'들은 광주와 부산이라는 거리만큼 이질적인 환경에서 자라나 서울의 한 대학에서 조우한다. 광주에서 자란 금의 아버지는 풀뿌리 지역 운동에 헌신하다가 청와대 비서실에 기용된 386 운동권 세대의 전형이고, 어머니는 형제들의 빨치산 전력으로 가산을 탕진한 집안의 딸로, 골동품

가게를 운영하고 있다. '금의 생각은 모두 아버지의 것'이라는 작가의 인물 설정대로, 금은 사회과학대학에 입학, 정치가로서의 꿈을 꾼다. 금은 문학은 "새로운 전자 제품을 샀을 때, 박스 속에 딸려 있는 제품 설명에 불과"한 것이며, 세상을 직시하고 현실에 몸 부닥치는 것이 진정한 삶이라고 믿는 청년이다. 매력적인 외모와 외향적인 성격의 금이 현실적인 인물 유형에 속한다면, 왜소한 육체와 내성적인 성격을 갖고 있는 은은 내향적인 인간 유형에 속한다. 학창시절 문학에 탐닉하고 사범대 국어교육과에 입학한 은의 아버지는 사업에 번번이 실패한 낙오자이지만, 아버지의 형제들은 백억 대 재산가, 병원 원장, 대학 교수, 검사라는 직업을 가진 엘리트들이다.

"금과 은은 극단적인 모범생들이었다. 그들은 집안의 부모 친지나 학교의 선생님들이 가르쳐준 가치관을 고스란히 내면화했고, 자신들이 자라면서 접했던 지역 사회의 정서를 육화했다"라는 설명은 한 인간의 성장이 기본적으로 사회생물학적 차원에서 바탕하고 있음을 지적하고 있지만, 개인의 정체성을 형성하는 복잡한 요인들을 상기해볼 때, 이러한 인물 설정은 다소 작위적이다. 어쨌든 이렇게 이질적인 정체성으로 출발한 이들, '금과 은'은 양 끝에 서 있다가 서서히 위치를 바꾸기 시작한다. 그리하여 작품 맨 끝에서 이들은 '왕자와 거지'처럼 서로의 옷을 바꿔 입는다. 정치가 지망생이었던 금은 "인간의 삶에는 정치나 사회와는 또 다른 층위의 삶이 있다는 것"을 자각하고 문학 지망생이 되고, 문학소년이었던 은은 "더 큰 자유, 바로 세상을 지도하는 사람이 되기 위해" 진정한 보수 우익의 정치지망생으로 바뀐다.

금과 은은 운명적인 만남에 의해 서로에게 영향을 주며 조금씩 변화하지만, 이들의 변화에는 서울, 그리고 대학에서 맞닥뜨린 새로운 현실들이 크게 작용하기도 한다. 이러한 과정을 통해 자신이 놓인 현실과 '자신'을 서서히 발견해가는 이들에게 세계란 환멸적인 '가짜 낙원'도 아니고, '자신' 또한 인류 최초의 인간인 아담도 아니다. 세상은 파괴되어야 할 적, 자신의 외부가 아니라, 그 자신을 증명하고 의지를 관철시키기 위해 헤쳐가야 할 자신의 내부이기도 하다는, 이러한 세계인식은 분명, 과거 '아담'의 그것과는 다르다. 그런 의미에서『구월의 이틀』은 현실과 소통하고자 하는, 문학 소년의 사회 진출의 출사표로도 볼 수 있을 것이다. 그러나 이러한 소통 기획이 갖는 의미와 별도로 실제 작품에서 '기획'이 구체적인 실감을 얻고 있는가는 다른 문제이다. 당겨 말하자면, 그 모든 빛나는 문장과 통찰에도 불구하고 장정일의 이 새로운 성장소설은, 지나치게 '기획'되어 있다. 기획되었으므로, 당연히 운명의 종착지가 정해져버린 금과 은은, 작가가 놓은 궤도를 따라 열심히 달려갈 뿐이다. 그 선로는 진보와 보수, 좌익과 우익의 이데올로기라는 두 개의 나란한 평행선을 달린다. 어쨌든 광주와 부산에서 풀려나온 이 퓨어(pure)한 아담들의 행로를 따라가 보자.

『나르시스와 골드문트』를 연상케하는 금과 은은 출발점에서 각각 육체와 영혼, 현실과 예술을 지향한다. 수능이 끝나고 대학 입학까지의 시간을 금은 영어회화에, 은은 화랑 순례에 바치다가 사랑을 만나게 된다. 금에게 그것은 20살 연상의 반고경과의 육체적 사랑이고, 은에게 그것은 환영과도 같은 아름다운 소녀와의 스침이다. 반고경과 애욕에 빠진 금은 그녀에게 '청혼'함으로써 순정을 바치지만, 반고경은 이를 거절하고, 결국 절망에 빠져 있던 금은 깨닫게 된다.

> 금도 이제는 모든 것을 이해했다. 하루 사이에 아스라한 추억이 되어버린 듯한 반고경과의 만남을 사정과 분비를 위한 '육체의 헐떡임'으로 폄하하고 싶지는 않다. 하지만 금은 알게 되었다. 사랑은 육체를 거부하지 않지만, 그것이 전부는 아니라는 것을.
>
> ─『구월의 이틀』, 랜덤하우스 코리아, 2009, 222쪽

'환영같은 소녀'의 이미지에 사로잡힌 은 또한, 결국 그 환영을 걷고 자신의 동성애적 성정체성을 깨닫게 되고, 금을 사랑하게 된다. 육체적 관계로까지 나간 금과 은은 사랑의 크기에 있어 또 한번의 교차점을 지나고 은은 그의 스승인 거북선생과 동성애적 관계를 맺는다.

　사랑이라는 청춘의 시련의 한편으로, 이들은 삶의 지향에 있어 중요한 갈림길을 만나게 된다. 진보와 보수, 좌와 우라는 당파성인데, 사실 이 작품의 전체 틀은 바로 여기에 놓여 있다. 아름다움을 추구하는 은은 기질적으로 강하고 독립적인 것을 지향한다. 그것은 은이 윤리적이기보다는 타자와 구별되고자 하는 강한 자의식을 가지고 있다는 것을 의미한다. 그리고 그는 서서히 깨닫게 된다. "시? 교향곡? 그림? 그런 따위는 내 의지를 인간의 육체와 정신에 직접 아로새기는 그런 일에 비하면 너무 시시해. 아아, 이처럼 강한 힘으로 세계를 길들일 수 있다면!"이라고. 세계문학전집을 독파하던 은은 그렇게 하여 문학을 점점 멀리 하고 현실에서 진짜 '강자'가 되려고 한다. '강한 것은 선하고, 강한 것은 아름답다'라는 은의 삶의 모토는 자연스럽게 보수 이데올로기와 만나게 되고, 물질과 권력을 소유한 부자들, 정치인들로 이루어진 엘리트 사이에서 최고 지도자가 되고자 한다.

　한편, 현실 정치의 역학관계에 밝은, 이를 테면 이라크 파병에 대해 "국제정치 질서 속에서도 국가는 생존하기 위한 자연선택을 했다. 가혹한 자연조건에서 생존율을 높이기 위해 이질적인 종을 만나는 것과 마찬가지로, 국제 정치라는 자연계 속에서는 동류끼리 합치는 일도 생존의 방편"(173)이라고 생각하는 금은, 열병과도 같은 반고경과의 섹스, 낯선 은과의 우정과 성애, 가정부와 새로 살림을 차리려다 반신불수가 된 아버지, 어머니의 재혼 소동 등을 거치면서 서서히 삶의 내밀한 부분에 주목하기 시작한다. 이를테면 금은 삶의 비합리성과 부조리, 허무의 파고를 넘고 있는 것이다. 능동적이고 외향적인 금에게 삶은, "가난은 경제적인 불평등과 정책적인 모순을 근본적으로 고쳐야 비로소 해결되는 것이지. 개인의 선행으로 해결되지 않는다"라는 세계관처럼 단순한 것이었으나, 이제는 답이 없는 질문처럼 모호해져 버린 것이다. 그렇게 하여, 그는 직접적인 현실과 동떨어진 문학의 세계로 나아간다. 서울에 남아 청년 우익 단체의 '자유의 나무'로 활동하는 은, 그리고 고향에 돌아가 글쓰기에 골몰하던 금, 이들은 대통령 탄핵사건을 계기로 헌법재판소 앞에서 다시 만나게 된다. 은은 탄핵 지지자로, 금은 탄핵 반대자로. 그것은 광주와 부산의 지역 당파성의 표상이면서, 동시에 해묵은 지역 정서와 결별한 새로운 세대들의 당파성의 표상이기도 하다. 작가가 곳곳에 강조하고 있듯, 이 작품은 기존의 진보-보수 현실 정치인들과는 다른, 진정한 이념형 인간의 도래에 대한 열망에서 나온 것이다.

이를 단적으로 보여주는 것이, 이들의 첫 만남과 그리고 마지막 만남을 묶고 있는 휴게소 사건이다. 이들은 대학 수업 시간에 처음 만나기 전 서울로 상경하던 중에 고속도로 휴게소에서 스쳐지나간다. 휴게소 식당에서 노인의 무리 중 한 명이 젊은 부부에게 고함을 지른다. "그래, 빨갱이들 세상이 되니 좋니? 좋아?" 식판을 던지고 급기야 휴게소를 벗어나는 부부에게 "북한에나 가서 살아!"라고 뒤통수를 후려갈기는 광경. 마침 TV에는 16대 대통령 당선에 대한 뉴스가 흘러나오고 있었고, 젊은 남자는 아이의 손을 잡고 "야, 우리 대통령이다. 박수……"라고 했던 것. 노인에게 포악질을 당한 젊은 부부는 곧 교통사고로 목숨을 잃는다. 그리고 어머니가 감싸안은 아이는 기적처럼 살아남게 된다. 그리고 이 첫 만남의 메타포는 작품의 끝에서 다음과 같이 설명된다. "우리가 보았던 그 살아남은 아이가 우리라는 것. 너도 나도 고아야." 은의 입을 빌린 작가의 이 말은, 이들이 노인의 올드 라이트는 물론 386세대의 좌파 운동권과 결별한 한국의 새로운 미래이고, 그래야 한다는 것이다.

　물론, 한국 현실 정치의 좌우 이데올로기를 다룬『구월의 이틀』에는 논란이 될 만한 부분이 많다. 작가 장정일 본인의 이데올로기는 논외로 하고, 이 작품에 표출되어 있는 은과 혹은 보수 우익들의 파행적 발언, 가령 "어서 처분되어야 할 잉여 분자를 위해 고교 평균화가 있고, 복지 정책이 있고, 뭐? 온정적 보수주의?", "허무주의자들이 발견한 최대의 대용품은 민주주의와 정치야", "좌빨이나 빨갱이들을 몰아내려면 그런 신우파가 빨리 나와야 해", "박정희를 빨갱이라고 부르대는 철부지들을 박멸해야 한다! 바퀴벌레 잡듯 잡아야 한다! 놈들의 창자를 꺼내야 한다!", 그리고 전교조를 빨갱이로 몰고, 가진 자를 찬양하고, 6·15남북 공동선언의 불법성과 이적성을 고발하는 인물들의 행렬.

　장정일은 이 작품을 "세태소설이자 지식인소설이면서 풍자소설과 예술가 소설을 아우르는 복잡한 소설을 성장소설로 읽어주도록"(작가 후기) 요청한다. 그의 이러한 지침을 참고하면, 이 작품은 작금의 지식인들에 ─ '금과 은'도 포함하여 ─ 대한 비판이자 풍자이다. 그러나 스스로 '우익청년 일대기'라고 밝힌 것처럼 우익청년 '은'에게 많은 공을 들이고 있는 부분을 보면, 은이라는 인물에는 단순히 '풍자'가 아니라 '작가'의 진정성이 겹쳐있기도 하다. 은이 갑작스레 '교회'에 가서 서울 시장을 만나고, 과거 운동권을 흉내내 '자유의 나무'의 회원을 명문대로 한정하고 하는 것 등은 분명, 좌우를 망라한 기성 질서에 대한 통렬한 비판이다. 가령, "빨갱이와 같은 인장을 찍어대는 것은, 그만큼 우리들에게 논리가 없기 때문이야. 저 인장들은 그들과 더 말하지 않겠다는 우리의 결단을 보여주는 것들이지. 우리들이 쓸 수 있는 논리가 풍족하지 않다는 것을 역으로 드러내주는 증거고, 저 인장들이야말로 논리로는 그들을 이길 수 없다는 탄식이나 같은 거야"라는 거북선생의 이야기, "박정희, 전두환, 노태우 시절에 좌파는 고문당하고 죽고 그것도 못 당한 사람은 하다못해 감옥이라도 가지 않았나? '미국이 없으면 우리는 죽는다'고 벌벌 떠는 이런 계집애처럼 나약한 구(舊) 우파들이 깨끗이 청소되어야, 미국 없으면 어때? 라고 턱을 세우는 진짜 당당한 우파들이 새로 돋아나야지"와 같은 은의 선동적인 발언 등등은 보수 우익에 대한 통렬한 비판이기도 한 것이다.

그러나 진정 강하고 독립적인 인간이 되기 위해 보수 우익에 투신하고, "나는 보수적이야. 새로운 걸 못 만들어. 예 예, 나는 그게 이 세상을 만드는 힘이라고 생각해. 나는 배의 바닥짐 같은 사람이나 가치를 좋아해. 보수가 없으면 국가나 사회도 뒤집어져. 그래서 나는 보수주의자가 됐어"와 같은 은의 태도에는 진정한 보수를 갈망하는 작가의 진정성이 엿보이는 것이다. 다음과 같은 발언은 분명, 작가의 육성에 해당하는 것이라고 볼 수 있다.

  젊은 우파라면 적어도 이런 수준에서 시작해야 돼. 그런데 보통은 이런 근기로부터 시작하는 게 아니고 대항의식으로부터 시작하지. 예를 들어 '나는 좌파가 싫다' (…중략…) 그런 대타의식으로부터 벗어나 '강한 것이 선하고 강한 것이 아름다운 것이다'라는 자긍심과 자기정립에서부터 시작해야 해. 내 윗 세대인 올드 라이트(old right)는 일제나 독재에 가담한 원죄가 많고, 상대적으로 젊은 나와 같은 뉴라이트(new right)는 좌파에 대한 원한이나 피해의식이 있어. 그래서 원죄도 원한도 없는 순수한 우파, 너와 같은 영라이트(young right), 퓨어 라이트(pure right)가 필요해. (269쪽)

모호하지만, 작가의 정치 이데올로기라고 볼 수도 있는 보수주의, 이상보다는 현실을, 변혁보다는 변화되지 않는 바닥짐 같은 삶과 현실의 중요성을 인식하고, 그것을 바탕으로 보다 합리적인 세상을 만들어가고자 하는 그런 '괜찮은' 우익 보수의 출현도 좋다고 생각한다.

그리고 작가의 열망대로 필요하다고 생각한다. 그러나, 이 작품에서 선뜻 긍정하기 어려운 점은, '우익 청년' '은'에게는 다음과 같은 인식이 빠져 있기 때문이다. '최고 지도자가 되어 어떤 세상을 만들고 싶어 하는가?' 단지 '강한 것이 선이고 아름다움'이라는 것은 부자, 권력자, 엘리트 찬양하는 힘의 논리이며, 그것은 또 하나의 약육강식의 세계이기도 하다. 아무리 사회가 변해도 그것은 어쩔 수 없는 현실논리이도 하지만, 이것을 교정하려는 어떤 비전이 없다면, 그것은 이념이 아니라 그저 자연상태에 대한 투항인 것이다. 은에게서 미와 파시즘에 헌신하다 할복자살한 미시마 유키오의 그림자를 보게 되는 것은 바로이 지점이다. 어떠한 비전도 없이 무조건 최강자가 되고자 하는 것은, 공동체적 감각이 아니라 나르시시즘의 또 다른 표출이 아닌가?

『구월의 이틀』은 엄밀하게 말하면 성장소설이 아니라, 성장에 관한 계몽소설이다. 그것은 어른의 세계를 엿보고 통과해 나온 젊은이의 목소리만이 아니라, 그 통과제의를 어떻게 거쳐야 하는지에 대해 충고하는 성숙한 어른의 목소리가 함께 있기 때문이다. 청춘의 사랑은 무엇인지, 어떻게 20대를 보낼 것인지, 살면서 무엇을 지향해야하는지에 대한 지침들은 분명, 이 책이 미학적 경이로움이 아니라 삶의 효용성에 좀더 기울어 있다는 것을 알게 해준다. 그리고 그 통찰들은 대개 젊은이들에게 꼭 필요한 삶의 교훈일 경우가 많다. 가령, 다음과 같은 문장들.

나의 어머니는 늘 말씀하셨습니다. '삶의 어느 한 때를 가르켜 인생이라고 할 뿐, 일평생이 인생은 아니다.' 다시 말해 나의 어머니의 말씀에 따르면 '인생이란 20대의 어느 한 때를 가리킬 뿐'이랍니다. 나머지는 인생이 아니라 '그냥 어영부영', '쓰게다시', '덤', '죽지 못해', '타성'일 뿐이랍니다. 무슨 말씀인 줄 알겠죠? 지금 막 여러분을 찾아온 청춘, 열여덟이거나 열아홉 혹은 스무 살일 나이인 바로 이 때가, 저 두 시에 나오는 하루이거나 이틀에 해당한다는 것입니다. 막 대학교에 입학한 여러분, 빙하 시대를 불 태워버릴 열정으로 이틀 혹은 하루뿐인 당신의 인생을 사십시오. 이 짧은 청춘의 날이 지나고 나면, 여러분은 삼백예순 날 하냥 섭섭해 울게 됩니 다. (133~134쪽)

청춘을 떠나보낸 자만이 알 수 있는, 저러한 비의들은 이 작품의 곳 곳에 들어있다. 그리고 그것은 작품의 어지러운 당파성과 상관없이 작가 장정일이 젊은 독자들에게 주는 귀중한 선물일 것이다. 그러므 로 어찌되었든, 궁색할지라도 이 작품은 최소한, 공동체적 감각에 의 해 열린 타인과의 소통을 보여주고 있다고 할 수 있다. 또한 스펙타클 한 추상적 세계가 아니라 현실의 디테일에 대한 탐색, 그리고 이질적 인 두 인간에 대한 긍정을 보여주고 있다는 점에서, 최소한의 상호주 체성 위에 놓여있다. 한 가지 더, 이러한 소통의 글쓰기가 놓인 작가 의 문학관의 변화 지점을 살펴보자.

① 작가가 된다는 것은 위조지폐범이 된다는 말이야. 그건 범죄지. 합법 적인 공인된 가치. 무형의 기관. 다른 가치를 만들어 퍼뜨리는 사람이야. 일단 나는 그럴 능력이 없어. 게다가 나는 중앙은행이라면 사족을 못 쓰는 속물이기도 해. (324~325쪽)

② '국민'이 어감은 좀 안 좋지만, 국민작가란 한 나라의 국민에게 어떤 문제가 있을 때, 항상 그에게 돌아가 현재의 문제를 조회해볼 수 있는 거 대한 저수지 같은 거야. (…중략…) 국민작가는 단기간의 여론이나 당선에 목을 매는 정치가들과는 달리 좀더 긴 비전을 제시하는 사람이야. 국가란 어떻게 보면, 모국어로 만들어진 문학을 향유하는 문학공동체라고도 할

수 있는데, 그 공동체는 5년이란 세월을 우습게 뛰어넘어. 대통령에 비할
게 아니지. (…중략…) 이 시대는 시장이 권력을 키워가는 반면 국가의 역
할이 점점 작아져가고 있어. 국가가 시장의 침탈을 방어하거나 시장의 압
력을 조절하지 못하는 불균형 속에서 고통받는 것은 국민이야. 국민이란
말이 마땅치 않으면 시민이라도 좋고. 이런 상황이 공적 가치의 수호자로
서의 국가를 긴히 요청하고 있는 것이라면, 국민작가에 대한 환상 역시 다
시 부활할 수 있는 거겠지. (…중략…) 언젠가 너는 중세의 알레고리였던
'바보들의 배'에 비유해서, 문학을 '패배자들의 배'라고 불렀지. 문학은 세
상에서 패배한 사람들이 타는 배나 같다고. 하지만 나는 그렇게 생각하지
않아. 아까 말한 국민작가라는 개념으로부터, 나는 문학이란 현실로부터
패배한 자들의 산물이라는 일반적인 속설은 물론이고 너의 위조지폐범론
을 뛰어넘는 가능성을 발견했어. 그건 네가 하려는 정치보다 보잘 것 없거
나 힘이 없는 게 결코 아니야. (323~331쪽)

①은 은의 것이고, ②는 금의 것이다. '위조지폐범'으로 요약되는 은의
문학관이란 과거 장정일이 헌신했던 세계, 즉 미학적 전복에 이끌려
진 사적인 개인의 르쌍티망과 판타지의 세계이다. 그러나 ②의 공적
가치를 수호하고, 사회에 대한 보다 근본적인 비전을 제시하는 국민
작가론은 공동체 감각에 기초한, 세계시민으로서의 문학관이다. 곳곳
에 문학 혐오론이 산재된 『구월의 이틀』을 쓴 작가 장정일은 작 금인
가, 은인가? 금과 은의 삶, 그리고 그들의 판이한 문학관, 그 어떤 것이
더 바람직하다고는 할 수 없지만 분명한 것은 금과 은이 서로 바뀌듯
사적인 내면에의 침잠과 공동체적 감각은 서로 분리되어 있는 것이
아니라 뫼비우스 띠처럼 꼬여있는 하나이며, 안이든 밖이든 작품은
항상 '진정성'으로 밖에 그 자신을 증명할 수밖에 없다는 것이다.

4

 2000년대 이후 '환상과 엽기' '감각적 언어와 미학적 실험' '내면성'
에 천착한 젊은 작가들의 작품들은 '새로움'으로 많은 조명을 받았지
만, "상징계가 깡그리 사라져 상상계와 현실계만 달랑 남은 오늘의 글
쓰기 판"[3]이라고 했던 한 평자의 말처럼, 공통의 감각과는 먼 미학적
폐쇄성을 보여주고 있는 것도 사실이다. '자폐성' '자기중심적 독아론'
적 경향성에 대한 우려는, 사회, 혹은 타인과의 소통을 거부하고 '개인'
에만 몰두함으로써 결과한 문학의 협애화, 사인화, 고립화 등으로 이
어진다. 이러한 경향은 그러나 단지, 한국 문단 내부의 사정으로만 돌
릴 수는 없을 것이다. 그것은 프랑스의 개인주의 논쟁에서도 볼 수 있
듯, 어쩌면 '개인'을 세계 최고의 가치로 둔 근대성의 필연적 결과일
수 있기 때문이다.
 "인간은 자기 자신이 아닌 다른 입법자를 갖지 않는다"(사르트르)라
는 근대 휴머니즘의 개인주의 패러다임은, 인간을 신과 전통 등의 타
율성으로부터 해방시키고 개인의 독립성과 자율성에 최고의 가치를
부여했다. 그러나 이 해방의 논리였던 개인주의 패러다임은 하이데거
이후의 철학자들과 작가들이 우려한 것처럼 '사회의 미립자화' '분열'
을 조장하고, 독재의 정치의 가능성을 가져온 소외의 논리가 되기도
했다. "개인은 어느 누구에게 아무것도 빚지지 않는다. 개인은 언제나
홀로 자신을 바라보는 데 익숙하고, 자신의 운명이 자기 손안에 있다
고 기꺼이 생각한다. 이와 같이 민주주의는 모든 인간으로 하여금 조

---

3   김윤식, 「우주적 상상력, 백악기적 상상력, 신생물학적 상상력」, 『2009 이상문학상
     작품집』, 문학사상사, 302쪽.

상을 잊게 할 뿐만 아니라 후손에게 무관심하며, 동시대인과 고립되도록 한다. 민주주의는 인간을 자기 자신에게만 매달리도록 하여, 마침내 인간을 완전한 고독 속에 가두어 버릴 위험을 안고 있다"[4]라고 했던 토크빌의 우려는, 미국과 유럽을 비롯한 근대 세계에 중요한 사회 문제로 도래하고 있는 것이다. 한국문학의 '골방화'도 이러한 보편적 근대성의 난점의 문학적 징후일 수 있다. 개인주의 패러다임이 끊임없이 '새로움과 특이성'을 열망케 하고 또 그것이 '유행'의 소비문화를 결과했듯, 한국문학에서 '새로움'에 대한 열광은 타인과 구분되고자 하는 근대 개인의 '독립성'의 욕구에 바탕하고 있는 것이다. 그리고 모든 전통과 권위로부터의 해방은 '인간을 재-동물화하는 생물학적 회귀'로 귀결될 수 있는 바, 그것은 장정일의 초기 소설들이 보여준 바로 그러한 세계이고 최근 젊은 작가들의 '감각'의 일부분에도 해당되는 것이다.

또 한편, 그것은 니클라스 루만이 말하는 정치, 법, 의학, 예술 등 각 분야의 조작적 폐쇄성이 더욱 강화되는 근대사회체계의 기능 분화의 한 결과이고, 또 근대국민국가의 공동체 감각을 형성하는 데 소임을 다한 '근대문학의 종언'(고진)과도 관련 있는 것이라고 할 수 있다. 최근 문예지 특집이 던지고 있는 근본적인 질문들 ― '문학이란 무엇인가?'을 비롯한 '문학과 윤리' '문학과 정치' 등 ― 은 이렇듯 달라진 문학예술의 위상을 가늠하려는 노력이라고 볼 수 있다. 개인주의와 문학예술에 대한 논의는 또 다른 장을 필요로 하지만, 그러나 한편 '차이'를 앞세운 새로운 작품들, '상징계와 결별하고 상상계와 현실계(실재계)'에만 치중하고 있는 작품들이 모두 개인의 '독립성'과 '비인격화'로

---

4 Toqueville, A. de, 『미국의 민주주의 Democracy In America』, 알랭 르노, 장정아 역, 『개인―주체철학에 관한 고찰』, 동문선, 2002, 25~26쪽에서 재인용.

치닫고 있다고 매도할 수는 없을 것이다. 또한 그 증거로 '환상과 소통 불능의 언어 실험'을 내세울 수는 없을 것이다.

가령, 환상과 독특한 문체로 새로운 문학세계를 보여주고 있는 황정은의 경우, 그 환상과 스타일의 효용은 소통 차단과 차별성에 기반하고 있지 않다. 그녀의 환상 사용법은 「모자」, 「일곱시 삼십이분 코끼리 열차」에서처럼 공포스런 현실을 견디고 타인과 자신을 위무하기 위한 것이다. 최근 발표한 「百의 그림자」(『세계의문학』 2009년 가을호)에서 줄곧 등장하는 환상, '그림자' 경우 또한 마찬가지이다. 주인공 은교는 길을 잃고 헤매다가 자신의 '일어선 그림자'를 본다. 일어선 자신의 그림자를 쫓아가는 것, 그것이 죽음을 의미한다는 것은 작품 인물 모두가 공유하고 사실이다. 그러니까 여기서 '그림자'란 결국 '절망' '공포' '죽음에의 충동' 같은 것을 의미하고 전자상가에 근무하는 주인공은 상가 사람들—무재, 여씨, 박씨, 유곤, 오무사의 주인 등등—모두에게서 그림자를 보거나, 혹은 그 경험을 듣게 된다. '百의 그림자'란 결국, 인간 모두가 공유하고 있는 '어둠과 절망'을 의미하는 것이다.

최근 '문학과 윤리', '문학과 정치' 등의 특집이 더러 애써 읽어내고 것처럼, '골방의 단독성'에만 사로잡히지 않은 젊은 작가들이 여전히 존재한다. 황정은 뿐 아니라, 김애란, 윤이형, 정한아, 김미월, 염승숙, 김이은, 김숨 등등, 이들의 작품은 문학의 전통적인 관습과 기율과는 멀지만, 그러나 '자폐적'이지 않다. 그러므로 '기법'은 그 어떤 알리바이도 될 수가 없다. 그것은 예술 주체의 '독립성'을 지향하고 있지만, 반드시 개인의 단독성을 지향하는 것은 아니다. 한 평자가 윤이형의 「큰 늑대 파랑」을 거론하며 "자기만의 삶과 방을 고집하면 할수록, 자신들도 모르게 그러한 기존 질서 속으로 빠져들어갈 수밖에"[5] 없다고

---

5   이경재, 「최근 한국소설에 숨겨진 소통의 가능성」, 『실천문학』, 2009년 봄호, 69쪽.

한 바 있듯, 자신에만 골몰하는 개인주의와 이기주의가 공동체적 감각과 연결될 수 있는 지점은, '자신의 상황이 결코 자신만의 상황이 아니며, 자신의 삶의 기획 또한 자기만의 변화나 힘으로 될 수 없음을 깨달음으로써'라고 말할 수 있을 것이다. 내가 딛고 있는 땅은 한 평도 안 되지만, 잘 살기 위해서는 내가 걸어다니고 있는 현실 지반들을 알아야 하고, 또 바꾸어나가야 한다. 그것은 조세희의 「뫼비우스의 띠」에서의 수학 선생님의 질문, 즉 '굴뚝 청소를 하고 난 두 아이 중 하나는 얼굴이 검고 하나는 희다, 누가 세수를 하겠느냐'가 잘못된 물음일 수밖에 없는 이유와 같다. '그런 일은 있을 수 없다'는 선생님의 결론, 즉 질문 자체가 잘못되었다는 것은 앉은뱅이, 꼽추, 브로커로 변전되는 '가해자-피해자'의 구도가 결코 한 개인의 문제가 아니라 사회 전체의 문제임을 의미하는 것이다. 고립된 '독립성'이 아니라 진정한 자유를 추구하는 주체적 삶은, 나의 문제가 뫼비우스의 띠처럼 타인과 필연적으로 연결되어 있음을, 즉 진정한 자유란 시민의 자유임을 깨닫고, 또한 개인의 독립성의 추구가 규제 없는 자유가 아니라 현실적 조건에서의 제한적 자유를 선택하는 주체적인 '자율성'(알랭 르노)으로 나아갈 때 가능한 것이다.

또 한 가지, "외부 지시체 없이는 (형식으로서의) 자기 지시체는 결코 있을 수 없다"[6]라는 말은 문학의 자율성이 그 조작적 폐쇄성을 더욱 강화하여 현실세계와 점점 소통 불능이 된다하더라도 현실과 전혀 무관할 수 없다는 것을 의미한다. 아무리 '무중력' '비현실' '자폐성'의 경향이 두드러지더라도 그것은 있는 '그대로의 현실'에서 나온 '다른 현실'이며, 예술은 그 차이를 통해 고유한 현실을 바라보게 한다.(니클라

---

6   「새로운 문학이론을 찾아서─니클라스 루만」, 『세계의문학』, 2000년 여름호, 274쪽.

스 루만) '그대로의 현실'의 타자로서의 문학예술은, 그 '불화의식'을 통해 세계에 참여하고 세계를 바꾼다. 그것은 '위조지폐범'으로서의 비체제적 문학론이든, '공적 가치'의 수호자로서의 '국민작가론'으로서의 시민문학론이든 마찬가지이다. 장정일의 『구월의 이틀』은 과거에 보여준 '세계와의 적대'와는 다른 층위를 보여주고 있으나, 그것은 그가 포착한 '세계'가 달라졌을 뿐(스펙타클의 추상적 세계에서 현실정치의 세계로) 불화가 사라진 것은 아니다. 그 다른 종류의 불화가 그의 타자기를 작동하게 한 것이다. 작가가 '할 말이 있다는 것'은 세상에 부유하는 말들과는 '다른 말이 있다는 것'이며, 이 개인적인 의견은 그 다름을 통해 세상과 연결된다. 애초에 따로 존재하는 안과 밖, 주체와 타자란 없다. 그러므로 우리는 이미 밖으로 들어와 있거나, 안으로 나간 어느 지점에 이미, 존재하는 것이다.

한국문학의 위기 담론과 '근대문학 종언'

1990년대 중반 이후부터 유행되던 민족문학의 위기론이 급기야 결정적인 사망선고를 받은 것은 고진의 근대문학 종언론에 의해서이다. 2004년 이후 문단 안팎은 한동안 이 종언론으로 인해 소란스러웠으나, 어느새 그 소요는 잦아들고 문단은 여전히 넘치는 활기로 새로운 담론과 작품들을 쏟아내고 있다. 그렇다면 위기와 종언은 한갓 헛소동에 불과했던가? 이별 후 다시 만난 연인은 이전의 그것과 같지 않다. 다시 '결별'을 말하지 않아도 연인의 뒷모습을 보아버린 자는 '사랑'을 전적으로 신뢰하지 않는다. 종언론 이후 한국문단의 정력적인 활동의 심층에도 이 한때의 문학의 죽음에 대한 가상적 체험이 크레바스처럼 놓여 있다. 그리고 어쩌면 이것은 종언론 이후 한국문학을 이끌어가는 큰 타자였을지도 모른다. 다시 결별하지 않기 위해, 혹은 다시 믿기 위해.

식상하지만 고진의 근대문학 종언론을 되짚어 보자. 종언의 요체는 문학의 사회적 역할의 퇴조이다. 고진에 의하면, 문학이 과거 문학과 정치, 문학과 종교 등의 대립된 논의에서 문학의 옹호는 그것이 더 도덕적이고 종교적이고 진실하고 지적임을 지시하는 것이다. 즉 문학이 도덕적 과제를 짊어지고 있었기 때문에 그것은 오락이 아닐 수 있었다. 일본과 한국의 학생운동이 노동운동, 정치운동을 대신한 것처럼, 근대문학은 현실적으로 불가능한 것을 떠맡았기 때문에 사회적으로 중요한 지위를 점유할 수 있었던 것이다. "문학은 한마디로 말하자면 영구혁명 안에 있는 사회의 주체성(주관성)이다"라는 사르트르의 말은 문학의 가장 풍요로웠던 한때를 대변하는 캐치프레이즈일 수 있다. 그렇다면, 그 역할은 왜 끝났는가? 고진에 의하면, 근대문학(근대소설)은 공감의 공동체인 네이션의 기반이었는데, 그 네이션이 이미 확립되었기 때문이다. 또 하나는 활자매체 이외에 다양한 매체들이 번성하고 있기 때문에, 정치적, 윤리적 목적을 위한 문학 활용은 과거처럼 그다지 효과적이지 않기 때문이다. 그리고 또 하나는 전 지구적 자본주의화이다. 고진은 리스먼의 『고독한 군중』을 끌어와 자본주의 사회가 어떻게 근대문학을 끝냈는지를 얘기하고 있다. 전통지향성, 내부지향성, 타인지향성으로 분류되는 사회적 에토스에서 근대문학의 번성은 근대 초기에 입신출세에 대한 반발과 자유민권운동의 좌절에서 나온 '내면성' '르상티망'의 발현에 해당한다. 그런데, 주체성 없이 부동하는 타인의 욕망에 의해 인정받고 싶어하는 타인지향성의 대중소비사회는 근대문학의 내면마저 잠식해버렸다는 것이다.

고진이 진단한 세 가지 원인을 (중층적이지만) 구분해보자면 첫 번째, 두 번째는 사회적 기술적 환경의 변화이다. 문학 또한 역사적 산물이라는 사실은 이미 널리 알려져 있는 사실이거니와 이 부분은 참담하지만, 어쩔 수 없이 받아들여야 하는 부분이다. 세 번째도 일종의 세계사적 흐름이긴 하지만, 여기에는 고진의 문학 비판이 들어있다. 타인지향성으로 흡수된 작가들이란 결국 출판상업주의와 대중소비문화와 결탁한 문학이라는 말이다.

고진의 이러한 선언이 충격적이었던 것은, 단지 그것이 외부에서 날아든 낭설만은 아니었기 때문이다. 1990년대 이후 한국문학의 왜소화, 협애화, 자폐성은 끊임없이 논란이 되었고, 2000년대 들어서도 한국문학은 1990년대의 침중함마저 잃은 채 이상한 활기로 그 영역을 확장해가고 있었다. 환상, 유머, 엽기, 탈국경, 팩션, 미래파, 다른 서정, 극단적 언어 실험 등등은 한국문학의 영역을 그 어느 때보다 확장시키고 문학 언어를 세련시켰지만, 고교 문예반의 교지 같다는 인상을 지울 수 없다. 즉, 그 어느 때보다 풍요로워진 한국문학은 역설적으로 현실 대중과 단절된 채, 그 최대의 자율적 공간을 향유하고 있는 것이다. 그러니만큼, 그 자율적 공간을 규율하는 문단 권력은 더욱 강력해지고 문학공간은 마치 연예계의 스타시스템처럼 더욱 전문적이고 기능적인 영역으로 변질되어 가고 있다. ('새로움'과 '젊음'을 앞세워 급속도로 교체되고 있는 작금의 작가, 비평가들의 무리들을 보라)

그렇다면 고진의 종언론에 대한 반응은 어떠한가? 첫째, 고진의 의견에 동의하고 문학장을 떠나는 것이다. 뉴어쏘시에이션 운동(NAM)으로 나아간 고진과 비슷한 사례를 한국에서도 찾아 볼 수 있을 것이다. 김종철의 생태운동, 시인 조원규의 '문학-치유', 그리고 송경동의 파업현장, 최성각의 생명평화운동, 지행 네트워크, '행복한 인문학' 등등, 이들 이외에 많은 수많은 문인들이 활자 안팎에서 이미 '진정한 문학하기' '문학 너머의 문학'을 실천하고 있다.

둘째, 고진의 종언론을 부인하고 한국문학의 건재함을 확인하고 일이다. 이를 테면, 출판시장의 베스트셀러 목록, 각종 포털 사이트의 인터넷 소설, 중진 작가의 정치적 행보, 대중 매체를 통한 접촉, 젊은 문학의 대중문화와 하위 문화와의 접속 등등. 그러나 이것은 고진의 말대로 근대 문학이 죽었다는 것의 명백한 증거에 불과하다. 이는 과거 근대 문학의 위의와 상관없는, 문학이 아니어도 되는 그런 것이기 때문이다. 종언론에 대한 반발의 한편에는 고진이 문제 삼았던 리얼리즘 기율에 기반한 근대문학의 쇠퇴, 오락으로서의 전락을 부정하는 논의들이 있다. 창비 진영(백낙청, 한기욱 등)으로 대변되는 이들은 과거 민족문학론의 연장에서 한국문학에서 '리얼리즘'이 가장 강력한 기율이고 흐름이라는 것을 거듭 강조하고 있으며 '새로운 문학'이 기반하고 있는 '낡은 것' '오랜 것'을 발굴하기에 애쓰고 있다. 물론, 이러한 주장은 이들 중견들만이 아니라 "근대문학이 '문학'의 세계에서 자신의 지분을 회수하고 철수할 때 우리는 '문학' 본래의 지분까지 '근대문학'이 가져가도록 내버려 둘 필요가 없다"(신형철)라고 한 젊은 비평가에서도 볼 수 있다.

셋째, '근대 문학 이후의 문학'이 한낱 오락에 불과하다는 것에 대한 반발이다. '새로운 문학' 혹은 포스트모던에서 새로운 가능성을 찾고 있는 황종연을 비롯한 신진 비평가들의 작업이 이에 속한다고 할 수 있다. '사소한 정치성'(이광호), '감성의 분할로서의 미학의 정치'(랑씨에르), '감각적인 것과 정치적인 것'(문학동네 좌담) 등, 문학과 정치, 사회의 관계를 되묻고 탐색하는 작업 또한 크게 보면 이러한 것에 해당한다. 이장욱이 종언론에 대한 반응으로서 제시하고 있는 하나의 태도, 즉 "이미 주변화된(죽어버린) 시와 소설들은, 오히려 그 주변성(죽음)의 자유로움이야말로 정확하게 오늘의 문학이 지닌 가능성이라고 말이다. (…중략…) 근대문학이 죽었다, 그러자 완강한 체제를 끈질기게 교란하는 유령의 문학이 태어났다! 유쾌하고 불편한, 유령으로서의 문학"(창비웹진)이라는 낙관적 태도 또한 옹색한대로종언에 대한 역설적 긍정이라고 볼 수 있다.

많은 비평가들이 지적했지만, 고진의 종언론의 중대함은 이렇듯 여러 가지 양상으로 갈린 비평적 입지들의 난맥상에 있지 않다. '죽음'으로서 한국문학의 현재에 도래한 '타자', 이것은 저러한 공식적 발언과 별도로 한국 문단과 개개인의 문인들의 의식적, 무의식적 층위에서 한국문학의 자의식을 작동시키기 시작했다. 물론 이 자의식이란 그 이전에도 존재했으나 감히 말해질 수 없는, 말할 필요가 없는 풍토였기에 아무도 소리 높여 말하지 않았던 것이다. 그러나 종언 이후 그 자명한 것이라고 했던 것을 묻기 시작했다. '문학이란 무엇인가?' '문학성이란 무엇인가?' '문학은 무엇을 할 수 있는가?' '문학과 정치는 어떻게 관련되는가?' 등등. 특히 미학적 전위와 관련된 문학의 정치성에 대한 최근의 논의는 바로 이러한 종언론 이후 우리 안에 잠복된 불안을 해소하기 위한 작업이라고 볼 수 있다.

문학성과 문학의 정치성에 대한 그간의 논의에 구체적인 분석은 별도의 자리를 요구하지만, 대체로 다음과 같이 요약될 수 있다. '문학성은 텅 빈 부재로서, 사후적으로 존재하는 것'(서영채)이라는 것, 즉 역사적 산물이며, 또한 현대에서 문학예술은 여타의 분야에서 기능 분화된 자율적인 영역이라는 것은 대체로 합의된 내용이다. 그럼에도 불구하고 문학이 세상에 대한 물음이어야 하고 현실과 적극적으로 소통해야만 한다는 것에도 이견이 없다. 문제는 그 방식이다. 문학과 현실, 미학과 정치는 어떻게 (비)매개적으로 연관되는가? 여기에 대한 논의는 현재 진행 중이다. 이 논쟁은 과거 순수 / 참여의 반복일 수 있지만, 그것이 놓여 있는 현재적 매트릭스는 달라져 있다. 다양한 매체의 발달로 인해, 활자문화의 입지는 그만큼 좁아졌고, 이런 상황에서 내면지향적, 자기목적적(형식실험적) 글쓰기란 곧 '자진(自盡)'을 의미하기도 한다. 그렇다고 타인지향적 글쓰기 — 상업자본과의 결탁 — 또한 문학의 포기이기는 마찬가지이다. 이미 다 공유하고 있는 사실이지만, 다양하게 분화되어가는 드라마와 영화는 과거 문학작품이 지니고 있던 것들을 이미 확보했을 뿐만 아니라 한층 업그레이드된 방식으로 대중들과 소통하고 있다. 오락이든, 혹은 삶의 방향성을 위해서든 대중이 문화예술을 찾는다고 할 때, 이제 그것이 꼭 문학예술일 필요가 없다는 것이다. 더 수준 높은 정보와 감동으로 우리의 영혼을, 삶을 고양시키고 사회현실을 변혁할 수 있는 문화예술은 주변에 널려있다. 문학은 그것들과 경쟁해야 하거나 과거 한 시인이 말한 것처럼 '은둔'해야 한다. 경쟁할 수 있다면, 해야 한다면 무엇으로? 문자의 힘으로? 혹은 문학 고유의 법칙이 지닌 장점으로? 대중들에게 문학을 향유할 수 있는 기본적인 능력과 새로운 법칙들을 가르치면서? 그럴 수 있을 것이다. 그러나 필자 본인은 그런 것에 기댈 수는 없다고 생각한다. 궁극은, 개별적인 시인, 작가들에게 있다. 이제 이렇게 말할 수밖에 없다고 생각한다. 영화, 드라마, 인터넷 게임으로 말해질 수 있는, 위대한 이야기가 문학에서 나올 수 있다. 좋은 영화, 드라마가 흔치 않듯 그것은 문학에서도 흔치 않은 일이다. 그 흔치 않은 일은 흔한 일 속에, 혼란 속에서 탄생한다. 존 브레크만이 문학의 혁신을 위해 말한 두 가지, '고양된 영혼의 기억으로서의 별'은 물론 무질서하고 사라지기 쉬운 모더니티들로서의 '쓰레기'를 우리들이 두려워하지 말아야 하는 이유가 여기에 있다.

지 도 의   암 실

Ⅱ

웃음과 망각의 수사학

성석제론

1. 죽느냐, 이야기하느냐

천일 하고도 하루동안 벌어지는 이야기의 향연인 『천일야화』는 죽음 앞에 놓인 세혜라자드의 처절하면서도 기발한 생존 전략이다. 익히 알다시피 삼 년 동안 첫날밤을 지낸 신부를 죽이는 왕의 횡포에 온 나라가 슬픔과 비탄에 빠져 있을 때, 총명하고 해박한 세혜라자드는 그녀의 동생 두냐자드와 일종의 음모를 꾸민다. 전설과 역사, 신화와 구전을 오가는 신부의 무궁무진한 이야기 속에 예정된 처형이 하루하루 연기되고, 샤리아르 왕과 세혜라자드는 아이를 낳고 국사를 논하면서 평화로운 나날 속에 '죽음'을 망각하며 애초에 예정된 죽음의 시간에 다가간다. 그러니까 이 거대한 이야기의 보고인 『아라비안 나이트』는 신부의 규방에서 잔학무도하게 계속되는 술탄의 카니발리즘에 대항하여 자신은 물론 다른 처자의 목숨까지 구한 용감무쌍한 투사이자, 희대의 이야기꾼인 세헤라자드의 목숨 건 도박이었던 셈이다.

'자동차 한 대가 떨어지고 있다. 막 떨어지기 시작했다'로 시작되는 「내 인생의 마지막 4.5초」는 떨어지는 바로 그 순간, 즉 몰락의 시간에서 출발하고 있다. 그러나 추락하는 자동차의 짧은 4.5초라는 시간은 무수한 일념과 일념으로 쪼개지며, 그 속으로 한 위대한 깡패의 일대기가 들어온다. 한 칼잡이가 탄생하고 레미콘 트럭 운전사의 팔뚝을 그으며 종횡무진하는 동안, 1주야의 108,000분의 1에 해당하는 수많은 일념들이 지나가지만, 자동차는 좀처럼 땅에 닿지 않는다. 칼잡이가 고향에 돌아와 술집을 내고 전설적인 깡패, 마사오 형님의 오른팔을 등산용 도끼로 잘게 부수는 동안에도 그 무수한 찰나는 다함이 없다. 그것은 원래 찰나가 다함이 없기 때문이라기보다는, 한 야비하고 잔인무도한 칼잡이의 이야기가 끝나지 않았기 때문이다. 자동차는 이야기가 계속되는 동안에만 허공에 들려있고, 칼잡이의 삶 또한 이야기되는 동안만 지속된다.

액자를 이루고 있는 자동차의 추락에 따른 죽음의 시간은 액자 내부를 이루고 있는 칼잡이의 일대기라는 이야기의 시간과 텍스트 외부와 내부를 끊임없이 간섭하고 넘나드는 각주에 의해, 정지되고 해체된다. 이러한 외부와 내부 구조의 끊임없는 교체 속에 이야기의 단선적 서사는 지리멸렬하게 흩어지며, 애초의 추락이라는 직선은 완만한 포물선이 된다. 그러므로 여기서 '이야기'는 자동차의 추락하는 속도의 힘에 대한 배신이자, 절대적인 시간과의 힘겨운 혹은 유쾌한 한판 대결인 셈이다. 결코 과녁에 닿지 않는 화살처럼, 무수히 분할된 미분의 시간 속에서 죽음은 '정지'되고, 그 틈을 한가롭게 헤집는 농담과 긴박감 넘치는 영웅담 속에 죽음은 '망각'된다. 소설 속의 시계는 시간의 실현이 아니라 시간의 배신인 셈이다. 그리하여 한 인간의 죽음과 이를 저지하려는 무시무시한 망각술 속에서 '위대한 이야기꾼'은 탄생하게 된 것이다.

이제 '죽느냐, 이야기 하느냐'라는 일종의 궤변론적 대결 상황에서 현대판 세헤라자드인 성석제는 무궁무진한 이야기의 보따리를 풀어놓는다. 따라서 이 능청스럽고 영리한 이야기꾼은 그의 이야기가 꼭 전통적인 의미에서의 '소설'이기만을 고집하지 않는다. 그게 우화이든 만담이든, 모험담이나 영웅담이든, 혹은 이도 저도 아닌 그저 이야기 비스무레한 것일지라도, 그 이야기들이 '그래서' 혹은 '왜?'라는 호기심을 유발하여 다음날 또다시 이야기 자리를 마련할 수 있는 것이라면 무엇이든 상관없는 것이다.

2. 노름, 놀음, 놀이

무엇이든 상관없다 하더라도 그것은 다음날을 불러올 수 있는 충분한 어떤 '힘'을 지녀야 한다. 그 힘은, 작가에 의하면 절대 진리나 역사적 실천의 문제 혹은 내면적 성찰에서 오는 게 아니다. 그것의 진정한 힘은 '재미'에서 온다. "정말 재미있는 거짓말이야말로 일상의 반복, 권태에서 인간을 구원하는 힘"(「거짓말에 관하여」, 『재미나는 인생 1』)이자 미궁에 빠진 현대인의 실존적 상황을 잊게 만드는 망각의 힘이다. 더 적극적으로는 소위 이데올로기의 시대, 거대서사의 시대가 몰각한 이후, 가공할 만한 불안과 혼돈에 빠져버린 시대적 상황을 초월할 수 있는 구원의 힘일 수도 있는 것이다. 역사와 이념의 부정, 혹은 근대적 동일성이 해체되는 이러한 시대적 상황이 아니더라도 근본적으로 현대인이 놓일 수밖에 없는 아이러니와 역설적 상황에 대한 가장 간명하고 확실한 방법은 "그것에 대해 생각도 말고 걱정도 않는 것이다"(「내인생의 마지막 4.5초」)라는 것이다.

그리하여 몰두하는 인간, 일종의 중독 상태에 빠진 인물들은 성석제 소설의 주된 테마가 된다. 당구, 내기 바둑, 알콜, 춤, 심지어 책 수집에 이르기까지 중독증에 걸린 인간들은 몸이 끊어져도 한번 박은 머리를 빼지 않는 '진드기'의 현현들이다. 또한 이들은 대부분 남다른 재능의 소유자로 자신의 재능 못지 않게 놀이에 몰입할 줄 아는 디오니소스적 열정을 지닌 인물들이다.

일종의 홀린 인간들에 대한 헌사로 읽혀지는 『홀림』에 수록된 소설들은 아예 '노름하는 인간', '술마시는 인간', '소설 쓰는 인간' 등의 부제나 제목을 달고 있다. 세계 최고의 도박사 피스톨 송선생의 연설을 채록한 「꽃 피우는 시간」, 한 알콜중독자의 기구한 인생역정을 담은 「해방—술 마시는 인간」, 호두알 두 쪽과 인생을 바꾼 왕제비족의 이야기인 「소설 쓰는 인간」에 이르기까지, 성석제의 인물들이 보여주는 도취와 열정은 이전의 연대기의 이념형 인물들의 치열성에 육박하고 있다.

몰두하는 인간들이 보여주는 세계의 특징은 이 세상에는 단 하나의 사물의 질서가 존재한다는 것이다. 춤꾼의 세계는 '춤, 춤방, 남자, 여자' 네 요소로 이루어지며, 그의 권태는 '진정 춤은 무엇이고 위대한 제비는 뭔가'라는 의혹으로 시작되며, '진정한 자아'는 춤 속에 있다. 춤꾼에게는 "춤이 직업이고 취미였고 이상"(「소설 쓰는 인간」)이듯이, 알콜중독자에게도 "술은 술이고 안주이자 마약이고 인생의 극치이며 일상생활인 동시에 아무것도 아닌 것"이며, 술은 "제가 지겨워질 때까지는 중독자를 마음대로 죽게 하지도 않는"(「해방」), 진정한 삶의 주인이요, 주체이자, 신(神)인 것이다.

몰두하는 인물들은 대부분 그가 속한 사물의 세계에서 사물의 극치에 다다른, '갈 데 까지 간' 이른바 도통한 자들로, 그럼으로써 얻은 사물의 철리를 통해 인생의 철리를 깨친 이들이다. 화투에서 투견, 경마, 내기바둑, 심지어 슬롯머신에 이르기까지 온갖 노름이 총집결되어 있는 「꽃의 피, 피의 꽃」에 등장하는 한 노름꾼은 화투를 통해 "어차피 인생은 거는 것(賭)이며 도(賭)로써 도(蹈하)고 도(渡)하며 도(道)에 도(到)한다"(「꽃의 피, 피의 꽃」)는 철리를 깨달은 자이며, 「꽃피우는 시간」의 도박사는 노름의 열 가지 철칙을 통해 삶에 도통한 자이다.

성석제 소설의 인물들이 보여주는 이러한 유희적 성격은 소설의 언술방식이나 형식적 측면에서도 철저히 구현된다. 그의 소설들은 근대 동일성 담론이 일궈온 분별과 경계의 표상에서 가볍게 탈주하여 장르적 경계를 해체할 뿐만 아니라, 벗어난 자리가 가져다주는 자유를 한껏 누리며 풍요로운 활기를 띤다. 현대 소설의 중요한 덕목인 '개연성'과 '인과성' 내지는 문자언어의 단정함 대신 전통 서사양식의 '구연성'과 '우연성' 및 '가변성', '서술자의 적극적인 개입' 등을 적극 활용하여 새로운 서사적 언술방식의 가능성을 여는 작가의 솜씨는 무림고수들이 보여주는 활극처럼 날렵하고 거침없다. 다소 진부하고 상투적이까지 한 고전서사들의 양식이 성석제의 소설에서 새삼 생기를 띠는 것은 성석제의 소설이 이들을 구태의연하게 답습하는게 아니라, 오히려 이들의 상투성을 뒤집고 패러디하고, 새롭게 변주하기 때문이다. 성석제 소설의 유희성은 이런 기존 서사의 변형에서뿐 아니라 새로운 기법의 형식실험과 텍스트 내의 언술방식에서도 드러난다. 예를 들어, 『호랑이를 봤다』에서 보여지는 물고 물리는 식의 연쇄 고리의 원환적 구성에 의한 선조적 플롯의 와해, 그리고 성석제 소설의 특유한 수사법인 꼬리에 꼬리를 물고 이어지는 말꼬리 잇기식의 언어 유희가 그것이다. 이렇게 끊임없이 이어지는 서사적 모험에 의해 소설은 "언제나 허기진 고요한 우주의 탐식자"(「고요한 우주의 탐식자」, 『재미나는 인생』)처럼 온갖 서사적 양태로부터 에너지와 생명력를 먹어치우고, 왕성한 사유와 생명력을 띤 새로운 존재로 거듭난다.

놀이로서의 소설은 진실의 순정한 '거짓됨'과 거짓말의 진정한 '거짓됨'을 거듭 강조하는 작가의 역설에서도 잘 드러낸다. "세상은 위대한 거짓말쟁이들의 역사이고, 자연조차 둥근 지구를 평평한 것처럼 표현하므로 거짓말쟁이 협회의 회원"이기 때문에, 거짓된 진실로 악질적인 인간이 되기보다는 "자신조차 그것을 진실로 믿을 수 있을 때까지 끈덕지게 거짓말을 할 수 있는 진정한 거짓말쟁이가 되자"(「거짓말에 관하여」, 『재미나는 인생』)라는 식의 순정한 '가짜의 미학'은 작가 성석제의 줄기차게 주장하고 실천해온 소설 창작방법론이다. 따라서 텍스트는 기발한 상상력과 허풍, 농담은 물론, 이러한 거짓말로 가득 찬 본문에 대해 진짜인 척하는 가짜 주석에 이르기까지, 리얼리티에 대한 끈덕진 부정으로 점철되어 있는 것이다. 또한 현대 작가들이 '그럴듯함'을 위해 오랫동안 공들여왔고 즐겨 사용해 왔던 액자형식을 완전히 전도된 방식으로 사용하고 있다. 책으로 가득 찬 방에 관한 이야기인 「방」의 "그런 방은 없다. 먼저고 다음이고 간에 내가 말한 방은 원래 없었다"라는 에필로그나 또는 한 내기 바둑꾼의 이야기를 담은 「고수」에서의 "내가 만났던 사람이 실제로 존재하는 사람이나 하는 의심"으로 표명되는 허구와 실제 사이의 모호성, 또는 거의 '순정한 짜가'들로만 이루어진 「순정」, 심지어 비장한 죽음의 순간에 느닷없이 내뱉는 "엄마, 무서워"라는 희극적 대사마저 이야기의 리얼리티와 진정성을 전복하는 일종의 유희의 전략인 것이다. 엽편소설에 자주 등장하는 괴담(怪談)이나, 그 밖에 실제성을 의심하게 하는 소설들의 수많은 화소들은, 성석제에게 있어 소설은 무엇보다 일종의 상상의 유희임을 거듭 보여주는 예라 할 수 있다.

놀이하는 인간으로서, 혹은 몰입과 망각에 빠진 인간으로서 소설가의 운명은 작가의 자전적 소설인 「홀림」이라는 작품에서도 잘 드러난다. "아이는 순식간에 그 아이에게 사로잡힌다"로 시작되는 이 작품은 사물과 사람을 알고 관찰하기 보다는 여기에서 생기는 거리, 혹은 둘 혹은 셋으로 쪼개진 자아의 분열상을 없애고 직접적인 사물에의 일치와 자아를 통합하고자는 것으로서의 소설쓰기에 대한 이야기다. 즉, 소설이란 풍경에든, 혹은 그 풍경이 불러일으킨 어떤 상상적 유희에의 몰입이든 '진리없는 홀림의 세계'를 통해 분열에서 해방되는 일임을 암시하고 있는 것이다.

그렇다면 홀림이란, 몰두란 무엇인가? 그것은 일종의 자아망실, 존재소멸을 의미한다. 엑스터시라고 할 수 있는 이러한 경지는 외부의 대상에 자신을 완전히 투신하고 동일시함으로써, 주체을 망각하는 것이다. 타자에 대한 이러한 완전한 몰입은 일종의 '자의식' 부재, 비판적 사유의 부재라는 측면에서 탈주체적이며, 탈근대적인 것이다. 놀이하는 인간들은 게임에 중독된 자들, 워커맨과 고글안경으로 대표되는 완전히 자폐적인 놀이공간에 있는 현대인들의 모습에 대한 일종의 알레고리이기도 하다. 그러나 이러한 알레고적인 함의는 보다 적극적으로 드러나지 않는데, 그 이유는 이 소설에 드러나는 화자 혹은 서술자의 시선이 이러한 몰두하는 인간에 대해 비판적이라기보다는 긍정적이라는 데 있다. 즉, 성석제 소설에 있어서 놀이에 대한 '몰입'과 '망각'은 훨씬 해방적 성격이 강하다는 것이다.

3. 무한반복의 삶, 류(類)적 개념으로서의 인간학

존재소멸을 통해 주체성을 망각한, '놀이하는 인간'은 성석제 소설이 갖는 통속성과도 연결되어 있다. 놀이하는 인간은 복잡다단하고 착종되어 있는 무한한 현실로부터 자유로운 인간이다. 이미 확정된 게임의 규칙이 지배하는 놀이의 세계에는 규칙의 습득과 전략전술, 승리와 패배만이 있을 뿐이다. 따라서 이들은 회의하지 않는 인간이며, 질문하지 않는 인간이며, 다만 무한히 다시 열리는 새로운 판만을 생각하는 인간이다.

진정한 노름꾼은 남이 놀 때 같이 놀고 남이 칼을 갈면 같이 갈아준다. 세상에 리듬을 맞춘다, 이게 노는 것이고 아름답게 사는 것이다. 노름에도 도가 있고 아름다움이 있고 드라마가 있다.

—「꽃피우는 시간」

세상이라는 놀이판에 나선 노름꾼에게 있어 삶의 진정한 자세는 세상의 리듬에 맞춰, 아름답게 노는 것이다. 그에게는 삶은 중요하지도 불합리하지도 않으며 그저 아주 단순히 존재하는 것, 그 이상 그 이하도 아니다. 그 이전도 그 이후도 없는 무한반복의 삶이라는 놀이판은 끊임없이 변주된, 그러나 근본적 차이가 있을 수 없는 동어반복인 셈이다.

인생은 반복이다. 오늘은 어제의 동어반복이며 나는 남의 반복이다. 달라지려고 해도 달라지려는 것 자체가 평범한 게 되고 말며 게다가 그게 힘들기까지 하다. 그런데도 '내일은 내일의 태양이 뜬다'류의 동네 장기 같은 훈수라든가, '소년은 어제와 오늘이 다를 것이라고 생각하며 살았답니다'

와 같은 (…중략…) 전통있는 사탕이 여전히 극성을 부리고 있다.

—『호랑이를 봤다』의 작가의 말

그리하여 성석제 소설에는 끊임없이 돌고 도는 인간군상들의 통속적이고 진부한 인생유전이 장중하고 유장하게 펼쳐진다. 부잣집 딸과 결혼하고, 카바레에서 바람나고, 이혼하고, 암에 걸리고, 그래서 결국 죽고만다는 형과 아우 이야기(「붐빔과 텅빔」), "돈많은 광부와 결혼해서 평생 놀고 먹는 것을 꿈꾸는" 한 남자의 여성편력(「욕탕의 여인들」), 작부의 아들로 태어나 모진 환난과 시련을 딛고 도둑 중의 도둑으로 우뚝 서는 이치도의 인생편력(『순정』), 한 남자에게 유린당하고 첩실이 되어 한평생 굴욕과 배신 속에 살아온 하세가와 도미코라는 일본 여인의 기구한 인생역정(「유랑」), '쾌활 냇가의 명랑한 겟날'에 모인 잡다한 인간 군상에 이르기까지 이들이 보여주는 인생유전은 "봄날처럼 붐비고 다양하고 충만한" 붐빔 속에 떠도는 소란스럽고 요란한 풍문처럼 지극히 통속적일 뿐이다.

무한반복으로서의 삶, 이 안에서는 자유롭고 능동적이며 자기 동일적인 주체로서의 삶에 대한 환상이나 형이상학적 열정, 존재론적 탐색이나 계몽의 의지가 있을 수 없다. 있다면 그것은 평균적인 삶을 초월하는 방식이 아니라, 평균 이하를 저공낙하하는 인물들의 '자주적이며 주체적'인 비속한 삶에 있다. 아무리 위대한 역사적 사건이라도 반복되면 소극(笑劇)이 되어버리는 이 무한반복의 삶에서는 동일자로서의 개체, 혹은 특수한 개인, 문제적 개인은 거대한 '인간'이라는 류(類)적 개념 속에 묻혀버린다. 그리하여 류적 개념으로서의 그들은 '기역', '리을' '미음' 혹은 '놀이하는 인간' '술 마시는 인간' 등의 '고유명사'가 아닌 '보통명사' 속에 분류되어 개성을 상실하고 보편적 '인간'이라는 거대한 흐름 속을 유영할 뿐이다.

이들 내면이 없는 인간, 숨겨진 심층이 없는 인간들에게 있어서의 인간관계는 다만 피상적이고 희극적일 뿐이다. 따라서 가장 직접적이고 구체적인 인간관계인 남녀관계에 있어서조차 그 통속성을 면치 못한다. 「욕탕의 여인들」이 보여주는 '애정행각'이 그러하고, 「통속」에서의 '기역'과 '리을'의 불륜이나 바람둥이 '미음'의 엽색행각, 「칠십년대식 철갑」에서의 원두와 향아와의 '거들'을 둘러싼 우스꽝스런 신경전이 그러하다. 『순정』에서의 이치도의 '왕두런'에 대한 순정조차 이 삶의 거대한 통속성에서 벗어나지 못한다. 류적 개념으로서의 인간에게는 개인의 최후의 영역이자 절대적 동일성에 대한 염원인 '사랑'이 있을 수 없다. 그들에게는 다만 통정(通情)이 있을 뿐이다. 따라서 1980년대 이후의 소설들에서 흔히 찾아볼 수 있는 불륜의 테마들은 성석제의 소설에 있어서 존재론적 탐색으로서의 일탈이 아니다. 오히려 불륜 또한 삶의 어쩔 수 없는 한 부분이라는 의식, 그리하여 '심슨 부인의 위대한 사랑'조차도 일종의 우스꽝스러운 '오입'으로 전락하고 마는 것이다.

근대가 발견한 주체적 실존으로서의 '개인'의 실종은 성석제 소설에 나타나는 시공간과도 관련된다. '은척'으로 상징되는 성석제 소설의 공간, 예를 들어 「조동관 약전」, 『순정』 『왕을 찾아서』 『궁전의 새』 등의 공간은 지방의 소도시 혹은 변두리로 설정되어있지만, '텔레비전이나 신문, 라디오'도 없는, 그래서 은관 형제의 이야기나 깡패와 도둑의 활약상에 대한 소란스러운 풍문만이 '유일한 뉴스이고 연재소설이고 연속극이자 신화'인 설화적 차원의 공간이다. 그곳은 『홍길동전』의 조선중기라도 좋고, 『돈키호테』가 살던 스페인의 어느 중세시대여도 좋다. 따라서 그곳은 고전서사의 영웅담의 펼치는 '현장성'만이 있지, 구체적인 역사성과 현실성을 잃어버린 초월의 공간인 것이다. 일종의 신화적 공간이자 가상의 공간인 그곳에서는 인간의 기원과 본질과 역사와 개인의 실존은 괄호로 묶이고, 원환적인 삶의 연쇄와 환유들만이 펼쳐지는 것이다.

4. 외디푸스 서사 비틀기와 농담

그러나 작가가 선택한 "헤아릴 수 없는 많은 길, 세속의 다양함에 대한 숭상"(『홀림』의 작가의 말)은 세속적 가치의 숭상은 아니다. 오히려, 이들 통속적이고 세속적 인간들이 보여주는 위선과 허위의식에 대한 작가의 냉소적 태도에서 그것은 반속(反俗)적이며, 이러한 세상에 들고나는 인간의 허망한 삶을 유희적 차원에서 그리고 있다는 측면에서 그것은 탈속(脫俗)적이기까지 하다.

성석제 소설의 통속성의 핵심은 신성하고 숭고한 일체의 것에 대한 탈신비화 내지는 비속화의 전략이다. 많은 평자들이 지적했듯, 속령화된 기존 가치의 엄숙함과 권위에 대한 전복과 도전, 이것이야말로 성석제의 우스꽝스럽고 비루한 인물들과 부정적 영웅들이 의도하는 바이다. 고전 영웅서사들에 대한 패러디인 「조동관 약전」이나 『왕을 찾아서』 『순정』의 주인공들은 난세를 구하는 진짜 영웅들이 아니라, 오히려 질서와 풍속을 어지럽히며 혹세무민하는 깡패나 도둑들이다. 이러한 전도된 영웅서사는 기존의 억압과 금기의 독사(doxa)와 싸우는 성석제만의 독특한 전략전술을 보여주고 있다. 즉, 기존의 권력과 권위에 대해 정면으로 맞서 싸우는 것이 아닌 희화화라는 우회적 전술로서의 '웃음'인데, 이것은 강고한 적에 대적할 수 없는 자가 정공법이 아닌 편법으로 고안한 일종의 꾀바른 술책인 것이다.

퇴역 군인인 아버지와 나, 그리고 형과의 끊임없는 투쟁에 관한 기록인 「아빠, 아빠, 오, 불쌍한 우리 아빠」는 일종의 '아버지에 대항하는 아들' 이라는 외디푸스 서사의 세속적 진전[1]에 따른 1990년대식 비틀기로 읽을 수 있다. 언제나 형과 나에게 '보안사령관'처럼 군림하고, '감시'하고 '처벌'하는 아버지는, 사실 알고 보면 소심하고 쩨쩨하고 유약하고 우스꽝스러운 퇴락한 늙은 군인에 지나지 않는다는 것, 따라서 그에 대한 나의 패배와 굴종조차 거짓이며, 일종의 강자의 아량임을 암시하는 것이다. 적을 무장해제하고 우스꽝스럽게 만들면서 얻는 부전승, 세상의 모든 것은 거짓이며 따라서 '순수한 거짓말, 지독한 거짓말, 가짜 거짓말, 진정한 거짓말'이 있을 뿐이라는 '위악'과 '위증'의 전술인 것이다.

그렇다면 이 위대한 모독자이자 '반칙왕'인 이 이야기꾼이 늘어놓는 날렵하고 통쾌한 입담이 불러일으키는 이 '웃음'은 무엇인가? 첫째, 성석제 소설에 있어서의 그것은 대상을 희화화하고 비웃고 조소하지만, 교정적이거나 교훈적 의도를 갖고 있지 않다는 측면에서 풍자적 관점에서 빗겨난다. 이 웃음이 상대화하는 것은 주로 권위적인 '아버지'와 「조동관 약전」의 번쩍거리는 견장과 훈장을 자랑하는 '공권력', 「쾌활냇가의 명랑한 곗날」의 증경회장, 『순정』의 대기업 회장과 같은 권력의 표상이지만, 낭만적 사랑이나 작가를 대변하는 비교적 객관적이고 중립적인 화자조차 이 대상에 벗어나지 못한다. 즉 이 웃음에는 우월성을 주장하는 주체가 없고, 따라서 공격이나 비판을 목표로 하지 않는다는 점에서 풍자적이기보다는 골계나 해학에 가깝다. 둘째 성석제 소설의 희극성은 상황이나 서사구조에 기인하기 보다는 서술자의 담론

---

1   프로이트에 따르면 인류 정신생활의 상수로 간주되는 '외디푸스 콤플렉스'는 억압의 세속적인 진전과 함께 현대 소설 속에서 다양한 방식으로 표출된다. 즉, 애초에 소포클레스의 「외디푸스 왕」에서 가장 순수한 꿈의 소망 충족의 실현으로 발현되지만, 「햄릿」에 이르러서는 억압된 채로 존재하며, 그 이후 다양한 방식으로 변주된다는 것이다.

에서 비롯된다는 측면에서 농담의 성격에 가깝다. 농담은 주로 언술적 차원에서 이뤄지는 것으로 일종의 재담이다. 예를 들면 "'내 눈에 눈물이 나면 네 눈물에 피눈물이 날 것이요, 내 눈에 피눈물이 나면 네 눈깔을 빼서 다마(구슬의 일본말)를 칠 것이다'는 신조에 따라 악착같이 자객인지 지원병인지, 추격병인지 뭔지를 보내왔던 것이다"(『순정』)와 같은 말놀이는 철저히 구연성에 기초하는 재담이다. 프로이트에 의하면, 농담은 꿈과 몽상처럼 진행되는 일종의 소망충족이자 '쾌락원리'의 가장 소란하고도 가시적인 표현이다. 청자의 적극적인 동의 아래 이뤄지는 농담의 목표는 듣는 제3자도 우리의 적에게 적대적이 되도록 설득하는 것, 공격의 대상인 적을 왜소하고 경멸적이며 우스꽝스럽게 만들어 우회적으로 그를 이기고, 아무런 노력을 하지 않아도 제3자는 재담을 듣고 웃음으로써 상대방에 대한 승리를 향유하는 것이다. 셋째, 이러한 농담이 차례로 맞서 싸우는 대상이 '이성, 비판적 판단'과 같은 근대적 사유이자, 단일한 개인 주체에 대한 해체라는 점에서 탈근대적 성격을 지닌다. 웃음의 악마적 성격에 대해 성찰하고 있는 보들레르에 의하면 "모든 지식과 모든 권력의 근본에는 희극의 세계는 없다. 오직 타락한 인간만이 웃을 수 있고, 희극은 절대자가 아닌 상대자의 예술"이다. 따라서 농담은 이성과 사유, 진리의 담론이 아니라, 육체의 담론이며 감각과 놀이의 담론이자, 오류의 담론인 셈이다. 이 감각과 놀이의 공간 속에서 의식에 억압되어 있던 '무의식'이라는 타자성은 자기를 드러내면서 인간의 본원적인 이중성과 분열상을 드러낸다. 인간이 행위의 주인, 역사의 주인이라는 신화가 무너지고, 자신의 행동이 상황 속에서 끊임없이 자신을 배반하는 역설적 상황과 분열적인 상황에 대한 인식에서 출발하는 이러한 농담은 근본적으로 아이러니의 한 표현일 수밖에 없다. 성석제 소설의 희극성은 따라서 삶의 비극성에 대한 날카로운 통찰에서부터 출발하지만, 이러한 비극성과 맞서 싸우는 전략으로서의 '웃음'에 공격과 비판의 신랄함이 없다는 면에서 풍자나 냉소가 갖는 반성적 차원과 궤를 달리한다. 즉, 비판과 개선을 목표로 하지 않는 성석제 소설의 웃음은 이러한 역설과의 대결 국면 자체를 부정하고 와해시켜버리는, 그리하여 아예 대립되는 지점들을 없애버리고 '초월'과 '망각'의 차원으로 끌어내린다. 결국 성석제 소설의 웃음이 목표로 하는 것은, 모든 가치를 상대화하고 타락시킴으로써, 참과 거짓, 사실과 허구의 경계를 와해시켜버리는 것이다. 진리가 오류가 되고 오류가 참이 되는, 사실이 허구가 되고 허구가 진실이 되어버리는, 사랑이 '오입'이 되고, '통정'이 순정이 되어버리는 뫼비우스 띠와 같은 역설 속에서 죽음은 삶이 되고, 삶은 죽음이 된다. 그러니까, 이러한 웃음 속에 펼쳐지는 가치의 역전과 세속화는 결국 모든 것이 허망하고 무의미하다는 허무주의에 다름 아니다. 성석제 소설에서 '웃음'을 통해 날개를 달고 생기를 얻는 것은 결국 이러한 비속한 인물들, 놀이하는 인간들, 즉 무가치와 무의미의 장에서 가장 '주체적이고 역동적'으로 살고 있는 영웅들인 것이다. 이들 비속한 영웅들이 맞서 싸우는 것은 사실, 진리나 사실이나 본질이 아니라, 진리의 수호자임을 자처하는 '의미를 지키는 머저리 경찰'인 것이다.

5. 그곳에는 어처구니가 산다

애초의 이 글의 출발점으로 돌아가 보자. 『천일야화』의 샤리아르 왕이 세헤라자드의 이야기에 귀기울이기 전, 그는 왜 그 수많은 죄없는 여인을 죽였을까? 샤리아르 왕에게는 멀리서 자신의 나라를 통치하고 있는 동생이 있었다. 형의 초대를 받아 집을 나선 동생은 어쩌다 자신의 왕비와 흑인 노예 사이에 벌어지는 정사를 목격하게 된다. 왕비와 흑인 노예를 죽여버리고 형의 왕국에 도착했을 때, 그는 형수에게서 똑같은 모습을 본다. 이 사실을 알게 된 형, 샤리아르 왕 또한 이들을 처형해 버리고, 동생과 함께 먼 길을 떠난다. 길을 떠난 두 형제가 만난 것은 또 무엇인가? 그것은 무시무시한 마신(魔神)을 속이고 온갖 남자들과 놀아나는 아름다운 여인의 실체이다. 그러니까, 샤리아르 왕이 길에서 맞닥뜨린 것은 절대적으로 군림하는 한 나라의 통치자는 물론 마신조차 비켜갈 수 없는 이 삶의 허망함, 삶의 어이없음이라는 무시무시한 '허무'인 것이다. 이 도저한 허무주의에 빠진 왕이 결국 자신의 왕국으로 돌아와서 벌인 죽음의 카니발은, 결국 배신과 허위의 가면을 쓰고 있는 '진리와 의미의 실체 죽이기'였던 것이다.

『그곳에는 어처구니가 산다』라는 산문도 아니고 소설도 아닌 기이한 이야기들을 들고 나오기 전에, 성석제는 시인이었다. 그의 시작(詩作)이 성공적이지 않았을지는 모르지만, 어쨌든 그는 『낯선 길에서 묻다』라는 시집을 갖고 있는 시인이었다. '낯선 길'에서 그는 무엇을 물었던가?

진실을 추구하는 가장 진지하고 원초적인 예술형태라는 측면에서 시는 어쩔 수 없이 인간의 존재론적 불안과 공포라는 비극적 비전을 내포한다. 시인 성석제 또한 모든 진지한 예술가들의 출발점, 즉 심원한 곳으로부터의 모든 문제 가운데 가장 최초이자 최후의 문제인 '인간이 존재한다는 것은 무엇인가'라는 질문으로부터 출발한다. 그러나 그가 시적 여정에서 발견한 것은 혼돈과 부조리와 죽음이라는 막다른 골목에 갇혀버린 인간의 존재, 자기 증오와 모멸 가운데 존속할 수밖에 없는 현대인의 비극적 운명이다. 감정의 치열성만이 시적 진술에 대한 증거가 되는 시의 세계에서 시인의 열정은 "우리에게 죽음은 가장 흔한 정거장이었다. 그는 그 중 하나를 찾아갔을 뿐이다"(「파리는 …… 찾아다닌다」)라는 역설과 "진실을 진실을 말한다면 뭐라 할 것인가"(「꽃피는 시절」), "살아있음이 악인 존재의 가벼움"(「살아있음인 악인 존재의 가벼움」)과 같은 위악과 냉소, 그리고 "지난 사랑과 다가올 길이 여기서 만나느니 / 이 하잘 것 없는 깨달음을 위하여 / 공연히 머리 그을리며 연기의 번제 올린다"(「쓰레기를 태우면서」)와 같은 비관적 허무주의에 바쳐진다. 죽음과 삶의 부조리가 도처에 깔려있는 이 존재론적 탐색의 여정에서 성석제는 그리하여 다시 묻는다. "이대로 달아나기만 해야 할까. 이 낯선 길에서 벗어날 수는 없을까"(「닭」) 결국, 『낯선 길에 묻다』라는 이 한 권의 시집은 인간 존재의 유한성, 삶의 부조리와 죽음에서 오는 비극성, 삶의 덧없음에 대한 정직한 고백인 셈이다.

이러한 허무의식에서 비롯된 비극적 태도는 이후 그의 소설에서도 엿볼 수 있다. 대체로 그것은 작가의 의뭉스러운 입담 속에 웃음으로 와해되어버리지만, 때론 반어적으로 때론 풍자적으로, 때론 진솔하게 노출되기도 한다. 예를 들면 이상의 「날개」의 패러디적 성격을 띤 「새가 되었네」라는 작품은 평범하고 지극히 낙천적인 한 가장이 현대의 자본주의 논리에 희생되어 파산에 파산을 거듭하고 아파트에서 몸을 던지는 죽음의 과정을 비극적 정조 속에 담고 있다. 이러한 비극적 정조를 견딜 수 없어 하는 작가 특유의 기질 속에 주인공의 자살이라는 비극적 몸짓은 '새가 되었네' 라는 농담조의 환유 속에 가볍게 날아오르지만, 전체적인 소설의 무거움은 그 부피와 밀도를 부려놓지 못한다. 한 아이의 성장과정을 아름다운 시적 리듬과 동화적 분위기로 담은 「황금의 나날」, 뺑소니차에 희생되어 참담하게 죽어간 소년의 이야기인 「경두」에 이르기까지 작가의 허무주의에서 비롯된 비애와 페이소스는 어쩔 수 없이 정체를 드러내고 마는 것이다.

결국 시적 여정에서 맞닥뜨린 인간의 유한성에 대한 비관론적 인식은 그의 '무의미와의 놀이'의 기원이 되는 셈이다. 어쩌면 이것은 작가의 시작(詩作)이 동시대적인 작가들처럼 문학의 역사와 실천에 복무하지 않았다 할지라도 작가가 놓인 1990년대라는 시대적 상황이 가져다준 '환멸'과 '허무의식'과 동궤에 있는 것이라 할 수 있다. 진리의 부재, 역사의 종언, 동일성 해체 등의 커다란 혼돈을 일찌감치 자신의 시적 탐구 속에서 스스로 간파하고 허무의 심연에 도달한 시인이 결국 발견한 것은 무엇인가. 혼돈과 절망에도 불구하고 '길은 여전히 있다. 이 근처에서는 이 길만이 진실(「어두운 길」)'인 삶에서 죽음이 아니라면, 절망이 아니라면, 그것은 어처구니라도 되어야 한다는 것이다.

> 오래 묵은 책 냄새가 나는 그 방, 반지르르한 바닥, 낡은 소파가 있고 이상한 형광등이 매달린 그 방, 그러나 방이 비었다. 주인은 오래전에 떠났다. 그러나 나는 그곳에 누군가 살고 있을 거라고 생각한다. 최소한 무엇인가, 방이라도 살고 있으리라. 나는 그곳에 내 첫사랑이 살고 있기를 바란다. (…중략…) 나는 그곳에 나보다 먼저 세상을 떠난 친구가 와 있기를 바란다. (…중략…) 그들이 오지 못한다면 그곳에 어처구니라도 살아주었으면 좋겠다. 어처구니는 나와 몇 해 전에 전에 어느 책에서 처음 만났는데 그는 '상상보다 큰 물건, 사람'이라고 풀이되어 있었다. 나는 상상보다 큰 것이 무엇인지 알지 못하는데 그 어처구니가 그 방에 살아준다면 적당할 것 같다. 그 방은 이제 나의 상상보다 충분히 크고 아름답고 오래되었으리라.
>
> ―「방」, 『홀림』

6. 숭고한 유머

　'어처구니'의 발견은 일종의 '인간의 존재는 무엇인가'라는 부질없
는 질문을 괄호에 묶는 것이다. '진리는 없다', 혹은 '있어도 알 수 없
다, 알아도 전달 할 수 없다'는 식의 불가지론이나 허무주의는 인간이
스스로의 유한성을 철저하게 자각하는 속에서 발생한다. 하이데거에
의하면 니힐리즘의 내밀한 본질은 모든 가치들의 전환과 전통 형이상
학에 대한 존재망각이다. 존재망각이란 존재를 사유하지 않는 것, 그
리고 그와 아울러 존재와 공속 관계에 있는 무(無)를 사유하지 않는다
는 것을 의미한다. 성석제 소설은 이러한 건강함의 한 형식인 망각술
로서의 '이야기'와 '웃음'을 통해, 인간 앞에 놓인 죽음과 허무에 대한
공포에서 벗어난다. 그렇다면, 성석제 소설은 '소설은 일종의 물음이
며, 탐구이며, 발견이며, 새로운 의미를 창조하는 일'이라는 소설의 궁
극적인 존재방식에 대한 망각이기도 한 것인가?
　앞서 시적 여정에서 맞닥뜨린 삶의 부조리와 어쩔 수 없는 희극성
에 대한 인식과 함께, 다시 원점으로 돌아온 성석제는 또다시 망막하
게 펼쳐진 길 위에서 선다. 그리고 다른 방식의 여정을 떠나는데, 그
것은 '길 찾기'가 아닌, '길 안 찾기', 혹은 오롯한 하나의 길이 있을 것
이라는 환상을 없애고, 다만 끊임없는 떠나고 돌아오는 길을 인정하
는, 다양함과 다원성에 대한 탐색이었다. 그리하여 그는 버려지고 황
폐해져버린 주변의 무수한 길들, '세속의 길', 민담, 설화, 고전서사의
'오래된 길', 순정한 허구와 같이 '없는 길'에서 '인간'이 된다는 먼 가능
성을 탐구하는 것이다.

　심심하고 평범하며 한심한 가짜투성이와 부딪치고 맞닥뜨리는 삶의 행

로이지만 어느 구석에, 그래, 네 인생이 바로 '그것'이라는, 나아가 '그것'이 바로 인생이라는 존재의 오의(奧義), 삶의 비의(秘義)가 올곧게 다물고 있지는 않을까. 가까이 가게 되면 입을 쩌어억 벌리며 어흥, 소리치는 건 아닌지. 돌고 돌다 보면 언젠가는 '그것'을 만날 것이다. 그 순간이 호랑이처럼 나를 잡아먹는다 하더라도 좋다. 그런 생각이 이 소설을 시작하게 만들었다.

—『호랑이를 봤다』의 작가의 말

그것은 가짜투성이의 삶의 행로이고 어쩔 수 없는 삶의 통속성을 통감하는 길이지만, 그 속에서 '인생이라는 존재의 오의(奧義), 호랑이'를 만나지 못한다 하더라도 그는 절망하지 않는다. 왜냐하면, 그에게는 그것은 '아무것도 없음'이 아니라 '어처구니'라도 있음, 어처구니와의 즐거운 유희가 있기 때문이다. 그리고 그는 '상상보다 큰 물건, 사람', 수많은 유쾌하고 비루하고 보기드문 인생과의 만남 속에서 엄청나게 어처구니없는, 그야말로 그를 '압도'하는 '숭고한 어처구니'를 만난다.

최근에 발표한 『황만근은 이렇게 말했다』라는 작품집에는 이러한 '숭고한 어처구니'들이 살고 있다. 「황만근은 이렇게 말했다」의 황만근은 성석제의 이전의 인물들처럼, 어리석고 무용하고, 철저하게 무의미한 삶을 사는 인물이지만, 타락한 방식으로 존재하는 부정적 영웅이 아니다. 그는 팔삭둥이에다 '반근이, 반푼'으로 불릴 만큼 좀 많이 모자라고 가난하지만, 깡패도 아니고 도둑도 아니며 노름꾼도 아니다. 부지런한 술주정뱅이긴 하지만, 홀어머니와 업둥이 아들을 하늘처럼 여기는 극진한 효자이자 자애로운 아버지이며, 마을에서는 염습, 산역, 풀깎기, 도랑 청소 등 온갖 궂은 일을 도맡아 하는 최고의 허드렛일 전문가이다. 그는 농가부채와 연쇄파산으로 농민궐기대회이니, 융자금 상환이니 하는 무거운 대화가 오가는 속에서도 자신의 술

차례만을 생각하는 모자란 인물이지만, 현실의 우울한 풍경 속에서도 "참 똘똘하기 잘도 돈다. 저 빌(별)들 말이라. 시계맨쭈로 하루도 쉬지 않고 똑딱똑딱 나왔다가 들어갔다, 나왔다가 들어갔다 하지 않는기요"라며 참으로 낯설고 오랜 '진실'을 보는 자이다. 또한 그는 부채도 없으면서, 그저 마을회관에서 몇 잔의 술을 얻어먹고는, 마을회관에서 결의한 대로 '농가부채 해결을 위한 전국농민 총궐기 대회'에 참석하기 위해 다 낡아빠진 경운기를 끌고 외로이 홀로 백릿길을 달려, 약속장소인 군청까지 갔다가 돌아오는 길에 얼어 죽어 버리는 참으로 어처구니없는 '순진한 바보'인 것이다.

「천애윤락」의 동환도 이와 별다르지 않은 인물이다. 가진 건 불운 밖에 없는 동환은 친구들과 아내와 운명에게 천대받고 학대받으면서도, 자신의 고통 속에서 타인을 '자유롭게' 해주고 싶어하는 그지없이 착한 바보이다. "모두 다 아득히 먼 곳을 떠도는 외로운 사람 어쩌자고 서로 만나 알게 된" 이 우연하고 기이한 만남 속에도 자신을 둘러싼 인간에 대한 애정과 호의를 잃지 않는 대책없이 착한 사람인 것이다.

이 두 편의 작품에서 작가는 여전히 능청스럽고 의뭉스러운 입담과 장난기로 끊임없이 독자를 웃게 만들지만, 그 웃음은 이전 소설의 '통쾌하고 산뜻한' 웃음만을 지향하고 있지 않다. 그 웃음은 이상한 페이소스와 함께 오는 따뜻한 웃음, 비애가 섞인 복잡한 웃음인, '유머'인 것이다. 난장판이 되어버린 이 소란스러운 삶의 풍광 속에서 "남의 비웃음을 받으며 살면서도 비루하지 아니하고 홀로 할 바를 이루어 초지를 일관하는" 황만근이나 동환같은 인물들이 펼치는 희비극에서 느껴지는 웃음은, 인간에 대한 애정과 연민을 불러일으키는 일종의 숙연한 웃음, 허무와 유희와 상상력을 압도하는 어처구니없는 '숭고'한 웃음이다.

한때 히피의 성경이기도 했던 헤르만 헷세의 『황야의 이리』의 문제적 인물, 하리할러가 가 오랜 방황 끝에 도달한 지점에서 발견한 것은 '유머'였다. 그는 유머를 통해, 즉 '웃는 법'을 배움으로써 자아의 분열을 극복하고, 시민사회와 화해할 수 있었다. 유머는 경험적 세계의 무한성과 인간의 유한성을 인정하는 것이고, 모순된 삶을 정상으로 받아들이면서도 미치지 않을 수 있는 최선의 방법이며, 인간의 무한한 다양성을 유희적으로 자신 안에 실현시킬 수 있는 힘이며, 시간과 죽음을 상대화함으로써 현재적 삶을 즐길 수 있는 힘이다.

이런 의미에서 상상과 유희를 통해 경쾌하고 희극적인 세계를 열어 보여 주었던 작가 성석제가 『황만근은 이렇게 말했다』에서 발견한 '유머'는 그의 소설에 새로운 가능성을 보여준다. 도스토예프스키의 '그리스도적 백치'에 가까운 이 '어처구니'들은 비속하고 부조리한 현실 속에서 끊임없이 추락하면서도 타락하지 않을 수 있는, '인간의 먼 가능성'에 대한 모색이자, 세속의 다양함과 유쾌한 웃음 속에서도 '진정성'을 잃지 않는 소설의 존재 방식에 대한 모색이다. '죽음과 허무'를 '웃음과 유희'로 지우고, 수많은 세속의 다양함 속에서 '인생의 비의(秘義)'를 탐색해온, '웃음의 가장 진지한 탐구자'이자 '망각술사'인 작가 성석제가 도달한 것은 어쩜 이러한 순진한 바보들의 웃음인지도 모른다.

비밀결사의 강령, 구성원의 공통된 인간이었다. 불운한 인간, 시대의 톱니바퀴에 걸린 평범하고 소박한 인간, 서민, 군중, 다수. 그들을 위해 언제든지 눈물 흘릴 수 있는 일체감, 진실한 애정, 인간을 가엾게 만드는 부조리에 대한 비판, 풍자, 저항. 그러한 인간이 존재하는 한 그들의 결사도, 그들의 이름도 불후할 것이다. 나는 일단 이 비밀결사의 이름을 '따뜻한 인문주의자'로 부를 것을 제안한다. 결사의 이름을 공표하는 것은 아직 빠르다. 아니, 이름 따위는 없는지도 모른다. 그들이 충성하려는 것은 이름이 아니라 인간이기 때문에. 인간의 명목이 아니라 인간 그 자체, 특히 더럽고 가

난하며 고통받은 모든 인간의 웃음, 최대의, 최후의, 최고의 웃음. 웃음이
야말로 그들의 투명한 배지이며 찬란한 표징이고 가슴 속에서 항상 펄럭이
는 국기이다. 내가 영합하려는 것이 바로 그것이다. 그들이 나를 알리는 없
지만.

— 「비밀결사」, 『그곳에는 어처구니가 산다』

『황만근은 이렇게 말했다』의 순진한 바보들에게서 작가는 더럽고
가난하며 고통받는 모든 인간의 웃음, 최대의, 최후의 웃음을 발견했
을지 모른다. 그것은 그가 그토록 세속의 길에서 발견하고자 한 존재
의 오의(奧義)의 실체인지도 모르고, 혹은 그도 아니라면 정말로 어처
구니일 수도 있다. 어쨌든, 그는 이 순진한 바보들과 함께 '따뜻한 인
문주의자'들의 모임인 비밀결사의 투명한 배지를 단 것은 아닐까?

소설공학, 그리고 엑스터시와 엑소더스

김영하론

1. 들어가며

일단 괄호로 묶고 시작하자. 콤플렉스와 상처 없이 실존적 무게를 말끔히 들어내고 날렵하게 이야기 속을 질주하는 이 새롭고 낯선 유형의 작가에게 소설이란 무엇인지, 또는 그의 소설이 무엇을 말하고자함인지에 대해서 잠시 침묵하기로 하자. 사실, 많은 평자들이 김영하 소설의 약호로 지적했던, "나르시시즘, 악마적 탐미주의, 에로티씨즘, 급진적 허무주의, 물화된 성과 욕망, 판타지, 변형된 후일담, 댄디즘, 키치"[1]는 오히려 그 자체로도 많은 콤플렉스와 상처 또는 세계에 대한 형

---

1   백지연, 「소설의 비상구는 어디인가」, 『미로 속을 질주하는 문학』, 창작과비평사, 2001, 299쪽.

이상학적 사유들을 함의하고 있는 것처럼 보이며, 저자로 하여금 그 약간은 편하게 나있는 해석에의 길을 따라가고 싶은 충동을 느끼게 한다. 그러나 어쩐지 부유하는 기표들을 그것이 지시하는 바와 낱낱이 연결시켜놓고 보면, 김영하의 텍스트는 곧장, 붙잡아둔 기의들을 배반하고 달아나는 듯하다. 예를 들어, 죽음과 가상현실에 몰두하는 김영하 소설의 인물들이 "불안, 소외와 고독에 사로잡힌 무력한 나르시시즘적 인간형의 표출이며 그러한 인간형을 양산하는 고도소비사회와 문명에 대한 비판"[2]을 담고 있다는 비평은 비교적 온당한 방식의 해석이지만, 그렇게 단정한 해석의 맥락에서 놓고 보면, 김영하의 소설이 사라지는 느낌을 지울 수가 없는 것이다. 따라서 "해석은 예술작품이 일련의 내용으로 구성된다는 심히 미심쩍은 이론에서 출발"[3]하고 있으며, "지식인이 예술에 가하는 복수이며 또 다른 이데올로기의 양산"[4]이라는 수잔 손탁의 충고에 조금만 귀기울여보기로 하자.

이를테면 "꿈보다 해몽"이라는 말이 있다. 현실의 어떤 것을 직접적으로 지시하지 않는 꿈은 해석을 필요로 하며, 그것은 꿈이 하나의 은유metaphor임을 의미한다. 더군다나 그 꿈의 내용이 불길하고 낯선 것일수록 더더욱 그것은 적극적인 해석을 요한다. 꿈은 해몽에 의해 보다 안온하고 친숙한 의미로 전이되고 풀이되면서, 애초의 그 불길함과 낯선 형상은 해체된다. 우리의 일상은 이렇듯 비유적 차원에서의 세계 인식으로 가득 찼다. 비유적 인식이란 그것이 유사성으로 묶이든, 비유사성으로 묶이든 'A가 B를 의미한다'라는 차원에서의 이해

---

2   남진우, 「나르시시즘 / 죽음 / 급진적 허무주의」, 『문학동네』, 1996년 겨울호, 302쪽.
3   수잔 손탁, 이민아 역, 『해석에 반대한다』, 이후, 2002, 29쪽.
4   위의 책, 25쪽. 수잔 손탁은 여기에서 말하는 '해석'이 '사실은 없다, 해석만이 있을 뿐이다'라는 니체적 의미에서의 광의의 해석이 아니라는 점을 언급하면서, 그녀가 비판하는 해석은 내용을 과도하게 강조하면서 번역작업처럼 진행되는 해석에 한정된다는 것을 분명히 하고 있다.

이다. A는 B로 전이되거나 대체된다. 이 관계는 현상 / 본질, 소설 / 현실, 감각 / 이념, 형상 / 의미 등등의 여러 대립쌍으로 변주되면서, 지금까지도 우리 인식의 저층을 이루고 있는 본래적이고 본질적인 것에 대한 강박, '깊이에의 강요'를 불러온 재현 미학의 원초적 형태이기도 하다. 김영하의 소설은 앞서 언급했듯, 이러한 뿌리깊은 재현 미학을 폐기하는 방식으로 존재한다. 그의 텍스트에 등장하는 수많은 기괴한 형상들은 '무엇'를 말하려고 존재하지 않는다. 그의 텍스트 배후에 숨은 진짜 텍스트, 숨은 의미를 찾으려고 하면 할수록 그의 텍스트들은 애초의 그 활기를 잃고 초라해진다. 그의 텍스트에 등장하는 다양한 기표들은 수많은 기의들과의 연계를 단절하거나 혹은 그 긴 꼬리표를 단 채로, 서로를 비추며 조우하고 충돌하면서 새로운 세계를 구축하고 있다. 그러므로 김영하의 소설들은 "또 하나의 이데올로기 생산이 아니라 외부 세계와는 완전히 다른 자신만의 비밀스런 세계를 구축하려는 현대적 텍스트의 심미성"[5]을 적극적으로 실천하는 방식으로 존재한다고 할 수 있다. 문학의 '자율성'이라는 현대 문학의 보다 너그러운 테제의 은총을 한껏 입은 그의 텍스트들은 '반영'과 '실천'이라는 기존 문학의 테제를 버리고 독자적인 유희와 가상의 세계를 자유롭게 비상한다. 문제와 콤플렉스로 점철된 기존의 작가군에서 지극히 평범하다는 것이 오히려 콤플렉스였다는, "이 문제없음이 오히려 역설적으로 문제적인 인간"[6]은 역설적이게도 그 문제없음이, 생동감 넘치는 상상력의 세계를 구축할 수 있는 힘이 된다. 그리고 그렇게 이루어진 그의 텍스트들은 해석의 차원을 조금 빗겨선다. "담배같은 소설을 쓰고 싶었다. 유독하고 매캐한, 조금은 중독성이 있는, 읽는 자들의 기관지로 빨려 들어가 그들의 기도와 폐와 뇌에 들러붙어 기억력을 감

---

5   최문규, 「세계의 은유와 은유의 세계」, 『문학이론과 현실인식』, 문학동네, 2000, 54쪽.
6   김영하, 「평범」, 『포스트잇』, 현대문학, 2002, 156쪽.

퇴시키고 호흡을 곤란하게 하며 다소는 몽롱하게 만든 후, 탈색된 채
로 뱉어져 주위에 피해를 끼치는, 그런 소설을 쓸 수 있기를" 바랐다
는 작가의 말처럼, 그의 텍스트는 이해되고 사유되기보다는 감각적으
로 독자들을 추동하고 충격하기를 원한다. 그의 텍스트는 유해함과
유독함으로 독자들을 안절부절하지 못하게 만드는 그러한 것이 되고
자 한다. 그러므로 비평적 기능은 "예술작품이 무엇을 의미하는지 보
여주는 것이 아니라, 예술작품이 어떻게 예술작품이 됐는지"[7]를 보여
주는 것이라는 수잔 손탁의 조언대로 그의 소설이 어떻게 만들어졌는
지에 대한 탐색으로부터 이 글을 시작하자.

2. 소설 공학

공학은 주로 기계, 장치 또는 가공된 재료 등 인위적인 산물의 역학
과 법칙에 관한 학문이다. 소설을 미학이 아니라 공학적 차원에서 논
한다고 할 때는 이의가 있을 수 있다. 왜냐하면, 소설은 기능성과 유
용성을 목적으로 하지도 않으며, 기술적인 성과에 의해 발전된 것도
아니기 때문이다. 그럼에도 불구하고, 김영하 소설에 '공학'이라는 수
식을 붙이고자 하는 것은, 그의 소설이 '쓰여지기'보다는 매우 엄밀하
고 치밀한 공정과정을 거쳐 탄생된다 점을 강조하기 위해서이다. "도
상학적 상상력",[8] "일상의 폭력을 조형적으로 재현",[9] "설계도와 정교

---

7   수잔 손탁, 앞의 책, 35쪽.
8   우찬제, 「미리 쓰여진 이야기」, 『문학과 사회』, 1999년 가을호, 1257쪽.
9   신수정, 소설월평, 『한국일보』, 2001.2.13.

한 장치"[10]와 같은 비평적 수사는 그의 소설의 갖는 인공성 또는 소설 쓰기에 대한 보다 강한 자의식적인 측면을 지적한다. 그의 인물들이 종종 찬탄해마지 않던 기계처럼 그의 텍스트 또한, "애들 이빨처럼 깨끗하게 있어야 할 자리에 고대로"[11] 있는 멋진 기계처럼 조립되는 것이다. 소설이라는 멋진 기계를 작동시키기 위해, 공정과정에 임하는 작가의 태도는 "피살자의 시신을 부검하여 사인을 밝혀내는 법의학자의 자세"[12]처럼 엄밀하고 냉철하다. "격정이 격정을 만드는 것은 아니다. 건조하고 냉정할 것"[13]이라는 규율은 신을 자처하는 자살보조원이나 작품을 만드는 예술가에게 잊어서는 안 되는 지상 덕목이 되는 것이다. 그의 이러한 태도는 그가 '환상과 파괴와 죽음'과 같은 카오스와 퍼지의 세계 속에 그의 소설을 맡겨버리지 않고 있다는 것을 시사한다. 소설이라는 기계를 엔지니어링하는 김영하, 그에게는 분명 간결하고 명확한, 그리고 오랜 세월을 통해 검증된 다음과 같은 멋진 매뉴얼이 있다.

연애편지적 글쓰기[14]

철저히 계산된다는 것은, 목표가 전제되어야 가능하다. 김영하에게 있어 소설의 목표는 읽히는 것이다. 그러므로 소설은 의뢰인인 독자를 겨냥한다. 의뢰인인 독자에 의해 주문제작되는 소설, 오다order가 떨어지자마자 연장을 꺼내 신속하게 엔지니어링된 조립품이 그의 소

10 정장진, 「콜라주와 액자」, 『문학동네』, 1999년 가을호, 226쪽.
11 김영하, 「내 사랑 십자드라이버」, 『호출』, 문학동네, 2002, 111쪽.
12 김영하, 『아랑은 왜』, 문학과지성사, 2001, 17쪽.
13 김영하, 『나는 나를 파괴할 권리가 있다』, 문학동네, 1998, 8쪽.
14 김영하, 『김영하·이우일의 영화 이야기』, 마음산책, 2003, 21쪽.

설이다. 따라서 김영하에게 있어서 좋은 글쓰기는 반드시, 상대를 의식하는 연애편지쓰기처럼 진행되어야 한다. 요약하면 첫째, 연애 편지는 우선, 독자가 분명하기 때문에 그의 취향과 성격, 수준이 분명해진다. 둘째, "대체로 읽는 사람의 마음을 사로잡는다"[15]라는 확실하고 명쾌한 목표를 설정되면, 다양한 비유와 인용을 동원하여 글을 발전시켜 나간다. 셋째, 강렬한 욕망, 수십 번 걸쳐 고쳐쓰기를 마다하지 않는 대상, 혹은 화제에 대한 열렬한 사랑이 필수적이다. 독자와의 연애, 이러한 글쓰기의 태도가 그에게 대중작가라는 혐의를 부여하기도 하지만, 그는 기꺼이 대중작가가 되기를 마다하지 않는다. 그래서 그는 가장 당대적인 작가가 될 수 있었으며, 또한 통속의 혐의와 전위라는 복잡한 경계 위에서 평가되는 것이다.

장르 습격

김영하의 '타고난 이야기꾼'의 능력은 이야기의 새로움이 아니라, 이야기하는 방식의 새로움에서 비롯된다. "없는 것을 새로 만드는 것이 아니라, 있는 것을 새로 발견하는"[16] 그의 탁월한 능력은 기존 이야기와 장르 관습을 의심하는, 근대 이성의 최고 덕목인 '방법적 회의'에서 비롯된 것이다. 소설로 쓴 소설론이라 할 수 있는 『아랑은 왜』에 화자로서 등장하는 '작가'는 이러한 방법론에 대한 성찰을 분명하게 보여준다. "세상 모든 이야기에는 어떤 틈이" 있으며, "아랑의 전설을 토대로 새로운 형식의 역사소설을 만들겠다면 이런 틈을 그냥 지나쳐서는 곤란"하다는 진술, "그 틈을 비집고 들어가 거기에 자신의 알을 슬어놓는

---

15   위의 글, 22쪽.
16   김영하, 『조선일보』, 2000.2.28.

것이야말로" 새롭게 이야기를 구성하는 출발점이 되어야 한다는 그의 소설 전략은 그가 얼마나 기존의 장르적 관습에 철저하며, 또 이를 잘 활용해왔는지를 반증한다. 규칙을 바꾸고 싶으면, 규칙을 먼저 배우지 않으면 안 된다는 피카소의 말처럼, 그 새로운 방식의 이야기 구성은 기존 소설장르의 완전한 습득, 그리고 해체, 틈새내기 전략으로 수행된다. 초기의 작품들에서는 그는 기존의 완강한 리얼리즘 전통의 소설 문법에 '판타지 장르'를 들여놓는다. 『나는 나를 파괴할 권리가 있다』 「도마뱀」, 「호출」 「내 사랑 십자드라이버」 「삼국지라는 이름의 천국」 「고압선」, 「흡혈귀」, 「피뢰침」의 주요 골격을 이루는 것은 '상상'과 '판타지'의 서사이다. 「사진관 살인사건」, 「크리스마스 캐럴」 『아랑은 왜』는 추리소설과 미스테리를 도입한 소설이고, 『검은꽃』은 기존의 역사소설에 대한 반성에 의해 이루어진 역사소설이다. 이러한 장르들의 격전 속에서 그의 소설은 하나의 장르 속에 완전히 귀속되지 않고, 길항하는 힘들에 의해 새롭게 구축되는 대치선 위에 놓인다. 아가사 크리스티의 추리물의 제목과 동일한 「사진관 살인사건」는 추리소설의 플롯을 따라가지만, 결과적으로 잡아넣은 범인과 상관없이 놓치고 만 '진실과 욕망'에 초점을 둠으로써 추리소설을 배반한다. 「크리스마스 캐럴」은 미스테리물이면서, '의문의 살해'를 둘러싸고 드러나는 진실을 통해 인물들의 평온한 일상과 리얼리즘에 커다란 틈새를 만든다. 『아랑은 왜』는 전설이라는 우연성과 비현실적인 이야기에 근대적 합리성과 개연성을 주입하여 만든 허구, '정옥낭자전'과 환상성과 우연성으로 이루어진 '박과 영주 이야기'라는 현대물들의 공존을 통해, 장르들의 습격과 역습의 과정들을 적나라하게 보여주고 있다. 그리고 이러한 관습적 장르들 속의 전투 속에서 작가는 끊임없이 게릴라전을 펼치며, 자신의 소설의 영토를 조금씩 확장해가는 것이다.

배제, 생략과 압축

『아랑은 왜』에서 '작가'는 아랑전설을 재구성하기 위해 자료들을 검토하면서, 여러 가지 가설들을 제시한다. 예를 들어, 실제 사건을 암시하고 있는 밀양 부사와 경상감사의 장계를 놓고 그는 ① "옛부터 해져 내려오던 전설이 밀양에서 벌어진 실제 사건과 결합되어 빠른 속도로 퍼져나갔을 경우, ② 사건이 먼저 발생했고, 이 사건으로부터 전설이 만들어졌을 가능성, ③ 밀양 사건이 고스란히 아랑 전설이 되었을 경우"[17]라는 세 가지 가능성을 이끌어내고, 결국 여러 가지 정합성을 고려해 첫 번째를 선택하게 된다. 김영하가 이야기를 재구성하는 방법은 이렇듯, "경쟁하는 이야기"들 중에 가장 강력한 이야기 요소를 지닌 것을 선택하고 다른 것을 사장시켜버리는 배제의 원리에 의해 수행된다.

"압축할 줄 모르는 자들은 뻔뻔하다. 압축의 미학을 모르는 자들은 삶의 비의를 결코 알지 못하고 죽는다"[18]라는 자살안내원의 냉혹한 미학적 진술은 '배제의 원리'와 함께, 김영하가 이야기를 기술적으로 가공하는 키워드가 된다. "감정의 과잉"을 극도로 혐오하는 자살안내원처럼, 작가는 인물들의 감정과 내면에 대해서 많은 부분을 생략하거나 압축적으로 제시한다. 예를 들어, 단발머리 여자 동기와 선배가 거문고와 대금 합주를 하는 모습을 지켜보아야 하는 「도드리」의 주인공의 심리는 그가 "동아리방을 나와 옥상으로 통하는 계단에 앉아 '도드리'를 불고 또 불다"[19]가 문득, 민주광장으로 뛰쳐나가 시위에서 사과탄 파편을 맞고 병원에 업혀가는 장면 묘사를 통해, 독자에 의해 다

---

17 『아랑은 왜』, 42~43쪽.
18 『나는 나를 파괴할 권리가 있다』, 10쪽.
19 『호출』, 56쪽.

만 짐작되는 것이다.

김영하의 인물들에게 금지된 것은 감정의 과다한 노출만이 아니다. 출생지나 거주지, 가족관계나, 학력, 심지어 과거라는 목록도 포함된다. 현대 소설에 있어 인물창조의 원리는 그를 호적에서 없애는 것이라는 플로베르의 명언처럼, 김영하의 인물들은 구체적인 지명과 고유명사들에서 자유롭다. 심지어 그가 살고 있는 집, 거리, 혹은 직장에 놓여있는 구체적인 사물과 구조들에 대해서도 독자는 알 수 없다. 그러한 것들은 그의 소설에서 불필요한 요목이다. 그러므로 그의 인물들은 "아무 것도 불필요한 것이 없다. 간결하면서도 정교하고 그러면서도 충격에 강한"[20] 총처럼 소설의 단일한 효과를 위해 매우 기능적으로 창조되고, 기능적으로 행동한다. 김영하는 '배제, 생략과 압축의 원리'에 의해 그의 인물들을 빠르게 캐리커처하고, 사건들을 군더더기 없이 간결하고 빠르게 연결시킴으로써 소설에 놀라운 속도감과 경쾌한 감각을 부여한다.

'3'이라는 숫자

'숫자 3의 원칙'은 픽션에 있어 강한 힘을 발휘한다[21]. 등장인물의 경우나 사건에 있어 '3'은 "너무 단순하지도 않고 너무 복잡하지도 않은 가장 알맞은" 픽션의 훌륭한 덕목이 된다. 사건의 경우, 주인공은 세 번을 시도하여 세 번째 성공하는 것이 가장 매력적이며, 등장인물의 경우도 삼각관계가 가장 강한 관계를 가져다준다는 것이다. 너무나 상식적이어서 진부할 수도 있는 이 고전적인 법칙을 김영하는 그의 소설에

---

20 위의 책, 127쪽.
21 로널드 B. 토비아스, 김석만 역, 『인간의 마음을 사로잡는 스무 가지 플롯』, 풀빛, 1997, 98쪽.

서는 매우 효과적으로 이용하고 있다. 특히 이 '3'의 원칙은 연애서사의 등장인물들에 의해 가장 잘 지켜지고 있다. 『나는 나를 파괴할 권리가 있다』「거울에 대한 명상」, 「도드리」, 「손」, 「바람이 분다」, 『아랑은 왜』의 두 겹의 삼각관계에 이르기까지, 이 '3'의 원칙은 거의 모든 '애정' 관계에 적용되는 것이다. 로널드 B. 토비아스에 의하면 인물간의 관계는 두 가지이다. 'A에 대한 B의 관계와 B에 대한 A의 관계', 그러므로 등장인물이 셋이면 여섯 개의 정서적 관계가 성립되고, 그것만으로 충분히 복잡하고 흥미로운 이야기를 만들 수 있다는 것이다. 김영하 소설에서 특이할 만한 것은, 스트레오 타입에 가까운 전형적인 남녀의 삼각관계 — 닫혀진 삼각관계 — 는 결코 연애서사에 쓰이지 않으며, 연애 서사의 이외 것을 의도한 소설에서 단순한 장치로 등장한다는 것이다. 예를 들어, 『아랑은 왜』의 '박'과 '영주'와 다른 남자의 삼각관계는 단지, 영주의 죽음, 혹은 박의 살해 동기를 위해서 설정된 것이지, 이 박과 영주의 이야기를 통해 보여주려고 하는 현대판 아랑 전설의 '비합리성과 비현실성'과 필연적으로 연결되어 있지 않다. 김영하의 소설에서 진부한 삼각관계는 다른 핵심적 주제를 위해 다만 요긴하게 기능하는 부속품에 불과할 뿐이다. 그러나, 연애 서사의 경우는 조금 다르다. 연애서사에서는 이 세 인물의 순열조합이 전부 활용되면서 관계에 대한 면면들이 펼쳐진다. 우선 그의 데뷔작인 「거울에 대한 명상」을 보면, 나르시시트 주인공 남자는 아내 성현과 그녀의 친구이자 그의 정부인 가희와 삼각관계에 놓이지만, 자동차 트렁크 안에서 밝혀지는 그들 관계의 실체는 배신의 꼬리를 물고 펼쳐진다. 관습적인 삼각고리는 남자 주인공의 순결한 아내 성현에 대한 위선적이면서 성실한 애정과 정부 가희에 대한 위악적이며 유희적인 욕망, 그리고 아내 성현과 가희의 단순한 친구 관계로 이루어져야 하지만, 실상은 아내 성현과 정부 가희 사이에 윤간 경험이 공유되고 동성애 관계가 성립되면서, 삼각관계의 스트레오 타입이 해체되는 것이다. 이러한 해체는 다른 소설에서도 비슷하게 변주된다. 「도드리」에서는 표면적으로 주인 공이 '단발머리 동기'를 둘러싸고 대금 연주의 대가인 선배와 경쟁해야 하지만, 사실은 선배를 둘러싸고 단발머리 동기 여자와 경쟁하는 관계 였음이 판명되고, 『나는 나를 파괴할 권리가 있다』에서도 C-세연(유 디트)-K의 관계는 '경쟁하지 않는' C-K라는 라이벌을 통해 새로운 의 미를 향한 서사로 바뀌어진다. 결국 김영하의 연애서사에서의 삼각고 리는 A에 대한 B의 관계, B에 대한 A의 관계, A에 대한 C의 관계, C에 대한 A의 관계, B에 대한 C의 관계, C에 대한 A의 관계라는 정서적 관 계가 기존의 삼각관계를 배반하는 형태로 펼쳐지면서 새로운 위반의 삼각관계를 형성하는 것이다.

'숫자 3의 원칙'은 등장인물의 경우에만 국한되는 게 아니라, 김영하 가 소설을 구성하는 데 있어서도 중요하다. 『나는 나를 파괴할 권리가 있다』의 '도상학적 상상력'을 이루는 세 가지 축, '마라의 죽음', '유디트', '사르다나팔의 죽음', 그리고 이 세 그림을 놓고 펼쳐지는 두 명의 자살 자와 한 명의 자살 안내원. 『아랑은 왜』의 세 가지 층위, 즉 작가의 소설 쓰기에 관한 담론, 아랑 전설을 토대로 새롭게 쓰여진 '정옥낭자전', 그 리고 '박'과 '영주'의 이야기. 『검은꽃』의 유랑과 이민의 서사의 세 갈래 등등. 주로 중·장편 소설의 구도에서 작동되는 '3'의 원칙은 복잡다단 한 사건들을 압축하여 안정된 서사 축을 형성하는 역할을 한다.

소설적 대위법

숫자 3이라는 원칙이 패턴, 즉 조형적 의미에서 김영하 소설의 공간 을 분할하는 도안, 밑그림을 구성하는 원리라면, 대위법적 구성은 김 영하 소설의 시간을 이끌고 가는 주요 리듬과 운율이다.

과거와 현대가 공존하는 이런 시의 설정은 현대와 과거를 유기적으로 연관지어 묶어낼 수가 있느냐가 관건이다. 과거의 이야기와 현대의 이야기가 판박이처럼 똑같으면 유치할테고 너무 다르면 도대체 뭣 하러 과거와 현대를 한 소설 안에 병치시켰느냐는 비난에 직면하게 될 것이다.

그러나 이런 난점에도 불구하고 현대와 과거를 이렇게 대위법적으로, 일정한 거리를 두고 배치하는 구성에는 상당한 매력이 있다. A-B-A-B-A-B-A-B. 이런 식으로 이어지게 될 과거와 현대는 대체로 느슨한 의미상의 연결을 유지하면서 서사적 화음을 구축할 것이다. 실패하면 불협화음을 빚어내겠지만.[22]

윗 글은 초기 김영하가 소설 전개에 있어, 대위법적 구조에 대한 의존도와 취향을 보여준다. 작가로 설정된 화자는 실제 작품에서 명종조 시대를 배경으로 하는 과거의 아랑 이야기와 현대판 아랑 이야기의 남자 주인공 '박'의 이야기를 대위법적으로 병치, 전개함으로써 서사적 화음을 시도한다. 그리고 서두와 결미에서는 이 과거와 현대의 인물이 조우함으로써 꿈과 현실, 환상과 현실을 넘나들게 한다. '리듬은 반복과 변화의 조합'[23]을 의미한다. 김영하 소설에 있어 대위법적 리듬은 주요한 두 가지 — 드물게 세 가지 — 의 사건 혹은 모티브가 각각의 완결성을 갖추고, 하나의 주제를 반복·변주함으로써 '느슨한 의미망'으로 연결되는 동시에, 전체적인 화음 속에서 새로운 의미망으로 통일되기를 희망한다. 「도드리」, 「베를 가르다」, 「전태일과 쇼걸」, 「당신의 나무」, 「어디에도 있고 어디에도 없는」, 「나는 아름답다」, 『아랑은 왜』와 같은 작품 목록은 비교적 이러한 대위법적 리듬에 충실하게 구성되어 있다. 예를 들어, 여행과 회상 형식으로 구성된 「당신의

22　『아랑은 왜』, 64~65쪽.
23　E.M. 포스터, 이성호 역, 『소설의 이해』, 문예출판사, 1985, 185쪽.

나무」는 총 14장 중에 1 3 5 7 9 10 13 14장이 여행지인 앙코르와트에서의 현재 이야기이고, 2 4 6 8 11 12장은 헤어진 여자와의 과거 이야기이다. 그리고 이 각각의 이야기는 서로 반복·병치되면서 "아주 사소한 덜컥임"이라는 모티브와 '사원을 부수면서, 버텨주는 판야나무'의 이미지에 의해 통일되는 것이다.

김영하가 리듬에 쏟는 각별한 주의는 특히 「도드리」에서 두드러진다. '되돌아간다'라는 어원을 지닌 '도드리'는 국악 전반에 사용되는 일종의 장단이면서, 이 장단에 의해 만들어진 악곡을 뜻한다. 작품에 의하면 대금 악곡 '도드리'는 "1장과 4장이 같고 6장과 7장은 거의 비슷할 뿐 아니라 같은 가락이 여러 번 걸쳐 등장한다. 2장은 1장의 변주이며, 3장에 이르러 도약했다가 1장과 같은 4장이 반복되고 5장에서 2장과 비슷한 리듬이 훨씬 현란하게 연주되다가 6장에 이르면 음들이 춤을 추면서 고음역을 장악한다."[24] 총 7장으로 이루어진 「도드리」는 각각의 장에서 악곡 '도드리' 각 장의 특징을 제시하면서 주인공의 삶을 같은 리듬으로 형상화한다. 스무살의 주인공과 평행선으로 달리던 '단발머리 동기'와의 관계는, '당신'이 서른 살에 만난 또다른 평행선인 '비둘기를 닮은 여자'와의 관계에 의해 반복, 변주되고, 6장에 이르러 가학적 행위에 의해 평행선과 욕망의 삼각형이 파괴되고 파국을 맞으면서, 정확히 도드리의 리듬을 소설안에서 구현하고 있는 것이다.

몽타주 montage

'조립하다'는 뜻을 지닌 몽타주는, 촬영된 필름의 단편을 창조적으로 접합해서 현실과는 다른 영화적 시공간을 창출해내는 영상기법을

---

24 『호출』, 53쪽.

의미한다. 소설적 대위법과 긴밀하게 관련된 김영하 소설의 기본적인 패턴은 기본적으로 이러한 몽타주의 시학 위에 구축된다. 상상 / 현실, 허위 / 진실, 과거 / 현재, 일상 / 여행, 우연 / 필연 등의 이물들의 결합은 서로 충돌하는 과정을 통해 예기치 않았던 빛을 발한다. 서로 이질적인 것들이 결합함으로써 생기는 '역동적인 아름다움'에 대해 김영하 자신도 "짬뽕의 미학"[25]이라는 이름으로 칭송한 바 있듯이, 그의 텍스트는 다양한 이미지들의 병치와 대립과 충돌을 통해 생겨나는 심미적인 효과에 기대는 바가 크다. 장르적 대결이든, 상상과 현실의 대결이든, 혹은 낯설음과 친숙함의 대결이든, 그의 텍스트는 이러한 각각의 단편들이 길항하는 과정에서 발생하는 활기와 에너지로 가득 차 있다. 몽타주를 가장 의식적으로 실험하고 있는 작품, 「전태일과 쇼걸」을 보자. 이 작품에는 한 극장에서 우연히 같이 상영되고 있는 '아름다운 청년 전태일'과 '쇼걸'의 충돌에서부터, 광주와 비엔날레, 우연성과 필연성, 전혜린과 로자 룩셈부르크 혹은 임수경, 면회실과 사형장, 쾌락과 죽음, 진보와 퇴행, 혁명과 금욕 등등 온갖 대립쌍들이 "왜 그런 것들은 함께 있을까?"라는 질문에 긴 줄을 서고 있는 것이다. 이 소설은 그러한 조합이 결코 '전적으로 우연한' 일일 수 없다는 문제제기에서 출발, '필연성'의 고리들을 찾아 헤매지만, 이 질문은 그저 그러한 흥미로운 이미지들을 들여놓기 위한 가짜질문일 뿐, 이 단편이 의도하는 것은 그 대립되는 이미지들이 벌려놓는 흥미로운 향연에 있을 뿐이다. 김영하가 사물을 대하는, 혹은 관조하는 방식은 주로 이처럼 한 사물의 반대편에 놓인 것을 함께 사고하는 것이다. 그리하여,

---

25 "이 짬뽕의 미학이야말로 기실 서울을 떠받치는 이데올로기다. 로댕과 남대문과 남대문 시장이 이루어지지는 골든 트라이 앵글은 그 이데올로기의 핵심적 상징이다. 전통과 수입된 근대와 온갖 키치들이 어우러져 뿜어내는 역동적 아름다움."(김영하, 『굴비낚시』, 마음산책, 2000, 54쪽)

"내가 가장 즐기는 경계는 현실과 상상 사이의 경계"[26]라는 작중인물의 언급처럼 김영하의 상상력은 "안전하게 혹은 안전하지 않을 수도 있는" 경계들을 따라 질주한다.

포르자(forza)와 포르다(forda)[27]

김영하 소설의 대부분은 인물 중심의 서사가 아니라 플롯 중심의 서사이다. 그의 소설을 읽는 즐거움은 개성적이고 매력적인 캐릭터에 대한 감정이입에서 오는 것이 아니라, 플롯에 의한 반전과 발견에서 비롯된다. 특히, 대위법적 구성을 따르지 않는 「비상구」, 「오빠가 돌아왔다」, 「엘리베이터에 낀 그 남자는 어떻게 되었나」, 「사진관 살인사건」, 「크리스마스 캐럴」 같은 작품들은 주로 인물들의 행동을 중심으로 사건이 전개되면서 '긴장감, 놀라움, 기대감'을 목표로 하는 몸의 플롯으로 이루어졌다. 이음새 없이 줄달음치는 단선적 구성으로 구성되는 이들 '행동의 플롯'은 일종의 블랙코미디의 향연을 연출한다. 그러나 김영하는 몇몇 작품에서 명민하게도 '난처한 상황'들에서 출발하는 이러한 행동의 플롯을 빌어, 독자의 호기심을 자극시키면서 동시에 엉뚱한 곳에 이야기의 틈새를 만들어 놓는다. 예를 들어 「크리스마스 캐럴」이나 「사진관 살인사건」 같은 경우, 에드가 앨런 포우의 「도둑맞은 편지」처럼, '편지'의 진실을 추적하지 않고 범인을 추적함으로써, 독자들을 엉뚱한

---

26 위의 책, 31쪽.
27 로널드 B.토비아스의 위의 책에 의하면, 희극과 비극은 단테의 『신곡』에 나오는 인간의 두 가지 기본적인 죄악, 즉 "포르자(forza)라 부르는 힘과 폭력의 죄악과 포르다(forda)라 불리는 마음의 범죄"는 각각 희극과 비극에 해당된다. 즉, 몸의 플롯인 희극은 도덕이나 지적인 질문은 거의 개입하지 않고, 긴박감(suspense), 놀라움(surprise), 기대감(expectation)의 요소를 갖춘 일종의 퍼즐의 플롯이며, 마음의 플롯인 비극은 인간의 본질과 관계, 사고에 관한 것이다. (로널드 B.토비아스, 위의 책, 71~76쪽)

곳으로 유인하고 이야기의 핵심을 감추는 노련한 테크닉을 발휘하는 것이다.

인물 중심이 아니라 플롯 중심의 소설은 작가에게 보다 '상황'을 잘 만드는 능력과 고도의 지적인 작업을 요한다. 어떤 경우, 그의 소설에서 인물보다 더 중요한 역할을 하는 것은, 소품들이다. 그의 소설이 금속성으로 빛날 수 있게 만드는 매력적인 장치들인, '총', '십자드라이버', '자동차' 들이 갖는 소품의 기능성은 때로 전체 플롯을 장악하여 이끌어가기도 한다. 즉, 그 소품들이 작품에 들어오면, 인물들은 그 장치들에 의해 대리되면서, 납득할 만한 이유도 없이도 '쏘고, 조립하고, 달리게' 되는 것이다.

3. 엑스터시 ecstasy

내용이란 어떤 것의 일별, 스쳐 지나가는 섬광입니다. 아주 작은 것이지요. 아주 작은, 내용 말입니다

— 위렘 드 쿠닝, 어떤 인터뷰에서[28]

비정한 '거리'

김영하 소설의 매력은 무엇보다 문체에 있다. 간결하고 냉정하고 건조하기까지 한 그의 문체는 이 시대 트렌드이자 미덕인 '쿨cool'한

---

28 수잔 손탁, 위의 책에서 재인용, 19쪽.

스타일의 일종이다. 그러나 그의 쿨함은 이기적이거나 자폐적이지도 않다. 그의 쿨함은 충분히 예의바르고, 사려깊으며 비정하다. 차라리 영화 〈대부〉의 냉혹하면서 다정다감한 주인공을 닮아있다. 이러한 매혹적인 문체의 핵심은 '거리'이다. 일차적으로 김영하는 소설적 오브제, 즉 "미적 대상에 대해 충분한 심리적 거리"[29]를 두는 작가이다. 이 '거리'는 미적 대상을 보다 잘 표현하기 위해 모든 작가에게 반드시 필요한 것이지만, 김영하는 특히 자신의 텍스트를 충분히 가공할 줄 아는, '거리'를 갖춘 작가이다. 그는 이 '거리'를 통해, '생략과 압축', '은폐와 노출', '긴장과 이완'을 자유자재로 조절하면서, 이야기가 하나의 '효과'가 되도록 공정한다. 이렇듯 작가가 오브제를 대하는 비정한 태도는 『나는 나를 파괴할 권리가 있다』에서 자살안내원이 매혹된 들라크루아의 「사르다나팔의 죽음」에 등장하는 왕의 시선, "냉정하게 자신의 패배를 지켜"보면서, "죽음의 향연"을 관조하는 사르다나팔의 시선과 흡사하다. 자살안내원은 그의 고객이 될 만한 사람들에게 충분히 흥미를 보이지만, 결코 그의 의뢰인을 동정하거나 증오하거나 하는 일체의 감정을 제거하고 관조적 태도로 그들의 자살을 돕는다. '그'는 단지 의뢰인들의 무의식 속에 감금해두었던 '욕망'을 끄집어내고, "풀려난 욕망이 자가증식"하여 끝내는 파국에 이르는 장면을 바라볼 뿐이다. 이러한 사르다나팔의 관조적 태도는 그의 소설에 등장하는 많은 인물들에게 반영되어 나타난다. 『나는 나를 파괴할 권리가 있다』의 C와 K는 둘다 유디트(세연)를 사랑하지만, 그녀에게 적당히 거리를 둔다. 그들은 세연이 동생 K의 애인임을, 세연이 형 C와 잤다는 사실을 알지만, 그러한 불편함을 적당히 위장할 줄 아는 인물들이다.

---

29 "소설의 거리는 두 가지 규범으로 요약된다. 첫째는 소설적인 미적 대상을 인식하는 데에 가져야 할 심리적 규범과 둘째는 작가가 소설을 씀에 있어서 표현하는 방법에 대한 어떤 규범이다."(하일지, 『소설의 거리에 관한 이론』, 민음사, 1991, 29쪽)

C는 사진작가이지만 작업하는 동안에도 "완벽하게 몰입할 수 없는" 관조하는 예술가이며, K 또한 스피드와 '섰다'에 몰두하지만, 어머니의 죽음과 세연에 대해 자신을 떼어놓을 줄 아는 그런 인물이다. 세연에 의하면 그 "둘은 달라 보이지만 사실은 같은 종자"일 뿐이다.

> 사람은 딱 두 종류야. 다른 사람을 죽일 수 있는 사람과 죽일 수 없는 사람. 어느 쪽이 나쁘냐면 죽일 수 없는 사람들이 더 나빠. 그건 K도 마찬가지야. 너희 둘은 달라 보이지만 사실은 같은 종자야. 누군가를 죽일 수 없는 사람들은 아무도 진심으로 사랑하지 못해.[30]

C와 K는 결국, 살해충동과 온갖 격렬한 욕망으로부터 자신을 떼어놓을 줄 아는, '진심으로 사랑할 수 없는' 사람들인 것이다. '거리의 감각'을 지닌 인물의 전형은 「바람이 분다」, 「호출」에서도 찾아볼 수 있다. 「바람이 분다」의 주인공 '나'는 사랑하는 여자와의 새로운 인생을 꿈꾸지만 행동하지 않는, 그럼으로써 세상과 자신의 인생에 대해서도 '슬쩍 비켜서' 있는 인간이다. 다른 남자와 유학을 떠나는 애인에게 고작 "공부 열심히 해"라고 말하며, 호출기를 통해 공상이나 즐기는 「호출」의 주인공도 마찬가지이다. 이러한 유형의 인물들은, '누군가 자신을 보고 있다'는 사실을 충분히 인식하고 이를 즐길 수 있는 자들이며(『나는 나를 파괴할 권리가 있다』의 미미와 「호출」의 대역배우), 타인의 시선과 자신의 시선이 충돌하지 않도록 시선을 적당한 원근법 속에 배치할 줄 아는, 자의식이 강한 인물들이다. 이들의 자의식은 대부분 나르시시즘적인 양상을 띠지만, 많은 경우 이들은 자기동일성을 확인하기보다는, 그러한 자기동일성을 증명하는 '거울은 존재하지 않으며', 있다

---

30 『나는 나를 파괴할 권리가 있다』, 52쪽.

할지라도 허위라는 사실을 깨닫게 됨으로써 분열된 자기상을 깨닫는다. 예를 들어, 「나는 아름답다」의 사진작가가 사진기를 통해 "내 욕망, 내 삶, 내 행위" 즉 자아를 찍었다고 생각하지만, 결국 그가 찍은 것은 다른 누군가에 의해 "속살 깊이 가라앉은 욕망"을 흡입당한, 아내의 가짜 죽음 위에 새겨진 허위임이 판명된다는 것이다.

분열적인 이러한 자기 인식은 「당신의 나무」나 「도드리」를 구성하고 있는 2인칭 시점에 의해서도 잘 드러난다. '나'의 이야기를 '당신'이라는 2인칭에 의해 서술한다는 것은 '자신'을 자신에게 떼어놓음으로써 객체화하고 타자화 하려는 전략이다. 이러한 자기동일성의 불가능성은, 그의 소설에 여러 곳에 자주 나타나는 '쌍둥이 모티브'에 의해서도 암시된다. 피뢰침 동호회를 처음 접했을 때 "쌍둥이였다는 사실을 다 크고 나서야 안 기분이랄까. 반가우면서도 어딘가 불편한, 삶의 기저가 아주 천천히 흔들리는 느낌"에 사로잡히는 「피뢰침」의 주인공, 어딘가에 쌍둥이가 살고 있을 거 같다는 생각에 두려움과 위무를 느끼면서 사랑하는 여인에게서 정신적 쌍생아를 찾는 「도드리」주인공, 그리고 「어디에도 있고 어디에도 없는」에서 '달' 혹은 '샴 고양이의 눈', '내 욕망을 지켜보는 이' 등의 또 다른 자아를 줄곧 의식하는 주인공 등등. 이들의 '쌍둥이' 모티브는 분열된 자기인식의 한 예가 된다. 결국 김영하의 자의식 강하고 나르시스트적인 인물들은 욕망을 통해 타인에게서 자아를 복제하지만, 끊임없이 그 복제된 무수한 자아의 '거리'를 인식하는, 결코 자기동일성에 다다를 수 없는 '나'인 것이다.

자기의 바깥을 향한 비상구

대상을 끊임없이 자기화하고 복제하는 나르시스트적인 인물들은 무수히 복제된 자아에 대해 다시 거리를 두고 의심하면서 타인과 자신에서 멀어진다. 이렇듯 늘 자기화와 대상화를 반복하며 자기 자신의 스타시스stasis 속에 갇혀 있는 김영하의 인물들은 스타시스를 벗어나기를, 즉 엑스터시ecstasy[31]를 열망한다. 자신의 바깥을 향한 질주는, 김영하의 인물들에 의해 다양한 방법으로 시도된다. 우선 가장 온건한 방식이라 할 수 있는 '여행'은 『나는 나를 파괴할 권리가 있다』의 유디트의 갑작스런 주문진행이나 그밖에 여로형식을 띤 작품(「나는 아름답다」, 「당신의 나무」, 「어디에도 있고 어디에도 없는」)을 통해 드러난다. 그 밖에 스피드와 도박(『나는 나를 파괴할 권리가 있다』), 게임(「삼국지라는 이름의 천국」)에로티시즘(「도마뱀」, 『나는 나를 파괴할 권리가 있다』), 예술(「나는 아름답다」), 그리고 '총'이나 '십자드라이버'에 대해 지나치게 집착하는 페티시즘(「총」, 「내 사랑 십자드라이버」)과 죽음(『나는 나를 파괴할 권리가 있다』, 「나는 아름답다」)에 이르기까지 그들은 모두 언제나, 나르시시즘과 자의식으로 갇힌 '자아'라는 지겨운 감옥에서, 자신의 현존에서 탈출하고 싶어한다.

　여행이나 속도, 혹은 음악이나 게임 등의 "일상적 엑스터시, 혹은 진부하고 통속적인 엑스터시"[32]를 통해서는 결코 자신의 바깥으로 영원히 나갈 수 없음을 깨달은 인물들은, 진정한 또는 더 강렬한 엑스터시를 열망한다. 그것은 에로티시즘, 죽음, 전격 같은 위험한 목록들에 의해서 가능하다. 그러나 이런 종류의 엑스터시는 반드시 쾌락과 함께 공포를 동반한다. '페스트에 걸린 사람들이 공포를 잊기 위해 몰두했다는 섹스를 했다'는 이야기, '백색의 공포를 없애기 위해 예술이 시작됐다'는 이야기, 혹은 '공포와 하나가 되기 위해 번개를 찾아다닌다는 설정'(「피뢰침」)은 이러한 엑스터시의 목록들이 요구하는 댓가, 즉

31　엑스터시(ecstasy)는 그리스어 어원에 의하면 '자기의 바깥'에 있음을 뜻한다. 자신의 위치(stasis)로부터 빠져나가는 행위.(밀란 쿤데라, 김병욱 역, 『사유하는 존재의 아름다움』, 청년사, 1994, 103쪽)

32　밀란 쿤데라, 위의 책.

몰아(沒我)와 망각(忘却)의 의미에 내포된 '죽음'을 암시한다. 그들은 엑스터시에 잘못 발을 들여놓았다가는 「고압선」의 주인공처럼 완전히 지워질 수도 있고, 또는 「총」에서처럼 '총'같은 연물에 지나치게 탐닉하다가 결국 그 연물에 의해 인질극 같은 의도하지 않은 상황에 놓이게 될 수 있는 것이다. 그 엉뚱한 곳에 놓여진 그들은 "어쩌나 여기까지 왔을까"라는 탄식과 함께 영원히 그의 자기바깥에 놓이게 되는 파국을 맡게 된다. 이러한 완전한 엑스터시의 극단적인 형태인 죽음은 그리하여 『나는 나를 파괴할 권리가 있다』와 「나는 아름답다」에서 가장 탐미적으로 그려지고 있는 것이다.

4. 엑소더스 exodus

행위와 배반

자기복제와 자기분열을 거듭하며 자아망각을 꿈꾸는 인간은, 내면적 인간에 속한다. 그들은 "'나'란 무엇에 의해 포착될 수 있는가라는 근원적인 물음"에 내면적 삶에 대한 탐구로 답하고자 한다. 그러나 그 내면을 통한 자기 인식은 '거울'에 의해 굴절되고 왜곡된 '타자'들에 불과하다. 내면을 통한 자기동일성의 불가능성, 그리고 이러한 분열증과 '거리'를 메워주는 엑스터시에 대한 무모한 질주는 결국, '죽음'이라는 완전한 '바깥'에 이르렀지만, 그것은 답이 아니라, 다만 물음조차 폐기하고자 하는 욕망의 형태로서만 존재한다. 이 지점에서 김영하의 소설은 답을 위한 다른 출발점에 놓인다. 그 지점은 20세기가 다져온 심리소설에 역행하는 행동의 플롯이다. '행동과 모험'의 플롯은 현 세기 이전에 존재했던 이야기꾼들이 믿어온 '나'와 '인간'이라는 수수께끼에 이르는 가장 손쉬운 길이다. 김영하는 위대한 작가들의 조언에 귀기울이면서도 자신만의 새로운 병기를 갖추고 이 흥미로운 길을 탐색한다. 그렇다면, 이 행동의 플롯 속에 놓여진 '나'라는 존재는 자기 동일성을 찾게 되었을까. 김영하의 대답은 '아니다'. 「엘리베이터에 낀 그 남자는 어떻게 되었을까」는 이러한 행동에 의한 자기추구가 다다른 '패배'를 사소하지만 의미있게 그려놓고 있다. 면도날이 부러져 수염을 한쪽 밖에 깎지 못하고 출근길에 나선 주인공 '나'는 우연히 엘리베이터에서 5층과 6층 사이에 다리가 끼인 남자를 보게 된다. 그러나 시간에 쫓겨 아무런 조치도 못하고 아파트를 나선다. 이 소설은 이러한 아주 사소한 의도, '엘리베이터에 낀 남자를 위해 무엇인가를 해야한다'에서 출발하지만, 이것이 어떻게 행동의 플롯 속에서 배반당하는지를 보여주고 있다. 길에 나선 그는 지갑을 잊고 온 바람에 공중전화도 걸지 못하고, 핸드폰을 빌리려하지만 한쪽 수염밖에 없는 우스꽝스럽고 덜떨어진 모습을 본 사람들은 그를 피한다. 그리고 버스는 트럭과 충돌하고, 치한으로 오인받고, 회사의 엘리베이터가 멈추고……. 이렇듯 이 작품은 기이하고 우연한 일들의 연쇄 속에서 하나의 의도를 품은 '행위'가 얼마나 신속하게 그를 배반하며 엉뚱한 곳에 그를 부려놓는지를 보여주는 것이다. 결국 그 사소한 의도와 물음은 '나'를, 궁극에는 처음보다 더 먼 심연으로, 라깡식으로 얘기하면, 상징계가 결코 포착할 수 없는 일종의 실재계의 어두운 구멍으로 밀어넣는 것이다. 특히 「크리스마스 캐럴」은 이러한 모티브를 좀더 의미있고 세련되게 다룬 작품으로, 행위하는 일상인들 저편에 도사리고 있는 불가해함과 공포라는 '구멍'을 잘 그려놓았다.

그리하여 이 행동하는 '나'에 의해서 추구된 '나'는 어느 틈에 '배반자'로 돌아서있는 자신을 발견하게 된다. 메를로 뽕티는 이러한 현대인의 비극적인 운명에 대해 "인간이 자기 자신의 생각으로는 아무리 충절을 지키는 것으로 생각하더라도 객관적인 상황에 의해 배신자의 대열에 서 있는 자신을 발견할 수 있다"[33]라는 말로 잘 묘파해 놓았다. 행위에 의해 배반자로 귀결지어지는 인간운명에 관한 이야기는 일종의 아이러니의 양식이다. 김영하는 최근의 장편 역사소설 『검은꽃』에서 이 '아이러니'[34]를 통해 유전하는 인간 운명의 형식을 형상화하고 있다.

『검은꽃』

'몰락한 양반들, 농민들, 제대 군인들, 그리고 도시의 부랑자'로 이루어진 한국인 1,033명의 멕시코 이민에 관한 "이주와 유랑의 서사"[35]는 끊임없이 '자기' 탈출을 시도하던 김영하 인물들의 집단 대탈출에 관한 이야기이다. 그들은 '고아' '몰락한 양반' '도둑' '파계신부' '오갈데 없는 군인'이라는 자신의 정체성과 과거 뿐만 아니라 '가족', '민족', '국가'라는 자신의 뿌리깊은 기원을 묻고 미지의 새로운 영토를 향해 불안한 항해를 시작한다. 그리고 이들과 더불어 소설가 김영하는 새로운 서사 영토에의 안착을 향해 나간다.

김영하식 이야기의 출발은 『검은꽃』에서도 동일하게 수행된다. 기존 서사에 대한 반성과 습격. 그리하여 『검은꽃』은 '역사소설'이라는

---

33 김우창, 『궁핍한 시대의 시인』, 민음사, 1997, 167쪽에서 재인용.
34 서영채는 「질주하는 아이러니」라는 글에서 '아이러니'를 중심으로 『검은꽃』을 분석한 바 있다. 『문학동네』, 2003년 겨울호.
35 김영하 · 황종연, 대담 「고난 속에 벌어지는 카니발, 그 쾌활한 지옥도」, 『문학동네』, 2003년 겨울호, 207쪽.

외피를 입고 있으면서, 기존의 역사소설이 보여주었던 민족주의, 영웅주의에서 탈피한 새로운 역사소설을 실험장이 된다. 김영하는 한 인물이 "역사의 굴곡, 시련, 또는 이 모든 것을"[36]한 명의 영웅이 체현하고 있는 방식의 기존의 역사소설에 딴지를 걸며, '전형성'과 결별한 또다른 리얼리즘의 세계, 역사적 사료가 집단이 아닌 개체로서 존재하는 인물들과 만나 이뤄지는 풍요로운 카니발의 세계를 열어놓는다. 국가민족주의의 이념에서 탈주한 인물들의 유랑의 서사는 고아 출신의 김이정과 왕족의 딸, 이연수의 사랑 이야기, 파계 신부 박광수, 박수무당과 도둑 최선길의 엎치락뒷치락 하는 종교 이야기, 그리고 조장윤을 중심으로 하는 제대군인들의 이야기라는 세 축으로 형성된다. 그들은 영국 소유의 '일포드 호'에 몸을 싣는 순간, "예의와 범절, 삼강과 오륜, 양반과 천민, 남자와 여자"들이라는 일체의 질서와 구분이 사라진, '오물과 토사물과 욕설과 탄식'이 난무하는 무질서의 와중에 던져진다. 배 위에서 이뤄진 한달 동안의 이러한 길고 혹독한 훈련을 통해 그들은 서서히, 유랑민의 규율, '국가'나 '반상' '종교' 등등의 헛것의 이념이 아니라 '몸'으로서의 자기를 통제해나가는 규율을 체화해나간다. 이연수의 '육체'에 대한 자각과 함께 천민 김이정과 양반가 이연수의 '사랑'은, 이러한 카니발적 세계 재편을 가장 먼저 받아들이고 실천하는 시발점이 된다. 최후로 남아있는 정체성, 즉 생존과 노동으로서만 의미있는 '자신'을 유카탄 반도의 에네켄 농장에 부려놓은 이들 이주민들은, 사년이라는 계약 기간 동안의 혹독한 노동을 거쳐 자유의 몸이 되지만, 이미 돌아갈 국가를 상실한 그들은 유카탄 반도 각지로 흩어져 각자의 인생유전을 겪는다. 사랑을 이루기 위해 농장을 탈출, 미국으로 향하던 김이정은 멕시코 혁명에 휩쓸려, 전사로서의 삶을

---

36 위의 책.

살다가 마침내 국가건설의 리더가 되어 죽음을 맞이하고, 김이정의 아이를 낳은 이연수는, 통역사 권용준의 첩이 되었다가 다시 퇴역군인 박정훈의 아내로, 결국은 고리대금업자로 75세의 일생을 마친다. 한편, 파계신부 박광수는 어느 사이 내림굿을 받아 무당이 되고, 도둑이자 거지였던 최선길은 광신적인 카톨릭 신자가 되어 십자가에 매달린다. 그리고 조장윤을 주축으로 다시 모인 42명의 한국 이주민들은 콰테말라 혁명군의 용병으로 참여했다가 콰테말라 밀림지에 '신대한'이라는 공동체를 건설하지만, 곧 정부군의 소탕작전에 의해 대부분 전사하고 만다. 이들 유랑민들이 겪는 삶의 격변은 결국 삶의 덧없음, 허무감이라는 짙은 페이소스 속에 사라지지만, 이들이 보여주는 소란스러움과 운명의 희비극성은 "냉소적 활력"을 띠고 독자에게 강렬하게 각인된다. 이러한 효과는 이들 유랑민들의 삶을 스케치해나가는 작가의 태도에서 비롯된다. 그 많은 인물들이 꾸려나가는 각각의 인생 라인과 그들이 '사랑', '혁명', '국가', '종교' 등의 명목으로 교차하고 흩어지는 과정들을 그리는 작가의 스타일은, 앞서 분석한 작가의 문체적 특징과 다르지 않다. 『검은꽃』의 스타일은 여전히, 아니 더욱더 비정하고 건조하고 압축적이다. 다음과 같은 문장들 :

> 약간의 소란 끝에 한 남자가 등을 떠밀려 나왔다. 입을 꾹 다문 그 남자는 애써 발치의 시체를 외면하고 있었지만 구원을 바라는 군중들의 애절한 시선과 마주치자 흔들리는 모습이었다. 박수랍니다. 사람들이 수군거렸다. 그가 반박했다. 나는 무당이 아니오. 그가 입을 벌리자 촘촘하게 박힌 옹니가 어둠 속에서 빛났다. 사람들이 눈을 부릅떴다.[37]

---

37 『검은 꽃』, 문학동네, 2003.

행갈이와 따옴표를 없애고, 사실만을 빠르게 서술해나가는, 그러면서도 "그가 입을 벌리자 촘촘하게 박힌 옹니가 어둠 속에서 빛났다"라는 함축적 문장을 통해 인물을 재빠르게 캐리커처할 뿐 아니라 상황을 요약적으로 제시하는 이러한 문체는 한 평자의 말처럼 "『검은 꽃』의 진정한 주인공"[38]이라 할 수 있다. 거의 단문들로 이루어진 이러한 문장들은, 인물들이 굿판을 벌이든 폭동을 일으키든 이질로 다 죽어가든 어쩌든 차가운 '거리의 감각'을 유지한 채, 속도감 넘치는 문체를 성취하는 것이다. 작가는 이렇듯 단문과 생략을 통해 빠른 속도로 이야기를 진행시킬 뿐 아니라, 한편으로는 속도를 늦춤으로써 충분한 울림을 가져오는 테크닉을 구사하기도 한다. 예를 들면, 김이정이 이연수를 찾아 갔을 때, 박정훈의 만남을 묘사하고 있는 부분은 다음과 같은 대목을 보라.

이정이 눈을 감았다. 아, 그래요? 저도 거기에 있었습니다.

가위가 허공을 잘랐다. 호세가 슬쩍 박정훈의 가위를 쳐다보았다. 노련한 이발사의 눈매였다.

(…중략…)

박정훈이 가위질을 멈추었다. 그리고 이정의 얼굴에 거품을 발랐다.

나는 그런 일엔 아무 관심도 없소. 그저 여기서 아내와 애를 데리고 조용하게 살고 싶을 뿐이오. 그러는 당신은? 정말 비야를 좋아해서 따라나선 거요?

그랬습니다. 피가 뜨거웠으니까요.

박정훈이 이정의 왼뺨에 면도날을 대고 위로 훑어올렸다.

지금은 어떻소?

---

38 서영채, 앞의 글, 250쪽.

이정은 잠시 망설였다.

사실은 지금도 그렇습니다.

박정훈은 뛰어노는 사내아이를 가리켰다.

당신 아들이오. 그렇지만 괜찮다면, 아니 괜찮지 않다고 해도 어쩔 수 없지만, 아이는 내가 키우고 싶소. 당신 피가 식을 때까지.

면도날이 그의 귀밑을 지났다.[39]

다소 길게 인용했지만, 위의 인용문은 박정훈이 손님의 정체를 아는 순간의 흔들림, 그리고 그 둘 사이에 흐르는 긴장과 대립, 그리고 결단과 체념을 행갈이와 함축적인 단문들을 통해 풍부한 시적 울림 속에 그려놓았다. 이러한 속도의 완급조절, 그리고 사실과 비유의 적절한 배합 등은 김영하의 작가적 기량이 이제 장인의 경지에 이르렀음을 말해준다. "소설을 끝내면서 저는 필요한 공구들을 완비했다는 뿌듯한 느낌이 들었다"[40]는 작가의 말처럼, 그는 『검은꽃』을 통해 역사소설과 장편이라는 또 다른 서사의 영토에 '굳건히' 정착한 듯하다.

5. 나오며 – 허무의 등급

최대의 무게 — 어느 날 혹은 어느 밤, 한 악마가 가장 적적한 고독 속에 잠겨 있는 네 뒤로 살그머니 다가와 다음과 같이 네게 말한다면, 어떻게

39   『검은꽃』, 288~289쪽.
40   김영하 · 황종연, 앞의 글, 229쪽.

할 것인가! "네가 현재 살고 있고 지금까지 살아온 생을 다시 한번, 나아가 수없이 몇 번이고 되살아야만 한다. 거기에는 무엇 하나 새로운 것은 없을 것이다. 일체의 고통과 기쁨, 일체의 사념과 탄식, 너의 생애의 일일이 열거키 어려운 크고 작은 일들이 다시금 되풀이되어야 한다. 모조리 그대로의 순서로 되돌아 올 것이다."[41]

인용문은 니체가 제시한 니힐리즘의 극단형식으로서의 '영원회귀'에 관한 구절이다. 『나는 나를 파괴할 권리가 있다』에서부터 『검은 꽃』에 이르기까지 김영하의 작품을 관통하고 있는 세계인식은 니힐리즘이라는 사실은 쉽게 눈치챌 수 있다. '탐미적 악마주의' '키치' '대중소설' 등등 다양한 외장을 입고 변조되는 그의 작품 밑바탕에는 일관되게 허무주의가 드리워져 있다. 삶의 무의미에 지쳐있는 의뢰인들에게 다가와 넌지시 "멀리 왔는데도 달라진 게 없죠?"[42] 라고 은밀히 속삭이는 자살안내원의 말은 인용문의 악마와 같은 허무에의 속삭임이다. 특히 「흡혈귀」의 주인공은 바로, 니체의 '영원회귀'에서와 같이 무한히 반복되는 생을 살아가야 하는 끔찍한 존재를 의미한다. 「흡혈귀」의 인물은 시와 평론, 시나리오에서 끊임없이 죽음과 소멸을 예찬하고, '고전 문학부터 영미문학, 최근 현대소설'에 이르는 방대한 작품을 섭렵할 만큼 오래 생을 거듭해온 흡혈귀이다. (정확히 말하자면 흡혈귀로 오인받는다) "자유와 반역의 재능을 헌납당하고 대신 생존의 굴욕만을 넘겨받은" 흡혈귀에게 섹스, 아이, 놀이동산 따위의 일상사는 아무런 관심의 대상이 되지 않으며, 단지 '시간을 견디기 위해' 그 무의미한 반복을 계속할 뿐인 것이다. 『검은꽃』에서 건국의 필요성에 대해 사람들을 설득하는 이정의 열정은, "무엇이 되고자 하는 것이 아니

41 프리드리히 니체, 권영숙 역, 『즐거운 지식』, 청하, 1989, 284쪽.
42 『나는 나를 파괴할 권리가 있다』, 60쪽.

라 되지 않고자 하는 것",[43] 그러니까 무(無)를 향한 '의지'이다. 이러한 인물 이외도 김영하는 우연성과 아이러니로 점철된 일상과 인간의 운명을 그려보임으로써, 삶의 '무의미'에 대한 사유를 지속해왔다.

그러나 김영하 소설에서 일관되게 나타나는 주조가 허무일지라도 다같은 허무는 아니다. 니체에 의하면 "허무의 선행 형식은 염세주의"[44]이고, 「강함과 약함」의 이항 대립 속에서 이러한 염세주의는 다음과 같이 나뉜다. "1. 약자는 이것으로 파멸한다 2. 비교적 강한 자는 파멸하는 않은 것을 파괴한다. 3. 가장 강한 자는 심판할 가치를 넘어선다" 허무주의자에 대해서도 이러한 등급이 적용될 수 있을 것이다. 즉, 1. 약자는 허무에 의해 파멸한다. 2. 비교적 강한 자는 파괴한다. 3. 가장 강한 자는 허무에 의해, 넘어선다. 김영하의 소설에는 첫 번째와 두 번째에 해당하는 인물들이 공존한다. 자살을 통해 파멸당하는 니힐리스트들과 기존의 가치를 파괴하고 타인에 대해 가학적 충동을 드러내는 비교적 강한 허무주의자의 인물들이 그들이다. 세 번째에 해당하는 허무를 넘어서는 자는? 어쩜 그들은 단단한 정체성의 영토를 떠나 일포드호에 몸을 실은 1033명의 이주민들, 주인으로서의 삶을 열망하며, 낯선 땅으로 과감히 길을 떠났던, 그리고 그곳에서 맞닥뜨린 아이러니의 생을 살아낸 김이정이나 박정훈, 이연수, 박광수 같은 인물일 수 있겠다. 그들은, 그저 '허무'를 살아냈을 뿐이지만, 자신의 운명을 긍정할 줄 아는 이들이므로. 이 땅 위에서 배척당했지만, 그래서 떠나고 사랑하고 파멸하고 또 떠나고 사랑하고 파멸할 줄 아는, 과거를 모르는 어린 아이같은 인물이므로. 그러나 허무에 의해 넘어서고 있는 자는 누구보다, 이러한 허무주의에 침윤된 자들의 자멸

43 『검은꽃』, 306쪽.
44 김재인, 「문제는 니힐리즘이다」, 『세계의문학』, 1999년 가을호, 200~201쪽에서 재인용.

과 가학, 그리고 아이러니를 유쾌한 활극으로 바꿔놓는 작가 자신일 수 있을 것이다. 기존의 소설문법과 가치를 파괴하고 동시에 창조하면서, '가상과 오류'의 세계를 즐거운 활기로 유희하는 김영하의 텍스트는 하나의 의미이기 이전에, '충동'과 '의지'와 '작용'으로서 존재한다. 예술의 최고 형태는 '의지'와 '충동'의 표상이 되어야 한다는 니체에 기댄다면, 김영하의 이러한 '가상과 오류'의 유희는 강인한 능동적 니힐리스트의 그것으로 긍정되어도 좋을 듯하다.

『완전한 책』의 저자, 유령氏의 여일한 반문

김연수론

1. 가짜 낙원, 이후의 세대의식

1994년 『가면을 가리키며 걷기』로 소설가로 데뷔[1]했을 때, 김연수는 대학 4년생이었고, 25살이었으며, 87년 항쟁을 둘러싼 시민혁명과 소란스러움이 지나간 자리, 즉, 동구권이 붕괴되고, 이와 동시에 이전 세대를 휩쓸었던 거대담론과 사회변혁에의 열기가 사라진 때였다. 김연수의 말대로, '70년생으로서 80년엔 겨우 10살이었고, 87년에도 17살에 불과하였지만' 그는 80년 이후 현실변혁에의 열망과 이를 위한 선배들의 투쟁과 폭압 등을 고스란히, 현실 세계의 진상으로 받아들이면서 성장한 세대이다. 그러나 '김천'의 촌아이가 대학생이 되어 서울에 입성

---

[1] 김연수는 1993년 『작가세계』 여름호에 시를 발표하면서 문단에 데뷔했다.

했을 때, 현실 세계에는 풍문으로만 들던 그 먼지 자욱한 가두 시위의 현장도, 치열한 이념 논쟁이 펼쳐지던, 담배연기 자욱한 지하서클도 존재하지 않았다. 금기시되던 '마르크스를 플라톤과 함께 대학생 권장도서 목록'으로 받고, 청년의 열정과 호기심을 한껏 자극하던 민주투사는 자취를 감추었으며, 그들의 가열찬 모험담은 이제 후일담으로만 전해지는 그러한 때였다. 그의 말대로 '도무지 풍문과 현실은 너무나 다른 것'이었던 것이다. '마르크스가 과학'이 되고, 데모가가 신입생 오리엔테이션용으로 대중화되었으며, 처음으로 해본 대통령 선거에서 문민정부가 들어서버린 1990년대 초반의 현실이라니. 즉, 70년생이 청년으로 처음으로 나선 광장에는 혁명의 열기 대신 오후의 평화로운 햇살과 나른한 산책자들, 그리고 멀리 농담처럼 펄럭이는 'Welcome to Utopia'라는 현수막이 그를 반겼을 뿐이다. '선언된 낙원', 이는 더 이상 싸울 적도, 연대해야할 이유도 없으므로 청년의 결기 따위는 치우고 일상으로 돌아가 지복을 누리라는 일종의 '청춘의 무장해제'에 다름 아니다. '길을 나서자마자 길이 끝났다'는 386세대의 1990년대적 넋두리만이 아니라 이 70년생 작가의 청춘의 트라우마이기도 했던 것이다. 한편에서는 여전히 사회구성체논쟁과 분신사태, 학생운동이 여진처럼 이어지고 있었지만, 현실 세계의 주류는 '이데올로기와 역사의 종언'을 승인하고 자유민주주의의 보편화를 전면적으로 받아들였으며, 문단은 1980년대 리얼리즘 문학과 결별하고 포스트 모더니즘 및 신세대 문학론으로 넘어가고 있었다. 이렇듯 '억압과 금기'가 사라진 공간에, 새롭게 등장한 문학은 '대중문화, 영상매체'의 적극적인 수용을 통해 기존의 문학적 관습을 해체해나갔으며, 혼성모방과 패스티쉬, 상호텍스트성 등을 내세운 포스트 모더니즘 소설은 더욱 표나게 전통 문학과의 차별성을 강조하면서 1990년대 새로운 문학의 도래를 선언하기에 이르렀다. 이름하여 '신세대 문학'이라 붙여진 이러한 새로운 문학적 경향은 '표절시비'와 세대론적 갈등을 불러일으키며 1990년대 문학의 포문을 열었지만, 실제 작가들의 세대론적 인식보다는 비평적 담론에 의해 기획되고 부각된 측면이 강했다고 할 수 있다. 그들, 당시 신세대라 지칭되었던 장정일, 유하, 이인화 등은 물론 그들 작품의 실험적 성격과 이전 문학과의 인식론적 단절을 분명히 의식하고는 있었지만, 세대론적 지평에서 그들 문학의 새로움을 표명하지는 않았다. '신세대'임을 자임하면서 '바깥'에서 긍정적 혹은 부정적으로 지칭되는 '신세대 문학'의 여러 가지 요소를 창작의 모티브로 삼은 것은 비교적 어린 나이로 글쓰기를 시작한, 김연수가 처음이라고 할 수 있다.

> 세대구분의 단순성이라는 위험을 무릅쓰고 말씀드리자면 제가 성장한 세대의 문학의 변별성이라는 것입니다. 저는 그것을 진정한 자본주의 문학이라고 생각합니다. 왜냐하면 출생한 시기가 이미 독점자본이 서서히 태동하던 70년대이며 청소년기를 보낸 시기는 자본주의가 세련되어 가던 80년대, 그리고 이십대는 현재 90년대를 보내고 있기 때문입니다. 어쩌다가 글 짧은 제가 소설을 쓰게 되었지만, 이 소설은 우리 세대에서는 처음 나오는 장편소설이 되었습니다. 그런 까닭에 저는 저희 세대의 목소리를 담아야 한다는 강박관념에 사로잡히게 된 것입니다. 그래서 저는 그 변별성을 자본주의 문학이라는 것으로 잡았습니다.
>
> ─『가면을 가리키며 걷기』, 세계사, 1994, 348쪽

『가면을 가리키며 걷기』의 에필로그에 해당하는 '좌담회, 『가면을 가리키며 걷기』를 어떻게 읽을 것인가'라는 장에서 실제 인물로 등장하는 작가 김연수는 위와 같이 그의 작품이 '신세대'를 대변하고 있다고 밝힘으로써 세대론적 자의식을 명확히 하고 있다. 이러한 '신세대'의 발언은 『가면을 가리키며 걷기』 곳곳에 산재해 있으며, 이외에도

여러 글에서 그가 신세대 문학의 기수로서 자신의 문학적 입지를 공고히 하고 있음을 볼 수 있다. 그런데 여기에서 주목할 만한 것은 '신세대'로서 자신의 세대와 그 문학적 특성에 관한 작가의 태도이다. 즉, 그는 명확한 신세대적 자의식을 보여주고 있지만 그것을 옹호하는 게 아니라 부정하고 있다는 점이다. 1994년 『동서문학』 여름호에 실린 '신세대 문학에 관한 좌담회'에서 보여준 다음과 같은 태도는 이에 대한 단적인 예가 될 수 있다.

> 저는 일단 요즘 제 나이 또래를 감싸고 있는 분위기인 보수성, 자본주의의 영구론에서 좀더 자유로워지려는 노력을 해보았습니다. (…중략…) 조금만 지나면 이 종이호랑이에 불과한 신세대라는 것이 가장 보수적인 집단으로 드러날 것입니다. 신세대라는 단어에 감정적으로 대응하신 분들도 그때는 경악하실 것이고요.
> 그래서 저는 전략적으로 신세대 속으로 들어가서 신세대라는 그 더러운 속을 뒤집고 나오는 방법을 쓰고자 하였습니다. 그 방법은 이 사회에서 합의한 가장 기본적인 진보주의 사상을 현재 읽힐 수 있는 가장 무난한 문체로 서술하고자 하는 것이었습니다.
>
> ─『동서문학』, 1994년 여름호, 39쪽

윗 글과 이어진 김연수의 논의를 요약해보자면, '신세대의 실체란 없으며, 만일 있다면 그 또래의 자본주의의 영구화를 승인하고 보수화되고 있는 일부 젊은이들과 담론이 있을 뿐이다. 따라서 그들의 표면적인 급진성은 가짜에 불과하고, 자신은 이들 신세대의 허울을 밝히기 위해 전략적으로 신세대적인 방법을 통해, 그 허구성을 형상화했다'는 것이다. 요컨대 1990년대 현실은 여전히 1980년대 현실과 크게 다르지 않으며, '가장 본래적인 의미에서 세계관의 투쟁을 다루는 소설'은 이상국가가 이루어지지 않는 한 존속될 것이며, 가장 합당한 소설 형태는 '계몽을 염두에 두고 대중적인 형식에 사회과학적으로 합당한 내용을 담는 것'이라는 것이다. 즉, 형식적 측면에서의 신세대 적 감각 내지 대중문화의 수용을, 내용적인 측면에서의 이전 세대의 이념의 계승 내지는 진보적 사상을 구현하는 것이야말로 김연수가 출 발점에서 보여준 문학적 지향점이었다. 그렇다면 그것의 구체적인 실 현이라 할 수 있는『가면을 가리키며 걷기』에서 드러나는 작품의 실 재는 어떠한가. 과연『가면을 가리키며 걷기』는 대중문화적 취향— TV, 광고, 만화, 개그, 추리소설 — 과 포스트 모더니즘에 기반한 장르 적 혼합과 해체주의적 경향으로 이루어져 있다. 이러한 형식을 기반 으로 근대주의자와 탈근대주의자의 대립이 주요한 서사적 축을 이루 고 있는데, 한편에는 신군부 세력을 대표하는 '제너럴 박'이라는 박정 희의 허상이, 또 한편에는 포스트 모더니즘 담론을 모방하여 국민을 개조하려는 이형욱과 지산 스님으로 이루어진 가칭파 세력이 있다. 이들은 각각 현실 진단을 통해, 유신의 부활 혹은 탈근대로의 이행이 라는 현실 재편을 꿈꾼다. 그러나 이들은 모두 반대세력과의 정치적 암투에서, 그리고 이론의 정합성에서 실패하고 결국 파국을 맞게 되 는데, 작가가 보다 집요하게 문제의식을 드러내고 있는 것은 두 번째, 가칭파에서 유포하고자 하는 '허구를 반영한 현실이론'이다. '허구를 반영한 현실이론'이란 작품 발표 당시의 문단 안팎을 휩쓸고 있던 포 스트 모더니즘론을 지칭하는 것으로, 작품에서 이 이론이 애초에 이 형욱과 가칭파의 음모론에서 비롯되었다는 구도 설정에서부터 김연 수는 이 이론의 허구성을 일관되게 비판하고 있다고 볼 수 있다. '허구 를 반영하는 현실이론은 사회의 다원화와 더불어 나타나는 중심 사상 이 사라지는 때를 대비하여 만든 지도이념으로, 궁극적으로는 개인주 의적 사상을 삭제하고 공동선을 목표로 한다'는 규정은 탈현대성 뒤에 숨은 또다른 이데올로기에 대한 고발이나 다름없다. 그리고 이 이론의 중대한 결함으로 지적하고 있는, 이상주의와 관념성은 그가 이 작품 전체를 통해 기획하고 있는 모든 거대담론에 대한 환멸의 요인이 된다. 즉, 그는 시대정신이라 일컬어지는 모든 거대 담론과 이론은 현실과 무관하게 각 세대들에게 유포된 집단적 무의식으로, 실체가 아니라 '가면'이라는 것, 그리하여 날조된 '거짓 이야기'일 수밖에 없음을 보여주고자 했던 것이다. 그리고 이 거짓 이야기는 상업성이 강한 대중매체 형식인, 만화, 추리소설, 코미디 등의 '거짓 이야기들의 형식'들을 통해 전달되고 있는 것이다. 그렇다면, '거짓 형식과 거짓 이야기'로 이루어진 이 작품은 무엇인가. 김연수에 의하면 그것은 '신세대적 감각을 통한 자기 세대의 고발'이다.

> 저를 포함한 모든 저의 세대에게 자본주의를 체화하고 있는 자신을 반성하는 것, 자신을 죽이는 것으로 신세대로서의 가장 선진적인 예술을 하자는 것입니다. 그것은 바로 가면을 가리키는 행동이 아닐 수 없습니다. 데카르트가 가면을 가리키며 앞으로 나아간다고 말할 때에는 가면을 쓸 수밖에 없는 자신의 본 얼굴을 봐달라는 절규였습니다. 타인의 가면이 아니라, 자신의 가면을 가리킬 때 앞으로 나아가는 힘은 생겨난다고 생각합니다.
>
> —『가면을 가리키며 걷기』, 351쪽

정황이 이러하다면, 궁극적으로 이 작가의 출발선은 전면적인 자기 부정과 환멸 위에 놓여있다고 할 수 있다. 그렇다면, 타락한 방식과 타락한 현실, 심지어 타락한 주체로 구성된 이 '신세대의 글쓰기'는 도대체 어떠한 방향으로 나아갈 수 있을 것인가. 그에게 희망이란, 진정성이란 그가 유일한 대안이라고 했던 자기 죽이기식의 '선진적인 예술' 이외에는 존재하지 않는다는 말인가. 또한 그가 애초에 표명했던 지향점, 즉 1990년대식 대중화론이라 할 수 있는 대중형식을 통한 진보주의 사상의 구현이란 또 어찌되는 것인가. 『가면을 가리키며 걷기』는 사실, 거대 담론과 자기 부정에의 치열성만 있지, 어떠한 진보성도 담지하고 있는 못하다. 1990년대식 일상적 개인을 의미하는 최민식을 통해 토로되는 다음과 같은 고백은 진보도 뭣도 아닌 그저 안일한 탄식에 불과한 것이다.

> 사랑이 없는 자에게 세계는 아주 단순해 보이는 것일 뿐, 사랑이 가득찬 눈으로 세계의 가장 미세한 것을 주시하는 자에게는 세계란 도저히 묘사할 수 없는 그 무엇이 되는 것이다. 민식은 비로소 모든 것 깨달았다. 자신이 자신도 모르게 끼어든 이 세계라는 것을 움직이는 자들에게 얼마나 세계에 대하 사랑이 없는가를. 사랑이 없는 자들이 세계를 바라볼 때, 세계는 단순하게 무너지고 만다는 것을.
> 민식은 그를 바라보면서 단호하게 말하였다.
> 「나에겐 더 이상 생각하고 말 것도 없습니다. 내가 생각하는 오직 하나는 어떠한 의도도 세계는 바라지 않는다는 것입니다. 세계는 그것을 사랑하는 자들의 몫입니다.」
>
> —위의 책, 333쪽

결국 『가면을 가리키며 걷기』는 리얼리티에 기반한 서사 전개와 알레고리와 풍자, 개그적 상상력과 추리소설이라는 다양한 스타일의 혼합, 그리고 이러한 신세대적 감각의 제시와 동시에 진행되는 부정의식을 통해 지리멸렬한 신세대의 실험소설로 그치고 말았다. 다만 그럼에도 불구하고 이러한 복잡한 얼개를 끝까지 이끌고 가는 힘은, '신세대' 의식과 반대편에 놓인, 분열된 작가 의식, 즉 본질과 실체를 집요하게 탐구해가는 구세대적 작가의 문제의식이었다고 할 수 있을 것

이다. 이러한 작가의 기질에 대해 한 평론가는 '도저한 질서에의 욕망'
이라 했고, '80년대식 영혼'[2]이라 명명한 바 있다. 그러나 문제는, '80
년대식 영혼'과 신세대적 감각을 지닌 이 젊은 작가가 자기 세대를 '허
위'라고 규정하고 나선 뒤에 환멸의 현실, 그 어디에서 글쓰기를 감행
해나갈 것인가이다.

2. 뒤져버린 도플갱어, '7번 국도'에 묻다

신세대적 감각을 체화하고 있지만 자기 세대를 모멸할 수밖에 없었
던 김연수가 이후 보여준 글쓰기의 여정은 다음 세 가지로 분류할 수
있다. 첫 번째는 '내게는 현실로서 1980년대가 있었고 그림자로서
1990년대가 있었던 셈'이라고 작가 후기(『스무살』)에서 고백하고 있듯,
사라진 1980년대의 흔적을 더듬으며 과거를 회고하고 반추하는 방식
이다. 두 번째, 앞선 세대의 공동체적 열망이 깊이 각인된 자신의 1980
년대식 영혼을 폐기하고, 자신의 세대에 기반한 새로운 '희망의 원리'
를 찾는 것이다. 셋째는, 첫 번째, 두 번째가 무의미하거나 불가능하
다고 판단되었을 경우, 현실과는 무관한 텍스트 속에서 글쓰기의 무
한한 가능성을 발견하는 것이다. 첫 장편 이후 발표한 일련의 소설에
는 이러한 작가의 부단한 서사적 모색과 고뇌가 담겨 있는데, 특히
『가면을 가리키며 걷기』 직후 발표한 『7번 국도』와 첫 작품집 『스무
살』에는 위의 세 가지 경향성이 서로 공존하면서 나타나고 있다. 『7번

2　강상희, 『7번 국도』해설, 문학동네, 1997, 221쪽.

국도』를 보자. 1997년에 출간된 이 작품은 두 번째의 여정에 해당하는 것으로,『가면을 가리키며 걷기』에서 보여준 치열한 문제의식과 세대적 모멸 의식 대신, 세대적 동질감과 애정을 지니고 자기 세대의 실존적 고뇌를 가볍고 경쾌한 스타일로 풀어놓고 있다. 우선 이 작품의 새로운 형식에 주목하자면, 무수한 단장으로 이뤄진 이 소설의 형식은 작가가 말미에 밝혀 놓았듯, 리처드 브라우티건의『미국의 송어낚시』에서 빌어온 것이다. 시간적 연대기와 상관없이 파편화된 각 장들은 '7번 국도'라는 언어체의 끊임없는 변전을 통해 낯선 매력과 활력을 띠는데, 이를 가로지르는 중심 모티브는 동해안을 따라 길게 뻗은, 현존하는 '7번 국도'이다. 기본적으로 '7번 국도'는 재현과 주인공 '나'가 희망을 찾아 나선 자전거 여행의 실제적인 여정길을 의미하지만, 강력한 전염력을 지닌 '병균'(7번국도 균), 아내와 아들을 잃고 미쳐 목을 매단 사람(7번 국도씨), 외계인을 만났다는 주인이 운영하는 카페(카페 7번 국도), 죽어버린 화분(뒈져버린 7번 국도) 등으로 변전하면서, 보다 큰 의미망을 구축한다. 이렇듯 연쇄적인 이미지들을 통해 확장되는 '7번 국도'는 재현과 주인공 뿐 아니라, 다른 이들도 거쳐간 '희망과 이상에의 길', 그 자체를 상징한다. 즉, 지금-이곳이 아닌 다른 것 혹은 다른 가능성을 열어가는 사람과 그것에 속한 것들이라 할 수 있는데, 실제로 환상성에 의해 들여오는 다음과 같은 세목들은 재현과 '나'가 '희망'에의 길 위에서 맞닥뜨린 부산물들이다. '7번 국도의 희생자 리스트', '7번 국도의 유령들' '무릉계곡의 가짜 낙원' '아무짝에도 쓸모없는 일을 꿈꾸는 우체부 노인' '비틀즈의 노래 제목' 등등. 이른바 비유와 활유 등에 의해 무수히 펼쳐지는 이러한 7번 국도의 부산물들은 결국 '7번 국도'라는 길에 올라선 자들의 운명을 뜻하며, 그들의 희망에의 도정이 숱한 위험과 허방, 그리고 무위로 덮여 있음을 암시하고 있는 것이다. 그렇다면, 이 '7번 국도'에 오른 이들은 누구인가. 주로 매개 역할로 등장하는 '나'라는 인물은 시나리오 작가로, 재현과 세희를 공유하지만 이로 인한 상처나 뚜렷한 성격을 드러내고 있지 않다. 오히려 '재현'이라는 인물은 비교적 구체적인 형상으로 제시되는데, 그는 아버지를 증오하고, 대학에서 밴드를 하고 싶어 했으나 '서연'이라는 운동권 여학생을 만나 시위에 가담했던 인물이다. 그는 서연이 캐나다로 떠난 뒤에도, 여전히 서연에 대한 기억에 집착하고 있다. 그러나 결국 둘은 동세대적 감각을 지닌 인물들로, 앞서 『가면을 가리키며 걷기』에서 신세대를 표방한 작가와 크게 다르지 않다. 그들은 모두 공동체적 연대에서 벗어나 음악과 글쓰기의 공간에 유폐된 단자화된 개인들로, 권태로운 시간을 견디고 있는 자들이다. 그리고 그들의 권태는 이미 끝나버린 한 시대가 부려다 놓은 '가짜 낙원'의 필연적인 속성이다. '한 시대는 끝이 났다. 우리는 이제 빌어먹을 마더퍼커들을 향해 뒤돌아보지 않을 것이다. 희망은 끝이 난 시대에 있지 않다'(『7번 국도』, 7쪽)라는 '우리 세대'의 전언과 '학살된 기억 이외에 어떤 것도 갖고 있지 않다'는 고백은 그들의 청춘에게 어떠한 '희망'도, 그리고 그것의 짝패인 어떠한 '절망'도 가능하지 않다는 것을 의미한다. 희망도, 절망도 없는 현실이란 그들에게, 차라리 시간의 변전이 가져다주는 폭력성보다 더 잔인한, '지루하고 권태로운 풍경'일 뿐이다.

그건 민주화와 비슷한 것이야. 한때는 희망은 아니더라도 그 비슷한 뭔가가 있을 것이라고는 생각을 했던 적이 있었어. (…중략…) 말하자면 가짜란 말이야. 민주화처럼 말이야. 하지만 우리가 달리고 있는 이 길처럼 이 세계는 끝없이 변화하고 다른 세계 속으로 들어가. 나이 많은 사람들이 이룬 것은 민주화도, 희망도 아니라 오직 과거뿐이고, 거기에는 희망 따윈 없어. 우리에겐 다른 맥락이 있고 다른 방법이 있어. 우리는 그들이 아니거든.

—『7번 국도』, 문학동네, 1997, 140쪽

윗 글은 재현이 무릉계곡에 이르러 무릉도원의 풍광을 바라보며 하는 말이다. '무릉도원', 그곳은 모든 것을 변전시키는 시간의 폭력성도, 모순도 존재하지 않고, 잃어버린 서연과 죽어버린 꿈들을 고스란히 간직한 곳이지만, 낙원일 수 없다. 그렇다는 것은 이미 '민주화'가 되어버린 곳이기 때문이다. 이를 뒤집어 보면, 희망의 실현이란 결코 낙원일 수 없으며, 또 한편 여전히 그들의 희망은 민주화에 고착되었다는 것을 의미한다. 그러니 민주화의 열망을 지닌 청춘이 늦게 당도해버린 현장에서, 펄럭이는 'Welcome to Utopia'를 바라보며 이렇게 묻는 것은 당연한 일 아닌가? 이게 낙원이라고, 민주화가, 희망이 성취되었다고? 정말 진짜 낙원이란 말인가? 따라서 이러한 의문은 진정 해결되지 않은 모순으로 가득 찬 현실에 대한 얘기가 아니다. 현실은 항상 모순 투성이고, 하나의 모순이 해결된 다음에도 여전히 다른 모순들이 같은 총량으로 군집해 있는 곳이다. 그러나 김연수의 청춘은 자신의 시대의 모순에 상처입고 이를 인식할 수 있는 현실적 기반을 갖고 있지 않았으며, 있었다면 그것은 선배 세대들의 인식틀이었을 뿐이다. 그것이 가짜 낙원인 이유는, 그의 청춘이 이전 세대와 동일한 희망의 거푸집을 갓 만들었음에도 불구하고, 그것을 폐기해야했기 때문이다. 그러니까, 그들 청춘의 열정과 그것과 더불어 생성된 오롯한 각오를 써먹을 틈도 없이, 새롭게 희망을 바꾸어야 했기 때문이다. 그리고 절망을 바꿔야했기 때문이다. 그러나 그가 바꾼 것은 절망의 형식일 뿐, 내용은 아니었다. 그 내용을 찾아 나선 길이 '7번 국도'였으며, 그가 그곳에서 발견한 것은 희망의 내용이 아니라, 어디로 통해 있는지 도무 알 수는 없지만, 그 길을 다만 걷고 있다는, '지도도 없이 자전거를 굴리고 있다'는 '희망의 원리'였다.

『스무살』은 2000년에 출간한 김연수의 첫 창작집이다. 그러나 이 책의 출간 시기와 상관없이 이 책에 실린 단편들은 그가 등단한 1994

년 직후부터 비교적 초창기에 발표한 단편들을 모아놓은 책이다. 그러니까 『스무살』은 『7번국도』의 '희망의 원리'에 이르기까지의 작가 의식의 부침과 그 흐름을 보여주고 있으며, 문제의식에 있어서도 『7번국도』와 많은 부분을 공유하고 있다. 『스무살』에 실린 9편의 소설들은 앞서 언급한 김연수의 글쓰기의 세 가지 모색 중, 첫 번째와 세 번째에 걸쳐 있다고 할 수 있다. '죽지 않는 인간' 의 연작인 세 편의 단편과 「구국의 꽃, 성승경」 등은 첫 번째에 가깝고, 「공야장 도서관 음모 사건」과 「마지막 롤러코스터」는 세 번째에 보다 밀접하게 닿아 있다. 세 편의 연작 「중세의 가을」, 「카르타필루스」, 「기억의 어두운 방－1998년 1월 18일, 그리고 4월 11일」은 거의 동일한 인물과 서사적 충동으로 이뤄져 있다. 세 편의 주인공 '나'는 작가이며, 방안에 갇혀 토마스 만의 『마의 산』이나 하루키 소설을 필사하며 지내는, 유폐된 인간이다. 그런 그는 음반 가게에서 일하는 서연과 사귀게 되지만, 그녀는 곧 먼 나라로 가버리고 만다. 대개 침울하고 진중한 문체로 이루어진 이 작품들은 우울한 주인공의 내적 독백들로 가득 차 있는데, 그의 우울의 직접적인 원인은 서연과의 결별도, 아버지나 J형의 죽음(「기억의 어두운 방」)이라고도 할 수 없다. 어쩌면 이 까닭없는 우울은, 젊음의 양식이다. 환부가 없어도 앓아야 하고, 시대적 질곡과 상관없이 분노해야 하고, 고뇌해하는 것, 젊음이란 그런 것이 아닌가. 우울이, 절망 혹은 분노가 되기 위해서는 적절한 기표가 필요하였으나, 낙원 이후, 모든 기표의 진정성을 부정한 신세대에게 그것은 여전히 불투명한 무엇으로 남아있다. 그리하여 기표없이 떠도는 우울은 센티멘탈리즘이 되고, 쉽게 '죽음'으로 경도된다. 실제로 이 작품집에서 드러난 인물의 심상은 상당 부분 센티멘탈리즘에서 크게 벗어나지 않는다. '청년이란, 시인이란 이뤄질 수 없는 진짜 낙원을 갈구하는 자들이다. 강요된 가짜 낙원을 노래할 수밖에 없을 때, 청년들은 아무런 주체적 판단도 내리지 못하는 소년으로 퇴행하고 만다'(「박인환 생각-센티멘털리즘의 기원」, 『문학과사회』, 2003년 봄호)'라고 박인환의 센티멘털리즘을 진단했을 때, 그것은 다름 아닌 자신의 센티멘털리즘의 맥락에 대한 이야기이기도 한 것이다. 따라서 이 센티멘털리즘과 잇닿아 있는 '죽음'의 이미지 또한, 그 이름에 값하는 치열성과 무게를 지니지 못하고 있다. 「중세의 가을」에서 그것은 '중세 수도원 건물의 긴 낭하'의 이미지와 납골당 같은 어두운 방에 진열되어 불멸하는 작가들의 운명과 겹쳐져 있으며, 「카르타필루스」에서는 예수가 재림할 때까지 온갖 병을 지닌 채 살아야하는 카르타필루스의 운명으로, 그리고 「기억의 어두운 방」에서는 아버지, J형의 죽음과 '기억의 방'으로 연결된다. 그러나 일기처럼 가리사니 없는 감상들로 이루어진 이 세 편의 연작에서의 '죽음'은 아무런 실체감 없이 표류할 뿐이다. 신세대가 쓴 일종의 후일담이라고 할 수 있는 「구국의 꽃, 성승경」은, 시위를 하다 죽은 여학우의 다큐멘터리를 찍는 주인공과 성승경의 동생, 승진의 이야기를 담고 있다. 이들은 모두 성승경의 죽음의 기억을 떨쳐버리지 못하고, 이후의 자신의 삶을 불모의 삶으로, 1990년대의 현실을 유령의 연대기로 그리고 있다. 세 편의 연작과 「구국의 꽃, 성승경」은 결국, '가짜 낙원' 이후, 아직 '희망의 원리'를 발견하지 못한 신세대의 필연적인 방황에 대한 기록이자, 지난 연대기에 대한 진혼곡이라고 할 수 있다. 그리고 이 작품들은 문학적 성취와 상관없이, 무엇보다 작가 개인에게 있어서 중요한 의미를 지닌다. 그것은 작가의 분신, 즉 1980년대식 영혼의 장례이자 애도이며, 이를 통한 치유과정이기 때문이다. 이러한 과정은 『햄릿』에 대해 라깡이 '애도'의 필요성에 대해 지적한 것처럼, 새로운 길로 나아가기 위해 반드시 필요한 통과제의였다고 할 수 있다. 김연수는 '뒈져버린 도플갱어'와 '80년대식 희망과 기억'을 '7번 국도'에서 장사지내고, 그의 말마따나 컴컴한 '동굴'을 지나왔다. 그리고 그는 어떠한 '운명의 표지판'도 존재하지 않는 곳에 당도했다.

이제 세 번째로 넘어가보자. '운명의 표지판'이 없는 곳에서 김연수가 나아간 곳은 현실과는 상당히 거리가 있는 글쓰기의 공간이다. 그는 이미 「중세의 가을」에서 죽은 작가들의 존재에서 이러한 자신의 운명을 예견했고, 또 욕망했다고 할 수 있다. 『가면을 가리키며 걷기』에서 보여준 형식 실험은 「공야장 도서관 음모 사건」, 「마지막 롤러코스터」 등으로 이어지는데, 뒤의 두 작품들은 첫 장편 『가면을 가리키며 걷기』에 비해 훨씬 경쾌하고 발랄하다. 그것은 실존적 작가가 딛고 서 있는 현실에 환멸 대신, 신세대적 감각에 대한 보다 많은 신뢰를 바탕하고 있기 때문이다. 이 젊은 감수성은 우울한 영혼과는 달리, 세련된 감각과 환상성, 그리고 매혹적인 상상력으로 가득 차 있다. 「공야장 도서관 음모 사건」에 나오는 선풍기 수집가와 완벽한 도서관을 꿈꾸는 공야장 이야기, 그리고 가장 완벽한 '롤러코스터'의 실현과 그 실패를 다룬 「마지막 롤러코스터」는 허황된 이야기이지만, 『가면을 가리키며 걷기』에 비해 형식적으로 훨씬 안정감이 있고 세련된 작품이다. 그것은 앞서 언급한 대로, 유령으로서 1990년대를 살아가는 작가의 실존에 대한 고뇌보다는, 허구와의 유희가 주는 몸가벼움 덕분이다. 그렇다고는 하나, 이 환상적이고 발랄한 작품이 완전히 작가의 실존의 무게를 지우고 있지는 않다. 예를 들어 「마지막 롤러코스터」는 지구상에서 가장 완벽한 플라잉코스터와 이 놀이기구를 타다 죽은 자들의 황당무계한 이야기를 담고 있지만, 이 허황된 이야기는 김연수 이후의 일부 '진정한' 신세대들의 문학이 보여주는 감각적 즐거움과 흥미에 바쳐진 것만은 아니다. 이 소설에서 가장 중요한 사건의 전말은 이러하다. 롤러코스터를 전문으로 연구하는 동아리인 승룡회가 있다. 학생운동을 하던 '재인'은 어느 날 우연히 이 승룡회 회장을 만나 '롤러코스터의 이상'에 대해 논쟁을 벌인다. 그러다 결국 재인은, '롤러코스터의 이상'을 구현했다는 플라잉코스터를 타게 되고, 열세 번째 코너인 도살자의 갈고리에서 죽어버리고 만다. 이후에 벌어지는 일들은 이 핵심적인 사건이 의미하는 바에 대한 설명일 뿐이다. 즉 "롤러코스터의 기본 개념들을 확립한 롤카치의 〈롤러코스터의 이론〉 서두에서 이렇게 말했죠. '스피드도, 텐션도 없이, 그냥 별이 빛나는 하늘을 보고 갈 수가 있고 또 가야만 하던 레일을 읽을 수 있던 시대는 얼마나 행복했던가?'"(『스무살』, 60쪽) '이것이 우리가 만든 세계인가' 등의 키취적인 패러디를 통해 알 수 있듯, 이 작품에서 롤러코스터가 의미하는 것은, '완전한 세계' 혹은 이전 세대가 꿈꾸었던 유토피아라고 할 수 있다. 이 작품에 의하면, 완벽한 롤러코스터인 플라잉코스터는 스피드와 텐션의 조화를 통해 레일을 벗어나지 않으면서도 스피드의 최대한의 한계에까지 이를 수 있다. 그리고 승룡회 회장은 이를 실현시켰다고 믿었으나, 재인의 죽음을 통해 그 결함이 노출되고 결국 자신도 자신의 '꿈'과 함께 소멸하고 만다. 작품 전반에서 작가는 이 롤러코스터의 이상인 스피드와 텐션, 그리고 싱커페이션 등이 이상적인 사회 실현을 위한 '성장과 분배'의 개념을 빗댄 것이라는 것을 곳곳에 암시하고 있다. 재인은 '승룡회 회장'이 만든 롤러코스터, 즉 텐션(분배)없이 스피드(성장)만 존재하는 가짜 낙원과 함께, 혹은 그 이상과 함께 사라진 '80년대식 영혼'을 의미한다. 따라서 그는 「구국의 꽃, 성승경」에서의 성승경과 동일한 인물이라고 할 수 있다. 친구 재인의 죽음을 애도하며 승룡회 회장을 쫓아다니는 주인공도 마찬가지로, 사라진 연대를 그리워하며 유령으로서 살아가는 1990년대식 인물과 닮아있다. 그리고 그들과 마찬가지로 주인공은 재인의 아버지가 물려준 유품을 '아버지도 없고 아들도 없는 그 유품은 이제 더 이상 유품이 아니죠'라며 거부함으로써, '학살된 기억'을 청산하려는 여전한 의지를 보여주는 것이다. 그렇다면, 이 작품은 『가면을 가리키며 걷기』와 마찬가지로 일종의 알레고리로 볼 수 있다. 알레고리는 추상적인 관념을 구체적인 대상에 빗대어 이야기하는 방식이다. 따라서 이러한 알레고리적 경향은 필연적으로 '관념성'을 노정할 수밖에 없는데, 이것은 세 번째 글쓰기의 모색, 즉 텍스트에서 글쓰기의 무한한 가능성을 탐색하는 방식에 이미 내정된 것이기도 하다. 그러나 이외에 작가의 소설작법이 갖고 있는 하나의 패턴에 대한, 다음과 같은 추론을 가능케 한다.

3. '論'으로서의 글쓰기

김연수의 글쓰기를 추동하는 힘은, 많은 부분 삶의 핍진성보다는 사유의 치열성에서 오는 듯하다. 체험보다 사유가 우세하다는 것은, 삶의 구체적인 계기들을 형상화하기보다는 이를 이해하고 인식하려는 욕구가 강하다는 것을 의미한다. 이러한 인식에의 욕구는 삶의 부단한 변전과 무질서를 나름대로의 질서 속에 편입시키려는 의지와 관계가 있을 것이다. 김연수의 창작의 계기들은 주로 이러한 인식에의 욕구에서 비롯되는 부분이 많다고 할 수 있는데, 실제 그의 몇몇 작품은 하나의 '이론'으로서 제출되기도 한다. 예를 들면, '소설로 쓴 사랑론'이라 할 수 있는 『사랑이라니, 선영아』라는 작품은 사랑에 대한 일종의 실존적, 학문적인 보고서이며, 『굳빠이, 이상』은 '소설로 쓴 이상론'이라 할 수 있다. 또한 그렇게 보면, 『가면을 가리키며 걷기』는 신세대 소설에 관한 일종의 메타픽션이라고 할 수 있는 것이다.

『굳빠이, 이상』은 한국문학사에서 신화가 되어버린 '李箱'에 대한 이야기이자, 그와 같은 불멸의 존재가 되고자 하는 작가 자신의 욕망을 투사한 작품이라고 할 수 있다. 그러나 이 작품은 단순히 '李箱'을 소재화하거나 이상의 전기를 선불리 픽션화하지 않고, 李箱 사후, 이제까지 나온 무수한 자료와 또 일부분 고증을 통해 확증된 사실들 위에 구축되어 있다. 실제 李箱 작품은 물론, 전기와 사료, 그리고 연구서에 이르기까지, 이제까지 축적된 李箱 연구를 섭렵한 뒤에 쓰여진 이 작품은 그 완강한 사실들로 인해, 픽션의 경계 위에 아슬아슬하게 서 있다. 세 편의 이야기, 「데드마스크」「잃어버린 꽃」「새」로 이뤄진 『굿바이, 이상』이 픽션을 들여오는 방식은 다음 세 가지이다. 첫째, 이상의 임종 직후, 떠냈다고 전해지는 李箱의 데드마스크를 둘러싼 소동, 둘째, 서혁민이라는 李箱 추종자이자, 실패한 시인이 쓴 「이상을 찾아서」라는 수기, 셋째, 가짜 李箱의 시 「오감도 제16호」. 이러한 모티브들을 통해 작가가 천착하고 있는 문제는 하나이다. 즉 진위의 문제와 불멸의 작품에 관한 것. 불멸하는 위대한 작품과 진짜 가짜의 문제가 하나일 수 있는 맥락은 다음과 같다. 즉, 「공야장 도서관 음모 사건」에서도 제기되었지만, 위대한 작품은 단 하나의 '원본'으로서만 존재하는 것인가, 아니면 무수한 이본들로도 존재할 수 있는 것인가 하는 문제이다. 김연수에 따르면, 기본적으로 불멸하는 위대한 작품은 결코 많을 수 없으며, 따라서 세상에 나와 있는 무수한 책들은 희소성으로 존재하는 위대한 작품에 대한 위본이거나 이본일 수밖에 없다. 그렇다면 위본이거나 이본으로서만 존재할 수밖에 없는 작품들이란, 그리하여 작가 자신이 쓰고 있는 이 작품 또한 이본일 수밖에 없는 운명이라면. 김연수는 이렇듯 위본과 이본의 운명을 타고 태어날, '위대한 작품, 이후'의 작품들을 다음과 같은 논리로 구원하고 있다.

① 문제는 진짜냐 가짜냐가 아니라는 것이죠. 보는 바에 따라서 그것은

진짜일 수도 있고 가짜일 수도 있습니다. (…중략…) 이상과 관련해서는 열정이나 논리를 뛰어넘어 믿느냐 안 믿느냐의 문제란 말입니다. 진짜라서 믿는 게 아니라 믿기 때문에 진짜인 것이고 믿기 때문에 가짜인 것이죠.

—『군빠이, 이상』, 문학동네, 2001, 83쪽

② 중요한 것은 가짜냐 진짜냐의 문제가 아니라는 사실을 알게 됐다는 말입니다. 진위와는 무관하게 모든 정황이 진짜라면 진짜인 것이고 모든 정황이 가짜라면 가짜라는 사실을 알게 된 것입니다.

—위의 책, 200쪽

중요한 것은 진위의 문제가 아니라는 것, 왜냐하면 진위와 상관없이, 어떤 사태나 대상은 '정황과 신념'에 의해 그 가치를 부여받기 때문이라는 것이다. 『군빠이, 이상』은 이러한 답을 위해 쓰여진 소설이라고 할 수 있으나, 이를 위해 너무나도 많은 '위본과 이본들'을 진열해놓고 있다. 이 세 작품의 서사는 모두 李箱의 「데드마스크」와 「오감도 시 16호」의 진위를 둘러싸고 펼쳐지고 있으며, 이외에도 많은 모티브들이 진위의 구도에서 펼쳐지고 있다. 예를 들면, '정희'라는 여인을 두고 남편과 벌이는 삼각관계, 평생을 李箱을 좇다가 결국 李箱식으로 쓴 「이상을 찾아서」라는 수기와 가짜 李箱 시를 남기고 생을 마감한 서혁민, 그리고 『세르팡』 잡지의 편집장이자 시인인 하루야먀 유키오가 지니고 있다는 李箱의 작품 「백병(白兵)」, 그리고 한국인으로 태어나 중국인 부모에게 입양되어 미국에서 자라난 피터 주의 아이덴터티의 문제에 이르기까지. 이렇게 보면, 이 작품은 작품의 진위의 문제를 포함한, 삶의 진실과 허위에 관한 총체적인 보고서라 할 수 있다. 그러나 이 작품은 이러한 치열한 문제의식과 李箱 탐구에 대한 열정에도 불구하고, 지나치게 李箱에게 경도됨으로써, 李箱과 분리된 독창적인 세계를 만들어내는 데는 실패했다. 의식적이든 무의식적이든 이 작품 전체의 스타일과 서사적 모티브는 상당히 많은 부분, '李箱'의 삶과 작품에 기대고 있다. 「데드마스크」에 나오는 '정희'─'정희'라는 이름은 李箱의 필생의 유작 「종생기」의 여주인공으로, 李箱 작품에 있어서 매우 중요한 의미를 지닌다─를 두고 벌어지는 남편과의 삼각관계는 李箱의 작품 「실화(失花)」의 그것과 유사하며, 한 편의 수기와 李箱의 위작인 「오감도 시 제16호」를 남기고 스스로 목숨을 끊는 서혁민의 일대기는, 자연인 김해경으로서의 삶을 '의지적'으로 마감하고 李箱이라는 '허명(虛名)'으로 문학사에 남은 李箱의 생애를 닮아 있으며, 李箱에 관한 논문으로 인해 곤경에 처하고 아이덴티티의 혼란을 겪는 피터 주가 옥상에서 몸을 던져 자살한다는 설정은, 李箱의 가계와 「날개」를 참조하고 있는 것이다. 이외에 특히 「잃어버린 꽃」에서는 의도한 것이겠지만, 무수히 많은 李箱의 단어와 문장들을 들여오는데─'잃어버린 꽃' 또한 의도한 것이겠지만, 李箱의 작품 「失花」를 풀어 쓴 제목이다─따라서, 서혁민의 수기라는 「잃어버린 꽃」은 작가가 의도적으로 만들어놓은 李箱의 위작, 그 자체라고 할 수 있다. 그러나 李箱의 문체와 문장들은 다만, 의도된 위작 「잃어버린 꽃」에만 나오는 것이 아니라, 세 편 전체에 부분 부분 산재되어 있으며, 「새」의 마지막 장면은 거의 「날개」뿐 아니라, 李箱의 개별적인 작품들을 짜깁기하여 패러디 혹은 혼성모방한 것이다. 조금만 살펴보자.

여자 직원에게 오늘이 며칠이냐고 묻자, 9월 23일이라는 대답이 돌아왔으나 내겐 ① 그 대답이 똑 부러 그러는 것 같아 좀 안됐다. ② 오늘은 혹시 12월 12일이 아닌가? 뚜우 하고 정오 사이렌이 울리고 사람들은 모두 네 활개를 펴고 닭처럼 푸드덕거리는 것 같고 온갖 유리와 강철과 대리석과 지폐와 잉크가 부글부글 끓고 수건을 떨고 있는 것 같은 찰나, 그야말로

현란을 극한 정오가 아닌가? 그 날지 못하는 새, 닭들의 겨드랑이가 무척
이나 가려운 시간이 아닌가? 아하, 그것도 내 인공의 날개가 돋았던 자국
일까? 내 머릿속에서 희망과 야심의 말소된 페이지 딕셔너리 넘어가듯 번
뜩이는 순간일까? 나는 걷던 걸음을 멈추고 그리고 어디 한번 이렇게 외쳐
보고 싶었다. 날개야 다시 돋아라. 날자. 날자. 날자. 한번만 더 날자꾸나.

—『굳빠이, 이상』, 문학동네, 2001, 238쪽

쉽게 눈치 챘겠지만, 윗 글 전체는 「날개」의 종결부에 대한 패러디
이다. 그러나, 이 텍스트는 패러디에서 끝나는 것이 아니라, 「날개」의
문장과 그밖에 李箱의 작품 — 인용문의 ①은 李箱의 「공포의 기록」과
기타 텍스트에 나오는 문장이며 ②는 李箱의 장편『12월 12월』에 나오
는 문장 — 을 혼성모방한 것이다. 새삼스러울 것도 없이 '혼성모방'은
포스트 모더니즘이 내세운 창작방법론의 하나로서, 1990년대 초반에
표절시비로 문단을 떠들썩하게 했던 것이다. 당시 문제되었던 작품들
을 둘러싸고 일었던 비판의 핵심이 '명시성'이었음을 돌이켜볼 때,『굳
빠이, 이상』에서의 혼성모방은 명백하게 드러내놓고 작정한 '베끼기'
이므로 작가의 윤리가 문제가 된다고는 할 수 없다. 그렇다면, 문제는
1990년대 초반 한 작가[3]가 언급한 대로 '작품의 수준'과 이러한 혼성모
방과 패러디를 통해 드러내고자 한 작가의 문제의식과 작품의 정합성
일 것이다. 다시 돌아가서, 이 작품이 이러한 포스트 모더니즘 기법을

---

3   장정일은 '표절'과 '혼성모방'을 둘러싼 시비에 대해 다음과 같은 의미심장한 발언
을 했다. "그러나 그러한 부제 달기 혹은 '명시성'을 통해 도덕적 윤리와 면죄를 얻
을 수 있을진 몰라도 예술의 윤리성을 얻은 것은 아니다. 즉 내가 '베끼기'한 작품보
다 내가 '베끼기'해놓은 작품이 더 낫지 못할 때 진실로 윤리가 문제된다. 그러므로
이 결론은 결코 포스트모더니스트의 것이 아니다. 이것은 포스트모던한 세계에서
의 당위로 강변되는 패스티시의 윤리가 아니라, 오히려 예술가의 윤리이다."(「'베
끼기'의 세 가지 층위」,『문학정신』, 1992년 5월호, 211쪽)

동원하여 의도하고 문제 삼고 있는 것을 되짚어보자. 김연수가 이 작품에서 진위의 여러 층위를 통해 제기한 문제를 다시 정리하자면 이런 것이다. 작품 속에 등장하는 「데드마스크」와 「오감도 시 16호」처럼, 『굳빠이, 이상』은 명백하게 선배 작가 李箱을 '베끼기'하여, 그의 영향 하에 있다는 것을 적극적으로 피력한 작품이다. 그러나, '혼성모방' 혹은 베끼기, 즉 진위 여부는 정황과 신념에 의해 결정되는 것이므로 작품의 가치를 결정하는 것은 아니다. 그렇다면, 작품에 바쳐진 작가의 열정이나 진정성 차원인가. 그것은 두 번째 이야기에서 등장하는 李箱을 흠모하다가 삶을 통째로 李箱의 '위본'으로 살다간 서혁민을 통해 보여주듯, 작품의 성패는 물론, '진본'에 대한 보증수표가 될 수 없다.

① 진위를 구별하는 것은 결국 논리나 열정이 아닙니까? 하지만 영원한 사랑이나 위대한 문학을 구분하는 것은 무엇입니까? 그건 논리나 열정의 문제를 떠나 있는 게 아닙니까? (66쪽)

② 하지만 불멸의 문학이란, 위대한 작가란 그만큼이나 무한한 것일까? 그 끝없음을 믿을 수 있을 만큼 대단한 것일까? 논리와 열정과 진위가 문제가 아니라면, 영원한 문학작품이란 도대체 무엇인가? 그것은 자신의 삶을 판돈으로 내걸 수 있는 의지의 문제일까, 아니면 제멋대로 굴러가는 운명이라는 주사위의 문제일까? (85쪽)

인용문에서 김연을 통해 토로하듯, 영원한 작품의 본질은 진위의 차원이나, 진정성 혹은 열정의 차원, 논리의 차원에서 설명되지 않는다는 것이다. 그렇다는 것은, 이 실험소설의 밑바탕에 있는 창작론, 즉 '작가의 죽음'과 '탈정전화'를 내세운 포스트 모더니즘에 대한 옹호이자 한계에 대한 지적이기도 하다. 즉 진위가 그 작품을 보증해주지 못한다고 할 때, 그것은 혼성모방과 포스트 모더니즘에 대한 운위 자체가 문제시되지 않는다는 것이며, '위대한 작품'은 그것을 뛰어넘는 어떤 것이라는 것이다. 김연수의 이러한 진단은 포스트 모더니즘론에 기반한 자신의 글쓰기에 대한 복잡한 심정을 드러내는 것이기도 하다. "이미 위대한 스타일은 모두 실험되었으며, 더 이상 새로운 창작이 불가능한 상황에서 '다시 쓰기'를 할 수밖에 없다"는 것, 그리고 열정이나 논리도 문제가 될 수 없다는 것, 그렇다면 그것은 작가의 '필연적 의지 혹은 우연적인 운명' 둘 중에 하나일 수밖에 없는 것이 아닌가라고 작가가 물었을 때, 그것은 '창작방법론'의 유효성에 대한 회의이며, 위대한 작품이 위대해질 수 있는 객관적, 과학적 근거 찾기에 실패했음을 이야기하는 것이기 때문이다. 그러나 저자가 보기에 그것은 최소한 李箱에 관한 것은 아니다. 그리고 '작가'의 것이 되어서도 안 된다. 위대한 작품은 진위의 차원이나 논리의 차원에서, 그리고 열정의 차원에서 부정이 아니라 최소한, 긍정쪽에 있기 때문이다. 모든 위대한 작가는 그것이 혼성모방에 의해서든 무엇이든 '새로운 쓰기'를 감행했으며, 최대한의 열정을 쏟아부었다. 장구한 인류의 기록역사를 보면, 이본과 위작이 아닌 것이 없을 것이다. 그러나 그럼에도 불구하고 모든 위대한 작가들은 선배 작가들에 대한 '영향에의 불안'으로 전전긍긍했으며, 항상 '유일한 저자'이기를, 창조적 예술가이기를 염원했던 것이다. 김연수의 위와 같은 태도도 사실 숨아보면, 이러한 열망의 역설적 표현에 다름 아니라고 할 수 있다.

『굿빠이, 이상』은 앞서 언급한 대로, 포스트 모더니즘을 근간으로 한 '탈주체, 탈정전'의 한 방향성을 극단에서 실험한 작품이다. '객관적인 현실과 세계는 없다, 그리고 거대 담론 또한 허구이자 가면'일 뿐이라는 포스트 모더니즘 인식론에서 출발한 김연수는 이 작품에서 '저자'와 작품의 '오리지널Original'을 부정하면서, 자신의 소설적 자의식을 다시 한번 표명하고 있다. 그러나, 이렇게 제출된 이 작품은 이 상론, 혹은 픽션이라는 언어적 가공물, 어느 한쪽에서도 탁월한 성과를 보여주고 있지 못하다. 李箱에 대한 주석일 수밖에 없다는 것은, 모든 '이상론'의 어쩔 수 없는 운명이긴 하겠지만, 그렇더라도 늘 새롭게 쓰여지는 이상론은 李箱을 더 풍부하게 이해하기 위한 새로운 해석과 자료를 제출하게 마련이다. 그러나 이 작품은 위대한 작품의 탄생을 '초월적 의지 혹은 우연한 운명' 쪽으로 몰아가면서 구체적인 역사와 사회적, 비평적 맥락을 뛰어넘어 다시 한번 李箱을 신화화하고 있을 뿐이다. 한편 '픽션'으로 보자면, 포스트 모더니즘적 방법론에 대한 작가의 소설적 자의식의 열도와 상관없이, 이 작품은 지나치게 李箱에 의존함으로써 독자적인 허구 세계를 창조하는 데 실패했다. 李箱의 '외전'으로서의 이 소설은 李箱이라는 '정전' 없이는 이해될 수 없으며, 李箱의 참고서로서만 존재할 수 있기 때문이다.

이론을 바탕으로 새로운 허구적 글쓰기를 모색하여 온, 이 지적인 작가가 '論'으로서 제출한 소설 중에 가장 성공적인 작품은 『사랑이라니, 선영아』라고 할 수 있다. 이 작품은 기존의 사랑에 관한 이론서와 문화적 코드들을 들여와 짜깁기한 낭만적 사랑의 허위에 대한 문화사적 보고서이다. 그럼에도 불구하고 이 작품에 등장하는 무수한 '정전'들은 한낱 외전들로 밀려나고 마는데, 이는 작가가 이러한 다양한 코드들을 장악하여 소설의 육체 속에 적당히 끼워넣음으로써, 액세서리 내지는 중심 서사에 접속하는 통로로서만 기능하게 했기 때문이다. 이를 통해, 낭만적 사랑에 대한 동시대적 담론을 소설화한 이 작품은 '팬'들에게 감각적이고 매력적인 '사랑론'을 특별판으로 선사하고 있다.

4. 살아오는 실체, 복원되는 기억

　여기까지 이르면, 김연수의 소설에 대해 이미 거진 다 말했다고 할 수도 있으리라는 생각이 들게 마련이다. 즉 "뒈져버린 80년대식 영혼'을 '7번 국도'에 장사지내고, 현실에서의 새로운 희망의 원리와 상관없이, 허구적 글쓰기의 공간에서 새로운 서사적 모험을 감행해오고 있는 이 젊은 작가는 앞으로도 이 페달밟기를 멈추지 않을 것이다'라고 말하고 싶은 것이다. 그러나, 이러한 기대를 배반하는 또 하나의 이채로운 작품집은 저자로 하여금 이 고단한 글쓰기를 계속하기를 강요한다. 2003년 출간되어 동인문학상을 수상하기도 했던 『내가 아직 아이였을 때』가 그것인데, 이 작품집은 저자의 고단함과는 상관없이, 김연수의 작품들 중에서 가장 빛나는 작품들로 구성되어 있다고 할 수 있다.(물론, 앞선 소설들에도 이러한 작품이 있긴 하다. 예를 들면, 「르네 마그리트, '빛의 제국' 1954년」은, 앞서 성글게 엮어온 저자의 해석을 빗겨나 있는 곳에서 빛을 발하는 작품이다. 그러나 평론가 제위분들도 이해하리라 생각하지만, 잘된 작품은 사실 많은 '말'을 허용하지 않는 법이다)

　총 9편으로 구성된 작가의 두 번째 작품집은, 여러 가지 면에서 앞서 살펴본 『굳빠이, 이상』와 대척점에 놓여있을 뿐만 아니라, 이전까지 보여주었던 김연수적인 작품 경향에서 상당히 멀리 떨어져 있다. 우선, 여기에 실린 단편들은 거개가 다 작가의 과거 유년의 기억들에 의해 마련된 것이다. 그렇다는 것은 이들 작품들이 작가의 완전한 자서전적 글쓰기의 결과물이라는 말은 아니다. 이 작품집에 등장하는 인물들 중에 실재했던 인물도 있겠지만, 대개 어느 정도 가공에 의해 형상화되었을 것이다. 그러나 이들 인물들이 이전의 김연수 소설의 '허깨비'들과 달리, 실체감으로 띨 수 있는 것은, 그들이 작가가 실존적으로 경험했던 공간에서 구체적인 느낌을 지니고 '살고' 있기 때문이다. 즉, 이 세 번째 작품집에서 작가는 세대적 자의식에 의한 '자기 세대 죽이기'에서 벗어나 실존하는 한 개인으로서, 자신만의 유일한 유년의 기억을 현재적 시점에서 재구성하고 있는 것이다. 이제껏, 신세대를 표방하며, 1980년대식 영혼을 '뒈져버린 도플갱어'로 치부하며 '기억의 방'에 유폐시킨 이 작가가, 이와 더불어 포스트 모더니즘이라는 탈근대적 방법론으로 일관되게 서사적 실험을 감행해온 이 작가가, 왜 이제까지의 방향과 정반대의 지점에서 리얼리즘, 혹은 회고적 취향의 이러한 소설을 쓰게 되었는지는 알 수 없다. 그것은 어쩜, 작가가 이 소설집의 후기에 적어놓았듯 '본질에 다시 한번 다가서기 위해서' 혹은 '잘못된 길을 간다는 사실을 깨달았기 때문'이었을지 모르고, 자신의 방법론의 한 극점에서 한계를 느꼈기 때문인지도 모른다. 어쨌든 작가는, 이 방법론적 유턴에 의해, 비감 없이는 되돌아볼 수 없는, 그토록 많은 유령들이 갇혀 있는 '기억의 어두운 방'으로 향한다. 그리고, 그는 그곳에 1990년대식 유령과 죽어버린 1980년대식 영혼만 존재하는 것이 아니라, 자신의 먼 과거, 유년 시절의 희미한 기억이 '노란빛'으로 어른거리고 있음을 발견한다. 그 '노란빛'을 중심으로 뉴욕제과점의 막내아들인 김천의 머슴애와 그리고 투박한 경상도 사투리를 구사하는 잊혀진 얼굴들이 웅숭거리고 있었던 것이다. 그리고 그들은 '유령'과 달리 환멸이 아니라, 끝없는 따스함으로, 눈물겨움으로 허깨비에게 짓눌린 그의 영혼에게 다가온다. 작가는 이제 더 이상 실재하지는 않지만, 자신의 현재를 가능하게 했던 그 희미한 그림자에 이름표를 달아주며 그들 사이를 조용히 소요하기 시작한다. 그는 그곳에서 시대가 거듭 바뀌어도 언제나 역전 앞에서 그 모습 그대로 자신의 성장기의 터전이 되어주었던 '뉴욕제과점'을 만나고, 그 안에서 기레빠시(카스테라의 부스러기)를 질리도록 먹으며 팥빙수를 134그릇이나 팔고 흐뭇해

하던 과거의 자신을 만난다. 그리고 작은 소읍에서 살아가던 사람들, 이를테면 아버지를 각목을 때리고 개망나니 짓을 하던 '똥개'를 만나고, 까페 물망초의 윤마담과 사랑에 빠져, 죽겠다고 난동을 부리던 '삼촌'을 만나기도 한다. 자판기 대신 '연필'을 쥐고, 꼭꼭 눌러쓴 소설 속에 하나씩 되살아나는 그들의 존재는 하나같이, 촌스럽고 어리숙하지만, 작가의 빛나는 문장을 입고 생동감 있는 인물로 그려진다. 이 소설집을 다 읽고 나면, "비, 비, 비, 빙신처럼 엄마 가는데 아, 아, 아, 아, 라고 말도 못했어요"라고 더듬거리며 울던 '천애고아' 게이코와 돈을 훔쳐 달아난 게이코를 쫓아 은성탄좌의 한 불쌍한 노인에게서 기어이 칼라텔레비전을 빼앗아 하염없이 눈덮인 길을 걷는 태식과 주인 김씨(「하늘의 끝, 땅의 귀퉁이」), 온갖 개망나니 짓을 하며 가족과 주민을 괴롭히던 '똥개'가 아버지 장례식에서 자살 소동을 벌일 때, 화자와 주민들이 마음 졸이며, '죽어라' '죽어라' 되뇌였던 그 두려운 마음들(「똥개는 안 올지도 모른다」), 그리고 새끼를 잃은 어미 멧돼지의 눈에서 이미 죽어버린 혼과 살려달라 외치던 윤마담의 눈을 보는 삼촌과 도라꾸 아저씨의 마음(「리기다소나무 숲에 갔다가」), 80년 봄, 시립도서관에서 하염없이 신문 읽으며, 자신의 비겁함을 자학하던 아버지의 모습(「그 상처가 칼날의 생김새를 닮듯」)이 오롯하게 남는다. 이들은 모두, 초라하고 못나고 여린 마음의 소유자이지만, 그래서 안으로 새길 수밖에 없는 상처와 그것의 되새김질은 읽는 이의 가슴을 먹먹하게 한다. 이처럼 옹글고 상처투성이인 이들을 생동감 인물로 그릴 수 있었던 것은 무엇보다 이들에 대한 작가의 애정 때문이라고 할 수 있다. 그렇다면, 작가는 이렇듯 주변적인 인물들, 그저 소란스런 나날들 속에 스스로를 지우며 하루하루를 살아내는 인물들에게 왜 이렇게까지 의미를 부여하며 애정을 쏟는 것일까? 「리기다소나무 숲에 갔다가」의 사냥을 그만둔 도라꾸 아저씨처럼 '산 것들 저래 살아가게 하는 일이 을매나 용기 있는 일'인지, '산다는 것 자체만으로 너나없이 소중한 것'이라는 것을 깨달았기 때문일까? '중심'에서 살지 않아도, 광장에 나서지 않아도, 시대의 모순과 맞서 산화하지 않아도, 소읍에서 시대사적 소란스러움을 소문으로만 듣고 살아가는 이들이, 그래도 '있었음'을, 그리고 그것이 혁명에 바친 생과 그닥 다르지 않았음을 깨달아서일까?

> 나중에 나는 이 일을 두고두고 후회했다. 인생은 그런 게 아니었다. 점점 자기 그림자 쪽으로 퇴락해가는 뉴욕제과점 구석 자리에서 나이가 스무 살 정도는 더 많은 사람을 앞에 두고 앉아 '모더니즘이 아니라 포스트 모더니즘'이라고 바로잡는, 그런 게 아니었다. 내가 자라는 만큼 이 세상 어딘가에는 허물어지는 게 있다는 사실을 깨닫는 게 바로 인생의 본뜻이었다.
>
> ─「뉴욕 제과점」, 『내가 아직 아이였을 때』, 문학동네, 2003, 75쪽

윗 글은 작가가 된 주인공을 취재하기 위하여 '새김천신문'에서 나온 중년의 기자가 '모더니즘'이라고 작가를 추어세우자, '포스트 모더니즘'이라고 바로 잡아주었던 일을 회상하며 하는 얘기다. 포스트 모더니즘과 모더니즘 사이의 차이는, 작가가 된 다음에도, 그가 김천에서는 그저 뉴욕제과점 막내 아들로 통하는 것과 크게 다르지 않다. 이는 이미 '흔적도 없이 떨어져나간' 부스러기 같은 과거들은, 사라진 것이 아니라 여전히 현재의 '나'를 규정하고 살아가게 하듯, 현재의 그 '무엇'도 곧 떨어져 나갈 부스러기와 크게 다르지 않다는 것, '내'가 지금의 '나'로만 이루어지지 않았듯, 현재의 '나'를 뾰족하게 내세운다는 것의 허망함과 치기어림에 대한 얘기일 터이다. 이러한 생각은 작가가, 모든 것을 변질시키는 시간을 폭력적인 것으로만 인식했던 초기 소설로부터 훨씬 성숙했음을, 또 한편 치열성을 그만큼 상실했음을 보여주는 것이다. 그리고 이러한 성숙과 함께 그는, '뒈져버린 도플갱

어'를 이제는 환멸이 아닌 애정으로 돌아볼 수 있게 된다.

「첫사랑」은 작가가 자기 세대의 새로움을 이끌고 가야한다는 사명감과, 환멸과 연민으로 착종된 신세대적 자의식을 벗어버리고 자신의 '첫사랑'을 고백하고 있는 작품이다. 그러니까 자기 세대에 대한 '부채감'없이 처음으로 세대적 연대감과 무관하게 '개인'으로서 자신의 청춘의 기원을, 자신의 맥락 속에서 정직하게 그리고 있다. 「첫사랑」의 얼개는 이러하다. 주인공 '나'는 학생운동을 하다 수배를 당하고, 이리저리 피신을 하다가 결국 크리스마스에 자수를 하러 나선다. 그리고 우연히 짐을 정리하다가 옛애인의 주소를 발견하고 그녀에게 편지를 쓴다. 즉 사랑했던 그녀에게 보내는 편지가 바로 「첫사랑」인데, 이렇듯 서간체에 의해 전달되는 '나'의 과거와 '첫사랑'에 대한 고백은, 자수를 앞둔 화자의 심리적 정황에 의해 더욱 진진하고 절실하게 다가온다. 또한, 이러한 화자의 내면은 풍부한 서정적 문체, 빛나는 이미지들과 은유들의 교직을 통해 드러나는데, '첫사랑'이라는 하나의 주제를 향해, 이렇듯 여러 가지 요소들을 적절히 조합하고 구성해내는 작가의 솜씨는 놀라울 정도이다. 우선, 「첫사랑」의 구체적인 시공간은 화자의 현재에서 오년 전으로 거슬러 올라간다. 그때 화자는 역시나 '김천'이라는 작은 소읍에 살고 있었으며, 17살의 고등학생이다. 그리고 그 시절은 작가의 실존적 연대기와 동일한 87년으로 그려지고 있다. 주지하다시피 87년에는 6월 민주항쟁과 독재정권을 향한 민주화 시위가 전국적으로 확산되었으며, 그 결과 직선제 개헌을 이뤄냈지만, 야당 후보의 단일화 실패로 그 성과를 고스란히 다시 부패한 정권에 돌려줘야 했던 해였다. 열일곱의 그때 시절을 '첫사랑'의 배경으로 설정한다는 것 자체가 의미심장한 일일 터인데, 과연 간접적인 비유와 풍부한 수사를 통해 드러나는 열일곱의 청년의 '첫사랑'의 실체는 흔히 생각할 수 있는 예사로운 '첫사랑'이 아니다. 열일곱 청년에게 두려움과 함께 다가온 첫사랑, 이 작품에서 그것은 우선, '정인'이라는 여고생에 대한 것으로 설정되어 있다. 그러나, 이 작품을 읽어나가다 보면, 그의 첫사랑의 대상은 실재하는 '그녀'가 아님을 알 수 있다. 즉, '정인'이라는 여고생은 다만 그의 첫사랑의 구체적 느낌과 정황들을 설명하기 위해 호명된 대상일 뿐, 가시적으로 존재하는 실존적 개체가 아니다. 정인은 그 이름 —'情人'— 이 암시하듯, 개체적 의미를 넘어서 훨씬 더 포괄적인 첫사랑의 대상을 총칭하는 메타포이다. 마치, 한용운의 '님'이 '기리운 것' 모두를 함의하는 것과 같다고 할 수 있다. (물론, '정인'은 구체적으로 실존하는 인물로 그려지긴 하되, 그것은 다만 '첫사랑'을 구체적으로 형상화하기 위한 장치일 뿐이다) 그렇다면, 이러한 비유적 장치들을 통해 드러나는 그의 첫사랑의 실체는 무엇일까. 그가 그녀, '정인'을 처음 만난 때를 상기해보자.

> 나는 대구에 다녀올 생각이었어. 고향에서는 구할 수 없는 김지하의 책 몇 권이 필요했거든. 열일곱이 지나면서 서서히 빈터가 생기던 내 마음의 한쪽을 김지하의 글들이 채워줄 수 있으리라 생각했으니까. (…중략…) 그러다가 하늘색 색을 메고 인도로 걸어오는 네 모습을 봤어. 네 얼굴을 설봤을 뿐, 그러고도 나는 한참을 더 갔어. 내 머릿 속에서 김지하의 시 구절이 떠나지 않았기 때문이었어. '새라면 좋겠네 / 물이라면 혹시는 바람이라면 // 여윈 알몸을 가둔 옷 / 푸른 빛이여 / 바다라면 / 바다의 한때나마 꿈일 수 있다면' 그 시 구절이 다 끝나기도 전에 너에게 돌아가 네 이름을 묻고 싶은, 아니 묻지 않으면 안 된다는 강렬한 욕망에 사로잡혔던 거야. (103쪽)

고등학교 2학년 가을 소풍이 끝난 뒤, 그는 대구에 김지하의 시집을 사기 위해 길을 나섰고, 거기서 '그녀'를 처음 만난다. 그리고 '그녀'를 처음 만났을 때의 강렬한 느낌은 위의 인용문에서 보듯, 김지하의 시구절로 장식된다. 즉, 그의 첫사랑은 실은 '그녀'가 아니라, 김지하의 시가 내포하고 있는 열렬한 그 무엇이었다고 할 수 있다. 그는 김지하의 시를 읽으면서 강렬한 무엇에 사로잡히는데, 그것을 무엇이라 명명할지 몰랐다는 것, 이러한 정황은 위 인용문의 마지막에서 보듯 '네 이름을 묻고 싶은' '강렬한 욕망'에 사로잡혔다는 것으로 암시된다. 아직 명명되지 않은 미정형의 '충만한 느낌'에 대한 또다른 비유와 이미지들은 이 작품 곳곳에 '노란 빛'으로 흩어져 있다. 주인공은 '정인'을 처음 만나고 온 날, 일곱 살 되던 해 늦여름의 일을 상기한다. 도끼만행사건에 대한 시위가 있었고, 아버지를 따라 나선 그는 '우리들도 총칼 들고 일어서자 ○○'라고 쓰인 피켓을 들고 어른들을 따라 '때려잡자'라는 구호를 외친다. 그런 그에게 한 마리 나비가 날아들고, 그는 시가행진을 좇아가는 대신, 나비를 좇아 숨가쁘게 뛰어다닌다. 그러나 그가 마침내 그 '피켓'으로 나비를 '때려잡았을 때' 그를 그토록 사로잡았던 '노란 빛'은 더러운 휴지조각처럼 짓이겨져 발 앞에 던져진다. 이것은 첫사랑에 대한 강렬한 느낌과 환멸을 이미지화한 것으로, 다시 무주남대천의 환한 반딧불과 '곤충'이라는 끔찍한 실체로 변주된다. 환상과 환멸은 다시 한번 구체적으로 '정인'이라는 여고생에 대한 사랑 고백과 실연이라는 과정을 거치게 되는데, 그 사이로 서술되는 주인공의 일련의 상황들은 이러한 모든 것들이 어디로 수렴되는지를 보여주고 있다.

① 십년 전쯤 그랬듯이 여전히 사람들이 모여든 일요일이었어. 고향 사람들이 빨갱이라고 부르던 어느 대통령 후보의 유세가 있던 날이었어. 친구와 나는 맨 앞자리에 쪼그리고 앉아서 그가 단상에 올라오기를 기다렸어. 하지만 그는 결국 단상으로 올라오지 못했어. 그 대신 깨져버린 계란의 더러운 노란빛만이 단상을 장식했지. 세상은 하나도 아름다울 게 없는 곳이었어. 아름다운 줄 알고 다가섰다가는 그만 그 더러운 꼴에 구역질이

나게 마련이지.(110쪽)

② 직선제 개헌이 받아들여지고 대통령 후보들의 선거 유세가 한참일 때, 나는 세상이 바뀔 거라고 생각했었지. 웃긴 생각이었어. 세상은 내가 생각했던 것처럼 그렇게 아름다운 곳이 아니었어.(115쪽)

③ 난 내가 옳다고 생각하는 일을 찾아 살아갈 테니까. 네가 옳다고 생각하는 일이 뭔데? 세상을 좀더 살 만한 곳으로 만드는 일. 불화와 다툼이 없는 정의로운 세상을 만드는 일이죠.(111쪽)

첫 번째, 두 번째 인용문은 화자가 정인에게 실연당한 뒤, 첫사랑에 대한 환멸감을 1987년의 정황에 비춰 표출하는 대목이다. 그러나 인용문 ③에서 보듯, 정작 정인과의 일은 '좀더 나은 사회'를 만들고 싶어하는 청년의 '첫사랑'을 표현하기 위한 기제였음을 알 수 있다. 열일곱 청년의 가슴을 뛰게 만들고, 따뜻한 충만감으로 가득 메웠던 그 아름다운 '노란빛'은, 사실 87년, 김천에게까지 번진 변혁에의 열망과 민주화 항쟁의 뜨거움이었던 것이다. 그러나 이 민주화의 열망은 '짓이겨진 노란 나비와, 첫사랑의 고백'처럼 87년 대선 과정에서 좌절당하고, 화자의 첫사랑은 환멸로 끝나고 만다. 그 뒤 청년은 방황을 접고 대학입시를 준비하여 일류대에 입학한다. 짐작컨대, 그 이후 이 청년의 환멸감은, 동구권의 붕괴 등의 일련의 사태 등에 의해 더욱 심해졌을 것이며, 자신의 첫사랑을 완전히 묻어버렸을 것이다. 그리고 그는 어쩜, 자신의 세대는 물론 모든 것을 허위이자 가면이라 가리킨 신세대 작가가 되었을지도 모른다. 그러나 한편에는 환멸로 치닫는 대신, 여전히 첫사랑을 간직한 채, 민주화 운동에 가담한 또 하나의 분신이 있다. 그가 바로 이 편지를 쓰고 있는 화자인데, 자수하기 직전, 써내려간 이 편지의 수신자는 사실 다름 아닌, 바로 김연수 자신이다. 즉, 김연수가 '기억의 어두운 방'에 유폐시켰던, 그 '80년대식 영혼'이 작가에게 보내는 편지인 셈이다. 그 분신은 이 편지를 통해 작가에게, 그렇게 묻으려했고, 부정했던 '분신'이 도대체 무엇이었는지 얘기한다.

오래 전부터 기다려왔던 일식이었지. 시커멓게 그을린 유리판을 들어 눈앞에 대고 태양을 바라봤어. 검은 그을림에 그 세기가 약해진 노란빛이 내 눈 안으로 들어왔어. 그 아름다운 빛이 내 속으로 밀려들어왔어. 까닭 없는 슬픔과 한없는 기쁨과 막연한 불안감이 하늘을 떠도는 먼지 알갱이처럼 내 안에서 서로 뒤섞여 하나의 거대한 원으로 바뀌는 동안, 조금씩 둥근 원이 태양 속을 밀려들기 시작했지. 눈물 방울처럼 검은 유리판에 새겨진 그 아름다운 노란빛. (…중략…) 그제야 알 것 같았어. 혜지누나가 동생과 나란히 서서 그을린 유리로 바라보려던 게 일식이 아니었음을. 그 순간부터 나는 새였고 물이었고 혹시는 바람이었어. 푸른빛이었고 바다였고 바다의 한때나마 꿈이었어. 내 안을 충만하게 메운 그 따뜻한 느낌. 나는 그게 사랑이란 걸 그제야 깨달았어. 나는 비로소 사랑에 빠진 거야. 알겠니? 그 누구도 망가뜨릴 수 없는, 첫사랑에 빠진 거야.(118쪽)

위 장면에서 화자는 일식을 보며, 혜지누나가 동생과 같이 보려했던 것이 '부분 일식'도, '일식'도 아니었음을 깨닫는다. 그들이 바라보는 것이 무엇이어도 상관없다는 것, 그것은 그의 첫사랑의 대상이, 정인이라는 여고생이었든, 아님 민주화의 열망이었든, 노란 나비였든 그것이 중요한 게 아니라는 의미이다. 첫사랑의 대상이 다만 환상이나 가면이었음을 가리키는 것보다 훨씬 더 중요한 것이 있다는 것. 그것은 바로 다름 아닌, 절대로 허깨비일 수 없는 그 느낌이, '사랑'이었으며 아름다운 실체였다는 것이다. 그리하여 '내 안을 충만하게 메운 그 따뜻한 느낌'은 모든 것이 바뀌어도, 부정할 수 없는 과거의 '그'의 것이었고, 그래서 소중한 것임을 인정하는 것이다. 결국, 「첫사랑」은 '기억의 어두운 방'에 스스로 유폐시킨 지난날의 자화상을, 환멸이 아니라 애정으로 되살려놓은 '젊은 날의 초상'이라고 할 수 있다.

『내가 아직 아이였을 때』를 통해, 김연수는 다시 '첫사랑'을 만나고, 그와 더불어 기억의 저편으로 사라진 유년과 '그때 그 사람들'을 생생한 인물로 복원해 놓았다. 그리고 이러한 복원 작업은, 최근작 『나는 유령작가입니다』에서도 계속 되는 듯하다. 그런데, 특이한 점은, 이 책에서 복원되는 기억은 작가 개인의 것이 아니라, '역사'속에 사라진 것들이라는 점이다. 「뿌넝써(不能說)」에서는 중공군 출신으로 한국 전쟁에 참여했던 한 점쟁이 노인의 과거를, 「거짓된 마음의 역사」는 개화기 한국에서 살았을 법한 인물의 삶을, 「연애인 것을 깨닫자마자」는 1930년대 자유연애 풍조에 휘말린 남녀들의 해프닝을, 「이렇게 한낮 속에 서 있다」는 해방 직후, 부역 혐의를 받아 사형 당하게 되는 한 여인의 삶을, 각각의 시대적, 공간적 배경에 맞는 문체로 되살려놓고 있다. 이외에도 「남원 고사에 관한 세 개의 이야기와 한 개의 주석」은 '춘향전'이라는 정전 바깥으로 밀려났을 법한, 변사또와 춘향에 관한 다른 이야기를 하고 있으며, 「이등박문을, 쏘지 못하다」에서는 이등박문을 쏠 수도 있었던, 우덕순이라는 인물을 얘기하고 있는 것이다. 이들 작품이 의미하는 바가 무엇인지는 「뿌넝써」의 한 노인에 의해 여러 번 반복되는, 다음과 같은 말을 통해 짐작해 볼 수 있다.

몸소 역사를 겪어온 사람들은 한결같이 뿌넝쒀라고 말해도, 역사를 만드는 자들을 거기에다가 논리를 적용해 앞뒤를 대충 짜맞추고는 한 편의 그럴듯한 이야기를 만들어내지. (…중략…) 그런 역사책은 하나도 의심하지 않고 믿으면서 내가 이런 말을 하면 거짓말이고 내 얼굴에 침을 뱉지.

고작 일백년도 지나지 않아 휴짓조각으로 버려진 믿음을 최고의 가치로
여기고 내게 마구 발길질을 하지.

— 「뿌넝써(不能說)」, 『나는 유령작가입니다』, 문학동네, 2005, 76쪽

  위의 노인의 말에 따르면, 논리와 필연성만이 존재하는 '역사'에 기
록된 이야기는, 삶의 진실이 아니다. 삶이란, 논리와 필연이 아니라
우연의 연속이며, 따라서 역사적 기록 바깥에 있는 것이며, 한 편의 그
럴 듯한 이야기로도 말해질 수 없는(不能說) 어떠한 것이라는 것이다.
이러한 사고는 분명, '현실은 재현될 수 없으며, 역사 또한 허구에 불
과하다'는 포스트 모더니즘적 인식론에 기반하고 있는 것이다. 이렇
게 보면, 작가가 『내가 아직 아이였을 때』을 통해 이제까지의 글쓰기
의 길에서 유턴하여 돌아 나온 지점은, 리얼리즘은 아니라는 것을 알
수 있다. 그것은, 일종의 아날적 상상력에 기댄, 과거 풍속사의 재현
이 아닐까하는 짐작을 가능케 하는데, 실제 작가는 이 세 번째 작품집
에서 역사 속에 기록되지 않고, 말해질 수 없는 어떤 것들을 소설을
통해 재현하려고 했다. 그리고 그 방법론으로 다른 '픽션들'이 아니라
'역사'와 과거 기록물이라는 '논픽션'을 채택하고 있는 것이다. 과거,
작가의 창작방법론의 한 방향이 포스트 모더니즘에 의한 픽션들의 혼
성모방이었다면, 이제는 포스트 모더니즘적 역사관을 바탕으로 하여,
새로운 '허구적 역사'를 기록하는 것으로 바뀐 것이다. 그러나 이러한
새로운 방법론이 과연, 이전의 방법론의 한계에서 보여주었던 『내가
아직 아이였을 때』의 그 또렷한, 인물들과 그와 같은 깊은 울림을 창
출해낼 수 있을지는 아직 미지수라 할 수 있겠다.

5. 「완전한 책」의 저자, 유령氏

이제까지 김연수의 소설을 살펴보면서 말하지 않았던 것, 한 가지만을 언급하고 이 글을 끝맺도록 하자. 그것은, 이 작가의 책에 꽂힌 책들과 그의 꿈, 그리고 그것의 주인인 유령氏에 관한 것이다. 이미 많은 평자들이 지적했다시피, 김연수는 대단히 이지적이며, 지적 탐구심이 강한 작가이다. 그는 소설 뿐 아니라 비평, 그리고 한국문학사에 이르기까지 보통의 식견을 넘어서 있으며, 그의 맹렬한 독서는 문학작품 뿐 아니라 철학, 음악, 미술, 대중문화와 역사서에까지 뻗어 있다. 언뜻 일별해 보더라도 마르크스의 자본론, '루카치, '하루키', 『한국의 비경 동해안권』, 李箱에 관한 전집과 연구서들, 레비스트로스, 플라톤에서부터 최근작 『나는 유령 작가입니다』에 나오는 그 수많은 역사적 사료들과 인문서에 이르기까지, 그에게 붙여진 '인문학적 상상력'이란 수사가 단순히 췌사가 아님을 알 수 있다. 그가 자신의 책에 이렇듯 다른 책들을 진열하는 것은 물론, 단순히 지적 허영심에서가 아니라, 포스트 모더니즘에 기반한 상호텍스트적인 글쓰기를 지향하고 있기 때문이다. 그런데 이렇듯 다채로운 책들 중에 유독 이목을 끄는 책이 한 권 있다. 그것은 『가면을 가리키며 걷기』에서부터 암시되고 있는 '완전한 책'이다. '완전한 책'은 '스스로 진화를 한다는, 전에도 없었고, 앞으로도 없을 스스로 완벽해지는 책'(『가면을 가리키며 걷기』, 111쪽)으로, '현실과 허구, 그 벽을 무너뜨리는 완벽한 문장'으로 이루어진 책이다. 물론, 이 책은 현실에는 존재하지 않는다. 이 책은 김연수 소설에서 '불후의 명작'(『굳빠이, 이상』), 또는 '희귀본'(「공야장 도서관 음모 사건」) 등으로 변주되어 나타나기도 한다. 보르헤스적 환상에 기대고 있는 이 책은, 다른 어떤 책도 참조할 필요가 없고, 그 자체로 모든 것을 담고 있는 완벽한 책, 허구와 현실이라는 이분법을 해체하고 그 사이를 하나의 지평으로 열어놓는 책을 의미한다. 김연수는 글쓰기의 출발에서부터 이러한 책을 꿈꾸어왔다. 신세대의 실존적 고뇌를 그리든, 아니면 현실과 무관한 허구적 공간에서 텍스트 사이들을 넘나들든, 그가 오롯하게 꿈꿔왔던 것은, 현실과 허구의 양분된 세계를 통합하는 '완전한 책'의 집필과 이를 통해, 무수한 가면으로 분열되어 있는 분신들을 통합하는 '완전한 책'의 저자였다고 할 수 있다. 그리하여 그는, 그토록 수많은 책들을 읽고, 실재 사람들의 대화를 녹음하고 현장을 답사하는 수고로움을 기꺼이 해왔다. 그리고 이제껏 김연수가 보여준 서사적 탐험은 그 '완전한 책'에 대한 방법론적 모색이었다고 할 수 있다. 그래서 그의 소설은 언제나 젊고, 치열했다. 그러나, 그 치열함은 이 '완전한 책' 자체를 꿈꾸는 저자, 즉 그가 말하는 '유령 작가'의 것이지, 유령 작가의 주인의 것은 아니라고 할 수 있다. 첫 소설집에서 그는 '실물감이 없다는 치명적인 불안'에 대해 얘기한 한 바 있다. 그리고 세 번째 소설집에 이르러서 그는 자신이 '유령 작가'임을 고백하고 있다.

『가면을 가리키며 걷기』에서부터 작가에게 던져진 질문이 있다. 그 것은 '당신은 누가인가?'라는 일종의 정체성에 관한 물음이었다. 그런데 작가는 여기에 대해, 이렇게 반문했다. '나의 세대, 즉 신세대란 일종의 가면이 아닌가?' 이것은 해답이 아니므로 첫 번째 질문은 계속 남아있었으나, 그의 반문은 계속된다. '이곳은 가짜 낙원이 아닌가?'(이는 '당신들이 꿈꾸는 낙원이란 무엇인가?'라는 데에 대한 반문이다) '위대한 문학이란 진위의 문제가 아니라 신념의 문제가 아닌가?'(이는 그가 추구하는 '위대한 문학이란 무엇인가'에 대한 반문이다), '본질이나 진실은 없는 것이 아닌가?'(이는 삶의 진실과 본질에 관한 질문에 대한 것이다) '낭만적 사랑이란 다 허구가 아닌가?'(이는 사랑의 존재론적 의미에 대한 반문이다) 이러한 일련의 응답이 반문(反文)이라는 것은 여전히 그가 자신의 제시하는 위의 문장들을 온전히 신뢰하지 않는다는 의미이다. 그것은 이렇게 제시되는 나름의 고뇌어린 해답이 '실물감'에 기대고 있지 않기 때문이며, 애초에 시작된 질문, '당신은 누구입니까'라는 수수께끼를 여전히 풀지 못했기 때문이다 '내가 누구인지 말할 수 없는 자'에게 삶은 다 근거없이 난무하는 풍문에 불가할 수 있다. 어떤 것도 신뢰하지 않는 유령 씨의 '완전한 책'에 대한 꿈은 그러므로, 자칫하면 '완전한 책' 그 자체에 대한 열망으로만 치달을 수 있다. 그것은 세상의 모든 책을 구비한 도서관을 완성할 수는 있어도, 현실과 허구를 열고나는 문장을 지닌, 하나의 오롯한 책을 만들기에는 과하다.

　서머셋 모옴은 이런 말을 했다. "위대한 작품을 쓰는 데는 세 가지 법칙이 있다. 그런데, 그것은 아직 아무도 모른다." 나는, 여전히 이 정열적인 작가가 이 '세 가지 법칙'으로만 이루어진 '완전한 책'을 쓰기를 결코, 바라지 않는다.

근대한국에서의 비평의 윤리

김인환 비평론

1. 들어가며

김인환은 김현을 논하는 글에서 '타자를 규정하는 일의 부질없음'에 대해 언급한 적이 있다. 그리고 체계와 원리로 환원될 수 없는 무한한 현실의 계기와 실체들에 대해 강조해 왔는데, 이러한 그의 너그러운, 그러나 정확한 통찰력은 김인환의 비평을 논해야 하는 저자에게 저으기 위안이 되는 바 없지 않다. 『주역』에서 『자본론』에 이르는 동서양 고전에 대한 해박한 지식과 중세의 사료에까지 미치는 그의 30여년의 글쓰기를 이 짧은 지면을 통해 온전히 논의한다는 것도 불가능하거와 그 오랜 비평 궤적을 꿰뚫고 있는 사상적 핵심을 저자의 단견으로 포착할 수 있으리라는 것 또한 미망에 불과하기 때문이다. 하여 이 글은 저 '부질없음'과 '환원 불가능함'의 전언에 기대, 김인환이 그의 글들을 통해 던지고 있는 물음과 그 물음에 대한 탐색 과정을 추적함으로써 그의 비평의 일단을 살펴보고자 한다.

괜찮은 작품은 대개 보편적인 삶과 당대성을 넘나드는 중요한 물음을 지니고 있게 마련이다. 이는 문학 작품에서뿐 아니라 비평에 있어서도 마찬가지이다. 독자적 비평의 자리를 마련하는 비평가들은 개별 작품의 의미 해명과 구체적인 비평 작업을 넘어서 문학과 비평, 나아가 삶을 관통하는 근본적인 문제의식을 지니고 있다. 72년『월간문학』(5월호)과『현대문학』(6월호)에 각각「시인의식의 성숙과정: 김수영의 경우」와「박두진 시론」,[1] 발표하면서 평론을 시작하여 현재까지 꾸준히 비평 활동을 해오고 있는 김인환은 글쓰기를 통해 비평가가 문학비평을 할 때에 맞닥뜨릴 수밖에 없는 근본적인 문제들을 지속적으로 제기해왔다. 그리고 스스로 제기한 물음과 당면한 문제들에 대한 정직하고 성실한 탐색을 통해 그는 문학 비평과 한국문학사는 물론 문학 교육론 등 다양한 영역에서의 나름의 방법론을 구축하고 이를 실천함으로써 '문학을 공부한다는 것', 그리고 '문학작품을 읽는다는 것'과 나아가 '근대 한국에서 산다는 것'을 지속적으로 성찰해왔던 비평가이다.

초기 평론집『문학과 문학사상』에서부터『다른 미래를 위하여』라는 최근의 평론집에 이르기까지의 그의 글쓰기에 바탕하고 있는 문제의식을 범박하게 말하자면, "근대 한국에서 문학비평이란 무엇인가?"로 요약할 수 있을 것이다. 이 한 문장에는 많은 것들이 함축되어 있다. 아마도 이 문장에는 이제 막 비평을 시작한 저자가 몇 편의 글을 쓰면서 구체적으로 실감할 수밖에 없었던 곤혹스런 지점들이 담겨있다고 할 수 있는데, 즉, '비평이란 무엇인가'에서 제기하고 있는 문학비평 방법론과 작품 평가의 문제, 여기에 필연적으로 따라올 수밖에

---

1   이 글에서 그는 김일훈(金一薰)이라는 필명을 사용하였다.

없는 '문학이란 무엇인가?'에서 빚어지는 문학 작품의 문학됨의 근거
와 문학의 사회학적 역할과 그 기능의 문제, 더 나아가 문학작품과 그
것에 대한 논의가 어쩔 수 없이 딛고 서있는 당대 현실과 그 밑자리인
한국 근대문학의 형성, 근대성 논의에 이르기까지, 김인환 비평의 궤
적은 이러한 물음들을 통해 '근대 한국사'의 복잡한 이력 속에 놓인
'한국 현대 문학'의 자장을 두루 편력하며 탐색해온 과정이라고 할 수
있다. 물론 김인환의 글쓰기가 '문학이란 무엇인가?' '비평이란 무엇인
가' 등이 직접적으로 제기하고 있는 문학 혹은 비평 본질론에 대한 소
모적인 논쟁 속에 놓여 있었다고 하는 것은 아니다. 그가 '문학이란 무
엇인가' 라는 물음 대신에 '16세기에 문학은 무엇이었던가'라고 물어
야 한다고 강조했듯, 그의 비평은 줄곧 맥락과 계보를 통한 구체적인
담론으로 일관해왔다. 위의 질문은 다만, 그러한 놀라운 종횡무진 속
에서도 그가 한순간도 놓지 않았던 비평 윤리이자 글쓰기의 기율이었
다고 할 수 있을 것이다.

2. 문학이란 무엇인가 – 문학의 존재론과 비평 방법론

『민족문학이론의 연구』(1986)에서부터 시작해보도록 하자. 김인환
은 이 책에 앞서 번역서인 『에로스와 문명』(1973), 『문학과 문학사
상』(1978)과 『문학교육론』(1979) 등의 저서를 출간한 바 있지만, 『한국문
학이론의 연구』에 주목하는 것은 등단 직후 글쓰기를 통해 제출했던 문
제의식과 그에 대한 모색이 총체적으로 담겨져 있기 때문이다. 서문에
서 그가 이 연구서의 기본적인 의도를 "문학의 기본 개념을 해명"하는

데 있음을 밝힌 바 있듯, 이 책은 대체로 문학형식의 근간을 면밀히 고찰하고 있는 본격적인 문학 이론서라고 할 수 있다. 이 책은 크게 3부로 구성되어 있다. '운율과 비유의 이론' '구성과 문체의 이론' '문학과 삶의 논리' 라는 제목에서 짐작할 수 있듯, 시론과 소설론, 그리고 문학의 외재적 고찰로 구분된다. 문학의 내재적 분석에 해당하는 시론과 소설론에서 대체로 그는 구조주의적인 방법을 채택하고 있는데, 특이한 것은 시와 소설을 운율과 비유, 구성과 문체라는 언어 장치를 분석하면서도 형식주의적 관점에만 머물지 않고 심리비평과 사회 비평을 아우를 수 있는 가능성과 그 실천을 모색하고 있다는 점이다. 예를 들어, 시 형식의 주요한 문학적 장치인 운율과 비유를 통해 시조와 현대시를 비교하면서 드러내는 다음과 같은 시대 인식이다.

16세기 우리 문화는 理와 氣의 역동적 조화에 토대하여 완결된 구조를 형성하고 있었다. 누구나 이의 세계, 즉 의미의 세계를 붙잡을 수 있고 굽어볼 수 있었다. (…중략…) 지식은 덕목이 되고 덕목은 행복이 될 수 있었던 시대, 窮理는 居敬이 되고 居敬은 기쁨이 될 수 있었던 시대에 완성된 時調의 형식은 하등의 강제 없이 형상화되어야 할 모든 것을 표면에 드러내는 자유로운 樣式化의 원리이었다. (…중략…) 20세기에 이르러 그러한 존재의 圓環은 폭파되어 버리고 말았다. 우리는 이제 더 이상 완결된 세계에서 숨을 쉬고 있지 않다. 인식과 행위, 자아와 세계 사이의 자연스러운 통일은 영원히 파괴되었다.[2]

---

2   『민족문학이론의 연구』(을유문화사, 1986), 16~18쪽. 이 책은 『비평의 원리』(나남출판사, 1994)로 재출간되었다. 앞으로 본문에서 김인환의 글을 인용할 때는, 각주로 처리되는 것 이외에는, 비평집의 출간 순서대로 『문학과 문학사상』(열화당, 1978)은 1, 『민족문학이론의 연구』(을유문화사, 1986)는 2, 『상상력과 원근법』(문학과지성사, 1993)은 3, 『언어학과 문학』(고려대 출판부, 1999)은 4, 『기억의 계단』(민음사, 2001)은 5, 『다른 미래를 위하여』(문학과지성사, 2003)는 6으로 표기하고 쪽수만 밝힌다.

김인환은 시조와 현대시를 비교하면서, 시조의 특징을 '드러난 음악'과 '유사성의 비유'로, 현대시의 특징을 '내면화된 음악'과 '상호조명의 비유'로 설명하고 있다. 그는 이러한 두 양식의 미적 구조의 특질을 작품 분석을 통해 실증적이며 귀납적으로 해명하고 있다. '운율과 비유'라는 시의 원리를 구체적인 작품 분석을 통해 미분하면서, 한편 체계적 이론으로 구축하고 있는 그의 분석력과 실증적 태도도 놀랍거니와 더욱 이채로운 것은, 이러한 시 양식에 대한 고찰을 구조적 차원에서 그치는 것이 아니라 이를 적극적으로 사회 변화와 관련지어 논의하고 있다는 점이다. 윗 글에서 드러나듯 김인환은 시조의 형식이 완성된 16세기를 존재의 총체성이 가능했던 시대로, 그리고 현대시가 완성된 20세기 이후의 시대를 이러한 총체성이 사라지고 고립된 개별성과 불협화음만이 자리한 퇴폐의 시대로 보고 있다. 그가 보기에, 시조는 바로 그러한 16세기의 조화로운 세계의 모습을 고스란히 담고 있는 시 형식이며, 현대시는 존재의 원환이 파괴된 현대의 모습을 '이지러진 총체성'으로 드러내는 예술형식이다. 시조가 과거에 '하나의 문학형식이 아니라, 유일한 문학형식'이었다는 등의 언급 등에서도 드러나듯 시조에 대한 이러한 비평적 호의는 그의 전통 지향적인 사상과도 밀접하게 관련된다. 이에 반해, 그가 생각하는 20세기 이후의 문학은 '부정'으로밖에 표명될 수 없는 예술 형식이다. 중세를 긍정의 문화로, 현대를 부정의 문화로 보고 있는 이러한 시대의식은 이후 현대 문학에서 '부정의 정신'을 강조하는 그의 사상적 기반이 되는데, 이는 주지하다시피 그의 번역서인 『에로스와 문명』의 저자 마르쿠제와 프랑크푸르트 학파와의 깊은 연관성을 드러낸다. 실제16세기의 중세를 유토피아로 간주할 수 있는가 하는 문제는 또 다른 논의가 필요하겠지만, 루카치와 마르쿠제에서 그 유사성을 찾아볼 수 있는 이러한 사상은 이후 그의 문학론에 중요한 바탕이 된다. 원효의 글이나 화엄경을 직접적으로 인유하고 있는 데에서 드러나듯, 16세기 중세에 대한 이상적인 모습을 그는 주로 당대의 사회현실에서보다는 불교나 성리학에 바탕한 전통 사상에서 유추하고 있다. 따라서 그의 이러한 전통 지향성은 전통사회에 대한 실제적인 선망이라기보다는 그의 사상적 지향성으로, 그리고 한국의 전통 사상을 빌어 제시하는 유토피아에 관한 상징적 의미로 받아들여야 할 듯싶다. 이러한 기본적인 인식을 바탕으로 그는 이은상, 이병기 등의 현대시조에서 20세기의 파편화된 삶의 양상과 그로 인한 미적 구조의 실패, 그리고 시조의 한계를 고찰하고 있으며, 김동환, 김동명 등의 시에서 '창조적 직관'에 의해 실현되는 현대시의 구체적인 양상과 현실 인식의 문제를 다루고 있다.

김인환에게 시가 운율과 비유를 통해 구축되는 미적 구조라면, 소설은 '구성과 문체'에 의해 구축되는 동적 체계이다. 김인환은 시에서 '운율'을 몇 개의 유형화된 박자와 그것이 변형되어 나타나는 일종의 '폐쇄 조직'으로, 비유를 해석의 자유를 만끽할 수 있는 '개방 조직'으로 보고, 소설의 문학적 장치를 뼈와 살에 비유하여, '쉽게 예측할 수 있는 부분'인 구성과 '쉽게 예측할 수 없는 부분'인 문체로 나눈다. "작품에 고유한 지각의 형식, 특별한 지각의 통일성을 부여하는" 문체는 유형화할 수 있는 구성에 비해 '작품의 본질을 더 잘 드러내 주고 있다'는 측면에서, 김인환은 문학 연구에서 문체 해명에 좀더 많은 비중을 두고 있다고 할 수 있다. 그러나 결국 "세계를 바라보는 특별한 태도" 이외에 다른 것이 아니라고 하는 이 '문체' 해명에서도 중요한 것은 그 특질을 작가라는 개인이나 심리상태로 환원하는 것이 아니라, "언어의 잠재성을 최대한 실현하는 방법과 형식, 작품을 바로 그 작품으로 형성해 주는 언어 장치들의 기능"(2, 134쪽)에 주목하는 것임을 지적할 때, 끊임없이 문학의 외재적 분석틀의 지평을 확장하면서도 결국 구체적인 작품의 완강한 언어적 사실들에 충실하고자 하는 그의 비평 태도를 엿볼 수 있다. 한용운의 시 분석에서 사상이 "문학성에 유의하여 분석하는 과정에서 자연스럽게 도출되는 작품 자체의 주제와 변주"임을 지적하고 있는 것처럼, 문체 특징도 작품 분석에서 자연스럽게 도출되어야함을 강조하고 있는 것이다. 구성과 문체를 매개로 한 소설 연구 방법론을 그는 네 개의 작품 분석을 통해 체계적으로 전개시킨다. 그는 구성을 크게 '풍자, 화해, 반어, 파국'으로 나누고, 'X가 Y를 비판한다' 'X가 Y와 화해한다' '비동화와 반성적 거리 감각이 내재되어 되어 있는 구성' 'X가 Y에 의해 추방된다' 등의 문장으로 간명하게 언급하고, 이를 각각 「레이디메이드 인생」 「B사감과 러브레터」 「지주회시」 「광장」의 이야기 화소와 언어 특질 등을 통해 구성과 문체를 분석, 예증하고 있다. 얼핏 도식적일 수도 있는 이러한 유형화는, "구성과 문체의 구별이 뚜렷하지 않다"고 보고 있는 '반어적 구성'의 설명에서도 드러나는 것처럼, 실제 작품 분석에서 모호성을 간과하지 않고 미적 형상을 최대한으로 살려낸다는 점에서 그 우려를 빗겨갈 뿐 아니라 소설 연구 방법론의 편의적 모델, 그 이상의 역할을 수행해내고 있음을 알 수 있다. 즉, 김인환이 이러한 몇 개의 유형으로 벼려내는 소설의 원리에 대한 해명은 놀라울 정도로 엄정하고 분석적이며 체계적이지만, 또한 이러한 분석틀을 통해 작품의 의미를 더욱 분명하고 구체적으로 규명해 낼 뿐 아니라 독자로 하여금 보다 더 쉽게 작품에 접근할 수 있도록 안내한다는 점에서 그러한 것이다.

김인환의 소설론에 대해 또 한 가지 언급하고 넘어가야 할 것은, 앞서 시론과 마찬가지로 소설의 구조 분석 또한 협소한 형식주의적 관점을 벗어나고 있다는 점이다. 자못 해부학자를 연상케 하는 엄정한 미시 분석과 함께 그는 구체적인 작품 해석에 있어서, 3부에서 소개하고 있는 문학의 외재적 측면의 다양한 시각들을 들여온다. 예를 들어, 일종의 '심리 소설'로 보고 있는 「B사감과 러브레터」에서 논의하고 있는 B사감의 심리 분석이라든가, 혹은 「광장」의 명준의 현실 인식에 대한 언급에서 보여주는 정치경제학적 논평들을 들 수 있다. 따라서 이 책에서 문학의 내재적 분석과 외재적 고찰이 따로 분리된 것이 아니라, 실제로는 구성과 문체처럼 한편 한편의 글에서 상호 긴밀하게 연관되어 있으며, 부분과 전체가 서로를 비추듯 하나의 전체성으로 통합되어 있다고 할 수 있다. 이렇듯, 문학의 문학성에 주목하면서도 문학형식을 사회학적 시각으로 해명하고, 언어의 장치를 분석하면서도 정신분석학적 원근법에 주의하는 것은 초기 비평에서부터 지속되어왔던 그의 비평 방법론이라고 할 수 있다. 『문학과 문학 사상』에 실린 「판소리의 社會相」에서 우리의 서사 문학인 판소리의 이원성 내지 양면성이 봉건질서가 붕괴되는 현실을 반영한, 자연스러운 귀결로서의 미적 특질이라고 보는 것, 「놀이의 본질」에서 '양주 별산대 놀이'의 언어적 희롱을 과잉 억압에 항거하는 열반 원칙에의 소망스러운 표현으로 보고 있다는 것이 그 구체적인 예증이라고 할 수 있다. 그는 『한국문학이론의 연구』 서문에서 이러한 그의 통합적인 시각에 대해 다음과 같이 언급한 바 있다.

국내외의 문학 이론서들을 읽으면서 내가 흥미롭게 여긴 점은 內在分析을 수행하는 사람들이 심리문제와 사회 문제를 무시하지 않고, 심리 비평이나 사회 비평을 수행하는 사람들이 韻律과 比喩, 構成과 文體를 무시하지 않는다는 사실이었다. (…중략…) 경제학 책과 정신분석 책에서 나는 문학의 밭이고 삶의 논리를 엿볼 수 있었다.[3]

내재 분석과 외재 분석을 통합하는, 이러한 조화와 균형의 비평방

---

3   위의 책, 3~4쪽.

법론은 그가 문학 작품을 동적 체계로 보고 그 내재적 구조를 의미와 연관하여 열어젖히듯, 그의 글이 문학 과학과 문학의 사회학의 만남을 통해 열린 비평으로 나아갈 수 있는 바탕이 된다. 그러나 그 스스로 밝히고 있는 것처럼, 그는 생경한 '정신분석학 혹은 경제학적 용어를 임의로 사용하는 것'에 대해 최대한의 경계를 늦추지 않는다. 평생을 정신분석과 자본론을 곁에 두고 읽었던 그이지만, 그의 글들 중에는 의외로 본격적인 심리 비평이라고 할 수 있는 글, 혹은 혁명이론에 기댄 과격한 사회주의 시각이 돌출되는 글이나 사회경제학적 관점이 두드러지는 글들이 거의 없다는 데에서 이 사실을 확인할 수 있을 것이다. 그의 말대로, 그는 이러한 원근법들의 생경한 적용이 '작품의 구조를 이지러지게 할 수 있음'을 인식하고, 그러한 원근법들을 "작품의 내재분석에 경제학과 정신분석을 조심스럽게 참고하는 관점"으로만 사용하고 있는 것이다.

이 책의 3부 '문학과 삶의 논리'에 실린 「언어와 욕망」, 「노동과 실천」에서는 각각 "문학 비평의 기초과학으로 활용할 수 있는 정신분석적 언어학"으로서의 라캉 이론을 소개하고, 사회학적 원근법을 적극적으로 활용하여 조세희 작품을 논하고 있다. 다소 원론적인 성격이 강한 이 두 글을 통해, 우리는 그가 생각하고 있는 비평의 지평을 살펴볼 수 있다. 뒤에 구체적으로 논의하겠지만, 김인환이 생각하고 있는 문학 비평이란 단지 주관적인 감상을 써내려간 인상 비평이어서도 안 되고, 작품 해설 수준에 그치는 내재 분석이어서도 안 된다. 비평에 값하는 글을 쓰는 데 있어 그는 후학들에게 줄곧 다음과 같은 삼각형을 강조해 왔다. 즉 마르크스의 『자본론』과 정신분석학, 소쉬르의 언어학으로 이루어진 삼각형이다. 첫째, 「자본론」에 대한 강조는 마르크스의 혁명이론이 아니라, 사회경제적 현실이라는 맥락을 파악하고 있어야 한다는 것을 의미하는데, 이를 통해 비평이 개별 작품이 놓여있는 구체적인 사회적 현실을 외면할 수 없음을 지적하고 있다. 둘째, 그러나 문학 텍스트가 그러한 사회정치적 현실 속에서 살아가는 개인의 심리와 반응을 문제 삼았다는 측면에서 비평은 인물들의 심리작용을 간파해야하는 인간학으로서 정신분석을 참고해야한다는 것, 셋째 사회적 개인의 정서를 언어로 표현된 것이 문학이라는 측면에서 구체적인 문학 언어가 기반하고 있는 언어학을 참조해야한다는 것이다. 이 삼각형을 통해 김인환은 사회적, 심리적 원근법을 바탕으로 한 문학비평을 강조해왔고 또 이를 실천해왔다고 할 수 있다. "경제학책을 정신분석의 주석으로, 정신분석을 경제학의 주석"(2, 4쪽)으로 읽기를 제안하고 있는 그의 이러한 원대한 지평이 그의 말마따나 '총체성이 결딴난 이 시대'의 문학현장에서 얼마만큼 효용성이 있는지 알 수는 없으나, 분명한 것은 그가 열어보이는 이러한 광활한 지평이 이즈음의 문학과 비평의 자폐성을 환기시키고 있다는 것이다. 그러나 이러한 학제간의 상호참조가 문학 비평의 자리를 벗어나지 않아야 함을 그는 분명히 하고 있다. 이는 그가 정신분석과 경제학을 참조하는 데 있어서도 정신분석적 언어학에 해당하는 라깡의 이론에 초점을 맞추고 있다는 점, 그리고 자본론을 혁명이론이 아니라 자본주의의 해부학으로 보고 있다는 것 등을 통해 확인할 수 있다.

3. 비평, 어떻게 할 것인가 — 대화적 모색과 맥락의 비평

『민족문학이론의 연구』에서 체계적으로 탐색한 문학의 본유개념 이외에도 김인환은 문학과학으로서의 문학 연구를 위해 다양한 문학적 장치들에 대해 모색하고 실제 비평에서 활용해왔다. 대표적으로, '서술방법과 전형'의 문제 등을 들 수 있다. 그는 운율과 비유, 구성과 문체라는 장르 제한적 개념 이외에 시와 소설에 두루 적용될 수 있는 '전형과 화법'에 대해 제안하고 이것이 어떻게 실제 비평에 유효적절한지를 구체적인 작품 분석을 통해 실증적으로 예시해왔다. 리얼리즘 미학의 범주에서 중요하게 다뤄지는 개념인 '전형'은 무한한 현실들의 어떠한 특정 국면을 포착함으로써 전체성을 드러내는 일종의 보편적 특수자이다. 그에 의하면, 구체적인 작품 인물이나 상황들이라 할 수 있는 전형들은 추리소설, 성장 소설, 연애 소설 등의 문학적 관습이나 다양한 심리적, 사회적 현상들과도 밀접히 관련되며, 시대의 변화에도 불구하고 보존되는 '상수'로서 혹은 다양한 변형을 통해 새롭게 창조되기도 한다. 김인환이 이렇듯 작품을 잘 보기 위한 하나의 틀로서 '전형' 문제를 중요하게 제안하는 데에는, 초기비평부터 지속되어온 문학에 대한 관점이 내포되어있다. 즉, 그가 '전형'을 주목하는 것은, 그것이 '주체와 객체가 분리된 현실로부터 더 이상 보편적 문학 형식을 부여받을 수 없게 된 이 시대에 작가가 참고할 수 있는, 현실과 묘사를 매개하는 일종의 문학적 장치'이기 때문이다. 여기에는 시와 소설 모두를 포함하여 문학은 기본적으로 현실을 묘사하는 것이라는 생각이 함축되어 있다. 소설의 일반 조건으로서 "인간과 주변 세계의 변증법적 대립과정"(1, 183쪽)을 제시하는 것에서도 볼 수 있듯, 그는 문학이 현실을 해석하고 이해하는 것이라는 생각을 일관해왔다. 그러나 문학적 상황을 창출하는 데 유효할 수 있는 이러한 전형을 현실 그 자체로 보아서는 안 된다고 경고한다. 그가 끊임없이 강조하고 있듯, 언어는 무한한 현실의 계기를 결코 온전히 포착할 수 없기 때문에 불가피하게 '포섭과 배제'에 의해 구성되는 전형은 "비현실적인 개념"에 불과한 것이다.

작품은 어디까지나 현실을 묘사하는 언어이지 현실은 아니다. 언어는 현실은 아니다. 현실의 계기는 무한하고 작품의 내용은 유한하기 때문이다. 삶은 삶에 대한 어떠한 표현보다도 더 큰 것이다.[4]

전형이란 작가가 묘사의 수단으로 고안한, 집단을 대표하는 특별한 인물이다. 전형이란 어디까지나 작가가 머릿속으로 구성한 장치라는 의미에서 비현실적 개념이다. 작가는 비현실적 전형으로 현실을 묘사한다.[5]

위의 인용들에게 드러나듯 그는 전형을 비롯한 다양한 문학 개념들이 작품과 작품에서 드러난 현실을 이해하는 데 절대적이며 항구적인 참조틀이 될 수 없음을 거듭 강조하고 있다. "묘사의 결과로서 산출된 작품이 현실의 전체를 드러낼 수 있다는 생각은 일종의 개념 실재론일 수 있다"고 생각하는 그는 실제 비평에 있어서도 문학 개념들과 다양한 원근법에 충실하면서도 이를 벗어나 "미확정 영역"에 머물고자 하는 강인한 견인주의자의 면모를 보여준다.

전형이 '운율과 구성'과 유사한 것이라면 '화법'은 비유와 문체를 아우르는 개념에 해당된다. 김인환은 전형과 함께 이 전형에 구체적인 육체를 입히는 '화법'에 주의해야함을 강조하고, 실제 작품에서 전형과 화법이 어떻게 상호 작용하는지를 이인성 소설과 현대시 분석을 통해 보여준다. 이인성 소설 분석을 통해 제시하는 서술방식들, '자기 서술, 타자 서술, 객관서술, 자유 간접 화법, 객관중립 서술' 등은 그가 서술방식들에 관한 다양한 이론서들을 두루 섭렵하면서 고안한 개념들이다. 이인성 소설의 구체적인 사례에서 보여주는 분석의 정확성도 놀랍거니와, 이를 통해 '이인성 소설의 진정한 바탕'이 '일탈과 벗어남

---

4   김인환, 「소설과 시」, 『상상력과 원근법』, 68쪽.
5   김인환, 『언어학과 문학』, 6쪽.

이 아니라 지각을 미분하는 강인함'에 있다고 규명해내는 것 또한 기존의 논의를 넘어서는 새로운 해석이라고 볼 수 있다. '서상법', '서실법' 등 다양한 용어들로 변형되기도 하는 서술방식에 대한 탐구는 줄곧 이어져 「정념과 거리」에서는 나도향, 주요섭, 채만식의 후기 작품이 왜 실패했는지를 보여주는 중요한 매개가 되기도 한다.

전형과 화법 등 그가 마련하고 있는 문학 장치들은 그의 비평이 언제나 주관적 인상 비평에 머물지 않을 수 있도록 하는 중요한 수단들이다. 작품에 대해 말할 때 그는, 항상 어떠한 진술도 자의적 진술이 되지 않도록 하기 위해 스스로 고안하거나 검증된 문학적 장치들을 최대한으로 활용한다. 늘 직접적으로 무엇을 지시하는 법이 없는 그는, 이러한 비평 방법을 통해 그가 생각하는 진정한 비평의 직능인 '과학 정신'에 투철하고자 하였으며, 또한 이를 매개로 작가와 독자들과 의사소통을 할 수 있는 '최소 문법'을 정립하려고 하였다. '최소문법' 정립은 그가 가장 혐오하는 '독단주의'과 '허무주의'에 대해 스스로 경계하는 태도에서 비롯된 것이다. 짐작컨대 이러한 비평의 윤리는 그로 하여금 의식적, 무의식적으로 '주관적 낭만성' '감상주의'를 가장 멀리하게 만든 바탕일 것이다.

전형과 서술 방법 이외에도 그가 제안하는 문학 장치들은 다양하다. 「연극과 시」라는 글에서 그는 시적 상황과 어조 분석에 주목하면서 김소월 시를 한편의 연극적 상황으로 비유하여 다성성을 읽어내기도 하고, 『언어학과 문학』에서는 '인칭과 격' 등의 언어학적 용어들을 끌어 소설의 이해를 돕기도 한다. 그러나 운율과 비유, 구성과 문체라는 문학의 본유 개념을 중심으로 방사형으로 펼쳐지는 이러한 모든 문학 개념들은 단지 하나의 방법일 뿐이다. "흔히들 방법이 중요하다고 하지만 창작이건 비평이건 글을 쓰는 일은 방법을 따르는 것이 아니라 방법에서 벗어나는 것이다"(4, 198쪽)라고 직접 언술하고 있듯, 그는 그 모든 형식적 개념들이 하나의 방편일 뿐이며, 강을 건너면 뗏목을 잊어야 하듯 작품을 접하는 직접적인 국면에 있어서는 주저없이 그러한 장치들을 벗어나기를 권고한다. 하여, 작품을 접할 때의 그는 견고하게 가꿔온 이론과 원리들의 체계에서 벗어나 무장해제한 채 작품 속으로 뚜벅뚜벅 걸어가는 지극히 겸허하고 허허로운 독자가 된다. 그는 어떠한 글에서도 구체적인 작품과 삶에서 벗어난 현학적 태도를 드러내지 않으며, 오직 '어떻게 살아야하는지'에 대한 절절한 물음만을 지니고 작품을 헤집는 겸허한 독자가 되는 것이다.

인문학자는 무슨 이론 장치 대신에 먼저 아무런 엄호도 받지 않고 물으면서 자리 잡고 견뎌나가는 길을 모색해야 한다. 운명을 회피하지 않고 운명의 필연성을 직시함으로써만 인문학자는 근본적으로 받아들이기 어려운 분열된 현실과 우리 자신의 모습을 발견할 수 있다. 문제는 거창한 지식이 아니라 정직한 욕망이다. 욕망만이 인간에게 사실을 시인하는 겸손과 미지의 영역으로 자신을 개방하는 용기를 선사한다. 욕망은 있음이 아니라 넘어서 있음이다. 창조적이고 자유로운 욕망의 훈련에 의심스러운 눈길을 보내면서 욕망을 계산할 수 없는 무용지물이라고 비난하는 자본가들은 욕망이 모든 한계를 넘어서서 묻는 인내임을 모른다.[6]

'물으면서 자리 잡고 견뎌나가는 길'을 모색하는, 이 겸허한 비평가의 실제 비평은 따라서 작가가 제기하고 있는 물음의 길을 따라가며 이에 대답하고 또 그에게 되묻는, '대화적 비평'을 지향한다. 대화로서의 비평의 실제를 잘 보여주는 예가 바로 「노동과 실천」과 「현실과 도덕」이다. 조세희 작품에 대해 논하고 있는 이 두 글은, 우선 루카치의

---

6   김인환, 『다른 미래를 위하여』의 서문, 9~10쪽.

퇴폐 개념에서 시작한다. 김인환은 자본 사회에 두루 적용하고 있는 루카치의 퇴폐 개념을 축소시켜, 문학과 사회과학이 상호 작용하는 지점에서 퇴폐 문제를 검토하기를 제안한다. 그는 루카치의 말을 빌어 "공동의 세계를 발견하지 못하고 자기의 세계에 갇혀 있는 삶의 양태를 퇴폐"라고 규정하고 조세희가 독단적 도덕에 해당하는 "퇴폐를 공동체 도덕의 시각에서 다루어온"(6, 111~112쪽) 작가라고 본다. 그는 조세희가 제출하고 있는 현실 인식이 매우 타당하다고 보고 있으나, 작가가 제기하는 중간 계급의 도덕적 결단에 대해, 그리고 그의 현실 인식의 한계에 대해 조심스럽게 의문을 던진다. 조세희의 과학적 사고에 적극 동의하면서도 이에 대해 의문을 던지는 과정에서 김인환은 사회과학적 원근법과 문학과 과학, 그리고 이데올로기 문제 등등의 다양한 시각들을 들여오기 때문에, 편의를 위해 그 과정들의 중요한 국면들을 다음과 같은 항목으로 요약해본다.

① 신고전파 경제학자들은 자본 사회의 모든 경제적 행동은 수요자의 선택과 자유에 의해 합리적으로 결정되며, 따라서 이러한 수요와 공급에 의해 생산 요소의 가격이 결정된다고 본다. 즉, 수식에 의해 합리적으로 증명되는 경제 법칙을 사회관계까지 확대시켜 행복한 자본 사회를 상정하고 있다.

② 경제학자 스라파는 "이윤율이 주어지지 않으면 가격이 결정되지 않는다. 가격 없이는 자본량이 정의되지 않으므로, 가격이 주어지지 않으면 자본의 수요 공급에 의한 이윤율이 결정되지 않는다"라고 그들의 순환논법을 지적하고, "임금과 이윤의 문제가 순수한 경제 문제가 아니라 사회적인 권력이 작용하는 집단과 집단의 관계"라는 사실을 밝히고 있다. 따라서 임금과 이윤을 둘러싼 집단 상호간의 대립이라 할 수 있는 계급투쟁과 국

가 권력의 개입은 필연적일 수밖에 없다.

③ 교환 과정에서 가치가 이전되는 부등가 교환은, 권력 관계 이외에 임금과 이윤에 결정적인 영향을 미친다. 선진국과 후진국, 대기업과 중소기업 관계에 적용되는 부등가 교환 문제는 계급투쟁이 모든 모순을 해결해 줄 수 없다는 것을 지시한다.

④ 조세희는 『난장이가 쏘아올린 작은 공』에서 임금과 이윤의 관계를 권력 관계로서 정확하게 묘사하고 있다.

⑤ 과학이 현실을 끊임없이 문제화하는 데 반해 이데올로기는 주어진 질문에 대답하여 사회현상을 설명함으로써 문제를 축소시킨다. 문학은 과학과 이데올로기의 중간 지대에 위치한다. 개인이 자발적으로 걸려드는 그릇된 이데올로기를 폭로하는 데 문학의 임무가 있다.

⑥ 조세희는, 임금과 이윤의 관계를 권력 관계로 봄으로써 일차적으로 현실에 대해 과학적으로 인식했고, 우리의 습관적 인식에 내재되어 있는 이데올로기의 사슬을 흔들어 놓았다. 그러나 그는 부등가 교환의 문제를 배제함으로써 문제를 축소한 결과를 초래했고, 이데올로기의 작용을 상당 부분 허용하게 되었다.

다소 긴 지면을 할애했지만, 한 편의 글을 이렇듯 요약 제시하는 것은 현실과 문학을 보는 김인환의 기본적인 시각이 이 글에 매우 명확하게 드러나기 때문이다. 김인환은 현실이 여러 세력들의 상호 작용에 의해 움직이며, 이렇듯 상충하는 여러 힘들인 계급투쟁과 대중운동을 긍정하고 있으나, 현실의 모순에는 이보다 더 큰 차원의 제국주의 문제도 있음을 암시하고 있다. 더불어, 문학은 이 현실의 진정한 움직임을 형식적 합리성으로 가리는 모든 이데올로기를 벗겨내는 데 있다고 보는 것이다. 위의 맥락에서 알 수 있듯, 그는 조세희가 제기하고 있는 문제에 대해 경제학적 원근법을 통해 검증하고 이에 공감을 표하면서도, 다른 물음을 제기함으로써 작가의 현실 인식의 한계와 나아가 작품의 단선적 시각을 지적하고 있다. 그는 조세희가 "문제를 단순화함으로써 명쾌한 문체의 효과를 살릴 수 있었지만, 현실을 바르게 묘사하는 데는 단순한 시각보다는 복잡한 시각이, 더불어 문체의 혼합"이 유효할 수 있음을 작가에게 제안하고 있는 것이다. 작가가 제시하고 있는 문제에 귀기울이면서 이를 보다 큰 맥락에서 성찰하고 작가와 더불어 더 나은 삶을 모색해가는 김인환의 대화적 비평의 특징이 두드러지는 글이라고 할 수 있다. 이러한 대화적 모색은 조세희의 다른 작품을 논하는 「현실과 도덕」에서도 이어진다. 이 글에서는 이전에 의욕적으로 제기했던 경제학적 관점들이 많이 줄어들고 좀더 조세희의 목소리에 귀기울이고 있으나, 작가에게 다음과 같이 물음으로써 응답하는 것을 잊지 않는다.

나는 무색의 가슴을 가진 자로서 조세희에게 두 가지 질문을 제기해보고 싶다. 정치가 국민의 수준에 따라 결정된다면 국민에 대한 비판도 국민의 수준에 따라 한정되어야 한다. (…중략…) 국민이 어떤 수준에 있건 현재의 수준에서 한 걸음의 전진을 성취할 수 있는 방향을 설정하는 것이 도덕적 실천의 목표가 되어야 하지 않을까? 선악을 구별하는 원칙이 필요한만큼 도덕에는 한 걸음의 선을 규정하는 기준도 필요하다. 또 하나의 질문은 요즈음 내가 혼란스럽게 느끼고 있는 문제이다. 대중 운동이 거의 소멸해버린 2002년의 상황에서도 사람들의 가슴에서 붉은 반점을 찾아낼 수 있을까? 2002년에도 통하는 도덕의 핵심이 과연 있을까? 그러나 또 한편으로 생각해보면 정작 공동의 도덕을 상실한 것은 노동하는 대중이 아니라 학자와 예술가, 시인과 소설가들인지도 모른다.[7]

위에서 보여주는 김인환의 현실 모순에 대한 통찰은 줄곧 그가 작품과 현실을 읽는 중요한 잣대가 된다. 과학 정신을 누구보다도 중요시하지만 그것이 결코 보편주의에 대한 환상이나 도식에 대한 맹신으로 흐르는 것에 대해서 경계해야함을, 자신과 그리고 작가에게 요청하고 있는 것이다. 앞선 인용문(각주 6)에서 볼 수 있듯, 그는 사회현실을 설명하는 모든 논리를 배제하고, 완강한 사실들과 정직한 욕망에 기대어 현실의 모순을 헤쳐 나가야 한다는 믿음을 일관되게 유지한다. 우리의 고통스런 현실에 수많은 대립과 모순이 중첩되어 있음을 모르고 "마치 결단을 내리기만 하면 뜻하는 변화들이 자동적으로 일어나고, 원하는 결과들을 즉시 얻을 수 있다는 듯이 도덕의 재건과 정신의 재생을 외치는 사람들은 근대사회의 운명에 관한 한 백치와 다름없다"(5, 362쪽)라고 일갈하는 그의 말에는 그 무수한 유혹들과 손쉬운 논리들을 받아들이기를 부인하는 "위대한 거절"이 들어있다. '반성적 거리 감각'인 반어적 태도를 온전히 육화한 듯한 그의 이러한 자세에는 학자의 중립성을 초월하여, 비루할지라도 그가 딛고 서 있는 구체적 현실을 벗어나 사태를 파악하거나 스스로를 구원하지 않으려는 '차가운 정열'이 배어 있는 것이다.

김인환의 실제 비평에 있어서 '대화적 모색'보다 더 중요한 비평적 특질은 '맥락적 독법'이다. 앞선 평자들[8]에 의해 적극적으로 논의된

7　위의 책, 123쪽.
8　오창은, 「텍스트를 돋워 세우는 혼융의 정신」, 『오늘의문예비평』, 2005년 겨울호; 변지연, 「맥락과 세부를 오가는 팽팽한 줄타기로서의 비평」, 『문예중앙』, 2005년 가을호.

바 있듯, 김인환의 비평에 있어서 '맥락'은 그의 글쓰기 전체를 아우르는 가장 중요한 방법론이다. 그에게 "어떤 사실을 이해한다는 것은 그 사실과 다른 사실들을 함께 보는 것"(5, 10쪽)이다. 맥락의 독서는 그의 초기 비평에서부터 뚜렷하게 나타나고 있다. "한 시인의 작품을 모아서 그 밑에 스며있는 맥락을 찾아보는 것"을 제안하면서 박두진과 육사의 한편 한편의 시들을 전체적인 관계망 속에서 읽어내고 있는 그에게, '맥락 구성'은 비평의 중요한 덕목이 된다. 그가 종종 '수학'을 강조하는 것은 엄정한 과학 정신과 함께 '맥락'을 강조하기 위한 것이다. 그에 의하면 "수학에서는 어느 한 낱도, 어느 한 분장도 고립되어 나타나는 법이 없으므로, 수학을 이해함으로서 우리는 존재가 곧 관계임을, 다시 말하면 '있음'이란 '서로 걸려있음'임을"(3, 200쪽) 인식하게 된다. 그리하여 본문은 고립된 단위가 아니라 다른 본문과 무수한 관계 속에서, 또한 삶의 여러 국면의 관계 속에 놓인다. '깊이의 비전' 대신에 '옆으로 보는 비전'으로 제시되는 이러한 측면의 독서는, 그에게 문학의 내재 분석과 함께 다양한 원근법을 통한 외재분석을 아우를 수 있게 하는 바탕이 되는 것이다.

김인환은 김현의 글읽기와 글쓰기를 일종의 '유혹과 간음'(3, 390쪽)이라고 표현한 적이 있지만, 그의 실제 비평은 작품에 쉽게 몸을 내어주는 비평이라고는 할 수 없을 것이다. 본문 속에 오래 침잠하기를 강조하면서도 그는 작품 속에 완전히 침잠하는 경우가 드물다. 그의 비평은 대개 개별 작품이나 작가보다 크거나 넓고, 혹은 개별 작품을 가로지른다. 그는 비평을 창작에 예속시키는 것에 반대하며, 비평은 과학 정신과 비판 정신을 지녀야 한다고 강조한다. 이것을 가능하게 하는 것이 맥락적 독법이다. "시인은 비평가에게 상상력을 보태주고 비평가는 시인에게 원근법을 빌려주며 시인과 비평가가 서로 다른 당파성을 견지하면서도 함께 일정한 객관성, 최소한의 도덕"(3, 7쪽)을 공유할 수 있는 길을 모색하고자 하는 그의 비평은, 그리하여 개별 작품을 문학 작품들의 관계들 속에만 아니라, 다른 영역과의 관계 속에서 가늠하게 한다. '연극과 시, 소설과 시, 과학과 시' 등등의 글 제목에서 볼 수 있듯, '-과-'으로 연결되는 이러한 맥락적 독서는『상상력과 원근법』에서 좀더 적극적으로 시도되고 있다. 그러나, 앞서 그가 원리와 형식에 대한 절대적 맹신을 스스로 경계하였듯, '맥락' 또한 늘 새롭게 창조되어야 하는 열린 체계임을 잊지 않는다. "맥락은 고정되고 안정된 대상이 아니고 복합적이고 모순적인 과정이기 때문에 정의될 수 없으며, 미완성의 독서이고, 중도에 있는 독서이고 항상 중요한 무언가를 남겨 놓는 잉여의 독서이다", "맥락의 독서는 언제나 새롭게 시작하는 창조적인 놀이일 수밖에 없다"(4, 99쪽)와 같은 언급들은 그의 무수한 맥락의 독서가 "본문들과의 움푹 패인 균열들"과 늘 새롭게 시작할 수 있도록 하는 중요한 지침이 되고 있는 것이다. 이러한 맥락의 독서는, 그가 번역한 아도르노의 '수필의 철학'에서 강조한 '사실을 있는 그대로 묘사하기 위한 다각적 관점'[9]과 깊은 관련이 있다. 앞서 살펴본 대로 그가 문학형식들을 중요시하면서도 '질료'에 대해 언어 형식적 관점 이외에 다양한 원근법들을 강조하는 것은 작품의 사실들을 논리와 체계로 환원하지 않고 철저하게 모순과 균열의 사실과 현실 속에 있으려 하기 때문이다. "여러 가지 경험과 개념과 이론들을 흡수하지만"[10] 언제나 "관점 철학에 대항해 무관점의 철학" 속에서 "스스로 묻고 모색해가고 다각도에서 대상을 보려는 이러한 수필의 철학"은 김인환에게 비판 정신을 실현하는 정신의 기율로 작용하고 있는 것이다. 하여 정치 사회적 맥락, 경제학적 맥락, 문학사적 맥락, 작품과 작품 사이의 맥락을 고려한 그의 비평은, 늘 개별 작품에서 출발하여 넓고 큰 지평 속에 삶을 조망하게 하고 있으며, 그렇게 확

---

9   마르쿠제, 김인환 역,『에로스와 문명』, 나남출판사, 1989, 240쪽.
10   위의 책.

장된 지평을 통해 작품을 더 풍부하고 새롭게 열어가는 것이다.

하나의 개별 작품을 다른 작품과 삶과의 관계 속에서 통찰하기 위해 수많은 작품들과 불교의 경전, 경제학 저서들, 정신분석학, 동서양의 이론들을 섭렵하고, 뿐만 아니라 원전을 중시하여 무수한 외국어 사전들을 수집하는 것이 일상인 그는 분명, 아무나 흉내낼 수 없는 위대한 독서가임에 틀림없다. 그러나 그 무수한 맥락들과 참조들에 불구하고 그의 글은 좀처럼 산만해지는 법이 없다. 맥락의 비평을 잘 구현하고 있는 「구조와 실천」 또는 「재즈와 요가」 같은 글을 읽노라면 설계도를 바탕으로 구조화된 하나의 건축물을 보는 듯하다. 황지우의 여러 편의 시들을 '현실 인식과 초월의 욕망'을 중심으로 맥락화하여 읽고 있는 「구조와 실천」은 황지우가 시를 통해 그려놓는 '현실의 지형학'을 재구성하고, 이를 통해 시인이 어떻게 현실의 모순을 미학적 실험을 통해 탐색하고 있는지를 잘 드러내주고 있다. 그는 황지우의 몇몇 실험적인 시가 "모순된 현실의 구조를 드러내기 위해 미학적 조형을 포기하기를 마다하지 않았으며", 그에게는 "자기의 신념에 유리하도록 사실을 왜곡하는 윤리적 콤플렉스가 없다"라고 진단한다. 황지우의 지형학에서 '상반된 것들을 일정한 거리에서 응시하는 균형감각'을 읽어내고, 그가 "부정의 보편성과 절대적 비순응주의를 보존하면서도 증오해 마지않았던 이 현대 세계의 한가운데서 차츰차츰 자신을 길들이는 싸움을 시작"(3, 185쪽)하고 있다는 언급들에서 볼 수 있듯, 김인환에게 황지우는 김지하, 조세희 등과 함께 비교적 비평적 호의를 표하는 대표적인 작가들 중에 하나라고 할 수 있다. 아마도 그것은 일차적으로 그들의 작품이 대체로 폐쇄적인 미학적 영역에 머물지 않고, 궁극적으로 삶을 지향하고 있다고 보기 때문일 것이다. 그러나 좀더 근본적으로는 그들의 그러한 모색과 실천이 논리나 이론들에 기댐으로써 수행되는 것이 아니라, 김인환이 늘 강조하는 구체적인 감각과 '정직한 욕망'에서 출발하고 있기 때문이다. 김인환은 황지우가 삶과 세상을 변화시키려는 열망에도 불구하고 그 모든 거대한 담론들과 결탁하지도 않으며, 세상을 초월하려는 욕망에도 불구하고 이를 뒤로한 채 모순투성이의 현실을 끌어안은 시인으로 평가한다. 김인환에게 "시인이 갖추어야 할 것은 굳은 관념이 아니라 현실의 관계에 상응할 수 있는 감각의 역동성"이며, "시란 현실의 한복판을 뚫고 넘어서서 질문하는, 하나의 방법"(3, 167쪽)이다. 그리하여 "세상 안에서 세상을 벗어나는 것만이 진정한 초월"(3, 172쪽)인 내재적 초월의 가능성과 희망을 황지우가 「겨울–나무로부터 봄–나무에로」에서 신체의 지각을 통해 실현한다고 할 때, 김인환은 그가 강조해왔던 부정정신과 그것의 이상적인 구현을 황지우를 통해 다시 한번 표명하고 있는 것이다. 김인환에게 현대 문학은 현실의 억압과 이데올로기의 허위성을 부정성으로 표출함으로써 인간해방을 지향해나가는 것이며, 그것은 언제나 "구체적인 삶 속에, 우리의 신체 안에 있는 구체적인 지각과 욕망"에 충실함으로써 가능하다.

「재즈와 요가」에서도 이러한 신체의 지각과 욕망은 다시 한번 강조된다. 장정일과 박상륭의 작품을 논하고 있는 이 글은 그가 즐겨 쓰는 일종의 '양극의 스펙트럼'을 들여온다. 시조와 이상을 양극단에 두고 그 거리를 측정함으로써 현대시의 위상을 설정해보던 것처럼 김인환은, "구원의 빛을 철저하게 배제하고 인간의 진화를 부정하며 인간을 우연의 흐름에 떠 흐르는 재즈의 한 요소로 대하는 장정일의 소설을 한 극단으로", 또 한편에 "매순간을 구원의 계기로 삼고 나날의 모든 행위를 깨달음으로 가는 요가로 여기는 박상륭"(5, 90쪽)을 세워두고 이 두 극단 사이에서 박경리, 황석영, 윤대녕 등의 소설의 위상을 가늠해 볼 것을 제안한다. 장정일 소설의 가학 피학 행위가 쾌락을 통한 무아의 체험에 있지만, 그의 소설의 반윤리가 사드의 근본적인 질문에까지 나아가지 못한 점, 그리고 '의도적으로 깊이를 피함으로써 대

중에게 순응하면서 대중에게 저항하는 양면성'을 읽어내고 있는 김인
환의 비평적 시선은 단선적 스펙트럼을 넘어 원효와 사드, 뒤라스 등
에 이르는 다양한 문학적 텍스트와 사상적 맥락 속으로 확장된다. 박
상륭을 "종교 인류학의 시각에서 근대의 뿌리를 찾으려고 편력하는
여행가"로 보고 작가의 편력보다 더 다양한 문화적 맥락을 편력하는
김인환의 시선은 그야말로 종교인류학자의 그것에 해당하는 것이라
고 할 수 있을 것이다. 사드에서 불교에 이르기까지 다양한 맥락을 통
해 장정일과 박상륭의 작품을 분석하고, 그들과 함께 종교와 문학이
제기하는 근원적인 질문들을 탐색하고 있는 이 글은, 문장이 부려다
놓은 단상들에 의해 재즈처럼 자유롭게 펼쳐지면서도 고요하고 명징
한 비평적 화두를 잊는 법이 없다. 그는 "모든 종류의 깨달음을 거절"
하는 완전한 쾌락 또는 허무의 한편과 구원에 잇닿아 있는 초월과 명
상의 그 어느 지점에서 우리의 삶이 조화로울 수 있는지를, 어떠한 도
덕을 통해 만인의 전쟁터가 되어버린 이 현실을 괜찮은 삶의 터로 바
꿀 수 있는지를 곳곳에서 작가와 함께 묻고 있는 것이다. 그러나 그러
한 모색이 종교에 잇닿아 있으면서도 그것과 비껴 있음은, "소설은 혼
돈 앞에서 어쩔 수 없이 자신의 무지를 고백할 수밖에 없다"라고 하는
언급에서 명백하게 드러나거니와 둘의 작품이 모두, 그들이 제기하는
물음의 중요성에도 불구하고 관념성과 추상성을 벗어나지 못했다는
지적을 통해서도 명시된다. 김인환이 보기에, 장정일은 '욕망의 흐름
이 작동되는 방식'인 '성욕의 물리학'에 보다 세밀한 주의를 하지 않고
'성행위의 심적 장치'를 생략했다는 한계를 지니며, 박상륭 또한 "화두
를 몸 속의 상처가 아니라 자유연상의 매듭으로 묘사했기 때문에" 추
상성을 회피할 수 없었다는 것이다.

　이상에서 보듯 다양한 원근법을 동원하면서도 형식적 완결미를 갖
추고 있는 비평문을 가능하게 하는 것은, 어떠한 순간에도 대상과 자

신에 대해 반성적 거리를 잊지 않는 그의 절제된 비평 의식에서 기인한다. 그러나 궁극적으로는 그 무수한 참조틀이 무엇을 위해 동원되었는지를 그가 잊지 않기 때문이라고 할 수 있을 것이다. 그것은 앞서 보았듯 그가 문학을 그리고 그 자신의 글쓰기를, 세상을 보다 잘 이해하고 이를 통해 더 나은 삶을 실현하기 위한 것으로 생각하고 있기 때문이다. 하여 그는 무수한 이론들과 다양한 시각들이 불려오는 계기이자 최초의 출발점이 구체적인 감각과 욕망임을 언제나 잊지 않는다. 모순투성이의 현실과 작품과 함께 있고자 하는 그의 완강한 기율은 그의 비평글 전체를 관통하며, "미확정의 영역", 슐레겔의 '반어', 키츠의 '소극적 수용력', 그리고 후설의 '판단 중지' 등으로 변형되어 거듭 강조되면서 실천되고 있는 것이다.

4. 한국 현대 문학사, 어떻게 가능한가
　－한국 근대, 그리고 사회사와 계보학

　김인환은 도스토예프스키를 논하는 짧은 글에서 "나이 50을 넘기면서 문학 연구란 결국 한국 연구"(4, 160쪽)임을 생각하게 되었다고 토로한 적이 있다. 문학 연구가 결국 한국 연구가 될 수밖에 없음은 그가 줄곧 강조해왔듯, 문학 연구가 궁극적으로 근대 한국이라는 이 땅의 역사와 문학의 역사적 형성과정에 대한 탐색이어야 함을 의미하는 것이다. 『기억의 계단』은 이렇듯 의식적 혹은 무의식적으로 근대 한국문학의 사적 고찰에 바쳐진 그의 비평 작업들을 모아놓은 책이다. 그는 이 책에서 주로 한국 현대 문학사가 어떻게 씌어질 수 있는지에 대해 서술하고 그 구체적 가능성을 실천적으로 모색하고 있으며, 우리 문학이 바탕하고 있는 '근대성'에 대해 주목할 만한 논의들을 펼치고 있다.

우선 문학사 기술 방법론에 있어 김인환은 연대사와 형식사의 예로 구자균의 『조선평민문학사』, 정양완의 『조선조 후기 한시 연구』를 들고 이들이 각기 나름의 성과를 보여주었음에도 불구하고, 연대사, 형식사가 지닌 근본적인 한계를 벗어나지 못하고 있음을 지적하고 있다. "실증적 자료 제시에 그치고 의미의 해석을 철저하게 관철할 없다는 데"에 연대사의 한계가, '문학 자체의 성격을 규명할 수는 있으나 그 사회적 배경까지 포섭하지 못하는 데에' 형식사의 한계가 있다고 보는 그는, 이를 극복하는 하나의 대안으로서 '문학사회사'를 제안한다. 기존의 사회사에 근접하고 있는 문학사들이 '문학사의 빈틈을 사회사로 메우는 방법'으로 문학의 층위를 다소 벗어나고 있다면, 그가 제안하는 문학사회사는 정치 층위나 경제 층위를 지각 층위에 직접적으로 대응시키는 대신 소단위의 이데올로기라 할 수 있는 '의식 형태'에 '지각형상'을 대응시키는 방법을 통해 '포섭의 문학사'를 가능하게 한다는 것이다. 그는 이러한 문학사회사의 시론으로서 17세기 한국문학의 사회사의 구체적인 예증을 통해 보여주고 있다. 그는 『인조실록』에서부터 남하정의 『동소만록』 등에 이르는 다양한 사료들을 통해 17세기의 중요한 의식형태가 '북벌'로 모아진다고 보고, 이것이 윤선도와 송시열의 시에 어떻게 나타나고 있는지를 보여준다. 그에 의하면, 이들이 현실에서는 상반된 입장을 일관했지만, 작품에서는 그 뚜렷한 의식형태를 드러내는 대신, 거리효과와 이화작용을 통해 작품에 "미확정 영역을 마련해두는" 구체적인 지각형상을 실현하고 있다는 것이다. 김인환이 제안하는 문학사회사는, 결국 소단위 관념형태에 대한 항목을 설정하고 이에 대한 순응이든 저항이든 그 작품에 복잡하게 드리워진 거리를 측정함으로써, 하나의 공시적 작품들의 계열을 구성하고 이를 통시적으로 계열화하는 문학사 방법이라고 할 수 있다. 그는 이러한 문학사 방법론을 일찍부터 염두해 왔는데, 예를 들면 다음과 같은 구절에서 그러한 지평을 확인할 수 있다.

문학의 역사적 연구는 16세기 문학과 18세기 문학의 연속성을 찾는 작업이 아니라 16세기 문학 작품들이 공연하는 열린 연극과 18세기 문학 작품들이 공연하는 열린 연극을 비교하는 작업이다. 마르크스의 노동가치 이론에 의하면 통시적 역사는 공시적 체계들의 불연속적 접합이다. 그러므로 문학사는 시대와 시대와 시대의 연속보다 시대의 단절을 더 중요하게 다루어야 한다. …… 자기 직분에 충실한 문학사가는 마땅히 16세기에 문학이란 무엇이었던가라고 질문해야 한다. 16세기 문학과 18세기 문학의 동질성이 아니라 이질성이, 연속성이 아니라 단속성이 문학사의 연구 대상이 되는 것이다.[11]

윗 글에서 김인환이 구상하고 있는 "공시적 체계들의 불연속적 접합"으로서의 문학사는, 다양한 계보학과 공시적 체계들로 구체화된다. "빈틈없는 원리론보다 빈틈 많은 단계론의 창조성"을 강조하면서 펼치고 있는 그의 계보학은 '맥락적 독법'과 함께 그의 문학 연구 방법론을 대표하는 가장 중요한 특징이라고 할 수 있다. 「이상 시의 계보」, 「최인훈 소설의 계보」, 「한국 현대소설의 계보」 「한국 현대소설의 주류」 등을 통해 그는 작고 큰 의식형태들을 설정하고 이를 둘러싼 공시적 체계들을 서술함으로써 한국 현대 문학사를 위한 밑자리를 마련하고 있다. 아마도 그는 '문학사회사'를 통해 현실과의 길항관계에 놓인 문학의 연대기를 기술하면서도 문학의 형식적 측면을 간과하지 않는

---

11 「연극과 시」, 『상상력과 원근법』, 27쪽.

이상적인 문학사 방법을 모색하고 있는 듯한데, 이러한 그의 이상은 구체적인 작업에 있어서 놀라운 현실성으로 증명되기도 하고, 때론 여전히 모색되어야 할 가능성으로 남기도 한다. 예를 들면, 김인환은 "실험이라는 소단위 관념 유형을 초점으로 삼아 김소월과 이상 사이에 시인들을 배치해볼 수 있고 박상륭과 장정일 사이에 소설가들을 배치해볼 수 있다"라고 언급하고 이를 「이상 시의 계보」 「재즈와 요가」 「최인훈 소설의 계보」 등의 글을 통해 실증적으로 예시한다. 그러나 '실험'이라는 항목만을 놓고 보면, 다소 보편적이고 추상적인 이 창작 의제가 그가 앞서 제기한 소단위 이데올로기로서의 의식형태에도 해당될 수 있는지에 대한 의문이 생기는 것이다. 즉, 앞서 이 책에 대한 서평을 쓴 한 논자[12]에 의해서도 제기되었듯, 문학의 자율성과 사회성을 함께 고려한 이러한 구상은 기왕의 문학사에 대한 반성과 새로운 모색의 가능성을 보여주고 있지만, 그것이 실현되기 위해서는 '의식형태'의 항목화 혹은 계열화가 우선되어야 하는 문제가 놓여 있는 것이다. 김인환은 그가 말하는 의식형태가 봉건주의, 자본주의, 사회주의와 같은 이데올로기가 아니라 '호락논쟁, 친일 논쟁, 파시즘 논쟁' 등의 소단위 관념 유형이라고 하였다. 그리고 그는 실제로 「현대소설의 계보」와 「한국문학과 기술 이데올로기」라는 글에서, '친일' 문제를 둘러싼 근대 한국문학의 정신사적 지형도와 기술 이데올로기와 친일 매국이라는 의식형태를 중심으로 당대의 소설 지형도를 예리하고 통렬하게 분석 비판하고 있다. 아마 그가 상정하고 있는 문학 사회사를 가장 이상적으로 실현하고 있다고 할 수 있는 이 글들은 이러한 몇 개의 관념 유형들을 아우르는 '근대성' 인식의 문제의식과 함께 전개되고 있어 그의 한국문학에 대한 원대한 지평과 사유의 깊이를 드

---

12 김태환, 「신학적 비평과 문학의 사회사」, 『문학과사회』, 2001년 여름호.

러내는 포괄적인 비평문이라고 할 수 있다. 이상 시를 하나의 척도로 삼아, 반대편에 시조를 놓고 그 거리를 측정함으로써 한국 현대시의 개별 작품의 위상을 가늠해보도록 제안하고 있는 「이상 시의 계보」에서도 이러한 '관념형태'에 대해 주의하는 사회사 기술의 방법이 적용되고 있다. 이상이 시조의 운율과 비유를 극한까지 파괴함으로써 한국 현대시의 한 극단에까지 이르렀으나 그가 "끝내 파시즘과 제국주의를 자신의 인식소로 포함하지 못하고 말았다"(5, 291쪽)는 데에 그의 센티멘탈리즘의 비밀이 놓여 있는 것이고, 그럼에도 불구하고 그가 "무산 지식층에 속하게 됨으로써 파시즘의 이데올로기로부터 거리를 취할 수 있었다"(5, 292쪽)는 지적은 그가 앞서 언급한 의식형태와 지각 형상과의 다양한 역학관계에 대한 구체적인 분석 모형을 보여주는 것이라고 할 수 있다. 그러나, 이상의 시를 제국주의와 파시즘이라는 의식 형태와 관련하여 논하는 것은 앞서 이상 시의 다른 특성에 대한 분석과는 별도로, 사회사를 의식한 환원론적 태도가 아닌가 하는 의문이 들기도 한다. 일제 시대[13]의 의식형태에 대한 논의가 상대적으로 적은 '이상 시의 계보학'은 그가 위에서 제출한 문학사회사에 완전히 부합한다기보다는, 형식적인 측면을 좀더 많이 포섭하고 있는 계열들의 서술에 가깝다고 볼 수 있다. 「최인훈 소설의 계보」도 이와 유사하다고 볼 수 있는데, 최인훈 소설의 계보에 놓인 작가들이 현실의 모순을 인식하는 데 있어 형식 실험을 최대한으로 활용하였다는 것에 그들의 공통점이 있지만, 앞서 제기한 '관념유형'에 적합한 구체적인 소단위 의식형태를 공유하고 있는가의 문제에 있어서는 의문의 여지가 있다. 결국, 문제는 그가 말한 '의식형태'의 구체적인 항목 설정인데,

---

13 김인환이 일제 시대를 '나라 잃은 시대'로 명명할 것을 제안하고 있는데, 이는 우리 민족의 주체성을 부각시키기 위한 것으로 보인다.

파시즘, 친일 문제와, 더 너른 지평에 놓이는 근대성, 그리고 그것과는 약간 다른 층위에 놓이는 문학의 '전위성' 등등의 다양한 층위의 '의식형태'를 어떻게 공시적 체계 속에, 그리고 더불어 통시적 계열들 속에 복합적으로 배치시키고 이를 통해 문학사를 기술할 수 있는가의 문제라고 할 수 있다. 이를 위해서는 시론적으로 제출하고 있는 몇몇의 '계보'들보다 훨씬 다양하고 복잡한 계열들에 대한 체계적인 작업이 이루어져야할 것이지만, 만일 이것이 구체화된다면 아마도 이제껏 우리가 보지 못했던 새로운 형태의 문학사가 실현될 것이며, 이것은 또 하나의 문학사 저술 이상의 의미를 지니게 될 것이다. 즉, 그가 언급한 다양한 의식형태를 중심으로 작품을 맥락화시키는 이러한 방법은 논자마다 그 유형을 조금씩 달리하여 얼마든지 새롭게 쓰여질 수 있는 가능성을 제공할 것이며, 따라서 '정전'을 가로질러 열린 체계로 나아가는 새로운 문학사의 지평이 될 것이다.

『기억의 계단』에 실린 「한국 현대소설의 계보」와 「한국문학과 기술 이데올로기」 두 편은 김인환이 초기 비평에서부터 지속해온 '한국 근대성'에 대한 문제와 '과학'과 '기술 이데올로기'에 대한 입장을 총체적으로, 그리고 명증하게 밝히고 있는 글이다. 실제 비평에 있어서 인상 비평을 최대한 경계하는 그는 글에서 좀처럼 주관적 파토스를 직접적으로 드러내는 예가 드문데, 이 두 글에서만큼은 엄정한 학자의 중립적 태도를 벗어나 분명한 비판적 입장을 강한 어조로 드러내고 있다. 「한국 현대소설의 계보」라는 글은 김인환의 사상적 궤적을 논하는데 있어 빼놓을 수 없는 중요한 글이지만, 저자로서는 처음 이 글이 문학 계간지에 실렸을 당시 다소간 당혹스러워했던 기억이 있는 글이기도 하다. 그도 그럴 것이, '한국 현대소설의 계보'라는 제하에 전개되고 있는 내용의 반 이상이 '신채호' 이전의 한국 근대의 정신사의 지형을 그리는 데 할애되고 있기 때문이다. 그러나 이 '반 이상'이라는 것이야말로 김인환의 사상과 문학관을 상징적으로 드러내 주는 중요한 의미를 지니고 있다. 한국 현대 소설의 계보에서 '신채호'가 중요하게 부각되는 것은 김인환이 생각하고 있는 '근대'에 대한 이해와 밀접한 관련이 있다. 김인환은 『자본론』에 기대, 근대가 "기계가 양식만큼 중요하게 된" 시대임을 곳곳에서 명확히 한다. '계산 가능성'이나 '제도' 등이 아닌 '중공업이 중심'이 되는 이러한 근대 이해는, 한국의 20세기 전반기를 근대 사회로 보지 않는다는 데 그 특이함이 있다. 20세기 전반기는 다만 근대의 인식소를 내장한 시대였다는 것이다. 그에 의하면 '기계'의 일용화로 대변되는 근대 사회는 "기술 혁신의 수준과 계급 투쟁에 의해 움직이는 사회"이다. 경제학적 수식에 근거한 합리적 자본주의라는 것이 신고전경제학파의 망상임을 앞서 조세희론에서 비판한 바 있듯, 이 글에서도 그는 근대 사회의 성격의 요체를 다음과 같이 서술하고 있다.

> 근대란 한 마디로 중공업 중심의 시대이다. 근대 사회에서는 노동자와 자본가의 투쟁이 이윤율을 결정하고, 산업자본가와 상업자본가와 금융자본가의 투쟁이 이자율을 결정하며, 산업자본가와 농업자본가와 지주의 투쟁이 지대를 결정하고, 군중에 둘러싸인 권력 중심들의 투쟁이 국가 개입을 결정한다. [14]

'계급 투쟁', 그리고 '부등가 교환'이라는 용어로 언급한 바 있는 '제국주의'가 근대의 본질적 문제임을 다시 한번 지적하고 있는 김인환은 이러한 근대의 성격을 인식한 작가이자 사상가로서 신채호를 높이 평가한다. 김인환에 의하면 신채호는 위의 요목들과 함께 '민주주의'

---

14   김인환, 「한국 현대소설의 계보」, 『기억의 계단』, 64쪽.

가 근대의 또 다른 핵심적 성격임을 포착한 선구자이기도 하다.

> 신채호는 근대가 일용할 양식과 일용할 기계가 필요한 시대라는 사실을 인
> 식하고 있었으며, 제국주의와 계급 투쟁이 근대의 본질적 문제 상황임을 파악
> 하고 있었다. 무엇보다 그는 근대를 대중의 수량이 움직이는 사회로 이해함으
> 로써 대중의 개념을 정치의 범주로 포착한 최초의 사상가가 되었다.[15]

김인환이 보기에 신채호의 탁월함은 이러한 사상적 선취 이외에 당
면한 역사적 과제를 "我와 非我의 투쟁의 시각을 확장시켜 한국과 중
국의 투쟁으로, 또는 한국과 일본의 투쟁으로, 끝내는 한국의 민중과
전세계 제국주의 세력의 투쟁"(5, 74쪽)으로 이해한 데에 있다. 일본의
한국 점령 하에서 한국인이 취할 수 있는 두 가지 방향을 김인환은 '전
시라고 인식하는 데에서 비롯된 항일전쟁의 계속'과 '합병이라고 인식
하는 편에서의 합법적 인권 운동'으로 구분하고, 신채호가 전자의 편
에서 한국 근대 정신사의 한 극단에서 이광수와 대비되는 놀라운 '정
신의 벡터'를 보여주었다고 고평한다. 준비론과 모든 합법적 투쟁을
부정하고 폭력과 테러리즘까지를 긍정한 신채호의 민중 혁명론이 "전
쟁을 계속하겠다는 의지가 없이는 끝내 친일을 피할 수 없는" 현실에
서 어쩔 수 없는 최선의 선택이었다는 것, 더불어 민중 직접 혁명론이
"민중에 대한 과대한 평가의 위험에도 불구하고 대중의 수량에 대한
한국 최초의 정치적 인식이라는 점에서 유효한 척도"가 될 수 있다고
하는 논평 뒤에는 김인환이 근대 한국문학사를 바라보는 기본적인 시
각이 들어있다. 이는 신채호와 대조적으로 이광수를 준열히 비판하는
데에서 더욱 분명히 드러난다. 김인환은 이광수의 친일이 '강압에 의

---

15   위의 책, 78~79쪽.

한 부역이 아니라 신념과 이데올로기로서의 그것'이었음을 여러 사료들과 작품을 통해 논증한다. 또한 이광수가 『무정』에서 "나라 잃은 시대를 진보의 낙원"으로 그리고 있음을 지적하면서, 그의 작품이 말하는 것은 결국 "파시즘의 윤리와 봉건주의 도덕뿐"이라고 냉혹하게 비판한다. 이를 통해 그는 우리 근대의 시초를 마련한 신채호를 한 편에 놓고, 이와 반대편의 극단에 이광수를 놓는 하나의 스펙트럼을 형성한다. 이 양 극단의 사이에서 식민지 작가들의 지형학을 그리고 있는 김인환은 식민지 시대에 민족 문제를 괄호에 넣고 소설 기법을 실험한 김동인 계보의 작가들을 한편에, 또 한편에는 친일 이외에 현실의 세부를 탐색한 염상섭 계보의 작가들을 배치한다. 그리고 그는 결국 한국 현대 소설의 주류는 후자 편에 있으며, 염상섭과 이기영에 의해 형성된 한국 소설의 근대적 문제의식은 1970년대를 거쳐 1980년대에 이르러 한국 소설에 자리잡게 되었다고 보고 있는 것이다.

> 1920년대 초에 신채호가 인식한 근대의 개념은 염상섭과 이기영의 리얼리즘을 거쳐 80년대에 이르러서야 일용할 양식과 일용할 기계에 토대하여 계급 투쟁과 제국주의를 포괄하는 역사의식으로 자리잡을 수 있게 되었다.[16]

위에서 다시 한번 강조되듯, 김인환은 신채호가 마련한 근대의식이 20세기 후반기에 이르러서야 비로소 총체적으로 작품 속에 형상화되고 있다고 본다. 그렇기 때문에 「한국 현대 소설의 주류」에서 신채호가 차지하는 위상은 절대적일 수밖에 없는 것이다. 그에게 한국근대문학이란 신채호가 제기한 근대성 인식을 형상화하는 것이었으며, 그렇

---

16 위의 책, 85쪽.

기 때문에 "신채호 이후의 문학"으로서 리얼리즘 문학이 우리 근대소설의 주류가 되었던 것이다. 일제 점령기의 한국 근대문학을 논의하면서 보여주는 이러한 단호한 태도는, 아마도 절체절명의 극한 상황이 어쩔 수 없이 환기시키는 도덕적 결단의 요청과도 맞물리겠지만, 이 글은 어떠한 세력과 의식형태에도 차가운 반성적 거리 감각을 유지했던 김인환의 비판 정신이 뜨겁게 분출되는 대표적인 예일 것이다.

『기억의 계단』에서 비판적 입장을 더욱 극명하게 드러내고 있는 글은 「한국문학과 기술 이데올로기」이다. 이인직과 고·순종 시대 개화파 지식인들을 비판적으로 논의하고 있는 이 글은, 앞서 신채호에서 보여주었던 논의의 연장선상에 있다. "학생 50명을 데리고 소풍 간 선생도 학생이 위급하면 목숨을 거는데 2,000만 국민을 책임지는 임금이 어째서 죽음을 각오하지 못했단 말인가?"(5, 36쪽)라는 질문에 함축되어 있듯, 김인환은 개항 전후의 한국 위정자와 지식인들이 일본에 맞서 전쟁을 결정하지 못한 것에 대해 절망하면서 그렇게 될 수밖에 없었던 원인을 '기술 이데올로기'에서 찾는다. 그는 우선 "속성으로서의 기술 과학"과 이를 "실체라고 믿는 기술 이데올로기"를 구분하다. 김인환이 보기에 '남에게서 배워서는 안 될 것이 하나도 없음'에도 불구하고 기술의 보편성을 배척한 19세기 말의 위정척사파의 독단주의에도 문제가 있지만, 이후 '기술을 실체이자 절대 진리'로 신봉한 이인직을 비롯한 개화파 지식인들이야말로 나라를 망하게 한 친일 매국노들이다. 김인환은 이 글에서 당대 정황을 『고종 실록』, 『승정원 일기』, 小松綠의 『明治外交秘話』 등의 국내외 사료들을 통해 다각도로 추적하고 개화파의 실상을 서술, 비판하고 있다. 김인환에 의하면 이인직은 기술 이데올로기의 신봉자이기도 했지만, '무식하고 가난한 사람은 사람도 아니고, 빈곤하고 약소한 나라는 나라도 아니라고 본' "한국 최초의 파시스트 작가"(5, 53쪽)이다. 김인환은 이인직의 친일 행각과 파시즘적 요소를 사료와 작품을 통해 면면히 분석하고, 이렇듯 교묘하게 망국의 열망을 창작으로 실천한 이인직은 "일본이 한국을 망하게 하기 위하여 훈련시켜 파견한 간첩"이며, 그의 소설은 "친일매국의 이데올로기를 선전하고 선동하는 전단(傳單)이라고 생각한다"라고 선언하기에 이르는 것이다.

윗 글의 기술 이데올로기 비판은 사실, 그가 초기 비평에서부터 줄곧 견지해왔던 보편성 혹은 과학 이데올로기에 대한 비판적 입장의 재확인이다. 그는 김기림의 비평을 논의하는 글[17]에서 과학 정신에 입각한 김기림 비평이 나름대로의 성과를 보여주었지만, 그럼에도 불구하고 "구체적인 현실을 바르게 검토하지 못했던" 한계가 "보편성에 대한 미망"에 있다고 진단한 바 있다. 비평에 있어서 '과학 정신'을 강력하게 주장한 김인환이 '과학'을 비판하는 것은 앞서 기술과 기술이데올로기를 구분했던 것과 유사한 맥락에 있다. 그가 '과학'적 태도에 있어서 경계해야 할 것으로 주문하고 있는 것은 다음의 두 가지이다. 첫째, '과학적 세계관이 내포하고 있는 세상에 대한 정관적 이해'(3, 118쪽)이다. 즉, 세상을 있는 그대로 받아들임으로써 '대상에 개입하려 하지 않는' 순응적 태도는 "새 모랄을 구성하기 보다는 차라리 윤리를 공허한 영역으로 규정하는 행동"이라고 본다. 그는 이러한 과학의 논리적 이해력 대신 "현재를 우리 자신의 역사로 파악하고" '현재의 객관 가능성을 실현하는' 역사적 실천을 절실하게 요청한 바 있다. 둘째, '가장 보편적인 것이 과학'이라고 믿었던 김기림의 보편성을 "죽은 보편성"이라고 규정했던 데에서 볼 수 있듯, 역사적 실천은 과학이라는 객관적 세계 이해에서 출발하나 그것은 엄연히 우리의 현실이어야 한다는 것이다. 그의 평문 곳곳에서 발견되는 아래와 같은 언급에서 이러한 신념을 확인할 수 있다.

---

17 「20년대 문학비평」, 『문학과 문학사상』.

국문학자로서는 서양의 문학이론을 알려고 노력하는 것보다 우리 문화의 맥락 속에 자기가 위치할 수 있는 자리를 스스로 한정하려고 노력하는 것이 올바른 태도이다. 한국 학자들 상호간의 대화도 제대로 이뤄지지 않는 마당에서 외국 학자와 대화를 나눈다는 것은 일종의 환상이다. 그것은 대화가 아니라 예속 일 것이다. 약소국이라고 하여 문학 연구에서조차 학파가 이루어질 수 없을 것인가?[18]

우리는 미국의 눈으로 세계를 보려는 유혹을 끊임없이 뿌리쳐야 한다. 이것은 우리의 생활양식을 규정하고 있는 문화적 관련의 체계 전체를 거부하는 苦行이 될 수도 있다. (…중략…) 미국의 눈으로 세계를 보지 않으려면 먼저 우리 자신의 눈으로 미국을 볼 줄 알아야 한다. 미국에서 배운 경제 이론을 연역적으로 요령있게 소개하는 사람은 있지만, 미국의 경제 현상을 기초 자료에서부터 다시 검토하여 미국경제의 본질을 독자적으로 해명하는 사람은 없다. 우리의 현대 문학은 아직 우리 시대의 元曉나 丁若鏞을 가지고 있지 못한 것이다.[19]

5. 존재의 원환을 위하여

위의 두 인용문에서 볼 수 있듯이, 김인환은 '근대성'으로 이어지는 많은 담론들이 우리의 구체적인 현실과 전통을 망각한 채 보편성의

---

18 「비평의 논리」, 『상상력과 원근법』, 309~310쪽.
19 김인환, 「세르반테스와 마르께스」, 『세계의문학』, 1983년 여름호, 110쪽.

미망으로 나아가는 것을 적극적으로 비판한다. 물론, 보편에 대한 미망과 함께 독단의 위험에 대한 경고도 잊지 않고 있지만, 그는 문학과 문학연구가 진정한 보편성에 대한 믿음을 잃지 않으면서도 우리의 구제적인 현실에 뿌리내릴 수 있는 길을 모색해나가야 함을 늘 강조해왔다. 아마도 현대문학 전공자로서는 그 예를 찾아볼 수 없을 정도로 그가 한문학과 우리 전통 사상에 해박하다는 것과 그리고 실제 비평의 현장과 문학 연구의 장에서 이를 적극적으로 인유해왔다는 사실만으로도 우리는 그의 실천적 비평의 수위를 가늠해볼 수 있을 것이다. 초기 비평에 해당하는 「구성과 문체」의 각 장의 도입부에 제시되고 있는『莊子』內篇의 "德充符"와 崔瀣의 "猊山隱者傳", 李崇仁의 "哀秋夕辭"는 물론, 최근에 발표한 「최치원 새로 읽기」에 이르기까지 그의 평문에 명시적, 암시적으로 들어있는 우리의 고전과 전통 사상에 대해서는 다시 말할 필요가 없을 것이다. 그가 전통에 대해 갖는 각별한 태도는, 물론 위에서 말한 보편에 대한 미망을 경계하고 항상 우리의 구체적인 현실의 뿌리를 잊지 않으려는 데에서 비롯되었지만, 한편 그것은 지금의 현실, 더 직접적으로는 근대 사회라고 하는 '현재'의 부정성을 비판할 준거를 그가 '전통'에서 찾고 있기 때문이다. 이 글의 둘째 장에서 살펴보았듯, 김인환은 19세기 이전의 동아시아 문화를 루카치가 말하는 총체성이 가능했던 그리스에 비유하여, "이치와 기운의 역동적 조화를 통대로 하여" "부분이 곧 전체이고 전체가 곧 부분일 수 있었던" 열린 체계로 본다. 이에 반해 근대의 물화된 세계는 '개인에게 사회의 경제 체계가 분담하는 역할 이외에는 아무것도 허용'하지 않는 닫힌 체계이며, 현대 문학은 "추상적 개별성에 사로잡혀 온갖 일탈을 변호하는" 퇴폐의 문학이 되는 것이다. 단적으로 20세기를 "존재의 원환이 폭파되어버린"(2, 18쪽) 시대로 보고 있는 김인환의 이러한 시대 의식은, 위에서 살펴본 바 근대적 삶의 본질을 "여러 세력들의 끊임없는 투쟁"을 긍정하는 것과는 별도로 근대성, 그리고 나아가 자본주의 사회를 비판하는 중요한 논점이 된다. 즉, 그는 근대사회의 영역 분화가 가져온 폐쇄성과 개별성이야말로 이곳의 삶을 '각자위심(各自爲心)'의 싸움터로 만들었을 뿐 아니라, "인간을 장치와 도구들의 체계에 고용된" 하나의 부속품으로 전락시키고 있다고 비판한다. 자본주의가 "사실을 논리로 바꾸고 논리를 도덕"으로 바꾸어, "돈이 없는 환자들을 거부하는 의사들, 가난한 아이들을 가르치지 않으려는 교사, 집 없이 떠도는 사람들을 거부하는 목사들"과 같은 "자본주의 경비병들"(6, 8쪽)을 끊임없이 양산해내고 있음을 통탄하면서, 그는 이러한 '근대성'을 "우리의 전통으로 변형하기 위해 투쟁"해야 한다고 강조하는 것이다.

> 계급투쟁과 제국주의, 투표와 선거 따위의 근대적 문제들을 화두로 삼아 근대를 우리의 전통으로 변형하려는 투쟁은 이익의 합리성을 계산하는 투쟁이 되어야 할 뿐 아니라 우주의 원초적 율동에 참여하는 투쟁이 되어야 한다. 남을 해치지 않고, 남에게 상처를 주지 않고, 남의 몸에 나의 가시를 찌르지 않고 살아남을 수 있는 길이 없다는 사실에 직면하여 절망하지 않는 사람은 인간에 의한 인간의 착취를 심화하는데 기여할 뿐이다.[20]

일종의 유토피아적 비전을 담고 있는 이 동아시아 전통사상에의 지향성은 구체적으로, 그가 19세기 이전의 만인의 교과서였다고 보는 『화엄경』과 『주역』에 잇닿아 있다. 그는 『화엄경』의 '帝釋天의 궁전에 걸린 因陀羅網의 비유에서 '부분과 전체가 하나'인 존재의 원환을, 『주역』에서는 마땅히 그러해야할 세계의 질서인 "노동과 비개입과 자

---

20 「재즈와 요가」, 『기억의 계단』, 108쪽.

기 교육"(5, 337쪽)을 읽는다. 따라서 그에게 현대문학은 고전 문학과 통합되어 되비추면서 그 결여와 부정의 근거를 물어야 하는 것으로,[21] 이광수가 「예술과 인생」이 대변하고 있는 '미적 근대성'이란 하나의 "몽상적 직업관"[22]이 되는 것이다. 이 전통의 문제와 함께, 그의 문학관은 다시 한번 예각화 된다. 그가 '문학교육론'이나 기타 평문에서 줄곧 암시하고 있듯, 문학교육과 문학연구는 근대의 개별적 인간이 '존재의 원환'을 되찾기 위한 하나의 심미적 방편들인 것이다. 하여 그가 "문학의 직능이 개인이 자발적으로 걸려드는 이데올로기를 폭로하는 데" 있음을 말할 때, 여기에는 우리를 자본주의의 논리로 끊임없이 내모는 그 무수한 이데올로기와 함께 '문학주의'라는 근대적 문학관도 포함되어 있음을 추측할 수 있는 것이다. 이러한 그의 전통 지향성을 복고적 취향이나 실제의 중세를 지시하는 것으로 본다면 우리는 많은 것을 놓치게 된다. 김인환에게 있어 전통은 '실체'라기 보다는 '근대성'을 비판하는 하나의 준거이자, 현대 문학의 부정성이 간직하고 있어야 할 상징적 지향점을 의미한다고 볼 수 있다. 나는 그가 더러 다른 학자들의 근대성 논의에 덧붙여 근대성 비판의 준거, 혹은 근대성 설정의 준거들에 대해 질문하는 지점[23]에서, 전통을 맴돌면서 혹은 근대적 서구 이론의 끝에까지 갔다가 되돌아 나오며 그 자신 스스로 절실하게 물었던 그 물음이 겹쳐짐을 본다.

---

21 「고전문학과 현대문학의 통합과 확산」, 위의 책.
22 "귀국하여 발표한 「예술과 인생」이란 글에서 이광수는 아무런 전제도 없이 단적으로, 정치나 경제나 사회의 변혁에는 의미가 없고 인생을 예술화하는 것만이 중요하다고 단정하였다. 자연과 인사(人事)와 특히 직업을 예술로 알고, 자기를 예술 감상자로 대하라고 권고하면서 몽상적인 직업관을 제시하였다."(「한국 현대소설의 계보」, 『기억의 계단』, 71쪽)
23 김인환, 「근대를 뚫고 나가는 내재적 초월의 형식-김윤식 평론집, 『한국문학의 근대성 비판』」, 『문학사상』, 1994.1.

이러한 전통 사상을 바탕으로 그는, 각자위심의 우리의 현실을 어떻게 구체적으로 변형시킬 수 있는지를 곳곳에서 탐구해왔다. 그는 삶의 바탕이, 특히 근대 현실이 모순투성이의 삶의 전장터임을 여러 군데에서 언급해왔다. 수식으로 증명해보였던 신고전경제학들의 형식적 합리성의 어긋남에서부터 그 모든 도식을 비껴가는 '욕망'과 문학작품의 '미확정 영역'에 이르기까지 그는 늘, 어떠한 원리와 체계로도 환원할 수 없는 완강한 사실들과 현실의 무한한 계기가 있음을 강조해왔다. 하여 엄격한 과학적 보편주의자와 냉혹한 현실주의자의 두 모습이 겹쳐있는 그의 비평은, 원리와 체계, 그리고 맥락과 계보를 애써 구축하고 스스로 이를 허무는 작업의 연속이었다고 할 수 있을 것이다. 분석과 체계에 누구보다도 탁월한 이 해부학자가 끊임없이 구축하고 해체하는 이 노동에는 놀이의 기쁨이 들어있지만, 니체적 의미의 강인한 허무주의자의 슬픔도 함께 배어 있다. 그는 그 모든 노동의 결과물들을 '어긋난 사개'로 돌려보내면서, 그 '어긋난 사개' 대로의 투쟁의 소란스러움이 현재의 완강한 질서를 새로운 현실로 바꿀 것을 믿는다. 그러나 그는 그 현실을 이끄는 계급투쟁과 대중 운동 등의 싸움이 궁극적으로 역동적 조화의 세계로 나아가는 도정이 되기 위해서는, 그러한 싸움의 규칙, 투쟁의 윤리를 정립해야한다고 말한다. 그것은 구체적인 집단과 공동체마다 다양하게 변형되겠지만 그 모든 개별적인 규칙을 포괄하는 "최소한의 도덕"으로서 "정직과 관대"의 기율을 내세웠다. 정직과 관대의 기율은, 그가 처음부터 끝까지 허물지 않는 그 자신의 삶과 문학의 윤리이기도 하다. 그는 이 정직과 관대를 통해 그 모든 싸움이, 즉 가족, 연인의 싸움에서부터 계급투쟁과 혁명에 이르기까지의 무수한 어긋남이 "사랑하는 싸움"이 될 수 있으리라고 믿는다. '남 못 되라는 것이 아니라, 서로 잘 되자고 하는' 이 '사랑하는 싸움'을 그는 김수영의 시에서, 그리고 모든 위대한 문학 작품에서 읽어낸다. 그리고 그 '사랑하는 싸움'이 바탕하고 있는 정직한 '욕망'에서 비로자나불을 보기도 하는 것이다.

김인환은 그의 평문을 통해 현대인이 존재의 원환을 회복하기를 끊임없이 염원해왔지만, 그 자신 또한 글쓰기를 통해 그러한 열망에 닿고자 했던 학자이다. 그의 종횡무진으로 펼쳐지는 사유들을 좇아가노라면 오래고 먼 얼굴이 하나 어렴풋이 떠오른다. 레오나르도 다빈치. 그는 뛰어난 예술가이지만 동시에 수학, 과학, 물리, 천문, 해부학에 이르기까지 다양한 분야에서 탁월한 재능을 보이고, 또 이 재능을 충분히 발현하고 살다 간 중세 이탈리아 천재 화가이다. 그는 존재의 원환이 폭파하기 이전, 우주를 내면에 받아들이고, 그의 전체성을 실현하며 살다간 축복받은 인간이다. 근대 이후 산업화와 더불어 현대 문학은 독자적이고 전문적인 영역을 확보하였지만, 이는 동시에 폐쇄적인 공간으로의 후퇴를 의미하기도 한다. 김인환이 앞서 이광수의 평문에 대한 비판에서도 밝히고 있듯, 이 미적 근대성과 함께 문학은 또하나의 직업의 윤리의 공간으로 바뀌면서, 문학에 종사하는 사람의 경제학, 의학, 수학적 지식들은 모두 허학이 되어버렸다. 김인환은, 그에게 주어진 근대문학이라는 협소한 공간을 넘어 다양한 분과를 가로지르며 경계 허물기를 지속해왔다. 그는 현대문학 전공자로서 문학 연구와 비평에서 뛰어난 공적을 쌓았지만, 여기에서 멈추지 않고 『주역』과 「용담유사」, 「동경대전」을 번역하고, 한시를 강의하고, 정신분석 세미나에 공을 들이기도 했으며, 『자본론』에 골몰하고 숱한 외국어 사전을 헤집기도 하였다. 그러나 그의 비평문 곳곳에서 발견되는 저 낯설고 기인한 수식은, 어떠한 현학적 포즈에서 나온 것도, 지극히 추상적인 개념이나 논리에 한정되는 것도 아니다. 그것은 구체적이고 실증적인 현실에 대한 증거이자 신념으로서 제출된 것이다. 스라파, 고던 틸로크 등 경제학자들의 수식들에는, 어떠한 성급한 합리화를 위해 어물쩍 넘어가는 심정주의나 감상주의를 멀리하려는 엄정한 학자의 윤리가 있으며, 한편 진정으로 그가 믿고 있는 완강한 사실들에 대해 보편 문법으로 설득하려는 진정성이 담겨 있는 것이다. 그의 이 끊임없는 '확장'과 '넘나듦' 앞에서 당황하는 우리야말로 조각난 근대 현실의 고등교육의 허상을 그대로 증명하고 있는 것이다. 그는 완전한 인간이 되려는 것일까? 아마도 그는 우리 시대에 보기 드물게 '전체성'에 근접하고 있는 인간이라고 할 수 있다. 거대 담론의 소멸과 함께 혼란을 맞고 있는 이즈음, 김인환의 문학원론과 원칙에 충실한 평문들이 새롭게 조명되고 있는 듯하다. 그러나 나는 후대에 그의 평문들이 좀더 새롭게 해석되고 그의 행간 넓은 문장에서 더 많은 것들이 발굴되리라 믿는다. 두고두고 읽어야 할 글과 사람이 있다는 것은 참으로 행복한 일이다.

지 도 의 암 실

III

고도리, 혹은 삶의 알리바이

구경미의 「잠자는 고양이」와 하재영의 「고도리」

죽음에 맞설 수 없을 때 그것은 생즉사(生卽死)이다

— 자크 데리다, 「우편엽서」

1

'피로와 권태, 그리고 총체적인 삶의 허무감에 짓눌린 한 중년이 어
느 날 자살을 결심한다. 집행 시간은 자정 12시. 남은 시간동안 그 남
자는 재산과 물건을 정리하고 유서를 쓴다. 그리고 지난날을 돌이켜
보고 말끔히 정리된 세간을 다시 한번 쓸어보고……, 그래도 시간이
남자 지루해진 그는 서재로 가서 오랫동안 풀지 못했던 수학 문제를

풀기 시작한다. 끙끙대며 문제를 푸는 동안, 시간은 흘러흘러 마침내 동이 터오기 시작하고, 수학 문제를 풀지 못한 그는 여전히 자신이 살아있음을 깨닫게 된다. 그는 다시 하루를 시작하고 자신의 생명을 구해준 그 수학 문제에 엄청난 상금을 걸어 현상공모하게 된다.' 이 이야기를 읽은 것은 '수학'에 관한 어떤 책에서였다. 아마도 그 책은 그 '수학 문제'가 얼마나 어려웠는지, 그리고 그것을 푼 사람이 얼마나 대단한 천재인지를 얘기했던 것 같은데, 나는 그 사내가 수학 문제를 풀다가 살았다는 놀라운 이야기만 또렷이 기억하고 있다. 생각해보라, 죽음의 사자와 약속한 시간을 까마득히 잊고 책상머리에서 뻘뻘 땀을 흘리고 있는 한 인간의 희비극적인 모습을.

구경미의 「잠자는 고양이」(『한국문학』, 2007년 가을호)는 위와 흡사한 이야기를 소재로 하고 있다. 한 친구가 있다. 초점 화자 '나'에 의하면 그는 걸핏하면 자살하겠노라고 선언하지만 단 한 번도 성공하지 못한다. 첫 번째 자살 시도는 스물일곱, 취직이 되지 않아서이다. 그런데 죽기 직전 그는 합격 통보 전화를 받고 기적처럼 살아난다. 두 번째 자살 시도는 직장 생활이 너무 권태로워서란다. 그러나 '나'의 해석에 의하면 그 권태의 속뜻은 직장 내 '위치의 변화 없음'이다. 즉 오랫동안 승진을 하지 못했기 때문인데 자존심 때문에 그는 '권태'라는 그럴듯한 명분을 내걸고 다시 한번 '죽음'에 러브콜을 보낸 것. 두 번째의 자살 예고 직후 이 두 친구는 함께 여행을 다녀오고 마침내 긴 이별을 앞두고 최후의 만찬을 즐긴다. 그 순간, 그의 죽음은 다시 한번 유예된다. 이번에는 승진이 아니라 느닷없는 부친 사망이다. 아버지의 죽음으로 인해 '그'는 권태롭기는커녕 장례와 사후 절차를 치르느라 무척 바빴고 피로했으며, 자신의 죽음을 돌아볼 시간이 도통 나지 않았으므로 또 한번 양치기 소년이 된다. 세 번째 자살시도는 짐작할 수 있듯 '연애' 문제 때문이다. 이번에도 그는 극적으로 목숨을 구하는데

예의 절대적인 어떤 힘이 그를 도와 여자친구를 그에게 돌려준다. 그러나 공교롭게도 그녀는 '나'와 삼각관계에 있었던 여인. 그러니까 그는 목숨을 구했고, '나'는 애인을 잃게 된 셈. 어쨌거나 '그'와 그녀는 결국 헤어지고 시간이 흘러 그는 습관처럼 '자살 카드'를 꺼낸다. 그러나 이번에는 명확한 이유가 없다. 굳이 이유라고 한다면 살아야 할 의미가 없기 때문. 회사에 왜 다녀야하는지, 왜 살아야하는지 모르겠다는 그는 역시 도박사답게 과감히 직장을 그만두고 집안에 칩거하게 된다. '나'는 그런 그에게 일주일치 먹을거리를 사다 나르고 그가 직장과 돈과 일체의 사회관계가 없는 "밤 같은 현실", "외로운 바위산"에서 내려오길 기다린다. 그러나 그는 "나라고 뭐 별 수 있겠냐, 65억 인구가 그렇게 사는데"라는 타협 대신, '12월 31일 자정'이라는 '생의 마감 시간'을 통고해온다. '나'는 "그래? 잘해봐라"고 냉소적 반응을 보이지만 그 시간이 되자 그의 집주변을 맴돌기 시작한다. 한편으로는 '또 시늉이겠지'라고 생각하면서도, 한편 결행하면 어쩌나 하는 걱정으로 거리를 배회하던 '나'는 문득 불길한 생각에 사로잡힌다. 지금까지의 그의 자살 결심은 "뭔가 바라는 게 있을 때"였는데, 이번엔 짐작조차 할 수 없으므로 진심이 아닐까 하는 생각, 그리고 이제까지의 불발이 그럴듯한 핑계거리가 있었기 때문이라면, 이번에는 그 알리바이가 혹시 '그'의 상황을 유일하게 아는 '자신'이 아닐까하는 생각에 미친 것이다. 퍼뜩 놀란 '나'는 그의 집으로 미친 듯 달려가고 그곳에서 수면제를 삼키고도 말똥말똥 눈을 뜨고 있는 그를 발견한다는 이야기이다.

「잠자는 고양이」는 '자살' 습벽을 가진 친구 이야기를 희화적으로 그리고 있는 작품이다. 그러나 그에게 이 해프닝은 단지 무미건조한 삶을 견디기 위한 자극제를 의미하지는 않는다. '그'는 늘 거짓말처럼 다시 살아나지만, 문제는 그 순간만큼은 늘 그 죽음 충동이 진짜라는 것. 그리고 그 충동은 인간이라면 누구나 한번쯤 겪었을 '취직' '연인'

'승진' '무의미'라는 계기를 통해 폭발한다는 점에서 '우리 모두'의 자살 습벽에 관한 이야기이기도 하다. '그'처럼 우리 모두, 예외 없이 그토록 통속적인 문제에 맞닥뜨려 죽음을 생각하지만, 그처럼 다양한 알리바이를 통해 슬그머니 생을 지속시킨다. 그 알리바이란 그의 경우처럼 급작스런 상황 변화일 수도 있겠으나 대개는 그와 무관하거나 소소한 일상의 일이기 쉽다. 예를 들어, 주인공이 쓰는 수법처럼 수면제 복용을 두고 "너무 고전적인 방법 아닌가?"라는 트집 잡기, "야, 눈 온다, 일단 이거 보고 생각해"라는 관심 돌리기 등등, 생을 지속해야 하는 이유는 항상 무수히 존재하고, 또 얼마든지 만들어진다. 일주일 뒤에 있을 팀 프리젠테이션, 한 학기 강의는 마무리해야 할 것 같은 윤리의식, 그리고 가족들에 대한 책임감. 평소에는 귀찮고 버겁고 쓸데없다고 생각했던 일들이 막상 죽음에 닥쳐서는 왠지 삶의 중차대한 이유로 다가오는 것이다. 그러니 한 시인의 말대로 "구원은 딴 데서도 오고, 예기치 않는 순간"(김수영, 「절망」)에 오는 것이 아니라 구원은 딴 데서가 아니라 일상에서 오는 것이며 '예기치 않는 순간'에 '발견'되는 것이다. "내 삶은 언제나 내세였어"라는 베케트의 작품의 한 인물의 대사처럼 진정한 계시와 구원은 결국 그토록 끔찍스러운 '바로-여기'라는 것. 이러한 일상성 이외에 이 작품에서 작가가 강조하고 있는 것은 '그'에게로 달려가는 친구 '나'라는 존재, 즉 삶의 중요한 알리바이로서의 '타인'이다. 한 생의 부정은 타인의 긍정에 의해 제로가 된다는 것. 「잠자는 고양이」는 이렇듯 죽음에 직면해 발견되는 일상과 존재 이유에 관한 이야기이며, 그토록 무수한 죽음의 충동에도 어떻게 삶이 지속되는가라는 문제를 탐색하고 있는, 위트 넘치는 작품이다.

2

 그러나 모든 사람들이 「잠자는 고양이」의 '그'처럼 자신에게 닥친 불행을 놓고 감히 죽음과 '맞짱' 뜨지는 않는다. 통점에 대해 정직하다 못해, 소란스럽기까지 한 '그'라는 인간 유형 반대편에는 '많이 바라지 않으므로'라는 슬로건 뒤에 숨은, '나'와 같은 어른스러운 유형도 있다. '나'는 장밋빛 미래를 믿지 않으며, 무엇을 크게 열망하지도 않으므로 크게 절망할 일도 자살을 생각할 일도 없다. "절망이야말로 가장 치열한 열정"이라고 한다면, 이들 유형은 치열한 '절망' 대신 비루한 '평온'을 택한 자들이라고 할 수 있다. 그러므로 '나'는 친구가 목숨을 담보로 '나'의 여자친구를 넘보았을 때, 조용히 물러나기도 했던 것이다. '나'와 같은 유형에게 '그'와 같은 자살 소동은 엄살이며 유치한 해프닝이지만, 그렇다고 이들에게 생이 환희일 수는 없다. '끔찍하다'고 생각하지는 않지만, 이들에게도 생은 지리멸렬하고 진부하고 비루한 불행, 그리고 고만고만한 번민과 고통으로 점철된 시간이긴 매한가지이다. 더군다나 죽음을 들이대지 않았으므로 이 구지레한 일상이 이들에게 구원으로 전화될 기회는 전혀 없다. 그렇다면 이들은 어떻게 이 고만고만한 불행과 일상을 견디며 사는 것일까.
 하재영의 「고도리」(『창작과비평』, 2007년 가을)는 바로 이 '어른들'이 생을 유지하는, 혹은 고만고만한 불행을 견디는 방식에 관한 이야기이다. 그것은 바로 '돈단무심(頓斷無心)'의 전략. '어떤 사물에 대하여 도무지 탐탁하게 여기는 마음이 없음'이라는 뜻의 이 사자성어는 쉽게 말하자면 욕망과 집착을 버리는 것. '마음'을 주지 않음으로써 고통이 틈입할 새를 주지 않는다는 전략은 일종의 불교적 수행에 해당하는 것이다. 그러나 중생들에게 이 돈단무심은 대개 도에 이르기 위한 길이 아니라, '상처 받지 않기 위해' '고통스러운 현재를 잊기 위한' 방편으로 소용된다. 하재영의 「고도리」에서 돈단무심을 위한 한 예시로 제시되는 것은 '화투'이다. 주인공 '나'와 '그'는 동거를 시작한 지 석 달이 지나면서부터 '주야장천' 고도리를 친다. 그들은 설거지, 돈, 청소 등의 내기를 하지만, 그것이 화투의 주목적은 아니다.

함께 눈뜨고 함께 잠들게 되자, 그러니까 헤어질 필요가 없게 되자, 서로의 존재가치는 빛이 바랬다. 우리가 고도리를 치기 시작한 그 시점은 상대가 원하는 게 무엇인지 궁금해하지 않고 화내는 이유가 무엇인지 이해하지 못하게 된 시점과 일치했다. 그럼에도 불구하고 그와 내가 서로에게 질리지 않았던 것은 효율적으로 시간을 죽여왔기 때문이라고, 나는 생각한다. 그리고 효율적으로 시간을 죽일 수 있었던 건 슈퍼마켓에서 사온 삼천원 짜리 하우스용 화투 덕분이라고, 생각한다.
깔려 있던 화투와 내리치는 화투가 정확하게 맞으면서 딱 소리가 난다.
"무심해져야 해."

— 하재영, 「고도리」, 『창작과비평』, 2007년 가을, 129~130

고도리가 '효율적으로 시간을 죽이는' 방법이라고 설명하고 있지만, 위 인용문은 화투가 소통불능과 반목, 권태를 잊게 해주는 방식임을 함축하고 있다. '고도리'는 그러니까 일종의 술 혹은 여행, 스포츠와 같은 일종의 '일상의 엑스터시(ecstasy)'라는 것. 쿤데라의 설명에 따르면 그리스어 어원에서 나온 '엑스터시(extase)'는 자신의 위치(stasis)로부터 빠져나가는 행위를 뜻하며[1] "현재 순간에의 절대적 동화, 과거와

---

1   밀란 쿤데라, 「스트라빈스키에게 바치는 즉흥곡」, 김병욱 역, 『사유하는 존재의 아름다움』, 청년사, 1994, 101쪽.

미래의 완전한 망각"이다. 황홀경, 혹은 망아로 번역되는 이 엑스터시는 '자신의 바깥'으로의 경험이고, 연대기적 시간의 부정이므로 '죽음'의 영역을 건드리는 것이다. 그러나 '게임'과 같은 진부하고 통속적인 엑스터시들의 기능은 이 죽음을 흉내 내면서도 안전하게 고된 일상의 맥락에서 벗어날 수 있다는 것. 하여, 「고도리」에서 '화투'는 '갈등, 반목, 불안한 미래'에 대한 염려를 '일시 중지'하는 수단이자 연인들의 '이별'을 유예시키는 훌륭한 방편이 되는 것이다.

　「고도리」에는 짐짓 모르는 척, 마음을 거둠으로써 효과적으로 자신을 방어하는 하나의 전형이 형상화되어 있다. 주인공이 "발로 차고 싶은 등짝"이라고 부르는 철갑 등짝의 '수학 선생'. "화장기 없는 여드름 투성이 얼굴, 그 얼굴을 반쯤 가려버린 도수 없는 안경, 손질이 안 된 숏커트 헤어스타일, 풍덩한 월남치마와 박스티셔츠" 등으로 나열되는 노처녀 수학선생은 돈단무심을 넘어 일종의 '화석'에 가까운 인물로 그려진다. 학교의 모든 선생과 학생들로부터 받는 온갖 냉대와 경멸에도 무감각한 표정으로 응수하는 그녀, 그녀의 이 상처 불가능이 '철저하게 타인에게 무관심'하기 때문이며, 소외당하는 게 아니라 '소외시키기 때문'이라고 생각한 주인공은 그녀를 내심 존경하며 그녀로부터 위장된 '냉소'의 이 비법을 전수받는다. 그것은 곧 자발적 소외와 비행을 통해 '사회' 혹은 '행복'을 걷어차는 것. 그리하여 '나'는 열여덟에 골초가 되고 열아홉에 세 번의 가출을 하는 화려한 '비행'을 감행한다. 물론 주인공의 이러한 '비행'에는 담임의 추궁대로 나름대로의 '이유'가 있을 수 있다. 그러나 그녀는 담임선생님에게 털어놓았던 대로, 그러한 비행의 원인이 사업에 실패하고 음주운전으로 감옥에 갇힌 아버지, 컨테이너 가건물의 형편없는 집안에 있다고 생각하지 않는다. 차라리 그러한 '비운의 진부함'에 있다고 말하고 있다.

나는 비운이 아니라 그 비운이 가진 진부함에 슬퍼하고 분노했다. 사업에 실패하고 사고를 내고 이사를 하고 포장마차를 차리는 일련의 과정은 아침드라마에서도 못 써먹을 만큼 식상했다. 나는 건방진 포즈로 이 상황을 냉소하고 싶었다. 그러기 위해서는 무관심해야 했다. 무관심은 위악과 냉소의 꼭짓점에 자리하는, 말하자면 씨니컬의 진수와 같으니까. (135쪽)

비운의 진부함에 대한 분노란 곧 허무주의 편에서 선 비관이라 할 수 있다. '나'라는 개별성과 상관없이 인간의 불행과 행복이 삼류 멜로드라마에서 한 치도 벗어나지 않는다는 것, '나'의 비행의 능동성은 자신의 '진부한' 비운을 '특별한' 비운으로 만들기 위한 전략을 의미한다. 이는 철저하게 자신의 생을 건설적이고 생산적으로 가꾸는 방식이 아닌 '낭비'하고 '소모'하는 비경제적 방식으로 이루어진다. 하여 그녀는 이십대를 낭비하는 방법으로 '원나잇 스탠드'를 선택하여 그 '진부함'의 일상을 질주한다. 그러나 그것이 '과연 선택이었을까' 하는 주인공의 의구심대로 이러한 '자발적 선택'은 자신의 진정한 욕망과 소망의 추구라기보다는 반동적 행위에 지나지 않는다. 즉, 처음부터 주어진 하강의 그래프에 대한 적극적인 실천을 의미하는 것이고, 자신의 불안한 욕망에서 나온 다음과 같은 부정과 파괴의 결과물들이라고 할 수 있다.

인식은 인간을 수동적 평온상태로 유지시켜주는 반면 욕망은 인간을 불안하게 만들고, 행동하게 만든다. 욕망에서 비롯된 행동은, 그래서 대상을 부정하고 파괴함으로써 또는 적어도 변화시켜서라도 욕망을 충족시키려 든다. 예컨대, 우리는 음식물을 파괴하든지 또는 변화시키지 않고는 허기를 채울 수 없다. 이처럼 인간의 모든 행동의 근본은 '부정'에 있다.
— 알렉상드르 코제브, 「헤겔강독 서설」

코제브가 지적한 대로 인간의 행동의 근본이 결국 '부정'에 있다면, 「잠자는 고양이」의 자살 소동과 「고도리」의 주인공의 비행은 모두 욕망에서 나온 일종의 '부정'의 실행을 의미한다. 그 부정의 극단에 놓인 죽음을 「잠자는 고양이」의 '그'가 '가짜' 죽음의 연출을 통해, 그리하여 전복되거나 발견되는 상황과 일상에 의해 구출하는 것이라면, 「고도리」는 '고도리'라는 일종의 '판단중지'의 시간을 통해 구출하고 있는 것이다. 「고도리」에서 '나'의 부정의 적극적인 실천인 '원나잇 스탠드'는 동거남과의 '사랑'에 의해 중지된다. 그러나 '그'와의 생활은 다시 소통 불능과 권태 등으로 인해 위기에 처하고, 큰 다툼 끝에 집을 나간 동거남은 다시 그녀의 집에 돌아오지만, 그들의 관계를 지속할지 말지의 결정은 미지수이다. 그것은 그녀의 입장에서도 그러하고 '그'의 입장에서도 마찬가지다. 관계를 지속할 것인가, 말 것인가 또는 생을 지속할 것인가 말 것인가, 그 중간에 '고도리'가 있다. '사느냐 죽느냐'라고 고뇌하던 햄릿은 이제 그 심각한 포즈를 걷고 화투패를 돌리며 치명적 결단을 미루고 비루한 생을 지속하고 있다. 죽음에 맞서는 '의사(pseud) 죽음과 딴청하기', 부침하는 욕동이 그리는 현실 밑그림에 대한 판단 정지, 이것은 「잠자는 고양이」와 「고도리」의 인물들의 '생'의 모습이기도 하지만, 이즈음 한국소설이 딛고 있는 '문제적' 영토이기도 하다.

生은 다른 곳에

김영하의 『퀴즈쇼』와 박완서의 『친절한 복희씨』

'생은 다른 곳에(Life is Elsewhere)'는 랭보가 남긴 말이자 초현실주의의 선언문에 인용되어 더 유명해진 구절이다. 그러나 내가 이 말을 처음 접한 것은 밀란 쿤데라의 소설 제목에서였다. 밀란 쿤데라는 동명의 소설에서 야로밀이라는 한 젊은 시인이 사회주의 혁명기를 통해 어떻게 성장해나가며, 궁극적으로 그의 운명이 순수한 열망과 무관하게 어떻게 배반과 정신적 실종이라는 종착점에 다다르는지를 보여주고 있으나, 내가 이 제목에 매료된 것은 그러한 삶의 우연성과 역사의 폭력성과는 전혀 다른 것이었다. 그것은 흔히 젊은이를 사로잡는 파랑새의 신화 같은 것이라 할 수 있는데, 따라서 당시 나는 이 소설을 '제대로' 읽었다기보다는 내 식대로 오해해버린 독서였다고 해야 할 것이다. 그러나 다시금 그 책을 들쳐보니 어쩌면 그때의 독서가 완전한 오독은 아닐 수도 있다는 생각이 든다. 쿤데라는 서문에서 원래 제목이 '서정시대'였으며, 서정시대란 다름 아닌 '젊음'을 의미한다고 밝히고 있다.

서정시대란 젊음을 의미한다. 이 소설은 젊음의 서사시이며, 내가 '서정적인 관점'이라고 일컫는 것의 분석을 시도한다. 서정적인 관점이란 모든 인간의 잠재적인 자세이며, 인간 존재의 기본적인 범주들 가운데 하나이다. (…중략…) 소설가에게는 주어진 하나의 역사적인 상황이란 "인간의 존재란 무엇인가?" 하는 기본적인 문제를 탐구하는 '인류학적 실험실'이다. 이 소설의 경우에는 몇 가지 관련된 문제들이 저절로 드러난다. 서정적인 세계를 형성하는 데 있어서 어머니는 어떤 신비한 역할을 담당하는가? 그리고 만일 젊음이 무경험의 시대라면, 절대성에 대한 열망과 무경험의 사이에는 어떤 관계가 존재하는가? 또는 절대성에 대한 열망과 혁명적인 열정 사이에는?[1]

생이 뜻하지 않는 우연에 의해 지배된다는 '종착지'로서의 다른 곳이든, 혹은 다른 세상을 꿈꾸는 '시발점'으로서의 다른 곳이든, 중요한 것은 '언제나' 생은 '다른 곳'에 있다는 것이다. 그것이 시인의 낭만적 열정의 힘이며, 소설가의 현실 탐색에 대한 충실한 보고서라고 할 때, 우리는 인간의 선험성과 경험, 꿈과 현실, 내면과 일상 등의 낙차에서 발생하는 수많은 문학 텍스트와 함께 인간의 비극적 운명을 선사받는다.

'생은 다른 곳에'라는 인간의 운명에 대한 가감없는 진술은 '지금 여기의 생'에 대한 의심과 부정을 의미한다. '신이시여, 이것이 정녕 다란 말입니까?'라는 물음은 그리하여 인류사를 통해 수많은 '너머'의 생과 '이면'을 창조해왔다. 가령, 플라톤의 이데아론에서부터 종교, 신화의 세계, 무의식과 광활한 우주공간에 이르기까지. 그 세계가 어떤 것이든 그 '다른 세계'는 '인간의 존재란 무엇인가?'라는 질문에서 출발한 탐색이 어떤 공백과 만나는 지점에서 발생한다. 그리고 '운명'이란 말 자

체에 함의되어 되어있듯, 그것은 인간 '바깥'의 힘에 대한 어찌할 수 없는 긍정을 포함한다. 이는 과거 플라톤의 이원론적 세계관과 신의 세계에서 확고하게 입증되고 있지만, 이러한 상상력은 최첨단 하이테크놀로지가 점령한 현대에도 다양하게 변주되어 현전하는, 강력한 세계 인식의 모형이기도 하다. 예를 들어, 〈트루먼쇼〉에서부터 〈매트릭스〉혹은 〈X파일〉류의 영화들 말이다. 〈트루먼쇼〉에서 주인공은 인간들에 의해 꾸며진 무대세트장에 '각본'에 의해 살아가는 존재이고, 〈매트릭스〉의 네오 또한 현실과 가상을 부유하는 인물이며, 〈X파일〉은 지구 바깥의 외계의 존재에 대해 강력한 의문을 제기하고 있다. 음모론에 기반한 이러한 헐리웃 영화의 바탕은, 지금 여기의 삶을 관장하는 더 강력한 '외부'가 존재한다는 것, 그리고 인간은 그 세계를 정확히 알 수 없으며 그것에서 벗어날 수도 없다는 것이다. 이들은 플라톤으로 대표되는 서구 지성사의 이원론적 세계관의 세속적 판본이라고 할 수 있으며, 물론 최근 우리 문학에도 침투해있는 사유들이다. 예를 들어 박민규가 '언인스톨 하느냐 마느냐'로 제출한 지구적 상상력이나 윤이형의 SF적 상상력과 멀게는 개인의 절대적 '내면'에 대한 추구들에 이르기까지.

다시 반복하자면, 더 심층적인 세계로서의 본질, 이면, 내면 등에 대한 집착은 현상으로서의 '지금 현실'을 수락하지 않겠다는 태도이다. 유토피아적 충동으로, 시적 충동으로, 종교적 차원으로 변전·승화되는 이 현실 수락 거부 태도의 가장 오래된 기원과 형태는 물론 '서정'이라는 '관점'이다. 쿤데라가 언급한 대로, 서정과 젊음의 친연성은 기성 질서와 이데올로기를 부정하고 주체적으로 재구성하려는 '열정'을 공유하는 데에서 비롯된다. 또한 그러한 충동에서 비롯된 모험과 역사적 실험에 대한 보고는 '서사'를 통해 또 '다른 생'을 제출한다. 이 글은 무경험과 절대성에 대한 열망에서 출발하는 '젊은이'의 다른 생과, 파란만장한 일생을 보내고 인생의 황혼기에 다다른 '노년'의 다른 생을, 김영하와 박완서의 작품을 통해 분석해보고자 한다. 당겨 말하자면, 젊은이의 다른 생은 '질문'의 방식으로, 노인의 다른 생은 '그리움'의 방식으로 제출된다.

젊은이를 위한 나라는 없다

　김영하의 신작 장편 『퀴즈쇼』(문학동네, 2007)는 "이십대 혹은 이십대적 삶에 대한 내 연민이 이 소설을 쓰게 했다"는 작가의 말대로, 이십대 '청춘'에게 바치는 작품이다. 청춘송가? 연민이라니? 살짝 의심스러워지는 지점이다. 김영하가 누구인가. 1990년대를 대표하는 신세대 기수이자 이들의 쿨한 감성을 비정과 냉소의 문체로 성공적으로 형상화함으로써 메탈리카의 세련을 한껏 자랑했던 작가가 아닌가. 한창 젊음의 나이인 1996년에 그의 페르소나는 『나는 나를 파괴할 권리가 있다』에서 방황하는 젊은이들에게 연민은커녕, 피리부는 사나이처럼 그들을 유혹하여 죽음으로 이끈 비정한 자살보조업자가 아니었던가. 젊음은 물론, 이상 국가에 대한 열망도 사랑에 대한 믿음도 저 멕시코행 일포드호에 태워 '엑소더스' 시킨 작가였던 것이다. 그런데 이제 그는 젊은이들의 오갈데 없는 '내면'을, 디지털로 매개된 이들의 사랑의 진정성을 얘기하고, 고시원에서 목매달은 비련의 청춘을 애도하고 있다. 이것은 사십대에 들어선 작가가 젊음과 결별하는 일종의 이별식인가? 그렇다면, 김영하는 그의 문학적 연대기에서 이제 막 전환점을 지나고 있는 셈이다.

어쨌든, 『퀴즈쇼』에 등장하는 청춘들은 이전의 김영하의 젊은이들과는 많이 다르다. 이전의 청년들이 부모의 장례식장에 가는 대신 애인과 정사를 나누고, 더 나은 삶을 위해 무언가 도모하기보다는 질주와 일탈, 탕진과 소비, 냉소로 일관하다 못해 죽음으로 열렬한 엑스터시를 시도했다면, 『퀴즈쇼』의 청춘들은 고민하고 방황하고 상처입고 그리고 무엇보다 죽음을 두려워하는 평범한 인물들이다. 어떤 것이 진정한 이 시대 '청춘'의 형상인지 논하는 것은 어리석다.(작가의 청춘과 『퀴즈쇼』의 80년생 젊음의 차이라고 말한다면 더 어리석은 일이다) 왜냐하면, 그 다름은 아무래도 1990년대적 청춘의 특징, 그리고 작가의 기질에서 비롯된다고 할 수 있기 때문이다. 1990년대식 청춘, 혹은 김영하 스타일은 이런 것이다. 머리를 노랗게 염색하고, 귀걸이를 한 남학생이 강의실 맨 뒤에 앉아 매시간 핸드폰 문자를 두드리고 있다. 좀 성격이 급한 선생이라면, '학생, 다음 시간부터 들어오지마'라고 할 수 있을 것이다. 그러면 그 학생은 '네'라고 얌전히 말하고 영영 사라진다. 좀 차분한 선생이라면 따로 불러내어 요령껏 '어떤 문제가 있는지'를 캐내려 할 것이다. 물론 1990년대식 청춘의 답은 '없습니다'일 것이다. 요컨대 그들은 번민, 갈등, 두려움 등을 타인에게 드러내는 것을 그들 식대로 '찌질이'라고 생각하는 스타일인 것이다. 그러니 그들이 아무리 죽음을 얘기하고 인생과 사랑을 통째로 냉소하고, 허무를 노래한다 해도 액면 그대로 믿을 건 못된다. 물론 그것은 1990년대식 신세대의 특징이기도 하고 더 나아가 모든 신세대의 보편적인 제스처이기도 하다. 그 짙은 폐색에도 불구하고 그들의 젊음의 빛은 조금도 바래지 않을 뿐 아니라, 오히려 그들의 젊음을 강조하는 일종의 악세서리이다. 작가가 그러한 포즈 대신 내면의 '속살'을 토로한다고 했을 때, 이제 그는 더 이상 신세대가 아니라는 반증이기도 하다. 그리하여 김영하의 청춘은, '이제는 말할 수 있다'. 청춘의 '겁없음'이 아니라 '겁에 질린' 또 다른 초상에 대해.

작가가 "가장 아름다운 자"이면서 "가장 불행하다"고 지칭한 이십대의 초상은 이렇다. 주인공 이민수는 "80년대에 태어나 컬러 TV와 프로야구를 벗삼아 자랐고 풍요의 1990년대에 학교를 다녔"으며, 어학연수나 배낭여행은 기본, "그 어느 세대보다도 다양한 교육을 받았고 문화적으로 세련되었고 타고난 코스모폴리탄으로" 자라난 세대이다. 또한 인터넷과 디지털 카메라로 상징되는 최첨단 기술을 자유자재로 다룰 줄 아는, 소위 '슈퍼맨'인 것이다. 그러나, 그에겐 직업이 없다. 뿐만 아니라 뚜렷한 목표 의식이나 원대한 꿈도 없다. 그렇다고 주인공 이민수가 이러한 자신의 빛나는 능력과 사회의 격차를 가늠하며 고뇌하고 방황했던 것은 아니다. 그는 대학원에 머물면서 '만인 대 만인의 싸움'의 현장인 사회진출을 유예시키며 조금은 안락한 일상을 누리고 있었다. 할머니가 돌아가시기 전까지는 말이다. 유일한 혈육인 할머니의 급작스러운 죽음으로 이민수의 삶은 이제 돌연 저 무서운 전장에 '내던져진다'. 스물일곱이라는 늦은 나이지만 그리하여 그는 어쩔 수 없이, 뒤늦은 '성장'을 위해 모험에 나선다.

이민수가 뒤늦은 '성장담'을 위해 고투하지 않으면 안 되었던 연유는 이러하다. 할머니가 돌아가시자 은행의 어마어마한 빚독촉이 시작된다. 그리고 줄을 이어 나타난 사채업자는 천이백만원이 삼억으로 불어난 놀라운 연산식을 들이댄다. "자고 일어나보니 빚쟁이가 돼 있더라는 사람"이 바로 자신임을 깨닫게 된 민수는 살던 집을 사채업자인 곰보빵 아저씨에게 은행채무와 함께 넘겨버리고 집을 나온다. 그리하여 거리에서 세상의 광풍을 맞고 선 이민수, 이제야말로 그는 '강호'라는 현실에 '단독자'로 나선 것이다.

천애고아에 무일푼에, 애인과도 결별하고 집도 없이, 한 달에 이십구 만원을 내는 좁은 고시원에 간신히 몸을 눕힌 스물일곱의 청춘. 이제 세상 물정도 알고 철도 들어야할 처지건만, 그의 철들음은 아직 요원한 듯하다. 그는 사회의 일원이 되기 위해 세상의 법칙을 익히기보다 여전히 그 '너머'를 꿈꾸고 있다. 고시원에서 이만원 추가의 현실의 '창' 대신 빌게이츠의 '창'을 선택한 것처럼 말이다. 빛나와의 다음의 대화를 보라.

> "나는 말이야, 아직 철이 덜 들었나봐. 나는 좀, 그러니까 뭐라고 말해야 되나. 그냥 좀 무의미한 일을 하고 싶어."
> "무의미한 일?"
> "사람들은 대부분 의미 있는 일들을 하잖아. 돈을 벌고 사회를 위해 봉사하고 가족을 위해 헌신하고."
> "근데? 그게 당연한 거 아니야?"
> "뭐랄까, 인생에는 그런 것보다 더 높은 차원의 뭔가가 있는 것 같아. 잘 표현할 수는 없지만 그런 세계가 전부는 아니라는 거지. 신문의 경제면에 나는 세계, 그러니까 주식형 펀드니, 환율이나, 청약부금이니, 분양제도 개편이니 하는 세계 너머에 또 다른 뭔가가 있을 거라는 거지. 인간이 그런 일간지 경제면 같은 세계에만 매몰돼서 산다는 건, 그렇게 살다가 죽는다는 건, 너무 허망한 거 같아."
>
> —『퀴즈쇼』, 77쪽, 강조는 인용자

펀드, 환율, 청약부금 등으로 이루어진 세계 너머에 대한 갈망은, 시대를 불문하고 '서정시대'를 살아가는 젊음의 특권이자 상징이다. 그러나 신자유주의 시대를 살아가는 젊은이에게 그 꿈의 구체적인 내용은 주어지지 않는다. 과거 한때 젊은이들은 혁명의 열기에 이끌리기도 하였으나 현실 사회주의 붕괴 이후 전 지구적 자본주의의 완강한 메커니즘이 장악해버린 '서울'이라는 메트로폴리스에서 '너머'의 열망은 좀처럼 허락되지 않는다. 이민수가 그러한 '너머'의 욕망을 해소하는 것은 현실이 아니라 빌게이츠가 만들어준 '윈도우', 네트워크라는 가상현실이다. 채팅과 시리즈 드라마와 온갖 소음과 스캔들이 가득 찬 온라인은 수많은 미드족과 오타쿠, 귀차니스트들을 양산하는 곳으로 '부당하게 폄하'되기도 하지만 청춘들에게는 부유하는 '너머'의 욕망을 해소하는 중요한 장소가 된다. 온라인에 매몰되어 있는 자신을 〈매트릭스〉에 나오는 미래의 인간들처럼 선으로 연결된 채 영양만 공급받고 있는 한 마리 고치'라고 느끼는 민수는 그러나 그곳에서 '꿈'의 빛깔을 만난다. 그에게 그곳은 '벽 속의 요정'이라는 아바타와의 사랑, 그리고 신화와 영화사, 19세기 영국문학과 언어 철학을 오가는 지식과 말들의 잔치이자 환상과 낭만의 세계이다.

> 그러나 채팅사이트에 접속해 퀴즈방에 들어가는 순간 이런 합리적인 사고는 일시정지, 바야흐로 환상이 나를 지배하기 시작한다. 그리고 나는 그 달콤한 환상을 멈출 생각이 전혀 없었다. 퀴즈방에만 들어가면 빛나도 잊어버리고 돌아가신 우리 최여사도 떠오르질 않았다. 거기엔 순수한 쾌감과 내밀한 사랑의 교감이 있었다. 게임의 룰에 적응하고 어느 정도 실력을 보여주자마자 나는 그들의 존중과 환대를 받았다. 누구도 내 직업이나 부모에 대해 묻지 않았다. 퀴즈의 세계는 순수한 정신의 세계, 언어의 구조물이었다. 그것은 어쩌면 미래의 인간들이 경험할 사랑의 모습, 연애의 양상일지도 몰랐다.(38쪽, 강조는 인용자)

위 인용문에 의하면, PC통신, 인터넷은 "일회성의, 익명의, 무책임한 그리고 심지어는 부도덕한 공간"이 아니라, 화려한 지적 교감의 세계이자 순수 정신의 세계, 그리고 내밀한 사랑의 교감이 오가는 21세기판 '파리의 살롱'이다. 이 21세기 형 살롱의 급진성은 누구에게나 그

방이 열려있다는 것, 그리고 실제의 신분과 외모와 상관없이 화려한 '아바타'를 연출할 수 있는 가장무도회라는 것이다. 그곳에서는 민수의 '사생아'라는 출생신분도, 고시원이라는 허름한 경제적 현실도 아무런 문제가 되지 않는다. 그곳은 '너머'의 열망을 온전히 충족시키지는 못할지라도, 최소한 '너머'와 친연성이 있는 영혼이라든가, 정신, 사랑, 구원, 순수 등과 만날 수 있는 '다른' 세상임이 틀림이 없다. 물론, 그 환상은 지속될 수 없다. 화려한 파리의 살롱이 'OFF'와 함께 사라져버리면, 민수는 자정 지난 신데렐라처럼 '호박'으로 변해버린 자신의 현실을 깨닫는다. 하여 이십구만원이라는 고시원 비용과 식량을 마련하기 위해 그는 또다시 거리로 내쫓긴다.

민수가 최소한의 생존을 위해 찾아간 곳은, 이 시대 미취업 젊은이들의 대표적인 표상인 편의점 알바이다. 편의점은 고시원과 더불어 모험에 나선 청년 민수가 만난 첫 무용의 장소이자 통과제의를 위한 관문이다. 그러나 그곳에서 그가 만난 것은, '원형감옥'과 '빅브라더'로 상징되는 자본주의의 경비병들이다. 푼돈을 위해 물밑 탐색과 연기를 서슴지 않는 젊은 두 남녀, 그리고 그들에게 속아 사만원을 빌려주는 민수, 그리고 이를 폐쇄회로 카메라로 지켜보는 점주. '그깟' 사만원의 행방에 겹쳐지는 이 연쇄사슬의 진상은 이 시대 '신자유주의'의 외피를 입은 견고한 감시체제와 냉혹한 경제논리이다. '가장 강한 자가 아니라 환경에 잘 적응하는 자가 살아남는다'라는 다윈의 말을 품고 길을 나선 민수는 디플(디스플러스), 마세(마일드 세븐) 등의 말들을 익히며 세상에 적응하려 하였으나 영혼의 불뚝거림으로 인해 편의점을 박차고 나와 버리게 된다. '새벽의 설움'을 가슴에 품고 고시원에 돌아온 민수, 그러나 그를 기다리고 있는 것은 한 '청춘'의 자살이라는 또 하나의 엄청난 절망이다.

속칭 옆방녀(수희)는 지방에서 올라와 9급 공무원 시험 준비를 하며 열심히 살아가는 평범한 젊은이다. 새벽에 일어나 공무원 시험 전문 학원에 가서 공부를 하고 낮에는 대형마트에서 일하고 또 밤에는 다시 시험공부를 하던 수희가 고시원의 방문 손잡이에 목을 매단 구체적인 이유는 밝혀지지 않는다. 다만 짐작할 수 있는 것은 그녀가 시골 처녀의 소박한 꿈조차 허락하지 않는 '서울'이라는 강퍅한 도시 생리와 보이지 않는 위계질서의 어떤 부분을 '보아'버렸거나, 시골 출신의 '우체국 남자친구'가 아니라 서울 남자를 사귀고 싶어하는 그녀의 변심처럼 도시적 일상이 결국은 그녀를 끊임없는 욕망의 버전업으로 몰아댈 것이라는 것을 예감했을지도 모른다는 것. 민수는 그녀에게 갚지 못한 이십만원이라는 빚이 아니라, 고민을 털어놓고 조언을 구하고 싶어 하던 그녀에게 내주지 못한 시간 때문에 죄책감에 시달린다. 수희의 자살에 충격을 받고 고시원에서도 쫓겨난 그는 결국, 스카우터 '이춘성'의 전격적인 제의에 자신을 맡겨버린다.

TV 퀴즈쇼에 출연했다가 만난 이춘성이 민수에게 제안한 것은, 프로페셔널 '퀴즈쇼'의 플레이어다. 운명과 맞서고 싶어 하는 인간을 대신하여 '운명'과 대결하는 현대적인 검투사들의 전투에 비유되는 이 프로페셔널 퀴즈쇼의 세계는, 물론 현실 사회로의 진입에서 살짝 쓰라린 맛을 본 민수가 떠밀려난, '다른 세계'이다. 앞서 온라인 퀴즈방에서 순수한 정신, 지적 교감과 연애의 고갱이를 경험한 민수는 이제 현실이라는 '이' 세계가 아니라 저 '너머'의 세계로 넘어간다.

"Fata regunt orbem! Certa stant omnia lege(불확실한 것은 운명이 지배하는 영역. 확실한 것은 무릇 인간의 재주가 관할하는 영역)"이라는 라틴어 격언을 모토로 하는 이 '너머'의 세계는 확실히 현실과는 사뭇 다르다. 서울을 벗어나 파주의 숲속에 위치한 '회사' 건물에 들어선 민수는 그곳에서 출생신분과 학력과 지연, 정치적 분쟁과 돈 등의 '지저분한 문제'가 관여하지 않는, 순수한 지식의 세계와 만난다. 민수는 장군, 메두

사, 탱고, 유리 등으로 구성된 장군네 팀에 배속되고 롱맨이라는 별칭을 달고 뛰어난 검투사가 되기 위해 트레이닝을 차근차근 밟아나간다. 그러나 그가 팀리그와 개인전, 아웃방식, 장판교 방식, 마권, 광분한 갤러리 등으로 이루어진 집회를 겪은 후 깨달은 것은 그곳의 삶이 현실보다 더 현실 같다는 것. 하여 민수는 이렇게 반문한다. "지혜의 힘을 빌려 우연과 맞서는 인간의 운명을 시뮬레이션한다는 게 고작 이런 거야? 그렇다면 경마와 다른 게 뭐지? 인간이 달린다는 것뿐"(386쪽) 민수는 인간이 아바타를 연기하는 일종의 코스프레(costume play)의 그곳이 오히려 '퀴즈'를 매개로 현실의 논리를 추상화시킨, 또 하나의 무서운 사회라는 것을 깨닫게 되는 것이다. 경쟁과 질투, 암투와 정치, 욕망과 음모 등이 현실과 다름없이 또아리 틀고 있는 그곳에서, 유리와의 사건을 계기로 뛰쳐나온 민수는 지원에게 이렇게 고백한다.

세상 어디에도 도망갈 곳은 없다는 거. 인간은 변하지 않고 문제는 반복되고 세상은 똑같다는 거야. 거긴 정말 이상한 곳이었는데, 처음에만 그랬을 뿐, 적응하고 나니 하나도 다른 게 없었어. (426쪽)

"신이 나만을 위해 예비해놓은 길. 부모의 신용에 구애받지 않아도 되는 삶. 개인이 어떻게 할 수 없는 부분에 좌우되지 않는 삶"을 위해 길을 헤매던 민수의 모험은 결국 이렇게 끝난다. 그리고 그는 그러한 여정이 진정한 모험이 아니라 '도망'이었음을 고백한다. "난 이제 어디로도 도망가지 않을 거야"라고 힘주어 말하는 민수에게 이 여정이 모험이었든 도망이었든, 그것은 중요하지 않다. 결국 그러한 가상 세계로의 탐험이 민수로 하여금 '허황된 꿈'을 접고 헌책방 점원으로 단단한 현실에 첫 발을 딛게 한다는 점에서 민수의 방황은 성장소설을 완결시키기 위한 통과제의를 의미한다. 그렇다면 "그게 전부야. 그 너머엔 아무것도 없어."라는 현실주의자 빛나의 충고대로 그는 이제 현실을 직시하게 된 것인가. 그리고 '너머'의 꿈을 완전히 접어버린 것인가. 그럴 수도 있을 것이다. 예상컨대, 민수는 짜릿한 퀴즈 게임의 세계를 추억으로 간직하고 영혼이니 순수 정신이니 하는 것들을 마음 한 켠에 묻어둔 채, 거대한 메트로폴리스의 자본주의 사회에 적응하기 위해 성실히 매진해나갈 것이다. 『퀴즈쇼』는 그것이 우리 시대 젊은이의 초상이고 슬픈 현실이라는 것, 하여 '젊은이를 위한 나라는 없다'라는 사실을 역설적으로 드러낸다. 왜냐하면, 민수의 '너머'의 모험은 다른 생에 대한 진정한 모험이 아니라 '퀴즈쇼'를 통해 현실을 시뮬레이션한 사이비 모험이기 때문. 민수의 '너머'의 꿈과 수희의 '너머'의 꿈이 진정한 젊음의 '너머'의 실험이 되지 못하도록 삭제시켜버리는 이 완강한 현실! 그리하여 젊은이를 위한 나라는 없다.

노인을 위한 나라는 없다

'노인을 위한 나라는 없다(No Country For Old Men)'는 이단아라 불리는 현대 미국 작가 코맥 맥카시의 소설이자 이를 영화화한 코엔 형제의 최근 신작 제목이다. 연쇄살인범을 다룬 범죄 스릴러물인 이 영화의 대강의 줄거리는 이렇다. 1980년대 텍사스의 황량한 들판에서 모스라는 한 사내가 우연히 시체들과 돈가방을 발견한다. 이백만달러를 챙긴 모스는 희대의 살인마 안톤 거쉬와 마약 딜러들을 피해 필사적으로 도망을 치고, 살인마는 산소통으로 엽기적인 살인행각을 거듭하며 그를 쫓는다. 이들의 서스펜스 넘치는 추격전 한편으로 늙은 보안관의 느린 추격전이 진행된다. 은퇴를 앞둔 이 보안관의 성실함과 노련함에도 불구하고, 결국 모스는 살해당하고 연쇄살인범은 가벼운 상처만을 입은 채 유유히 빠져나가고 만다. 스릴 넘치는 추격전과 잔혹극은 있지만 카타르시스와 대단원은 없는 영화, 짜릿한 대결 한번 없이 보안관이 가쁜 숨을 헐떡이며 카메라 저 편으로 사라지는 이 기괴한 영화에서 그렇다면 저 늙은 보안관이란 무엇인가? 선과 악, 늙음과 젊음으로 대립되는 보안관과 살인마의 대결에서 보안관의 패배를 통해 작가가 의도했던 것은 단순히 노년의 무력감과 악무한의 세상은 아닌 듯하다. 왕성한 정력과 속도, 이성과 무관한 신념, 야만과 잔혹성 등으로 무장된 살인마가 '젊음'을, 진리와 이성, 느림과 의심, 연민과 동정이 노인을 표상한다고 했을 때, 결국 이 영화는 미친 듯 질주하며 총기를 뿜어대는, 정력적인 미국 현대 사회를 풍자하고 있는 것이다.

영화 얘기가 좀 길어졌지만, 이제 박완서의 작품에 대해서 얘기해 보자. 박완서의 『친절한 복희씨』(문학과지성사, 2007)에 실린 작품들의 주인공은 노인들이다. 칠순이 넘은 작가의 도시생태학 보고서라고 할 수 있는 이들 작품에서 노인들은 대개 주변부적 삶을 살아간다. 그들은 대개 병들었거나(「친절한 복희씨」의 남편, 「후남아, 밥먹어라」의 앤의 어머니, 「대범한 밥상」의 시한부 인생의 주인공) 시골로 낙향했거나(「그래도 해피엔드」, 「그리움을 위하여」) 혹은 젊은이들의 '힘찬' 일상에서 소외당한다(「촛불 밝힌 식탁」).

노인의 소외를 가장 쓸쓸하게 그리고 있는 「촛불 밝힌 식탁」에서 화자는 초등학교 교장 자리에서 퇴직한 '늙은이'다. 그가 아내와 오랜 삶의 터전인 고향 소도시를 떠나 서울로 옮긴 것은 아들과 손주들 곁에서 여생을 보내기 위해서이다. "그렇게 눈물나게 아이들 키워 이제 돈 들 일만 남았지 잔손 갈일은 없어져서 숨 돌리게 되니까 같이 사시자고요?"라며 눈을 흡뜨는 며느리와의 협상 끝에 간신히 앞 베란다와 뒤 베란다가 마주 보이는 아파트에 살게 된 노인 내외, 그러나 그들이 비집고 들어갈 틈은 없다. 서울이라는 대도시에서 그들은 그저 익명의 '할아버지' '할머니'이며, 핵가족의 아들네조차 꺼려하는 무의미한 존재인 것이다. 아들의 입맛이 걱정된 아내가 청국장이며 눌은밥 등을 끊임없이 앞 동으로 나르는 동안 그는 아들네 집 창에 불이 안 들어오는 날이 점점 잦아지는 것을 목격한다. 그리고 그는 우연히 그 아들 내외가 집에 있으면서도 불을 꺼놓았다는 것, 그리고 아들네의 불 꺼진 창의 딴 집의 불 꺼진 창하고는 다르다는 사실을 깨닫게 된다. 망상이라며 애써 자신의 상념을 지우려 하지만, 아내와 함께 '촛불 밝힌 저녁 식사'를 그려보는 이 노인의 걸음은 헛헛하기만 하다. 한 달에 한두 번은 꼭꼭 손자들과 저녁식사를 하는 것이 친구들에게는 동경의 대상이 되어버린, 이 강퍅한 도시 생태학은 자식에 대한 이 '겸손한' 애정조차 차단하고 마는 것이다.

꽁트에 가까운 「그래도 해피 엔드」 또한 도시와 시골에 끼인 노인의 일상을 위트 넘치게 그리고 있다. 서울 토박이인 주인공은 남편이 은퇴하자 서울 근처의 전원으로 '낙향'한다. 시골이라지만 시외버스를 타면 강변역까지 삼십분밖에 걸리지 않는다는 사실에 적이 안심하고, 여전히 '서울'과 강한 연대감을 자부하고 있는 주인공은 어느 날 서울 나들이 길에 오른다. 이사하고 처음 나선 서울행, 동창모임을 위해 뾰족 구두에 한껏 멋을 낸 이 육십대 할머니는 그러나 시외버스에서부터 수모를 당한다. 그녀의 '튀는' 행색과 승하차, 요금에 서툰 행동은 버스 승객들에게 웃음거리가 되고 마는 것이다. "할머니 앉아요, 앉아. 빈자리도 안 보여요? 뾰족구두 신고 비틀대다가 엉덩방아라도 찧으면 어쩌려고." "할머니 버스 처음 타봐요?" "그 할머니 아마 미국서 왔을 거야" 등등 승객들의 악의적인 비웃음에 그녀는 이 새로운 영지에서 자신이 '외부인'임을 깨닫고 당황한다. 그녀는 허둥지둥 전철을 갈아타고 익숙한 서울의 생태에 안도감을 느끼려 하지만, 전철로 표상되는 대도시의 군중들에게도 '노인'은 거추장스런 존재이긴 마찬가지이다.

> 나는 내가 젊어 보인다는 자만심 때문에 될 수 있는 대로 노인석을 기피하는 경향이 있었다. 오늘은 전철 안도 한산한 편이어서 노인 석에도 일반석에도 빈자리가 넉넉한 편이었지만, 노인석에는 자리가 있고, 일반석에는 자리가 없을 때도 일반석 앞에 가 섰다. 젊은이들 앞에 서서도 행여라도 자리 양보를 얻어내고 싶어 하는 구차스러운 늙은이처럼 보일까 봐 교만하게 턱 쳐들고 아무것도 안 비치는 깜깜한 창밖에다 시선을 고정시키는 게 나의 전철 타는 버릇이다.
>
> ─「그래도 해피 엔드」, 『친절한 복희씨』, 276~277쪽

위 인용문은 누구나 한번쯤은 느껴봤을 법한 '경로우대' 사상의 허상, 그 불편함을 파헤치고 있는 장면이다. 일반석 앞에 선 노인은 일단 한번쯤 '행여라도 자리 양보'를 얻어내고 싶어하는 염치없는 노인으로 의심된다. 의심의 눈초리로 표상되는 대도시 일상의 메커니즘은 노인을 '노인석'으로 구획된 공간에 얌전히 존재해야할 타자로 전락시킨다. 즉, 각종 혜택과 할인 등의 경로 '우대'는 '하나됨'과 '섞임'으로 통하는 '우대'가 아니라 비경제인, 귀찮음과 쓸모없음으로 통하는 '배제'와 '타자화'의 제도적 장치로 바뀌고 마는 것이다.

선영이 있는 고향으로 내려간 남편 친구가 그다지 행복하지 않은 노후를 보내고 있다는 사실은 노년이 꿈꾸는 '전원'과 '고향' 또한 허상이라는 것을 보여준다. 그들의 그리움이 고향, 시골 그 자체가 아니라 고향 인심과 소박한 시골 인심이라고 했을 때, 그것은 이제 어느 촌구석도 남아 있지 않은 과거 유물이 되었다는 사실, 하여 진정한 의미의

'노인석'은 이제 시골에도 존재하지 않는다. 물론 '동안' 열풍으로 대변되는 대중문화의 소란스러움에서 짐작할 수 있듯, 맹목적인 정력의 도시에도 노인을 위한 자리는 없다.

도시에서도 시골에서도 '다른 생'을 찾을 수 없는 이 노후의 '대책없음'은, 하여 그리움을 따라 과거 젊은 날로 향한다. 「그 남자네 집」과 「그리움을 위하여」의 노인들 또한 주변부적 존재들이지만 이들의 황폐한 나날은 과거 연인에 대한 추억과 새로운 연애를 통해 생기를 얻는다. 「그 남자네 집」의 화자인 '나'는 새로 이사 간 후배의 집을 방문하다가 옛 추억을 떠올린다. 후배가 새로 '땅집'을 얻어간 곳은 화자가 처녀 적에 살았던 돈암동이다. 오십년 만에 그곳을 방문하면서 그녀는 사라진 자신의 옛집 대신 여전히 건재하고 있는 '그 남자네 집'을 발견한다. '그 남자'는 물론 과거 그녀의 애인이다. 좌익인 형으로 인해 뿔뿔이 흩어진 그 남자네 집 불운이나, 아녀자만 남은 그녀네 집의 불운이나 "김치하고 밥처럼 평균치의 밥상"이었을 뿐이라고 말하는 그녀의 진술은 당시 그들의 연애가 어떤 것이었는지를 함축적으로 드러낸다. 흉흉한 전시에 그 남자와의 열렬한 연애는 그녀가 지푸라기처럼 잡고 있던 유일한 정신적, 감정적 사치이자 위안이었던 것이다. 난방조차 되지 않는 전시 극장에서 그녀의 언 발을 장갑으로 감싸주고 사랑채에서 슈베르트의 '보리수'를 들려주며, 포장마차의 어둑시근한 카바이트 불빛 아래서 시를 낭송해주던 '그 남자'를 회상하면서, 그녀는 그로 인해 삭막했던 그 해 겨울이 '구슬' 같이 빛났음을 고백한다. 죽음을 앞둔 한 노파에게 '다른 생'이란 미래나 내생이 아니라 추억의 지도 속에서 찾은 '단꿈' 같은 과거라는 것, 그것은 이미 닫힌 한 시절이지만 그 때문에 노인에게 그것은 더욱 열렬한 '너머'의 생임을 이 작품은 보여주고 있다. 쌍쌍이 붙어 앉은 젊은 연인들을 보며 "온 세상이 저 애들 놀아나라고 깔아놓은 멍석인데 나는 어디로 가야 하

나. 그래, 실컷 젊음을 낭비하려무나. 넘칠 때 낭비하는 건 죄가 아니라 미덕이다"라고 되뇌이는 이 노인은 거리에 넘쳐나는 젊음 속에 배치된 자신의 '노인석'을 조용히 빠져나온다. 그녀는 처량한 자신의 현재를 떠나 그리움을 좇아 과거의 '다른 생'에서 한창 젊어지고 있는 중이다.

정념의 정치경제학

권여선의 『분홍 리본의 시절』

사랑을 잃고, 사랑에 배신당하고 난 뒤 우리는 흔히 그 사랑을 부정하기 마련이다. '나쁜 넘', '믿었던 내가 바보다' 혹은 '사랑은 눈물의 씨앗인가 봐' 등등, 뻔한 유행가 가사로 점철된 그 숱한 탄식과 욕설은 바로 그 부정의 표징인바, 믿었던 환상이 명멸하는 바로 그 국면을 우리는 환멸이라 하고 그때 발생하는 파괴적 정념을 냉소라 부른다. 그러나 과연 우리는 늘 속았던 것일까? 애인에게 속고 사랑이라는 환상에 속고 자신에게 속았다고 간증함으로써, 지난 시간과 추억을 일거에 소거함으로써 우리가 얻는 것은 무엇인가? '금석같이 빛나던 옛 맹서와 첫 키스의 순간'들을 잘근잘근 부스러뜨려 한줌의 재로 만든다한들 그 비참과 혼란이 위로가 된다는 말인가? 지난 사랑을 휴지통에 버린다는 것, 그것은 조각난 현재를 수습하고 앞으로 나아가기 위한 일종의 생존전략이긴 하지만, '나'라는 존재와 지난 시간이 함께 버려지는 것이기 때문에 어리석은 방법이 아닐 수 없다.

권여선의 「사랑을 믿다」는 사랑 뒤에 오는 비참을 수습하는 성숙한 하나의 태도 혹은 방법을 제시하고 있다. 그것은 '사랑을 믿다'라는 제목처럼 사랑을 부정하지 않고, '나'의 과거와 현재, 미래를 구출하는 방법이기 때문에 참고할만한 전략이다. "사랑을 잃는 것이 모든 것을 잃는 것처럼 절망적으로 느껴지는 때가 있다. (…중략…) 난 사랑을 믿은 적이 있고 믿은 만큼 당한 적이 있다"를 화두처럼 던져놓고 시작하는 이 작품은 어느 순간 존재의 깊숙한 곳까지 들어와 이미 '나'를 그 이전의 '나'와 다른 존재로 바꿔놓고는 어느 순간 또 느닷없이 사라진 도둑 같은 사랑에 관한 이야기를 담고 있다. 그러나 이 작품의 초점은 그 '러브스토리'가 아니라 '사랑이 지난 후에 오는 것들'에 관한 성찰에 가닿아 있으므로 우리는 이를 일종의 후일담이라고 부를 수도 있겠다.

　이 작품의 화자인 서른다섯의 남자는 술집에서 혼자 술잔을 기울이고 있다. "이 집에 발을 들여놓는 순간 나는 미래에 대한 불안이라든가 당장 해결해야 할 시급한 문제로부터 자유로워진다. 이곳은 내게 오로지 기억, 기억, 그렇게 속삭이는 장소가 되었다"라고 고백하고 있는 것처럼 이 화자는 홀연 이 기억의 주인인 공간에서 환등처럼 빛나는 지난 시절의 한 여자를 떠올리고 있다. 그러나 그녀는 화자인 '나'가 사랑했던 여인이 아니다. 그럼에도 불구하고 그녀는 '나'의 기억 속에 육박해 들어온다. 왜 그런가?

　회상은 '나'와 그녀가 삼년 만에 해후한 날로 향한다. 그때 '나'는 다른 여인으로부터 실연을 당한 후라 "살 맞은 짐승처럼 꿈틀대는" 고통 속에 있었다. 그런 '나'에게 그녀는 실연당한 친구 얘기를 들려준다. 그리하여 '나'는 그녀를 매개로 실연의 유대라는 위로 속에서 어떻게 당장의 절망을 극복할 수 있는지에 대한 조언을 듣는 셈이 되는데, 그 핵심은 이렇다. "이를테면 친척집에 심부름을 간다든가, 업무 파트너의 경조사를 챙긴다든가 하는 것들, 그런 일들을 받아들여." 실연당한 친구처럼 우리도 이렇게 반응할 수 있다. '이게 웬 황당한 이야기란 말인가?' 이러한 반응에 대해 그녀는 자신의 경험을 풀어놓기 시작한다.

자식이 없는 큰 고모의 건물이 혹여 조카인 그녀에게 남겨질지 모른다는 생각에 그녀의 어머니는 그녀에게 선물단지를 들고 큰 고모댁을 방문하게 한다. 당시 그녀는 사랑하는 사람이 떠났다는 것이 '자명한 상황에서, 그 사람이 무엇을 놓쳤는지 자기 소유물들의 가치들을 하나하나 점검하는 일에 몰두'하고 있었는데, 그것을 작가는 "그녀가 동전 한 푼을 챙기는 순간 그 사람은 동전 한 푼을 빼앗기는 식"이라고 묘파하고 있다. 이러한 산수의 일환으로 그녀는 평소의 시큰둥한 태도를 바꿔 큰 고모댁을 방문하는데, 그곳에서 그녀는 철학관으로 잘못 알고 고모댁 마루에서 대기하고 있던 세 여자를 만난다. 그들이 점쟁이를 찾아왔다는 사실에서 추측할 수 있듯, 그들과 섞인 그녀는 넋두리처럼 늘어놓는 저마다의 사연을 듣게 되고, 이를 통해 '사랑'의 고통 때문에 잊고 있던 자신의 다른 일상들, 수많은 '다행과 축복'을 깨닫게 된다. 즉, "희귀병을 앓는 친지, 유괴된 손자, 바람난 남편"이라는 타인들의 절박한 상황을 자신의 사랑의 고통의 무게와 저울질하면서 그녀는 비로소 비정상적으로 부풀어오른 고통과 자기연민에서 벗어날 수 있게 된 것이다.

이러한 전략을 일컬어 그녀는 '잔뜩 어질러놓아야 거기 공간이 있다는 걸 알듯이 훼방을 놓아야 거기 희망이 있다는 걸 안다'라고 정리하고 있다. '산수'라는 표현이 적절히 비유하고 있듯, 이러한 방식은 우리가 순간순간 매몰되는 파괴적인 정념에 사로잡히지 않기 위한 일종의 정념의 역학, 혹은 경제학적 설계라고 볼 수 있다. 따라서 「사랑을 믿다」는 대항하는 정념들의 역학적 재배치를 통해 익사 직전의 '존재'를 구출해낸 일종의 보고서라고 할 수 있는데, 이것이 건조한 에세이나 따분한 서술로 끝나지 않고 육중한 울림으로 전달될 수 있었던 것은 인물들의 어긋난 관계의 밑그림 때문이다. 즉, 그녀가 자신과 친구의 경우를 빌어 '실연'에 관한 이야기를 실연당한 '나'에게 하고 있다는 정황은 각각 독립적인 삼색 실연의 조각보처럼 보이지만, 사실 그녀의 실연이 바로 '나'로 향하고 있다는 것을 차츰 알게 되면서 이 조각은 퍼즐처럼 하나의 그림으로 완성된다. 그러니까 그녀의 실연담은 자신을 사랑하는지 전혀 몰랐던 '나'에게 들려주는 뒤늦은 고백인 셈이다. 사랑을 잃은 대신 지니고 있는 소유물을 점검하는 산수처럼, 그녀의 고백은 이 빠진 '나'의 존재의 한켠을 보듬어안고 메꾸는 일종의 위로이자 선물이 되는 것이다.

권여선이 「사랑을 믿다」에서 보여주는 대차대조를 통한 현재적 고통의 무화는 사실, 우리의 일상에서 흔히 볼 수 있는 사례 중의 하나이다. 가령, 다이어트에서 식욕은 이성에 규율에 의해서가 아니라 아름다움에 대한 다른 열정에 의해 다스려진다. 또는 일상의 지엽적이고 자잘한 모순이나 현실의 부조리에 대한 증오는 더 큰 사건의 충격이나 전쟁의 공포에 의해 다스려진다. 이러한 대항하는 열정의 현상과 기능을 두고 스피노자는 다음과 같이 정리한 바 있다.

"열정은 대립적이고 보다 강력한 열정과 대치되지 않는 한 결코 억제되거나 없앨 수 없다. 어떠한 열정도 선과 악의 진정한 지식만으로 억제할 수 없고 열정으로 고려될 때만 가능하다."[1]

앨버트 허쉬먼이라는 경제학자는 스피노자를 비롯하여 아우구스티누스, 흄, 홉스 등의 사상가들에 의해 논의되어왔던 '대항하는 열정

_____
1   앨버트 허쉬먼, 김승현 역, 『열정과 이해관계』, 나남 출판, 1994, 30쪽에서 재인용.

의 원리'를 기초로 하여 어떻게 지금과 같은 자본주의가 성립되었는 지를 설명한 바 있는데, 그 요지를 소개하자면 다음과 같다. 17세기에 열정은 위험하고 파괴적이라는 믿음이 우세했는데 18세기에 이르러 서는 인간의 본성과 열정을 낙관적으로 파악하기 시작하였다. 그것은 위험한 열정을 다른 건설적인 열정을 다스릴 수 있다는 믿음에서 비 롯된 것인데 그리하여 이것은 베버의 프로테스탄트적 윤리와 홉스의 사회계약론의 기초가 된다. 즉, "사회계약이론은 전반적으로 열정대 항방식의 파생물이다. 재물, 영광 및 지배욕의 공격적 추구와 같은 인 간의 욕망과 열정은 죽음의 공포, 풍요로운 생활에 필요한 대상물에 대한 욕구, 근면하게 일하면 이를 얻을 수 있다는 희망과 같은, 평화를 지향하게 하는 다른 열정에 의해 극복되어야 한다"라는 주장에 의해 현 자본주의 윤리가 성립되었다는 것이다. 허쉬만은 이 정념의 역학 에 바탕한 정치경제 질서의 변화 추이를 살피면서 '이익(interest) / 이해 관계(interests)'의 개념 변화를 논하고 있는데, 그에 의하면 이 용어가 경제적 이익을 의미하게 된 것은 최근의 일이다. "'interest'는 16세기 후반에 서부유럽에서 관심, 동경, 이익이라는 의미로 쓰였고 결코 개 인적 복리의 물질적 측면만을 의미하는 것은 아니었다. 이 단어는 오 히려 인간의 전반적 열망을 의미하였으며 특히 이러한 열망을 추구함 에 있어 숙고와 계산의 의미를 지칭하였다." 이러한 변화에는 대항하 는 열정의 원리와 이해관계의 원리의 결합이라는 중대한 국면이 놓이 고, 그리하여 열정을 다스리는 이익의 추구가 '자본주의'를 대변하는 주요한 현대 윤리로 자리 잡게 되었다는 것이다.

  허쉬만의 위와 같은 논의를 통해 우리는 자본주의에 얽힌 정념의 정치경제학적 측면을, 또한 그것이 지닌 긍정적, 부정적 측면을 생각 해 볼 수 있지만, 놀라운 것은 허쉬만이 대항하는 다양한 정념의 원리 가 단 하나의 지배적인 정념(이익에 대한 열망)에 의해 수렴되고 있는 작금의 물신 숭배의 정치경제질서의 이면에 인간의 얼굴을 새기고 있다는 것이다.

'권력욕과 성욕이, 사랑과 명예욕이, 탐욕과 명예욕이, 복수심과 자존이' 서로 다양한 국면으로 맞서지 않고 무수한 열정이 오로지 금전욕에 의해서 제압되고 있는 현실을 우리는 지금 목도하고 있는 것이 아닐까? 최근 유행하고 있는 칙릿 소설에서 우리는 이와 같은 광경을 흔히 볼 수 있는데, 가령 정이현의 「낭만적 사랑과 사회」는 사랑이라는 낭만적 열정이 어떻게 물욕에 의해 소거되고 있는지를 단적으로 보여준다. 권여선의 『분홍리본의 시절』에 실린 작품들은 사랑, 실연의 고통, 치욕, 혐오, 복수심, 자존, 탐욕, 증오 등의 다양한 정념들이 난무하는 각축장을 보여주고 있다. 그런데 여기에서 주목할 것은 「사랑을 믿다」와 같은 예에서 보듯, 정념들의 다양한 대립양상과 그것이 귀결되는 지점이다. 사랑에 관한 또 하나의 작품을 살펴보자.

「분홍리본의 시절」은 자진하여 고립 속에 자신을 가둔 29살 시절에 대한 이야기이다. 화자인 '나' '오연희'는 29살에 서울을 떠나 낯선 신도시의 오피스텔을 얻어 무위도식과 고독, 황폐함의 나날들을 보낸다. 그러던 어느 날 대학시절 흠모했고 또 어쩌면 한때 연인이었을 주선배를 만나게 된다. 연상이자 교수인 아내를 둔 주선배는 딱히 하는 일 없이 백수의 삶을 보내고 있는데, '나'는 '고기를 먹지 않는 것이 아니라 먹지 않는다고 말하는 것이 일종의 중산층의 표지'라고 생각하는 부르주아적 허위의식에 사로잡힌 주선배 부부와 어울려 자주 술을 마시게 된다. 주선배 아내와 '나'는 각각 생선요리와 고기 요리를 경쟁하듯이 내놓지만 표면적으로는 화기애애한 관계를 유지한다. 휴직 중이었던 주선배의 아내가 복직하자 '나'와 주선배는 종종 단 둘이 술을 마시기도 하는데 불륜이라고 할 만한 어떠한 사건도, 감정적 연루도 발생하지 않는다. 이렇듯 표면적으로는 지극히 평온하고 건전한 이들의 관계가 그 심층에 놓인 불안과 질투, 의심과 혐오 등의 편린들을 적나라하게 드러내게 된 것은 '수림'이라는 주선배의 또 다른 여인에 의해서이다.

한 달이 가도록 연락을 하지 않던 주선배의 호출에 의해 불려나간 '나'는 수림이 주선배와 그렇고 그런 관계에 있음을 알게 되고 그녀를 자신의 집에 재우게 된다. 다음날 수림은 '나'에게 임신 사실을 고백하고 뻔뻔하게 중절 수술 비용을 빌리기도 하는데, 그런 그녀를 보면서 '나'는 말할 수 없는 혐오감을 느끼고 경멸한다. 그러나 '나'는 동시에 자신의 부도덕과 자기기만을 깨닫게 된다. 즉, 자신 또한 수림과 하등 다르지 않은 추잡한 여자라는 것, 또는 자신 또한 주선배의 아내와 하등 다르지 않은 부르주아적 허위의식으로 포장된 여자라는 것. 그리하여 이들 셋은 '분기하는 두 혀'처럼 다르게 존재하면서 함께 있는 분열적 정념과 하나의 욕망으로 수렴된다. 하나의 욕망이란 '주선배'로 상징되는 사랑의 독점이고, 분열적 정념이란 '주선배'를 주축으로 방사형으로 뻗는 이들 세 여인의 분투하는 정념들을 의미한다. '주선배의 아내-나 / 수림-나 / 수림-주선배의 아내' 등의 관계를 통해 옮겨가고 달라지는 성욕과 순결한 정념, 질투와 선망, 치욕과 증오 등등. 한 인물의 심연에 놓여있는 이 복잡한 사태를 작가는 다음과 같은 선혈이 낭자한, 핍진한 장면을 통해 묘파하고 있다.

마침내 혀뿌리가 고치처럼 툭 터지면서 팔랑거리는 두 개의 날개가 돋아났다. 두 혀는 서로 얽혀들고 리본처럼 꼬였다. 그녀에게서 터져나온 말인지 내게서 터져나온 말인지 알 수 없는 말들이 쏟아져나왔다. 미칠 듯 펄떡이는 심장 때문에 빗장뼈가 들썩거렸다. 자지보지를 처음 배워 속으로만 수없이 되뇌던 유년의 어느날처럼 말들이 싱싱하고 낭자하게 튀었다.

나쁜 것. 천한 것. 밤이나 낮이나 그짓 생각밖에 안하는 새대가리. 남자

하고는 그 짓밖에 할 줄 모르고 여자하고는 그 짓 얘기밖에 할 줄 모르는, 위아래 입이 죄다 싸기 짝이 없는 파렴치한 계집. 네가 진정 가슴을 치고 울어본 적이 있느냐. 남자나 실연 때문이 아니라 네 하찮음, 네 추열함, 네 교정되지 않는 악마성 때문에 입술이 새파래지도록 삶을 저주해본 적이 있느냐. 밑바닥까지 가라앉아 죽음밖에, 그 무서운 백지의 차원밖에 남지 않았음을 절감해본 적이 있느냐. 하루하루 아침에 눈을 뜨는 것이 지옥인 시체의 삶을 살아본 적이 있느냐. 그것 없이는 살 수도 없고 죽을 수도 없는 단장의 관념을 가져본 적이 있느냐. 없겠지. (…중략…) 고기나 생선을 꺼리고 좋아하는 취향까지도 오직 남자에게 특별히 각인되기 위해서인 네가, 한번만! 한번만! 안아달라고 위로 뻗던 아이적 팔짓을 한번만! 한번만! 해달라고 위로 뻗는 가랑이짓으로 대체한 네가, 네가, 네가 그럴 리가 없지.

—『분홍 리본의 시절』, 문학동네, 2008, 75~76쪽

위 인용문은 "내가 그렇게 만만했니, 니들?"이라고 비난하는 주선배의 아내에 대한 응답이다. 인용문에서 이것이 '나'에게서 '그녀에게서인지' 모른다고 밝혀놓았듯, 이 욕설은 '나'가 주선배의 아내에게 하는 것일 수도, 주선배의 아내가 '나'에게 하는 것일 수도, 혹은 '나'가 '수림'에게 하는 것일 수도 있다. 그것은 분기하는 한 쌍의 혀처럼 '따로, 함께' 존재한다. 앞서 말한 대로 주선배와 '나' 사이의 심층에 놓인 이러한 정념들의 난장을 인지하고 고해할 수 있었던 것은 '수림'이라는 여인을 통해서이다. '나'는 수림을 경멸하면서 '나'의 이중성을 깨닫고 주선배의 아내는 수림을 통해 '나'에 대한 분노와 경멸을 드러낸다. 그러므로 수림은 이들의 관계에 잠재된 날선 감정을 수면으로 떠올리게 하는 일종의 매개인 셈이다.

그러나 세 여인이 공유하고 분투하는 이러한 정념들을 한 존재의 것으로 수렴시키는 것은 무엇보다 '나'라는 인물의 처절한 각성과 자

기반성에 의해서이다. 즉, "내가 기다린 것이 몽골의 남자친구가 아니라 모종의 극단적인 파국이었음을 알고 있다. 언니라고 살갑게 부르면서 선배의 아내를 기망한 나. 호시탐탐 선배에게 가랑이짓을 한 나. 쎅스광인 수림을 한없이 혐오하면서도 온 정력을 다해 질투한 나. 모든 정보를 모른 척 누설한 나. 고립이란 명분 뒤에서 늘 추잡한 연류를 꿈꾸어온 나"라고 자기를 고발하는 장면이야말로 이 작품의 압권이자 비극성의 핵심이라고 할 수 있는데, 그것은 이 모든 정념의 투쟁을 늘 인간 존엄에 귀착시키는 권여선 특유의 드라이브이자 진정성의 힘이라고 할 수 있다.

'나 자신의 부도덕'을 깨닫고 울면서, "내가 내 뒤통수를 내려찍는 이런 상쾌함이 없다면 나란 존재는 과연 무엇이겠는가, 무엇이겠는가, 생각했다"라고 되뇌이는 화자의 이 처절한 자기반성은 한 치의 자기 연민이나 합리화를 허용하지 않는다. 더불어 이 송곳같은 심문은 '사랑'이라는 정념에도 해당되는 바, 작가는 그것이 그 어떠한 잡스런 계산과 욕망에 의해 더럽혀진 그 무엇이어서는 안 된다는 것, 즉 "한 번만! 한번만! 안아달라고 위로 뻗던 아이적 팔짓", 그 절박한 존재의 부르짖음 이외에 그 무엇이 될 수 없다고 선언함으로써 사랑이라는 정념을 '존엄한 인간 존재의 순결한 호소'로 귀결시키고 있는 것이다.

이 작품에서 '나'의 절망과 탄식은 자신의 '비루한 사랑'의 몸짓으로, 또 어쩔 수 없는 자신의 '추레함과 하찮음'으로 향하지만, 궁극적으로는 '끊임없이 뜨거운 철판 위에서 뛰어 자신의 살점을 내어주고 치료한 후 다시 철판 위를 뛰기를 반복하는 곰발바닥 요리'처럼 어쩔 수 없이 고통의 순환 속에서 살아가야 하는 인간의 운명에 관한 것이기도 하다. 이 작품의 비극성의 실체는 '나'와 '주선배의 아내'가 실제로는 동일한 가면을 쓰고 다른 정념으로 대치하고 있는 현실, 즉 곰발바닥처럼 한 발씩 번갈아 놓을 수밖에 없는, 그럼에도 불구하고 그 두 개의 외설적인 고통의 불두덩에 데이며 계속 춤추고 치유받기를 반복하는 인간 삶에 대한 통찰에 놓이는 것이다.

「반죽의 형상」이라는 작품 또한 사랑과 모욕이라는 정념의 역학관계를 그 중심에 두고 있다. 작품은 "모욕에 결투로 응하는 풍습은 사라졌지만 그 깨끗한 변제에 대한 향수는 인류의 정신 속에 면면히 남아있다는 게 내 생각이다. 결투는 모욕을 청산하는 가장 명쾌한 방식이다. (…중략…) 나를 모욕한 자를 죽이거나 모욕당한 나 스스로 죽은 것만큼 모욕을 완전연소시키는 방식이 또 있을까"라는 정념의 계산으로부터 시작한다. 모욕의 깨끗한 변제로서의 결투? 어떠한 모욕이고 어떠한 결투인가? N과 나는 대학 사년, 회사 생활 사년을 함께하면서 거의 매일 점심을 같이 먹어온 친구이자 동료이다. 그러나 '나'는 '왠지 선뜻 친하다고 말하기가 꺼려진다'고 느끼는데, 그것은 이들의 정다움이 단지 피상적인 습관에 불과하기 때문이다. 즉, 이 둘의 관계에는 어떠한 진정성도 남아있지 않다는 것이다. 동성간의 우정이든 사랑이든. 그러나 이들의 관계가 하루아침에 변질된 것이 아니라는 사실은 '나'의 현재의 결투신청에 대한 의혹을 가져온다. 이를 두고 '나'는 "모욕이 즉각 교환되지 못하고 시간의 회로 속에서 길을 잃는 수도 있으니 아무리 늦어도 절박한 때가 적절한 때이다. 결투란 모욕이 가해진 시점이 아니라 모욕을 느낀 시점에서 신청되는 것이니."라고 설명하고 있다. 즉, N에 대한 나의 결투 신청은 과거 모욕에 대한 결투이지만, 그것은 현재적 실감에서 비롯되었다는 것이다. 정념의 교환과 타이밍에 관한 치밀한 계산이 아닐 수 없다. 어쨌든 N에 대한 '나'의 결투 신청은 '더 이상 이 상황을 지속할 수 없다는 모정의 결단이자 절박한 생존적 필요'에 의해 출발한다.

'N은 내게 무심했고 나는 N을 경멸했지만 처음부터 그랬던 것은 아니다'는 화자의 빈번한 고백처럼 이 둘의 처음은 '윤곽은 따로지만 한

갑의 담배와 하나의 식판처럼' 그 내용물은 '한 반죽의 두 형상'이라고 할 만한 것이었다. 대학 시절 내내 무리에서 떨어져 나와 항상 함께 했던 이들은 아웃사이더의 연대이든 사랑이든 서로를 그 무엇보다도 끔찍하게 여겼던 고귀한 관계였다. 그런데 각자 따로 보내기로 한 마지막 여름방학, N은 '나'를 떠난다. 즉 어떠한 모종의 약속과도 상관없이 항상 만나지던 그들의 우연을 N은 의식적으로 거부한 것이다. N과 만나지 못한 최초의 열흘 동안 '나'는 대식증에 시달린다. 그러나 '나'의 모욕감은 N의 이 느닷없는 결별에 있지 않다. 모욕이 상처와 동일한 말이 될 수 없듯, 모욕이란 절망적 상황과는 다른 '치욕'과 '수치'의 감정이다.

모욕은 적의 성실한 응전과 최선의 결핍에서 발생한다. 즉, '나'라는 존재에 대한 부정이 아니라 그 부정의 경박하고 하찮은 방식에서 비롯되는 것이다. 하여, '나'의 모욕감의 최초의 분기는 N을 상실한 고통으로 인해 대식증에 걸린 '나'의 고통을 N이 애도할 때, 비만을 조롱할 때 비롯된다. 즉, "그때 손수건을 던졌어야 했다. (…중략…) 세 자리 숫자의 그 버스를 타고 강변으로 가 수제비처럼 나를 조금씩 떼어내 강으로 던진 열흘에 대해서, 너 아프잖아 아프잖아 마지막으로 나를 위해 목놓아 울던 최후의 애도에 대해서"라는 서술은 "눈을 휘둥그렇게 뜨고 뾰족하게 기른 핏빛 손톱으로 내 옆구리를 쿡 찌르며" 그녀가 던진 말 "심하다!" 라는 조롱 뒤에 놓이는 것이다.

적에 대한 조롱과 연민은 적에 대한 모욕이다. 이를 놓고 벌이는 '나'의 결투는 다시 과거처럼 카니발적 탐식이라는 자학에 의해 수행되고, 그리고 최후에는 이것조차 하나의 공상이었음이 밝혀지지만, 사랑과 모욕, 그 역학과 변제에 관한 작가의 예리한 성찰은 이 작품에서도 형형하게 빛난다. 가령, "자신감과 활기로 펄떡거리는 모든 것들이 혐오스러워지는 때가 있다. 그때는 모름지기 은거하여 나 외에 혐오할 것을 남겨두지 않는 게 좋다. 대상에 대한 혐오 속에는 자신과의 깊은 유사성이 깃들어 있다. 닮았기에 싫은 것이다. 모르는 것은 미워할 수조차 없다."와 같은 통찰은 앞서 「분홍리본의 시절」에서 보여준 철저한 자기반성과 같은 맥락에 놓이는 것으로 인간이 어떻게 존재의 위엄을 유지할 수 있는가에 관한 뛰어난 보고서라고 할 만하다.

「문상」 또한 두 인물의 극단적인 대립을 빌어 혐오와 연민(혹은 사랑)이라는 한 쌍의 정념을 다루고 있는데, 비참한 한 존재를 드러내는 외설스러운 한 장면을 정점으로 인간의 비참과 존엄을 더욱 선명하게 구축하고 있는 작품이다. 즉, 끊임없이 수다를 떨고 자신을 함부로 노출하는, 뚱뚱하고 못생긴 여인과의 혐오스러운 정사 뒤에, 그녀가 수상한 털을 모아 "우리 걸로만 만든 꽃다발"이라며 그에게 바칠 때, 그가 "나를 봐요! 당신들은 모조리 죄인이에요! 나를 봐요! 당신들의 죄가 만들어낸 이 괴물을 좀 보라고요! 사형 당한 정치범의 딸인, 추악하고 막무가내인 노처녀의 오물 묻은 다리 사이에서 이런 외침이 진액처럼 쏟아져내리는 것 같았다."라고 토로하는 것은 곧 타인의 비참이 곧 우리의 비참이자 책임임을, '나'의 존엄이란 결국 타인의 비참위에 선 것임을 고백하는 윤리적 선언인 것이다.

몇몇 평자들이 지적했듯, 권여선의 작품에는 이렇듯 불쾌하고 외설스러운 장면들이 빈번하다. 그것은 "병리학적 인물 열전"이라 할만한 인물이 보여주는 "가학과 자학이, 우울과 히스테리가 강박과 집착이, 죄의식과 자기기만"(김영찬)의 결과이겠으나, 특이한 것은 이러한 외설스러움이 단지 인물의 그것에만 머물지 않고 작품의 기묘한 플롯과 구성에서도 드러난다는 것이다. 즉, '무람없는', '날 것 그대로의 치부'를 드러내는 외설성은 기성의 문법으로 확연하게 포착되지 않는 작품의 어떤 특성과도 밀접하게 관련된다. 「약콩이 끓는 동안」이라는 작품이 그러하다.

이 작품의 스토리와 플롯을 요약하면 다음과 같다. 가야금 연주의 대가인 김교수는 가정부인 '순천댁'과 단둘이 살고 있다. 명예퇴임을 1년 앞두고 불의의 사고를 당한 김교수는 휠체어에 기대어 시체와 다를 바 없는 경직되고 무의미한 나날들을 보내고 있다. 대학 당국은 김교수를 배려해 퇴임 대신 논문지도라는 명목으로 지위를 보장해주는데, 그 업무를 보조하기 위해 대학원생 윤서영이 그의 집을 방문한다. 서영이 일주일에 한 번씩 김교수 집을 방문하기 시작하자 김교수의 두 아들, 상섭과 상욱이 아버지의 불편한 거동을 핑계로 거처를 옮겨 온다. 하릴없이 빈둥대는 두 아들은 쓸데없는 대화를 나누며, 수줍은 여학생 윤서영을 두고 보이지 않는 심리적 대결을 펼친다. 그러던 어느 날 서영은 김교수와 상욱으로부터 참기 힘든 모멸을 당하고, 일을 그만두기로 결심하는 데 하필 그때 큰 교통사고를 당하게 되고 불구의 몸이 된다. 윤서영 대신 박조교가 이 일을 대신하게 되자, 상섭과 상욱은 그 집을 다시 나오고 김교수의 집은 이전과 똑같은, 그러나 달라진 무미건조한 일상을 반복하게 된다.

이상에서 추측할 수 있듯, 이 단편은 인과관계로 긴밀하게 연결된 꽉 짜여진 플롯과 크라이막스 내지 파국을 지니고 있지 않다. 더 단순화하자면 윤서영이 김교수의 집을 방문하게 되자, 두 아들이 들어오고, 서영이 교통사고를 당하자 다시 이들이 나가고, 박조교로 바뀐 김교수 집의 일상은 그대로 반복된다는 것이다. 그럼에도 불구하고 이 작품은 폭발 직전의 긴장감과 아슬아슬함으로 꽉 차 있는데, 이는 우선 윤서영을 제외한 인물들의 언행이 대체로 외설에 육박하고 있기 때문이다. 가령, 유난히 심사가 뒤틀린 김교수를 두고 순천댁이 "내가 저분을 입으로 빨아서 그려"라고 했던 말이 암시하는 성적 환상. (그러나 이 말의 본의는 젓가락을 빨았다는 말이다.) 또는 서영의 방문에 대해 극도로 예민해져서 뒤틀린 욕망을 미친 듯 발산하는 김교수의 모습과 다음과 같은 욕설, "옛날 같으면 네가 지금 아랫도리를 입고 있게 내버려두지도 않았다. 내버려두지도 않았어. 왜 날 가만히 내버려두지 않는 거니? 헐벗은 나무처럼 발가벗겨 벌을 세울테다." 혹은 서영을 쫓아 나온 상욱이 "거 참 안됐지 않습니까? …… 불알 양쪽이요"라며 얼토당토 않는 사랑을 고백하는 장면 등등. 이 작품에는 도저히 예술로 승화되지 않는 외설이 범람하고 있는 것이다.

이를 통해, 작가나 인물들이 직접적으로 언급하고 있지는 않지만 인물들의 심연에 미친 듯 날뛰고 있는 성적 욕망과 정념을 환기할 수 있다. 이 작품은 따라서 아버지와 두 아들간의 욕망과 시기, 질투와 살해의식으로 범벅이 되어있는, 일종의 『까라마조프의 형제들』인 셈이다. 그러나, 이 작품의 디테일은 이러한 분명한 구도를 구축하는 데 복무하지 않는다. 오히려 요령부득이 아닐까하는 생각이 들만큼 쇄말적인 것들에 대한 집착으로 가득하다. 가령, 김교수는 아들이 집에 들어온 순서에 대해, 왜 첫째, 둘째 순서가 아닌가, 나갈 때 또한 왜 아들들은 들어온 순서대로 나가지 않고 역행하는가에 대해 집요하게 불평을 늘어놓는다. 또는 작품에 인장처럼 박혀 있는 "여우들은 영험하게도 죽을 때를 찾아든다고, 처음에 윤서영은 그렇게 알아들었다"라는 첫 문장과 "영험시린 여우는 죽을 때가 들면 죽을 데를 딱 찾아든다등마, 그래 그랬으까, 으째 그랬으까?"라는 마지막 문장의 모호함. 도대체 죽을 데이든, 죽을 때이든 영험한 여우가 죽음의 장소와 시간이 윤서영의 사고와 무슨 관련이 있으며, 이것이 이 들끓는 욕망의 도가니를 두미상관식으로 감싸고 있는 이 형국은 뭐란 말인가? 또는 '불알 양쪽'쪽을 잃은 친구와 '젊었을 때의 나는 내가 아닐 수 있다'는 누군가의 주장을 둘러싸고 펼치는 두 아들의 변덕스럽고 방향 없는 논쟁과 신경전. 혹은 욱이의 보보77에 대한 상념과 순천댁이 휘젓고 있는 '약콩'에 대한 무시할 수 없는 분량의 문장들.

물론 비평가의 사명감을 한껏 발휘하여, 이러한 불연속적인 단층들을 다음과 같이 정리해볼 수는 있다. 인물 욱의 설명에 의하면 보보끄란 사람이 죽은 뒤에서 의식이 가끔 살아나 갑작스레 내뱉는 말을 의미하는 러시아어이다. 순천댁이 김교수에게 먹일 약콩을 달이는 것은, 약콩이 심화를 다스리는 데 특효라고 믿기 때문이다. 그러나 이 민간요법은 시골에서 발정 난 돼지에게 약콩을 갈아먹이는 것을 본 것에서 가져온 것이다. 김교수의 욕망은 윤서영을 통해 증폭되긴 하였지만, "불끈 거인의 팔뚝이 되어 지팡이로 순천댁의 입에서 사타구니까지를 단숨에 꼬치처럼 꿰어버리고 싶은 야만적 충동에" 휩싸이곤 했다는 서술에서 알 수 있듯, 대상과 무관한 맹목적인, 그러나 무력한 욕망이다. 그리고 영험스런 여우란 윤서영이 분명할 터. 그렇다면 이 작품은 여우로 비유되는 윤서영을 둘러싼 정념과 욕망의 각축장에 대한 묘사인데, 이 세 남자들의 정념의 특징은 현실적으로 무력하거나, 그 표현 또한 정도를 넘거나 비정상적이라는 것이다. '약콩이 끓는 동안'이 제목이 된 것은 '약콩'이 바로 이렇듯 발정난 돼지들을 다스리는, 혹은 억제하는 현실과 가식의 상징이기 때문이다. 또한 이는 '내핍하는 악기'라는 표현에서 알 수 있듯, 이 세 남자는 미쳐 날뛰는 정념에도 불구하고 어떠한 '내핍' 상태에 놓여 있음을 함축하고 있다. 그것은 비단 성적 욕망만이 아니라 인생 자체로 확대되는데, 작가는 이를 '보보끄'라는 상징적 어휘를 통해 보여주고 있다. 즉, 이 세 남자, 나아가 순천댁, 윤서영 삶 모두 시체와 다르지 않은 무의미와 무력의 일상 속에서 간신히 옹알이 하고 있는 형국이라는 것.

　이렇게 정리했음에도 불구하고 이 작품의 외설성을 전혀 줄어들지 않는다. '죽을 데와 죽을 때'가, '성녀' 서영에 대한 욱이의 '순정'과 그가 매춘부에게 대하듯 내뱉은 '불알'이, 들썩이는 정념과 약콩이, 보보끄(시체의 옹알이)와 살아 꿈틀대는 육체가 여전히 뜨겁게 경쟁함으로써 주의를 환기시키기 때문이다. 이 분쟁이 내는 소란은 일목요연한 플롯, 주제 등으로 포장하려는 작품의 단정한 옷매무새를 마구 흐트러뜨리고 솔기를 뜯어버린다. 작가는 이 무자비한 뜯김을 통해 그 틈새로 일상과 존재 저 뒷면에 놓인 포착되지 않는 외설들을 폭로한다. 그것은 성적 욕망일 수도 있고, 일상의 무의미일 수도 있고, 기성의 문법을 빗겨나가는 디테일의 섬뜩함과 그로테스크일 수도 있다. 즉 이 작품의 외설은 예술로 승화되지 못한 날 것 그대로의 생경함, 인간의 논리로 포착되지 않는 실재계의 도래를 의미하는 것이다.

용이 되지 못한 이무기는 외설스럽다. 그러나 권여선이라는 특이한 작가는 이를 표독스러울 만큼 집요하게 파헤쳐 강렬한, 섬뜩함으로 우리 앞에 던져놓고 있다. 2000년대 난무하는 대중문화적 코드로 빛나는 소란한 작품군 속에서, 낯선 형상을 하고 있는 권여선의 작품은 인간의 존엄을 내세워 대항하는 정념들과 일상의 외설스러운 진경을 탐사하고 있는, 희귀한 탐조등이라고 할 수 있다. 이 작가의 다음 작품에 대한 기대는 비평가로서 갖는 흔치 않은 설레임이라는 것을 고백하면서 이 글을 마친다.

키치에 맞서는 비정성시(非情城市)

정도상의 『찔레꽃』

『친구는 멀리 갔어도』에서 출발하여 정도상의 소설은 이제껏 대체로 분단과 정치파행으로 야기된 이 땅의 사회적 · 정치적 문제를 다루어왔다. 이번 창작집에 실린 중단편 일곱 편이 탈북자 이야기를 다룬 연작이라는 점에서 과거 작품들의 연장선상에 놓여있다고 할 수 있는데, 그러나 이번 창작집에 실린 탈북자 형상화가 과거와는 조금 다른 영역에서 이뤄지고 있다는 점을 간과할 수 없다. 그것은 과거 소설들의 '현실적 쟁투'가 정치사상범과 용공조작사건, 투사, 혁명가, 장기수 등을 매개로 이데올로기적 자장 속에서 구성되고 있다면, 이번 작품집은 이념 대립이나 파행적 정치권력을 '직접적으로' 겨냥하고 있지 않다는 것이다. 이는 최근 정도상이 『실상사』의 연작과 창작집 『모란봉 시장』에서 보여준 실존적 고투의 흔적, 즉 일종의 변곡점의 반영으로 볼 수도 있겠으나 좀 더 근본적으로는 달라진 현실 지형, 즉 탈이데올기적으로 급변하는 오늘날의 국가제도 장치와 일상의 구획들과 밀접한 관련이 있다. 오늘날의 현실이 탈이념으로 급변하고 있다고는 하지만, 그것이 곧장 '탈정치'를 의미하는 것은 아니다. 최근 BT나 쇠고기 수입과 관련한 치열한 논란과 대중운동을 통해 알 수 있듯 현실 정치를 둘러싼 대중들의 움직임은 '실종'된 것이 아니라 과거와는 다른 방향에서 '폭발적'으로 진행하고 있다. 좌우익 대립과 군사 독재와 민주주의의 대립이라는 명명백백한 이분법적 구분이 아니라, 구체적이고 일상적인 개별적 문제들을 둘러싼 새로운 정치현상의 출현은 한국 사회가 어느새 이제까지 경험해보지 못한, 또한 예측하지 못한 새로운 영토로 진입했음을 '천명'하게 된 '사건'인 바, 아감벤이 소위 '생명정치'라 했던 바로 근대(성) 특수성의 직접적인 현현을 의미한다.

아감벤에 따르면 근대 주권 권력의 핵심인 '생명정치'란 별개였던 생명과 정치를 결합하는 과정, 즉 '조에'라고 불리는 '자연생명' 혹은 '벌거벗은 생명(blosse Leben)'을 정치 영역에 포섭하는 것을 의미한다.[1] '조에'(그리스어로 '살아있음'이라는 단순한 사실)가 그대로 '비오스(가치있는 삶)'가 되던 과거와 달리, 생명 그 자체를 정치적으로 문제 삼는 근대 생명정치란 '시민' 혹은 '국민'이라는 명분아래 인간의 인간다움을 결정함으로써 수많은 '호모 사케르(신성한 생명)'를 양산한다. '살해될 수는 있으나 희생물이 될 수 없'을 뜻하는 호모 사케르는 주권 권력에 의해 법질서 바깥으로 배제됨으로써 정치적으로 내부에 포섭된, 즉 '합법적으로' 내버려진 생명들이다. 이 호모 사케르의 대표적인 예를 아감벤은 유대인, 수용소, 안락사를 통해 보여주고 있으나, 우리는 비단 이러한 극단적인 형태 뿐 아니라 일상 속에서 수많은 헐벗은 생명 — 가령 불법노동자, 불법월경자, 비정규직 노동자, 장애인들, 성적 소수자들 — 을 마주한다. 또한 국민 보건법과 무역협상 등에서 매번 수

---

1   조르조 아감벤, 박진우 역, 『호모 사케르』, 새물결, 2008.

위 조절되는 숱한 실정법을 통해 주권 권력이 금 밖으로 내동댕이치거나 위계화하는 생명 정치의 치열한 현장을 목도하고 있다. 미시적으로 분할된 숱한 정치적 아젠다와 이슈들로 요동치는 근대 생명정치의 모험의 와중에서, 이러한 생명 정치의 근간을 가장 첨예하게 드러내는 형상을 마주하고 있는 바, 그것은 바로 난민 혹은 이주 노동자, 탈북자로 대변되는 국외자들이다. 국적, 주민등록증, 건강보험 등으로 대변되는 '증'없는(without paper) 이들 난민들이야말로 "근대 국민국가 질서의 불안정성은 물론 근대 주권의 근원적인 허구성을 백일하에 드러내는 진정한 권리인"으로, "늘 실상을 가려 버리는 시민이라는 가면을 벗어던진 권리의 최초의 또 유일한 실제 출현"[2]을 의미한다. 그 중에서도 탈북자라는 존재는 국내에 증가하고 있는 이주노동자와는 또 다른 의미를 띤다. '탈북자'라는 호모 사케르는 과거 이념 대립의 역사적 상흔과 그 현재적 영향, 그리고 여전히 지속되고 있는 분단상황이라는 복잡한 지형으로 인해, 이 땅의 주권 권력의 숨겨진 실상을 가장 적나라하게, 가장 '곤란한' 방식으로 드러내기 때문이다. 정도상은 이번 연작에서 탈북자의 문제를 과거 소설보다는 덜 이데올로기적인 방식으로, 좀더 일상적인 차원에서 다루고 있다고 할 수 있지만, 여전히 그것이 '정치적'인 이유는 바로 여기에 있다. 줄곧, "정치란 달리 말해서 인민의 생명에 일정한 형식을 부여하는 것이다"[3]라는 테제를 놓지 않았던 치열한 '문예 전사' 정도상, 그가 이번에는 영토 바깥도 내부도 아닌 한계영역에 선 '탈북자'들을 통해 전 지구적 현실 지형과 우리의 '생명의 형식'을 탐색하고 있는 것이다.

---

2   위의 책, 256쪽.
3   위의 책, 277쪽.

탈북의 궤적

『찔레꽃』(창비, 2008) 연작의 주인공은 충심이다. 일곱 편은 조금씩 각도를 달리하여 충심이 고향인 함흥을 떠나 남양으로, 중국 흑룡강성 농촌으로, 심양으로, 그리고 남한으로 이동하는 삶의 궤적을 좇고 있다. 충심에서 메이나(美娜)로, 또 다시 은미로 이름이 바뀌는 데에서 알 수 있듯, 충심의 탈북의 행로는 단순한 탈향(脫鄉)에 머물지 않는다. 충심의 궤적은 그녀가 예속될 수밖에 없는 구체적 영토의 언어와 관습, 국가 권력의 '완강한' 사실성, 그리고 근대 국민국가가 '자연 생명'을 개조하고 배제하며 포섭하는 방식을 보여준다. 물론, 이 충심이라는 한 개인은 탈북자의 한 전형으로서, 또한 수많은 난민과 유민, 그리고 국경을 넘는 이주노동자들의 그것으로서 제시된다. 그렇다면 이 탈북의 행로에 의해 '충심'이라는 '한갓 생명'은 어떻게 개조되고 '변질'되는가? 각 영토에서 '시민'이라는 부르는, 혹은 전 세계가 공유하고 있는 '인권'이라는 구호 속에 '충심'은 어떠한 '근대적 시민'으로 호명되는가? 충심의 월경이 각 영토에서 실현되는 '인간다움'의 다양한 차이를 육화하고, 추상적 인간(또는 하이데거적 의미에서의 '존재')과 구체적 인간(현존재)의 간극을 체현한다는 점에서 호모 사케르로서의 그녀의 모험은 근대 인간학과 실존양식에 대한 탐험으로 확장된다.

충심의 실존적 궤적은 함흥에서부터 출발한다. 「함흥·2001·안개」에서 충심은 첫사랑에 가슴 설레고 친구들과의 수다에 몰두하는 평범한 처녀(여고생)로 등장한다. 음악학교를 졸업하고 선전대나 기동대에 들어가게 될 '명확한 미래'를 의심치 않는 그녀에게 고민이란 '우등생인 충성오빠 대신 택한 재춘 오빠와의 사랑을 어떻게 지켜나갈 것인가', 혹은 '7년의 군복무를 위해 떠나는 그와의 이별 여행을 어떻게 할 것인가' 등이다. 이 작품에서 충심의 삶은 비록 궁핍할망정 남한, 혹은 다른 국가 영토의 청춘들과 크게 다르지 않는 '온전성'을 지닌 것으로 제시된다. 충심은 여름 방학을 맞아 중국 물건을 사다 팔기 위해 재춘오빠와 함께 남양의 이모에게 간다. 그리고 그곳에서 이종사촌 미향과 함께 국경 너머 도문으로 건너가게 되는데, 바로 이 지점에서부터 충심의 '생명'은 곧장 근대생명정치의 한계영역으로 밀려나게 된다. 충심의 도문행은 매우 우발적인 것이다. 열악한 기차, 함흥 가족의 궁핍과 지독한 허기 등으로 상징되는 국가 경제의 파탄 등은 줄곧 충심의 곤경으로 드러나긴 하지만, 월경을 감행할 만큼 충심의 돈에 대한 열망이 그렇게 절실한 것은 아니었다. 충심의 도문행은 국경 근처에서 여자를 꾀어 중국 농촌에 팔아버리는 인신매매단의 소행에 의한 것이라는 점에서 능동적인 '탈북'이 아니며, 그 이후의 행적 또한 '주체적 결단'과는 무관한 것으로 진행된다.

조선족 아낙네에게 속아서 두만강을 건너게 된 충심과 미향은 인신매매범인 갑봉과 춘구에게 넘겨진다. 해림의 신흥촌과 광명촌에 각각 팔려간 미향과 충심은 흑룡강성의 초라한 농촌에서 일년을 지낸다. 그 사이 늙은 시아버지와 젊은 남편에게 성적으로 유린당한 미향은 두 부자의 피비린내나는 죽음을 목격하고 급기야 미쳐버리고, 충심은 약담배에 취해 사는 영출의 오해와 질투에 쫓겨 그곳을 탈출한다.

만삭의 미향이 죽어버리자 홀로 남은 충심은 심양으로 건너가 안마사로 일하게 된다. 미나라는 이름으로 조선족 행세를 하며 이년 동안 열심히 일하며 귀향을 꿈꾸던 충심은, 그러나 조선족인 김화동과 최옥화에게 빌려 준 돈으로 인해 또다시 추방된다. 결국 한국행을 결심한 충심은 선교단에게 거액의 비용을 약속하고 목숨 건 월경을 감행, 연길에서 북경으로, 우루무치로, 그리고 몽골 국경을 넘는 험난한 여정에 오르게 되는데, 심양에서의 생활과 월경 과정은 「소소, 눈사람이 되다」와 「얼룩말」에서 실감나게 그려지고 있다. 오랜 여정 끝에 드디어 한국에 당도한 충심, 그러나 그곳에서도 충심은 삶의 온전성을 회복하지 못한다. 통일부 하나원의 교육을 마치고 안산에 정착하지만 정착금과 생계비를 모두 박선교사 일당에게 빼앗길 수밖에 없는 충심은 또다시 노래방 도우미로, 웃음과 몸을 파는 매춘부로 전락하고 만다.

조에와 비오스의 비식별역, 그곳에서 '인간'이란 무엇인가

함흥, 남경, 해림, 심양, 연길, 한국으로 이어지는 충심의 이동경로는 충심이라는 인물의 주체적 의지와 전혀 무관하게 이뤄진 것이나 전적으로 우연적인 것은 아니다. 탈북의 한 전형에 해당하는 이 궤적은 이 시대 동북아시아 난민들이 처한 필연적인 디아스포라적 곤경의 연쇄고리를 드러내고 있다. 가령, 충심이 국경 도시 남경에서 두만강을 넘어 도문으로 향하고 조선족 농촌에 이르게 된 것은, 중국 조선족 여자들의 한국행 때문이다. 조선족 여자들의 한국행이 조선족 농촌 공동화와 인신매매를 불러오고, 팔려온 북조선 여자들은 비법월경자가 되어 다시 심양과 연길로, 그리고 다시 한국으로 흘러든다. 중국과 북한의 국가경제 파탄과 맞물려 진행되는 이 디아스포라의 흐름은 전 지구적 경계선들을 흐트러뜨리며 거대한 물결처럼 도도한 난민의 행렬을 형성하고 있는 것이다.

그렇다면, '최소한의 인간다움'을 위해 국경을 넘어선 이들의 '인간다움'이란 새로운 영토에서 어떻게 구성되는가? 앞서 살펴보았듯, 함경에서의 충심의 삶은 비록 궁핍한 것이긴 하나 조에(자연상태)의 그것은 아니었다. 그곳에는 가족과 연인 학생이라는 신분, 선전기동대라는 장래직업, 그리고 무엇보다 예측가능한 미래가 있었다. 충심이 모범생인 충성오빠와 불량한 재춘오빠 사이에서 갈등이 이 작품의 중요한 서사축이 되었다는 것만 보더라도 그곳에서는 '비오스(가치있는 삶)'를 위한 최소한의 조건, 즉 '시민'의 자격이 가능했다. "충성오빠의 사랑을 받을 때는 황홀했었다. 그런데 재춘오빠를 사랑하게 되자 황홀함보다는 간절함이 깊었다. (…중략…) 그제야 비로소 충심은 사랑을 받을 때와 할 때의 차이가 무엇인지를 깨달았다."라는 대목에서 충심이 가르는 사랑의 미묘한 감정은 '비오스'의 단계를 추측케 하는 척도라고 할 수 있다.

그러나 두만강을 건너는 순간 충심은 '벌거벗은 생명'으로 변형된다. 인신매매단의 분류법에 의해 칠만 위안의 '새가이'(연길 지역어로 처녀나 아가씨를 이르는 말, 결혼했거나 서른이 넘은 여자는 안가이)로 계산되는 충심은 사랑의 미묘한 감정을 헤아릴 줄 아는 인간에서 곧바로 '몸뚱아리'로 전락한다. 부자(父子)로부터 성행위를 강요당하는 미향 또한, 인간의 위엄은커녕 일체의 인간적 행위(일체의 정치·경제·사회·문화적 행위)를 박탈당한 채 성적 대상이 되고 만다. 미향의 광기는 "굴욕감, 두려움 및 공포로 인해 모든 의식과 모든 인격을 완전히 제거된" 나치 수용소의 희생자들의 무기력과도 동일한 것으로 그녀의 죽음은 이미 일체의 인격 상실과 더불어 예견된 것이라 할 수 있다. 한편, 주체의 의지가 완전히 봉쇄된 상황 속에서도 최소한의 '인간의 위신'을 지켜나가려는 충심은 영출과의 성관계를 지연시키지만, 춘구와의 관계를 오해받아 공안으로부터 쫓기게 된다. 어떠한 범죄적 행위 없이 인신매매단에 의해 범죄자로 추락한 충심은 거대한 중국 영토 그 어디를 가더라도 자신이 '부당한 존재'임을 깨닫게 된다. 심양으로 삶의 터전을 옮긴 충심은 안마일로 번 돈을 조선족인 김화동과 최옥화에게 빌려준다. 그러나 충심이 그들에게 빚 청산을 요구하자 김화동은 공안을 불러 오히려 그녀를 심양으로부터 쫓아버리고 만다. 비법월경자라는 근본적인 존재 부정은 충심에게 교우관계는 물론 어떠한 대부관계조차 허락하지 않음으로써 그녀를 '인간' 이전으로 돌려놓고 마는 것이다. 심양에서 '인간'을 회복하기 위해서는 합법적인 '시민'이 되지 않으면 안 된다는 사실을 뼈저리게 깨달은 충심의 고뇌는 조에 / 비오스의 경계 넘기에 집중된다.

> 사람답게, 나이에 어울리게 살고 싶었다. 좋은 남자를 만나 사랑을 하고, 가족들과 함께 즐겁게 저녁을 먹고, 예쁜 옷을 입고, 곱게 화장하고, 동무들과 밤마실을 다니며 수다 떨고 남의 흉도 보면서, 어린시절 꿈꾸었던 것들을 위해 열심히 살며, 무엇보다도 신분증 없이 떠돌지 않으며, 아무리 늦어도 돌아갈 집이 있는 삶을 충심은 간절히 소망했다. 그러나 충심의 그 작은 소망은 모조리 금기에 속했다.
>
> ──「소소, 눈사람이 되다」, 157쪽

더 나은 삶이 아니라, '삶' 자체를 위해서 '인간'임을 증명하는 '신분증'을 획득해야한다는 것, 이 절대적인 명제 앞에서 사랑은 한낱 사치스런 놀이로 변질되고, 월경은 선택이 아닌 당위가 된다. 그러나 몽골초원을 가로지르는 일은 단순히 야생의 자연을 극복하는 일이 아니다. 그것은 허기와 추위와 싸우는 것과 동시에 일체의 법질서를 넘어서는 것, 즉 퓌시스(phŷsis, 자연)와 노모스(nômos, 법·관습)가 맞세운 이중의 죽음의 경계선을 넘어서는 일이다.

> 우루무치를 지나 국경으로 접근해서 안내원이 일러준 길을 따라 큰 산을 넘으면 몽골이야. 그 산을 넘는 것도 얼마나 힘들었는지 몰라. 산을 넘

자마자 끝없는 초원이 펼쳐지는데, 그 지옥을 건너면 고비사막이라는 모래 지옥이 또 앞을 가로막는 거야. (…중략…) 초원에서 두 사람이나 얼어 죽었어. 나중엔 배가 고파서 양을 한 마리 잡아먹었어. 양떼의 주인이 말을 타고 나타나 채찍을 휘두르는데, 살이 쩍쩍 갈라지더라니까. 지금 생각해보면 어떻게 초원을 헤쳐 나왔는지 모르겠어. 꿈만 같아. 절도죄로 몽골의 경찰한테 데려다주면 좋겠는데 실컷 때리고는 그냥 가버렸어. 열흘 넘게 헤맸는데, 밤이 되면 너무 추워서 잘 수가 없어 마냥 걸었어. (…중략…) 울란바토르에 도착하자마자 곧장 한국대사관으로 쳐들어갔어. 그렇게 겨우겨우 한국에 도착했더니 정착금에서 이만 위안을 또 뜯어가는 거야. 나쁜 새끼들. 언니야, 연분이모라는 사람 몽골로 절대로 보내면 안돼. 나는 발가락을 두 개나 잘랐어.

—「소소, 눈사람이 되다」, 155~156쪽

위 인용문에서 탈북자의 신체는, '절도죄'도 허용하지 않는 '한갓 생명'에 불과하다. 일체의 법이 적용되지 않는 신체란, 보호와 권리의 바깥에 있는 예외적인 생명, 즉 언제든 살해될 수 있는 생명을 의미한다. 퓌시스와 노모스의 비식별역의 한계영역을 가장 극명하게 보여주는 이 국경 넘기는 「얼룩말」에서 영수의 환상에 의해 비극적으로 형상화된다.

여덟 살난 소년 영수는 '동물의 왕국'의 얼룩말을 무척 좋아한다. 몽골 초원에서 엄마를 잃고 충심 일행과 월경길에 오른 영수는 이 험난한 여정을 얼룩말들의 '마라강 건너기'라고 생각한다. 영수의 이 환상을 통해, 몽골 초원은 마라강으로, 국경 너머는 세렝게티로, 탈북자들은 얼룩말로, 배고픔과 추위, 철조망과 몽골 군인은 사자와 하이에나, 악어로 변형된다. 초원을 건너면 엄마를 만날 수 있을 것이라고 믿는 영수의 환상은 이 고난의 행군을 소망스런 '엄마 찾아 삼만리'로 환치시킨다. 그러나 별들이 쏟아지고 얼룩말과 사자들이 사투를 벌이는 이 동물의 세계는 어느새 끔찍한 현실로 바뀌어버린다. 영화 〈인생은 아름다워〉를 연상시키는 이 환상적 기법은 폭압적인 상황을 유머러스한 동화로 환치시키지만 오히려 이를 통해 비극성은 한층 더 증폭된다. 특히 영수가 일행에서 떨어져 나와 초원에서 홀로 죽어가는 다음과 같은 장면은 이 동화 밑바닥에 깔린 잔인한 현실을 환기시킴으로써 강렬한 비극적 파토스를 불러일으킨다.

별들이 검고 푸른 하늘에 총총히 박혀 있었다. 별과 별을 이어보니 엄마의 얼굴이 그려졌다.

"엄마!"

영수는 환하게 웃으며 엄마를 불렀다. 바람이 엄마 대신 '옹냐, 내 새끼'라고 대답해주었다. 엄마 품속으로 파고 들었다. 영수는 몸을 웅크렸다. 갑자기 모든 것이 편안해졌고 졸음이 몰려들었다. 눈을 감았다.

문득, 마라강이 나타났다.

(…중략…)

영수도 새끼얼룩말이 되어 마라강을 헤어치기 시작했다. 악어들이 강력한 힘과 쏜살같은 속도로 공격했지만 영수는 뒷다리를 세차게 차올리며 물살을 헤치며 앞으로 나갔다. 숨이 턱밑까지 차올랐다. 영수는 포기하지 않았다. 마침내 마라강을 건너 강기슭에 앞다리를 올려놓았다. 그때, 뒷다리에 송곳니가 박히는 느낌이 들었다. 악어가 물었나? 몸부림을 쳐봤지만, 악어는 새끼얼룩말을 물고 물속으로 가라앉았다. 컥컥 숨이 막혔다.

그러다 어느 순간, 평온이 찾아들었다. 눈을 감으니 배도 고프지 않았고, 춥지도 않았다. 악어들이 얼룩말의 몸에 이빨을 박고 세차게 몸을 돌렸다. 얼룩말의 다리가 떨어져나갔다. 악어는 그것을 한입에 꿀꺽 삼켰다. 영수의 몸이 꿈틀꿈틀 진저리를 쳤다. 반달이 검은 구름 속으로 숨어들었고, 작은 별하나가 꼬리를 달고 서쪽으로 길게 떨어졌다. 초원의 거친 바람이 영수의 몸을 흔들고 지나갔다. 움직이는 것은 바람에 흔들리는 머리카락뿐이었다. '엄마!'라는 소리를 닮은 바람이 초원을 가로질러 갔다. 엄마, 엄마!

— 「얼룩말」, 195~196쪽

약육강식이 지배하는 동물 세계와 노모스의 대지 위에서 벌어지는 저러한 폭력 세계가 하등 다를 바 없다는 충격적인 사실은 탈북자가 놓여있는 예외상태의 실상을 그대로 노출시킨다. 영수를 데려가려는 충심과 대립각을 세우는 만복삼촌과 순덕 이모, 그리고 그들에게 거액의 비용과 비디오카메라 촬영을 요구하는 박선교사 일당, 초원에서 뒤처진 영수를 미처 챙기지 못하고 그대로 나아가는 탈북자 일행 등은 '만인이 만인에게 늑대'가 되는 자연상태를 그대로 재현하는 듯하다. 그러나 그것은 말 그대로, 인간의 본성에 내재해 있는 '자연상태'를 의미하지 않는다. 이 약육강식의 폭력성은 그보다 더 강력한 폭력에 의해 야기된 것이라는 것, 즉 주권 권력의 추방령에 의해 산출된 폭력임을 이 작품은 고발하고 있다. 법이 폭력이 되고, 문화가 자연이 되어버리는 초원이란 바로 조에와 비오스가 구별되지 않는 비식별역의 극한, 즉 주권적 폭력의 실체를 그대로 보여준다. "추방자의 삶은 법과 도시와는 무관한 야생적 본성의 일부"가 아니라, 오히려 "짐승과 인간, 퓌시스와 노모스, 배제와 포함 사이의 비식별역이자 이행의 경계선"이라고 했던 아감벤의 진술이 그대로 실현되는 그곳이 바로 월경의 현장인 것이다.

정글과 키치

짐승과 인간, 두 세계 어디에도 속하지 않으면서도 그 두 세계 모두에 거주하는 호모사케르의 예외상태는 국경선에만 있는 것이 아니라 주권 권력이 작동하는 깊숙한 영토 내부에도 존재한다. 탈북자들을 끊임없이 위협하는 공안, 또 이를 이용해서 이익을 챙기는 악한들의 폭력이 이에 대한 명백한 사례가 될 수 있을 것이다.

인신매매와 얼음장사(필로폰의 속어), 밀매로 먹고 살아가는 갑봉과 춘구는 예외가 규칙이 되어버린 유사 자연상태 — 정치적인 탈영토화 및 공간질서의 교란의 영구적인 구조 — 를 통해 보여준다. 춘구와 갑봉은 비법월경자들을 이용해서 자신의 잇속을 챙긴다는 점에서 박선교사 일행과 같은 파렴치한에 속한다. 이들이 선교사 일행과 다른 것이 있다면 '인권'이니 '인류애'와 같은 기만적인 명분을 내세우지 않는다는 것. 하여 더욱 노골적이며 직접적으로 드러나는 이들 폭력 세계는 또 다른 '동물의 왕국'을 구성한다.

조선족인 갑봉과 춘구는 동북아시아 월경의 루트에 새겨진 먹이사슬의 중간자로서의 자신의 역할에 충실하다. 국경을 넘어온 북조선 여자들을 넘겨받아 가격을 매기고 파는 이들에게는 최소한의 인간적 인가치도 위엄도 없는 듯하다. 먹이다툼에서 이기기 위해 필요한 것은 일체의 인간적인 감정과 결별하는 것, 즉 냉혹한 정글의 규칙을 따르는 것뿐이다.

춘구는 마침내 맥주병을 손에 들고 일어섰다. 어떤 망설임도 없이 연길 놈들한테 흑룡강성 사람의 깡다구를 보여줘야만 한다고 춘구는 생각했다. 사나이답게 해치워야 했다. 상대방은 모두 셋이었다. (…중략…) 순간, 춘구는 맥주병을 쳐들어 주저없이 머리통을 내리찍었다. 펑, 하는 소리와 함께 맥주병이 춘구의 머리통 위에서 깨졌다. 허연 거품이 춘구의 머리카락을 적시며 흘러내렸다. 춘구는 씨익, 웃었다. 그 바람에 젊은 깍두기가 놀라 의자에 처박혔다. 춘구는 조용히 티셔츠를 걷어 올렸다.

"니가 봉춘이냐?"

라고 말하며 춘구는 깨진 맥주병을 자신의 배에다 그었다. 맥주병이 지나간 자국마다 선혈이 투둑투둑 터지며 흘렀다.

— 「늪지」, 87~88쪽

정글의 법칙이란 저렇듯 타인은 물론 자신에게도 일체의 감정이나 연민을 허용하지 않는 것, 목표를 위해서라면 불법이든 합법이든 상관없이 물불을 가리지 않고 달려드는 것을 의미한다. 따라서 이들 수컷의 비정(非情)한 세계에도 '사랑'이나 '인간적 가치'란 존재하지 않는다. 춘구가 충심에게 잠시 마음이 흔들리지만 끝내 이를 외면하고 마는 것도 당연한 귀결이라 할 수 있다. 하여 야비함과 폭력성으로 점철된 이들 '늑대 인간'에게 남아있는 유일한 인간적 품위란, 등소평이 피었다는 담배 '웅묘'를 고집하는 키치적 몸짓에 불과하다.

이쯤에서 예외상태의 비정도시를 에워싸고 있는 키치적 장식물을 살펴보자. 키치(Kitsch)란 "고급 예술을 위장하는 통속 예술", "자못 진지한 예술임을 가장하는 거짓되고 감상적인 예술"[4]을 뜻한다. 그러나 키치는 단지 문화예술 뿐 아니라 우리의 일상에 미만해 있는 지배적 코드이다. 가령, 갑봉의 일당이 "국경법규를 준수하면 영광스럽다. 밀매, 독품 판매 행위를 견결히 타격하자."라는 구호판을 보고 '썩어질, 이거이 무스 그 왕청갔다온 말임메? 밀매나 독품 판매 행위를 견결히 해야 뽀다구나

---

4   조중걸, 『키치, 우리들의 행복한 세계』, 프로네시스, 2007.

게 살지'라며 비웃을 때, 국가제도의 견결한 법 질서와 공권력은 그야말로 한낱 허울에 불과한 키치로 드러난다. 또한 인권과 박애를 내세운 선교단이 영수에게 더러운 옷을 입히고 "조선으로 가고 싶지 않아요. 김정일은 나쁜 사람이에요. 예수님의 도움을 받아 한국으로 싶어요"라는 거짓 간증을 강요하고 이를 카메라에 담을 때, 선교단을 비롯한 인권단체의 자선과 구호들은 허위의식과 기만으로 곧장 전락하고 마는 것이다. 물론 모든 인권 단체들의 난민지원이 '양의 가죽을 쓴 늑대'의 기만적 행동이라는 것은 아니다. 그러나 '인권'을 앞세운 난민 구호 정책이 어떠한 진정성을 담지하고 있더라도 그것이 키치로 떨어질 수밖에 현실에 대해 한나 아렌트는 일찍이 다음과 같이 언급한 바 있다.

> 국민 국가라는 체계 속에서 이른바 신성불가침의 인권이라는 것은 특정 국가의 시민들에게 귀속된 권리로서의 형태를 취하지 못하는 즉시 전혀 보호받지 못하여 또 아무런 현실성도 없다.
>
> — 조르조 아감벤, 앞의 책, 248쪽

각종 국제기구들이 '인권' 개념을 정치 중립성에 가두고자 할 때, 역설적으로 이들은 난민들을 추방한 바로 그 주권적 폭력과 한편임을 경고하고 있는 위의 언급은, 탈북자는 물론 이주노동자들을 향한 중립적 지원의 허구성을 폭로하고 있다. 하물며 이들 추상적 구호와도 결별하고 현실적 이익을 위해 난민을 이용하는 박선교사 일당의 '박애주의'란 거의 만행이라 해도 과언이 아닐 것이다. 봉춘 일당이 연길 시내에서 조선족에게 더러운 옷을 입히고 탈북자로 위장, 한국 관광객에게 동냥질을 시키는 것 또한 박선교사의 그것과 다를 바 없다.

박선교사와 봉춘이 '박애'와 '동정심'을 내세워 길거리에서 위선적 퍼포먼스를 벌이는 동안 갑봉과 춘구는 탈북자들을 '포획'하고 조선족 농촌에 '생매장'한다. 그렇다면 이 총체적인 키치와 폭력의 세계에서 공권력이란 무엇인가? 자국민에게만 인간다운 권리를 보장하고 있는 주권 권력은 국경선에서는 난민들에게 총구를 들이대고 안으로 숨어든 '벌거벗은 생명'을 색출하여 철사로 코를 꿰어 감옥에 가두는데 (물론 이 사진은 갑봉의 조작으로 드러난다) 여념이 없다. 인신매매, 약장사, 밀매, 폭력이 범람하는 이 비정성시에 어떠한 위용도 보여주지 못하는 국가 권력과 법질서란 한낱 가짜 권위와 진지함으로 치장된 키치에 불과한 것이다. 북한 사회주의 체제 또한 인민들에게 "우리식 사회주의를 지킨다는 자부심"과 "자기 운명의 주인은 자기"임을 각인시키지만, 죽조차 마음껏 먹지 못하는 궁핍과 열차가 언제 도착할지 기관사조차 짐작하지 못하는 산업 인프라의 총체적 파탄 속에서 혁명 이념이란 한낱 허위의식에 불과하다.

주권 권력의 폭력성과 허구성은 남한에도 존재한다. 신분증 획득이 유일한 인간 증명이라고 믿고 국경을 넘은 충심은 "모든 고통이여 안녕"이라고 되뇌이며 새로운 삶을 꿈꾼다. 그러나 그녀는 곧 '한국적'만으로는 온전한 '시민'이 될 수 없음을 깨닫게 된다. "같은 민족이었지만 외국인 노동자보다도 차별이 더 심한" 남한의 현실에서 그녀가 목숨 걸고 얻은 신분증이란 휴지조각에 불과한 것이다. 그나마 용도가 있다면, 조선족과 거짓 결혼으로 돈을 받을 수 있는, 일종의 수표 같은 것. 탈북자라면 고개를 젓는 현실에서 충심은 또다시 노래방 도우미로 매춘부로 전전함으로써 또 다른 추방령으로 내몰린다.

결국, 자기 운명의 주인은커녕 자신의 육체조차 마음대로 하지 못하는 소외의 상황 속에서 충심이 택할 수 있는 유일한 인간적인 위신이란, '최'의 사랑을 거절하는 것. 뭇 남자에게 몸을 팔면서도 '최'에게만은 몸과 마음을 허락하지 않는 이 아이러니야말로 전 지구적으로 확산되고 있는 예외상태를 역설적으로 보여준다. 내부에 범람하는 자본의 폭력과 인권 유린은 방치한 채, 외부의 비법월경자에게만 폭력을 행사하는 법질서, 보호와 권익에 있어서는 진지함과 실제적 의미를 잃고 금기와 처벌에만 효력을 발휘하는 이 키치적 주권 권력은 내부의 정글과 결합됨으로써 법과 폭력의 구분이 불가능한 총체적 예외상태를 창출한다.

그러나 『소소』 연작이 완전한 절망과 허무로 치닫고 있는 것은 아니다. 『소소』 연작이 담고 있는 탈북자의 절망적 현실에는 법적 폭력의 해소, 즉 "벌거벗은 생명인 비법월경이 그 자체로 죄를 구성하는 법적 폭력을 해소하는 것"(벤야민의 「폭력비판론」)이라는 근원적 지평이 내재되어 있다. 그리고 이 궁극적인 목표를 위해 작가가 희망을 거는 '사실성'은, 키치로 전락한 노모스(법, 관습)가 아니라 비정성시 내부의 폭력성의 구성하는 '인간들'에게 있다고 할 수 있다. 충심을 팔아넘겼던 갑봉이 뒷날 충심의 돈을 가로챈 사기꾼들을 추적할 때, 냉혹한 춘구가 팔아넘긴 충심과 미향을 도와줄 때, 이들 인간의 비정(非情)은 온정과 사랑으로 바뀐다. 이러한 인물들은 입체적 면모는 작가가 등단 초기부터 줄곧 지녀왔던 인간에 대한 믿음에서 비롯된 것으로, 작가는 이 연작에서도 때로 비인(非人)으로 변질될 수 있다 하더라도 또다시 인간다움을 회복할 수 있다는 것, 즉 사람만이 희망이라는 믿음을 놓지 않고 있다.

『소소』 연작은 국경 안팎으로 미만한 폭력과 비정함을 그리고 있으나, 한편 강퍅함 속에 흐르는 인물들의 섬세한 정서와 인간적인 흔들림을 담아내고 있다. 그것이 비록 비굴과 절망, 두려움일지라도 그것만이 키치적인 세계에 맞서는 '진정성'의 원천임을 잊지 않고 있는 작가의 시선은 다음과 같은 서정적인 소묘에 가닿는다.

눈은 여전히 펑펑 쏟아져 내리고 있었다. (…중략…) 신기료장수 정씨는 눈을 뭉쳐 통통한 눈사람을 만든 뒤 그 머리 위에 망가진 구둣솔을 거꾸로 올려놓았다. 구두솔은 눈사람을 까까머리 인형처럼 보이게 했다. 정씨는 구두약으로 눈과 코와 입을 그려놓은 뒤 궤짝을 메고 총총히 떠났다. 정씨의 눈사람을 보니 괜히 마음이 포근해졌다. 충심은 눈사람을 향해 손을 흔들었다. 눈사람은 눈을 맞으며 그 자리에 마냥 서 있었다.

충심은 한성안마에서 나와 눈사람에게로 갔다. 맨손으로 눈을 길게 뭉쳐 눈사람의 다리를 만들었다. 이어서 발도 만들어 다리에 붙인 뒤 그 위에 눈사람을 두 팔로 껴안아 올려놓았다. 아주 짧은 다리였지만 보기가 참 좋았다. 다리를 만들어줬으니 녹아 사라지지 말고 어디로든 갔으면 싶었다. 더구나 그곳이 진정 원하는 곳이기를 짧게 기도했다. 충심은 시린 손을 입김으로 녹이며 눈사람에게 짧게 입을 맞추곤 돌아섰다.

—「소소, 눈사람이 되다」, 140쪽

녹아 사라지더라도 팔과 다리로 어디든 갔으면 하는 충심의 소망은, '합법적으로' 내버려진 탈북자들의 현재적 삶이 치욕 그 이상이 아니라 하더라도 언제든 다시 조화로운 삶을 회복할 수 있기를 염원하는 작가의 그것이라 할 수 있다. 탈북자를 향한 작가의 문장은 그들에게 팔과 다리를 붙여줌으로써 온전한 '사람'으로 호명하는 작업이며, '사실성' 속에 소진되지 않는 잠재성의 유적인 실존 양식을 사유하는, 간절한 기도라고 할 수 있다.

멜랑콜리, 구원을 향한 둔주곡(遁走曲)

김도언의『이토록 사소한 멜랑꼴리』

김도언의 첫 번째 장편소설『이토록 사소한 멜랑꼴리』(민음사, 2008)
는 구원과 초월에 관한 이야기이다. 이렇게 얘기하는 데에는 다소 과
장된 감이 없지 않다고, 독자들은 생각할지도 모른다. 왜냐하면 이 긴
이야기는 대개 구지레한 일상의, 그대로의 반복으로 채워져 있기 때
문이다. 이 장편에는 서울, 대도시의 중산층에도 끼지 못하는 변두리
사람들의 활기가 아니라, 제목대로 과연 '그토록 사소한 우울'로 가득
차 있다. 변두리 입시 학원과 모텔, 허름한 단층집, 다세대 주택 반지
하를 오가는 군상들 — 학원강사, 양아치, 군대 간 남편을 기다리는 어
린 신부, 입시학원 버스 운전사, 군인 등 — 은 좀더 나은 삶에 대한 비
전이나 야망 없이, 그러므로 절절한 절망이나 핍진한 고통도 없이, 낡
은 테이프처럼 똑같은 일상을 반복한다. 작가 김도언은 데뷔 이후 두
권의 창작집(『철제계단이 있는 풍경』『악취미들』)에서 형식실험과 하드보
일드한 악취미를 통해 인간의 내면풍경과 '하강하는' 욕망의 진상을

탐색해왔다. 특히 '악취미' 연작들에서 보여준 잔혹극들은 표면적인 인간의 얼굴 이면에 있는 사악함과 위선, 모순과 부조리를 가차 없이 폭로함으로써 '적나라한' 인간이라는 또 하나의 가상(schein)을 구축, 작가의 비극적 세계관을 여지없이 드러낸 바 있다. 『이토록 사소한 멜랑꼴리』에도 이러한 비극적 세계관이 유지되는데, 이를 드러내는 매개체는 비합리적이고 기괴한 내면의식이 아니라 지극히 평범한 생활 세계를 통해서이다.

김도언은 한 인터뷰에서 '욕망', 특히 '나쁜 것들'에 끌리는 이유를 묻자, 그것이 삶과 세상을 구성하는 배면의 어떤 것이기 때문에 그냥 마주보는 것일 뿐이라고 답한 적이 있다.[1] 『이토록 사소한 멜랑콜리』에서 그의 시선은 그 '배면'이 아니라 삶과 세상 그 자체로 향해 있다. 그렇다는 것은 그가 기원과 본질이라는 연역적 방법 대신 귀납적으로 인간을 재구성하기 시작했다는 것을 의미한다. 예상대로, 그가 이 장편으로 통해 펼쳐놓은 보고서는 '그토록' 진부한, '낡은 잡지의 표지처럼' 지극히 '통속적'이고 신파적인 것 이상은 아니다. 거기에는 스펙터클한 사건도, 전율과 흥분을 불러일으키는 '잔혹극'도, 미학적 환상도, 카타르시스도 없다. 그것은 우리의 일상 그대로 출구없이 '닫힌 하루' 그 이상도 그 이하도 아니라는 점에서 지독히 우울한 풍경이다.

그럼에도 불구하고 이 장편을 구원과 초월의 이야기로 보고자 하는 것은 그 완강한 일상의 풍경 배면에 흐르는 멜랑콜리의 선율이 탈출 혹은 자유, 초월, 구원의 문제를 끊임없이 환기시키고 있기 때문이다. 작가는 홍상수의 영화처럼 수치스러울 수밖에 없는 우리의 환멸적인 일상과 디테일을 잔뜩 펼쳐놓고는 의뭉스레 냉소하며 독자들 스스로 미쳐서 뛰쳐나가게 만드는 것 아닌가. 그것이 이 소설에서 반복되는

---

1 「그의 판도라 상자 속 그의」, 『문학과경계』, 2006년 여름호.

지루한 문장과 동선들에 내재된 작가의 전략인지도 모른다. 또 하나, 이 작품의 주인공 이름은 '선재'이다. 그는 파계승인 아버지, 한센병을 앓고 있는 어머니의 아들, 그리고 실패한 시인 지망생이다. 그는 이 작품에서 우울한 학원 강사로 여느 다른 인물들과 크게 다르지 않은 평범한 '낙오자'로 그려지지만, 사실 이 작품을 구도의 소설로 읽게 만드는 구심점이기도 하다. 왜냐하면 '선재'는 53명의 다양한 인간들에게서 법을 구하여 깨달음을 얻는 『화엄경』의 동자 선재(善財)이기 때문이며, 파계한 아버지와 한센병의 어머니라는 '원죄'에서 벗어나기 위해 몸부림침으로써 기독교적 구원을 질문하는 인물이기 때문이며, 문학을 통해 끊임없이 '내재적 초월'을 꿈꾸는 시인 지망생이기 때문이다. 원죄를 짊어지고 초월과 구원을 향해 나아가는 포스트모던 '선재'는 길을 떠나는 대신, 일상에서 부딪치는 무수한 인간들과 현실을 향해 묻고 있다. 이토록 사소한, 완강한 일상에서 우리는 어떻게 벗어날 수 있는가? 어떻게 우주를 가로질러(across the universe) 저 최초의 인간의 얼굴과 마주할 수 있는가?

멜랑콜리가 거주하는 공간

① #1 주택가 골목 단층집 앞

인구 50만 남짓을 헤아리는 도청 소재지의 구도심에 속하는 이 동네는 붉은 기와지붕이 낮게 엎드려 있는 한옥들과 웅장한 맛을 잃고 퇴락한 양옥들이 마치 시위라도 하는 것처럼 골목의 좁은 폭을 사이에 두고 마주 서 있는데 얼핏 한가롭고 헛헛한 느낌을 준다. 오래된 구도심의 주거지가 대부분 그런 것처럼 원칙없는 구획과 도로 정비 때문에 눈이나 비가 오면 포장도로가 오랫동안 질척거리는 것도 뭐 하나 내세울 것 없는 이 동네의 특징이랄 수 있다.

펵이나 낡아보이는 1.5톤 이삿짐 트럭이 꽤 알심있는 기세로 오르막의 골목길을 오르더니 단층집 대문 앞에 멈춰 선다. (5~6쪽)

② #2 입시 학원 사무실 앞

벌겋게 녹슬고 해진 물받이 홈통과 칠이 벗겨진 외벽 때문에 지은 지 족히 20년은 된 듯한 허름한 시멘트 골조 4층 건물은, 양 옆으로 들어선 매끈한 산부인과와 오피스텔에 가려 있어서 더욱 외관이 음습하고 우중충해 보인다. 이 동네에 오래 산 사람의 말에 의하면 이 건물은 원래 등기소 건물이었다고 하는데, 지금은 영락을 반영이라고 하듯 문을 닫지 않을 만큼만 겨우겨우 수업을 하는 입시 학원과 작은 식당과 사채업자의 개인 사무실이 세 들어 있다. (9쪽)

③ #21 모텔 마리아 301호

새벽 1시. '모텔 마리아'의 3층 방. 원형 침대 위에서 젊은 남녀가 가쁜 숨을 몰아쉬면서 섹스를 하고 있다. 두 사람 모두 한 치도 양보할 기색이 없는 것처럼 서로의 몸에 달라붙어 빨고 핥고 흔들면서 몸을 들썩인다. 에어컨에서 '강' 모드의 냉기가 나오기는 하지만 이 방 안은 두 사람의 열기로 후끈해져서, 화장대의 거울에 김이 서릴 정도다. (71쪽)

위의 세 장면은 이 작품의 주요한 무대 세트이다. '주택가 골목 단층집'은 주인공 선재가 새로 자취방을 얻은 집으로 젊은 여주인 윤소라는 군대 간 남편을 기다리며 풍으로 누워있는 아버지를 돌보며 홀로 지낸다. 퇴락한 구도심의 낡은 단층집에서 방음도 제대로 되지 않는 벽을 사이에 두고 선재는 용덕(윤소라의 아버지)이 신호 삼아 불어대는 '뿌오뿌오' 나팔 소리와 만화영화를 보며 깔깔대는 소라의 웃음소리를 듣는다. 이들 소리는 무대세트에 맞춤한 효과음처럼 질병과 비루함과 권태를 환기시킴으로써 우울을 위한 '훌륭한' 세트장을 형성한다. 두 번째 인용문은 선재가 새로 얻는 직장으로 매끈한 산부인과 건물과 대조되는 '허름한 시멘트 골조 4층'은 단층집과 더불어 언제 철거될지 모르는 그네들의 삶과 닮은 꼴을 이루고 있다. 세 번째 공간은 영어 강사 미진이 드나드는 모텔로 어린 애인이자 양아치인 호준과 정사에 몰두하는 장소가 된다. 이밖에 이 작품에 등장하는 장소들은, 대개 "말라붙어 있어 끓인지 며칠이 지났는지 모를 김치찌개와 냄비와 역시 말라붙은 총각김치"(30쪽)가 나뒹구는 철민의 원룸, 고양이 울음소리가 들끓는 다세대주택 반지하(학원버스 운전기사 진호의 집), 80킬로의 육중한 체중의 수학강사 박선숙이 사는 '○○아파트 205동 506호' 등이다.

프랑스의 누보로망 작가 로브 그리예가 『질투』에서 그토록 지리한 장소 묘사를 통해 증명한 바 있듯, 공간은 곧 인물과 이야기의 특성 그 자체이기도 하다. 사람의 입성이 대체로 그 사람의 계급과 취향, 지적 수준까지를 대변하듯, 이야기의 공간은 서사의 성격과 방향까지를 내포하기도 한다. 물론, 그것은 객관적인 장소 그 자체에서 비롯되는 것이 아니라 이를 묘사하는 작가의 시선에서 비롯되는 것이다. 앞서 나열한 장소들의 특성은 작가에 의해 '비루함'으로 드러나고, 이는 멜랑콜리로 이어진다. 이는 다음과 같은 작가의 '선언'에 의해서 더욱 명증해진다.

선재는 짐칸에 실린 자신의 짐을 하나하나 들어서 단층집의 단칸방으로 옮긴다. 그러고 있자니 어쩔 수 없이 서늘한 감상이 몰려온다. '아, 이곳에서 나는 또 얼마나 내가 동의할 수 없는 의뭉스러운 세월을 보내야 하는 걸까.' 선재는 자신의 삶이 희망이 거세된 뜨내기의 삶 같다고, 뿌리 없이 휩쓸리는 부초의 삶 같다고 느낀다. (7쪽)

요컨대, 이들 공간의 특성은 대개의 인물들이 '동의할 수 없다'는 데 있다. 멜랑콜리는 단순하게 말하자면, 현실과 이상의 괴리에서 비롯된다. '동의할 수 없는' 삶의 조건 속에서 멜랑콜리는 곰팡이처럼 무럭무럭 자라나기 시작한다.

4시 55분, 멜랑콜리를 위한 시간

벽시계는 며칠 전과 마찬가지로 4시 55분을 가리키고 있다. 철중의 눈에 번쩍 촉기가 돌면서 그의 꼬장꼬장한 목소리가 터져 나온다.
"나 참, 이것들 봐! 내가 며칠 전에 분명히 시계 맞춰 놓으라고 그랬지. 그런데 저것 좀 봐. 아직도 그대로야. 도대체 원장 말이 말같지 않나."(158쪽)

위 인용문은 아무도 건전지를 갈지 않아 늘 '4시 55분'에 고정되어 있는 벽시계를 보고, 학원 원장 철중이 화를 내고 있는 장면이다. 이 장면은 이 장편에 여러 번 등장하는데, 그렇다는 것은 학원의 시간이 4시 55분에 고정되어 있다는 것을 의미한다. 늘 그대로인 '4시 55분'처럼 아무도 시간을 맞추려고 하지 않고, 원장도 호통 치기를 반복한다. 고장 난 벽시계가 상징하듯 학원의 시간은 흐르지 않는다. 그것은 학원의 일상이 변화, 발전 등과 전혀 무관하다는 것, 어제와 다르지 않은 오늘, 오늘과 다르지 않은 내일의 연속이라는 것을 뜻한다. 이 고장 난 시계는 멜랑콜리커들의 삶의 감각을 대변하는 것으로, 이들의 우울과 비애감은 4시 55분이라는 지루한 시각에 붙박히고 만다. '멜랑콜리'는 현실과 이상의 괴리에서 오는 것이지만, 보다 중요한 것은 탈출 불가능성에서 오는 절망감과 무력감이다. 이 우울의 서정을 '이토록 사소한'이라고 명명한 것은 「즐거운 편지」에서의 '사소함'의 의미의 변전과 같은 맥락에 놓인다. "내 그대를 생각함은 항상 그대가 앉아 있는 배경에서 해가 지고 바람이 부는 일처럼 사소한 일일 것이냐"에서 '작고 하찮은'이라는 '사소함'의 의미는 영원함으로, 절대무변의 진리로 바뀐다. 『이토록 사소한 멜랑콜리』에서 작가가 말하는 '멜랑콜리'는 사실, 인류의 역사 이래로 계속되어온 우리의 비루한 삶, 그 자체를 의미한다고 할 수 있다. 아무리 문명이 발전하고 진보하더라고 구도심의 허름한 시멘트 건물 속에 갇힌, 지극히 통속적인 신파적인 삶, 그것은 영원하다는 것, 따라서 그 '뻔한' 진리는 '사소함'으로 변전되는 것이다.

이 비루한 일상의 위력에 대한 암시는 소라가 낱말 퍼즐을 푸는 장면을 통해서도 드러난다. "'난'자로 시작되는 네 글자 단어 중에 세번째 음절은 '불'인 단어"의 힌트는 "공격하기가 어려워 좀처럼 함락되지 아니함"의 정답은 '난공불락'. 이를 풀어놓고 소라는 아버지의 나팔소리가 바로 그녀에게는 '난공불락'이 아닌가라고 생각한다. 소라에게 병든 아버지가 난공불락이듯, 그리고 선재에게는 비극적 운명이, 선숙에게는 80kg의 비만이, 호준에게는 가망없는 젊음이, 그리고 이들 개별적인 난공불락을 이루고 있는 이 나날의 생활세계가 바로, 붙박힌 4시 55분으로 상징되는 것이다.

우울한 짝패들의 대위법(punctus contra punctum)

조악한 무대세트와 나른한 오후에 붙박힌 시간, 우울한 생을 위한 배경은 충분히 준비가 되었다. 이제 허름한 골조 건물 벽 사이로 나즈막히 새어나오는 멜랑콜리의 선율을 들어보도록 하자. 이 작품의 인물 구성에 있어서 특징적인 것은 각각의 인물들이 하나의 쌍(pair)을 이룬다는 점이다. 비슷한 성격의 두 인물은 짝패를 이루어 독립적인 선율을 구성하고, 다시 여러 짝패들이 어우러져 대위법적인 다성악을 이룬다. 이 다성악에서 제 제1주제 선율, 즉 선행성부(先行聲部)에 해당하는 것은 '선재와 소라'의 짝패이다.

선재는 앞서 언급한 대로, 원죄와 천형, 초월에의 열망과 좌절에 의해 짓눌린 인물이다. 그가 자신의 존재를 끊임없이 부정하는 것은 탄생의 기원과 관련된다. 선재의 아버지는 일찍이 출가하여 10년을 용맹 정진하였으나 젊은 보살과 사랑에 빠져 야반도주한 파계승이다. 이들은 선재와 선규 두 형제를 낳고 분식집을 운영하며 남들처럼 평범하게 살아가는 듯 했으나, 선재의 어머니가 한센병에 걸리자 모든 것이 산산조각 나고 만다. 어머니는 결국 소록도로 가게 되고, 아버지는 그러한 불행이 자신의 '파계'로 인해 생긴 것이라 자책하며 산천을 떠돌게 된다. 고아 아닌 고아가 된 선재는 대학에 들어가 시를 열망하게 되고 남들에게 실력도 인정도 받지만 시인이 되지 못한다. 사랑했던 '은'과도 결별한 그는 결국 학원을 전전하며 상실감과 자괴감에 빠져 살아가게 된다.

프로이트에 의하면 우울증(Melancholie)이 슬픔(Trauer)과 다른 점은 자애심의 추락이다. 즉, 슬픔이 보통 사랑하는 사람, 혹은 조국, 자유, 어떤 이상 등의 상실에 대한 반응이고, 그리하여 세상이 빈곤하고 공허하게 느껴지는 것이라면, 우울증은 '자아'의 빈곤을 특징으로 한다. "우울증 환자가 우리에게 내보이는 자아는 쓸모없고, 무능력하고, 도덕적으로 타락한 자아이다. 그는 스스로를 비난하고, 스스로에게 욕설을 퍼붓고, 스스로가 이 사회에서 추방되어 처벌받기를 기대한다." 우울증이 자아 빈곤과 자기 비난으로 향하는 것은 원래 사랑의 대상선택이 나르시시즘의 기반에서 이루어진 것이기 때문이다. 동일시를 핵심으로 하는 사랑의 메커니즘은 나르시시즘에서 출발하지만 성숙한 어른은 리비도를 자아가 아닌 대상에게로 계속 전이시킨다. 보통의 경우 거절을 당하면 리비도는 새로운 대상을 찾거나 사라지는데, 우울증의 경우는 다시 자아 속으로 들어가게 된다. 그리하여 대상 상실은 자아 상실로 전환되고, 자아와 사랑하는 사람의 갈등은 자아의 비판적 활동과 동일시에 의해 변형된 자아 사이의 분열로 바뀌게 되는 것이다. 결국, 우울증은 '나르시시즘'으로 후퇴하거나 나르시시즘 성향이 강한 자에게 나타나는 것이라고 프로이트는 설명하고 있다.[2]

선재는 이러한 우울증 증상을 전형적으로 보여주고 있는데, 다음과 같은 예문들에서 그 편린을 찾아볼 수 있다.

① 선재는 자신이 이 세상에서 가장 비루하고 천박하고 보잘것없는 존재라는 생각이 들었다. 눈썹과 코가 달아난 문둥이의 자식, 육욕 때문에 법을 깨뜨린 파계승의 아들이 별수가 있을까. (…중략…) 그리고 이어서 어머니의 살 냄새를 맡고는 짐승의 욕망을 끄집어내면서 어쩔 줄 몰라 하는 아버지의 혼돈스러운 얼굴까지. 그리고 짐승의 교미를 연상시키는 두 사람의 교접. 아아, 죄가 탄생하는 순간.(148쪽)

---

2   프로이트, 「슬픔과 우울증」, 윤희기 · 박찬부 역, 『정신분석학의 근본개념』, 열린책들, 2005, 239~265쪽 참조.

② 시인, 그것은 선재가 이루지 못한 꿈, 얻지 못한 이름이었다. 그는 얼마나 시인이 되고 싶어 했던가. 시인이 되기 위해 얼마나 많은 번민과 고통의 밤을 보냈던가. 시에 대한 주체할 수 없는 열망과 신념 때문에 얼마나 자주 아프고 어지러웠던가. (…중략…) 선재의 푸른 청춘은 문학을 향한 맹목적인 구애와 배신, 그리고 그에 대한 참혹한 절망으로 채워졌다고 해도 과언이 아니다. 문학이 자신을 배신할 때마다 선재는 술에 취해 맨주먹으로 시멘트 담벼락을 부서져라 내리치기도 했다. (37~38쪽)

③ "직장이 없을 때 하루 종일 무엇을 합니까?"
선재는 에밀 시오랑의 말을 흉내 내며 무심한 표정으로 대답했다.
"저 자신을 견딥니다."
(…중략…)
선재는 그 말이 패배와 절망으로 점철된 자신의 파괴적인 자의식에서 유발된 것이란 걸 모르지 않았다. (75쪽)

선재의 우울은 인용문 ①에서 알 수 있듯, 존재부정에서부터 출발한다. 인용문 ②는 시인을 열망했던 선재의 절망감을 드러내는 대목이다. '시'와 연인 '은'은 선재가 리비도를 가장 강력하게 집중했던 대상이다. 그러나 '문학'으로부터도 외면당하고, '은'을 친구이자 시인인 '인명'에게 빼앗김으로써 선재의 자기 부정은 더욱 가열된다. 인용문 ③에서 선재의 '우울증'은 더욱 선명하게 드러난다. 작품 전체에서 선재는 끊임없이 열등감과 자학, 자기 비하, 자살 충동으로 점철된 모습을 보여주는데, 이는 선재의 세상을 향한, 그리고 시와 '은'을 향한 대상 리비도가 결국 자아로 향하고 있음을 의미한다. '세상'을 견디는 것이 아니라 '자신을 견딘다'는 것은 자아에 갇힌 리비도를 자폐적으로 소모시키고 있다는 것, 또한 "제가 죽이고 싶은 인간 쓰레기가 누구인

줄 아세요. 그건 바로 저라고요, 저요!"(178)라고 고백하는 대목은 선재가 자기 징벌(Selbstbestrafung)의 '사디즘' 단계에 있음을 선명하게 드러내는 예라 할 수 있다.

선재와 짝패를 이루는 '윤소라'의 과거 또한 신산하기는 마찬가지이다. 어머니가 죽자 군인이었던 아버지는 생의 의욕을 상실하고, 어린 동생 호준은 불량 청소년이 되고, 그리고 급기야 아버지는 중풍으로 쓰러진다. 그녀는 놀이공원 계약직인 영표를 만나 아이를 배어 결혼을 하지만 유산하게 된다. 5년째 아버지를 간병하면서 아버지 연금으로 근근이 생계를 꾸리고 있는 그녀의 현재 또한 즐거울 리 만무하다. 그러나 그녀에게는 우울이 없다. 그 이유는 선재와 비교하여 무엇을 향한 강렬한 욕망이, 더 근본적으로는 나르시시즘적 성향이 없기 때문이다. 그녀는 그녀가 읊조리는 노래처럼 "옛날부터 전해 오는 쓸쓸한" 생의 한 대목을 묵묵히 살아내고 있는 소박한 인물이다. 한 집에 살면서 벽을 사이에 두고 살아가는 선재와 소라는 많은 부분 서로의 상처를 공유하고, 또 이를 통해 자신을 되비춘다. 그것은 작가에 의해 의도된 측면이 많은데, 예를 들어 선재의 과거 일기장에 뒤이어 소라의 일기장을 반복 제시하는 구성이 그 예증이라 할 수 있다. 비슷한 삶의 조건과 상처라는 음표를 달고 이 둘이 공명하면서 내는 하모니는 그 각각의 태도의 차이로 인해 색다른 화성을 이룬다. 선재의 선행성부를 모방하면서 좇는 소라의 후행성부는 선재의 음울함을 상쇄하는 명랑함으로 가득 차 있는 것이다.

두 번째 짝패는 미진과 호준이다. 학원 영어 강사인 미진은 자질이나 실력 면에서는 떨어지지만, 빼어난 미모를 이용해 학원에 취직하고 학원 원장과도 돈을 대가로 함부로 몸을 섞는 탕녀로 나온다. 그녀는 어린 양아치 호준과 모텔을 전전하며 난잡한 생활을 하지만 죄책감이나 자괴감으로부터 자유롭다. 그것은 그녀의 타락이 능동적으로

'실천'되는, 위악적 행위이기 때문이다. "착한 것은 약한 것이고, 약한 것은 착한 것이다" "어떤 일도 내가 선택한 것이라면 후회하지 않는 거야. 살아남기 위해서는 독해져야 하는 거라고"라며 삶의 벼랑으로 자신을 몰아대는 미진의 과거에는 양아버지로부터 강간을 당한 트라우마가 있다. 호준은 미진에 비해 훨씬 자의식이 약한 탕아로 등장하지만 그 또한 불행한 가정사로 인해 상처받은 영혼으로 나온다. 고교를 중퇴하고 유흥가를 떠돌며 약자들에게 금품이나 갈취하는 호준에게 생은, 주체할 수 없는 에너지를 아무렇게나 탕진해 버려야 하는 '귀찮은' 것일 뿐이다. 퇴폐와 향락에 몸을 맡긴 이들은 선재의 상승에의 열망과 좌절에서 비롯된 우울과 대조되면서 하강의 아이러니한 우울을 표상한다. 선재의 우울한 자기 비하가 생을 견디기 위한 하나의 방식이듯, 미진에게도 위악은 "한없이 불투명한 삶"과 '상처'를 견디어내는 처세술인 셈이다.

이 둘의 짝패가 이 장편에서는 중요한 서사를 이루는데, 그 밖에도 철중과 철민, 진호와 선숙, 영표와 선규 등의 짝패들이 있다. 삼십대 후반의 독신 철민은 사촌 형 철중(원장) 덕분에 사회과목을 강의하면서 부원장으로 학원강사들에게 군림한다. 전형적인 속물형 인간에 속하는 철민에게 유일한 고통은 단지 '욕망과 소유의 불일치', 가령 미진에 대한 욕망에서 발생하는 초조함 정도이다. 철중과 철민이 속물을 대변한다면, 진호와 선숙은 선량한, 그러나 평균 이하의 서민을 대변한다. 학원 버스 운전사로 일하는 진호는 부원장으로부터 모멸과 학대를 받으면서도, 다세대 주택 반지하에서 앓고 아내와 쌍둥이 자녀를 위해 어쩔 수 없이 수모를 견디어낸다. 진호는 그러한 자신의 삶이 늘 커피를 엎지르고 마는 '얼룩진 인생'이라고 생각한다.

:‖—둔주곡, 되돌아가는

이 작품은 총 89개의 씬으로 구성되어 있다. 각 씬은 빠른 장면 전환을 보여주지만 이야기는 좀처럼 클라이막스나 파국 등의 드라마틱한 국면들을 보여주지 않는다. 이 작품의 서사는 '단층집'과 '학원 사무실' '모텔 마리아 301호' '철민의 원룸' '다세대주택 반지하방' 등의 동선과 4시 55분이라는 상징적인 시각 안에서 맴돌고 있다. 물론 이야기 전개에 따른 '사소한' 변화는 있다. 가령, 선재는 소라와 급격히 가까워져 그녀와 사랑을 나누고, 미진은 호색한 원장을 떨쳐내고, 호준에게 린치를 당한 원장은 미진과 선재를 학원에서 내보내려 하고, 진호는 술을 마시고 부원장에게 대들고, 철민은 80kg의 박선숙의 순정을 받아들이는 듯하다. 그리고 무엇보다 소라의 남편 영표가 군대에서 집단 폭행으로 사망하게 된다. 영표의 사망이 물론 선재와 소라의 사랑이 긍정적으로 이어질 수 있게 만드는 계기가 되리라는 것은 분명하다. 그럼에도 불구하고 이러한 변화들은 '사소한' 것이다. 왜냐하면, 선재의 우울, 미진과 호준의 위악, 진호의 얼룩진 인생에 근본적인 변화가 없을 것이기 때문이다. 술김에 부원장에게 항의를 늘어놓았던 진호가 곧장 부원장에게 사과하고 다시 비루한 일상으로 되돌아간 것처럼 미진과 호준을 계속 호텔을 전전할 것이고, 선재는 열등감과 콤플렉스에 시달릴 것이고, 속물 철민과 철중의 비합리적인 학원 경영은 계속 될 것이다.

즉, 이 작품의 '단층집' — '학원 사무실' — '다세대 주택 지하방'의 동선이 표상하는 멜랑콜리한 일상은 그들이 다른 장소에 존재하더라고 다시 반복된다는 것. 이들의 멜랑콜리의 선율은 이제까지 그러했듯 도돌이표(:‖)의 지시를 받아 처음으로 되돌아가서 그 지리한 일상을 반복하게 될 비극적 운명의 선율이다. 따라서 이 작품은 원환적 구성에 해당된다고 할 수 있는데, 이는 '반지'의 행방을 통해서도 짐작할 수 있다. 호준은 누나인 소라의 결혼반지를 훔쳐서 미진에게 선물한다. 미진은 이를 학원 건물 식당에서 흘리고 선재를 이를 주워서 호주머니에 넣고 있다가 소라를 포옹하다가 흘린다.

그때 선재의 바지 호주머니에서 식당에서 주워 넣었던 미진의 반지가, 아니 원래 소라의 것이었던 반지가 슬그머니 미끄러져 나온다. 반지는 방 바닥에 타원을 그리며 크게 돌기 시작한다.
쫴앵 쫴앵 쫴앵(242쪽)

위 인용문에서 반지가 주인에게 되돌아가리라는 것을 짐작할 수 있다. 반지의 순환과 반지의 '둥근' 모양, 그리고 "타원을 그리며 크게" 도는 반지의 움직임은 이 작품의 원환적 구성에 대한 일종의 메타포이다. 그렇다면 구원과 초월에의 갈망을 표상하는 선재라는 하나의 '의지', 그것은 되돌아가기를 반복하는 일상처럼 구원으로부터 영 달아나고야 마는 것인가. 구원의 성취는커녕 어떠한 결과물도, 뚜렷한 성찰도 없이 선재의 갈망은 처음으로 회귀하고 마는 것인가. 물론 선재는 "전복과 부정과 성찰과 전망을 다 아우르는 빛나는 구원은 어쩌면 현실에서는 도저히 성취할 수 없는 환상인지도 모른다. 누가 누구를 구원하고 누가 누구로부터 구원을 받는다는 것인가. 삶은 늘 순간 순간을 견디는 것뿐이다"(199쪽)라며 '견인'의 자세를 터득하기도 한다. 그러나 그것이 구원을 향한 갈망을 멈추지는 못할 것이라는 것은 분명하다. 견인주의는 단지 미봉책일 뿐이기 때문이다.
이 작품에서 얼핏 스치는 구원에의 암시는 선재의 이러한 의식적인 성찰과는 다른 곳에서 엿보인다. 즉, 선재가 "누대에 걸쳐 쌓여 온 설움 같은 것" "설익은 욕망 같은 것"을 소라의 가슴에 털어놓는 순간. 그 순간이 구원일 수 있는 이유는 니체식으로 말하자면 '과거—현재—미래'가 공존하는 지점이기 때문이며, 부정의 의지가 아니라 긍정의 의지에 의해 생성의 가능성을 여는 순간(Augenblick)이기 때문이다. 그것은 최인훈이 『광장』에서 은혜의 몸뚱아리에서 본 '진리' 혹은 '길' 같은 것, 모든 긍정과 생성을 품은 원환의 세계를 뜻한다. 따라서 이후 이들이 또다시 우울한 일상을 반복하더라도 그것은 동일한 반복이 아니라 조금은 다른 반복이 될 것이다. 멜랑콜리의 차이, 그것도 차이라면 차이이다. 그것이 비록 '자기와 조금 다른 자기'의 차이더라도 니체의 관점에서 보면, 그것은 생성이기 때문이다.

또 하나, 서론에서도 밝혔듯 이 작품은 구원과 초월 그 자체가 아니라 시종일관 우리들의 비루한 일상과 그 고통에 대해 얘기하고 있다. 이 작품의 멜랑콜리의 선율은 하나도 바뀔 것 같지 않은 우리의 일상에 대해 공감하게 하고, 독자를 더욱 침울하게 만들 것이다. 그러나 그럼에도 불구하고 그것이 필요하다면? 다음과 같은 경구를 참고할 수 있을 것이다.

> 나는 병에서 나의 더 높은 건강을 얻었다. 이 건강이란 병이 말살시켜 버리지 못한 모든 것들에 의하여 오히려 더 강해지는 건강을 말하는 것이다! —〈나는 병에게서 나의 철학도 얻어내었다……〉 고통이야말로 정신의 최후의 해방자이다. (…중략…) 그러나 나는 고통이 우리를 〈심오하게〉 한다는 것을 안다……
>
> —니체, 김대경 역, 『비극의 탄생 / 바그너의 경우 / 니체 대 바그너』, 청하, 1998, 223쪽

위 인용문의 조언을 따르자면, 『이토록 사소한 멜랑콜리』는 구원 불가능성에 절망하며 달아나는 둔주곡(遁走曲)이자, 구원을 향한 전조

곡이라 할 수 있다. 왜냐하면 하루키의 말대로 '사람이 진정으로 구원받기 위해서는 홀로 어둠의 가장 깊은 부분까지 내려가지 않으면 안 되기 때문이며, 그것이 게임이 규칙'이기 때문이다.

이방인의 윤리

해이수의 『젤리피쉬』

> 대지는 우리에게 만 권의 책보다 더 낳은 것을 가르쳐 준다. 왜냐하면 대
> 지는 우리에게 저항하기 때문이다. 사람은 장애물과 겨루어 볼 때에 비로
> 소 자기의 진가를 발견하는 것이다.
>
> — 생떽쥐베리, 『인간의 대지』

비평가 도정일의 어느 산문에 의하면 여행자는 세 가지 만남을 갖
는다. 하나는 낯선 타자와의 만남이고, 둘은 자신 혹은 자기 고장과의
만남이다. 그리고 마지막은 여행 뒤에 달라진 자신과의 만남이다. 해
이수의 두 번째 창작집은 이렇듯 이방인이 마주치는 다양한 만남들을
그려낸다. 첫 번째 소설집에서 보여주었던 이방인의 시선과 곤궁이
두 번째 창작집 『젤리피쉬』(이룸, 2009)에서도 주요한 테제가 된다고
할 수 있는데, 달라진 것이 있다면 첫 번째 창작집의 경우 호주 이주
민의 시선이 두드러졌던 반면, 두 번째 창작집에서는 여행자의 시선

이 더 강화되었다는 것이다. 네팔 삼부작이라고 할 수 있는 「고산병 입문」, 「루클라 공항」, 「아웃 오브 룸비니」를 비롯하여 케냐의 9일간의 여정을 담은 「나의 케냐 이야기」가 특히 그러하고 호주 유학생의 험난한 일상을 담은 「젤리피쉬」, 「마른 꽃을 불에 던져 넣었다」 또한 이방인의 원근법에 의해 가늠된 이야기들이라고 할 수 있다. 그렇다면 해이수의 인물들은 왜 떠나고 무엇을 만나고 어떻게 달라지는가?

1. 탕탕외외(蕩蕩巍巍)를 향하여

해이수 인물들의 여정의 시작은 때론 일 혹은 일상과 관련된 것이다. 가령, 국제환경 심포지엄 일행과의 동행(「나의 케냐 이야기」), 원고 청탁(「아웃 오브 룸비니」) 혹은 유학(「젤리피쉬」, 「마른 꽃을 불에 던져 넣었다」) 등의 필연적인 이유. 그러나 계기가 어떠하든 대개의 여행이 그렇듯 이들의 내면에는 일종의 '일상의 엑스터시'라고 할 수 있는 속박으로부터 벗어나고자 하는 욕망이 들끓고 있다. 예를 들어, 「고산병 입문」의 "존재감이 바닥을 치는 놈일수록 마음속에 설산을 품고 산다는 진실, 혹한의 산정에서 한번쯤 세상을 발밑에 두고 싶은 욕망에 시달린다는 것을"이라는 내적 고백에서 짐작할 수 있듯, 화자의 에베레스트 등정은 전업주부로 4년을 보내고 '곰 인형 발바닥 붙이기 부업'에 시달리는 젊은 남자의 자괴감과 환멸에서 출발하고 있다. 「루클라 공항」의 경우 에베레스트 트레킹에서 만난 다양한 국적의 인물들, 즉 '신문, 전화, TV, 컴퓨터, 지하철 따위'의 현대문명사회에 대한 염오와 자연의 생활을 오래전부터 동경해왔다는 미국인 대학생 찰스, 술과 담배에 대한 의존성이 높아져 중독자로 전락할 것 같은 예감에 새로운 전기를 마련하려고 떠났다는 웨일즈의 알란, 약혼자의 배신에 상처입고 불교에 심취하여 순례에 나섰다는 호주 여성 제클린, 그리고 삶의 미망에서 벗어나 얼음처럼 빛나는 높은 정신의 탐구에 나선 화자인 '나'에 이르기까지, 이들의 여행은 "나의 지식이 독한 회의를 구하지 못하고 / 내 또한 삶의 애증을 다 짐지지 못하여 // 병든 나무처럼 생명이 부대낄 때 / 저 머나먼 아라비아의 사막으로 나는 가자"라고 했던 유치환의 「생명의 서」의 환멸과 시원에의 동경을 공유하고 있는 것이다.

룸비니의 고요한 평원에서 "당신이 배우고 익힌 지식과 촘촘히 세워놓은 계획이 문득 부질없이 여겨졌다. 놓치고 싶지 않은 이익과 치열한 경쟁에서 승리하려는 욕망이 일순간 허망하게 다가왔다"(「아웃 오브 룸비니」)라고 고백하는 '당신'과 "무릇 모든 시작에는 신비한 마력이 깃들어 있어 그것이 우리를 지키고 살아가는데 도움을 준다. 여행을 떠날 각오가 되어 있는 자만이 자기를 묶고 있는 속박에서 벗어나리라"라는 헤세의 시를 읊조리는 「나의 케냐 이야기」의 주인공의 내면 또한 여행이 주는 해방감과 재생의 기쁨을 만끽하려는 충동으로 가득 차 있다.

그러나 해이수 인물들의 낭만적 일탈과 동경의 심층에는 피상적인 여행의 에피소드 서사를 뛰어넘는, 혹은 다양한 편린들을 수렴하는, 보다 근본적인 지향점이 마련되어 있다. 단적으로 그것은 「루클라 공항」의 주인공이 표명하는 '탕탕외외'로 대변되는데, '넓고 먼 것, 높고 큰 모양'을 뜻하는 이 숭고함과 초월성은 인물들의 여행의 궁극적인 목적이고 고투의 의미이며, 첫 번째 소설에서부터 일관되어왔던 글쓰기 여정의 궁극적인 지향점이라고 할 수 있다. 하여 그것은 「나의 케냐 이야기」에서 "인간은 자신의 운명과 마주해야 할 뿐만 아니라 추월

할 수도 있어야 한다"라는 충고와 '순간과 영원이 함께 공존하는 카이로스의 시간' 등에 대한 시인의 잠언, '흘러온 물을 품고도 썩지 않는' 나이샤바 호수에 대한 경외감으로 다양하게 변주되는 것이다.

여행 서사와는 전혀 다른 비극적 영웅담이자 우화형식으로 쓰여진 「절정」 또한 이러한 맥락에서 '탕탕외외'의 또 다른 형상화로 읽을 수 있다. 이 작품은 혁명을 일으킨 무리들의 비극적 전말을 다루고 있는데, 구체적인 역사적 시공간과 실증성과는 무관하다는 점에서 역사물이라기보다는 우화에 가깝다. 특히, 혁명을 도모하다 실패한 지도자가 '목숨만은 구해주겠노라'고 했던 약속을 지키기 위해 단두대에서 목이 잘린 뒤에도 자신의 목을 들고 부하들의 앞을 걸어갔다는 비현실적 에피소드는, 대개의 알레고리가 지시하는 교훈성을 함축하고 있는 것이다. 즉, "신념이란 이해와 합리를 넘어선 것" "가장 슬픈 일은 '나'라는 한계를 뛰어넘지 못한다는 사실" "인간 최대의 투쟁은 바로 자기와의 대결이네. 그 자기와의 대결이 타인을 위한 것이라면 더할 나위 없이 훌륭하지"라고 표출되는 바대로, 이 작품은 인간이 어떻게 자신의 물리적 한계를 넘어 '인간의 위대함'에 도달하는지에 대한 하나의 선례를 기존의 모티브를 차용하여 증명하고자 하는 것이다.

과학과 합리, 이해는 물론 강퍅한 일상과 실존적 개인의 한계를 뛰어넘어 숭고와 초월로 상승하려는 작가의 치열하고 집요한 욕망은 제목 '절정'으로도 함축되는 바, 작가의 인물들의 발걸음이 '탕탕외외'의 자연적인 상관물인 '히말라야' 혹은 '킬리만자로'의 설산고봉으로 향하는 것은 자연스러운 일일 것이다.

2. 킬리만자로의 만년설을 걷다

'왜 하필 에베레스트 혹은 킬리만자로의 만년설인가'라는 질문에 대학생 철수는 특별한 이유를 대지 못하지만(「나의 케냐 이야기」), 앞서 살펴본 대로 작가 해이수는 네팔 삼부작[3]에서는 물론 전작을 통해 속다짐하듯 '숭고와 초월의 열망'으로 대답해왔다고 할 수 있다. 그러나 이열망은 '절대 자아와 순수에의 지향'이라는 낭만주의적 정념에 기초하는 바, 따라서 해이수의 인물들의 여정이 일면 센티멘탈리즘과 이국취향의 혐의를 지니고 있음을 부정할 수는 없다. 즉 '멀고 아름다운 것'에 대한 열망이 항용 그러하듯, 그것은 '지금-이곳'에 대한 반성이자 부정이기도 하지만, 또 한편 도피이자 추상적인 이상향에 대한 감상적 편향이며, 더불어 히말라야와 불교 성지, 아프리카 오지에 대한 동경에서 드러나듯 일종의 오리엔탈리즘의 변용이기도 하다는 것이다.

그러나 놀라운 것은 이러한 지적이 그 표적에 채 닿기도 전에 작가 해이수는 자신의 인물들을 낭만적 정서에서 느닷없이 돌려세워 그들의 일그러진 표정과 탈낭만화된 풍광들을 들이댄다는 것이다. 가령 「고산병 입문」에서 생명의 존엄과 맞교환되는 '크레디트 카드'에 대한 예리한 포착이 그 대표적인 예이다. 에베레스트를 향하면서 화자인 '나'는 다양한 경험자들로부터 등반에 대한 여러 가지 주의사항과 대처방법을 듣게 된다. 최대의 장애물인 고산병은 물론 산적과 현지 가이드 세르파를 다루는 요령, 그리고 기도문과 부적에 이르기까지, '나'는 이들 풍부한 경험자들이 건네는 충고와 기원을 발판삼아 조심스럽

---

3   네팔의 히말라야 등정기와 여정을 다룬 세 편의 소설, 「고산병 입문」 「루클라 공항」 「아웃 오브 룸비니」를 편의상 네팔 삼부작이라고 하자.

게 고도를 높여간다. 그런데 이상한 것은 모든 이들이 충고 끝에 결론처럼 덧붙이는 "자네, 크레디트 카드 있나?"라는 질문이다. 질문 끝에 "항상 뒷주머니에 넣고 다니게"라며 모든 산악인들이 주문처럼 되뇌는 크레디트 카드의 힘의 위력을 '나'는 나마스테 산장에서 만난 27세의 백인청년 '스코트'에게서 확인한다. 서부 최고봉인 5357미터의 고쿄 피크 등정을 전후로 나마스테 산장에서 '나'는 고산병에 걸린 이 청년을 만나게 되는데, 그는 앓을 대로 앓다가 결국에는 크레디트 카드를 꺼내 구조용 헬기를 부르게 된다. "사람이 곧 죽어가는 응급상황일지라도 구조용 헬기가 날아오지 않는다는 것" "오직 크레디트 카드에서 삼천달러 결제가 확인되는 순간에만 카트만두에서 곧바로 헬리콥터가 이륙한다"는 것을 알게 된 나는 "트래커의 바지 뒷주머니에서 앉을 때마다 엉덩이에 배기는 크레디트 카드는, 에베레스트에서 고산병에 대비해 스스로를 경계하는 일종의 부적임과 동시에 불문율에 부쳐진 채 생사의 갈림길을 결정하는 필수품"임을 깨닫게 되는 것이다.

줄어든 산소량으로 인해 신체 이상 현상은 물론 경우에 따라서는 죽음에 이르게도 하는 고산병이 도사리고 있는 히말라야는 화자의 언급대로, 두 발을 가진 자라면 그 누구도 비껴갈 수 없는 절대 평등의 세계이자 물리적 영역이며, 인간의 의지와 힘을 뛰어넘는 영역이다. "도대체 어떻게 책임을 지란 말이에요. 나는 트래킹을 가이드할 뿐이지 날씨까지 가이드하는 사람이 아니라니까요. 그건 오직 신만이 할 수 있는 거예요"(「루클라 공항」)라고 항변하던 현지 가이드의 말처럼, '고산병'이 되었든 '설산고봉'이 되었든 혹은 불가항력적인 '날씨'가 되었든, '타자성'의 최대치인 이 낯선 '신'의 영역이 오롯이 존재하고 있다는 것은 낭만적 정념의 최후의 표상으로서 인간에게 유의미했다. 그러나 이 숭고의 표상인 '에베레스트'의 위용을 장악하고 있는 것은 다름 아닌 '크레디트'라는 사실은, 작중 인물은 물론 독자들이 지닌 일체의 낭만적 환상을 가차 없이 짓밟고 자본주의적 교환 가치의 '숭고의 맨얼굴'을 들이대는 것이다.

그리하여 「고산병 입문」의 밑그림이 지시하는 것은, '폐라는 것도 두 개의 공기 주머니에 불과하다'는 인간 존엄에 대한 밑바닥 체험이 아니며, 그럼에도 불구하고 등정에 성공하여 얻어낸 인간 존엄의 회복도 아니다. 문제는 인간 존엄의 비루함과 고귀함과 전혀 상관없이 에베레스트에 드리워진 완강한 교환가치의 세계 그것인바, 이러한 잔혹한 현실은 '스코트'의 사례에서뿐 아니라, 등반 준비과정과 아내와의 관계에서도 드러난다. 에베레스트 등반을 위해 고어텍스, 스패츠, 특수 폴리머 등등의 첨단 기술 용어들로 둘러싸인 값비싼 등산용품을 사들이는 것, 그리고 귀국을 앞두고 꾼 꿈에서 "너는 더 이상 크레디트가 없어"라고 한 아내의 결별 선언 등은 현대인의 삶에 돈 혹은 신용과 무관한 신성하고 순수한 영역이 남아있지 않다는 것을 말하고 있다. 비행기 운항의 중단에 대해 "21세기에 어떻게 이럴 수가 있어요?"라고 투덜대는 여행객들에게 보란듯 군용헬리콥터를 불러 공항을 유유히 떠나는 산악동호회의 부호들의 모습은 바로 '자본'이야말로 무소부재하는 21세기적 신의 현현임을 야유하듯 보여주고 있는 것이다.

해이수의 여행 서사의 밑그림에는 이렇듯 신비주의와 낭만적 정조의 흐름과는 상반되는 실재의 힘들이 필연적으로 꿈틀거리고 있는데, 이 핍진성들은 때로 낭만적 여행 서사에 낯선 '타자성'으로 불쑥 끼어듦으로써 안온한 감수성을 휘저어놓는다. 가령 「나의 케냐 이야기」에서 탄자니아 정부가 누우떼의 케냐 이동으로 인한 관광수입의 손실 때문에 이동 경로에 불을 질렀다는 이야기, 또는 룸비니의 네팔 법당에서 만난 소녀가 보여주는 매춘부의 제스처, 그리고 파업(번다)과 극렬한 시위로 인한 교통마비(「아웃 오브 룸비니」), 대폭설로 비행기 운항이 중단되자 거액을 들여 군용 헬리콥터를 루클라 공항을 탈출하는 한국 산악자전거 동호회의 부호들, 발이 묶인 루클라 공항의 젊은이들이 보여주는 자유분방한 성애의 모습은 에베레스트 혹은 킬리만자로, 그곳이 어디가 되었든 살아있는 인간의 일상적 삶에는 어쩔 수 없이 욕망과 결핍, 노동과 계급, 빈곤 등을 둘러싼 암투가 드리워져 있음을 암시하고 있는 것이다. 이러한 낭만적 정념과 냉혹한 현실이 중첩되는 지점에 대한 화자의 곤혹스러운 시선은 다음과 같은 장면을 통해 표출되기도 한다.

저물녘의 바람은 선선하고 릭샤를 타고 가며 바라본 풍경은 아름다웠다. 적당한 속도로 사물들이 당신의 시야를 스쳐지나갔다. 하늘로 쭉쭉 뻗은 아름드리 보리수의 이파리가 부드럽게 팔랑거리고 넓은 들판을 가로지르며 흐르는 강이 평화로웠다. 옆으로 지나가는 자전거의 행렬, 흰 소가 방울을 울리며 끌고 가는 수레, 독특한 행색으로 순례를 떠나는 사두(Sadhu)의 무리들이 눈길을 끌었다.

그러나 길 양편으로 늘어선 가난한 농가의 모습은 처참했다. 어느 지역을 가더라도 형태와 수준이 다를 뿐 사람의 생활양식이란 비슷하기 마련인데, 이곳은 표현하기 힘들 정도의 빈곤함이 느껴졌다. 곧 허물어질듯 한 흙벽 집의 출입구에 드리운 천이 휘날리면 옹색한 살림살이가 그대로 드러났다. 부처가 태어났을 당시의 궁핍에서 한 걸음도 벗어나지 못한 것으로 보였다. 남루한 옷을 걸친 여인들이 마당에 나와 곡식을 씻거나 감자를 삶아 저녁을 준비하느라 불을 지폈다. 장작 타는 연기가 길 위로 깔렸다.

어느덧 릭샤 위에서 날이 저물고 있었다. 평원과 잇닿은 하늘이 잉크 빛으로 사위며 주홍색 노을로 물들었다. 뜻하지 않게 당신의 눈에서 눈물이 흘러내렸다. 당신이 배우고 익힌 지식과 촘촘히 세워놓은 계획이 문득 부질없이 여겨졌다. 놓치고 싶지 않은 이익과 치열한 경쟁에서 승리하려는 욕망이 일순간 허망하게 다가왔다. 마른 먼지를 뒤집어 쓴 당신의 뺨으로 눈물이 따갑게 흘러내렸다. 어쩌면 이토록 지극한 평화와 지극한 빈궁을 동시에 받아들이느라 빚어진 감정의 혼선일지도 몰랐다.

—「아웃 오브 룸비니」

위 인용문은 낭만적 여행 서사의 가장 행복한 풍경들을 열어 보여
주는 동시에 여행자의 평온한 감상을 한껏 불편하게 하는 비루한 표
정들을 함께 부조하고 있다. 그리하여 낯선 여행지의 풍광은 의도하
지 않은 음각으로 인해 입체적으로 형상화된다. 이 낭만적 정념을 위
반하는 실재의 돌출된 형상은 독자에게도 뜻밖의 곤혹을 안겨주는데,
해이수의 여행서사의 중요한 성취라 할 수 있는 이 곤혹감은 독자들
의 안이한 인식들을 뒤흔들어놓음으로써 이방인의 경외와 겸허를 불
러일으킨다.

「아웃 오브 룸비니」에서 번다(파업)의 장기화로 인해 카트만두 공항
까지의 육상통로가 불안정한 상황에서 주인공이 "아직 사흘이나 남았
는데 그래도 곧 번다가 풀리지 않을까요?"라고 묻자 한국 사원의 남선
생은 "지금은 그럴 때가 아니야. 룸비니는 자네의 생각과는 다른 곳이
지."라고 경고한다. "생각과는 다른 곳"이란 상징계와 상상계를 빗겨
가는 살아있는 실재들의 영역인 바, 그것은 만년설을 걸어본 자만이
알 수 있는 탈신비화의 순간들을 의미한다. 에베레스트를 포장하고
있는 만년설을 거둬내고 '뜻밖의 실체를 마주하는 것', 그것이 해이수
의 이방인들이 발견한 '자신의 타자성'이며 '대지의 타자성'인 것이다.

대지는 결코 인간의 힘이나 인식에 의해 점령되지 않는다. 그럼에
도 불구하고 인간은 다양한 수단을 통해 대지를 지배하고자 했다. 얼
룩말을 두고 벌인 논쟁에 대해 "백인들은 흰 바탕에 검은 줄이라 하고,
흑인들은 검은 바탕에 흰줄이라고 한다는 데요"(「나의 케냐 이야기」)라
던 사파리 운전사의 블랙유머가 암시하는 것처럼, 인식의 형태가 되
었든 물리적인 형태가 되었든 낯선 영역을 대상화하여 지배하고자 하

는 인간의 욕망과 두려움은 끊임없이 자연과 대지를 이런저런 식으로 규정하고 지배하고 훼손해왔다. 그 사례의 하나가 바로 '오리엔탈리즘'이라고 할 수 있는데, 이것이 단순히 서양인의 동양에 대한 지배적인 사유방식만이 아니라 '서양의 지리적 확장과 식민지주의, 인종차별주의, 자민족중심주의'와 결부되어 있음을 사이드는 강력하게 비판한 바 있다. 해이수 작가는 이러한 오리엔탈리즘의 폭력을 「나의 케냐 이야기」에서 케냐의 여성 작가에 통해 다음과 같이 발언하고 있다.

> 케냐의 여성작가 마타시아의 발표가 유독 인상에 남았다. 그녀의 논지를 요약하면 이렇다. 외국인들이 일반적으로 상상하듯, 아프리카는 한때 미지의 탐험 장소로, 한때 서구 열강의 착취의 대상으로, 원시의 공간으로 인식되고 있다는 것이다. 아프리카는 주체적인 노력 없이 타자가 정의한 그런 시각을 어느 정도 수용하면서 일면 그렇게 길들여지는 중이라고 했다.
> 그러나 힘의 논리에 의한 명명성의 옳고 그름을 떠나 우리는 근본적으로 깨지기 쉬운 존재들이며 더욱이 긴밀히 엮여 있다는 결론에서 나는 고개를 끄덕였다. 내가 심포지엄에서 확인한 것은 '연약한 우리는 모두 서로 연결되어 있다'는 간명한 사실이었다.
>
> — 「나의 케냐 이야기」

위 인용문에서 보여주는 작가의 이러한 문제적 인식이 작품 전편에서 파편적으로만 드러나고 있다는 점이 다소 아쉽긴 하지만, 그럼에도 불구하고 곳곳에 돌부리처럼 놓여있는 실재의 마주침을 통해 작가는 다음과 같은 메시지를 전달하고 있다. 즉, 「나의 케냐 이야기」에서 주인공이 체험한 아프리카는 '미지의 탐험 장소'도 '서구 열강의 착취의 대상'도, '원시의 공간'도 아니라는 것, 자국의 이익을 위해 탄자니아와 케냐 정부가 투쟁하고 그러한 인간의 힘들과 맞부딪치면서 대자연이 순환하는 그곳은, '얼룩말'처럼 규정할 수 없는 살아있는 실재라는 사실을. 해이수가 여행서사를 통해 보여주는 '이방인의 윤리'란 이렇듯 "어떤 표상의 형식 속에서도 거머쥘 수 없는 타자의 현존의 발견"[4]을 의미하는 것이다.

3. 배려와 할육무합(割肉貿鴿)

서양 근대 철학의 동일자가 '타자의 타자성의 뇌관을 제거하고 표상을 통해 타자를 하나의 대상으로 자기의 지평 위에 귀속시킴으로써 타자성을 증발시켰다'[5]는 것은 근대 이후의 철학에서 가장 강력하게 비판되어 왔다. 이런 측면에서 언제 어느 곳, 누구에게나 스스로 '타인'임을 자처하는 해이수의 이방인의 윤리는 타자를 '나'의 표상 속에 환원시키지 않고 타자성을 최대한 인정하려는 윤리적인 태도를 보여준다. 더욱이 이 이방인의 윤리는 여행자의 실존적 입장에서만이 아니라, 작가의 근본적인 삶의 태도이자 윤리로 표출되고 있는데, 가령 다음과 같은 구절에서 이를 확인할 수 있다.

① 오직 내가 바라는 건 애초에 짜인 그물망을 찢지 않고 슬며시 제자리로 돌아가는 것뿐이었다. 그들이 서로 형성해놓은 질서와 거리를 휘저어놓고 싶지 않았다. 나로 인해 그 관계가 깨지면 이 평원은 일시에 도미노

---

4   서동욱, 「사르트르의 타자 이론」, 『차이와 타자』, 문학과지성사, 2004, 206쪽.
5   서동욱, 앞의 글.

처럼 마구 흐트러질 것 같았다.

― 「나의 케냐 이야기」

②윤 간사는 내게 영화 '아웃 오브 아프리카'의 인상적인 장면을 물었다. 나는 새해 전야의 파티 장면을 이야기했다. 카렌과 데니스는 왈츠를 추며 원주민 키쿠유 족의 교육 문제에 대해 언성을 높이며 대화를 나눈다. 카렌이 소유와 지불에 관해 논리를 펴자 데니스는 약간 따지듯 이렇게 묻는다.

"도대체 당신의 소유란 게 뭐요? 우리는 이곳을 소유하는 게 아니요, 카렌. 단지 스쳐지나갈 뿐이지."

(…중략…)

"이건 변명이 아닙니다. 각자의 태생과 습성이 있는 거예요. 기린에게 왜 목이 기냐고 묻지 마세요. 철수에게 왜 만년설이 보고 싶으냐고 묻지 마세요. 기린은 목이 길게 태어났고 철수는 만년설이 보고 싶은 거예요. 그런 겁니다."

― 「나의 케냐 이야기」

사파리 도중 잠시 초원에 내린 주인공의 내적 독백을 담은 인용문 ①과 윤간사와의 대화를 담은 인용문 ②에서 작가는 타인에게 어떤 것도 요구하거나 욕망하지 않음으로써 타자를 '환대'하는 '이방인의 윤리'를 강조하고 있다. 그것은 근본적으로 '나'와 타인의 근본적인 차이에 대한 인식에서 오는 성숙한 태도일진대, 그 차이를 의문시하거나 개입하려는 그 어떤 것도 타인에게는 상처가 될 수 있다는 '배려'의 산물일 것이다. 따라서 이방인의 윤리의 실천적 행위로서의 '배려'는 해이수 인물들에게 때론 매우 강조되는 덕목인데, '배려'와 '사랑'의 은밀한 겹침을 통해 사랑의 서사가 전개되는 「젤리피쉬」에서 이를 확인할 수 있다.

「젤리피쉬」에서 호주의 가난한 유학생인 주인공은 고액 과외의 제의를 받고 매혹적인 17살의 소녀 '에밀리'를 만나게 된다. '사적인 것을 묻지 말 것' '그 아이가 하자는 대로 할 것'이라는 이상한 조항을 내세운 '에밀리'란 소녀는 주인공이 보기에 "타자 의식이 결여된" "다른 사람 혹은 사물의 처지 따위는 전혀 의식하지 않거나 고려하지 않는 일종의 자폐 또는 소통장애 증상"이 있는 것으로 보이는 철부지이다. 그러나 순수한 그녀에게 조금씩 빠져들면서 '나'는 그녀에게 조금씩 '소통'과 '배려'를 가르치게 되는데, 어느 날 에밀리가 개미들을 괴롭히자 다음과 같이 충고한다.

> "너도 이제 다른 사람 입장 좀 생각하면서 살아라!"
> "이건 개미야! 사람 아니야, 스뚜피드!"
> "개미나 사람이나 똑같아. 니가 기분 나쁜 건 상대방도 기분 나빠. 그래서 배려가 필요한 거야. 들어봤냐, 배려?" (…중략…)
> "모르면 적어! 배려! 영어로 콘션, 콘시더레이션."
>
> ─「젤리피쉬」

다른 사람의 입장을 생각하는 것, 그리고 그 차이를 존중하고 이를 훼손하지 않으려는 노력을 '배려'라 명명하며 이를 강조할 때, 이는 앞에서 살펴본 작가의 '스쳐지나감' 혹은 '애초의 그물망'의 바깥에 있음으로 해서 타자성을 보존하려는 '이방인의 윤리'와 일맥상통한다고 할 수 있다. 그러나 그것은 한편, 관계 혹은 갈등의 회피로서 나타나기도 하는데, 이러한 측면은 「나의 케냐 이야기」에서 윤간사의 논쟁에서 다음과 같이 표면화된다.

"댁의 기행문은 흥미롭지만 약간 이상한 점이 있어요."

"어떤 점이 이상하죠?"

"뭐랄까…… 사람들 간의 갈등이 없어요. 보통 사람들은 가족이나 직장 혹은 남녀 간에 부딪치기 마련이거든요. 혹시 관계를 맺지 않았기 때문이 아닐까요?"

"저는 갈등이 심한 글보다 갈등을 피하는 글이 좋습니다. 갈등을 피하기보다 그걸 넘어서는 게 훨씬 더 좋고요."

윤 간사는 그런 게 가능하냐는 표정으로 무심히 응수했다.

"아, 그래서 갈등이 없는 거군요."

"정확히 말하면 갈등이 없는 게 아니라 갈등을 없앤 겁니다. 갈등을 피하거나 넘어서는 것도 관계의 한 형태가 아닐까요?"

—「나의 케냐 이야기」

'나'의 기행문에 관계와 갈등이 없다는 윤간사의 지적에 대해 '나'는 일부러 갈등을 없앤 것이며 갈등을 피하거나 넘어서는 것도 관계의 한 형태라고 항변한다. 그러나 다소 추상적인 이 '갈등을 피하거나 넘어서는 것'은 '진정한 관계'가 아니라 피상적 관계를 뜻하는 것은 아닐지 혹은 비겁의 한 형태가 아닌가라는 의구심을 버릴 수 없다. 인물들의 이러한 갈등 회피는 「마른 꽃을 불에 던져 넣었다」에서도 찾아볼 수 있는데, 남아프리카 부족 출신인 벡스가 '용사의 심장'에 매혹되면서도 이를 얻을 수 있는 혹독한 성인식을 회피해왔다는 것, 화자인 '나'와 죽은 친구 '섭'이 포켓볼과 바둑 경기에서 '2의 1'의 위치에 대해 갖는 콤플렉스 등은 그 구체적인 예라 할 수 있다. 또한 '나'와 '섭'이 지닌 '2와 1'에 대한 콤플렉스가 "거긴 늘 패싸움이 일어나 끝까지 버텨내야만 하는 곳이지. 버티는 건 언제나 두려워." "싸움은 계속 된다. 그것이 견딜 수 없다"라는 심리적 거부감과 두려움에서 비롯되었다는 것은 '이방인의 윤리'에 내포되어 있는 투항의 혐의를 부인할 수 없는 것이다. 즉 '주체가 강자와 주인일 경우, 관대와 배려가 타자성에 대한 최대한의 존중일 수 있지만, 애초에 바깥으로 추방된 방외인이자 노예일 경우, 이방인의 윤리는 과연 타자들을 존중하면서 스스로를 주체화할 수 있는 규율이 될 수 있을까?'

이쯤에서 우리는 타자에 관한 진지한 문제의식을 담고 있는 「아웃 오브 룸비니」의 두 가지 모티브를 살펴보아야 할 것이다. 화자를 '당신'이라 지칭함으로써 타자의식을 더욱 강고히 하고 있는 2인칭 소설 「아웃 오브 룸비니」에서 주인공 '당신'은 룸비니의 한국 사원을 방문하려 한다. 번다(파업) 때문에 릭샤로 바이러하와에서 룸비니까지 가야하는 '당신'은 '애처롭고 간절한 눈빛으로' 당신을 쳐다보던 '라마시사이니'라는 사내를 릭샤꾼으로 고용한다. '살점 하나 없는 엉덩이'로 힘겹게 페달을 밟는 라마시사이니에게 '당신'은 휴식 때마다 초콜릿과 담배를 주는 등 최대한의 친절을 베풀었으나 그는 한순간 돌변하더니, 룸비니 말고 한국 사원까지는 100루피를 더 내라고 요구한다. 바이러하와에서 보았던 순수한 눈은 온데간데 없고 맹수처럼 매섭게 눈을 빛내는 라마시사이니 앞에서 '당신'은 두려움과 애처로움이라는 혼란된 감정을 느끼며 '공손해진다.' 그래서 '당신'은 더 많은 돈을 요구하는 그에게 거듭 굴복하고 마침내는 '당신'이 그토록 아끼던 'Honour of Essay'라는 명예로운 문구가 새겨진 시계를 그의 형편없는 전자시계와 반강제적으로 바꾸게 된다.

그러나 그는 가지 않고 검지 끝으로 당신의 시계를 가리켰다. 당신이 무슨 뜻이냐는 표정을 짓자 그는 시계를 자신에게 달라는 손짓을 했다. 당신의 심장이 걷잡을 수 없이 뛰기 시작했다. 곧 울음이 터질 듯 콧날이 시큰해지고 목이 아파왔다. 당신은 줄 수 없다는 의미로 천천히 고개를 저었다. 라마시사이니는 미끈거리는 치아를 드러내고 웃으며 줄 수 없다면 자신의 시계와 바꾸자고 했다. 시계를 바꾼다면 당신을 영원히 잊지 않겠다는 거였다. 그의 시계는 노점에서 파는 싸구려 플라스틱 전자시계였다.

당신은 할 말을 잃고 말았다. 라마시사이니의 부탁은 집요하고 끈질겼다. 당신은 그때처럼 한 사람을 가엾고 끔찍하게 여긴 적이 없었다. 룸비니로 오는 길에 보았던 극빈과 떠올렸던 욕망의 허망함이 없었더라면 당신은 그를 무시하고 그 자리를 떠났을 것이다. 하지만 덧없이 느꼈던 눈물 탓인지, 혹은 원고를 완성하지 못한 자괴감 때문인지, 아니면 지금 속에서 일고 있는 분노의 다른 표현인지는 모르겠으나 당신은 결국 손목에서 시계를 풀었다.

라마시사이니의 더러운 손이 다가와 당신의 시계를 슬며시 가져갔다. 그리고 당신의 손바닥 위에 자신의 플라스틱 시계를 올려놨다. 당신은 그것을 움켜쥐며 몸을 문 쪽으로 휙 돌렸다. 사원의 철문을 열고 들어서려는데, 라마시사이니는 당신을 소리쳐 불렀다. 행여 인사라도 하나 싶어 돌아보자, 그는 걸어오더니 담배가 있으면 달라고 손을 내밀었다. 주머니에서 담배를 꺼내는 당신의 손은 부들부들 떨렸다. 당신은 곧 눈물이 쏟아질 것만 같아서 그의 얼굴도 보지 않은 채 반 이상 남아있는 담배를 갑째로 넘겼다.
— 「아웃 오브 룸비니」, 강조는 인용자

위 인용문에서 강조한 문장에는 라마시사이니에 대한 이중의 감정이 표출되어 있다. 하나는 애초에 그에게 느꼈던 '가엾음'이고 또 하나는 '공포'이다. 릭샤꾼 라마시사이니는 '땟국에 전 바지와 찢어진 셔츠의 극빈'과 처연한 눈빛을 지닌 약자에서 어느 순간 "동료들이 모인 으슥한 곳으로 데려가 당신이 가진 것을 송두리째 빼앗을 수도 있는" 맹수로 돌변한다. 주인-노예 관계의 역전이다. 이러한 관계의 전복은 '당신'이 그에게 준 돈과 시계를 '증여'가 아니라 '강탈'의 형식으로 탈바꿈해놓는다. '당신'이 느낀 당혹과 분노, 연민 등의 복잡한 감정은 바로 이러한 관계의 역전에서 발생된 것이며, 본질적으로 '당신'이 주인이 더 이상 아니라는 그 참담한 상황에 놓이는 것이다.

저러한 이질적인 타자성에서 우리는 사르트르와 레비나스의 타자이론을 떠올릴 수 있다. 사르트르와 레비나스는 "타자의 출현이 제한된 자유를 지닌 주체의 발생"을 가져온다고 보는 데에는 동일하나, 거기에 대한 태도는 상이하다. 즉 사르트르의 경우, 타자가 나의 절대적 자유를 제한하여 '노예화'함으로써, '나'와 타자는 투쟁적 관계에 놓일 수밖에 없다고 비관론적으로 보고 있으며, 레비나스는 타자가 고통받는 얼굴의 나약함, 헐벗음으로 호소해오고, 타자를 나의 무한자로서 그리고 나는 종으로서 타자를 환대해야 한다고 낙관적인 태도를 보이는 것이다.[6] 위 인용문에서 탁월하게 묘사된 저 타자의 형상은 이 두 가지 상이한 태도 사이에서 우리를 동요케 한다. '타인은 나의 절대적 자유를 제한하는 '지옥'인가? 아니면 타인은 내가 무조건적으로 환대해야 하는 헐벗은 얼굴인가? 타인과 내가 주인과 종이 아닌 상호 주관성으로 만나는 방식은 불가능한가?' 등에 대한 단상을 불러일으키는 저 타자의 낯선 얼굴은 따라서 이 소설집에서 만난 가장 빛나는 '리얼리티'라 할 수 있다.

이 작품에서 한 가지 이채로운 것은 작가가 이렇듯 타자의 얼굴에 새겨진 '강도'의 표정과는 상반되는 레비나스의 '환대'를 이야기하고 있다는 것이다. 이것은 한국 사원에서 만난 남선생의 방에서 목격한 벽화의 내용, 즉 시비왕 본생도 중에서 할육무합 고사를 통해 그려지는데, 그 내용을 요약하자면 다음과 같다. '할육무합(割肉貿鴿)은 살을 베어 비둘기와 바꾼다는 뜻'으로, 시비왕의 성불에 얽힌 고사이다. 기

---

6   사르트르와 레비나스의 타자이론은 서동욱, 앞의 글, 161~212쪽 참조.

도에 정진하고 있는 시비왕에게 어느 날 새가 대갈매를 피해 날아든다. 시비왕이 새를 감싸며 잔학무도한 대갈매를 향해 일갈하자 대갈매는 "나도 한 생명이요. …… 당신은 어지 그 생명은 귀(貴)타하고 내 목숨은 귀(貴)치 않단 말인게요?"라고 원망한다. 그러자 시비왕은 칼을 가져오게 하여 새의 무게에 해당하는 만큼의 자신의 살을 베게 하는데, 허벅지, 다리, 팔로도 저울이 평형이 되지 않자 결국 전신을 던져 성불하게 되었다는 이야기이다.

할육무합의 고사는 '당신'이 청탁받은 원고의 주제, '한 생명의 무게란 어느 정도인가?'에 대한 답변으로 삽입되고 있지만, 심층적으로는 릭샤꾼 라마시사이니와의 관계의 역전에 대한 보상심리와 재역전을 의미한다. 즉, 라마시사이니와의 '강탈'이 여기에서는 다시, 당신의 '증여'로 바뀌는 것이다. 그러나 보다 중요한 것은 이 고사가 앞서 전편을 통해 제시한 이방인의 윤리를 위반하는 동시에 이것과 만나는 묘한 지점을 보여주고 있다는 것이다. 즉, '스쳐지나가는 것, 그물망에 개입하지 않는 것'으로서의 배려는 이 고사에서 타인의 상황에 '개입'하고 나아가 '자신을 내어주는 것'으로 바뀌는데, 이 배려의 양 끝점은 타자와의 진정한 관계 맺기에 대한 심오한 통찰력을 담고 있는 것이다.

앞서 '스쳐지나가는 것'으로서의 이방인의 윤리는 다시 사르트르의 말을 빌자면, "타자의 출현이나 소멸로 인하여 나의 존재에 대해 아무런 영향도 받지 않는" '외적 관계'에 불과하다. 그것은 타자도 나도 사실 존재하지 않는 것이나 다름없는 완전한 분리를 뜻한다. 타자성의 확실성은 이 피상적인 외적 관계가 아니라, "타자가 나의 규정됨 속에 개입하는 내적 관계"에 의해 수립한다고 할 때, 상호 규정을 초월하여 '나'를 내어주는 육합고사의 저 '환대'야말로 타자성에 대한 가장 명확한 증명이자 극단적 '배려'이다. 아마도 우리의 일상은 저 개인주의에 바탕하고 있는 '너는 너고 나는 나다'라는 완전한 분리 내지는 타자화,

그리고 공동체에 바탕하고 있는 '나는 너다'라는 완전한 동일화의 사이에서 진자처럼 끊임없이 흔들릴 것이다. 그러나 중요한 것은 인간은 언제나 대지와 타인에게 이방인이지만, '저항하는 대지와 타인'에 응답함으로써 비로소 윤리적 주체로 설 수 있으며, 그것이 비록 제한적 자유와 구속이 될지라도 '나'의 실존은 그 외에 어디에서도 증명되지 못한다는 것이다. 해이수의 인물들이 비록 여행 끝에 다시 알코올 중독자가 되고 문명에 탐닉하고 왜소한 일상인이 되었더라도 여정 속에서 펼쳐보인 이러한 의문과 사유들은 결국, 우리가 올라야하는 가장 숭고한 에베레스트인 '일상의 모험'에 중요한 나침반이 될 것이다.

문장의 암실

김연수의 『나는 유령작가입니다』

　'실체는 없다. 다만 해석이 있을 뿐이다'라고 한 것은 니체이거니와 이러한 니체적 사유를 좇아 권위적인 문자 언어의 바깥으로 쫓겨난 숱한 이야기들을 복원, 또는 재구해 놓은 것이 김연수의 세 번째 단편집 『나는 유령작가입니다』(창비, 2005)이다. 데뷔작 『가면을 가리키며 걷기』에서부터 줄곧 거대 담론과 이데올로기의 허구성을 신랄하게 비판해온 김연수는, 그 '가짜'들을 고발하는 작업에서 벗어나 점차 그 진위의 차원에서 비껴있는 이야기들을 형상화하는 데 주력해왔다. 일련의 작품들을 통해 던졌던 질문들, 범박하게 말하자면 '진실은 있다 없다, 혹은 원본은 있다 없다, 사랑은 있다 없다' 등의 질문 자체에 함축되어 있듯, 김연수의 이전의 글쓰기는 현상과 표면 배후에 있는 오롯한 진실과 본질에 대한 도저한 열망의 표출이었다. 그러나 어느 순간 작가는 그러한 고통스런 질문과 자기 고발을 멈추고 사유 바깥에서 생을 살아내는 사람들의 이야기를 펼쳐놓기 시작한다. 『내가 아직 아이였을 때』에서부터 드러난 이러한 변화는 『나는 유령작가입니다』에 이르러 또한번의 전환을 맞는다.

크게 보면 이전의 작품의 문제의식과도 접맥되는 바,『나는 유령작가입니다』를 통해 작가가 말하고자 하는 것은 역사나 기록 등으로 가시화되고 명백하게 드러난 '거짓'들 속에 감춰지고 배제된 '진실' 들이다. 작가에 의하면 개인의 '진실', 그리고 벌어진 그대로의 '실체'는 어떠한 논리나 필연으로도 말해질 수 없으며, 따라서 인과관계로 이루어진 '문장'으로 재현될 수 있는 것이 아니다. 하여『나는 유령작가입니다』보여주는 세계는 '원인과 결과'의 세계가 아니라, 들뢰즈 식으로 말하자면 원인들의 계열, 혹은 결과들의 계열이라는 새로운 세계라고 할 수 있다. 어떠한 필연성도 없이 우연으로 점철된 이 불가해한 사건들의 세계를 형상화하기 위해 작가는 '절대로, 확실히, 분명히' 기록된 문장들 사이의 행간과 그 흔적들을 해독하고, 상상한다. 그리하여 작가가 새롭게 복원하여 놓은 문장들의 밑그림은, '짐작과는 다른' 일들이며 짐작만도 못한, 일일 수 있다. 가령, 「쉽게 끝날 것 같지 않은, 농담」에서 주인공은 이혼한 아내를 우연히 만나 재동 일대를 순회한 직후, 지적도를 사들고 '어둡고 꾸불꾸불한 행로'들을 그리며 그들에게 일어난 일련의 사건들을 '이해'하려고 하지만, 결국 실패하고 만다. 주인공이 궁극적으로 도달한 것은, 그들의 복잡한 행로 가운데 '비의'처럼 놓여 있는 육백년 된 백송일 따름이다. 「그건 새였을까, 네즈미」에서도 세희의 여동생의 죽음은, 사람들이 흔히 짐작하듯 죽은 남편에 대한 사랑 때문이 아니라는 것, 뿐만 아니라 다시 제시되는, '이해'에 근접한 또다른 설명, 즉 죽은 남편의 외도 때문이라고 단정할 수 없다고 말한다. 그녀의 자살, 혹은 그들 부부의 균열의 원인은 '벚꽃을 흩뿌렸던 것이 바람이었는지 새였는지'에 대한 불확실성처럼 그저 머나먼 곳으로부터 '아령칙'하게 날아든 하나의 불길한 예감에 불과했을지도 모른다는 것이다. 이 작품집에서 단연 두드러지는 수작이라고 할 수 있는 「다시 한달을 가서 설산을 넘으면」과 「뿌넝숴(不能說)」에서의 작가의 전언도 이와 크게 다르지 않다. 「왕오천축국전」의 122행의 누락된 세 자를 '상상'하는 것으로부터 시작되는 「다시 한달을 가서 설산을 넘으면」의 주인공 '그'는 여자 친구의 투신 자살과 자신을 소외시킨 그녀의 유서를 이해하기 위해 끊임없이 책을 읽고 더 이상 쓸 수 없을 때까지 '문장'을 써내려간다. 그러나 그는 자신이 완성한 소설에서 끝내 '자신'의 존재의 의미를 찾을 수 없을 뿐 아니라, '문장이 굳게 입을 다문' 어떠한 지점에 이르러 절망하고 만다. 그리하여 '그'가 나아간 곳은 문장 너머의 세계, 현장과 혜초가 다다른 '소발률 너머의 이방의 땅'인 낭가파르바트이다. 그곳은 122행에서 누락된 세 글자가 상징하는 일종의 구멍, 즉, 작가가 표명하고 있듯, '요기(夜着)—어두운 구멍' 같은 곳으로, '이해가 문제가 되지 않는, 서로를 속이고 속이는 것도, 속는 것도 없는'(42쪽) 진실의 세계이다. 아니 차라리 '진실과 거짓, 현실과 환상, 삶과 죽음'이 뒤섞인 곳으로 진위의 차원과 인간의 시간을 초월한 '원초'의 공간인 것이다. 그리고 그곳은 「거짓된 마음의 역사」의 벤저민 스티븐슨이 사라진 '은자의 나라'이기도 하다. 의뢰인 죠지 워싱턴의 애인 '닷지양'을 찾기 위해 조선으로 파견된 이 사설 탐정이 애초에 지녔던 세계관은 '국제날짜변경선'만큼이나 근대적인 것이고 확고한 것이었다. 미제국의 프론티어 정신에 대한 자부심으로 가득 찬 이 미국인에게 세계는 '문명'과 '야만'으로 분명히 구획된 것이었으며, 미합중국의 영원한 이상처럼 절대적인 것이었다. 그러나 '1888년 5월 1일 요코하마' 등의 모든 여정의 기록과 통계, 수치 등의 온갖 표상들이 '닷지양'과 '그'의 운명이 결코 드러낼 수 없었다는 데서 밝혀지듯, 그는 자신이 상상했던 세계가 하나의 허상에 불과함을 깨닫게 되고, 결국 조선의 왕립전속 사진사라는 우연의 삶을 살게 되는 것이다. 스티븐슨이 국제날짜변경선에서 잃어버린 하루가 결국은 실체가 아니듯, 「뿌닝쉬」에서 말하는 개인적 진실은 지평리 전투에 대한 근대사 바깥에 있는 것이다. 중국 인민지원군으로 한국 전쟁에 참여했던 점쟁이 노인이 손가락이 잘려나간 손을 들어 말하고자 하는 것은, 격전지의 참상도 혹은 영웅담도 아니다. 그것은 끝끝내 언표되지 않는 그의 손가락의 내력처럼, 그 처절한 전투에서 한국 여인과 맺었던 황폐하고 처절한 정사, 그리고 그녀의 희생을 댓가로 얻은 생존이라는 말도 안 되는, 혹은 '절대 말로 표현할 수 없는'('뿌닝쉬) 어떤 것이다.

김연수에게 역사가 '말해질 수 없는 것'들을 배제시키는 명명백백한 '거짓'의 세계라면, 소설은 이 이 자명한 문장에 감춰진 진실을 현상하는 일종의 암실이다. 그리고 그것을 현상하는 그의 글쓰기의 전략은 유령작가가 되는 것, 즉 사라져버린 무수한 개별자들의 목소리를 대신하여 그들의 이야기를 대필하는 것이다. 그리하여 그의 작품에는 완강한 역사적 사실, 정전, 원본 등등의 유력한 해석에 밀려난 다양한 원근법(perspective)이 들어온다. 이 원근법들을 형상화하는 방식이 과거의 사료를 기초로 한 당대의 풍속사 재현이라는 점에서 그의 창작방법론은 이즈음의 학풍인 아날적 방법론과 깊은 연관이 있다고 할 수 있다. 실제로, 1930년대 자유연애 풍조에 휘말린 남녀들의 해프닝을 그린 「연애인 것을 깨닫자마자」나 해방 직후 혼란기의 문단을 그린 「이렇게 한낮 속에 서 있다」, 안중근 의사의 하얼삔 저격 사건을 단상으로 한 「이등박문을, 쏘지 못하다」 등에는 웬만한 학자 못지 않게 사료들을 섭렵한 흔적들이 역력하다. 그러나 이들 작품에 재구된 풍속이 겨냥하는 것은 미시서사가 아니다. 역사나 정전 바깥으로 밀려난 외전, 혹은 주석들이라고 할 수 있는데, 예를 들면, 「남원 고사에 관한 세 개의 이야기와 한 개의 주석」에서는 기존의 '춘향전'이, '향리'의 인물 시점에 의해 탐관오리였던 변부사는 청렴결백한 관리로, 춘향은 옥사에서 자결한 것으로 탈바꿈된다. 「이렇게 한낮 속에 서 있다」에서는 해방 직후 공산치하에서 '대한민국 만세'를 외치고 죽어간 한 문인의 순교가 사실은 어떠한 사상이나 윤리와도 무관한 사랑에서 기인했다는 것, 그리고 그러한 개인의 진실은 백주 대낮에 드러나지 않는, '어두운 비망록'이라는 것을 말하고 있으며 「이등박문을, 쏘지 못하다」에서는 안중근이라는 열사가 우덕순이라는 또 하나의 예비 인물에 의해 대치될 수도 있었음을 상상함으로써, 그 모든 필연들이 사실은 우연의 연속체의 한 고리에 불과하다는 것을 말하고 있는 것이다.

이 작품집에 수록된 아홉 개의 중단편이 결국 삶의 불가해함과 오의에 대해 말하고 있지만 그렇다고 해서 작가 김연수를 도저한 허무주의자라고 할 수는 없을 것이다. 왜냐하면 그가 절망하는 것은 일체의 가치와 의미가 아니라, 다만 '다 말해지지 않고', 오롯이 규명되지 않는 삶의 세세한 결과 기미들이기 때문이다. 그렇다는 의미에서 김연수에게 세상은 논리와 필연의 세계가 아니라, 시적 언어로 가득 찬 은유의 세계이다. 전작에서와 마찬가지로 이 작품집에는 여전히 그의 시인의 이력을 상기할 수밖에 없는 시적 언어와 정감적 이미지들이 곳곳에서 존재한다. 그리고 그것이 전하는 서정적 울림은, 여전히 삶은 '농담'이고 하찮은 우연에 불과하지만, '하나도 재미가 없으며 마음이 아프기만' 자의 먹먹한 비애이다. 작가의 말대로, 중요한 것은 '순진한 기대나 막연한 문장을 하나하나 버리고 자신에게 닥친 슬픔을 배워가는 일'이며, "온몸과 마음을 열고 뜨겁게 세상을 바라보거나 귀를 기울이는 일"(76쪽)이라는 것이라는 것. 아마도 이 작품집에 수록된 뛰어난 작품들의 문장들 사이로 내비치는 이러한 정념과 울림이야말로 어떠한 메시지나 내러티브보다도 더욱 빛나는 것일 것이다.

서사의 빅뱅과 눈물의 좌표

황석영의 『바리데기』

'탈국가적 상상력'은 최근 한국문학에서 가장 두드러진, 새로운 현상이라고 할 수 있다. 물론, 월경하는 문학이 이즈음 들어서 처음 나타난 것은 아니다. 멀게는 '중국'을 배경으로 하는 숱한 고전소설에서부터 '돈황'과 '앙코르와트' 등을 배경으로 하는 현대 여행 서사에 이르기까지 '외국' 혹은 '외국인'은 줄곧 한국문학의 중요한 바탕이 되어왔다. 그러나 '새로운'이라는 명명이 가능한 것은, 최근 문학의 '외국 표상' 방식이 이전과는 변별되는 어떤 지점을 보여주기 때문이다. 그것은 앞서 언급한 두 가지의 기존 방식, 즉 어디라도 상관없는 추상화된 장소이거나, 대개의 여행 서사에서 보이는 이국취향과도 멀다. 가령, 천운영의 『잘 가라 서커스』, 김재영의 『코끼리』, 방현석의 『랍스터를 먹는 시간』, 강영숙의 『리나』, 오수연의 『황금지붕』, 손홍규의 「이무기 사냥꾼」 등은 그 다양한 세목에도 불구하고 하나의 시각을 공유하고 있다. 그것은 다름 아니라, 국경의 안팎과 상관없이 그곳 영토에서 벌어지는 '현실적인 힘들의 쟁투'에 주목하고 있다는 것이다. 최근 전 지구적 자본화에 따른 이동과 이주 노동의 현장과 밀접한 관련이 있는 이들 시각에 의해 국경 안팎의 타자는 낭만적인 이국공간이나 이야기 전개를 위한 가상의 기호가 아니라 자본과 정치권력이 얼크러진 핍진한 삶의 공간이 된다. 이러한 시도들 중에 디아스포라의 현실을 가장 진지하고 전면적으로 다루고 있는, 하여 빛나는 성과를 보여주면서도 문제적인 지점을 제출하고 있는 작품이 바로 황석영의『바리데기』이다.

황석영의『바리데기』(창비, 2007)는 전 지구적 이동과 이주의 현상과 이데올로기와 종교, 민족의 갈등 양상을 세계사적 지평에서 다루고 있다. 구전되는 '바리데기' 설화를 차용하여 전쟁과 폭력으로 점철된 전 세계의 '현재'를 그리고 있는 이 작품의 서사 공간은 북한에서 중국, 그리고 런던과 아프카니스탄, 미국 등지로 확장된다. 이러한 월경은 탈북 소녀 '바리'의 동선을 따르고 있으나, 바리의 공간은 무국적 · 무중력 현실이 아니라 인종, 종교, 이데올로기, 계급이 첨예하게 대립하는 현실적 영토로 드러난다. 바리네 가족이 두만강 변에서 맞닥뜨린 기아는 북한의 정치경제 현실에서 비롯된 것이며, 이들 가족의 이산 또한 남한으로 간 바리의 외삼촌의 행보, 즉 이데올로기의 대립에 의한 것이다. 또한 바리가 중국 낙원의 안마소에서 영국 런던 차이나타운으로 흘러들어가 파키스탄인 알리를 만나는 일련의 과정은 탈북과 난민, 이주 노동자의 현실에 대한 밑그림으로 제출된다. 바리가 정착하는 영국 런던의 연립주택의 방글라데시아인, 나이지리아 흑인 부부, 중국인 요리사, 필리핀 청소부, 파키스탄인들의 다민족 공동체에서 우리는 불법 체류자들과 안마와 3D 업종에 근무하는 노동자들의 소외를 마주하게 된다. 그들에게 월경과 이주는 자유로운 유목적 노마드가 아니라 목숨을 건 도전이며, 신산한 삶의 현장이다. 또한 바리의 남편 알리와 그의 동생 우즈만의 아프카니스탄 행로를 통해 9·11 테러와 아프카니스탄 침공이라는 세계사적 사건의 의미와 그 파장을 목격하게 된다. 이렇듯 국경 안팎의 삶을 전 지구적 자본화와 분쟁에 의한 고통과 비극의 현장으로 다루고 있는 『바리데기』는 '바깥' 혹은 '다른 곳'이라고 여겼던 '외국'(外國)이 '우리' 안에 적극적으로 편입되는 과정을 생생하게 보여준다. 그것은 '탈국가적' 상상력에 들씌워진 자유로운 이동과 디아스포라적 삶에 대한 허상을 벗겨내고 있으며, '탈영토화된' 현장을 강력한 현실적 힘들, 자본과 이데올로기, 종교가 갈등하고 대립하는 각축장으로 재영토화한다.

『바리데기』가 디아스포라의 현실과 전쟁과 테러 등의 세계적 실상을 한 작품에 담아낼 수 있었던 것은 '바리데기'라는 전통 서사무가의 변용을 통해서이다. 부친과 왕국을 위해 서천국에 생명수를 구하러 떠나는 바리공주의 행로는 인류의 구원을 위해 고통의 현장을 찾아 떠나는 바리데기의 그것과 겹쳐진다. '바리'를 통한 인류 수난의 형상화는 크게 두 가지 방향으로 뻗어간다. 첫째는 북한의 국경, 연길, 따렌, 밀항선, 영국 런던 등의 바리의 이동경로를 통해 실현되는 공간적 확장이다. 공시성의 최대치를 함축하고 있는 이 시선을 통해 작가는 기아, 난민, 추방, 빈곤을 결과한 세계의 실상을 현장에서 탐색하고 있다. 물론 그것이 겨냥하는 바는 약소자를 비인간으로 몰아넣는 국민국가의 폭력이자 이데올로기를 의장한 제국의 침략이며, 냉전 체제 이후 자본을 앞세운 신식민주의 세계체제이다. 둘째는 바리데기의 신통력이 불러오는 수난의 시간적 연쇄들이다. 가령, 바리데기가 에밀리 부인의 발을 마싸지하면서 불러내는 남아프리카 공화국의 인종 분쟁이나 인도와 파키스탄간의 카슈미르 전투, 혹은 부령으로 가다가 만난 죽은 혼령들을 상기해보라. 바리의 주술이 거슬러 올라가 끌어내는 수난의 역사적 맥락은 현재의 공시성과 접맥됨으로써 지금 여기의 고통을 전

인류의 수난사로 확장된다. 이렇게 확장되는 수난 서사의 '폭발'은 가히 빅뱅이라 할 만큼 엄청난 스펙터클을 가져오는데, 화물선 컨테이너에서 바리의 넋을 통해 그리는 지옥도, 혹은 홀리야 순이가 죽은 뒤에 붙들린 다음과 같은 환영이 그 대표적인 예들이라 할 수 있다.

> 그 안에는 가슴과 배에 주렁주렁 폭약을 매단 남녀가 입을 꾹 다물고 서 있다. 파편과 화상에 온몸이 일그러진 벌거숭이의 사내와 아예 형체도 없이 사방으로 흩어졌던 육신이 파리떼처럼 허공에 모여서 사람의 형체를 이룬 것들도 있다. (…중략…) 조용한 가운데 음산하게 웃는 소리가 들려온다. 낄낄낄 히히히. 아버지를 데리러 왔던 관리들, 우리를 집에서 내쫓던 남자들, 혼자서 두만강을 건너간 미이 언니를 팔아먹고 괴롭히던 사내들도 있고, 따렌의 돈놀이꾼들이며, 밀항선에서 보았던 사내들이 타고 있다. 우리를 컨테이너에 밀어넣던 뱀단 사내들, 선복 어둠 속에서 강간하던 사내들, 내 앙상한 가슴을 보며 킬킬거리던 뚱뚱보 포주 아줌마도 거기에 있다.(270~271쪽)

위 인용문에서 딸 홀리야를 잃고 떠나는 바리의 영적 여행은 이제껏 만난 숱한 고통의 넋, 그리고 자신과 그들의 한을 살풀이하는 바리의 초현실적인 해원굿이자 인류의 구원을 위한 상징적 제의이다. "말좀 해봐. 우리가 받은 고통은 무엇 때문인지." "어째서 악한 것이 세상에서 승리하는지, 우리가 왜 여기서 적들과 함께 있는지 알아왔어요?" "전쟁에서 승리한 자는 아무도 없대. 이승의 정의란 늘 반쪽이래"라는 일련의 궁구에서 짐작할 수 있듯, 해원과 치유의 사제를 자처하고 나선 바리데기의 '몸살'과 '기원'은 개별적인 역사현실을 떠나 인류사적, 종교적 차원으로 확장 · 승화된다.

『손님』이후 황석영 소설에서 자주 등장하는 '혼령'과 '굿'의 모티프는 인간의 고통을 세계사적으로 조명하고자 하는 서사적 전략이다. 『바리데기』의 경우, 이러한 서사 전략에 의해 두드러지는 특징 중 하나는 '실감'의 탈각이다. 『바리데기』에서 바리에 의해 불려온 숱한 고통의 현장은 그 직접적인 육체성과 현장성에서 떠나 있다는 점에서 긍부정적 의미에서 실감을 벗어나고 있다. 그렇다는 것은, 그것이 핍진성을 잃고 추상화되고 있다는 것을 의미한다. '내면 없음', '필연성의 결여' 등 『바리데기』에 향한 비판의 목소리는 바로 이 추상성에서 비롯되는 문제점들에 대한 지적이다.

『바리데기』는 바리라는 탈북 여성이라는 인물 표상을 통해 인류의 보편적 삶의 조건과 고통을 탐색함으로써 '세계문학'을 향해 나아가는 작품이다. 그러나 이러한 빅뱅의 수난 서사는 역설적으로 구체적인 역사 현실과 개별적인 인간의 고통을 무화시킬 수 있는 하나의 덫이 될 수 있다. 모든 것을 말하는 것은 결국 아무 것도 말하지 않는 것일 수 있다. 사람은 추상적인 인간을 사랑하기는 쉽지만 구체적인 인간을 사랑하기는 어렵다는 도스토예프스키의 전언은, 『바리데기』의 거대한 포용이 치열한 반목과 고투와는 무관할 수 있다는 사실을 환기시킨다. 하여 바리가 구한 생명수가 결국은 "그냥 밥해 먹는 보통 물"이라는 작가의 깊은 통찰은 어쩌면, 작가 황석영에게 돌려져야할 것인지도 모른다. 인류의 구원 프로젝트는 서천이라는 저 추상적인 저승 여행이 아니라 바로 지금 여기서 벌어지고 있는 찰나적 삶의 애환 속에서 구해져야 한다. 구원과 화해를 위해 타인의 고통에 동감할 수 있는 눈물은 유한한 인간의 육체의 부산물이며, 그 낙루의 좌표는 구체적인 현장성을 갖는다. 『바리데기』의 감동이 바리의 저 스펙터클한 환상이 아니라 주인을 지키려다 불타 죽어간 칠성이의 눈빛과 얼어죽은 현이 언니의 차가운 몸뚱이와 생생한 북한 사투리의 입말에서 비롯되는 것은 바로 이러한 연유에서이다.

에필로그 – 생즉사 사즉생(生卽死 死卽生) 그 후

손홍규『봉섭이 가라사대』

'살려고 하면 죽고, 죽을 각오를 하면 산다'고 했던 명장 이순신의 명언은 명백히 패러독스이다. 그럼에도 불구하고 이 역설이 어떠한 처세술보다도 설득력과 영향력을 지니던 때가 있었으니 이를 우리는 난세와 영웅의 시대라 부를 수 있겠다. 난세가 아닌 때가 어디있겠는가마는 건곤일척할 극적인 상황과 명백한 이념 대립은 사라지고 전체주의적 폭력이 미시적 일상과 대중문화의 발랄한 리듬 속으로 교활하게 스며든 그러한 시대를 우리는 살고 있다.『봉섭이 가라사대』(창비, 2008)는 이러한 생즉사 사즉생 이후의 시대를 살아가는 현대인들의 희비극을 그리고 있는 바 손홍규 인물식대로라면, 이 아포리즘은 이렇게 변용되었을 법하다. '살고자 한다면 죽은 체 할 것이요, 죽음을 열망한다면 살아도 무방할 지어다.'

「이무기 사냥꾼」의 이주노동자 알리는 이 새로운 아포리즘을 적극적으로 수행함으로써 생존해나가는 인물이다. 화자 용태와 의기투합하여 임금을 떼어먹은 고용주들과 한국인들을 속여 '착실'하게 돈을 모으는 알리의 '용한' 재주란, '죽은 시늉하기'. 용태는 알리의 과거 고용주들을 찾아가서 슬쩍 실랑이를 하다가 죽은 척하는 알리를 놓고 협상을 벌이거나 자동차 접촉사고를 위장해서 '순진한' 한국인들에게 돈을 뜯어낸다. 알리의 죽은 체하기는 다만 물리적인 위장에만 머물지 않는다. 생의 지속을 보증하는 이 죽은 체하기는 동시에 그의 법적인 생명의 실체를 함의하고 있다. 방글라데시에서 미국으로 가려다가 거부당하고 한국으로 몰래 들어온 청년 알리는 밀입국자라는 신분 때문에 인권단체나 상담소에서조차 꺼려하는, '호모 사케르(homo sacer)', 즉 "살해당할 수는 있지만 희생물로 바칠 수 없는" 존재이다. 법적 질서에서 배제된 이 '벌거벗은 생명(nuda vita)'은 정치적으로도 '죽음'과 다를 바 없는 비존재의 존재인 셈이다. 용태와의 작업에서 알리가 자신의 살아 있음을 증명해 보인다면 거꾸로 그의 생활이 부정되듯, 이 땅의 법적 질서에서 모습을 드러내고자 한다면 그는 추방될 수밖에 없다. 마지막 장면에서 용태를 속이고 보증금을 빼내서 사라져버리는 알리의 사기극 또한 우정에서조차 철저히 '기만'으로 일관하는 용태와 알리의 역설적 생존 방식을 드러내는 희비극적 사건이라고 할 수 있다.

『봉섭이 가라사대』에는 이처럼 생즉사의 역설을 새롭게 변용한 삶의 방식을 위태롭게 가로지르고 있는 존재들, 즉 "힘없고 나약한 것들은 일쑤 이처럼 죽은 체하게 마련"(73)인 난민들과 다름없는 인물들이 산재해 있다. 「뱀이 눈을 뜬다」의 주인공인 '그'는 지방 소도시 역사(驛舍)에서 보일러공으로 정식 입사했으나 계약직으로 밀려나고 해고된 뒤 공사장 등을 전전한다. '그'는 노조에 가입했다는 이유로, 잔업수당을 요구했다는 이유로 '곳곳'에서 해고되는데, 직장으로 대변되는 이러한 '사회적' 사망 선고는 그가 '인간'임을 주장했기 때문이다. 「뱀이 눈을 뜬다」의 맹장파열과 복막염으로 사망한 조선족 총각 장웅이나 '가'

건물의 기숙사의 숱한 이주 노동자들과 '비'정규직 종사자들, 장애인, 분신자살한 프레스 임과 「푸른 괄호」의 농약 만성중독에 걸린 박순옥과 소작농을 떼인 그녀의 아버지에 이르기까지, 이들 비인(非人)들이 보여주는 '단지 살아있음'은 그 최소한의 생조차 비인권적인 사회정치적인 생명의 '죽음' 위에서 용인된 것이라는 비참한 사실을 말해준다.

생즉사의 비인(非人)들의 한편에는 죽기를 각오하였으나 뜻을 이루지 못하고 죽거나, 혹은 죽기를 열망했으나 더욱 처참하게 살아남은 사람들의 행렬이 있다. 사즉생(死卽生)의 희생자들이라 부를 말한 이들 그룹 또한 삶의 온전성에서 배제되어 있기는 마찬가지이다. 그러나 이들, '죽음'조차 불사하는 전사들의 열정과 분노의 폭발에는 분명한 역사적 기원이 존재한다. '미서부 쎄인트헬렌스 화산 폭발'로 비유되는 80년 광주 항쟁. 「최후의 테러리스트」의 박 옹을 비롯한 테러리스트들의 현재적 불행의 원인은 이때로 거슬러 올라가며, 그렇기 때문에 이들에게는 '분별있는 증오심'의 명백한 과녁이 주어진다. 그렇다면 이 과녁을 향해 죽기를 각오하고 사생결단을 감행한 이들의 행로는?

「최후의 테러리스트」의 박노인은 5·18에서 둘째 아들 명수를 잃고 복수를 결심한다. 그는 가스식 공기총을 구입하여 기회를 엿보았으나 집안싸움에서 오발로 식구를 다치게 하고, 백담사로 숨어 들어가려다가 발을 다쳐 구급차에 실려오고, 연희동 집으로 잠입하려다가 신촌의 한 대학 벤치에서 연행되면서 허망하게 늙어가다 죽고 만다. 테러로 점철된 박 옹의 생애는 '돈키호테'의 그것보다도 못한 자기파멸로 귀결되고 마는 것이다. 그러나 여기에서 중요한 것은 테러의 성패, 혹은 박 옹의 돈키호테적인 행각이 아니다. '최후의 테러리스트'란 실제의 '테러' 기도자라기보다는 과거의 상처를 기억하고 증오와 원한을 품고 사는 이들에 대한 함의일 터. 보상금으로 나온 1억원을 놓고 박 노인이 자식들에게 "더는 광주를 말하지 말라는 돈이다. 그래도 갖고 싶냐?"라고 물었을 때, 그들은 동시에 "네"라고 답한다. 이들과 달리 '최후의 테러리스트'라 명명되는 박노인은 결코 그 무엇으로도 '광주'를 묻을 수 없다는 작가의 태도뿐만 아니라 여전히 그 비극적 진앙의 자장 안에 놓인 희생자들을 상징적으로 대변한다고 할 수 있다.

죽음을 각오한 암살자의 비극적 자기 파멸은 아들 잃은 아비에게만 있는 것이 아니다. 「최초의 테러리스트」의 '외팔이' 정수 또한 크게 보면 광주항쟁의 비극적 희생양이라고 할 수 있는데, 그러나 1억원으로 동생 명수의 죽음을 묻은 정수의 파국은 광주와 직접적으로 맞닿아 있지 않다. 그의 삶이 결정적으로 어긋난 것은 아내의 불륜 혹은 이혼 때문이며, 하여 그의 테러의 표적은 아내가 된다. 정수는 아버지 박노인에게 빼앗은 가스 공기총으로 아내를 쏘지만 잘못되어 자신의 왼팔을 잃고 만다. 이러한 정수를 두고 '최초의 테러리스트'라 명명한 것은 바로 다음과 같은 작가의 인식 때문일 것이다. "너희 아버지 본래 나쁜 사람은 아냐. 슬픔이 많은 사람이지. 광주를 겪은 사람들이 아니면 알 수 없는 고통이 있어" 이를테면 모든 사람들이 때로는 품고, 때로는 버리고 살아가는 슬픔, 고통, 증오심이 누군가에게 의해 분명한 사건으로 분출된다면, 그것은 그 '특정한 개인'을 가두고 있는 적대적 에너지의 총량으로 인해서라는 것. 작가는 정수를 통해 묻는다. "분별있는 증오심이라는 게 가능하기나 할까" 그 대상이 광주 원흉이 되었든 불륜의 아내가 되었든, 그 어떠한 증오심도 '분별력' 있다고 말할 수 없다고 할 때, 정수의 아내에 향한 테러는 결국 광주를 비롯한 파행적 현실이 낳은 무분별한 증오심의 우연한 발로였다는 의미일 것이다. 작가는 박노인이나 정수의 예에서 볼 수 있듯, 모든 테러의 드라이브인 증오심이 궁극적으로 향하는 것은 그 '자신'임을 덧붙이고 있는데, 「테러리스트들」는 이렇듯 확대된 '테러'의 의미를 보여준다.

「테러리스트들」의 다섯 명의 젊은 테러리스트들의 이야기이다. 사업에 실패한 아버지와 자살에 실패한 어머니, 누나를 둔 현수, 중국집 배달원 종호, 휴학생 재남, 용접공 석우, 일병 승준, 이 스물 한살 혈기 방자한 청춘들이 모의하는 테러란, "한 놈만 골로 보낼거야", "한 방으로 여러 놈을 쓸어버리는 방법을 찾겠어", "너희가 하면 나도 한다" 등을 구호를 남발하면서 공상으로 그들의 에너지를 방사하는 것이다. 이들 테러 집단의 실천력이란 기껏해야 입간판을 부수거나 자동차 후사경을 망가뜨리는 것. 이들이 이렇듯 욕설과 공상, 자기 방기로 젊음을 탕진하는 것은 한없이 비루하고 무의미한 현재와 불투명한 미래 때문이다. 앞서 '최후, 최초의 테러리스트'와 달리 비극의 기원 없이 혼돈의 젊음을 건너야하는 이들에게 결코 호의적이지 않은 삶이란, 그 자체로 가공할 만한 공포임을 작가는 다음과 같이 말하고 있다.

> 삶은 우리의 관자놀이에 총구를 들이대고 있는 암살자와 같은 거야. 하지만 보통의 암살자와는 다르지. 결코, 방아쇠를 당기지 않으니까. 단지, 시늉을 할 뿐이지. (…중략…) 우리는 끊임없이 살해의 위협에 시달리면서 암살자가 시키는 대로 하지 않을 수 없어. 암살자의 뜻에 맞지 않는 행동을 하면, 암살자는 방아쇠를 당기고 말 테니까. 하지만, 아무도 몰라. 정말 그 총에 총알이 있는지 없는지는. 그 공포를 견딜 수 없거나, 혹은 꼭두각시처럼 살기 싫어졌을 때, 우리는 방아쇠에 들어가 있는 암살자의 집게손가락에 자신의 집게손가락을 올려놓게 되지. (288쪽)

결국, '테러리스트'란 그들이 아니라 그들의 생존을 위협하고 있는 '생 자체'라는 것, 또한 이러한 적대적인 생과 대결하기 위해 이 테러리스트로 무장하지 않으면 안 된다는 이러한 인식은 역설적으로 이들이 놓인 열악한 생의 조건을 드러낸다. 분명한 기원을 가졌든 그렇지 않든 이들의 방향없는 적개심의 희생자는 그들 자신이라는 사실은 이 작품집에 미만해 있는 '산죽음'을 통해 드러난다. 「최초의 테러리스트」의 현주를 비롯한 숱한 자살 실패자, 그리고 죽은 것과 다름없는 목숨을 연명해가는 비루한 인물들은 '죽고 싶으나 죽지 못해 사는 사람들', 즉 사즉생의 새로운 등식을 구현하는 존재들인 것이다.

한편 『봉섭이 가라사대』에는 생즉사 사즉생의 아이러니를 새롭게 바꾸고 있는 비인(非人)들과 별도로 주목을 요하는 또 하나의 인물군이 있으니, 「봉섭이 가라사대」의 봉섭, 응삼, 「상식적인 시절」의 아영이가 그 예라 할 수 있다. '소인지 사람인지 분간이 되지 않는' 응삼으로 대변되는 이들의 특별함은 '생즉사 사즉생'의 아포리즘에 함의된 생의 비극성과 의미에 대한 무심과 풍자에서 비롯된다. 응삼은 난봉꾼 아들 봉섭에 의해 수차례 소도둑을 맞고 농민 시위에서 황소를 진군시키며 공권력을 교란시키는 '소-인간'으로 그려진다. 「상식적인 시절」에서 아영은 뭇사내들에게 성병을 옮김으로써 자신을 윤간한 남성들에게 복수를 감행하는 희대의 여걸로 등장한다. 이들이 종횡무진 펼치는 활극은 해학과 풍자를 통해 통쾌한 카타르시스를 선사하는데 이들은 앞서 살펴본 비인들과는 다른 방향에서 반인반수(半人半獸)의 세계상을 보여준다. 즉, 앞서 인물들이 사회정치적 법질서에 의해 배제된 비인들이라면, 이들은 인간을 뛰어넘는 신화적 세계의 반인반수들인 것이다. 이들이 보여주는 희극적 활극은 비루한 현실에 대한 비판과 풍자를 내장하고 있다. 그러나 '소-인간'의 저 무심한 응시와 아영의 거침없는 전략은 한편, 허무주의와 맞닿아 있음도 부정할 수는 없을 것이다. '생즉사 사즉생'의 비인들, 즉 삶의 구체적인 매개와 핍진성에 붙들린 개별적인 인간들의 리얼리즘의 세계와 이를 뛰어넘는 희극적 반리얼리즘 세계. 비인의 세계를 통해 인간의 조건을 열렬히 탐색해 온 작가 손홍규는 이제 바야흐르 이 갈림길에 당도했다고 할 수 있다.

지
도
의

암
실

IV

과육과 소음

김기택의 『소』

들뢰즈의 베이컨 독해에 따라 예술이 '생명'을 그리는 것이고, '감각'을 자극한 생의 힘과 리듬을 포착하여 독자의 감각을 통해 그 힘을 다시 재주입하는 것이라면, 김기택이 그간 세 권의 시집을 통해 추구해온 것은 바로 이러한 예술의 본질에 직접적으로 맞닿아 있는 것이라고 할 수 있을 것이다. 『태아의 잠』에서 『바늘 구멍 속의 폭풍』 『사무원』, 그리고 지금 네 번째 시집에 해당하는 『소』에 이르기까지 김기택 시세계의 가장 개성적인 특징은 동물의 형상화, 그리고 여기에서 비롯된 역동적인 상상력이라고 할 수 있다. 기존의 논의에서 보듯, 김기택은 주로 '섬세한 관찰과 묘사를 통해 내부의 들끓는 힘을 포착하는데 주력해왔다. '해부학적 상상력' '육체의 시학' 등으로 명명되는 그의 시세계는 동물, 벌레, 그리고 식물에 이르기까지 대상에 대한 냉철한 투시력을 통해, 사물의 '몸'을 이루는 물질적 조건들과 그 육체성을 그려왔으며, 그것은 크게는 인간 뿐 아니라 모든 살아있음의 근본이 되는, '힘과 리듬'을 묘파하는 것이었다고 할 수 있을 것이다.

　김기택 시인의 네 번째 시집에 해당하는 『소』(문학과지성사, 2005)는 이러한 김기택의 시적 여정에서 어떤 뚜렷한 변화의 양상을 보여주기보다는 초창기부터 이어져왔던 그의 시적 특성의 범주를 크게 벗어나지 않으면서 그 자장을 넓혀가고 있다고 보는 것이 온당하다. 그렇다면, 시집 『소』는 어떠한 맥락에서 앞선 시세계를 계승하고 있으며 이를 어떻게 확대 내지는 변주하고 있는가.

　우선 김기택 시의 가장 개성적인 시적 문법이라고 할 수 있는 동물 이미지의 형상화와 육체의 물질성과 관련해서 살펴보자. 첫 시집 『태아의 잠』에서 '동물'과 '육체성'에 대한 시인의 각별한 주목은 앞서 언급했듯이 '힘'이라는 '生'의 근본에 대한 통찰에서 비롯된다. 그러나 이 생의 근본으로서의 '힘'과 '리듬'이 이 시인에게 있어 권력 혹은 삶의 역동성과 같은 인간적인 범주가 아닌 훨씬 더 낮고 직접적인 '물질성'으로 인식되는 것은, 가장 저급한 것으로, 가장 비참한 것으로 좌시되어 왔지만 이 물질성이야말로 '있음'의 제 일의 조건이자 인간의 근본적인 조건이기 때문이다. 동물이든 사물이든 모든 존재는 존재하기 위해서, 물리적으로 구체적인 시간과 공간을 점유한다. 구체적인 시공간이야말로 존재의 첫 번째 조건이면서 그 어떤 존재도 보편으로서가 아닌 개별자로서 존재할 수 있는 바탕이다. 따라서 이러한 물질성을 기초로 한 개별자들은 필연적으로 그 존재의 직접적인 현존의 상태에 따라 다양하게 감각되고 인식될 수밖에 없는데, 그렇기 때문에 김기택 시에서 묘사되는 대상들은 저마다 이채롭고 감각적인 형상을 띨 수 있는 것이다. '생'의 감각적이고 즉물적인 존재 방식은 첫 시집에서부터 쥐, 소, 호랑이, 개, 닭 등등의 구체적인 동물의 형상을 통해서 그려져 왔다. 그리고 그것들의 '존재 형식'은 주로 먹이 혹은 포획자로서 드러나면서 그들 존재가 먹이 사슬의 일부임을 명확히 하는데, 이는 그들의 육체적 물질성을 일층 더 예각화하는 동시에 생존의 절대적 조건으로서의 '식욕'과 '생의지'에 대한 긍정과 비애를 동시에 보여주고 있다. 먹이 사냥을 하는 순간에만 힘을 집중시키는 '호랑이'(「호랑이」), 먹을 것과 먹을 것이 아닌 것만으로 이루어진 '개'의 세계 인식(「개」), 생명과 음식이라는 이분법 속에서 인간의 음식으로 도축되어가는 '소'와 '닭' 등등, 이 한낱 음식에 불과한 생명이 절체절명의 순간에 분출하는 힘이란 매우 절실한 생의 욕구이지만 그렇기 때문에 그것은 '슬픈 동작'으로 귀결될 수밖에 없는 것이다. 김기택 초기 시의 팽팽한 긴장과 인상적인 시각적 이미지들은 이렇듯 '생명과 음식'이라는 극단적인 대립 속에 있는 힘의 길항에 의해 발생한다. 그러나 그 관찰의 대상이 하나이든 두개, 또는 혼돈 그 자체이든 간에 그가 근본적으로 예의 주시하고 있는 것은, 그들 내부와 서로의 대립 속에 뿜어져 나오는 '힘' 그 자체라고 할 수 있다. 역동적 상상력이라고 명명되어 왔던 이러한 시적 인식의 핵심은 존재 그 자체의 꿈틀거림에 대한 경이로움이자 숭배이다. 그리고 이러한 인식은 시집 『소』에서도 전반적으로 드러나고 있다. 김기택 시인 특유의 역동적 상상력은 비단 동물 뿐 아니라 식물은 물론 사물에까지 미치는데, 다음은 이 시집에서도 여전히 일관되어 나타나는 시인의 개성적인 투시도를 보여주고 있다.

우글우글하구나 나무여
실뿌리에서 잔가지까지 네 몸 안에 나 있는 모든 길은
가만히 있는 것 같지만 쉬지 않고 움직이는 그 구불구불한 길은
뿌리나 가지나 잎 하나도 빠짐없이 다 지나가는 너의 길은 고단한 길은

우글우글하구나 나무여
번개의 뿌리처럼 전율하며 끝없이 갈라지는 길은

괴팍하고 모난 돌멩이들까지 모두 끌어안고 가는 너의 길은
길을 막고 버티는 바위를 휘감다가 끝내 바위가 되기도 하는 너의 길은

우글우글하구나 나무여
추위로 익힌 독한 향기를 몰고 꽃에게 달려가는 수액은
가지에 닿자마자 소리지르며 하늘로 솟구치며 터지는 꽃들은
온몸에 제 정액을 묻힐 때까지 벌 나비 주둥이를 쥐고
놓아주지 않는 꽃들은

우글우글하구나 나무여
한 몸으로 꽃처럼 많이도 임신한 너의 자궁은
불룩한 배를 가지마다 매달아놓고 무겁게 흔들리는 너의 자궁은
이빨 가진 입들을 빌려 자궁을 부숴버려야 밖으로 나오는 너의 씨앗들은

           —「우글우글하구나 나무여」 부분

위 시에서 보듯 '나무'는 동물적 상상력을 통해 동적 이미지로 적극
적으로 변용되고 급작스러운 활기를 띤다. '달려가고' '휘감고' '쥐고'
'임신하는' 나무는 그리하여 부산스런 동물의 생리적 작용을 통해 '과
육'이라는 보다 유기적이고 풍부한 육체를 입게 되는 것이다. 이렇듯
역동적 상상력이 주조해놓는 동물적 이미지는 식물성의 그것보다 훨
씬 더 감각적이고 즉물적인 효과를 불러오고 있으며, 이를 통해 독자
는 '나무'를 낯설면서 동시에 더 직접적으로 감각하게 되는 것이다. 이
러한 시적 변용은 「맑은 공기에는 조금씩 비린내가 난다」와 같은 시
에서도 드러난다.

겨울 아침, 창문을 여니 찬 산 바람이 들어온다

맑은 공기에는 언제나 조금씩 비린내가 난다
맑은 공기가 더 맑아지는 비린내
아침 냄새가 더 아침 냄새 같은 비린내
그 비린내를 마시니
폭포를 먹은 듯 머리가 세차게 행구어진다

흙 속에 사이 좋게 섞여 썩고 있는
무수한 눈과 귀, 손과 발의 냄새들
마른 풀과 낙엽에서 녹아나오는 푸른 냄새들
아직도 공기 속에서 떠돌아다니는
투명한 심장과 미세한 허파와 안개 같은 핏줄들
희미한 냄새와 남은 웃음소리들 흐느낌들

— 「맑은 공기에는 조금씩 비린내가 난다」 부분

　‘비린내’는 신선한 모든 것의 향기를 암시한다고 할 수 있지만, 보다 직접적으로 환기시키는 것은 어린 짐승의 그것과 싱싱한 물고기들의 비릿함이라고 할 수 있다. 이는 ‘싱싱한 내음’보다 훨씬 더 후각적으로 강렬한 인상을 전달해주고 있으며, 눈과 귀, 손과 발, 미세한 허파, 안개 같은 핏줄 등의 구체적인 형상들을 통해 동물적 육체성을 한층 더 강화시키고 있는 것이다. 위 시를 통해 시인은 동물적 육체성은 생물의 어쩔 수 없는 현실적인 조건이지만, 이를 다만 비애로서만 받아들이지 않고, 이 비릿한 즉물적인 물질성을 근본적인 생의 근원으로 긍정하고 있는 것이다. 이것은 살아있는 모든 것, 그리하여 고통 받고, 팔딱이고, 냄새나고 병들고, 상처받는 존재에 대한 감각의 열림으로 드러나며, 시인은 이를 통해 피비린내 나는 ‘생물’의 구체적인 시공간을 감각적으로 탐사하고 있는 것이다.

이러한 동물적 육체성을 통해 역동적 이미지로 변모하는 것은 나무에 그치지 않고 무생물에까지 확장된다. 예를 들어, 교통사고 당시 스프레이로 사망자의 위치를 표시한 인체 모형을 '그는 아스팔트 바닥에 납작하게 엎드려 있다. 두꺼운 옷을 여러 벌 겹쳐 입은 것처럼 팔다리를 벌리고 기형적으로 뚱뚱한 등을 잔뜩 웅크리고 있다. 시속 100킬로미터의 바퀴들이 그를 밟고 지나간다'(「흰 스프레이」)와 같이 묘사함으로써 사망자의 형상을 생생하게 다시 부조화시켜 사고를 끊임없이 재생시키는 것이다. 이렇듯, 식물은 물론 사물에까지 이르는 동물적 육화는, 신선한 이미지의 창출과 더불어 대상의 정서적, 육체적 정황을 효과적으로 내면화시키고 있는 것이다.

'과육'과도 같은 유기체로서의 세계인식은 더욱 심화되어, 「소가죽 구두」 혹은 「자전거」와 같은 시를 낳기도 하는데, 이 시편에서 시인은 인체와 사물이 서로를 확장시킴으로써 하나됨을 포착한다. 그리고 이것은 마치 베이컨의 회화에서처럼 변신과 기형을 통해 인간의 또 다른 면면과 가능성을 열어 보인다. 이렇듯 개체가 주변의 사물과 동화되고 또 외부 환경에 동화되어가는 것은 일면 도시적 생태에 적응해가는 '상계동 비둘기'(「상계동 비둘기」)나 '가로수(「가로수」)'를 통해 비극적으로 묘파되기도 한다. 그러나 이것이 완전히 풍자와 비극 속에 놓이지 않음은 앞서 밝혔듯, 시인이 이를 통해 드러내고자 하는 것이 자연과 문명의 대립이 아니라, 그 어떠한 조건 속에서도 존재를 진화시켜나갈 수밖에 없는, '있음' 혹은 '있고자 함'의 생의 의지와 힘이기 때문이다. 허공에 가득 찬 소음 때문에 트럭의 거대한 소음을 '매미 울음소리' 정도로 듣는(「열대야」) 도시인들의 생태는, 따라서 비극적이지만 완전히 부정적 비전으로 떨어지지 않는다. 앞선 시집에서 지속적으로 드러나듯 이 시집에서도 도시는 소음을 더 이상 소음으로 감각할 수 없을 만치 인간의 감각을 마비시키고 아이의 울음소리와 같은 갸냘픈

소리들을 차단(「복잡한 거리의 소음 속에서」)한다. 그러나 이 시집에서 시인은 송충이, 비둘기처럼 놀라운 적응력으로 완전히 환경과 동화한 상태에서 이뤄지는 인간의 즐거운 변신, 혹은 기형이라는 새로운 모티브를 보여주고 있다.

> 소음 속에서 음악 소리가 들린다
> 어느 거리에선가 시위대가 외치는 노래일른지 모른다.
> (…중략…)
> 퇴근해서 집에 돌아오면
> 온몸에 진동으로 남아 한참을 지나도 그치지 않던 소음이
> 오늘은 음악으로 들려오니
> 이 무슨 기이한 은총인가
>
> ―「기이한 은총」 부분

앞선 시집에서 거대한 소음은 균질화와 전면화를 통해 '고요'처럼 묘사되기도 하였으나 이제는 그 균질화된 소음 속에서 선율을 듣는 것, 그것은 나날의 노동을 수행으로 여기며 책상 다리가 되고 염불하는 '사무원'(「사무원」『사무원』)이 다다른 경지와 다르지 않다. 소음 속에서 얻은 한가닥 '득음'과 지루하고 고된 일상의 노동을 통해 얻은 '득도'는 그러나 반드시 한 개체의 정신적 깊이와 수련에서 나오는 것은 아니다. 시인은 이것 또한 존재의 몸됨, 그 육체성의 임계 지점에서 분출되어 나오는 '기이한 은총'으로 고백하고 있는 것이다. 그리고 이 것은 이 시집을 통해 드러나는 가장 두드러진 변화이지만, 앞서도 언급했듯 그것이 이제껏 추구해왔던 육체적 물질성의 연속선 위에 있음을 생각해볼 때, 변화라고 하기보다는 예정된 지점이라고 할 수 있을 것이다. 이러한 임계점은 또 다른 부분에서 나타난다. '말의 물질성은

김기택이 지속적으로 탐사해온 또 하나의 영역이다. 김기택 시에 있어서 '말'은 소음과 마찬가지로 물리적인 공간성을 지니는 것으로, 그것은 갇히기도 하고 흐르기도 하고 배설되기도 하면서 인간의 몸의 일부를 이루는 것으로 형상화되어왔다. 예를 들어, '굳어 있던 말들은 녹기 시작한다' '말들이 빠져나간 자리에다 그는 연신 술을 채운다'(「주정뱅이」, 『바늘 구멍 속의 폭풍』), '이제 귓속은 포화 상태, 더 이상 말이 들어가지 않는다 말들은 귓전을 때리다가 귀 밑으로 줄줄 흘러내린다'(「귀에서 수화기가 떨어지지 않는다」, 『바늘 구멍 속의 폭풍』)와 같은 묘사에서 보여주는 말의 물질성은 김기택 시의 전편에서 도드라지는데, 말이 '물질'이라는 외피를 입었을 때 그것은 몸속의 피나 혹은 호르몬처럼 순환하고 배설되어야 하는 어떤 것이었다. 김기택에게 있어서 육체적 물질성은 반드시 어떠한 흐름과 지향성을 가진 '힘'이기 때문이다. 그러나 『소』에서 표출되는 '말'은 더 이상 배출되거나 분출되어야 하는 물성을 띠지 않는다. 이 시집의 표제가 되고 있는 「소」라는 시는 바로 이러한 지점을 잘 보여주고 있다.

> 소의 커다란 눈은 무언가 말하고 있는 듯한데
> 나에겐 알아들을 수 있는 귀가 없다.
> 소가 가진 말은 다 눈에 들어 있는 것 같다.
>
> 말은 눈물처럼 떨어질 듯 그렁그렁 달려 있는데
> 몸밖으로 나오는 길은 어디에도 없다.
> 마음이 한 움큼씩 뽑혀나오도록 울어보지만
> 말은 눈 속에서 꿈쩍도 하지 않는다.
>
> 수천만 년 말을 가두어 두고

그저 끔벅거리고만 있는

오, 저렇게 순하고 동그란 감옥이여.

어찌해볼 도리가 없어서

소는 여러 번 씹었던 풀줄기를 배에서 꺼내어

다시 씹어 짓이기고 삼켰다간 또 꺼내어 짓이긴다.

— 「소」 전문

　위의 시에서 소의 눈 안에 갇힌 말은 출구를 찾지 못하고 지속적으로 짓이기고 삼켜지면서 눈 안에 그렁그렁 고인다. 그러나 그것은 소의 몸에 조용히 삼투되면서 맑고 고요한 하나의 '經'이 되어가고 있음을, 그리고 화자의 귀는 그것을 듣지 못한다는 고백은 이전에 반드시 유로 속에 흩어져야만 했던 말들의 물성에 대한 새로운 인식을 보여주는 것이다. 길길이 뛰는 '말'의 폐쇄는 시인에 이전의 전언에 의하면 '병'이 되기도 했지만 이렇듯 오래된 '경전'으로 몸에 새겨지기도 하는 것이다. 그러므로 그것을 읽지 못하고 듣지 못하는 것은 어리석은 것은 소가 아니라 인간일 수 있다는 것, 이러한 깨달음은 소음 속에서 얻은 한 가닥 선율처럼 김기택 시인이 오랜 육체성의 탐사 끝에 얻은 정밀함과 고즈넉함의 전언인 것이다.

꽃과 밥

이승희의 『저녁을 굶은 달을 본 적이 있다』

    이승희의 첫 시집 『저녁을 굶은 달을 본 적이 있다』(창비, 2006)를 관통하는 시적 동력은 '가난', 혹은 '가난의 쓸쓸함'이라고 하는 것이 온당할 것이다. 표제작인 「저녁을 굶은 달을 본 적이 있다」, "얼마나 배고픈지 볼이 옴폭 파여 있는, 심연을 알 수 없는 밥그릇 같은 모습으로 밤새 달그락 달그락대는 달 // 밥 먹듯이 이력서를 쓰는 시절에"(전문)라는 시구절에 간결하나 선명하게 제시되는 이미지처럼 이승희의 시적 상상력은 주로 '궁핍'과 이 궁핍한 시절의 헛헛함에 닿아 있다. 하여, 그의 시에서 자주 등장하는 '꽃들'의 이미지는 대개 심미적인 취향에 의한 것이 아니라 밥그릇에 비견되는 '달'의 형상처럼 풍요로움과 충만함을 의미하는 경우가 많다. 가령, "누님 손안에 한가득 흰 꽃을 담아놓고 싶은 날입니다. 고봉밥처럼 담아드리고 싶습니다(「찔레꽃—벽제 가는 길 4」)"이나 "난간을 따라 당신의 저녁을 지나온 시간이 내게 찾아들어 느닷없는 허기에 꽃 피면(「공기의 집」)", "쌀밥 같은 싸리

꽃"(「찔레꽃」)에서 드러나듯 이승희의 시에서 자주 등장하는 '꽃'은 주로 결핍과 허기를 채워주는 '충만'의 이미지로 구성되는 것이다. 특히 시집 전체를 통해 가장 행복한 표상으로 제시되는 것이 '감자'라는 식량을 제공하는 '흰 감자꽃'임을 볼 때, 이승희의 "꽃"에 대한 미학적 충동이 '심미적' 차원을 넘어서 있음을 알 수 있다. "가방공장으로 누님 만나러 가는 길" "열아홉살 방직공장 누님 눈물도 없이 말라갈 때" "공장 잔업을 마치고 달빛 아래 귀가하는 어깨 가라앉은 그 가장" 등의 여러 진술은, 이렇듯 '가난'을 시적으로 형상화하는 시인의 상상력이 그의 자전적 체험과 밀접하게 관련이 있음을 드러낸다. 시인이 마주하는 풍경은 주로 이 '허기'라는 결핍의 감각에 의해 구조화된다.

> 달이 뜨네요, 오늘은 조선 막사발로 뜨네요. 어쩌라는 건가요
> (…중략…)
> 허기진 하늘 둥글게 돌아 이마를 짚으며 벽제 가는 길,
> 달빛에 젖은 나무들 툭툭 쓰러지는데요, 숲이 큰 호수 같
> 기도 하여, 그만 첨벙 들고만 싶었구요. 굽이굽이 돌아도
> 허기진 골목이더니 또 이렇게 예까지 왔네요. 공장 불빛
> 이 보이고, 하늘엔 막사발에 간장 종지가 수도 없이 떠
> 있네요. 아주 큰 밥상이 차려졌나봐요.
> ─「오늘 또 하루를─벽제 가는 길 5」

위의 시에서 '달과 별'을 '조선 막사발'과 '간장종지'로 비유하는, '허기'에서 비롯된 이러한 원근법은 시인이 제시하는 풍경의 강력한 하나의 초점이 되며, 삶과 세상을 보는 시인의 주된 시선으로 작용한다. 하여, 그의 시에서 '꽃'은 "자꾸만 따뜻한 밥 냄새를 피워올리"거나 혹은 "자꾸만 얼굴을 그려대"(「산수유네 집에 가다」)는 것처럼 육체적 허기

와 정신적 외로움을 채워주는 대상으로 표상되는 것이다. 배고픔과 그리움을 채워주는 '꽃'은 '열매'와 연결됨으로써 좀더 적극적으로 풍요와 충족을 의미하게 되고, 더불어 '꽃피고' '열매 맺는 일' 또한 다음과 같이 타인에 대한 그리움과 더 나은 세상에 대한 열망으로 형상화된다.

> 꽃이 피거나
> 열매 맺는 일이란 습성이나
> 본성이 아닌 거야
> 검은 흙 속을
> 아주 오래 무던히 걸어온 시간들이
> 단단하게 뭉쳐 있다가
> 풀려지는 일이야
>
> 감자꽃이 피는 것은
> 하얗게 피어 말하는 것은
> 땅속에 말 못할 그리움이
> 생겨나고 있다고
> 고백하는 것이지
>
> ─「씨앗론」 부분

위에서 볼 수 있듯, 이승희 시에게 '꽃을 피우고 열매 맺고 꽃씨가 날아가는 것'은, "말 못할 그리움을 고백하는 일"이며, "가능한 멀리로 자신을 뱉어내어" 모든 세상에서 밀려난 그 어딘가로 떠나는 여행이며, 또한 "아주 오래 무던히 걸어온 시간들이" 풀어지는 일이다. 각박한 도시의 삶 속에서도 그러한 그리움과 동경의 몸짓은 "하늘과 바람과 한 세상을" 만나기 위해 "시멘트의 틈새" 노랗게 싹을 올리는 풀들의 모습으로 표출된다.(「식물 기간 2」) 시인은 이 자잘한 풀들의 모습에서 "목숨을 하나씩 풀어내는 일이 세상과 화해하는 것"임을, "그리하여 자라는 만큼 세상을 들어 올리고 싶어하는" 화해와 상생의 강렬한 의지를 읽어낸다. '영글어 가는 것'이 이러한 의지일진대, '열매'가 무위자연의 자동사적 결과물일 수는 없다. 그것은 꽃들이 힘겨운 노동의 시간을 거쳐 쟁취한 결실이며, 땀에 대한 댓가이다. 하여 감자는 "노동으로 단련된 희고 깨끗한 근육의 당당한 죽음"이자(「감자」) "눈이되기 위하여 어둔 땅 속에서" "노동만이 살 길이다"라는 생의 원리를 거듭 다짐하며 온몸으로 부풀려온 "녹색 줄기의 꿈"(「감자 2」)의 결실을 의미하게 되는 것이다.

이러한 꽃과 열매의 내력은, 시인이 세상과 인간을 보는 삶의 원리이기도 하다. 꽃이 아니라 사람살이에 대한 묘사가 두드러지고 있는 시편들에는 노동하는 자의 신산함과 땀의 소중함, 그리고 가난한 자의 고단한 일상에 대한 따뜻한 연민이 담겨 있다.

> 저녁이라는 말에서는 왜 강물 냄새가 나는 걸까,
> 집으로 돌아가는 골목에 서면 내 손금처럼 절벽이 있고,
> 그 절벽을 지나온 하류의 물줄기들이 골목마다 퍼져
> 간단하게 개울을 만들기도 한다. 길에 눌어붙은 집들에
> 하나 둘 불 켜지면 무슨 꽃 피는 것 같아 그야말로
> 그 은밀함 속으로 걷는 길. 이 길에서는 걸음도 느려진다.
> (…중략…)
> 여기선 모든 게 순하기만 한데, 하나도 순하지 않은 나는
> 두리번거리며 씨발씨발 지나온 길, 욕도 한번 해보지만
> 눈길은 창문마다 안부를 묻는다.

이제 한겨레신문사가 보인다, 돌아보면 길보다 낮은 집들,

예금통장의 바닥난 잔고만 같아,

허전한 주머니 속이 더 길어진다

　　　　　　　　—「마포 공제회관에서 한겨레신문사까지」 부분

　위의 시는 그날의 노동의 마치고 집으로 가는, '저녁' 귀가 길을 부드러운 물줄기에 비유하여 그리고 있다. 노동자의 지친 모습과 남루함이 조감되어 있지만 '없는 자'의 절망적 인식을 드러내기 보다는, 그 고단한 노동자의 '절벽'처럼 날선 감정과 절망이 강물처럼 풀어져 세상을 따뜻하게 그러안는 시적 자아의 선한 내면과 가난한 꿈을 보여주는 데 초점이 맞춰져 있다. '하류'로 함축되는 이들 변두리 삶에도 온 가족이 모여 불 밝히는 저녁은, 꽃피는 일처럼 행복하고 아름다운 시간이며, 그들을 스치는 시적 화자의 마음도 절벽처럼 모나고 굳어 있는 옹색함을 풀고 '순'하고 '낮게', '허전한 주머니처럼' 깊어지며 잦아드는 것이다. 이승희의 시에는 이렇듯 궁핍한 일상에서 오히려 소박한 행복과 활기를 읽어내려는 긍정과 화해의 시선이 강하게 내장되어 있다. "신촌로터리 현대백화점 뒤, 골목 끝으로 거리의 불빛만으로 간판이 보이는 작은 식품 가게"에 즐비하게 진열되어 있는 '속이 꽉 찬 양파', "이 땅 어느 양지바른 햇살을 살다가 왔을 고추들", "알이 굵고 실하기로는 더 할 수 없는 감자"를 보면서 "행복에 목을 졸린다"는 시적 화자의 가난하지만 소박한 심성은 "끝 잎부터 시들어 가는 열무단들"에서 "어느 집 가장의 늦은 귀가 뒷모습"(「식품 가게」)를 보기도 하고, "마늘을 까고 있는 아낙네의 모습"에서 두런거리는 소리를 듣기도 하고, '좁고 허름한 골목을 꽉 메우고 있는 환한 달빛'(「식품 가게 2」)에서 환희를 느끼기도 하는 것이다.

　앞서 살펴본대로, 이승희 시에서 궁핍에 대한 절절한 체험은 일군

의 민중시인들처럼, 사회·역사적 상상력이나 현실 모순을 탐색하는 방향으로 나아간다고 볼 수는 없다. "이 세상에서 가장 쓸쓸한 일은 가난하다는 것인가. 아니라고 말하지 말라. 그 순간 돌이 될 것이다"(「벽제 가는 길」)에서 진술되고 있듯, 이승희에게 있어 '가난'은 삶, 그 자체를 위협하는 직접적인 원인이 아니라, 쓸쓸함, 즉 비애스러움으로 제시되고 있다. 물론 이러한 전언에는 '가난이야 한낱 남루에 지나지 않는다'라고 했던 한 시인의 '초월적' 태도에 대한 비판적 의도가 어느 정도 암시되어 있지만, 이승희는 '가난'을 문학적 형상화의 핵심에 놓으면서도 그 '결핍'과 '비어있음'을 '시인의 마음'의 근원에 놓는다. 예를 들어 다음과 같은 시.

처마 밑에 버려진 캔맥주
깡통, 비 오는 날이면
밤새 목탁 소리로
울었다. 비워지고 버려져서 그렇게
맑게 울고 있다니.
버려진 감자 한 알
감나무 아래에서 반쯤
썩어 곰팡이 피우다가
흙의 내부에 쓸쓸한 마음 전하더니
어느날, 그 자리에서 흰 꽃을 피웠다.

그렇게 버려진 것들의
쓸쓸함이
한 세상을 끌어가고 있다.

— 「내가 바라보는」 전문

빈 캔맥주에 듣는 빗소리에서 목탁소리를 듣는 것은 시인의 순결한 마음이다. 시적 화자는 일정한 간격으로 떨어지는 빗방울 소리를 들으며, 내면의 혼탁과 번잡을 '비우고, 버리고', '눈물 흘리며' 맑아지고 있다. 시적 화자는 그렇게 비워진 마음을 버려진 감자 한 알의 '쓸쓸함'에 비유하고, 그 '쓸쓸함'이 '흙'에 뿌리를 내리고 '흰 꽃'을 피웠다고 말한다. 시인에게 있어 '흰 꽃'은 고통과 번뇌를 눈물 같은 빗물에 다 쓸어버리고 말끔하게 정화된 마음, 혹은 그 마음이 빚어낸 '시'에 해당될 수 있을 것이다. '희다'에 담겨진 그 무구함은, 곰팡이와 같이 '썩은 것', 즉 '폐기물, 오염된 것, 속된 것, 추악함, 혹은 이지러진 욕망, 죄'와 같은 것 뒤에 오는 것이다. 그것은 자신은 물론 타인과 세상을 미워하면서 동시에 참회하고 용서하고 끌어안는 그러한 마음이고, 그렇게 한편의 비워진 마음이 이 세상을 견디게 하는 힘, 혹은 세상을 아름답게 하는 힘이라고('그렇게 버려진 것들의 쓸쓸함이 한 세상을 끌고 가고 있다') 말하고 있는 것이다.

이승희에게 있어 시인의 마음과도 같은 '쓸쓸함'은 시적 이미지를 구조화하는 결핍의 감각과 더불어 그의 시의 근간을 이루고 있는 정서이다. '허기짐의 미학'이라고도 부를 수 있는 이승희 시의 미적 특질은 이러한 정서에 의해 구축되며, '가난한 자'와 '버려진 것' '무욕의 사물'에 대한 애착과 연민을 넘어 좀더 보편적 차원의 '포용'과 '긍정의 세계'로 나아간다.

스며드는 거라잖아.
나무뿌리로, 잎사귀로, 그리하여 기진맥진 공기 중으로
흩어지는 마른 입맞춤.

그게 아니면

속으로만 꽃 피는 무화과처럼
당신 몸속에서 오래도록 저물어가는 일.

(…중략…)
사랑한다는 건 서로를 먹는 일이야
뾰족한 돌과 반달 모양의 뼈로 만든 칼 하나를
당신의 가슴에 깊숙이 박아놓는 일이지
붉고 깊게 파인 눈으로
당신을 삼키는 일.
그리하여 다시 당신을 낳는 일이지.

─「사랑은」 부분

  허기져 있음, 혹은 비어있음으로 해서, '사랑'은 타인을 소유하는 것이 아니라 서로의 빈 구석으로 '스며드는 것'이 되며, 타인에게 나를 내주고, 타인을 내 안에 받아들이는 일이 된다. 서로에게 삼투되는 사랑, 이는 '너에게 나를 먹이는 일'이며, 그러한 삼투와 섭생을 통해 더 아름다운 사람으로 서로를 키우는 일이다. 이러한 '삼투의 관계학' 혹은 '상생의 사랑'은 또 한편의 '사랑시' 「관계, 물들다─솔에게」에서 그의 '허기짐의 미학'과 행복하게 조우하고 있다. "물든다. / 물든다는 거 / 물방울이 물방울을 만나 그 투명한 방 속에서 간장 종지 같은 살림살이를 들여놓고 살림을 차리는 거라네. 그 방 속에서 산을 들이고 하늘을 들여 한세상 가만히 걷는 것이야."라고 노래하는 시인은 사랑이 물방울과 물방울이 그러하듯 '모이는 것'이 아니라 '맺히는'(「물방울」) 것과 같은 것이며, 그렇게 하나가 된 물방울 내부에 그 작은 빈 공간 속에 간장 종지와 산과 하늘을 들이는 일이라고 말한다. 이렇듯 순하디 순한 사랑을 노래하는 시인은, 모든 사물과 살아있음에서 이 상생과 무위의 성스러움을 발견한다. 길을 따라 걷는 시적 화자가, 길이 내주는 그 풍요로운 풍경들에서 '집'과 같은 아늑함을 느끼는 것은, 경계를 무너뜨리면 길도 집이 될 수 있다는 인식, "네가 가둔 것들, 네가 끝끝내 손에 쥔 그것들"을 놓아보면 훨씬 큰 자유로움을 얻을 수 있다는 인식에서 비롯된다. 이러한 인식은 "아무 저항 없이 받아들이는 것이 이처럼 아름다운 모습인 줄 몰랐습니다(「집은 없다」)"라는 고백으로 이어지고 "덮어두고픈 온갖 이유들이 한 순간 잠들어 있는"(「그냥」) '그냥'의 존재들, "깊은 산 그림자" "속을 알 수 없는 어둔 강물"과 같은 '그냥의 생'을 예찬하기에 이른다. 이러한 깨달음은 '둥근 돌이, 그 순덩이 같은 모습이 죽이고 싶도록' 싫었으나, '제 속으로만 날카로운 각을 세우고 있음'을 발견하고 그 위대한 둥긂을 긍정하게 되는 것과 같은 맥락에 놓이기도 한다.

이승희 시에 나타나는 상생과 섭생으로서의 '사랑'은, 시인이 세상과 사물을 대하는 태도이자 그가 시를 쓰고, 이를 통해 자신과 타인의 내면을 들여다보는 이유이기도 하다. 따라서 그의 시에는 늘 위대한 자연의 섭리를 내면화시키려는 의지, 텅 비고 광활한 마음 안에 모든 것을 끌어안으려는 관용과 연민의 시선이 담겨있다. "이상하지? 여기만 오면 고해성사하고 싶어져. 논둑에 앉아서, 그냥 똥 누는 자세로 앉아서 보면 살아 있는 죄 낱낱이 고백하고, 용서라는 말도 여기에서 듣고 싶어져"(「논둑에서 울다」)라며 못난 자신을 긍정하는 마음은, 시인이 타인을 바라보고 어지러운 '사람의 역사'를 긍정하는 태도와 다르지 않은 것이다.

이승희의 시는 간결하며 소박하고, 무엇보다 쉽게 읽힌다. 그의 시는 요설이나 장광설로 치닫고 있는 이즈음의 난해한 시 경향에서 멀찌감치 떨어져 있을 뿐 아니라, 대량 생산 출판 산업과도 무관하다. 1997년을 기점으로 하면(그는 1997년에 『시와사람』에 시를 발표하고, 1999년에 신춘문예에 당선되어 본격적인 시창작을 시작했다) 거의 십 년 만에 첫 시집을 묶은 셈이니 과작이라 해도 참으로 늦은 행보에 해당된다고 할 수 있다. 문단의 주류와 상관없이 더디게, 저 오랜 서정의 전통 위에서 시쓰기를 지속하고 있는 것은, 이 시인에게 '시'란 '홀로 하는 글자놀이'가 아니라, 세상을 살아내면서 그 속에 자신을 삼투시키고 이를 써나가는 작업이기 때문일 것이다. 삶을 살아가는 그 고단한 시간들은 시인에게 한없는 쓸쓸함을 안겨주지만, 그 쓸쓸함과 허기짐이 그리움을 불러오고 그 힘에 의해 이 시인의 원고에는 글자가 새겨진다. 그의 시에 늘 사람살이의 냄새, 흙냄새가 배어 있는 것은, 다음 시에 등장하는, 시행의 고랑을 일궈주는 '할머니'가 있기 때문이 아닐까.

> 이게 뭐냐고, 내 못난 삶은 어쩌라는 것이냐고 컴퓨터
> 자판을 두드리는데 자꾸만 흙소리가 걸렸다. 흙소리는
> 글자들마다, 그 행간마다 고랑을 이루기 시작한다. 텃밭
> 으로 난 문을 여니 농협 수건을 머리에 두른 할머니 한분이
> 묵정밭을 호미로 갈고 계셨다. 호미 날이 흙을 스치는
> 소리와 간혹 돌에 부딪는 소리가 컴퓨터 속으로 멋대로
> 걸어 들어온 것이었다. 걸어와서는 갑자기 내 삶의 글자
> 들을 갈아엎는다. 글자들이 마구 넘어지며 먼지 날리더
> 니 이내 흙을 따라 고랑을 이루며 흙냄새를 풍긴다. 할
> 머니, 한번 웃고는 몇몇 글자들을 더 뽑아내신다. 여긴
> 아직 아무것도 심지 않았는디, 뭔 풀들이 이리 많은가 몰
> 러. 총각은 뭐 하는디? 나는 여그다 감자나 심을 것인디.
> 할머니는 한 움큼 뽑아 쥔 글자들을 밭둑으로 가볍게 던지더니
> 허리 펴고 웃으신다. 이제 보기 좋지?

—「할머니가 컴퓨터 속으로」전문

至毒의 환치기와 至順 선사의 설법

손택수『호랑이 발자국』과 임영조『시인의 모자』

시는 우선적으로는 미학적 형식이지만, 인문학적 전통에서 많은 세월, 도덕적 감화력에 의한 정서 교육의 한 방편으로 인식되어 왔다. 이는 고리타분하게 단지 도덕주의를 말하는 것이 아니라, 시의 즐거움은 미학적 향유보다는 많은 부분 인식적 측면과 연결되어 왔음을 의미한다. 시창작에 있어서도 시적 충동은 특히 서정시의 경우 미학적 성취를 목표로 하기보다는 시인의 내밀한 감정 표현과 자아 성찰을 주된 목표로 한다고 할 수 있다. 그렇다는 의미에서 시는 오랫동안, 그리고 현재도 시인을 둘러싼 객관적 세계에 대한 반성적 인식과 자아 성찰의 한 계기, 혹은 마음 닦음의 한 방편으로 소용되어 왔다.

시를 인식, 혹은 자아 성찰의 수단으로 삼는다는 점에서『호랑이 발자국』(창비, 2003)과『시인의 모자』(창비, 2003)는 공통점을 지닌다. 오랜 평단의 지적처럼 이미 다섯 권의 시집을 상재한 임영조 시인이 사물과 대상에 의탁하여 깨달음을 형상화는, 의인화의 명수라면, 이제 첫 행보를 막 내디딘 손택수의 『호랑이 발자국의』 경우 또한, 사물과 자연물의 상상력을 통한 반성적 인식을 주조로 하고 있다.

　그러나 이들 시들이 사물과의 끊임없는 교섭을 통한 자기성찰에 주력하고 있다 하더라고, 각각의 시에서 드러나는 사물의 모습은 사뭇 다르다. 그것은 사물들을 바라보는 원근법과 시각의 차이에서 비롯된다. 비슷한 자연물이라 하더라도 손택수의 경우는 좀더 밀착된 시각에서, 임영조는 이보다 좀더 먼 거리에서 그려지고 있는데, 그 거리와 차이는 첫 시집과 여섯 번째 시집이라는 절대적 시간이 가져다 준 시적 연륜에서 비롯된다. 그 결과 손택수가 빚어내는 사물, 혹은 풍경은 시적 자아의 개인사적인 내력과 구체적으로 맞닿아있는 상관물로 제시되고 있으며, 임영조의 경우는 좀더 보편적이고 추상적인 차원에서 드러난다. 시적 효과에 있어서도 손택수의 경우는, 특수한 개인사적 연원에서 길어올려진 심상들이 핍진성과 생생한 감각, 강렬한 파토스를 획득하고 있다면, 임영조의 경우, 거시적인 관점과 관조적인 태도에서 그려진 사물들을 통해 보편성과 사유의 깊이를 획득하고 있다고 할 수 있다.

　그러나 이러한 차이점에도 불구하고, 이들은 대체적으로 서정시의 미학적 규정력에 충실하면서, 온건한 방식으로 시가 인간의 삶에 대한 진지한 탐색이라는 오랜 믿음을 보여주는 데 있어서 공통점을 지닌다.

　1

　손택수의 『호랑이 발자국』은 시집의 제목에서 느껴지는 것처럼, 젊고 싱싱한 에너지로 가득 차 있다. 그렇다는 것은 이 시집이 부려놓는 세계인식이나 삶의 태도가 긍정적이고 낙관적이라는 의미가 아니라, 그것이 부정적일지라도 강한 역동성을 보여주고 있다는 의미에서 그렇다.

그늘만 스쳐도 살갗에 소르르 소름이 돋는다
해마다 한번씩 자신을 스쳐간 폭염과 홍수
팔을 뚝뚝 부러뜨리던 폭설의 기억을 비벼 꼬아
제 속을 치잉칭 결박하는 나무
속을 쥐어짜 잎잎이 푸르디 푸른 신음을 뱉어낸다.
허나 독기라면 닭도 지지 않는다
한평생을 옥살이로 보내온 그가 아닌가
톱날처럼 뾰족하게 튀어나온 벼슬과 부리,
쇠창살 사이로 모가지만 간신히 빼내어
댕강 참수를 당하는 그 순간까지
제것이 아닌 몸뚱이를 키우며 살아온 그가 아닌가
지독에 이른 동물과 식물이
한몸이 되기 위해 부글부글 끓고 있다

독기라면 나도 지지 않는다
나를 무심코 집어삼킨 세상에
우툴투툴한 옻독을 옮기리라
뚝배기 그릇 속에 코를 쥐어박고
아버지와 함께 옻닭을 먹는다
두 편에 오만원 어쩌다 받은 원고료로
삼십년 지게꾼살이 주식으로 삼아온
술담배에 속을 상한 당신

술담배보단 서른이 넘도록 빈둥대는 아들놈 때문에 더

얼굴이 까맣게 타들어가는 당신

알코올과 니코틴의 독성, 갈수록 짐만 되는 아들놈의 독성

옻이 올라 얼굴이 벌겋게 닳아오르도록

목구멍까지 차오른 가려움을 꾸욱 눌러 참는다

독을 우려낸 진국 한 그릇을 뚝딱 비워 삼킨다

— 「옻닭」전문

    예사롭지 않은 감각으로 직조해낸 위의 풍경에서 우리는 무심코 놓여있는 옻닭이 뿜어내는 독기와 적개심에 흠칫 놀라게 된다. 먹힐 수밖에 없는 운명에 처한 옻과 닭은 그들 생의 만만치 않은 내력만큼이나 최후의 순간, 녹녹치 않은 태도를 보여준다. 1연에서 옻나무와 닭의 지독이 '폭설에 팔뚝이 부러지는' 혹독한, 혹은 '옥살이'라는 그들의 생의 내력에서 비롯되었음을 보여주었다면, "독기라면 나도 지지 않는다"로 시작되는 2연에서는 시적 화자의 생의 내력이 그들 못지 않음을 보여주고 있다. '두 편에 오만원 어쩌다 받은 원고료', '삼십년 지게꾼 살이', '서른이 넘도록 빈둥대는 아들놈'이 암시하고 있는 화자의 삶은 결국 옻나무나 닭의 처절한 생과 다르지 않다. 옻과 닭에서 비롯된 대결 구도는 점차 옻닭과 나, 나와 아버지, 나와 세계와의 대결구도로 동심원처럼 확장되면서, 독기는 한층 더 치열성과 그 비극성을 더한다.

    손택수 시 몇 편이 보여주고 있는 활력과 긴장은 이렇듯 그들 시가 보여주고 있는 자연과 사물들의 반동적 힘들, 혹은 힘들의 대결구도에서 비롯된다. 손택수의 시에 있어서 사물이나 자연물은 임영조의 시에서처럼 평화롭고 화해롭게, 혹은 하늘에 이치에 맞게 마땅히 있는 것이 아니라, 마땅히 소멸되었어야할 운명에도 불구하고 존재하는, 혹은 죽어서조차 자기 존재를 증명하려는 그러한 안간힘의 존재이다.

따라서, 파릇파릇 돋아나는 새잎들은 순조로운 열림이 아니라, "쓰
리디쓰린 수액, 속을 욱신욱신 들쑤시니 / 욱 하고 푸른 잎이 쏟아져
나오는"(「강철나무」) 처절한 투쟁의 소산이며, 벚꽃이 지는 모습조차
"태어난 세상이 절벽이라는 것을 단번에 깨달아버린 자들, 가지마다
층층 / 눈 질끈 감고 뛰어내리는"(「폭포」) 주체적이고 적극적인 의지의
실천으로 그려지는 것이다. 정지상태이든 혹은 미세한 움직임이든,
사물의 모든 '있음'은 강한 생명의 의지에서 비롯된 버팀이자 투쟁이
라는 의식은, 다음의 시에서처럼 거스르는 힘, 튀어오르는 힘들에게
대한 각별한 주의와 애정으로 이끈다.

> 대숲 속으로 강물이 흘러간다 하류에서 상류까지 마디마디 몇 개의 둑
> 을 지나온 것일까 어로도 없는 둑 너머로 은어가 튄다 담양 댓이파리 미끈
> 한 어족이 횟횟 허공을 가른다 가로지른 칸칸 숨가쁘게 건너뛰며 할딱거
> 리는 강물 속으로 그냥 흘러온 것이 아니다 장애물경주 주자처럼 푸파푸
> 파 전력을 다해 뛰어온 것이다 (…중략…) 은어가 튄다 강의 시원지 용소
> 까지 대숲이 진저리, 진저리치며 휘어진다
>
> ─「강이 휘어진다─江爭里」 부분

아무런 의문도 제기할 수 없는 강물의 유장한 흐름 속에서 은어들
의 거스르는 몸짓을 발견하는 것은 일견 상투적인 수사라 할 수 있다.
그러나 시적 자아의 시선은 여기서 멈추지 않고, 이들 작은 무리들과
함께 쟁투하여 굽이쳐 돌아가는 대숲들의 역동적인 힘, 쓸려가면서도
치밀어오르는 강의 굽이굽이진 선에까지 미침으로써, 이 시에 보다
큰 활력과 역동성을 부여하고 있다.

이렇듯 사물과 자연에 내장된 힘들의 긴장관계에 주목하고 있는 시
인의 시선은 시적 화자의 독특한 세계 인식구조를 암시하고 있다. 어

떤 연유에서든, 시인에게 있어 세계는 '我와 非我의 투쟁의 장'으로, '먹느냐 먹히느냐 하는 약육강식의 전장'으로 인식되며, 특히나 반동적인 힘들을 강조한다는 점에서 그는 약자 혹은 피해자의 입장을 대변하고 있다.

　　꽃그늘 아래 구덩이가 생겼다. 구덩이 옆에 피어난 벚꽃잎은 고개를 수그린 채 하나같이 땅을 쳐다보고 있다.

　　(…중략…)

　　꽃이 어지럽게 술잔 속으로. 구덩이 속으로 뛰어들어 온다. 꽃을 받아먹으며 파르르 떠는 술잔, 잘게 저민 살점 같은 꽃을 받아먹으며 허기를 감추고

　　떡 벌린 아가리를 좀처럼 다물 줄 모르는 구덩이,

―「꽃그늘」 부분

　　간밤에 못물이 얼어붙고 말 것을
　　너는 미리 알고 있었다

　　못물 속에 잠긴 버들가지
　　손가락 하나가 얼음 속에 끼여 있다

　　피 한 방울 통하지 않도록
　　옴짝달싹 못하게 꽉 죄여 있다

손가락이 반쯤 달아나다 만
버드나무, 허연
속살을 드러낸 생가지

뭉툭해진 끝에서
뚝, 뚝, 노을이 진다

내일 모레면 입춘, 얼어터진
땅이 그걸 받아먹고 있다

— 「斷指」 전문

첫 번째 시는 그늘 속에서 구덩이를 파고 있는 산역꾼의 고된 노동과 곤핍함을 꽃그늘의 음험함과 구덩이의 탐욕스러움에 비추고 있으며, 두 번째 시는 겨울 황혼녘의 결빙의 풍경을 '斷指'라는 이미지로 그로테스크하게 그리고 있다. 이러한 꽃그늘의 음험함, 혹은 손가락을 옥죄고 있는 얼음 등에서 느껴지는 공포와 억압의 느낌은 앞서 지적한 시적 화자의 세계 인식의 맥락에 닿아있는데, 그것은 지독의 기원이자 결과이기도 하다. 세계가 폭력성과 음험함으로 다가온다고 했을 때, 인간은 적개심을 품을 수밖에 없다. 그럼에도 불구하고 그 음험의 '아가리'에 먹힐 수밖에 없다면, 약자란 지독으로 항거할 수밖에 없다. 그러므로 지독은 강자의 것이 아니라 약자의 것이다. 상처, 혹은 공포에서 비롯된 지독의 심리는 모든 사물과 세상에 의혹을 던진다. 그러한 의혹 속에서는 '방안에 드는 쩡쩡한 가을 햇살'조차 거대한 폭력적 기획을 숨기고 있는 '붉은 거미줄'(「붉은 거미」)로 인식되며, 그에게 결코 호의적일 수 없는 세상은 쉽사리 정체를 드러내지 않는 그 무엇이 된다. 그러나 역설적으로 손택수 시의 힘의 근원은 이러한 폭력성을 숨기고 있는 세계 내에서 예민하고 상처받기 쉬운 자아가 패배하는 순간, 흔히 빠지기 쉬운 자기 연민을 거부하고, 이를 오히려 치열한 견인적 자세로까지 밀어올리는 그 지독함에 있다. "지독이라면 나도 지지않지"라는 선언이 내포하는 위악적이기까지 한 이러한 부정적 태도, 혹은 날카로운 적개심이 혐오감을 주지 않는 것은, 그 지독이 궁지에 몰린 자의 공포의 소산이며, 그 지독의 힘이 절망하지만 결코 자기를 방기하지 않으려는 안간힘에서 나온다는 사실에 있다. 더 나아가 그 지독성이 극단의 부정의 상상력을 모태로 하는 다른 시인들의 시에서처럼 반어적 어법에 의해 뒤틀려지고 포장되는 것이 아니라, 오히려 정직하면서도 성실한 시적 어조를 통해 진정성과 치열성을 획득하고 있기 때문이다.

지독에서의 출발은 손택수 시인에게 두 가지의 방향을 지시한다. 하나는 기억과 새김의 방향이고, 또 하나는 견인과 자기 성찰의 방향이다. 용서와 화해가 아니라, 견딤의 상태에 있는 지독은 결코 잊지 않겠다는 다짐이다. 그것이 과거의 상처가 됐든 폭력적 구도로 존재하는 세계질서에 대한 깨달음이 됐든, 망각하지 않겠다는, 혹은 방심하지 않겠다는 지독의 다짐은, 스쳐지나가는 모든 심상한 사물과 풍경들을 각인된 이미지로 붙들어둔다. 아내를 죽인 살인범을 찾기 위해 끊임없이 단서를 제 몸에 새겨넣는 영화 『메멘토』의 주인공처럼, 삶의 비극성과 폭력성에 맞서려는 시인의 문신행위는 자신의 삶에 아로새겨진 기억들을 시적 이미지로 형상화한다. "아들 놈이 하는 짓을 늘 못마땅해 하는 아버지"가 아들의 글이 실린 잡지에 먼지를 인주밥 삼아 찍어놓은 지장(「지장」)이나, "회초리자국 같은 붉은 화상자국"처럼 뜨거운 아스팔트를 기고 있는 지렁이의 흔적(「지렁이」), 목욕탕엘 가지 않는 아버지의 "적막하디 적막한 등짝에 낙인처럼 찍혀 지워지지 않는 지게자국"(「아버지의 등을 밀며」)이 그려놓는 선명한 문양은 이러한 지독과 새김의 환치기에 다름아닌 것이다. 이렇듯 선명하게 각인된 기억의 무늬들은 시적 화자가 지독에 이르게 된 상처와 흉터의 내력이 불행하고 궁핍했던 유년시절에 있으리라는 것을 암시한다. "신명나는 소가죽북의 신명나는 울음소리"에 "노름꾼 아버지의 발길질 아래 / 피할 생각도 없이 주저앉아 울던 어머니의 모습"(「소가죽북」)을, 감꽃에서 "허천나게 달려들었던"(「감꽃」) 튀밥의 이미지를 겹쳐놓는 화자의 시적 감각은 분명, 기억에 각인된 상처가 거푸집처럼 작용하는 데서 기인한 것이다.

그러나, 이러한 지독의 환치기가 증오와 적대감으로 확산되지 않는 것은 지독과 기억의 곱씹음이 발견한 또 다른 기억의 서사에 의해서이다.

> 대청 뒤주에 놋물고기가 살았다. 배를 따면 아침 저녁 쌀을 내주던 요술쟁이. 그 신통한 재주도 바닥이 나면 머리카락 보일라 허기진 뱃속으로 꼭꼭 숨어들던 아이, 스르르 밀려드는 졸음 따라 검푸른 물소리를 끝없이 따라가곤 하였다. (…중략…) 그 작은 몸속에 바다가 있는 줄은, 해저 삼만리를 꿀꺽 삼키고 있는 줄은 아무도 몰랐다. 외할머니 무릎베개를 하고 누워 나는 종종 쌀 뒤주 속에서 굶어죽었다는 왕자 얘기를 듣고, 옛날 어느 어부가 고래 뱃속에서 나온 씨앗을 심었더니 왕후박나무가 되었구나, 그 나무를 베어 관을 짜면 바다의 자장가가 끝도 없이 이어진다는구나, 자장자장 잦아드는 희미한 물소리 따라 바닥 모를 수심으로 아득히 떨어져내리던 꿈속.
>
> ―「놋물고기 뱃속」 부분

'놋물고기' 문양을 단 뒤주는 '밥 벌러 간 어머니'를 기다리며 '허기진 배'를 끌어안고 '웅크린 어둠 속'으로 기억되는 공간이기도 하지만,

한편 그 허기진 기다림은 외할머니의 옛날 이야기와 '자장자장 찾아드는 희미한 물소리'와 흐드러진 해초숲과 조개들이 반짝이는 행복한 시간이기도 하다. 시적 화자가 상처의 내력을 더듬어간 곳에서 발견한 것은 해저 삼만리처럼 가지가지 아름다운 추억과 몽상을 간직한, 상처를 둘러싸고 있는 아름다운 밑자리인 것이다. 그 밑자리에는 "푸르릉 푸르릉 바큇살마다 파도를 끼고 굴러다니던" 낡은 자전거가 있고(「서쪽, 낡은 자전거가 있는 바다」), 내가 꼭 빼닮은 '할아버지의 송곳니'(「할아버지의 송곳니」)가 있고, 찾아오는 이에게 무조건 밥숟가락부터 우선 쥐어주고 보는 '자물쇠 숟가락'(「외할머니와 숟가락」)도 있고, 부스럼을 앓는 아들을 위해 송장뼈를 빻는 아버지의 지극한 사랑(「송장뼈 이야기」)도 있는 것이다. 이렇듯 잊혀진 기억 속의 사물들은 '놋물고기'처럼 배고픔과 외로움을 의미하는 것이기도 하지만, 놋물고기 뱃속의 몽상처럼 '욱신거리는 기억'을 뚫고 피어나는 행복한 추억을 간직한 것이기도 하다.

지독과 상처의 기원을 탐색하는 것을 통해 얻은 이러한 발견은 결국 과거와 화해하는 일이며, 아버지와 가난을 용서하는 하는 일이고, 독기와 새김으로 결박한 자신을 무장해제시키는 일이다. 그리하여 자연물의 생기와 구부러짐은 세상의 잔혹함에 맞선 독기의 결과가 아니라, 오히려 "사람들 등의 굴곡에 가장 알맞은 모습으로 기울어가기 위하여 한평생을 고단하게 쓰러져"(「아버지와 느티나무」)간 나무들의 놀라운 인내와 친화력의 결과라는 인식에까지 나아가는 것이다. 이러한 사물에의 인식은 다음과 같은 시에서 자기 성찰로 명징하게 표출된다.

가시 끝에 맺힌 빗방울들,
가슴 깊이 가시를 물고 떨고 있다

살속을 파고든 비수를 품고
둥그래진다는 것, 그건
욱신거리는 상처를 머금고 사는 일이다
입술을 윽 깨물고 상처 속으로 들어가 한몸이 되는 일이다

— 「탱자나무 울타리 속의 설법」 부분

삶의 완성이란 결국 상처를 새기는 것이 아닌, 상처를 머금는 일이라는 것, 그리하여 팽팽하게 당겨진 시윗줄의 화살촉들의 "가장 먼 목표물은 언제나 내 안에 있었다"(「화살나무」)는 깨달음은 손택수 시인이 지독의 기원과 서사의 탐색을 통해 얻은 값진 삶의 교훈인 것이다.

2

『시인의 모자』는 『호랑이 발자국』의 손택수 시인이 도달한 곳에서의 시작(詩作)이라고 할 수 있다. 1970년에 등단하여 첫 시집 『바람이 남긴 은어』 이후, 꾸준히 작품 활동을 해온 중견 시인과 이제 막 출사표를 던진 『호랑이 발자국』이 보여주는 낙차는 일견 당연한 일이라 할 수 있지만, 임영조 시인이 보여준 이원성과 상대성을 초월한 통일성의 지향 내지는 평정심에 대한 관심은 처음부터 각별하다고 할 수 있다.

깊은 밤 시를 쓰다
혼자 듣는 물소리
낮은 데로 임하라

낮은 데로 임하라
흐르는 물은 늘 은유가 심해
도무지 알아듣지 못하고
한평생 혼자 듣다
잃어버릴 선문답.

—「이명」 전문

    두 번째 시집 『그림자를 지우며』에 실린 위의 시는 임영조의 주된 시적 주제와 시창작 방법의 일면을 잘 보여주고 있다. 혼자 물소리에 귀 기울이는 시적 화자는, 물소리에서 "낮은 데로 임하라"는 자연의 이치를 읽지만, 그것은 일종의 시적 화자의 혼자만의 독법이고, 그 은유를 정확히 헤집었다고는 자신 할 수 없는 심경이 드러나 있다. 그래서 물소리는 "도무지 알아들을 수 없는" 은유처럼 아직 秘義에 싸여있고, 평생 풀어야하는 선문답같은 것으로 인식되는 것이다. 이후 여섯 번째의 『시인의 모자』에 이르기까지 임영조의 시는 이러한 사물과 일상, 혹은 갖가지 시적 상관물이 전언하는 선문답과 같은 삶의 비의, 교훈을 읽으려는 줄기찬 탐색이었다. 그 줄기찬 탐색 끝에 '이제 옹이진 나이로 치면 갑년에 해당하는' 육십에 이른 시인은 그것이 '낮은 데로 임하라'는 말 이외의 다른 말이 아니었음을 토로하고 긍정하는 데 이 시집은 바쳐지고 있다. 그때의 '이명'은 실상 세상과 삶의 이치를 그대로 보려하지 않은 자신의 욕망과 집착 혹은 미혹에서 비롯된 것이었다는 깨달음의 경지, 이제는 그 '이명'이라고 칭했던 많은 소리들이 욕망의 굴절과 미혹 없이 그대로 또렷이 들리는 '耳順'의 경지에서 쓰여진 시들이 『시인의 모자』라 할 수 있다. "산은 산이요, 물은 물이다"라는 성철스님의 화두처럼, 모든 위대한 잠언은 가장 쉬운 언술 속에 있으며, 사물은 보이는 것, 그대로 가장 참된 모습이라는 인식은 그의 시를 일견 너무나도 '쉬운 시'로 일관하게끔 작용한 듯하지만, 그 화두가 함축하고 있는 드높은 경지와 깊이처럼, 그의 시를 넘볼 수 없는 禪의 경지로 이끈 힘이라고 할 수 있다.

> 누가 저 논두렁에 박힌 말뚝을
> 죽은 나무라고 단정할 수 있으랴
> 누군가의 완력으로 처박힌 뿌리를
> 그 무슨 비유로 정의할 수 있으랴
> (…중략…)
> 산에서 징발된 나무로 보면
> 일개 이름 없는 볼모가 되지만
> 산에서 출가한 나무로 보면
> 으스러진 머리에 하늘을 이고
> 알몸으로 버티는 순교가 된다
> ─번뇌와 보리는 본시 하나라
> 미혹하면 번뇌요 깨달으면 보리다
> 말뚝 안의 네 협잡은 로맨스고
> 말뚝 밖의 내 이념은 치정이라고?
> 말뚝의 저쪽은 인민공화국이고
> 말뚝의 이쪽은 대한민국이라고?
>
> ─「나무는 죽어서도 나무다」 부분

인용된 시에서는 '말뚝'이 죽은 나무가 되고, 볼모가 되기도 하고, 혹은 출가한 나무, 순교자가 되기도 하는 그 무수한 변용은 사실, 사물을 그대로 보지 않으려는 욕망에서 비롯된 것임을 전하고 있다. 시의 생략된 후반부를 보면, "앙상한 통뼈로 모진 세월 견디는 말뚝을 보면

伉儒가 생각난다 / 육탈로 맞선 환한 옹고집"이라는 비유를 들어 결국 '말뚝'에서 모진 고난과 핍박에도 불구하고 굳은 의지로 맞서는 지조 있는 선비를 읽으려는 독법이 강조되기도 하지만, 그럼에도 불구하고 결국 그가 경계하고자 하는 것은 수많은 가름과 명명에서 비롯되는 분별과 경계지움이다. 눈 앞에 인식되어지는 현실에서 죽은 나무는 한낱 '말뚝'에 불과하지만, 나무의 본체나 본성은 변화무쌍한 그 무수한 현재성이 아니라, 그 모든 과거와 미래까지를 담지한 삼세실유(三世實有) 또는 법체항유(法體恒有)에 있다는 불교적 사유를 보여주고 있는 것이다.

『시인의 모자』 시집 전편에 나타나는 주된 시적 주제는 이처럼 선, 혹은 불교적 깨달음이다. 이 깨달음은 구체적으로 "번뇌와 보리는 不二"로 요약되는, 즉 사물과 인간의 본성은 본래 하나라는 일체 합일의 설법과 욕망과 집착을 버림으로써 초월의 경지에 이를 수 있다는 '비움'과 '지움'의 설법을 통해 변주된다.

나와 세계가 대립적으로 존재하지 않고, 색과 공이 본래 다르지 않다는 근원적 합일에 대한 통찰은 일견, 『호랑이 발자국』의 젊은 시인에 대한 화답처럼 들린다. 젊은 시인이 주목하고 있는 극단적인 대립과 모순적인 힘들에 대해 시인은 다음과 같은 다른 독법을 제시하고 있다.

> 푸성귀는 간할수록 기죽고
> 생선은 간할수로 뻣뻣해진다
> 재앙을 만난 생의 몸부림
> 적멸의 행간은 왜 그리 먼가
>
> (…중략…)

세상에 간 맞추며 사는 일
세상에 스스로 간이 되는 일
한 입이 내는 奸과 諫 차이
한 몸속 肝과 幹 사이는 그렇게 먼가

—「간」 부분

　　위의 시는 언뜻보면, 임영조 시인 특유의 재치있는, 일종의 말놀이
이다. 그러나 이것이 단순히 말놀이로 그치지 않는 것은 소금이 재앙
이 되고, 독이 되었다가 간언과 충언, 신체의 일부와 줄기로 변용되면
서 통합되는 지점에서 확산되어 나오는 삶의 인식에 있다. 사물의 이
원성과 모순은 사물 본성이 아니라 인간의 욕망과 집착에서 나온 미
혹에 불과하다는 인식은, '악처와 노모, 혹' 등의 이미지로 변용되는
'등짐'에서 '따뜻한 배후'라는 긍정적인 의미를, '졸참나무와 늙은 소나
무'에서 상호 조력하고 상생하는 힘들을 읽어낸다. 이렇듯, 어그러진
쟁투가 상생의 힘으로, 짐이 따뜻한 배후로 변용되는 것에 대한 통찰
은 오랜 시간을 거듭한, 보다 확대된 이해의 지평에서 얻어지는 발견
이다. 물론『호랑이 발자국』의 여러 편에서 이러한 통찰이 드러나긴
하지만, 임영조의 경우에는 이러한 인식이 평정심에 이른 이순의 시
적 화자에 의해 완전한 승인을 얻고 있다. 늙은 노부부의 모습이 "해
와 달이 서로 비추는"(「일월 상조」) 일월상조의 조화로운 정경으로, 일
상의 번쇄한 일들이 "별의별 코미디"로, 슬픔과 노여움이 "신트림" 같
은 가볍고 유쾌한 해프닝으로 비유되는 것은 이러한 인식의 지평에서
가능한 것이다.

눈 그친 대숲
부리 작은 참새떼가 떠들썩

어둠 쪼는 소리로 먼동이 튼다
선잠 깬 대숲이 햇귀 받아 부신지
용쓰듯 눈짐 털고 푸르게 선다.
(…중략…)
하늘로 머리 두고 사는 자는
거저 받는 서설도 짐이 된다고
서걱서걱 어깨 터는 청죽비소리
알겠다, 늘 푸르고 곧게 서려면
한살이의 마디는 매끄럽고 분명히
생의 보푸라기는 자주 터는 것임을
마음 비운 전신의 빨대를 세상에 박고
한 우물만 젖 먹듯 빠는 것임을
눈 그친 대숲은 보여주는 것이다
삭신 온통 얼얼하고 시리게.

—「눈 그친 대숲」 부분

새김이 지독의 환치기라면, 비움과 지움은 지순에 속한다. 위의 시에서 눈이 '그친' 대숲은 환난이기도 했을, 눈을 상서로운 환난, '瑞雪'로 받아들이면서 그것조차 비우고 버리고자 한다. 소유와 새김이 갖는 환희와 고통까지를 극복하고 절대 달관을 이르고자 하는 시적 화자의 열망이 이와 같은 아름다운 풍경으로 드러나는 것이다. 이러한 비움의 열망은, "터엉 어엉 어어엉 어어어엉 / 크게 비운 소리가 멀리 가는가 / 터엉 빈 몸이 다시 게우는 소리"(「법주사 타종을 보다」)나, "속 비우고 여생을 지탱하는 힘 / 마지막 안간힘이 곧 나무아비타불"(「느티나무 타불」)에서처럼 종소리와 늙은 느티나무로 확산된다.

비움과 함께 수행되는 지움을 통한 견성은 "사람도 집도 차도 간판도 지워 / 세상 온통 흰 것뿐인 無色界 / 길 없는 길을 마냥 걸었네 / 거대한 지우개로 싹 지워버린 / 눈이불 한 채 덥고 숨죽인 거리"(「길 없는 길」−2002년 2월 15일 오후 1시 20분)에서처럼, 색즉시공, 공즉시색이 실현된 세상을 체험하는 시인의 '아끼듯' 오래 걷는 감흥으로 잘 묘파되고 있다. 이러한 비움의 철학, 비움의 수행은 "태초에 쓴 시는 사막이었다", "날고 기는 짐승도 지운 여백이었다"(「사막 1−타클라마칸」), 혹은 "삶이란 대개 마른 모래벌판에 / 터벅터벅 발자국을 찍는 일 / 뛰어봤자 세상은 또 사막이었다"(「사막 3−낙타의 길」)라는 인유를 통해 거듭 반복되면서 강조된다.

임영조의 시가 비움과 지움을 통한 절대 초월의 경지를 지향하고 있지만, 그렇다고 해서 정신주의 일변도의 추상과 관념의 세계에만 머물고 있는 것은 아니다. 『시인의 모자』에서는 좀더 선적인 인식체계가 강화되긴 하였으나, 그가 초기부터 보여주었던 일상과 현실에 대한 관심은 이번 시집에서도 여전히 두드러지고 있다. 예를 들어, 법당 앞 동백꽃들을 '불경스런 수작을 하고 있는 철없는 사미들'로 그리고 있는 「동백꽃 패설」에서나 "단 돈 오천원이요 오천 원!"이라고 외치는 노점상인에게서 시집을 파는 시인 자신을 겹쳐놓는 「괄호 속의 남자」, 관능과 욕망에 몸부림치는 여인의 신음소리를 鳴沙山에 비유하고 있는 「사막 2−명사산」 같은 작품에서는 일상의 물화된 세계에 속한 욕망을 부정하지 않는 화자의 모습을 읽을 수 있다. 그러므로 세간에 드는 일이 세간에 나는 일임을 적극적으로 실천하고 있다는 의미에서 그의 초월 지향은 현세적이면서도 보편적인 공감을 얻는 것이다.

임영조의 시는 많은 평자의 지적처럼 '쉬운 시'에 해당된다. 쉽다는 것은 임영조의 시의 시어가 그만큼 개인적이고 특수한 맥락에서의 비유를 지양하고, 보다 보편적이고 일반적인 비유에 기댄 일상 언어로 이루어진다는 말이다. 그러나 임영조 시의 '쉬움'의 요소는 일상 언어,

그 자체에 있다기보다는 대부분의 경우, 시적 화자의 사유가 시적 이미지와 함께 진술된다는 데 있다. 예를 들어, 위에 인용한 「눈 그친 대숲」의 경우, '눈 그친 대숲은 보여주는 것이다'라는 시구와 함께 이어지는 화자의 해석이 이미지 그 자체가 지니고 있는 애매성과 다의성보다 승하게 드러나는데, 그만큼 독자의 입장에서는 해석의 어려움과 즐거움은 훨씬 반감된다고 볼 수 있다. 아마도 이러한 시적 화자의 진술이 두드러지는 양상은, 시인의 시적 충동이 미학적 차원에 있다기보다는, 내적인 성찰과 자기완성이라는 인식론적 측면에 놓여있다는 데서 발생하는 듯하다. 시를 통한 수행, 자기완성 면에서 보자면, 임영조 시인만큼 성실성과 순결성을 보여주는 시인은 없을 듯하다. 평생, 시를 통해 모든 욕망과 집착을 버리는 데 전념해왔지만, 그런 무욕의 시인에게도 아직 못다 버린 소망이 하나 있다. 다음과 같은 시를 통해 진술되는 시인의 소박하고 진솔한 고백은 한평생 신앙삼아 시인의 길을 걸어왔던 시인의 오롯하고 순수한 시심을 말해준다.

나의 새해 소망은
진짜 '시인'이 되는 것이다
해마다 별러도 쓰기 어려운
모자 하나 선물 받는 일이다

'시인'이란 대저
한평생 제 영혼을 헹구는 사람
그 노래 멀리서 누구나 읽고
너무 반가워 가슴 벅찬 올실로
손수 짜서 씌워주는 모자 같은 것

— 「시인의 모자」 부분

봉인된 플럭서스(FLUXUS)

김이듬의 『별 모양의 얼룩』

　"플럭서스(FLUXUS)"란 흐름, 끊임없는 변화, 움직임을 뜻하는 라틴어이다. 1960년부터 1970년대에 걸쳐 일어난 국제적 전위예술 운동을 의미하기도 한다. 김이듬의 시가 다다적 반항정신에 기초하여 '탈장르, 탈개인, 탈국가, 탈관념'을 내세운 이 실제적인 전위 예술운동의 한 자장 안에 놓여있다고는 할 수 없으나, 분명 어떤 측면에서는 이들이 표방하고 있는 예술 정신을 공유하고 있다. 가령, 이들이 내세우는 것이 미래파나 다다이즘, 혹은 초현실주의와 같이 하나의 양식이 아니라 하나의 심리 상태라는 것, 그리고 이들의 기본적인 예술 강령인 자유로운 보헤미아적인 특성이 그것이다. 어느 인터뷰에서 김이듬이 "고정되어 있지 않고 불확정적인 것들을 사랑"한다고 했듯, 그녀의 시는 근본적으로 흐름, 끊임없이 변화하고 유동하는 감성들에 기초하고 있다. 즉, 그녀의 시에서 두드러지는 것은 새로운 시의 영역을 확장하려는 의식적인 노력 보다는, 이러한 의지, 이성, 혹은 전통, 실재, 현실 등등의 온갖 고정된 것들로부터 탈피하고 유동하는, 불확정적인 감성의 흐름이다. '유동'이라고 했거니와 그것은 전복의 의지에서 나온 '탈주'가 아니기 때문이다. 이를테면, 다음과 같은 시.

전에도 말했듯이 레이첼스를 듣고 있었어 다섯 번째야 네
번째 계단까지는 젖어 있어 내 옆에 앉을래 담요를 가져왔니
약국에도 들렀겠지 이 안으로 들어와 귀에 이걸 꽂아 봐 어둡
지 신나지 환해지면 끝이야

몇 번 말했듯이 신원을 알 수 없는 엄마가 뚱뚱한 의사에게
나를 맡겼어요 신원을 알 수 없는 의사가 무서운 적재장에서
정말 신나냐 신문했고요 금요일 저녁 8시 2분간 노출 f=5.6 사
진을 찍었어요 정말 진짜가 밝혀지면 시작이에요 나는 고래란
말이 들어간 사진에 키스하죠 턱을 괴고 돌고래가 와이셔츠에
들어갈 때까지 흡입해요 금요일 저녁 여덟 시부터 할인 현상
하는 가게를 알아요 재현하면 시작이에요 구질구질한 별과 거
위가 가득하죠 파도는 무게와 크기가 동일한 것으로 규칙적으
로 밀려와요 어둡겠죠 피곤하겠죠 신나고 신나요

앞서 말했듯이 얼마나 좋은지 말하지 마 트램블스를 닮은
내 꼬마 친구 네 번째 계단 아래는 물이야 거위깃털 푹신한 바
다 발 밑을 조심할 필요 없지 팔목을 쥐 봐 동맥은 어렵겠어 재
킷 멋지지 안으로 들어와 뮤직 포 에곤 실레 제법 어둡지 신나
지 잘 보이면 끝이야

눈을 깜박거리며 레이첼스를 듣고 있어요 드럼보다 바이올

린이 왜 좋은지 알면 끝이에요 시작이나 끝이나 앞서 말했
듯이 시작이라고 쳐요 고래는 거위를 몰라요 내 셔츠에서 나가
줘요 목소리가 똑같으면 끝이에요 여섯 번째 계단에 앉아 있
어요 다섯 번째 계단까지 젖어 있고요 올라가면 끝이에요 전
에도 말했지만 나는 정했고 당신은 갈등하죠 양면 비로드 재
킷 그 안은 없어요 있으면 끝이에요 짠 깃털들이 눈에 가득찼
어요 눈이 아파서 신나죠 아파서 내가 당신으로 보이는 거겠
죠 그렇다면 끝이에요 끝이라서 신나죠 아 신나고 신나서

— 「Third Eye」 전문

위의 시는 얼핏 보면, 이해할 수 없는 구문들의 연속이다. '신원을 알
수 없는 엄마' '뚱뚱한 의사' ' 무서운 적재장' '돌고래' '거위' '셔츠' '트램
블스' '내 꼬마 친구' '재현' 등등. 시를 이해하는 가장 기초적인 작업인
시적 정황부터가 명확하게 재구되지 않으며, 시적 화자도 불명료하다.
대단히 불친절한 시적 전언들을 통해 대략적으로만 추측해볼 수 있는
시적 정황은 이러하다. 화자는 바다로 이어진 계단 위에 앉아있다. 그
리고 그, 혹은 그녀는 탐미적이며 낭만적인 음악으로 알려진 인디음악
의 대가 레이첼스 그라임의 음반을 듣고 있다. 아마도 레이첼스의 음
반 중에서도, 화가 에곤 실레를 기려 만든 'Music for Egon Schiele'이거
나 네루다의 시를 모티브로 한 'The Sea and The Bells'[1]일 것이다. 젖은
네 번째 계단, 혹은 다섯 번째 계단 밑으로는 '거위 깃털 푹신한 바다'
이다. 여기에서 화자가 말을 건네는 '내 꼬마 친구'가 실재 타인인지 아
니면 화자의 분신 혹은 먼 기억 속에서 불려 나온 어린 시절의 화자인

---

1   이 시에서는 뮤직 포 에곤 실레라는 레이첼스의 음반이 명시되어 있지만, 이 시의
    정황은 네루다의 시모음집 *The Sea and The Bells* 의 표지 그림을 연상케 하기 때문
    이다.

지는 분명하지 않다. 그러나 이 '타자' 혹은 분신, 그리고 4연에 '당신'으로 확장되는 이인칭과 나는 '죽음'에 대해 상반된 태도를 지니고 있다. '발 밑을 조심할 필요 없지 팔목을 줘봐 동맥은 어렵겠어' 혹은 '전에도 말했지만 나는 정했고'라는 말을 통해 알 수 있듯, 화자는 이미 오래 전부터 기꺼이 죽음을 결정했지만 '당신'은 '갈등'하고 있는 존재이다. 아마도, '목소리가 똑같으면 끝이에요' '내가 당신으로 보이는 거겠죠'라는 시어를 통해 이인칭은 타인이 아니라 기억 속의 어린 화자이거나 죽음을 두려워하는 또다른 화자의 분신으로 보는 것이 타당할 듯하다. 어쨌든 죽음에 대한 모종의 결단 앞에 있는 화자는 과거의 어떤 기억들, '신원을 알 수 없는 엄마' '뚱뚱한 의사' '적재장' 등의 불길한 장면들을 떠올리고 있다. 그리고 그 장면은 현상되지 않는 사진처럼 어둡고 불길하다. 이 현상되지 않은 사진, 그리고 신원을 알 수 없는 엄마, 의사, 컴컴한 밤바다와 같은 파편적이고 불길한 이미지들은 이 시의 가장 중요한 시적 모티브라 할 수 있는 레이첼스 음악을 통해 통합된다. 이 음악적 선율을 통해 이 시가 의도하는 것은 어떤 메시지의 전언이나 삶의 의미가 아니라 일종의 어떤 심리적 정황이라고 할 수 있다. 즉 레이첼스의 음악처럼 극도로 음울하고 불안하지만 그러나 매혹적인 어떠한 감성. 그것은 음반 재킷의 에곤 실레의 터치처럼 매우 거칠고 비틀려있지만 감춰진 무의식의 심층을 강렬하게 감광하는 영혼의 음화이다. 또한 그것은 '시작' 혹은 '끝'이라는 명료한 지점들 사이를 끊임없이 오갈 뿐 표상되지 않는 어떤 것이다. '재현'되거나 '진짜로 밝혀지면 시작되는' 혹은 강력한 혼동을 상징하는 드럼 비트보다 분명한 바이올린 선율이 '왜 좋은지 알면 끝'인 어떤 것, '있으면 끝'인 어떤 것. 하여 그것은 'Third Eye'라는 시의 제목처럼 존재하지 않는, 기괴하고 불길한 무엇, 그러나 외면할 수도 없는, 분명 내 안에 존재하는 어떠한 실재인 것이다. 그런데 기이한 것은, 그 시작, 끝, 빛, 재현 등을 표상하는 수면 밑에서 규칙적으로 파동하는 어두운 감성 속에서 시적 화자가 '신이 난다'는 것, 그 안에서 오히려 기이한 평온함을 느낀다는 것이다. 결국 이 시는 극도의 공포감과 불안을 표출하고 있는 李箱의 「오감도」처럼, 언술되거나 표상될 수 없는 무의식의 심층에 있는 어떠한 감성을 비논리적인 시어를 통해 전달하고 있으며, 이 네거티브한 음화는 매우 불온하고 위험함에도 불구하고 시적 화자의 양가감정처럼 묘한 매력을 발산한다는 것이다.

어두운 감수성의 시적 형상화에 대해 말하자면, 그것은 이미 1990년대 이후 우리의 시단 뿐 아니라 주요한 문학적 흐름의 한 갈래를 이루었다고 할 수 있다. 기형도 이후, 그 음울하고 우울한 정서는 더 이상 새로울 것도 없이 이제 우리 시에서 안전하게 영토를 확장하고 있지 않는가. 더 이상 위반이거나 일탈이 될 수 없을 정도로 극단의 상상력으로 미만한 이 시단에 김이듬의 감성쯤이야. 그러나, 그렇기 때문에 김이듬의 시가 보여주는 '감성 지도'를 눈여겨볼 필요가 있다. '기껏 만든 죽음의 행위전이 팸플릿'부터 이미 '진부'(「비슷하거나 아예 똑같을 것을─금요일의 갤러리를 지나,」)해져버릴 수밖에 없는 이 탈주의 시대에, 김이듬은 '자신'의 각도로 이 굳어져 버린 일탈의 문법 혹은 관습화된 감성을 가로지르려 하기 때문이다. 이 그 가로지름의 방식은, 어떤 단명한 메니페스토(Manifesto)의 철저한 실천이 아니라, 모든 시적 강령과 지침들을 망각하는 것이다. 부정이 아니라 '망각'이라 했거니와 이 또한 그의 시가 의식적인 '전복' 혹은 '탈주'가 아닌 것과 같은 이치이다. "아까 심각하게 말한 시론이니 세계관이니 구려요 정말 / 초지일관 하지 말아요"(「로시니 혹은 누가 누구와 자는가 하는 사소한 문제─음악을 하는 시인에게」)라고 직접 시에서 언급한바 같이 그녀는 가능한 한 어떠한 이치에 대한 깨달음도 이론의 무장도 없이 "여행만 해라 깨우치지 마라"(「후이족의 아내와 양의 끊어진 인터뷰」)고 스스로에게 다짐한다.

그리하여 그녀의 시작법은 어떠한 지성도 동반하지 않고 늘 유동하는 감성에 두려움 없이 자신을 맡기는 일에서부터 출발한다. 그녀의 시가 이즈음의 시단에 두드러지는 여러 경향을 공유하고 있으면서도 — 예를 들면 섹슈얼리티, 엽기적 상상력, 환상, 동성애적 코드 등등 — 딱히 어느 한 경향으로 복속될 수 없는 것은, 오히려 그것들을 달고 달아남으로 인해 생기는 일종의 애매함의 미학 때문일 것이다. 그 달아남은 합장된 왕릉 뒤에서 누군가와 사랑을 나누며, "수천 년의 합장이 즐거운 거니? … … 옷을 벗으며 딴 생각을 하며 어떻게 한 사람만 사랑할 수 있을까"(「五銖錢」)라고 외치며 덧없는 사랑 놀음을 적극적으로 받아들이는 한 인간의 무모한 몸짓과도 같다. 그것은 매우 불안정하고 위험하여 늘 빈털터리가 될 수밖에 없는 것이지만, 그렇기 때문에 묘한 긴장감과 매력을 지닌다. 그녀의 시적 자의식은 이러한 위험한 놀이 속에서 공포 또는 비명이 아니라 어떻게 '유연한 불안' 혹은 '적당한 불안'을 즐기느냐 하는 문제에 맞닿아 있다고 할 수 있다. 가령 다음과 같은 시.

> 무너진 담장 위를 걸어간다 불안은
> 두 팔을 벌려 균형을 잡게 하고 연육교
> 난간에 올라서다가 포기가 현명한건가
> 묻게 하고 유연한 불안은 높다란 지붕
> 위에서 헤드폰을 끼고 허리를 흔들 수
> 있게 한다 적당한 불안이 어머니에게
> 안부를 묻고 적당한 불안이 위로가 된
> 다 끌고 갔다가 내버려두고 나에게 밟
> 혀지는 잔디밭의 사치스런 감촉의 불
> 안 어깨를 툭 부딪치고 가는 불안이 주

머니에 손을 꽂고 아무데서나 시동이

꺼지는 불안이 책을 읽는다 친밀한 불

안이 흡족하게 고깃덩어리를 쑤셔 넣

게 하고 초시계를 찬 불안이 용서하라

고 다그친다.

—「불안한 재미」 전문

유동하는 감성 속에 존재를 맡기는 것은 무너진 담장 위를 걷는 것처럼 아슬아슬한 불안감을 주지만, 그 불안은 존재로 하여금 두 팔을 벌려 균형을 잡게도 하고, 어떠한 사태에 대해 문제 의식을 갖게 하고 책을 읽게도 하며, 심지어 타인과 자신에 대한 관용을 일깨우고 때론 영혼의 위로가 될 만큼 길들여지기도 하는 것이다. 따라서 불안은 일소해야할 '나쁜 감성'이 아니라 시 혹은 삶이 타성화되지 않을 수 있는 일종의 자정역할을 감당하게 되는 것이다. 그녀는 이렇듯 '불안의 감수성'을 창작 방법론으로 무장하면서 스스로 "기우뚱하게 견디는 방식"(「시소」)을 택한다. 그것은 "불리하게 비사교적"이며, "미숙"하고 때론 "전력으로 치우는 불균형"으로 인해 존재를 "구석으로 몰리게" 하지만 균형에 익숙할 때 차라리 "연약한 폐를 폐기"하겠노라고 선언할 만큼, 그녀의 시에 있어서는 매우 중대한 윤리가 된다. "고분고분하지 않는 중심" 위에서 "끽끽 소리를 내며 흔들리는 것", 혹은 현기증 나는 흔들림 속에서 스스로 "낙법을 터득"하는 것이야말로 '詩'이고 '예술'이라고 생각하는 것이다.(「시소」)

유동하는 감성 속에서 시를 쓰기 위해서는 선험적이며 확정적인 어떤 이론이나 삶의 이치를 '모르는' 상태에서 매순간 직접적인 감각에 충실해야하며, 동시에 이미 육화되어 관습화되어버린 감각의 기억을 꺼내어 끊임없이 털어내는 작업도 병행해야 한다. 「언니네 이발소」에서 보여주는 다음과 같은 발상은 이러한 감성 훈련에 대한 일종의 메타포이다.

> 내리막길에서 급정거를 한 건 순전히 한 사내 때문이었죠
> 흙먼지 뒤집어쓴 머리를 쑥 내밀며 막 땅 속에서 솟아오르는
> 죽순 같았어요 나는 도로 묻히려는 그 사내를 다독거려 백일
> 홍 가지에 약속을 걸어두고 맞은편 이발소로 데려 갔어요
> (…중략…)
> 의자에 누워있던 사내의 튀어나온 눈이 따가울까봐
> 나는 출렁이는 젖가슴으로 닦아냈지요
> (…중략…)
> 나의 기억에 반쯤 묻힌 당신을 꺼내
> 하루에도 몇 번씩 닦아드려요
>
> ― 「언니네 이발소」 부분

'흙먼지 뒤집어쓴' 사내의 머리는 일종의 각질화된 감각과 기억을 의미한다. 이발소로 데려가 그 사내의 머리를 닦아내는 저 에로틱한 광경은, 감각의 기억들을 새롭게 하는데 쏟는 시인의 진지한 애정에 대한 감각적 표출이라고 볼 수 있다. 이러한 감성 훈련은 위와 같이 신선한 즐거움을 선사하기도 하지만, 때론 폭력에 가까운 자기 질책과 고통을 동반하기도 하는 것이다. 예를 들어 「거리의 기타리스트」와 같은 시에는 이러한 곤혹스러움이 잘 드러나 있다.

> 길거리의 여자는 기타를 껴안고 있다 젖통을 밀어 넣을 기
> 세다 어떻게든 기타를 울려 구걸해야 한다 비가 오기 시작하
> 면 더 조급해진다 기타의 성기는 소리이므로 딸을 걷어차기

시작한다

착지가 서툰 빗줄기는 보도블럭에 닿자마자 발목을 부러뜨
렸다 비가 지하도를 기어간다 질질 끌려간다 난폭한 여자의
팔에 기타가 매달려 있다 걸을 수 없는 조건을 가졌다
담배를 물려다 말고 여자가 소리를 만지작거린다 기타는 여
자를 경멸하므로 여자를 허용한다 자라지도 않고 떨림도 없는
기타의 성기에는 매듭과 줄이 있다

(…중략…)

기타리스트는 딸을 안고 있다 다시 보면 기타가 여자를 껴
안고 있는 자세다 기타는 기타리스트의 목을 조르고 있다 죽
을까 말까 망설이느라 성장을 못한 딸의 손목이다
잔느 이브릴의 어머니는 딸에게 매춘을 강요했으며 기타처
럼 모성이란 다양한 것이다 여자는 얼떨결에 기타를 갖게 되
었다 여자는 기타를 동반하여 계단을 굴러가고 난간을 넘어가
세상을 추락한다 놀랍게도 어떤 모성은 잔인한 과대망상이다
기타는 기타케이스 안으로 기타리스트를 밀어넣는다

—「거리의 기타리스트」 부분

위의 시는 이 시집 해설에서 지적된 바 있듯, 지하도에서 아기를 기
타처럼 안고 앵벌이하는 엄마의 모습을 통해 시쓰기에 대한 시인의
고통을 표출하고 있다. '기타'로 비유되는 아기는 일종의 예민하고 미
성숙한 시인의 감성을 의미하며 조급한 엄마(시인)의 강요에 의해 소
리를 내야한다. 그러나 강요와 강박에 의한 노래는 매춘과 다를 바 없
음을, 또한 이 강박적 글쓰기에 의해 때론 '감수성의 통제'가 아니라
역설적으로, 미숙하고 죽음에 가까운 감성에 의해 주체가 사라질 수
도 있음을 보여주고 있는 것이다.

'불안'은 고정된 한 지점에 머물지 않겠다는 김이듬 시인의 창작 태도이기도 하지만, 사물과 풍경을 보는 시적 화자의 시선에 새겨진 독특한 감수성이기도 하다. 시가 감수성으로 흘러넘치는 하나의 '음악' 그 자체이기를 소망할 때의 김이듬의 시는, 최소한의 언어 문법을 저버린 채 비문과 불가해한 기표들이 난립하여 만든 일종의 추상적인 '리듬'이기 쉽다. 예를 들면 "습관성 유산에는 정확한 분석이 필요한데 당신의 할머니처럼 다산성의 별보배조개 체질도 아니고 당신 어머니 같이 들큰한 애액을 분비하고 까무라치는 가무락조개 성질도 닮지 못했으니……"(「조개껍데기 가면을 쓴 주치의의 답변」)이나 혹은 "바비캐슬에서는 자정부터 줄타기 곡예를 한다 뚱뚱한 사내가 투명한 쇠줄에 매달려 트랙을 돌았다 천장에 붙은 전구가 박살났다 원숭이처럼 울었다 눈두덩이 뻘건 여자가 금속 의자에 누워 죽어가는 연인에게 한번 해보라고 따귀를 갈겼다"(「회피성 중독」)에서 보는 것처럼 시어는 하나의 통합적인 의미망을 위해 구축되는 것이 아니라, 불길하고 기분 나쁜 최소한의 의미를 음표처럼 매단 채, 드럼 비트처럼 빠르게 혹은 느리게 박동한다. 이럴 경우 김이듬의 시는 불길한 장면을 연상케 하는 하나의 이미지(선율)와 이것을 모티브로 한 반복적 리듬(비트)으로 구성된다. 그러나 보다 많은 경우, 즉 시의 본령에 가까운, 이미지와 풍경으로서 제출되는 시의 경우에는 이 강박적인 리듬은 약화되고 불안의 정조가 비교적 선명한 밑그림으로 남는다. 예를 들어 비교적 단정하고 정돈된 언어 형식에 의해 제출되는 다음과 같은 그림들.

　　분이 다 풀릴 때까지 전처 딸을 팬 횟집 여자가 하품을 하며
　　손질을 한다. 바다는 전복 속을 뒤집어 놓고 입 큰 물고기의 딸꾹
　　질로 연신 출렁댄다. 푸른 등을 돌린 다랑어 내장같이 우린 칼
　　등으로 서로를 기억의 도마 밖으로 쓸어내고 싶은 거다. 자주

발라먹은 속살에 질려 산중턱을 떠가는 흰 배 곤추선 닻을 본
다. 이름 난 여행지가 대부분 그러하듯 실망스러운 벗은 몸을
보여주고 버려온 파혼을 감행하기 좋은 모래바람이 분다.

—「정동진 횟집」 전문

베란다 이불을 털다 소녀가 떨어진다 무거운 수염들과 단
단한 골격의 냄새가 묻은 이불을 털다 한 여자가 떨어져버린
저녁, 피가 번지는 잿빛 구름 속으로 타조 한 마리 날아가는 지
방 뉴스가 방영되고 기차를 타고 가던 그들도 앞부분이 무거
운 문장의 자막을 읽게 될 것이다

순간이다 얼룩 큰일이다 이불을 뒤집어쓰면서 추위는
시작된다 냄새 나고 화끈거린다 두근두근 한다 몰래 홑청을
바꾸고 펴놓았다 개킨다 올리다가 다시 내린다 이불 속 깃털
을 뽑는다 큰 타조의 날개는 사라지고 발간 민머리 누더기, 이
상한 얼룩이 묻은 이불은 논리가 없다 귀찮아 걷어찼다가 다
시 껴안는다 제대로 꿰매지지 않는 기억은 비벼댈수록 스며들
고 씻을수록 번져간다 어느새 늙고 추악한 소녀를 돌돌 말고 있다

—「별 모양의 얼룩」 부분

첫 번째 그림은 얼핏 보면 안온하게 펼쳐진 바다 풍경이다. 그러나
이 지루한 풍경을 자세히 들여다보면 어떠한 불길함과 균열이 내장되
어 있다. 균열은 '전처 딸을 팬 횟집 여자' '전복 속을 뒤집어 놓은' '칼
등으로 서로를 기억의 도마 밖으로' '흰 배 곤추선 닻', '버려온 파혼'과
같은 불길한 내력을 지닌 시어들에 의해 삐죽하게 드러나지만, 보다
더 정갈하고 차분한 어조 속에 파묻혀 이름난 휴양지의 바다의 그것

처럼 봉합되고 만다. 두 번째 그림 또한 정돈된 시어에 의해 고즈넉한 석양 풍경처럼 펼쳐져 있지만, 어느 순간 노을은 죽음과 폭력, 혹은 불길한 사건을 담은 핏빛으로 변질되고 만다. 그리고 그 불길함은 '무거운 문장', '얼룩' 그리고 이불과 함께 간단하게 털려버린 어린 소녀와 같이, 절제된 묘사와 함축적인 언어들로 인해 축소되고 은폐됨으로써 읽는 이에게 더욱 효과적으로 전염되는 것이다.

그렇다면 왜 불안인가. 왜 이 시인은 그 수많은 감성 중에 유독 '영혼을 잠식하는' 불안과 '나쁜 예감'에 사로잡힐까. 이를 쉽게 정신분석학을 좇아 출생으로 인한 외상이나 리비도의 경제적 분출로 규명하지는 말자. 다만, 불안에 경도된 시적 화자가 더듬는 어떠한 개인적 내력과 기원에 대해서만 조금만 언급하기로 한다. 이 글에서 언급되지 않은 김이듬의 많은 시들은 불행한 기억을 퍼즐처럼 조심스럽게 직조하는 데 바쳐진다. 예를 들어 「청춘이라는 폐허 2」에서 다음과 같이 추억되는 유년의 흔적들.

날 안고 재워주던 기계의 맥박 소리는 달콤했습니다
초콜릿 공장은 아니었습니다
알록달록한 플라스틱 원료 포대에 기어 들어가
달착지근한 책을 읽다 잠들면 옥상으로 옮겨졌습니다
(…중략…)
공장장 아저씨가 나를 발이 닿지 않는 선반에 올려두고 외
출증을 끊어갑니다 치마에 피가 묻었습니다
플라스틱은 녹아 흐르고 쇳덩이들이 뜨거워졌습니다
처음으로 공장집이 따뜻해지자 사라졌습니다
착한 새엄마가 불을 냈을 리 없습니다

—「청춘이라는 폐허 2」 부분

기계 소리가 가득한 공장이 불행의 핵심일 수는 없다. 그러나 슬리퍼 공장은 이 시집에서 대개 시적 화자의 유년 시절의 배경으로 등장하며, 화재 혹은 그 밖에 불미한 어떤 사건이 발생했던 공간으로 그려진다. 또한 공장과 더불어 가족의 구성원인 어머니는 나의 '덜미를 잡는'(「덜미 잡고 놀자」) 약점이거나 '어머니라는 호칭을 강요하는 새엄마'(「뒤주 속의 아리아」)로 등장하고 할머니의 죽음은 수제비집과 더불어 시인의 비감어린 어조 속에 애도된다(「밀가루 반죽은 나비처럼」). 이처럼 시적 화자의 불안의 내력은 유년 시절 겪은 가족의 불화 혹은 상실, 이로 인한 심리적 혼란 등에 맞닿아 있는 듯하다. (물론 이를 사실로 보거나 불안의 직접적인 원인으로 본다는 것은 저급한 발상이다) 그러나 중요한 것은, 시적 화자가 그것을 시 속에 들여온다는 것이고 이를 통해 그녀가 어떠한 감수성의 지층을 탐사하고 있다는 것이다. 그 감수성의 지층인 두려움 혹은 불안은, 사실 이 시인에게만 속한 것이 아니라 인간 모두에게 존재하는, 그러나 거부하고 싶은 그러한 종류의 감수성이다. 타고난 우울과 불안에 사로잡혀 일생을 보내고 그로 인해 『불안의 개념』이라는 저작을 남긴 철학자 쇠렌 키에르케고르에 의하면 '불안'은 일종의 인간의 '정신성'을 뜻한다. 짐승에게는 존재하지 않는 이 불안은 따라서 인간의 조건이며 문화의 표정이기도 하다. 평범한 우둔함만이 '불안'을 혼란이라고 주장한다.[2] 그러나 이 불안은 근본에 있어서는 일종의 '무(無)'에 대한 불안이다.[3] 그렇다는 의미에서 이 시인이 그려내는 불안의 어느 지점은 죽음과 밀접하게 맞닿아 있다. 위의 시 「Third Eye」에 나타나는 죽음에의 경향은 많은 시들에서 다양하게 드러나고 있다. 가령, '죽은 듯 살아가는 나의 일상'「구름 무늬 족좌」, '그들에게서 나는 백목의 귀신이 되었다' '나는 아마 그들 눈에 보이지

---

2   쇠렌 키에르케고르, 임규정 역, 『불안의 개념』, 한길사, 1999년, 162쪽.
3   위의 책, 159쪽.

않는 미세한 먼지'(「나는 내가 사라지는 것을 보았고」)에서와 같이 시적 화자는 실체없는 유령으로 그려지거나 혹은 '여름날의 난로'(「여름날 난로처럼 있다」), '분실물 보관소의 온갖 버려진 물품'(「분실물 보관소」), 혹은 '화물, 썩은 물 흐르는 컨테이너, 버려진 해외 입양아'(「물류 센터」) 등 여러 가지 폐기물과 사물로 변주되는 것이다.

이렇듯 죽음의 상상력에 잇닿아 있는 시적 화자의 감성은 삶과 죽음의 긴 스펙트럼 위를 주저하지 않고 유동하는 듯하다. 그러나 그 감성의 흐름은 고정되지 않은 모든 것들을 위해서 파동치는 것이 아니라 많은 부분 협소한 자아의 무의식적 지층 위에 머물러 있다. 이 시집의 해설에서 황현산이 '육체적 임상의 시쓰기, 즉 감각과 감수성의 시법이 자주 불감증에 시달릴 수' 있음을 지적했듯, 감수성 그 자체만을 응시하는 시의 문법은 그 의도에 반해 '자아'라는 자폐적 공간에 유폐될 수 있다. 가령 '현실에 발목 잡히지 않으려고 구름무늬 조좌에 발목을 얹은 채 들려다니는'(「구름무늬 족좌」) 시적 자아의 안간힘은 때로 그 본의와 상관없이 '구름에 관해서만 집중하는 옥상 위의 나무'(「나는 나무를 이해한다」)처럼 무변의 세계 속에 역설적으로 함몰되기 쉬운 것이다. 감성, 그리고 그것의 끊임없는 변화는 어떠한 실제적 계기 없이는 작동하지 않으며, 따라서 그 계기들을 회피했을 때, 시인의 유려한 감성의 목소리는 '실어증에 걸린 앰플리파이어'(「지하 스튜디오 고장난 앰플리파이어」)가 될 수도 있는 것이다. "공감적 반감이자 반감적 공감"[4]인 불안, 이 비합리적인 감성을 흥미롭게 탐사하고 있는 이 시인의 감성 작업이 끊임없이 새로워지기를 기대한다.

---

4   위의 책, 160쪽.

국경을 넘는 허기와 눈물에 대하여

하종오의 『국경 없는 공장』과 『아시아계 한국인들』

최근 몇 년간 한국문학은 탈근대, 탈주체, 탈국가, 탈민족 담론 등 다양한 경계를 허무는 상상력에 의해 추동되어왔다고 할 수 있다. 이 다양한 '탈'감각의 유행은 일차적으로 1990년대 이후 유입된 포스트모더니즘 담론에 기인한 바 크지만, 그러나 최근의 경향을 살펴보면 무차별한 '탈근대'의 담론으로 수렴할 수 없는 여러 층위가 복잡하게 얽혀있음을 알 수 있다. 즉, 이주 노동자 혹은 조선족 등으로 표상되는 디아스포라들의 현실문제에 관한 한 우리는, 생성과 운동을 지향하는 들뢰즈 식의 '유목적 주체'로 포괄하여 논의할 수 없는 고통스러운 지점이 있음을 고백할 수밖에 없다. 즉, '탈'에 관한 담론에 있어 이제 보편성과 동일성을 뚫는 힘, 즉 '차이와 타자'라는 형이상학적 테제나 당위성과는 별도로, '차이'들이 놓이는 그 현장과 이를 둘러싼 완강한 '필연성'의 실체에 대한 고찰이 긴급히 요구되는 것이다. 그것은 바로, 다문화주의로 대변되는 무형의 정신적 벡터가 아니라, 전 지구적 자본화에 의해 가속화되는 자본과 노동의 이동에 관한 것인 바, 이 글이 하종오의 두 권의 시집, 『국경 없는 공장』과 『한국계 아시아인들』(삶이 보이는 창, 2007)에 주목하는 것도 바로 이러한 연유에서이다.

1975년에 등단한 하종오는 첫 시집 『벼는 벼끼리 피는 피끼리』(1981)를 시작으로 『사월에서 오월로』(1984), 『넋은 넋이로다』(1986), 『분단동이 아비들하고 통일동이 아들들하고』(1986), 『꽃들은 우리를 봐서 편다』(1989), 『님 시편』(194), 『쥐똥나무 울타리』(1995), 『사물의 운명』(1997), 『님』(1999), 『무언가 찾아올 적엔』(1993) 등의 많은 시집을 간행한 바 있다. 초기 유장한 가락으로 민중과 민족의 현실을 형상화함으로써 대표적인 민족 시인으로 칭송받은 바 있는 그는, 이후에도 굿시 등의 형식실험과 더불어 분단현실과 사회모순 등을 시화함으로써 참여시편에서 시작활동을 해왔다고 할 수 있다. 한동안의 침묵 뒤에 펴낸 『사물의 운명』 『님 시편』 등을 통해 사유의 폭과 깊이를 거친 그는 '생태주의'에 관한 일련의 시들을 발표함으로써 또 한 차례의 변화를 보여주는 듯 했으나, 최근에 간행된 두 권의 시집을 보면 이러한 그의 변모가 그가 부단히 관심을 기울여온 '지금-여기'의 현실의 변화에 따른 결과임을 알 수 있다. 즉, 처음부터 지금까지 하종오는 자기 내면의 소란스러운 고뇌에 눈을 두기보다는 타자, 더 정확히는 고통 받는 소수자들의 목소리에 귀를 기울여온 시인이라고 할 수 있다.

연작시라고 할 수 있는 두 권의 시집 『국경 없는 공장』과 『아시아계 한국인들』에서 시인은 주로 한국 사회의 주류가 아닌 변두리의 외국인, 즉 '우리 안의 타자'를 다루고 있다. 『국경 없는 공장』에서는 주로 이주 노동자의 노동 현실을, 『아시아계 한국인들』에서는 국제결혼을 통해 가족과 마을 공동체의 일원으로, 더 나아가 한국인으로 살아가는 외국인 여성들의 삶의 애환을 그리고 있다.

우선 『국경 없는 공장』에서 그리고 있는 이주 노동자의 현실이란,

노동시장의 급격한 변화에도 불구하고 여전히 차별적인 각종 규제를 통해 이들을 시스템의 바깥으로 내모는 모순에 찬 현실이다. 더러 매체를 통해 접할 수 있는 이들의 현실은 하종오의 시편을 통해 구체적인 형상을 입게 되는데, 이렇듯 이들의 열악한 노동현실과 고통을 구체적으로 보여주는, 이른바 '고발과 증언'의 시편들은 이 시집의 밑그림으로 자리한다. 그러나 그것은 요란스런 보도 선점이나 배타적인 시각이 중첩된 매체와 달리, 그들의 삶의 현장의 한복판에 서 있는 시인의 눈길에 의해 미시적인 삶의 결로 형상화된다.

> 사나운 개가 공장 문 앞에 매여 있어서
> 공장장이 목줄을 잡아주어야
> 동남아인 노동자들이 출입했는데
> 한낮에 개가 사라졌다
> 그 날 저녁
> 공장장이 몽둥이 들고 공장 문 앞에 서 있다가
> 시간 되자마자 퇴근하는 필리피노 하나
> 다음 퇴근하는 스리랑칸 하나
> 그 다음 퇴근하는 타이랜더 하나
> 개 잡아먹으러 빨리 간다고 두들겨 팼다
>
> 그 이튿날 아침
> 공장장이 몽둥이 들고 공장 문 앞에 서 있다가
> 시간 지나서 출근하는 필리피노 하나
> 다음 출근하는 스리랑칸 하나
> 그 다음 출근하는 타이랜더 하나
> 개 잡아먹고 늦게 나온다고 두들겨 팼다

한낮에 고급승용차 타고 온 사장이

이쑤시개로 이빨 쑤시고 쩝쩝거리며

사나운 강아지 한 마리 내려놓으니

공장장이 달려와 목줄 잡아당겨

공장 문 앞에 매어 놓았다

둘이 짖어대는 강아지 보며 씨익 웃었다

—「초복」 전문

　　위 시에서 사라진 '개'의 행방에 대해 공장장은 무조건적으로 외국인 노동자들을 의심한다. 그 의심의 근거란 바로 공장장의 동남아시인들에 대한 '배타적이고 차별적인 편견'이며, 더불어 한 여름 초복에는 '개고기'로 보신하고 싶어 하는 민족적인 습성이다. 타자에 대한 차별과 오해는 '我' 민족으로 표상되는 배타적인 민족주의에서 기원하는 바, 이러한 파시즘적인 '나' 혹은 '우리'의 의식이 노동구조 뿐 아니라 일상에까지 침투하고 있음을 위 시는 보여주고 있다. 하종오는 위 시에서처럼 이주 노동자의 고통스러운 현실이 자본가 / 노동자로 대립되는 경제구조는 물론 인종, 국가 등의 차별 의식에 의해 중첩되어 있음을, 그리고 그 중첩이 그들 일상의 다양한 층위로 확산된다는 것을 여러 편의 시를 통해 보여준다. 예를 들어, "한국인 노동자들에게는 다달이 꼬박꼬박 다주고 / 동남아인 노동자들에게는 다달이 절반씩 미루면서 / 한국인 노동자들은 처자식에 부모 있고 / 동남아인 노동자들은 혼자이기 때문이라고 씨부렁거렸다"(「체불」)에서는 경제적인 차별을, '공장장에게 소와 개입보다 더 끔찍한 강제 키스를 당하는 네팔처녀'(「위험한 키스」)를 통해 성적 폭력을, '머리를 소중히 여기지만, 공장장으로부터 걸핏하면 머리를 얻어맞는 네팔리'(「머리」)를 통해 종교적·문화적 차별을, "각목에 박힌 못에 발바닥 찔리고도 / 불법체류자라서 내버려두었다가 / 파상풍에 걸려 죽기 전에 / 외국인노동자 병원"(「귀환」)을 찾아온 우즈베키스탄 청년과 퇴원했음에도 불구하고 '강제추방 대상자가 되어 단속반에 쫓겨 레일 위로 뛰어든 방글라데시 남자'(「불귀」)를 통해 육체의 차별을, 그리고 "인도네시안 부부는 불법 체류자 / 한국에서 낳은 자식도 인도네시안 / 아들은 그래서 불법체류자"(「대물림」)를 통해 대물림되는 국적 차별을 그리고 있는 것이다. 즉, 시인은 경제적 차별과 민족적 · 인종적 배타의식이 추상적인 차원에서가 아니라 구체적인 현실에서 어떻게 폭력으로 작용하고 있는지를 보여주고 있는 것이다.

그렇다면 '몽둥이에 맞아 쇄골이 부러지고, 화공약품에 노출되어 손등이 푸르스름해지고, 중금속에 중독되어 얼굴이 붓는'(「무료 진료」)이 끔찍한 곳에, '언제 단속반이 들이닥칠지 몰라 외식조차 제대로 하지 못하는'(「외식」) 이 휴식 없는 고단한 땅에 이들은 왜 올 수 밖에 없으며, 왜 온갖 차별과 편견을 견딜 수밖에 없는가? 여기에 대한 답은 너무도 간명하다. 이들이 이 험난한 국경을 넘어 그 다양한 수모를 겪는 것은 단일 국가민족 혹은 주류 문화 등의 동일성에 구멍을 내기 위해서가 아니라, '먹고 살기 위해서'이다. 즉, 그들은 '유목적 주체'라는 탈근대적 전사가 아니라, 전 지구적 자본주의적 라는 탈근대적 삶의 희생자인 것이다.

'궁핍과 허기'로 요약되는 이들 월경의 동기를 상기해 볼 때, 이들의 현실이 '환대와 배려'에 바탕 한 윤리적 차원 이전의 문제임을 드러내는 바, 이들에 대한 논의가 '문화적 혼종성'이라는 다양성보다는, 차이를 생성하는 바로 그 '동일성의 논리'의 차원에서 우선되어야하는 이유이기도 하다. "타자와 그 '인정'에 대한 모든 윤리적 강론은 완전하게 그리고 단순하게 폐기 처분되어야 한다. 왜냐하면 진짜 어려운 문제는 오히려 동일성의 인정이라는 문제이기 때문이다"[1]라는 바디우의 말이 유의미해지는 것은 바로 이러한 지점에서이다. '타자에 대한 인정과 무한한 양성'에 대한 윤리적 존중, 그것은 '어쩌면' 가능하다. 그러나 그 타자가 '나'의 직장 혹은 '나'의 거주지에 들어올 때는 얘기가 달라진다. 그것은 여성들에게 자동차 문을 열어주거나 여성 흡연자들에게 관대할 수는 있지만 '여성 할당제' 문제에 있어서는 핏대를 올리는 남성들과 흡사하다. 누구나 '나'의 영토와 무관한 '타인'에게는 관대할 수 있다. 그리고 '문화'란 바로 그런 것이다. 인간으로 하여금, 누구나 염원하는 우아하고 세련된 표정을 내려놓고 얼굴 붉히게 하는 것은, '나와 너'의 문화적 차이가 아니라 동일한 '밥그릇'을 놓고 나의 허기와 너의 허기가 싸울 때이다. 그리고 이 '허기'를 둘러싼 여러 가지 힘들의 투쟁이 사회구조를 구성하고 여기에서 우리의 의식과 태도, 감수성도 비롯된다고 말한 이는 이미 이 시대 '유령'이 된, 오래전 자신의 운명에 대해 예견했던 그 선각자였던가.

국경을 넘는 것은, 이데올로기도 종교도 문화도 최첨단 기술도 아니다. 이들은 스스로 국경을 넘지 못한다. 이들을 움직이게 만든 것은 '허기'의 시대적 표상이라고 할 수 있는 '자본'이라는 엔진에 의해서이다. 다음의 시는 이를 다음과 같이 적확하게 묘사하고 있다.

> 전쟁을 기억하지 못한다, 베트남 청년은
> 참전한 한국군인을 본 적 없다
> 아버지가 젊었을 적에
> 총을 들었는지는 더욱 모른다
> 하지만 모두 죽이고 죽어야 할 이유가 있었다면
> 모두 살아남아야 하는 이유도 있었을 것이고
> 그 이유 두 가지를

---

1   알랭 바디우, 이종영 역, 『윤리학 ─ 악에 관한 에세이』, 동문선, 2001, 41쪽.

베트남 청년은 한국에 와서 한 가지로 알았다

다같이 잘 살기 위해 서로 싸웠다고 하더라도

자신들이 죽지 않기 위해 남들을 죽였다면

어느 한 편이 나쁘다

하지만 지금은 시장에서 살아남아서

돈을 모아 아버지한테 돌아가기 위해

베트남 청년은 그 점을 전혀 생각하지 않는다

오래된 전장에서 살아남아서

돈을 모아 아버지한테 돌아오기 위해

한국군인이 그 점을 전혀 생각하지 않았듯이

조국에서 가난하면

타국에서도 가난해서

베트남 청년이 넘을 수 없는 국경은

전쟁으로 이룬 나라에 있지 않고

돈으로 이룬 나라에 있다고 믿고 싶었다

늘 배가 고팠던 베트남 청년은

—「국경」 전문

위 시에서 베트남 청년의 화자가 언표하고 있듯, 한국과 베트남의 전사나 이데올로기의 대립, 혹은 거기에서 터득한 어떠한 윤리도 지금의 이 삶의 전장에서 아무런 의미도 지니지 못한다. "자신들이 죽지 않기 위해 남을 죽였다면" 문제시되는 죄책감이 무의미해지는 것은, 이 땅 위에서 '돈'만이 유일한 현실이자 국경이기 때문이다. '늘 배가 고팠던 청년'이 넘고자 했던 것은 결국 국가 경계선이 아니라 '가난'이었으며, 때문에 여전히 그는 '국경'을 '넘은 것이 아니다.'

국제결혼을 통해 다인종 가족을 이루고 살아가는 공동체를 그리고 있는 '코시안리(Kosian里)'(『아시아계 한국인들』)의 시편들도 마찬가지이다. 단일 민족, 국가란 상상의 공동체에 불과하다는 베네딕트 앤더슨의 말을 입증이라고 하듯, 이 시편들에서 시인은 타이, 베트남, 필리핀, 조선족 등 아시아 각국에서 온 처자들이 한국인 부부와 다를 바없이 가정을 꾸리고 살아가는 모습을 담고 있다. 그러나 이들의 단란한 모습 저편에는 애초 이들의 월경을 가능케 한 자본의 논리가 여전히 음험하게 살아있음을 시인은 말하고 있다. 이들 다인종, 다문화 공동체는 "아이들 속에서 피부색 다른 한 아이가 섞여서"(「분수」) 무지개처럼 빛나기도 하지만, "여자가 러시아로 출국하며 계산해보니 한 밑천 벌었다 / 남자가 한국에 홀로 남아서 계산해보니 한 살림 날렸다"(「팔등신」)에서처럼 손익을 계산하는 이들이나 "사랑하지도 않는 한국 남자한테서 / 자식 받아 낳을 순 없어 / 시집와서 도망"(「코시안리: 26」)친 조선족 여자, 혹은 "강간하지 말아욧!", "부부관계 안 하려면 결혼 왜 했냐!"(「코시안리: 24」)라고 소리치며 싸우는 부부들의 모습을 통해, 이들 가정에 균열을 일으키는 것 또한 결합의 강력한 동기였던 자본임을 참담하게 그리고 있는 것이다.

그러나 시인이 힘주어 그리고 있는 것은 차별과 편견으로 이루어진 현실이나 반목이 아니다. 이주 노동자와 코시안들을 형상화하고 있는 하종오의 시편에서 보다 중요한 것은, 이전의 시에서도 그래왔듯, 그럼에도 불구하고 이를 뛰어넘어 어우러지는 '더불어 사는 삶'과 민중의 건강한 생명력이다. 서로 다른 나라에서 온 이들은 서로 엉겨 싸우다가도 공동의 적을 상징하는 '사이렌'이 울리자 "언제 싸웠냐는 듯이 벌떡 일어나" 서로의 옷을 털어주기도 하고,(「패싸움」), '만국 공통어인 음악을 통해 서로 하나가 되기도' 한다.(「4인조 밴드」) 시인은 다양한 국적의 이들에게 "말을 하고 듣기보다 돈을 주고받으면 / 더 빨리 통한다는 걸"(「불통」) 알지만, 말, 혹은 돈보다 이들을 더 강력하게 소통과 연대의 길로 이끄는 것이 무엇인지도 알고 있다. 아이러니하게도 그 것은 타자들과의 반목의 그 원인이 된, 바로 그 '허기'이다. 이주 노동 자들이 순대국밥을 먹는 모습을 보면서 시인 화자가 "이슬람교도도 먹지 않는다고 했던가 / 힌두교도 먹지 않는다고 했던가 / 내가 잘못 알고 있는가 / 어떤 율법도 허기를 나무라진 못할 것이다"(「점심」)라고 되뇌이는 데서 알 수 있듯, 이들이 국적과 이데올로기, 종교, 관습을 뛰어넘어 하나가 될 수 있는 것은 순대국밥을 먹는, 바로 그 공통의 '허기'인 것이다. 하여 그들은 다음과 같이 그 허기를 함께 나누면서 하나가 된다.

> 체육대회 하는 동남아 노동자들이
> 운동장 가 백양나무들 아래 자리 펴고 앉아
> 점심을 맛있게 먹었다
> 모국에선 늘 배가 고팠으므로 한국에서 식사할 때
> 비에트너미는 천천히 먹고 필리피노는 빨리 먹고
> 네팔리는 한번에 많이 먹고 타이랜더는 한번 더 먹고
> 미얀마리스는 골고루 먹고 스리랑칸은 편식했다
> (…중략…)
> 이렇게 모여 놀고 함께 끼니 들며
> 나어린 어머니들은 갓난아기들에게 우유를 먹이고
> 나든 어머니들은 어린 아이들에게 김밥을 먹였다
> 혼자서 먹으면서도 여럿이 먹는 성찬이었다
> 백양나무들이 운동장 가운데로 그늘을 넓게 퍼뜨렸다
>
> —「야외 공동식사」 부분

    공동 식사를 하면서 보여준 이들의 연대를 일종의 '밥상 공동체'라

고 할 수 있을 것이다. 이 '밥상 공동체'는 하종오가 이 두 권의 시집에서 가장 따뜻하고 화해롭게 그리고 있는 연대의 모습인 바, '슈퍼마켓 앞마당 비치파라솔 아래 원탁의 테이블'(「원탁」) 주위로 둥글게 모여 앉은 이주노동자들이나 농촌의 코시안들이 "쌀밥을 주걱으로 푸면"서 즐거워하는 모습으로 변주된다. 서로 다른 국적의 이주노동자들, 그리고 '그들과 한국인'은 이렇듯 '허기'를 채우는 즐거운 '밥상 공동체'로 하나가 되기도 하지만, '고통'과 '슬픔'을 매개로 연대하기도 한다. 하종오가 이 두 권의 시집에서 외국인 노동자 / 한국인 자본가의 대립만을 강조하지 않고 이분법적 구도를 허물어 상투적인 구호와 시각에서 벗어날 수 있었던 것은 바로 개별자로서로의 그들의 모습에 주목했기 때문이다. 개별자로서의 '우리와 그들'은 본질적인 자본가도 아니고, 피착취자도 아니다. 낱낱이 보자면 그들은 비루한 공장주, 망해먹은 자본가, 약아빠진 노동자, 뻔뻔스런 외국인일 수 있는 것이다. '단속반을 피하려고 창문을 뛰어넘다 다친 네팔리의 치료비를 위해, 늙은 장모를 대신 재봉틀 앞에 앉혀야 하는 영세한 봉제 공장의 공장주'(「단속」)나 '퇴직금을 받아 날염 하청공장 차린 지 삼년도 채 안되어 망해버린 자본가'(「국경 없는 공장」), '망한 사장에게 체불 임금을 요구하는 미얀마 청년'(「국경 없는 공장」), '손님이 많아지는 철에 갑자기 식당을 그만 둔 동남아 여종업원'(「몸값」) 등등 구체적인 실상에서 그들은 그들을 호명하는 그 추상적 도식으로부터 조금씩 빗겨선 개별자들이다. 그러나 이러한 개별적인 차이에도 불구하고 그들을 '동일성'으로 묶는 가장 강력한 끈은, 현행법과 제도가 이러저러하게 보편과 평균의 이름으로 호명하는 다수자가 아니라 약소자로서의 정체성이다. 실업과 빈곤, 소외와 육체적 고통 등을 통해 이들은 자본의 배타적인 힘을 넘어 공명하게 된다. '서랍공장 하는 친구에게 친지의 취직을 부탁하러 갔다가 동남아 노동자들과 마주친 화자가 갖는 동류의식'(「실업자들」)

이나 '퇴근길 지하철 유리창에 비친 자신의 모습을 보고 몽골인, 베트남인, 타이인을 떠올리면서 느끼는 일체감'(「저녁시간」)이 그렇거니와, 무엇보다도 육체적 고통에 바탕 한 연대는 '외국인 노동자병원 시편'에서 가장 핍진하게 그려진다.

> 폐암 말기 진단 받은 콩고 청년
> 왼쪽손목 인대 수술 받은 우즈베키스탄 청년
> 오른쪽손목 절단 수술 받은 네팔 청년
> 침대 위에서 창을 향해 앉았다
> 피부색이 다르고 골격이 다른 세 청년
> 언어도 달라 감정을 터놓지 못하는 세 청년
> 멀리 공단지역 흐린 하늘을 바라보았다
> (…중략…)
> 회진 온 늙은 한국인 의사 선생님에게
> 서툰 한국어로 더듬더듬 똑같은 말을 했을 때에야
> 세 청년은 서로의 심정을 비로소 알았다
> 언 제 나 아 요? 취 직 해 야 추 방 안 당 해 요.
>
> —「세 청년」 부분

인종과 국적, 언어, 계급을 구분하지 않는 육체적 아픔을 통해 이들은 서로를 이해하고 교감하고, 비로소 공통된 언어로 하나의 염원을 '발성'하게 된다. (한국인)의사 / 환자 구도가 한국인 착취자 / 외국인 노동자의 이분법을 흩뜨려 놓듯, 경계를 흘러넘치는 연민은 자본의 논리가 아니라 경계 없는 자연의 이치와 아름다움이라는 무용한, 감성의 논리를 좇는다. "제 조국이 더 잘산다고 우기다가" 홧김에 다투다가 팔다리를 다친 두 외국인 노동자가 병상에 나란히 누워 "네팔의 산봉우리들이 아름답겠다, 고", "필리핀의 섬들이 아름답겠다고, 고" 서로의 꿈을 그리는 장면에서, 미의 언어는 자연의 언어처럼 경계를 흘러넘쳐 서로에게 가닿는 위대한 힘이 된다. "두 인도네시안은 한참동안 서 있었다 / 저렇게 아름다운 / 잎사귀들을 기꺼이 놓아버리는 / 나무들이 자라는 땅에서 / 자신들이 홀대받는다는 게 믿어지지 않는다는 듯이"에서 그리고 있는 것처럼, 착취와 탐욕이 얽힌 현실 논리가 작동하지 않는 심미적 세계에서는 자신의 소유를 "기꺼이 놓아버리는" 버림이 가능한 것이다.

차이에 대한 존중 이전에 '저들이' '우리'와 다르지 않음을 확인할 때, 그들은 '나'와 같은 운명의 공동체가 될 수 있으며, '우리'의 사유와 행동은 보다 넓은 보편성을 획득한다. 하종오는 이 두 권의 시집을 통해 외국인 노동자라는 구체적인 개별자를 형상화함으로써 우리의 '전체성'을 확장하고 있다. 여기에서 시인은 그 확장이 사실에 있어서의 '똑같음'이 아니라, '같음의 의지'에 의해서라고 거듭 암시한다. 즉, "같은 나랏말을 쓰는데도 다르게 듣는 남자보다 / 다른 나랏말 쓰더라도 같게 듣는 남자가 더 좋다"(「혼인」)는 구절에서 엿볼 수 있듯, 하종오는 이 의지를 통한 자기변전과 확장을 통해 어떻게 그들의 삶이 "모든 한국인의 운명"이 될 수 있는지를 몸소 실천하고 있는 것이다. 이러한 동감의 윤리에 있어서 시인은 그것이 자기중심이 아니라 그들 편에서 시작되어야 함을 당부하는 것 또한 잊지 않는다. 그리고 이 타자의 편에서 선 세계 이해야말로, 이 시인의 30여 년의 시작을 지탱해온 중요한 시적 원리라고 할 수 있다. 시가 은폐된 사물과 세계를 개진하여 열어젖히는, 그리하여 익숙한 것을 낯선 것으로 체험하게 하는 것이라 했을 때, 수많은 '너'로서의 '나'의 변전은 새로운 체험과 그 형상화의 열쇠가 되기 때문이다. '그들'이 되었을 때야 비로소 '휴대폰'은 머나먼 고향에 있는 아내에게 사랑을 말을 속삭일 수 있는 소중한 사랑의 매개체(「휴대폰」)가 되고, '눈(雪)은 한번도 겪어보지 못한 신비로운 첫눈으로'(「첫눈」), '빙판길은 고국으로 무사히 돌아가기 위해 조심조심 건너야 하는 현실의 그 모든 장애물'(「빙판길」)로, 새롭게 '번쩍'이는 것이다.